월든
Walden

월든
Walden

헨리 데이비드 소로 지음 · 박우정 옮김

문예춘추사

월든

1판 1쇄 발행	2017년 8월 30일
1판 2쇄 발행	2018년 12월 31일
지은이	헨리 데이비드 소로
옮긴이	박우정
펴낸이	한승수
펴낸곳	문예춘추사
편 집	정내현
마케팅	안치환
디자인	김연수
등록번호	제300-1994-16
등록일자	1994년 1월 24일
주 소	서울시 마포구 동교로27길 53 지남빌딩 309호
전 화	02 338 0084
팩 스	02 338 0087
E-mail	moonchusa@naver.com
ISBN	978-89-7604-321-4 03840

차례

* 이 책의 본문은 1854년에 티크너 앤 필즈(Ticknor and Fields, Boston)에서 출판한 『월든 혹은 숲에서의 생활(Walden or Life in the Woods)』을 번역한 것입니다.

부디, 우리 자신을 위한 성공을 꿈꿀 것

머리 위 1미터 높이에 뻗어 있는 큰 나뭇가지에 매 한 마리가 앉아 있었다. 하지만 내가 그 아래를 걸어가는 동안 녀석은 꿈쩍도 하지 않았다. 그것이 첫 징조였다.

나는 약 일주일 정도 하이킹을 떠났다. 배낭을 메고 뉴욕 주 북부의 내 고향에 있는 애디론댁 산맥의 긴 노선을 혼자서 걸었는데, 처음 며칠은 내 방에 있는 것이나 마찬가지였다. 나는 운전할 때처럼 중간 정도의 거리에 초점 없이 시선을 고정시킨 채 일부러 잘 다져진 길을 따라 걸었다. 내 머릿속은 유쾌하게 와글와글 시끄러웠다. 나만의 작은 CNN은 여러 가지 생각들, 계획들, 의견들을 24시간 내내 방송했다. 다음에는 어떤 일을 할까? 대통령 선거에서 누가 뽑힐까? 어떤 멋진 물건들을 살 수 있을까? 나는 깊은 숲속에 들어와 있었지만 내 머릿속은 평소에 다니던 길을 분주하게 돌아다니고 있었다.

하루, 또 하루가 흘러갔다. 머릿속으로 들어오던 정보가 줄어들었다. 라디오도, 신문도 없고 이야기를 나눌 사람도 없었다. 그러자 머릿속의 재잘거림이 줄어드는 게 느껴졌다. 숲의 평화가 마음 깊이 스며들었거나 정신적 정크푸드가 줄어들기 시작한 것 같았다. 이유가 뭐든 와글와글 소리가 웅성거림으로 바뀌고 가끔씩 침묵이 찾아들었다.

그래서 내가 지나가는데도 매가 나뭇가지에 그대로 앉아 있거나 풀을 뜯고 있던 한 쌍의 사슴이 몇 분이 지나서야 나를 흘깃 올려다보기만 할 뿐 겁을 집어먹지 않는 모습을 봐도 크게 놀라지는 않았다. 나는 요즘 도보여행자들이 유니폼처럼 입는 바스락거리는 형광색 옷차림을 하고 있었지만 아마 그때부터 더 차분한 설렘을 느끼기 시작했던 것 같다.

나는 며칠 동안 빗속을 걸었다. 몸에 걸친 고어텍스 안으로 빗물이 파고든 지 오래되었다. 그래서 그날 오후에 마침내 해가 얼굴을 내밀자 나는 일찌감치 호수 옆에 천막을 쳤다. 나는 옷가지를 나뭇가지에 걸어 말리고, 기분 좋은 햇볕을 받으며 돌 위에 뱀처럼 몸을 쭉 펴고 누워 쪼글쪼글해진 창백한 발을 하늘로 들어올려 볕을 쬐었다. 얼마 지나자 않아 한 무리의 비오리 새끼들이 어미의 뒤를 쫓아 나와 내가 누워 있는 호숫가의 풀밭 주변을 돌았다. 나는 온종일 눈에 보이지 않는 존재처럼 여러 생물들을 안심시켰고 결국 나 자신이 그 생물들의 일부인 것처럼 느껴졌다. 벌거벗은 채 자작나무 잎사귀들로 몸을 가리고 있던 나는 시끄럽게 떠들며 카누의 노를 저어 지나가는 사람들을 보았는데, 꼭 다른 종족에 속한 사람들 같았다.

그날 밤, 나는 끝없이 지는 석양의 매순간순간을 또렷이 느꼈다. 늦은 오후가 되자 처음에는 비스듬한 햇살이 비치더니 서서히 황혼이 내리면서 푸른 하늘이 점점 짙어졌다. 하늘빛이 검게 변하자 왜가리 한 마리가 나와서는 내 작은 풀밭을 으스대며 걷다가 조용히 멈춰 서더니 갑자기 생각난 듯 부리로 땅을 쪼았다. 하늘은 캄캄했고, 어두운 숲속의 하늘에는 밝고 초롱초롱한 별들이 떠 있었다. 그때 우리, 즉 왜가리와 나는 상상할 수 없을 정도로 작은 존재였지만 지극한 만족감을 느꼈다.

나는 가장 행복했던 순간 중 하나인 이 기억이 내가 월든이라는 거대한 바다에 빠진 계기라고 말한다. 이 책 전체를 이해하려는 것은 가망 없는 일이다. 이 글은 성서와 아주 비슷해서 생각들이 한 단락에 네다섯 개의 경구로 압축되어 있다. 이렇게 신비할 정도로 생각의 밀도가 높기 때문에 심리학적, 정신적, 문학적, 정치적, 문화적 관점 등 여러 다른 해석을 낳는다. 하지만 나는 21세기가 시작된 지금은 월든을 실천적인 환경주의자의 책으로 읽고, 인간과 지구와의 관계를 변화시키려 노력하는 사람들 중에서 소로의 후계자를 물색하는 것이 가장 중요한 일이라고 생각한다. 우리는 "새들이 지저귀거나 소리 없이 집을 날아다니는 동안 소로가 소나무와 히커리나무, 옻나무들 한가운데에서, 그리고 아무도 방해하지 않는 고독과 고요함 속에서 해가 뜰 때부터 정오까지 상념에 잠긴 채 오두막의 문가에 앉아 있었을 때" 그가 시간이 흐른 뒤 우리가 처한 위기의 순간에 딱 알맞은 조언과 본보기를 제시하고 있었다는 것을 이해해야 한다.

물론 소로는 자신이 그렇게 하고 있다는 걸 알지 못했다. 소로는 자연세계에 관한 글을 자주 썼지만, 그는 산업시대가 막 시작될 무렵에 살았기 때문에 오염 농도나 발암 현상, 프레온가스 등에 관해서는 전혀 몰랐다. 스모그에 대한 묘사도 찾아볼 수 없다. 대량멸종 또한 꿈에도 생각 못했던 일처럼 보인다. 대신 소로는 생물세계의 풍요로움에 기뻐하고 안심했다. "나는 무수히 많은 생명체들이 서로 잡아먹고 희생되어도 괜찮을 정도로 온갖 생명체로 가득한 자연을 보고 싶다. 연약한 생명체가 펄프처럼 짓눌려 사라져도 괜찮기를 바란다. 왜가리가 올챙이를 게걸스럽게 삼키고, 거북과 두꺼비들이 길에서 차에 치여도 괜찮을 정도로!" 그의 세상은 소진되지 않았고 고통 받지 않았다.

소로는 백인 60명과 함께 메인 주의 카타딘 산을 오르면서 당시에는 웅대했던 광막한 자연의 심장을 탐험했다. 그리고 소로가 탐욕이 불러올 수 있는 파멸을 예상했다 하더라도(동부는 곧 숲이 헐벗을 정도로 벌목이 이루어져 "모든 사람이 자신의 알몸을 가리기 위해 구레나룻을 길러야 할 것이다.") 그는 인간이 오존층을 파괴하거나 과도한 소비로 기후 자체를 변화시킬 수도 있다는 암시는 전혀 하지 않았다. 그는 "다행히도 하늘은 안전하다."라고만 썼다.

게다가 소로가 현대가 직면한 환경문제들을 내다보았다고 해도 이를 돕기 위해 나섰다고 생각할 만한 근거도 없다. 그는 "개혁가들은 가장 지루한 부류들이다."라고 썼고, 오듀본협회(미국의 야생동물 보호협회)로부터 수백 번 기부 요청을 받았다면 과연 "우편요금의 값어치를 하는 편지는 평생 한두 통 정도밖에 받지 못했다."는 소로의 판단이 바뀌었을지도 의심스럽다. 더욱 결정적인 점은, 소로는 현명한 환경주의자들이 우리를 구원할 수 있는 기회로 제시하는 공동체의 가능성에 관심이 없었다.

가령 동시대인들과 더욱 밀접한 관계를 맺고 살면서 자원을 공유하고 더 효율적으로 생활하고 가까이 어울리는 데서 기쁨을 찾을 수 있는 가능성은, "노인들에게는 젊은이들에게 해줄 만한 중요한 조언이 없다."고 생각하고 두 사람이 함께 여행해서는 안 되며 대부분의 시간을 혼자 지내는 게 유익하다는 것을 알게 된 사람에게는 와 닿지 않을 것이다. 소로가 요즘의 학생이었다면 그가 제출한 과제물에는 틀림없이 사회성이 결여돼 있다는 의견이 달렸을 것이다. 소로가 미혼으로 남은 것은 우연이 아니며 그가 자녀와 함께 있는 모습은 상상이 되지 않는다. 소로에게는 우리에게 가르칠 수 없는 것들이 많이 있다.

나는 심지어 특정 환경문제들을 소로의 탓으로 돌릴 수도 있다고 생각한다. 당시에는 사람들이 콩코드 읍에 모여 모임을 하듯 월든 호수에 얼음을 자르러 왔었다. 그러나 점점 더 많은 사람들이 직장에서 멀리 떨어진 아름다운 경치의 호숫가나 바닷가에 집을 짓게 되었는데, 여기에는 소로가 얼마간의 영향을 미쳤다고 할 수 있다. 알래스카 주를 제외한 미 대륙의 48개 주에는 오두막이나 작은 집이 늘어서지 않은 자연 그대로의 해안가를 거의 찾아볼 수 없다. 이제 자연은 모험심 강한 부동산업자가 상품을 판매할 때의 강조점이 되었다. 도시 근교 역시 소로가 얼마간은 영향을 미쳤다. 분명 소로가 생각했던 모습에서는 변질되었지만 아주 고립되어 있다는 점에서 교외의 분양지는 소로의 엉성한 오두막과 어느 정도 맥이 닿아 있다.

따라서 소로를 환경문제의 선지자로 부르려면 ─ 21세기의 가장 중요한 가치에 관해 글을 썼던 소로는 여러 면에서 최고의 환경문제 선지자라고 할 수 있다. ─ 환경적으로 건전한 삶을 산다는 것이 어떤 의미인지 더 깊이 생각해보아야 한다. 우리가 직면한 문제들의 정확한 본질을 인식해야 한다는 뜻이다. 소로는 전문적인 문제에 관해서는 아무 도움도 되지 않는다. 우리가 처한 가장 큰 환경문제가 무언가 잘못된 것의 결과라면, 굴뚝이나 배기관에서 아무 제지도 없이 제멋대로 뿜어져나오는 오염물질 때문이라면 소로는 단순히 흥미롭고 기이한 역사적 인물에 그쳤을 것이다. 스모그가 낀 도시에 맞서 나는 포켓판 월든보다 촉매변환장치를 선택했을 것이다. 그리고 실제로 우리는 헨리 데이비드 소로의 도움 없이 스모그 문제를 거의 해결했다. 새로 나온 장비가 자동차에서 뿜어져나오는 배기가스의 일산화탄소를 제거해주어 현재 로스앤젤레스는 한 세대 전보다 깨끗해졌다. 또한 공장의 파이프에 달린 새 여과기들이 강과 호수를 정화해서 이리 호에는 다시 물고기가 헤엄치기 시작했다.

하지만 이런 문제들이 우리가 처한 가장 중요한 환경문제가 아니라면 어떻게 될까? 모든 것이 너무나 높은 수준에서 제대로 진행되고 있기 때문에 우리가 곤경에 빠지게 된 것이라면? 자동차 배기관에 대해 다시 생각해보자. 배기관에서 나오는 건 일산화탄소뿐만이 아니다. 탄소가 산소 원자 두 개와 결합한 이산화탄소도 나온다. 그리고 현재는 자동차에 부착해 그 이산화탄소를 걸러낼 여과기가 없다. 이산화탄소는 우리가 화석연료를 태울 때마다 나오는 피할 수 없는 부산물이며 스모그보다 더 위협적이라고 판명되었다. 이산화탄소의 분자구조는 지구 근처에 열을 붙들어두어 기후변화를 일으킨다. 결국 하늘도 안전하지 않게 되었고 하늘의 기온이 올라가고 있다.

과학자들은 답을 찾지 못하고 있다. 과학자들은 지난 35년간 자동차의 연비를 두 배로 높였지만 우리는 자동차 수와 자동차가 달린 거리를 두 배로 늘려 이산화탄소를 더 자욱하게 내뿜었다. 과학자들은 기온이 더 높아져 빙하를 녹이고 해수면을 상승시킬 것으로 내다본다. 문제의 악화를 막기 위해 필요한 건 기술적인 변화가 아니라, 더욱 간소하게 살며 더 적은 자원을 사용하는 생활방식일 것이다. 우리가 안고 있는 또 다른 심각한 문제들(인구 과잉, 서식지 파괴 등등)도 마찬가지 과제를 안겨준다. 우리가 계속 지금과 똑같은 생각을 하며 똑같은 방식으로 생활한다면 이런 문제를 피할 수 없다.

이 지점에서 소로가 구원의 손을 내민다. 우리가 그런 변화를 만들어야 한다면 소로는 이 시대를 지배해야 하는 아주 실질적인 질문 두 가지를 던진다. '얼마만큼 많이 가지면 충분할까?'와 '내가 원하는 게 무엇인지 어떻게 알 수 있을까?'라는 물음이다. 다시 한 번 말하지만 소로에게 이 질문들은 환경적인 의미가 아니었고 엄밀하게 말하자면 현실적인 문제도 아니었다. 이 질문들에 답할 수 있다면 당신은 자신의 삶을 발전시킬 수 있을 것이다.

하지만 소로의 관심은 여기까지였다. 소로는 온실효과에 관해서는 짐작도 하지 못했다. 대신 소로는 예수와 성 프란체스코, 그 외의 다수의 기인과 정신적 지도자들을 지나 최소한 석가모니까지 쭉 연결된 긴 계보에서 미국인을 상징하는 화신이 되었다. 간소함, 평온함, 고요함은 도덕적 삶, 진정한 삶, 철학적 삶의 전제조건이다. "삶을 얼마나 간소화하느냐에 따라… 존재의 더 고귀한 질서를 누리며 살 것이다." 소로는 숱이 적은 수염에 책상다리로 앉아 있는 네팔의 수도자처럼 치열한 자기반성의 힘을 믿었다.

하지만 다행히도 소로는 이 문제에 관해 매우 미국적으로 접근했다. 그는 철물점에서 영수증을 받는 석가모니였다. 그리고 그런 세속적인 느낌이 오늘날 그를 꼭 필요한 존재로 만든다.

우리가 살고 있는 선진 소비자 사회에서, 우리가 다루어야 하는 소로의 첫 번째 질문인 '얼마만큼 많이 가지면 충분할까?'는 현재 던질 수 있는 가장 체제전복적인 문제. 우리는 항상 "많을수록 좋다."가 그 대답이라고 생각하도록 면밀하게 교육받아왔다. 나는 어떤 책을 연구하면서 세계에서 가장 큰 케이블 텔레비전 시스템에 나오는 모든 것을 하루 동안 녹화한 적이 있다. 나는 2,400시간 분량의 비디오테이프를 집에 들고 와서 내게 아주 필요한 끊임없는 메시지에 둘러싸인 채 1년에 걸쳐 그것을 보았다.

얼마나 많아야 하냐고? 러버메이드(미국의 생활용품 제조업체—역주)의 광고를 보자. 한 여성은 이렇게 말한다. "태어날 때부터 저는 아주 많은 물건을 모았어요. (화면에는 물건들에 포위된 채 슬픈 표정을 짓는 가족들이 보인다.) 그래서 우리는 물건들을 러버메이드에서 나온 물건에 담았죠. (이제 화면에 보이는 집은 물건들이 가득 든 커다란 플라스틱 상자들을 빼면 텅 비어 있다.) 그 뒤부터 우리 집은 깔끔해졌답니다. 보세요! 우린 물건이 더 필요하다고요! (가족들은 손을 흔들며 즐겁게 문으로 달려간다.)"

소로는 의, 식, 주, 연료 같은 기본적인 것부터 이야기를 시작한다. "아무튼 콩코드와 같은 지역에서 이런 것들은 오래 사용해와서… 미개하거나 가난해서 혹은 철학적인 이유에서 그것 없이 살려고 시도를 해본 사람이 아예 없지는 않더라도 거의 없을 정도로 인간 생활에 아주 중요해졌다." 하지만 물론 이런 물건들은 제각기 소박하게 구할 수도 있고 비싼 돈을 들여 얻을 수도 있다. 예를 들어 소로는 철길을 따라 일정한 간격으로 놓여 있는 연장 보관 상자에서 생활하는 것에 대한 가능성을 검토했다. 나사송곳으로 공기가 통할 구멍을 몇 개 뚫으면 이 상자는 '결코 비루한 대안'으로 보이지 않았다.

그러나 우리가 아는 것처럼 소로는 좀 더 큰 집을 선택했다. 그는 제임스 콜린스의 판잣집을 헐어서 나온 목재들을 재활용해 방 한 칸짜리 오두막을 지었다. 두 시간에 걸쳐 지하실을 팠고(월터 하딩은 『월든』을 철저하게 분석한 책에서 소로가 이 시간 동안 부피 3만 4,000여 리터, 무게 9.7톤에 이르는 모래를 팠다고 제시하는 한 연구를 예로 들었다), 굴뚝도 세웠다. 지붕널을 대고 중고 창문도 사서 달았다. 그리하여 결국 28달러 12.5센트를 들여 집을 완성했다. 굉장히 알찬 작업이었다. 집을 지을 때는 비와 눈을 막아주는 기능, 몸을 따뜻하게 유지할 수 있도록 공기를 가두는 기능, 거주자에게 실제로 필요한 물건들이 들어갈 공간을 제공하는 기능을 충족시키도록 설계해야 한다는 점을 명심해야 한다.

소로의 경우, 이 목록에는 책상을 겸하는 탁자 하나, 의자 하나, 침대 하나가 포함되었다. 옷장은 들어가지 않았는데, 옷의 목적은 "첫째, 체온을 유지하고 둘째, 지금 같은 사회에서 맨몸을 가리기 위해서이기" 때문이다. 게다가 "옷은 입는 사람의 특징이 새겨져 매일 우리 자신과 하나가 되어간다. 그래서 버리기를 주저할 정도가 된다." 다시 말하면 그는 항상 거의 같은 옷들을 입었다. 소로의 집에는 식료품 저장실이라고 말할 만한 곳도 없었다. 그는 주로 자신이 좋아하던 옥수수가루와 쌀, 호밀, 콩을 먹고 살았고 가끔 친구 집을 방문해 식사를 했다. 자신의 채소밭을 망친 마멋을 잡아먹은 적도 있었다. 물질적인 측면에서 보면 소로는 오늘날 전 세계에서 가장 가난한 축에 드는 많은 사람들과 같은 수준으로 살았다. 그리고 그들과 마찬가지로 자신도 모르는 사이에 훌륭한 환경보호주의자가 되어 있었다.

지구온난화 같은 중요한 문제에 대해 걱정한다면 약간의 소비만 하는 것이 최상의 해결책이다. 시러큐스대학의 찰스 홀 교수가 최근 추정한 바에 따르면, 전 세계 어디에서든 1달러나 그에 상응하는 금액을 쓰면 그 물품을 제조하고 배달하고 광고하고 나중에 버리는 데 평균 0.5리터의 석유가 연소되는 결과를 낳는다고 한다. 나는 연 평균소득이 미국인의 7분의 1 수준인 400달러이고 물가 상승률을 감안하면 아마도 소로와 비슷한 수준의 생활환경인 인도의 한 지역에서 산 적이 있다. 그곳에서 환경보호주의자는 한 명도 만난 적이 없지만, 각 인도인이 지구 환경에 미치는 영향은 우리 미국인의 7분의 1 정도였다.

소로와 그 인도인들 간의 차이는, 소로는 궁핍을 '선택'했고 사실상 간소함, 철학, 진리의 이름으로 '포용'했기 때문에 전혀 궁핍하지 않았다는 점이다. 이것은 중요한 차이점이다. 내 생각에 소로의 뒤를 잇는 사람들은 흔히 후계자라고 일컬어지는 자연 수필가들보다는 점점 증가하고 있는 단순주의자들이다. 이들의 책과 세미나는 물질적인 것에 싫증을 느끼기 시작해 다른 무언가를 원하는, 소수이지만 인구의 상당부분을 차지하는 사람들의 관심을 끌고 있다. 이런 책들 중에서 최고는 조 도밍후에즈와 비키 로빈이 쓴 『돈 사용설명서(Your Money or Your Life)』일 것이다. 저자들은 도서관에서 빌려보라고 권했지만 이 책은 50만 부가 팔렸다. 두 사람은 여러 가지 면에서 소로와 다르다. 예를 들어 이들은 다른 사람과 협력하는 것을 즐기는 것 같고 소로라면 질겁했을 정도로 단조롭고 명료하게 글을 썼다. 하지만 두 사람의 책은 소로에게 힘입은 바 크다.

이 책은 소로를 사로잡았던 요점들을 전달하기 위한 꼼꼼한 회계기법들로 가득 차 있다. "돈은 우리가 삶의 에너지와 맞바꾸는 무엇이다."가 그 요점이다. 혹은 한 친구가 피츠버그에 여행갈 돈을 모으라고 권하자 월든의 현자가 했던 말이기도 하다. "거리는 48킬로미터, 차비는 90센트다. 90센트면 거의 하루치 임금에 해당하는 돈이다… 자, 이제 내가 걸어서 출발하면 밤이 되기 전에 그곳에 도착할 것이다… 그동안 당신은 차비를 벌어 내일에나 도착할 것이다. 철로가 온 세상에 두루 연결된다 해도 내가 당신보다 먼저 도착할 것이며, 그 지방을 구경하고 경험하는 데 있어서 당신과 만나는 일이 없어져버릴 것이다."

소로는 돈을 경멸하지는 않았다. 한없이 꼼꼼하게 장부를 기록한 것에서 알 수 있듯이 돈은 그의 호기심을 끌었다. 하지만 소로는 우리 중에서 깨달은 사람이 거의 없는 교훈, 즉 세상에서 살아가는 데는 두 가지 방법이 있다는 것을 본능적으로 이해했다. 하나는 수익을 늘리는 것이고 다른 하나는 지출을 줄이는 것이다. 그는 우리들 대부분이 가고자 하는 것보다 더 멀리 나아갔는데, 특히 미래의 안정에 대해 무관심하다는 면에서 그랬다("아예 위험에 대해 생각하지 않는다면 어떤 위험이 있겠는가?").

하지만 이제 수백만 명의 미국인들이 '자발적인 간소함'을 추구하고 있다. 이들은 소로의 급진주의를 상당부분 유지하고 있지만 구미에 맞는 형태만 추구한다. 그리고 흥미를 느끼는 관객에게 영향을 미친다. 소로가 "의사들, 변호사들, 내가 집에 없을 때 내 찬장과 침대를 엿보는 무례한 주부들"이 끊임없이 방문했다고 말한 것처럼 여론조사원들은 오늘날에도 우리 중 많은 사람이 좀 더 단순한 삶에 이끌린다고 보고한다.

1995년에 머크 가족재단(Merck Family Fund)의 후원으로 진행된 소비지상주의에 대한 태도와 관련된 조사에서, 미국인의 82퍼센트가 우리 중 대부분이 필요한 것보다 많은 물건을 구입하고 소비한다는 데 동의했고, 86퍼센트는 "어린이들이 물건을 사고 소비하는 데 지나치게 관심이 집중되어 있다."고 대답했다. 제2차 세계대전 종전 직후부터 갤럽은 미국인들이 자신의 삶에 만족하는지를 해마다 조사했다. 1955년에는 삶에 매우 만족한다고 대답한 사람이 35퍼센트였다. 이후 40년 동안 물질적으로는 아주 풍요로워졌지만(1955년에 식기세척기를 소유한 미국인은 소수에 불과했고 전자레인지는 발명되지도 않았다.) 2000년에 자신의 삶에 "매우 만족한다."고 생각하는 사람의 수는

30퍼센트로 떨어졌다. 마치 20세기가 소로가 생각한 가설을 확인해주는 대규모의 실험장이었던 것 같다.

하지만 그렇다면 ─ 우리 중 많은 사람이 꽤 자포자기적인 삶을 살고 있다는 것을 적어도 희미하게나마 인식하고 있다면 ─ 왜 우리는 이를 변화시키려는 노력은 별로 하지 않는 걸까? 구조적인 문제가 약간의 이유가 된다. 경제가 막강한 힘을 발휘하는 것이다. 의료보험이건, 집세건, 식탁 위의 음식이건, 경제적 요구에서 빠져나가기란 힘들다. 학자금대출과 마찬가지로 임금이 낮은 직업과 자녀도 당신의 선택을 제한한다.

하지만 미국은 어떤 역사적, 지리적 기준에 비춰봐도 풍족한 나라이고 대부분의 사람들이 실질적인 선택권을 가지고 있는 나라다. 그렇다면 왜 우리는 전반적으로 그런 선택권들을 더 활용하지 않는 걸까? 나는 소로가 제기한 두 번째 질문 때문이라고 생각한다. '얼마만큼 많이 가지면 충분할까?'가 소비중심 사회에 대한 체제전복적인 질문이라면 '내 마음의 소리를 어떻게 들을 수 있을까?'는 정보화 시대에 대한 중대한 공격이다. 나는 내가 원하는 걸 어떻게 알 수 있을까? 내가 정말로 원하는 게 뭘까?

소로가 우리에게는 거의 믿을 수 없을 정도로 조용했던 시간과 장소에서 이 질문을 던졌다는 걸 생각하면 그의 천재성을 알 수 있다. 커뮤니케이션 혁명이 막 시작되었을 무렵이었다. 광고는 아직 등장하지 않았지만, 우리가 지나간 시대의 진기한 기념비로 보존할 콩코드의 상점 간판 몇 개가 이미 소로에게는 "여행자를 유혹하기 위해 사방에 걸려 있는 광고판"으로 보였다. "술집과 식료품점 같은 곳은 식욕으로, 포목점이나 보석상 같은 곳은 화려함으로, 이발소나 구둣방, 양복점은 머리나 발이나 치마를 미끼로 여행자를 꾄다." 인터넷도, 텔레비전도, 라디오도, 전화기도, 축음기도 없었지만 소로는 이 간판이 우리에게 어떤 의미가 될지 감지했다. 소로는 거리를 걷다가 휴대전화에 대고 와자지껄 떠드는 사람을 보지 않고도 우리가 도를 넘을 것이라는 사실을 알아차렸다.

지나치게 예민하고 촉각이 민감했던 소로는 알렉산더 그레이엄 벨이 태어나기도 전에 이렇게 걱정했다. "우리는 메인 주에서 텍사스 주까지 자기장 전신선을 가설하려고 급히 서두르고 있다. 그러나 막상 두 주 사이에는 긴급히 전할 만한 중요한 사건이 없을지도 모른다. 두 주는 어떤 유명한 귀머거리 여인에게 소개받기를 열렬히 원했지만 막상 여인을 만나 그녀의 보청기 한쪽이 손에 주어지자 할말을 잃어버린 남자 같은 곤란한 처지에 처해 있다." 에머슨은 애디론댁 숲에서 여름을 보내다가 대서양횡단 전신선이 마침내 가설되었다는 놀라운 소식을 듣자 급히 돌아왔다. 소로는 "팔랑거리는 미국인의 귀에 흘러들 첫 소식은 애들레이드 공주가 백일해에 걸렸다는 소문 정도일 것이다."라고 썼다.

평범한 비밀, "세상은 즐거운 곳일지니"

우리들 대부분은 아직 정보의 여신을 열렬하게 믿는다. 우리는 데이터를 원하고, 연결되길 원하며, 이메일을 원한다. 우리는 모두 화려하게 치장한 황제이고, 소로는 우체국 없이도 살 수 있다고 차분하게 확신하는 거의 유일한 사람이다. "누군가가 강도를 당했거나 살해당했거나 사고로 목숨을 잃었거나 어떤 집이 불탔거나 배 한 척이 난파되었거나 어떤 증기선이 폭발했거나 서부 철로에서 소 한 마리가 기차에 치였거나 미친 개 한 마리가 죽임을 당했거나 겨울에 메뚜기 떼가 나타났다는 소식은 한 번 읽으면 다시 읽을 필요가 없다. 한 번이면 충분하다." 소로의 시대에도 "어떤 사람은 점심을 먹고 낮잠을 자다가 30분도 안 되어 깨서 고개를 들고 묻는다. '무슨 소식 없소?'" 그 사람은 MSNBC를 보아도 충격을 받지 않을 것이다.

소로가 무지나 자기도취를 선호했던 것은 아니다. 그는 박식했고 시민불복종 운동에 관여할 정도로 충분히 명확한 정치의식을 갖고 있었으며 분명히 주변 세계의 아주 사소한 변화에도 관심을 기울였다(얼음의 정확한 특성, 진흙의 질감 등). 하지만 그는 소란스러운 잡음 ─ 세상에서 끊임없이 쏟아지는 재잘거림(하루에 2~4시간씩의 텔레비전 시청)과 남아 있는 메아리 ─ 의 위험성을 알고 있었다. 텔레비전을 꺼도, 애디론댁 숲 깊숙이 하이킹을 떠나도 당신의 마음속에서는 말과 이미지와 생각들이 흘러나오고 재생되면서 계속 끊임없이 진동하기 때문에 주변 환경을 거의 알아차리지 못한다. 그리하여 자신의 생각도 좀처럼 알아차리지 못하게 된다.

한동안 세상과 연결을 끊고 그러한 잡음이 당신에게 어떤 영향을 미치는지, 당신의 본모습이 어떤지 살펴보라. 소로는 자신의 작은 서재를 좋아했지만 여기에도 위험이 존재한다는 것을 인식했다. "우리가 책에만 갇혀 있다면… 모든 사물과 사건을 비유 없이 말하는 언어를 잊어버릴 위험에 빠진다." 소로는 때때로 책도, 심지어 밭일도 밀쳐두었다고 말한다. "꽃처럼 활짝 핀 현재의 순간을 즐기지 않고 머리를 쓰는 일이건, 손으로 하는 일이건 다른 일을 한 적은 없었던 때도 있었다." 이때 소로는 그냥 문가에 앉아서 그럭저럭 시간을 보냈을 것이다. 소로처럼 해보라. 그래서 당신이 아직 명상에 어울리는 사람인지 확인하라. 얼마나 오래 저녁놀을 바라본 뒤에야 지루해지는가? 얼마나 오래 밤하늘을 올려다보아야 오락거리를 찾게 되는가?

우리가 자신이 원하는 걸 알고 있다는 생각은 분명 틀린 것이다. 우리는 태어난 이후 줄곧 한없이 정교한 소비에 대한 환상을 먹고 자랐다. 따라서 우리가 무엇이 자신의 생각이고 무엇이 마법사의 생각인지 구별할 수 있는 가망은 거의 없다. 그리고 우리는 라디오나 텔레비전이나 인터넷을 켤 때마다 그러한 마법을 살려놓는다. 누군가가 당신의 귀에 무언가를 속삭이고 있으면 스스로 생각하고 자기 자신의 반응을 느낄 방법이 없기 때문이다.

아마도 마음은 계속 당신에게 신호를 보내겠지만, 그러한 신호들은 낮게 웅성거리고, 우리가 최근에 건설한 문명의 소음과 잡음에 쉽사리 묻혀버린다. 소로가 잠시 동안 달아나야 했고 점점 더 많은 사람들이 정보화 시대의 일부 전제들에 의문을 제기하기 시작하는 것은 이 때문이다. 예를 들어, 티브이-프리 아메리카(TV-Free America)라는 단체는 몇 년 동안 전국의 학교들에 텔레비전 끄기 운동을 펼쳐왔다. 2003년 봄에는 500만 명이 넘는 청소년들이 일주일 동안 텔레비전을 껐는데 아마도 그중 일부는 자신의 진짜 목소리를 듣는 커다란 즐거움을 어렴풋하게나마 알게 되었을 것이다.

이 문제는 단지 정보화 혁명의 주요 기능이 우리에게 필요하지 않은 물건, 이산화탄소를 배출하거나 염가 판매에서 사 모으는 것 때문에 발생하는 환경적인 문제가 아니라, 상황 속에서 우리의 자리가 어디인지 혼란스럽게 만들기 때문에 나타나는 문제다. 침묵, 고독, 어둠 없이 어떻게 우리의 진짜 모습, 나머지 세상과 우리의 실제적인 관계를 감지할 수 있겠는가? 몇 년 전에 나는 지역의 고등학교 학생들 한 무리를 데리고 캠핑을 떠난 적이 있다. 우리는 하늘을 흐릿하게 보이게 하는 도시의 불빛이 전혀 없는 외딴 황무지 마을에서 지냈다. 초승달이 뜨는 밤이었고 완전히 벨벳처럼 새까만 하늘에 별들이 흩뿌려져 있었다. 그런데 하늘을 보며 이야기를 나누다 보니 학생들 중 3분의 2가 우리가 속한 진정한 차원의 가장 중요한 상징인 은하수를 본 적이 없다고 했다. 학생들은 실내에서 텔레비전으로 다른 별들을 보았고, 그 별들은 우리 각자가 중심이며 세계가 우리 주위를 돈다고 우겼다.

자연이 우리에게 주는 것은 척도와 맥락, 우리가 누구이고 얼마나 중요하며 원하는 것이 무엇인지 이해할 수 있는 방법들이다. 자연은 우리에게 침묵, 고독, 어둠을 준다. 우리가 알고 있는 가장 진귀하고 유용한 것들이다. 자연은 우리가 이 시대의 기적이라 여기는 기술 중심의 신기루와 환상 대신 실체를 제시한다. 소로는 "모든 것에는 탄탄한 바닥이 있다."고 주장한다. 모든 것이 변덕스러운 개념이고 상황이라는 포스트모더니즘적인 관념에 매달리는 많은 학자들과 소로가 마찰을 빚는 것은 이런 주장 때문이다. 야외에서 충분한 시간을 보내면 그러한 관념을 믿을 수 없게 된다.

소로는 "하루 동안 의도적으로 자연처럼 지내보자. 철로 위에 떨어진 견과류 껍데기와 모기 날개 때문에 탈선하는 일은 없어야 한다."고 썼다. "마음을 안정시키고 일을 하자. 여론, 편견, 전통, 오해, 외관의 진흙과 진창에 발을 단단히 내디뎌… 우리가 진실이라고 부를 수 있는, 진실이 틀림없다고 말할 수 있는 단단한 바닥과 제자리에 놓인 바위에까지 나아가자." 딛고 설 단단한 바닥이 있을 때만, 현실세계에 뿌리를 내린 굳건한 정체성이 있을 때만 우리는 자신이 원할 것으로 기대되는 일들과 실제로 자신이 원하는 일들을 구분할 수 있고 환경보호주의자 도넬라 미도스가 우리의 희망이라고 밝힌 "비물질적인 방식으로 비물질적인 요구를" 충족시키는 과정을 시작할 수 있다. 그럴 때만 우리는 '얼마나 많이 가져야 충분할까?'를 말할 수 있고 실제로 그 답을 찾으리라는 기대를 할 수 있다.

『월든』이 쓰인 지 150여 년이 지난 뒤, 소로는 이론에서는 그 어느 때보다 각광을 받고 현실에서는 무시를 받고 있다. 소로는 "사람들은 국가가 반드시 교역을 해야 하고 얼음을 수출해야 한다고 생각한다. 전보로 소식을 전해야 하고 한 시간에 꼭 48킬로미터를 달려야 한다고 여긴다."고 썼다. 초음속으로 여행해야 하고 바로바로 의사소통을 해야 하며 전 세계적인 교역이 이루어져야 한다고 생각하는 시대에 이러한 항의는 얼마나 지루하게 들리겠는가? 우리가 사는 세계에서는 매일 20억 명이나 되는 사람이 — 소로가 살던 시절의 세계 인구의 두 배다. — 텔레비전 프로그램인 '빅브라더'를 볼 수 있다. 말 그대로 소비가 국가정책이 되었다. 9·11사태 이후 대통령의 주된(그리고 이해하기 어려운) 권고는 모든 훌륭한 애국자는 쇼핑을 하러 가야 한다는 것이었다.

하지만 승리의 향방이 바뀔 가능성은 여전히 존재한다. 우리는 소로와 같은 생각들이 갑자기 각광받게 된 역사의 한 축에서 살고 있다. 내가 앞서 했던 말을 떠올리면 그 이유를 이해하는 데 도움이 될 것이다. 소로는 석가모니에서 시작되는 기인들과 정신적 지도자들의 계보에서 미국인의 화신이라 할 수 있다. 예수, 성 프란체스코, 간디, 그리고 윤리적, 종교적 전통의 모든 분파의 성자와 성녀는 한 가지 전망을 공유한다. 간소함은 영혼에 유익하고 신과 올바른 관계를 맺는 데도 좋다는 것이다. 기독교에서는 '지상에 재물을 쌓지 말라. 신과 재물을 함께 섬길 수는 없다. 네가 가진 것을 모두 버리고 나를 따르라.'고 말한다. 성직자, 수도승, 성자를 제외하면 우리는 이 가르침을 실천하기 위해 열심히 노력하진 않는다. 우리는 이와 상충되는 종교적 세계관, 즉 나날이 성장하는 경제를 숭상하는 세계관을 선택했다. 하지만 그러한 정신적 관념 역시 사라진 것은 아니다. 이 관념들은 작지만 한결같이 흐르는 강처럼 결코 마르는 법 없이 세계의 역사 속을 흘러왔다.

소로는 이 강에 새로운 지류가 늘어나도록 도운 사람이다. 그가 쓴 자연에 관한 글들은 꾸밈없이 생생하고 거칠지만 기억에 오래 남는다. 소로는 밤에 올빼미 울음소리를 들으려고 늪을 찾았다. "어떤 늪에는 온종일 해가 비춘다. 늪가에는 전나무 한 그루가 이끼가 잔뜩 낀 채서 있고 작은 매 한 마리가 그 위를 빙빙 돈다. 상록수들 틈에서 박새가 혀짤배기소리를 내고 자고새와 토끼가 그 밑을 살금살금 돌아다닌다. 하지만 이제 더욱 이곳에 어울리는 음산한 날이 밝아오면 다른 종류의 생명체들이 깨어나 자연의 의미를 표현하리라."

소로는 광막한 자연에서 석가모니보다 오래되고 아직도 원주민들 사이에 남아 있는 고대의 범신론적 전통을 떠올렸다. 소로가 마멋고기를 날것으로 먹으려 했던 것도 이러한 전통에 비추어 이해할 수 있을지 모른다.

또한 소로의 자연에 대한 사랑은 20세기에 미국인이 주도한 유행의 전조가 되었다. 소로가 글을 쓸 당시에는 문명화된 사회의 대부분의 사람들이 숲과 산을 혐오스럽게 여겼다. 하지만 휘트먼, 버로스, 뮤어, 그 밖의 여러 저술가들이 소로의 전철을 밟았고, 그 직후에는 수많은 사람들이 배낭을 짊어졌다. 호숫가의 휴양지나 시골의 분양지는 소로가 남긴 유산으로 볼 수 있다. 국립공원이나 자연보호구역 역시 마찬가지다. 이런 기류는 더욱 커져갔다. 신과의 올바른 관계에 대한 관심이 자연에 대한 사랑과 합해졌다. 아직 강둑을 뛰어넘어 경제를 떠받들고 있는 도시를 잠기게 할 정도로 물이 불어나지는 않았지만 점점 더 많은 사람들에게 세찬 급류 소리가 들려온다.

21세기가 시작된 지금, 갑자기 완전히 새로운 사고의 지류가 생겨나 이러한 반문화의 강물이 불어나고 있다 제복을 입은 성자들과 고어텍스 재킷 차림의 자연애호가들에게 실험실 가운 차림의 사람들이 컴퓨터 출력물을 움켜쥐고 합류한 것이다. 우리 주변에서 일어나고 있는 가장 중대한 환경변화를 연구하는 사람들이 우리가 앞에서 들었던 것과 비슷한 무서운 메시지를 들고 나타났다. 2001년에 '기후변화에 대한 국제위원회'는 인류가 이번 세기에 지구의 온도를 5도 높일 것으로 예상되며, 지구 표면의 가장 기본적인 힘을 변화시키기 시작했다고 보고했다. 이때 이들이 제시한 그래프와 도표와 자료가 암시하는 메시지는 '간소화'였다. 신과의 올바른 관계를 위해서가 아니라, 간소화하지 않으면 머잖아 지구의 온도가 지난 수억 년 동안 진행되었던 것보다 급격히 높아질 것이기 때문이다.

그렇게 되면 열파로 작물이 말라죽고 위압적인 허리케인이 불어닥칠 것이다. 해수면이 상승하고 숲이 죽어갈 것이다. 이들은 공동체를 필요로 한다. 영혼을 위해서가 아니라 공동체가 없으면 우리가 에너지나 자원을 효과적으로 사용할 가능성이 거의 없기 때문이다. 수학으로는 그것을 논하기 어렵다. 하지만 우리가 지금까지와 마찬가지로 일하고 발전한다면 세계에 종말을 초래할 것이다. 이것은 우리 삶을 압도하고 있는 사실이다. 이렇게 이 강의 수위가 높아지고 새로운 민물들이 모여들고 있으며 더 많은 계곡의 물이 빠져나가고 있다. 아마도 이 강은 우리의 공통된 의식을 범람시키고 우리가 현재 우상시하는 것들을 침몰시켜 지금은 보이지 않는 방향으로 우리를 데려갈 새로운 물길을 낼 준비를 거의 갖추었을 것이다.

이 은유로 좀 더 이야기를 해보자면, 이 새로운 콩코드 강 혹은 메리맥 강은 사방에서 흘러들어오는 물로 불어나고 있지만 우리는 그 강이 두려움으로 오염되지 않도록 조심해야 한다. 우리가 처한 딜레마의 심각성을 이해하고 느껴야 하지만 돌연한 공포는 '재물이라는 요새'에서 물러나 간소하게 사는 것을 더 어렵게 만들 뿐이다. 소로는 이것을 알고 있었다. 『월든』의 모든 페이지에는 자기 자신과 세계에 대한 그의 강렬한 신념이 울리고 있다. 어느 비 오는 날, 소로는 여느 때와 다른 우울한 기분으로 집안에 앉아 있었다. "나는 갑자기 자연에서, 빗방울 떨어지는 소리에서, 내 집 주변의 모든 소리와 풍경에서 달콤하고 자애로운 우정을 느꼈다. 나를 지탱해주는 대기처럼 말로 설명할 수 없을 정도로 무한한 친근감이 불현듯 나를 찾아왔다."

세상이 즐거운 곳이라는 약속, 이것이 소로가 알려주는 비밀이다. 이 새로운 강에 섞여들어야 할 것은 바로 이런 비다. "나는 경험에서 적어도 이것을 배웠다. 사람이 자기가 꿈꾸는 방향으로 자신 있게 나아가고 자기가 그리는 삶을 살려고 노력한다면 평범하게 살 때는 생각지도 못한 성공을 얻는다는 점이다." 우리는 소로의 생각이 옳다고 믿어야 한다. 우리 자신을 위해. 그리고 소로는 짐작하지 못했겠지만 우리가 사는 지구를 위해.

* 주석에 관하여

이 책에 실린 주석들은 세 가지 유형으로 되어 있다. 소로가 인용한 구절들의 출처, 소로가 사용한 생소한 단어나 이미지에 대한 설명, 그리고 내가 때때로 본문 내용을 풀이한 해석이다. 앞의 두 유형의 주석들은 권위 있고 학술적인 『월든』 판들에서 도움을 받았다. 특히 『월든』을 쉽게 이해하도록 도와주는 월터 하딩의 포괄적인 1995년도 판에 많은 신세를 졌다. 세 번째 유형의 주석은 내가 붙인 것이다. 나는 소로의 치밀하고 의미가 풍성한 글이 독자들 각각의 마음에 수많은 개인적인 명상과 통찰력을 불러일으키길 바라며 주석을 간결하고 가능한 적게 달았다.

– 빌 매키븐

1

숲속으로 스며든 경제

다음 글들, 더 정확하게 말하면 다음 글들의 대부분은 내가 가까운 이웃과도 1마일은 떨어져 있는 외딴 숲에 혼자 살았을 때 쓴 것이다. 당시에 나는 매사추세츠 주 콩코드에 있는 월든 호숫가에 직접 집을 짓고 내 손으로 일을 해 생계를 꾸려나갔다. 나는 그곳에서 2년하고도 2개월을 더 살다가 지금은 다시 문명화된 생활로 돌아와 머물고 있다.

마을사람들이 내가 어떻게 살았는지 시시콜콜 물어보지 않았다면 내가 독자들에게 내 개인적인 일들을 이렇게 낱낱이 알리는 일은 없었을 것이다. 어떤 사람들은 그런 질문들이 무례하다고 말할지 모르지만 내가 보기엔 전혀 무례하지 않은데다 정황을 고려하면 퍽 자연스럽고도 적절하게 여겨진다. 어떤 사람들은 내가 뭘 먹고 살았는지, 외롭지는 않았는지, 무섭지는 않았는지 등을 물어봤다. 내가 수입의 얼마를 어려운 이들을 돕는 데 썼는지 궁금해하는 사람이 있는가 하면 대가족을 거느린 사람들은 내가 불쌍한 아이들을 얼마나 많이 후원했는지 물어보기도 했다.*

그래서 '나'에게 특별한 관심이 없는 독자들에게는 내가 이 책에서 이런 질문들에 답하는 것에 대해 양해를 구한다. 대부분의 책에는 1인칭인 '나'가 생략되어 있지만 이 책에서는 사용될 것이다. 자기중심적인 이러한 점이 이 책의 주요한 특색이다. 우리는 화자가 항상 1인칭이라는 점을 대개는 잊어먹곤 한다.

내가 나 자신 말고도 잘 아는 다른 누군가가 있다면 나에 대해 이렇게 많은 이야기를 하지 않을 것이다. 그러나 유감스럽게도 나는 경험의 폭이 좁기 때문에 이 주제를 벗어나지 못한다. 뿐만 아니라 나는 조만간 모든 작가들도 단지 다른 사람의 삶에 관해 들었던 이야기뿐 아니라 자신의 삶에 관해 꾸밈없고 진실한 이야기를 해주길 바란다. 머나먼 땅에서 친척에게 보내는 소식 같은 이야기. 진실하게 산 사람의 이야기라면 그것은 멀리 떨어진 땅에서의 이야기가 틀림없을 테니 말이다. 아마도 이 글들은 가난한 학생들에게 특히 가 닿을 것이며 나머지 독자들은 자신에게 적용되는 부분을 받아들일 것이다. 솔기를 억지로 잡아 늘리면서까지 작은 코트를 입으려는 사람은 없을 것이다. 코트는 맞는 사람에게나 쓸모가 있을 테니.

나는 중국인이나 샌드위치 섬에 사는 사람들이 아니라 이 글을 읽

---

* 주의 깊은 독자라면 소로가 무엇보다도 독자들이 냉소를 거두어주길 바란다는 것을 알아차릴 것이다. 소로는 "뭘 먹고 살았는지"처럼 자신이 생각하기에 타당한 질문에 대해서는 답하고 싶어하는 한편 "수입의 얼마를 어려운 사람들을 돕는 데 썼는지" 같은 질문들은 시비를 거는 게 분명하다고 생각했다. 반박거리를 찾으면서 책을 읽거나 소로가 가끔씩 마을에서 친구들과 식사를 했다는 사실에 유난스레 호들갑을 떤다면 당신은 『월든』에서 얻는 것이 거의 없을 것이다. 소로에게 반론을 제기할 점들은 많지만 논쟁이 가치가 있으려면 세세한 사항들이 아니라 본질을 보아야 한다.

숲속으로 스며든 경제 27

고 있는 당신, 뉴잉글랜드에 사는 당신에 관한 이야기를 하려고 한다. 당신의 환경, 특히 이 세상, 이 마을에서 당신이 처해 있는 외적인 환경이나 상황에 관한 이야기를 할 것이다. 어떤 상황인지, 지금처럼 나쁜 상황일 수밖에 없는지, 나아지게 할 수는 없는지에 대해 이야기할 것이다. 나는 콩코드에서 이곳저곳을 돌아다녔는데, 상점, 사무실, 들판 어디에서나 주민들은 별의별 방식으로 고행을 하고 있는 것처럼 보였다. 브라만 계층의 승려들이 네 개의 불 앞에 앉아서 태양을 정면으로 쳐다보거나 불 위에 거꾸로 매달려 있다는 이야기를 들은 적이 있다. 혹은 고개를 돌려 자기 어깨 너머로 계속 하늘을 쳐다보다가 "고개가 영영 제자리로 못 돌아오거나 목이 비틀려 유동식 말고는 아무것도 목으로 못 넘기는 지경"에 이르기도 한다고 했다. 혹은 사슬에 묶여 평생을 나무 밑에서 지내거나, 애벌레처럼 기어다니며 광대한 제국의 넓이를 재거나 기둥 꼭대기에 한 발로 서 있기도 한다는 것이다.

하지만 이런 의식적인 고행들은 내가 날마다 목격한 광경보다는 믿기 어렵거나 놀랍지도 않다. 헤라클레스의 열두 가지 과업은 내 이웃들이 떠맡은 일에 비하면 시시할 정도다. 그 과업은 열두 개뿐인데다 끝도 있지만 나는 내 이웃들이 괴물을 죽이거나 붙잡는 모습도, 어떤 과업이 끝이 나는 것도 보지 못했다. 이들에게는 히드라의 머리가 잘린 자리를 달군 쇠로 지져줄 이올라오스 같은 친구도 없어서 머리를 하나 자르고 나면 그 자리에 두 개가 솟아오른다.

내 생각에 마을 젊은이들의 불운은 농장, 집, 헛간, 가축, 농기구를 물려받은 데 있다. 이런 것들은 얻기는 쉽지만 없애기는 그보다 훨씬 어렵기 때문이다. 드넓은 초원에서 태어나 늑대 젖을 먹고 자랐다면 어떤 들판에서 일을 해야 할지 보다 명쾌하게 알 수 있었을지도 모른다. 누가 이들을 땅의 노예로 만들었을까? 사람은 약 9리터 정도의 먼지만 마시게 되어 있는데 왜 이 사람들은 60에이커(24만 제곱미터)나 되는 먼지를 마셔야 할까? 왜 이 사람들은 태어나자마자 자기 무덤을 파기 시작해야 할까?

이 사람들은 자기 앞에 놓인 이 모든 짐을 평생 끙끙 밀면서 살아야 하는데다 가능한 한 성공해야 한다. 젊어진 짐에 짓눌려 거의 으스러지고 질식당할 것 같은 상태로 자기 앞에 놓인 가로 22미터, 세로 12미터의 헛간, 아우게이아스 왕의 외양간처럼 한 번도 청소를 하지 않은 외양간, 40만 제곱미터나 되는 땅, 경작지, 풀밭, 목초지, 식림지를 밀면서 인생의 길을 기어가고 있는, 죽지 못해 사는 가련한 영혼들을 얼마나 많이 만났던가. 그런 불필요하고 거추장스러운 유산을 젊어지고 끙끙대지 않는 사람도 작은 자기 몸 하나 다스리고 건사하기도 힘이 든다.

하지만 사람들은 판단 착오로 그런 고생을 하고 있다. 사람들은 대부분 곧 땅에 묻혀 거름이 된다. 그런데도 흔히 필연이라고 부르는, 운명처럼 보이는 무언가에 이끌려 옛날 책에 나오는 말(성경을 가리킨다.-역주)처럼 '좀과 동록이 해하고 도적이 구멍을 뚫고 도적질'할 재물을 쌓는 데 매달려 있다. 이것은 바보들의 삶이다. 사람들은 그전에는 모를지라도 인생의 끝에 가서는 이를 깨닫게 될 것이다. 전해지는 이야기에 따르면 인간은 데우칼리온(그리스 신화에 나오는 프로메테우스의 아들로 홍수에서 아내 피라와 함께 살아남은 인류의 조상-역주)과 피라가 등 뒤로 던진 돌에서 태어났다고 한다. 월터 롤리(영국의 군인, 탐험가 시인, 산문작가-역주) 경은 이 이야기를 낭랑한 시로 읊었다.

> 그때부터 우리의 마음이 단단하게 굳어져서 고통과 걱정을 견디
> 고 우리의 몸이 본질적으로 돌처럼 냉담하다는 것을 보여주니.*

어설픈 신탁에 맹목적으로 복종해서 등 뒤로 돌을 던지고 그 돌이

---

* 오비디우스, 『변신 이야기』에 나옴.

어디에 떨어졌는지 확인하지도 않다니, 그 이야기는 그만해두자.

비교적 자유로운 이 나라에서도 대부분의 사람이 단순한 무지와 실수로 쓸데없는 걱정에 사로잡히고 불필요하게 힘한 노동에 붙들려 있느라 인생의 달콤한 열매를 따지 못한다. 과도한 노동으로 손가락이 무뎌지고 심하게 떨려서 열매를 딸 수가 없는 것이다. 노동을 하는 사람들은 실제로 단 하루도 진정한 자기 자신이 될 만한 여유가 없다. 타인과 인간다운 관계를 유지할 형편도 안 된다. 그러면 시장에서 그의 노동가치가 낮아질 것이기 때문이다. 그에게는 기계가 아닌 다른 무엇이 될 시간이 없다. 사람이 성장하려면 자신의 무지를 기억해야 하는데, 자신이 아는 것을 그렇게 줄곧 써먹는 사람이 어떻게 자신의 무지를 떠올릴 수 있겠는가. 우리는 사람을 판정하기 전에 때로는 아무 대가 없이 그를 먹이고 입히며 진심을 다해 기운을 회복시켜주어야 한다. 인간의 본성에서 가장 섬세한 특성은 과일의 과분처럼 아주 조심스럽게 다루어야 보존될 수 있다. 하지만 우리는 우리 자신이나 다른 사람들을 그렇게 부드럽게 대하지 않는다.

여러분 중에는 가난해서 살기 힘들다고 생각하는 사람들, 말하자면 때때로 숨이 턱 막힐 정도로 힘든 사람들이 있다는 것을 우리 모두 알고 있다. 분명 이 책을 읽는 독자들 중에는 먹은 밥값을 치르지 못하고, 돈이 없어서 낡았거나 혹은 낡아 아예 못 쓰게 되어버린 코트와 신발을 그냥 걸치고 다니며, 빚쟁이에게 빌린 한 시간으로, 혹은 빚쟁이 몰래 이 글을 읽고 있는 사람도 있을 것이다.

여러분 중 많은 사람이 초라하고 떳떳치 못한 생활을 하고 있을 게 분명하다. 경험으로 갈고 닦은 내 눈에는 환히 보인다. 늘 빠듯하게 살면서 일자리를 구하고 빚에서 벗어나려 안간힘을 쓰고 있을 것이다. 예전에는 동전을 놋쇠로 만들었기 때문에 라틴어로는 빚을 '다른 사람의 놋쇠'라고 불렀다. 빚은 아주 옛날부터 있었던 수렁이지만 지금도 사람들은 이러한 남의 놋쇠 때문에 살아가고 죽고 매장당한다. 항상 내일 갚겠다고 거듭 약속하지만 갚지 못한 채 오늘 죽어간다. 주의 감옥에 갇힐 만한 죄만 피하며 갖은 방법으로 비위를 맞추고 고객을 확보하려고 노력한다.

거짓말하고 아첨하고 맞장구치고, 예절의 껍데기 속에 자기 자신을 가두어버리거나 실속 없이 사람 좋은 듯한 분위기를 풍기며 이웃에게 신발이나 모자, 외투, 마차의 주문을 받아내거나 식료품을 주문하도록 하게 만든다. 병이 들 때를 대비해 지금 자신의 몸을 상하게 하면서 낡은 장롱 속이나 회반죽을 바른 벽 뒤의 양말 속, 혹은 더 안전하게 벽돌 건물로 된 은행에 감추어둘 무언가를 모아둔다. 어디에 보관하든, 금액이 얼마나 많든 적든 간에.

나는 때때로 우리가 흑인노예라는 역겹고 다소 이질적인 형태의 노예제도에 관심을 기울일 만큼 그렇게 어리석을 수 있는지(어리석다고 말해도 될 정도다.) 의아스럽다. 북부와 남부를 모두 노예로 만드는 빈틈없고 교묘한 주인들은 너무나 많다. 남부에 노예감독이 있는 것은 고약하지만 북부에 노예감독이 있는 것은 더 나쁘다. 하지만 최악은 당신이 자기 자신의 노예감독이 되는 것이다. 인간의 존엄성에 대해 말해보자. 낮이고 밤이고 장으로 가기 위해 큰길을 달리는 마부를 보라. 그 사람 안에 어떤 존엄성이 꿈틀거리는가? 마부의 가장 중요한 의무는 말에게 사료와 물을 먹이는 것이다! 하지만 물건을 실어 날라주고 이익을 얻을 수 있다면 자신의 운명 따위가 그에게 무슨 대수겠는가? 그는 대지주인 '평판'님을 위해 마차를 몰고 있지 않은가?

그런 사람이 어떻게 신성한 불멸의 존재란 말인가? 그가 얼마나 몸을 움츠리고 굽실거리는지, 온종일 얼마나 막연한 불안에 시달리는지 보라. 그는 불멸의 존재나 신성한 존재가 아니라 자신에 대한 스스로의 생각과 자신의 행동으로 얻는 평판에 복종하는 노예이자 죄수 신세다. 여론은 스스로의 생각에 비하면 덜 포악한 폭군이다. 사람이 자신을 어떻게 생각하는지가 그의 운명을 결정한다. 아니 더 정확히 말하면 운명을 지시한다. 서인도제도라 하더라도 어떤 윌버포스*가 이러한 환상과 착각에서 자기해방을 이루어줄 것인가? 또한 마지막 날까지 화장대 방석을 짜면서 자신의 운명에 대한 관심이 너무나 미성숙하다는 것을 드러내지 않는 이 땅의 여자들을 생각해보라! 마치 시간을 헛되이 보내도 영원히 계속된다고 생각하는 것 같다.

많은 사람들이 조용한 자포자기의 삶을 살고 있다.** 체념이란 자포자기가 굳어진 것이다. 사람들은 자포자기의 도시에서 자포자기의 시골로 가서 용감한 밍크와 사향쥐를 사냥하며 위안을 얻는 수밖에 없다. 인간이 즐기는 경기나 오락에는 너무나 익숙하지만 의식하지 못하는 이러한 자포자기가 숨어 있다. 여기에는 놀이가 없다. 놀이는 일 뒤에 오는 것이기 때문이다. 하지만 자포자기하지 않는 것이 현명한 사람의 특징이다.

교리문답서 식으로 인간의 주된 존재 이유, 삶에 진정으로 필요한 것, 진실한 삶의 방법이 무엇인지 깊이 생각해보면 사람들이 의도적으로 평범한 삶의 방식을 선택하는 것은 이를 다른 방식보다 선호하기 때문인 것으로 보인다. 하지만 사람들은 솔직히 다른 선택권이 없다고 생각한다. 그러나 영민하고 건전한 본성을 지닌 사람들은 밝게 떠오르는 태양을 기억한다. 편견을 버리기에 너무 늦은 때란 없다. 아무리 오래된 사고방식이나 행동이라도 입증되지 않은 것은 믿지 않아도 된다. 오늘 모든 사람이 진실이라며 공감하거나 별 말 없이 넘긴 사고와

---

* 윌리엄 윌버포스(1759~1833) : 영국령 서인도제도의 노예들을 해방시키기 위해 싸운 영국의 노예 폐지운동 지도자.

** 자기가 살던 사회에 관한 소로의 주장 중 핵심이 되는 말이다. 당시는 여론조사가 생겨나기 전이라서 우리는 소로의 말을 그대로 믿을 수밖에 없다. 오늘날 전체 미국 근로자의 거의 절반이 '극도의 피로'에 시달리고 있고, 71퍼센트가 하루가 끝날 무렵이면 "몹시 지친다."는 보고가 있다.

행동이 내일은 허위로 판명될 수 있다. 어떤 사람들이 들판을 비옥하게 하는 비를 뿌려줄 구름이라고 믿은 것이 단지 허무한 여론에 지나지 않을 수도 있다. 또한 노인들이 불가능하다고 말하는 일을 시도해보고 할 수 있다는 것을 알게 되기도 한다. 노인들에게는 예전의 행동이 맞고 젊은 사람들에게는 새로운 행동이 맞다. 어쩌면 노인들은 불을 꺼트리지 않으려면 새 땔감을 넣어야 한다는 사실을 몰랐을 수도 있다. 젊은 사람들은 냄비 아래에 마른 나무를 조금 더 넣는다. 그리고 새처럼 빨리 세상을 돌고 있다. 노인들이 그렇게 했다간 말 그대로 죽을 만큼 빠르게.

나이가 많다고 젊은이보다 남을 가르칠 자격이 더 높은 것도 아니고 충분한 자격이 있는 것도 아니다. 나이가 들면서 잃는 것만큼 얻는 게 없기 때문이다. 가장 현명한 사람이 과연 살면서 무언가 절대적인 가치를 배웠는지는 의문이다. 실제로 노인들에게는 젊은이들에게 해줄 만한 중요한 조언이 없고, 노인들의 경험은 지극히 부분적인데다 이들의 삶은 스스로 믿는 것처럼 개인적인 이유들로 비참한 실패를 겪었다. 어쩌면 노인들에게 그러한 경험과 일치하지 않는 믿음이 남아 있을지도 모르고, 단지 예전만큼 젊지 않을 뿐일 수도 있다.

나는 지구에서 30년 정도를 살아왔지만 선배들로부터 가치 있거나 진지한 조언의 '조'자도 들어본 적이 없다. 선배들은 나에게 아무 말도 해주지 않았다. 아마 조언을 해줄 수 없는지도 모른다. 인생은 내가 거의 시도해보지 않은 하나의 실험이다. 하지만 선배들이 시도한 삶은 내게 도움이 되지 않는다. 내가 가치 있다고 생각되는 경험을 하게 되면 분명 나는 내 스승들이 여기에 대해 아무런 말도 하지 않았다는 걸 알게 될 것이다.

어떤 농부는 내게 "채소만 먹고는 살 수 없습니다. 채소에는 뼈를 만드는 영양분이 없으니까요."라고 말한다. 그래서 그 농부는 뼈에 필요한 재료를 자기 몸에 공급하기 위해 어김없이 하루의 일부분을 바친다. 농부는 이 말을 하는 내내 황소 뒤를 따라 걸었는데, 채소만 먹고도 뼈를 만든 황소는 온갖 장애물에도 끄떡없이 농부와 육중한 쟁기를 끌고 앞으로 나아간다. 의지할 데 없고 병든 사람들로 이루어진 집단에서는 생활에 필요한 물건들이 다른 집단에서는 사치품에 지나지 않고 또 다른 집단에서는 전혀 알지 못하는 물건일 수도 있다.

어떤 사람들은 우리 조상들이 언덕이건 계곡이건 인간이 생활하는 땅 전체를 이미 다 조사했고 모든 것을 보살핀 것처럼 생각하기도 한다. 이블린에 따르면 "현자 솔로몬은 나무 사이의 간격까지도 법령으로 정했다. 로마의 집정관들은 이웃의 땅에 들어가 떨어진 도토리를 주웠을 때 몇 번까지는 무단침입이 아닌지, 그리고 그 이웃과 도토리를 어떤 비율로 나누어야 하는지도 정해놓았다."* 심지어 히포크라테스는 손톱을 어떻게 깎아야 하는지에 대해서도 지침을 만들었다. 손톱은 손가락 끝과 같은 높이여야 하며 더 짧지도, 길지도 않아야 했다.

삶의 다채로움과 기쁨을 소진시킨다고 생각되는 지루함과 따분함은 분명 아담의 시대만큼 오래되었다. 하지만 인간의 능력은 측정된 적이 없고 인간이 무엇을 할 수 있는지는 어떤 선례로도 판단하지 못한다. 시도된 것이 너무 적기 때문이다. 지금까지 어떤 실패를 했더라도 "괴로워하지 마라, 나의 아들아, 네가 실패한 일에 대해 누가 널 탓하겠느냐?"**

우리는 수천 가지의 간단한 검사로 우리 삶을 시험해볼 수 있다. 예를 들어, 내 콩을 익게 해주는 바로 그 태양이 우리 지구 같은 행성들의 체계를 동시에 비추고 있다. 내가 이 사실만 기억했어도 몇 가지 실수를 피했을 텐데. 이 빛은 내가 콩밭을 일굴 때 내리쬐던 빛이 아니

---

* 존 이블린, 「식물지 혹은 삼림수와 목재의 증식에 관한 논문」(1679) 중에서.
** H. 윌슨 번역, 『비슈누 푸라나』(1840)에서. 소로는 동방의 철학서와 종교문학을 널리 읽었고 그의 '초월적인' 면은 상당 부분 이 책들의 영향으로 볼 수 있다.

다. 별은 얼마나 경이로운 삼각형의 꼭짓점을 이루고 있는가! 우주의 다양한 별자리에 사는 멀리 떨어진 서로 다른 존재들이 동시에 같은 것을 응시하고 있다니! 자연과 인간의 삶은 우리의 여러 체질만큼이나 다양하다. 다른 사람의 삶이 어떨 거라고 누가 말할 수 있겠는가? 우리가 일순간 서로의 눈을 들여다보는 것보다 더 큰 기적이 일어날 수 있을까? 그러면 우리는 한 시간 안에 세상의 모든 시대, 그러니까 시대의 모든 세상을 살아낼 것이다. 역사, 시, 신화! 나는 서로의 눈을 보는 것만큼 놀랍고 유익하게 다른 사람의 경험을 읽은 적이 없다.

내 이웃들이 선이라고 부르는 많은 것들을 내 마음은 악이라고 믿는다. 내가 뭔가를 후회한다면 그것은 나의 선한 행위일 가능성이 크다. 어떤 악마에 홀려 내가 그렇게 선하게 행동했을까? 70년이나 살았고 그런대로 존경도 받고 있는 노인은 할 수 있는 한 가장 지혜로운 말을 할지도 모르겠지만 내게는 그 모든 말을 멀리하라는 거부할 수 없는 목소리가 들린다. 한 세대는 좌초한 배와 같은 다른 세대의 사업을 버린다.

나는 우리가 지금보다 더 많은 걸 믿어도 무방하다고 생각한다. 우리 자신에 관한 엄청난 걱정을 내려놓고 마음 가는 대로 다른 곳에 관심을 둘 수도 있다. 자연은 우리의 강점뿐 아니라 약점에도 잘 적응한다. 끊임없는 걱정과 긴장은 거의 불치병이나 다름없다. 우리는 우리가 하는 일의 중요성을 과장하는 경향이 있다. 그러나 우리가 하지 않은 일이 얼마나 많은가! 혹은 우리가 병이라도 났더라면 어떻게 되었을까? 우리는 얼마나 신경을 곤두세우고 있는가! 우리는 할 수만 있으면 신앙에 의지해 살지 않겠다고 굳게 결심한다. 하지만 하루 온종일 빈틈없이 경계하다가 밤이 되면 마지못해 기도를 올리고 불확실한 것에 자신을 맡겨버린다. 우리의 삶을 존중하는 변화의 가능성을 부인하면서 너무나 철저하고 진지하게 살도록 강요당한다. 이렇게 사는 것밖에 방법이 없다고 말하지만, 하나의 중심에서는 무수한 반지름을 그릴 수 있는 법이다.*

　변화를 고려하는 것만으로도 기적이다. 하지만 기적은 매순간 일어나고 있다. 공자는 "우리가 아는 것은 안다고 하고 모르는 것은 모른다고 하는 것이 진실로 아는 것이다."라고 말했다. 한 사람이 상상한 사실을 자신이 이해할 수 있는 사실로 바꾸면 결국에는 모든 사람이 그러한 기초 위에 삶을 구축할 것으로 예상된다.

　앞서 언급한 대부분의 문제와 걱정이 무엇에 관한 것인지, 과연 그 문제가 우리를 힘들게 하고 적어도 주의를 기울일 필요가 있을 만큼 대단한 건지 생각해보자. 지금 우리는 물질문명의 한복판에 살고 있긴 하지만 생활을 하려면 꼭 필요한 물건들은 어떤 것들이고, 이것들을 얻으려면 어떻게 해야 하는지 알고 싶으면 원시적이고 개척자적인 생활을 해보는 것도 도움이 될 것이다. 아니면 상인들의 옛날 장부를 훑어보고 사람들이 상점에서 가장 흔히 산 것이 무엇이며, 무엇을 보관했는지, 즉 가장 중요한 일용품이 무엇인지 알아봐도 좋을 것이다. 우리의 골격이 조상들의 골격과 크게 다르지 않은 것처럼 시대가 발전하더라도 인간의 본질적인 존재법칙은 거의 달라지지 않기 때문이다.

　내가 말하는 '생필품'이란 인간이 자신의 노력으로 얻은 모든 것들 중에서 처음부터 있었거나 오래 사용해온 것으로, 미개하거나 가난해서 혹은 철학적인 이유에서 그것 없이 살려고 시도를 해본 사람이 아예 없지는 않겠지만 거의 없을 정도로 인간생활에 아주 중요해진 물건을 의미한다. 이런 의미에서 많은 생물에게 생필품은 단 하나다. 바로 먹을 것이다. 대초원의 들소에게는 약간의 맛있는 풀과 마실 물이

---

*　다른 방식으로 살 수도 있다는 생각이 해가 갈수록 엷어지고 있다는 생각이 든다. 우리는 텔레비전, 교역 증가, '관세와 무역에 관한 일반협정' 같은 법을 통해 맹렬하게 우리의 체계를 전파시키고, 그 과정에서 우리에게 영향을 미칠 수 있는 다른 생각들은 덮어버린다.

생필품이다. 들소가 숲의 은신처나 산그늘을 필요로 한다는 걸 제외했을 경우다. 먹을 것과 은신처 외에 동물들에게는 더 필요한 것이 없다.

이런 맥락에서 사람의 생필품은 정확하게 의, 식, 주, 연료 같은 몇 가지 항목으로 나뉠 수 있다. 이런 것들이 확보되어야 우리가 삶의 진정한 문제들을 기꺼이 받아들이고 성공할 가능성이 생기기 때문이다. 인간은 집뿐 아니라 의복을 발명하고 음식을 요리했다. 그리고 어쩌면 우연히 불이 따뜻하다는 걸 발견했을 것이고, 이것을 사용하게 되면서 처음에는 사치품이던 불이 지금은 그 옆에 앉아 있어야 하는 필수품이 되었다.

우리는 개와 고양이가 제2의 천성을 얻는 것을 관찰할 수 있다. 적절한 집에서 적절한 옷을 입고 살면 우리는 체내의 열을 적당하게 유지한다. 하지만 집과 의복 혹은 연료가 지나치면, 즉 체내보다 체외의 열이 더 높아지면 우리 몸이 삶아지기 시작한다고 말할 수 있지 않을까? 티에라 델 푸에고 섬의 원주민들에 관해 박물학자 다윈이 한 이야기에 따르면, 다윈의 일행들은 모두 옷을 단단히 껴입고 불 가까이에 앉아 있는데도 따뜻하게 느끼지 않은 반면 벌거벗은 원주민들은 불에서 멀리 떨어져 있는데도 "땀을 줄줄 흘리면서 구워지고" 있어서 깜짝 놀랐다고 한다. 오스트레일리아 원주민들은 벌거벗고 살아도 멀쩡한 반면 유럽인들은 옷을 입고도 추워서 떤다는 이야기도 들었다. 이 원주민들의 강건함과 문명인들의 지력을 결합하기란 불가능할까? 리비히(독일의 화학자―역주)는 인간의 몸은 난로이고 음식은 폐의 내부 연소를 유지시켜주는 연료라고 했다.

우리는 날씨가 추울 때는 음식을 더 먹고 따뜻할 때는 덜 먹는다. 동물의 체온은 연소가 천천히 일어난 결과다. 연소가 너무 빨리 일어나면 병에 걸리거나 죽는다. 연료가 부족하거나 통풍장치에 무슨 결함이 있으면 불이 꺼지는 것이다. 물론 생명에 필요한 열과 불을 혼동해서는 안 되지만 유사한 점이 많다. 따라서 위에서 말한 것들 중에서 '동물의 생명'이란 표현은 '동물의 열'과 거의 비슷한 뜻이다. 음식은 우리 몸속의 불을 유지시켜주는 연료로 간주될 수 있는 반면(그리고 연료는 그 음식을 준비하거나 외부에서 열을 더해 우리 몸을 더 따뜻하게 해주는 역할을 한다.) 집과 의복은 그렇게 생성되어 흡수된 열을 유지시켜주는 역할만 하기 때문이다.

그러므로 우리 몸에 중요한 필수품은 몸을 따뜻하게 유지시키는 것, 몸 안의 생명의 열을 유지시키는 것이다. 그것 때문에 우리는 음식, 의복, 집뿐 아니라 은신처 안의 은신처를 준비하기 위해 새의 둥지와 가슴깃털을 훔쳐 우리 몸을 감싸주는 잠자리를 마련하는 데 얼마나 공을 들이는가. 두더지가 굴 안쪽에 풀과 나뭇잎으로 잠자리를 마련하는 것과 다를 바 없다! 가난한 사람은 이 세상이 춥다고 불평을 해댄다. 우리는 우리가 겪는 고통의 많은 부분이 사회적 냉기 못지않게 육체적 추위 탓이라고 생각한다. 어떤 기후에서는 여름에 극락과 같은 생활을 누릴 수 있다. 연료도 음식을 요리할 때 외에는 쓸 일이 없다. 태양이 불이 되고 많은 과일들이 이미 햇살에 먹기 좋게 익어 있다. 일반적으로 음식을 더 다양하고 쉽게 구할 수 있으며, 옷과 집은 전혀 필요 없거나 반쯤만 있어도 된다.

내가 경험해봐서 알지만, 오늘날 이 나라에서 필수품 다음으로 중요한 것은 몇 가지 도구와 칼, 도끼, 가래, 손수레 등이고 학구적인 사람들에게는 등불, 문구류, 몇 권의 책인데, 모두 약간의 돈만 주면 구할 수 있다. 하지만 일부 현명하지 못한 사람들은 지구 반대편의 미개하고 비위생적인 지역으로 가서 10년 혹은 20년을 장사에 바친다. 결국 뉴잉글랜드에 돌아와 편안하게 따뜻함을 유지하다가 죽기 위해서다. 사치스러운 부자들은 단순히 편안하게 따뜻함을 유지하는 것이 아니라 부자연스럽도록 뜨겁게 산다. 앞에서 암시했듯이, 이 사람들은 그야말로 최신식으로 삶아지고 있는 것이다.

대부분의 사치품과 소위 생활에 편안함을 제공하는 많은 편의품들은 없어도 되는 것일 뿐 아니라 인류의 향상에 분명 방해가 된다. 사치품과 편의품 얘기를 하자면, 가장 현명한 사람들은 가난한 사람들보다 더 간소하고 결핍된 생활을 했다. 중국, 인도, 페르시아, 그리스의 고대 철학자들은 외적인 부로 따지면 누구보다 가난했지만 내면적으로는 어느 누구보다 부유한 사람들이었다. 우리는 이들에 대해 많이 알지 못한다. 하지만 우리가 이 정도로 그들에 대해 아는 것도 놀라운 일이다. 현대의 개혁가들과 자기 종족에게 은혜를 베푼 사람들도 마찬가지다. 자발적 빈곤이라고 부르는 이 우월한 입장이 아니고서는 인간의 삶을 공정하고 현명하게 관찰할 수 없다. 농업에서건, 상업, 문학, 예술에서건 사치스런 삶에서 맺은 열매는 사치품일 뿐이다.

오늘날 철학교수는 있지만 철학자는 없다. 하지만 한때는 철학적으로 사는 것이 존경을 받았으니 그것을 가르치는 것도 존경할 만하다. 철학자가 된다는 것은 단지 예리한 생각을 하거나 하나의 학파를 세우는 것이 아니라 지혜를 사랑해서 그 지혜가 가르치는 대로 간소하고 남에게 의지하지 않으며 관대하게 신뢰 있는 삶을 사는 것이다.

철학은 인생의 문제들을 이론적으로뿐 아니라 실질적으로도 조금은 해결하는 것이다. 뛰어난 학자와 사상가들의 성공은 일반적으로 왕다운, 남자다운 성공이 아니라 신하처럼 행동함으로써 거두는 성공이다. 이들의 조상들이 그랬듯 이들은 단지 순응하면서 그럭저럭 살아가려고 애쓰며, 결코 더 고귀한 인류의 조상이 되지 못한다. 하지만 인류가 왜 타락했겠는가? 무엇 때문에 그 많은 가문이 몰락했을까? 나라들을 무기력하게 만들고 파괴시키는 사치의 본질은 무엇인가? 우리 자신의 삶에 전혀 그런 면이 없다고 확신할 수 있을까? 철학자는 삶의 외적인 모습에 있어서도 자신의 세대보다 앞서나간다. 철학자는 동시대를 살아가는 사람들처럼 먹고 자고 입고 몸을 따뜻하게 하지 않는다. 어떻게 철학자이면서 다른 사람들보다 더 좋은 방법으로 생명의 열을 유지하지 않을 수 있겠는가 말이다.

내가 앞에서 말한 몇 가지 방법으로 몸을 따뜻하게 하고 나면 사람들은 그다음에 무엇을 원할까? 분명 더 기름진 음식을 먹고, 더 크고 웅장한 집에서 살며, 더 좋은 옷들을 많이 입고 더 뜨거운 불을 끝없이 쬐며 더 따뜻해지기를 바라는 건 아닐 것이다. 인생에 필요한 그런 요소들을 얻고 나면 같은 것을 더 과하게 얻기보다 다른 대안을 찾아야 할 것이다. 즉 이제부터 비천한 고생에서 해방되어 인생의 모험을 하는 것이다. 씨앗의 어린뿌리가 땅에 내린 걸 보면 흙은 씨앗과 잘 맞는 것처럼 보인다. 이제 자신 있게 가지를 뻗어도 좋을 것이다.

사람이 대지에 그렇게 굳건하게 뿌리를 내리고 있는 이유는 무엇일까? 그렇다고 해서 뿌리를 내린 만큼 하늘 높이 올라갈 수 있을까? 귀한 식물은 땅에서 멀리 떨어진 공기와 빛 속에서 비로소 맺는 열매 때문에 가치 있게 여겨지며 더 하찮은 식용식물과 다르게 취급된다. 하찮은 식용식물들은 2년생일지라도 뿌리가 완전히 자랄 때까지만 재배되고 뿌리를 얻으려고 대개 윗부분은 잘라버리기 때문에 개화기에도 사람들은 이 식물들의 꽃을 보지 못한다.

나는 강하고 용맹한 사람들에게 삶의 원칙을 알려주려는 게 아니다. 그들은 천국에서건 지옥에서건 자신의 일을 챙기고 최고 부자보다 더 웅장한 집을 짓고 더 사치스럽게 돈을 써도 결코 가난해지지 않을 것이다. 그들이 어떻게 사는지는 모르겠지만 실제로 그런 삶이 있다면 꿈속에서나 존재할 것이다. 또한 주어진 상황에서 용기와 영감을 얻어 여기에 연인들 같은 애정과 열정을 쏟으며 소중하게 여기는 사람들(나는 어느 정도는 여기에 속한다고 생각한다.)에게 말하는 것도 아니다. 그들은 어떤 환경에서도 만족스럽게 지내고 자신이 만족하는지 아닌지 알고 있는 사람들이기 때문이다. 내가 말하려고 하는 주 대상은 삶에 만족하지 못하고 개선할 수 있는데도 가혹한 운명이나 시대를 부질없이 한탄만 하고 있는 사람들이다. 어떤 사람들은 자기들 딴에는 할 일을 다 하고 있다며 아무것에나 애통해하고 불만을 터뜨린다. 또한 나는 겉으로는 부자이지만 어느 계층보다 지독하게 가난한 사람들도 염두에 두고 있다. 이들은 싸구려 물건들을 쟁여놓았지만 어떻게 쓰는지, 혹은 어떻게 버리는지 몰라서 스스로에게 금이나 은으로 된 족쇄를 만들어 채운다.

내가 지난 몇 년간 어떻게 살고 싶었는지 말하면 실제 내 모습을 알고 있는 독자들은 좀 놀랄 것이고 전혀 모르는 독자들은 크게 놀랄 것이다. 나는 내가 소중히 여기는 일들의 일부를 넌지시 비치기만 할 것이다.

어떤 날씨건, 낮이나 밤의 어느 시간이건 나는 순간을 잘 이용하고 내 지팡이에도 그 순간을 새겨 넣고 싶었다. 과거와 미래라는 두 영원이 만나는 정확한 현재의 순간, 그 선에 발끝을 대고 서고 싶었다. 애매하게 말하는 것을 용서하기 바란다. 내 일은 다른 사람의 일보다 비밀스러우며, 일부러 비밀을 지키려는 게 아니라 본질적으로 비밀과 분리될 수 없기 때문이다. 내가 아는 것은 모두 기꺼이 말할 것이며, 결코 내 대문에 '출입금지'라고 써 붙이지는 않을 것이다.

나는 오래전에 사냥개 한 마리, 밤색 말 한 마리, 멧비둘기 한 마리를 잃어버렸는데, 지금도 이 동물들을 찾고 있다. 많은 여행객들에게 이 동물들에 관해 들려주었고 이들이 다니는 길이 어디이며 뭐라고 불러야 반응을 보이는지도 설명했다. 나는 사냥개 짖는 소리와 말이 달리는 소리를 들은 적이 있다는 사람, 심지어 비둘기가 구름 뒤로 사라지는 모습을 봤다는 사람도 한두 명 만났다. 이 사람들은 자기 것을 잃어버린 양 이 동물들을 찾고 싶어하는 것처럼 보였다.

해가 뜨고 날이 지는 것뿐 아니라 가능하다면 자연 자체를 예측할 수 있다면 얼마나 좋을까! 여름이건 겨울이건 나는 얼마나 많은 아침에, 아직 어떤 이웃도 깨어나 활동하기도 전에 이미 내 일을 하고 있었던가! 분명 많은 마을사람들, 가령 새벽 어스름 속에서 보스턴으로 출발하는 농부들이나 일터로 가던 나무꾼들이 벌써 일을 마치고 돌아오는 나를 보았다. 내가 해가 뜨는 걸 실질적으로 도운 건 아니지만 그 현장에 있었다는 점만으로도 의미가 있는 건 분명하다.

숱한 가을날과 겨울의 시간들 속에서 나는 마을 밖으로 나가 바람이 전해주는 말을 듣고, 그 이야기를 얼마나 빨리 전하려고 애썼던가! 나는 온 힘을 쏟아부었고 숨을 헐떡이며 바람 속을 뚫고 달리기도 했다. 아마 바람이 전해주는 말이 양쪽 정당에 관한 소식이었다면 틀림없이 가제트 지에 속보로 실렸을 것이다. 어떤 때는 새로운 소식을 타전하기 위해 절벽이나 나무의 망루에 올라가 관찰하기도 하고 저녁에 언덕꼭대기에 올라가 하늘이 내가 잡을 만한 무언가를 떨어뜨려주길 기다리기도 했다. 하지만 나는 많은 것을 잡고자 했지만 결코 대단한 것을 잡지 못했고, 붙잡은 것도 금세 햇빛에 다시 녹아버렸다.

오랫동안 나는 발행부수가 별로 많지 않은 한 잡지의 기자였다. 그 잡지의 편집장은 내가 기고한 글들이 대부분 잡지에 싣기에는 적합하지 않다고 생각했다. 그래서 기자들이 흔히 그렇듯 나는 고생만 했다. 그러나 이번 경우에 내 고생은 나름의 보상을 받았다.

수년 동안 나는 눈보라와 폭풍우 관측 통보관을 자처했고 내 의무를 충실히 이행했다. 또한 측량기사 노릇도 해서 큰길은 아니더라도 숲길과 모든 지름길을 내두었고, 사람들이 많이 지나다녀 다리가 필요하다고 확인되면 산골짜기에 다리를 놓아 사시사철 지나갈 수 있게 했다.

나는 울타리를 뛰어넘어 성실한 목동을 애먹이는 마을의 사나운 가축들을 돌보는 일을 했고, 사람들이 잘 지나다니지 않는 농장의 구석구석까지 살펴왔다. 요나나 솔로몬이 오늘 어느 밭에서 일하는지 늘 알고 있는 건 아니지만 그건 내가 신경 쓸 일이 아니었다. 나는 빨간 열매가 열리는 월귤나무, 모래땅에서 자라는 벚나무, 팽나무, 아메리카 적송, 검은 물푸레나무, 흰 포도나무, 노란 제비꽃에 물을 주었다.

그러지 않았으면 그 식물들은 건기에 말라죽었을지도 모른다.

요컨대 나는 오랫동안 이 일을 계속했고, 자랑하는 건 아니지만 충실하게 내 일을 했다. 마을사람들이 결국 나를 마을 임원목록에 올려주거나 약간의 수당이 나오는 한직을 주지 않으리라는 것이 점점 확실해지기 전까지는. 맹세코 충실하게 기록한 내 장부는 한 번도 감사를 받은 적이 없다. 결제받아 돈이 지급되거나 정산된 적은 더더구나 없다. 그러나 나는 이것을 바라지는 않는다.

얼마 전에 한 떠돌이 인디언이 우리 동네에 사는 유명한 변호사의 집에 바구니를 팔러 왔다. 인디언이 "바구니 사시겠어요?"라고 묻자 "아뇨, 우리는 필요 없어요."라는 대답이 돌아왔다. 인디언은 문을 나가며 소리를 질렀다. "세상에! 우리를 굶겨 죽일 작정입니까?" 그 인디언은 부지런한 백인 이웃들이 아주 잘사는 모습을 보고, 그러니까 변호사가 그저 변론을 엮는 것만으로 마술처럼 부와 지위가 따르는 모습을 보고 자기도 사업을 해야겠다고 생각했다. '나는 바구니를 엮으리라. 그게 내가 할 수 있는 일이니까.' 그는 바구니만 엮으면 자기 할 일을 다한 것이고 바구니를 사는 건 백인들의 몫이라고 생각했다. 다른 사람들이 살 만한 가치가 있는 바구니를 만들거나 적어도 다른 사람들이 그 바구니가 가치 있다고 생각하게 하거나 혹은 살 만한 가치가 있는 다른 물건을 만들어야 한다는 걸 알지 못했다.

나도 바구니 비슷한 걸 촘촘하게 엮어본 적이 있지만 다른 사람이 살 가치가 있게 만들지는 못했다. 그렇긴 하지만 나는 바구니를 엮는 것도 가치가 있는 일이라고 생각했고 다른 사람이 살 가치가 있는 바구니를 만드는 방법 대신 바구니들을 팔지 않아도 되는 방법을 궁리했다. 사람들이 성공적이라 생각하며 칭찬하는 삶도 그저 살아가는 한 방법일 뿐이다. 왜 우리가 다른 방식의 삶들을 희생시켜가며 군이 한 형태의 삶을 과대평가해야 하는가?

내 이웃의 주민들이 내게 군청의 자리나 부목사 자리, 혹은 그 외에 생계를 꾸릴 수 있는 자리를 줄 조짐이 안 보이고 나 혼자 힘으로 꾸려 나가야 한다는 걸 알게 되자 나는 그 어느 때보다 더 숲으로 눈을 돌렸다. 숲에서는 내가 그런대로 알려진 편이었다. 나는 필요한 자본이 마련될 때까지 기다리지 않고 수중에 있던 얼마 안 되는 돈으로 당장 사업에 착수하기로 결심했다. 월든 호수로 간 목적은 돈을 적게 들이며 살거나 고생스런 생활을 하기 위해서가 아니라 방해물을 최소로 하면서 몇 가지 개인적인 사업을 하기 위해서였다. 상식이 부족하고, 기업이나 사업을 끌어갈 만한 재능이 없다고 뜻을 이루지 않는 것은 안타깝기보다는 어리석어 보였다.

나는 항상 엄격한 사업 습관을 들이려고 노력했다. 이런 습관은 누구에게나 반드시 필요하다. 만약 당신이 중국과 무역을 한다면 세일럼 항구 같은 곳의 바닷가에 작은 회계 사무실을 차리면 충분할 것이다. 당신은 이 나라에서 생산되는 것들과 산지에서 채취한 많은 얼음과 소나무 목재, 약간의 화강암 등을 항상 이 나라의 선박에 실어 수출할 것이다. 이것은 모험은 따르겠지만 괜찮은 사업이 될 것이다. 모든 세부사항을 직접 감독해야 하며, 키잡이며 선장, 선주 및 보험업자가 되어야 한다. 물건을 사고 팔며 회계도 맡아야 한다. 받은 편지는 모두 읽고 보낼 편지는 모두 직접 쓴 뒤 점검해야 한다. 밤이고 낮이고 수입품을 배에서 내리는 작업을 감독해야 하고 해안 곳곳을 거의 동시에 왔다 갔다 해야 한다(가장 값진 화물들이 종종 저지 해안에 내려질 테니까). 전신도 직접 맡아 끊임없이 수평선을 살피고 연안을 향하는 모든 지나가는 배에게 연락을 해야 한다. 또한 비싼 값을 받을 수 있는 먼 시장에도 꾸준히 상품을 보내야 한다.

모든 원정대의 탐사 결과를 활용하고 새로운 항로와 항해기술 발전을 이용해 곳곳의 시장상황 및 전쟁과 평화의 가능성을 잘 파악해서 무역과 문명화 동향을 예측해야 한다. 해도를 연구하고 암초와 새로 생긴 등대, 부표의 위치를 확인하며 수시로 대수표(對數表)를 수정해야 한다. 계산하는 사람이 실수를 하면 낯익은 부두에 닿아야 할 배가 종종 바위에 부딪쳐 부서져버리기 때문이다. 아직까지도 소식을 모르는 라 페루즈(프랑스의 해군 장교이자 탐험가로 탐험 도중 실종됨-역주)의 운명이 좋은 예다. 한노(카르타고의 제독, 탐험가-역주)와 페니키아인들부터 오늘날에 이르기까지 모든 위대한 탐험가, 항해사, 모험가와 상인의 삶을 공부해서 보편적인 과학에 뒤처지지 말아야 한다. 끝으로, 재고 장부를 수시로 조사해 현황을 파악해야 한다. 손익, 이자, 용기 중량 산정법*과 용기 안에 담긴 온갖 종류의 내용물 측정 같은 문제는 박식한 지식이 필요해서 인간의 능력이 요구되는 일이다.

나는 월든 호수가 사업을 하기에 알맞은 곳이라고 생각해왔다. 단지 철도가 있고 얼음 거래를 하는 곳이기 때문만은 아니다. 월든 호수에는 세상에 알려지면 좋지 않을 수도 있는 장점들이 있는데, 바로 좋은 교역장과 기반시설이다. 네바 강의 습지처럼 메워야 할 곳도 없다. 집을 지으려면 어디든 직접 말뚝을 박아 지어야겠지만 말이다. 서풍을 동반한 밀물이 들어와 네바 강이 얼면 상트페테르부르크는 지구 표면에서 휩쓸려 사라져버릴 것이라고 한다.

이 사업은 별다른 자본 없이 시작해야 했기 때문에 그런 사업에 없어서는 안 될 수단들을 어디에서 확보할지 쉽게 짐작할 수 없을 것이다. 문제의 실질적인 부분으로 바로 들어가 옷부터 이야기해보자. 옷을 살 때 우리는 정말로 실용성이 있는가보다는 새것에 이끌리는 성향이나 타인의 시선에 이끌리는 경우가 더 많다. 일을 해야 하는 사람에게 옷의 목적은 첫째, 체온을 유지하고 둘째, 지금 같은 사회에서는 맨몸을 가리기 위해서임을 깨우쳐야 한다. 그러면 그는 옷을 더 사지

---

* 소매로 판매되는 상품의 순 중량을 계산할 때는 일반적으로 두 가지 중량을 뺀다. 하나는 용기의 중량이고, 다른 하나는 운반 중에 감손되는 중량이다.

않고도 필요한 일이나 중요한 일을 얼마나 많이 할 수 있는지 알게 될 것이다.

재단사와 재봉사가 지어 바치는 옷을 한 번만 입고 마는 왕과 왕비는 몸에 맞는 옷을 입는 편안함을 알 수 없다. 그 사람들은 깨끗한 옷을 걸어두는 목마나 다름없다. 옷은 입는 사람의 특징이 새겨져 매일 우리 자신과 점점 하나가 되어간다. 그래서 우리는 옷을 벗어야 할 때마다 의료기기를 떼는 기분으로 우물쭈물 망설이며 진지해진다. 옷을 우리 몸처럼 생각하는 것이다.

나는 옷을 기워 입었다고 해서 그 사람을 얕잡아본 적이 없다. 하지만 나는 일반적으로 사람들이 건전한 양심을 지니는 것보다 세련된 옷, 적어도 기운 자국이 없는 깨끗한 옷을 입는 것에 대한 열망이 더 크다고 확신한다. 하지만 설령 찢어진 곳을 수선하지 않고 입는다 해도 겉으로 드러나는 최악의 결함은 부주의한 사람이라는 점 정도일 것이다. 나는 때때로 다음과 같은 질문을 던져 지인들을 시험해본다. "무릎에 천을 대어 박거나 해진 곳을 짜깁기한 바지를 입을 수 있겠습니까?"

사람들은 대부분 그런 옷을 입을 정도의 사람이라면 성공하기는 다 틀렸다는 식으로 행동한다. 그 사람들에게는 찢어진 바지를 입느니 부러진 다리로 절뚝거리며 시내에 나가는 편이 훨씬 나을 것이다. 신사가 다리를 다치면 대개 치료를 할 수 있지만 바짓가랑이가 찢어지게 되면 어떻게 할 방법이 없다고 여긴다. 무엇으로 진정 존중을 받느냐가 아니라 그저 존중받는 것에만 관심을 두기 때문이다. 우리는 사람에 대해서는 별로 모르면서 외투와 반바지에 대해서는 많이 안다.

허수아비에게 당신이 최근에 입었던 옷을 입히고 그 옆에 무기력하게 서 있으면 허수아비에게 먼저 인사하지 않을 사람이 누가 있을까? 나는 요전 날 옥수수 밭을 지나가다가 말뚝 위에 걸쳐놓은 모자와 외투를 보고서야 그 옆에 있는 밭주인을 알아보았다. 그는 지난번에 보

앞을 때보다 약간 햇볕에 더 그을린 모습이었다. 옷을 입고 주인의 땅에 가까이 오는 낯선 사람에게는 어김없이 짖어대지만 발가벗은 도둑을 보고는 이내 조용해졌다는 개에 대한 이야기를 들은 적도 있다. 사람의 옷을 벗겨놓으면 현재 자신의 지위를 얼마나 유지할 수 있을지는 흥미로운 문제. 이런 경우 당신은 가장 존경받는 계층에 속하는 문명인들을 확실하게 구분할 수 있을까?

동쪽에서 서쪽으로 모험적인 세계여행을 하던 파이퍼 부인*은 고국과 가까운 러시아령 아시아에 도착하자 관리를 만나러 갈 때 여행복 말고 다른 옷을 입어야겠다는 생각이 들었다고 한다. "이제 입은 옷으로 사람을 판단하는 문명국에 왔기" 때문이었다. 우리가 사는 민주적인 뉴잉글랜드 마을에서도 졸지에 부자가 되어 옷과 마차로 부유함을 과시하면 거의 모든 사람의 존경을 받는다. 그런데 그런 존경을 보내는 사람들은 수도 없이 많지만 아직까지 미개인들이기 때문에 선교사를 보내주어야 한다. 게다가 옷이 생기면서 따라온 바느질은 끝도 없는 일거리에 속한다. 특히 여성의 옷은 결코 끝나는 법이 없다.

한 사람이 마침내 해야 할 어떤 일을 찾았다고 해서 새 옷을 장만할 필요는 없다. 다락에서 무한정 먼지를 뒤집어쓰고 있던 헌 옷으로 충분할 것이다. 영웅은 하인이 신었던 헌 구두를 신어도 어울릴 것이고 (영웅에게 하인이 있다면) 맨발은 신발이 생기기 전부터 있던 것이니 영웅은 맨발로도 만족할 수 있다. 반면 파티와 입법 청사에 가는 사람에게만큼은 새 외투가 필요하다. 외투를 바꿔 입을 때마다 사람이 달라질 테니까. 하지만 내 윗옷과 바지, 모자와 신발이 그 자체로 신을 섬기기에 알맞다면 그것들로 충분할 것이다. 그러지 못할 게 뭐 있는가?

너무 오래 입어 넝마 조각이나 다름없는 낡은 외투를 가진 사람이 있다고 하자. 그가 그런 외투를 가난한 소년에게 준다 한들 자선 행위

---

* 이다 파이퍼, 『한 여인의 세계여행』(1852)

가 되지도 않을 것이다. 그런데 그 소년이 그 외투를 자기보다 더 가난한 소년에게 준다면, 그 '더 가난한 소년'이야말로 부자라고 얘기할 수 있을 것이다. 아주 쉽게 살 수 있었으니까.

새로운 사람이 필요한 게 아니라 새 옷이 필요한 사업이라면 모두 경계하라. 새 옷을 입은 사람까지 경계할 것은 없다. 새 사람이 없다면 어떻게 새 옷이 몸에 맞게 만들어질 수 있겠는가? 만약 어떤 사업을 시작하려고 한다면 낡은 옷을 입고 해보라. 모든 사람이 원하는 것은 일하는 데 필요한 도구가 아니라 해야 할 일이다. 더 정확히 말하면 어떤 사람이 되느냐다. 우리가 제대로 행동하고, 일하고, 긴 항해를 함으로써 자신이 헌 옷을 입은 새사람처럼 느껴지고, 그 옷을 계속 입으면 새 포도주를 낡은 부대에 담는 것 같은 기분이 들기 전까지는 헌 옷이 아무리 낡고 더럽더라도 새 옷을 사지 말아야 한다.

새들과 마찬가지로 우리의 털갈이 시기는 우리 인생의 기로에 섰을 때여야 한다. 아비새는 외딴 호수로 가서 털갈이를 한다. 이러한 내부의 노력과 팽창으로 뱀도 허물을 벗고 애벌레도 껍질을 벗는다. 옷은 우리 몸의 맨 바깥쪽에 있는 외피이고 속세의 번뇌일 뿐이기 때문이다. 따라서 내면의 노력과 발전으로 옷을 갈아입지 않으면 우리는 가짜 국기를 달고 항해하고 있다는 걸 깨닫게 될 것이고 결국에는 인류뿐 아니라 자기 자신에게도 버림받는 운명을 피할 수 없을 것이다.

우리는 겉으로만 자라는 외생식물처럼 옷 위에 옷을 껴입는다. 우리가 겉에 입는, 흔히 얇고 화려한 옷들은 우리의 표피 혹은 가짜 피부이며 생명과 아무 상관이 없는 것이다. 그래서 여기저기 벗겨져나가도 치명적인 해를 끼치지 않는다. 우리가 늘 입는 두꺼운 옷들은 세포 피질, 즉 외피다. 하지만 내의는 우리의 체관부 혹은 진피라서 겉껍질을 벗기지 않고는 벗길 수가 없다. 내의를 벗기면 꼭 인간에게 해를 끼치게 된다. 나는 어떤 계절에는 모든 인종이 그 내의에 해당하는 뭔가를 입는다고 믿는다. 사람은 어둠 속에서도 자기 몸을 챙길 수 있도록 옷을 간소하게 입고, 적이 마을을 침입하면 고대의 철학자처럼 아무런 걱정 없이 빈손으로 문을 나설 수 있도록 모든 면에서 간편하고 준비성 있게 사는 것이 바람직하다.

두꺼운 옷 하나는 대부분의 용도에서 얇은 옷 세 벌 역할을 하며, 우리는 사는 사람에게 딱 알맞은 가격의 싼 옷을 구입할 수 있다. 두꺼운 외투는 5달러에 사서 오랫동안 입을 수 있고, 두꺼운 바지는 2달러, 소가죽 부츠 한 켤레는 1달러 50센트, 여름 모자는 25센트, 겨울모자는 62.5센트면 살 수 있다. 혹은 돈을 아주 적게 들이고 집에서 더 나은 것을 만들 수도 있다. 자기가 직접 벌어서 장만한 옷을 입었는데 그를 존중하는 현명한 사람을 만나지 못할 정도로 가난한 사람이 어디 있겠는가?

내가 특별한 형태의 옷을 주문하면 재봉사는 "요즘은 사람들이 그런 옷을 맞추지 않습니다."라고 진지하게 말한다. 재봉사는 마치 운명의 여신처럼 인간의 힘을 넘어서는 권위를 인용하듯 '사람들'이란 말을 힘주어 발음하지 않는다. 나는 원하는 옷을 맞추기 힘들다는 걸 깨닫는다. 순전히 재봉사가 내가 그런 옷을 원할 리 없고 그렇게 분별이 없을 리 없다고 믿기 때문이다. 이런 신탁 같은 문장을 들으면 나는 잠시 생각에 빠져 한 단어, 한 단어를 따로 떼어 되새기며 뜻을 이해하고 사람들이 나와 어느 정도로 가까운 관계이며 어떤 일에 있어 내게 그렇게 긴밀한 영향을 미칠 만한 권위 있는 존재인지 파악하려고 한다. 그러다 마침내 나는 그녀와 똑같은 수수께끼 같은 말투로 '사람들'이란 말을 강조하지 않으며 "맞습니다. 사람들은 근래에는 그런 옷을 맞추지 않았습니다. 하지만 지금은 맞춘답니다."라고 말하고 싶어진다.

재봉사가 내 성격을 파악하지 않고 나를 외투를 걸어놓을 옷걸이 취급하며 내 어깨 너비만 잰다면 그 치수가 무슨 소용이 있겠는가? 우리는 미의 세 여신이나 운명의 세 여신이 아니라 유행의 여신을 숭배한다. 유행의 여신은 모든 권한을 발휘해서 실을 잣고 옷감을 짜고 재단한다. 파리에 있는 대장 원숭이가 여행자 모자를 쓰면 미국의 모든 원숭이들이 따라 쓴다. 나는 이런 세상에서 사람들의 도움을 받아 아주 단순하고 정직한 어떤 일을 이루리라는 희망을 때때로 포기한다. 먼저 사람들이 금세 일어나지 못하도록 강력한 압착기에 집어넣은 뒤 그들에게서 낡은 생각들을 짜내야 할 것이다. 그래도 그중 누군가의 머리에 아무도 모르게 남겨져 있던 알에서 구더기가 나올 것이다. 이 구더기는 불에 태워도 죽지 않기 때문에 우린 헛고생만 한 셈이 될 것이다. 그렇더라도 우리는 이집트의 밀알 몇 개가 미라를 통해 전해졌다는 점을 잊지 않을 것이다.

나는 전반적으로 우리나라 혹은 어느 나라에서도 옷이 예술적 가치로 격상되었다고는 주장할 수 없다고 생각한다. 요즘 사람들은 구할 수 있는 옷을 그럭저럭 입는다. 그들은 난파선의 선원들이 해변에서 눈에 띄는 것들을 대강 걸치듯 입고 다닌다. 그러나 공간적으로든 시간적으로든 약간 뒤처지면 서로의 꾸민 모습을 비웃는다. 어느 세대나 예전의 유행을 비웃고 새로운 유행을 종교처럼 추종한다. 우리는 헨리 8세나 엘리자베스 여왕이 입었던 옷을 보고 식인종들이 사는 섬의 왕과 왕비의 옷이라도 되는 것처럼 재미있어 한다.

사람이 벗어놓은 모든 옷은 측은하거나 기이하다. 사람이 입고 있는 옷을 비웃게 하지 않고 신성하게 만드는 것은 그 옷을 입은 사람의 진지한 눈빛과 그 옷을 입고 보낸 진정어린 삶뿐이다. 아를레키노(중세 무언극에 나오는 어릿광대-역주)가 복통으로 발작을 일으키면 그가 입은 어릿광대 의상도 그런 분위기에 도움이 되어야 할 것이다. 군인이 포탄에 맞으면 너덜너덜해진 옷이 고관이 입는 자주색 옷만큼 그에게 어울린다.

새로운 양식을 쫓는 남성과 여성의 유치하고 야만적인 취향에 따라 많은 사람이 오늘날의 세대가 요구하는 특별한 도안을 찾을지 모른다는 기대로 계속 만화경을 흔들어대며 안을 들여다본다. 제조업자들은 이 취향이 변덕에 불과하다는 것을 알고 있다. 같은 무늬에 특정한 색상의 실 몇 가닥이 다를 뿐인데 하나는 잘 팔리고 다른 하나는 선반에만 놓여 있는 신세가 된다. 그런데 계절이 바뀌면 나중 것이 유행하는 일이 적지 않다. 상대적으로 문신은 흉물스런 관습이라고 불리지만 사실은 그렇지 않다. 순전히 피부에 깊이 새기고 지울 수 없다는 이유만으로 야만적이라고 할 수는 없다.

나는 우리의 공장 체계가 사람들이 옷을 구할 수 있는 가장 좋은 방식이라고 생각하지 않는다. 작업 환경이 갈수록 영국과 비슷해지고 있다. 사실 놀랄 일도 아니다. 내가 듣거나 관찰한 바로는 공장의 주요 목적이 사람들에게 정직하게 잘 만든 옷을 입히려는 게 아니라 당연히 기업이 부자가 되기 위한 것이기 때문이다. 사람은 결국에는 자신이 목표한 것만을 이룬다. 따라서 당장은 실패하더라도 목표는 높게 잡는 것이 낫다.

집에 대해 얘기하자면, 이곳보다 더 추운 나라에서도 오랫동안 집 없이 지낸 사람들도 있긴 하다. 하지만 나는 이제는 집이 생활필수품이라는 것을 부인하지 않는다. 새뮤얼 랭은 "라플란드 사람들은 털옷을 껴입고 있어도 얼어죽을 정도의 추위 속에서 가죽옷을 입고 가죽 자루를 머리부터 어깨까지 푹 뒤집어쓴 채 매일 밤 눈밭에서 잔다."고 썼다.* 랭은 라플란드 사람들이 이렇게 자는 모습을 직접 보았다. 그리고 그들이 "다른 사람들보다 특별히 더 강인한 사람들은 아니다."라고 덧붙였다. 하지만 인류는 아마 지구상에 살게 된 지 얼마 지나지 않아 집이 주는 편의, 가정의 안락함을 발견했을 것이다.

'가정의 편의'라는 문구는 원래 가족보다는 집이 주는 만족감을 의

---

* 새뮤얼 랭, 「노르웨이의 주거지 관찰일지」(1837)

미했을지도 모른다. 하지만 우리 생각에 주로 겨울이나 우기와 관련 있는 기후에서는 집이 주는 만족감은 극히 부분적이고 일시적이다. 이런 기후에서는 1년의 3분의 2는 파라솔만 있으면 되고 집은 필요 없다. 예전에는 우리가 사는 곳에서도 여름이면 집이 밤에 이용하는 덮개 정도였다.

인디언들의 기록을 보면 천막집은 낮 동안의 행진을 상징하는 것이었다. 나무껍질에 새기거나 그려놓은 늘어선 천막들은 그만큼 자주 야영을 했다는 의미다. 사람은 팔다리가 크거나 강하게 만들어지지 않아서 자신의 세계를 좁히고 자기에게 맞는 공간을 벽으로 둘러싸야 했다. 사람은 처음에는 벌거벗고 야외에서 살았다. 햇살이 내리쬐는 따뜻하고 평온한 날씨에는 이렇게 살아도 충분히 쾌적했다. 하지만 서둘러 집이라는 은신처로 몸을 보호하지 않았다면 뜨거운 태양에는 말할 것도 없고 우기와 겨울을 맞아 인류는 봉오리 때 잘려나갔을 것이다. 전설에 따르면 아담과 이브는 다른 옷을 입기 전에는 나뭇잎을 둘렀다. 사람은 따뜻하고 안락한 장소인 집을 원했다. 처음에는 몸을 따뜻하게 해줄 곳을, 이후에는 애정 어린 따뜻함을 원한 것이다.

우리는 인류의 유아기라 할 수 있는 시기에 일부 모험적인 인간들이 은신처를 찾아 바위틈으로 기어들어갔다고 상상할 수 있다. 어떤 면에서 모든 아이는 세상을 다시 시작한다고 할 수 있다. 아이들은 비가 오거나 추울 때도 밖에 있는 것을 좋아한다. 본능적으로 목마를 타고 소꿉장난을 한다. 어린 시절에 완만하게 경사진 바위를 보고 흥미를 느끼거나 동굴에 가까이 가본 추억이 없는 사람이 있을까? 이것은 아직도 우리 안에 살아 있는 가장 태곳적 조상들의 자연적인 열망이었다. 우리는 동굴에서 시작해 야자 잎사귀, 나무껍질과 나뭇가지, 팽팽하게 잡아당긴 아마포, 풀과 짚, 판자와 널빤지, 돌과 타일로 된 지붕으로 발전해왔다.

결국 우리는 야외에서의 생활이 어떤 것인지 알지도 못하게 되고,

우리 생활은 우리가 생각하는 것보다 더 많은 의미에서 집 안에서 이루어진다. 벽난로에서 들판까지의 거리가 아주 멀어졌다. 우리와 천체 사이를 가로막는 지붕 없이 더 많은 밤과 낮을 보낼 수 있다면 좋을 텐데. 시인이 지붕 아래에서 많은 시를 읊고 성자가 집 안에서 그렇게 오래 머무르지 않는다면 좋을 텐데. 새는 동굴 안에서 노래하지 않고 비둘기도 비둘기장 안에서는 순수함을 간직하지 않는다.

그러나 살 집을 지을 생각이라면 뉴잉글랜드 사람 특유의 영리함을 좀 발휘해야 한다. 나중에 노역장, 길잡이 실도 없는 미로, 박물관, 빈민구호소, 감옥, 커다란 무덤 안에 있는 자신을 발견하지 않으려면 말이다. 먼저 작은 집을 짓더라도 절대적으로 필요한 크기가 얼마나 되는지 생각해보라. 나는 이 마을에서 얇은 광목 천막에서 사는 페노브스코트 족을 보았다. 천막 주위에 눈이 거의 30센티미터나 쌓여 있었는데, 인디언들은 눈이 더 높이 쌓이게 되면 바람을 막아주어 좋아하리라는 생각이 들었다. 유감스럽게도 지금은 다소 무감각해졌지만, 전에는 내가 정말로 하고 싶은 일을 할 자유가 남아 있으면서 정직하게 생계를 꾸릴 돈을 버는 방법을 찾느라 지금보다 더 고심했다.

그때 나는 철로변에 놓인 길이 1.8미터, 폭 90센티미터 정도의 커다란 상자를 바라보곤 했다. 인부들이 밤에 연장을 보관하는 상자였다. 생활이 어려운 사람은 누구든 1달러를 주고 저런 상자 하나를 사서 나사송곳으로 구멍을 뚫어 최소한의 공기가 통하게 한 뒤 비 오는 날과 밤에 그 안에 들어가 뚜껑을 덮으면 사랑과 영혼의 자유를 얻을지도 모른다는 생각이 들었다. 이런 생활방식이 최악의 생활이라고 생각하지도 않았고 결코 비루한 대안으로 보이지도 않았다. 마음껏 밤늦게까지 깨어 있을 수 있고, 집세를 달라며 쫓아다니는 땅 주인이나 집주인도 없으며, 일어나면 언제든 밖으로 나갈 수 있다. 이런 상자 안에서 살아도 얼어죽지 않는데, 많은 사람들이 더 크고 호사스런 상자를 빌려 임대료를 내느라 죽도록 고생한다.

나는 결코 농담을 하고 있는 게 아니다. 경제는 경솔하게 다루어질 여지가 있는 주제이지만 그렇게 취급되어서는 안 된다. 한때 이 지역에서는 주로 야외에서 생활하던 거칠고 강한 종족들이 쉽게 구할 수 있는 자연물 같은 자재만 써서 편안한 집을 만들었다. 매사추세츠 식민지의 인디언 문제 책임자였던 구킨은 1674년에 쓴 책에서 이렇게 말했다.

> 인디언들에게 가장 좋은 집이란, 수액이 차는 철에 나무에서 벗겨내 아직 푸를 때 무거운 목재로 눌러 커다랗고 얇은 조각으로 편 나무껍질들로 무척 깔끔하고, 촘촘하고 따뜻하게 덮은 집이다. …(중략)… 그보다 누추한 집은 일종의 골풀로 짠 거적으로 덮여 있고 마찬가지로 촘촘하고 따뜻하지만 앞서 말한 것보다는 더 좋지 않다. …(중략)… 길이가 18~30미터, 폭이 9미터나 되는 집들도 보았다. …(중략)… 나는 종종 인디언들의 천막집에서 묵었는데, 가장 좋은 영국식 주택 못지않게 따뜻했다.*

구킨은 천막에는 대개 카펫이 깔려 있고 벽에는 정교하게 수놓은 돗자리가 둘러져 있으며 다양한 도구들이 갖추어져 있었다고 덧붙였다. 또한 인디언들은 지붕의 구멍에 돗자리를 매달아 끈으로 움직여 바람의 효과를 조절할 만큼 지혜로웠다고 한다. 그런 집은 기껏해야 하루 이틀이면 뚝딱 지어졌고 몇 시간이면 뜯을 수 있었다. 모든 가족이 이런 집을 한 채 소유하거나 그 안에 방 하나를 갖고 있었다.

미개인도 모든 가족이 최상의 집 못지않게 안락하며, 거칠고 소박한 욕구를 만족시키기에 충분한 은신처를 소유한다. 하늘을 나는 새도 둥지가 있고 여우도 제 굴이 있으며 미개인도 천막집이 있는데, 현대

---

* 대니얼 구킨, 『뉴잉글랜드 지역 인디언들에 대한 역사적 수집품』

문명사회에서는 집을 소유한 가정이 절반을 넘지 않는다고 말하면 내가 어떤 고정관념을 갖고 있는 건 아닌가 하는 생각이 든다. 문명이 특히 발달한 큰 마을과 도시를 보더라도 집을 소유한 가정은 전체의 아주 소수에 불과하다. 나머지 사람들은 여름이든 겨울이든 없이는 못 살게 되어버린 이 겉옷에 매년 세를 지불한다. 그 돈이면 인디언의 천막집 마을 하나를 통째로 살 수도 있겠지만 이제 그것 때문에 평생을 가난에서 못 벗어나는 신세가 돼버렸다. 나는 세 들어 사는 것이 집을 소유하는 것보다 손해라고 주장하려는 게 아니다. 하지만 미개인은 적은 돈으로도 집을 소유할 수 있어 집주인으로 사는데 문명인들은 일반적으로 집을 소유할 형편이 안 되어 세를 들어 사는 것은 분명하다. 시간이 많이 지나도 세를 낼 형편이 조금도 나아지지 않을 수도 있다.

하지만 집세만 내면 가난한 문명인도 미개인의 집에 비하면 궁전 같은 집을 구할 수 있다고 얘기하는 사람도 있을 것이다. 이 나라에서는 25달러에서 100달러에 이르는 1년 집세를 내면 널찍한 방, 깔끔한 페인트칠과 벽지, 럼퍼드 벽난로며, 뒷면 회칠 작업, 베니션 블라인드, 구리 펌프, 용수철 자물쇠, 널찍한 지하 저장고, 그 외의 많은 시설 등 수세기에 걸쳐 이루어진 발전의 혜택을 누릴 권리가 주어진다. 그러나 이런 것들을 누리는 사람은 일반적으로 가난한 문명인인 반면 이런 시설을 갖지 못한 미개인이 미개인으로서는 부자라는 것은 무슨 이유일까? 문명이 정말로 인간의 상황을 향상시키는 것이라고 주장하려면 (나도 그렇다고 생각하지만 그 이점을 활용하는 사람은 현명한 이들뿐이다.) 문명이 발전하면서 비용을 더 많이 들이지 않고도 더 좋은 집이 지어졌다는 것이 증명되어야 한다.

한 물건의 값은 당장이든 장기적이든 그것과 교환해야 하는 삶의 총합이다. 이 동네의 평균 집값은 800달러 정도인데, 이 금액을 모으려면 노동자의 경우 딸린 부양가족이 없더라도 10~15년이 걸릴 것이다. 사람마다 임금의 차이가 있기 때문에 모든 사람의 노동의 금전적 가치를 하루에 1달러로 잡고 계산한 결과다. 따라서 노동자는 자신의 오두막을 얻기 위해 인생의 절반 이상을 바쳐야 하는 셈이다. 대신에 그 사람이 세를 얻어 살았다고 가정하더라도 이것은 그저 회의적인 불행한 선택에 지나지 않는다. 미개인이 이런 조건으로 자신의 천막집을 궁전과 맞바꾼다면 과연 현명한 것일까?

나는 이런 불필요한 자산을 미래를 대비해 저축으로 붙들고 있을 때의 이익이 고작해야 한 사람의 장례비용을 대는 정도에 지나지 않을 거라고 본다. 하지만 사람은 굳이 자기 자신을 땅에 묻지 않아도 된다. 그럼에도 불구하고 이 점은 문명인과 미개인의 중요한 차이점이다. 문명인의 삶을 제도로 만들고 종족의 삶을 지키고 완성하기 위해 개인의 삶을 대부분 제도에 흡수되도록 한 것은 분명 우리를 위해서다. 하지만 나는 우리가 이런 이득을 얻기 위해 현재 어떤 희생을 치르고 있는지 보여주고, 그것 때문에 고생을 하지 않고도 모든 이득을 누리며 살 수 있다고 말하고 싶다. "가난한 자들은 항상 너희와 함께 있다."나 "아비가 신 포도를 먹었으므로 이들의 이가 시다고 함은 어찌이뇨?"라는 말이 무슨 뜻이겠는가?

"나 주 여호와가 말하노라. 내가 나의 삶을 두고 맹세하나니 너희가 이스라엘 가운데서 다시는 이 속담을 쓰지 못하게 되리라."

"모든 영혼이 다 내게 속한지라 아비의 영혼이 내게 속함같이 아들의 영혼도 내게 속하였나니 범죄하는 그 영혼이 죽으리라."

내 이웃들인 콩코드의 농부들을 생각해보면 이들은 적어도 다른 계층들만큼은 잘산다. 이들은 대개 대출금을 떠안고 물려받았거나 빚을 내 구입한 농장의 실질적 주인이 되려고 20년, 30년 혹은 40년 동안 힘들게 일해왔지만(그러한 고생의 3분의 1은 집값을 갚는 데 들어간다고 생각할 수 있다.) 아직 다 갚지 못한 경우가 흔하다. 때로는 빚이 농장 가치를 넘어서 농장 자체가 하나의 거대한 짐이 되는 것도 사실이다. 그런데도 농부는 농장을 물려받는다. 그의 말에 따르면 그 농장을

56

잘 알기 때문이다. 재산 평가자들에게 마을에서 부채가 없는 농장을 소유한 사람을 물어보면 놀랍게도 한 번에 열두 명도 대지 못한다. 이 농가들의 내력에 대해 알려면 농장이 저당잡혀 있는 은행에 문의하라. 농장에서 일해 빚을 다 갚은 사람이 극히 드물어서 동네의 누구에게 물어봐도 그 사람을 알려줄 수 있다.

나는 콩코드에 그런 사람이 세 명이나 될지 의심스럽다. 상인들의 대다수, 심지어 100명 중에 97명은 실패하게 마련이라는 말은 농부들에게도 똑같이 적용된다. 그러나 상인들의 경우에는 실패의 태반이 진짜 금전적인 실패가 아니라 그저 불편하다는 이유로 계약을 이행하지 않은 것뿐이라는 한 상인의 말이 딱 맞다. 즉 무너진 것은 도덕적 품성이다. 하지만 이 점이 문제의 겉모습을 아주 나쁘게 만든다. 게다가 성공한 나머지 세 명도 자신들의 영혼은 구제하지 못했고, 어쩌면 정직하게 실패한 사람들보다 더 나쁜 의미로 파산한 것임을 내비친다. 파산과 지불거절은 많은 문명이 밟고 뛰어올라 공중제비를 넘는 도약대다. 반면 미개인들은 굶주림이라는 탄력성 없는 널빤지 위에 서 있다. 하지만 이곳에서는 농기계의 모든 연결부위가 삐걱거리지 않고 잘 돌아가는 것처럼(suent)* 해마다 성대하게 미들섹스 가축품평회가 열린다.

농부는 문제 자체보다 더 복잡한 공식을 이용해 생계문제를 해결하려고 노력한다. 농부는 구두끈을 사려고 소떼에 투자한다. 안락함과 함께 독립할 기회를 얻으려고 숙련된 기술을 발휘해 철사로 된 올가미로 덫을 놓았지만 돌아서면서 발이 걸려버린다. 그가 가난한 것은 이 때문이다. 마찬가지로 우리는 사치품에 둘러싸여 있지만 원시적인 안락함을 누리는 부분에서는 모두 가난하다. 채프먼**이 노래한 것처럼.

---

* "정상적으로 진행된다."는 뜻의 방언.

** 조지 채프먼, 『카이사르와 폼페이우스의 비극』

그릇된 인간 사회
지상의 중요한 것을 위해
천상의 모든 안락이 공기처럼 희박해진다.

농부가 집을 사면 그 집 때문에 더 부자가 되는 것이 아니라 더 가
난해질 수 있다. 집이 그를 산 것이 되는 것이다. 나는 미네르바 여신
이 만든 집에 대해 "집을 움직일 수 없게 지었다. 그래서 나쁜 이웃을
피하지 못할 수 있다."라고 모모스가 제기한 반론이 타당성이 있다고
본다.* 우리가 사는 집들은 너무나 다루기 힘든 부담스러운 자산이라
서 우리는 종종 집에 사는 것이 아니라 갇혀 있는 셈이 되어버리고, 피
해야 할 나쁜 이웃이란 바로 천박한 우리 자신이라고 주장할 수도 있
다. 거의 한 세대 동안 외곽에 있는 집을 팔고 마을 안으로 이사를 가
려 했지만 뜻을 이루지 못한 가정이 이 마을에서만 적어도 한둘은 되
는 걸로 안다. 그 사람들은 죽어서야 비로소 자유의 몸이 될 것이다.
가령 대다수의 사람이 마침내 온갖 발전된 시설을 갖춘 현대식 주
택을 소유하거나 빌릴 수 있다고 해보자. 문명은 집을 개선시켜왔지만
그 안에서 살아야 하는 사람들도 똑같은 정도로 개선하지는 않았다.
문명은 궁전을 탄생시켰지만 귀족과 왕을 탄생시키기란 쉽지 않았다.
문명인이 추구하는 것이 미개인이 추구하는 것보다 가치 있지 않다면,
문명인이 인생의 더 많은 부분을 단지 속된 필수품과 안락을 얻는 데
쓰고 있다면 미개인보다 더 좋은 집을 가져야 할 이유가 어디 있는가?
하지만 가난한 소수는 어떻게 살아가는가? 미개인보다 더 나은 외
적 환경에서 사는 사람이 있는 반면 그보다 못한 환경으로 떨어진 사
람이 있다는 것을 알게 될 것이다. 한 계층의 사치가 다른 계층의 극심
한 빈곤과 균형을 이루고 있다. 한쪽에는 궁전이, 다른 한쪽에는 빈민

---

* 모모스는 조롱의 신이고, 미네르바는 지혜의 여신이다.

구호소와 '침묵하는 빈민'*이 있다. 파라오의 무덤이 될 피라미드를 지은 무수한 사람들은 마늘을 먹고 살아야 했고 정작 자신들은 죽은 뒤에 제대로 묻히지도 못했을 것이다. 궁전의 장식용 처마돌림띠를 마무리한 석공은 밤이면 아마도 천막집보다 못한 오두막으로 돌아갔을 것이다. 문명화의 증거를 어디서나 볼 수 있는 나라들의 대다수 국민들의 형편이 미개인만큼 나쁘지는 않을 것이라는 추정은 잘못된 것이다.

나는 지금 망한 부자들이 아니라 비참하게 가난한 사람들을 말하는 것이다. 이들의 형편을 알기 위해 멀리 갈 것도 없다. 최신 문명인 철로변 어디에나 늘어선 오두막들을 보기만 하면 된다. 나는 매일 이곳을 산책하면서 돼지우리 같은 곳에서 살고 있는 사람들을 보았다. 이집들은 햇빛이 들어오라고 겨울 내내 문을 열어놓았다. 장작더미는 전혀 보이지 않고 대개는 땔감을 마련할 꿈조차 꾸지 못한다. 늙고 젊고 간에 추위와 불행에 몸을 웅크리는 오랜 습관 때문에 몸이 오그라들어 팔다리의 기능 발달이 저하돼 있다. 현 세대를 특징짓는 업적이 이 사람들의 노동으로 이루어졌으므로 이 계층을 살펴보는 것이 공정할 것이다.

정도 차이는 있지만 세계의 큰 공업지대인 영국의 모든 직공들의 상황도 마찬가지다. 혹은 지도에 흰색이나 개화된 지점 중 하나로 표시되는 아일랜드를 보라고 할 수도 있다. 아일랜드 사람들의 신체조건을 북아메리카 원주민이나 남양 제도 주민들, 혹은 문명인과의 접촉으로 전락하기 전의 다른 미개인들과 비교해보라. 하지만 분명 아일랜드의 통치자들이 평균적인 문명국 통치자들만큼 지혜롭지 않은 것은 아니다. 아일랜드인의 상황은 문명에는 어떤 곤궁이 존재할 수 있는지 증명해준다. 그렇다면 이 나라의 주요 상품을 생산할 뿐 아니라 본인

---

* 월터 하딩은 '침묵하는 빈민'을 구빈원에 가지 않으려고 가난을 숨기는 사람들을 돌보기 위해 18세기에 콩코드에서 마련된 기금을 가리키는 것으로 보았다.

들이 남부의 주요 상품이기도 한 남부 주들의 노동자들은 언급할 필요도 없을 것이다. 나는 중간 정도 환경에 있다고 말해지는 사람들로 이야기의 범위를 한정하겠다.

대부분의 사람들은 집이 무엇인지 생각해본 적도 없고 그저 이웃들이 집이 있으니까 나도 하나를 소유해야 한다고 생각하는 바람에 쓸데없이 평생 가난에 시달리는 것으로 보인다. 이는 재단사가 재단해주는 것이면 어떤 외투든 입는다거나, 야자수 잎으로 엮은 모자나 마멋 털로 된 모자를 차례로 벗어던지며 왕관을 살 수가 없어 형편이 어렵다고 불평하는 것과 마찬가지다! 지금 사는 집보다 훨씬 더 편리하고 호화스런 집을 고안할 수 있지만 그 집값을 치를 형편이 안 된다는 것은 모두가 인정할 것이다. 우리는 왜 항상 이런 물건들을 더 많이 얻는 방법을 궁리해야 할까? 때로는 적은 물건으로 만족해야 하지 않을까?

존경할 만한 시민이 젊은 사람들에게 여분의 덧신과 우산, 언제 올지 모르는 손님을 위한 빈 방을 죽기 전에 몇 개 갖추어두어야 하는지 지침을 내리고 예를 들어가며 진지하게 가르쳐야 할까? 왜 우리가 쓰는 가구는 아라비아나 인도 사람들의 가구처럼 단순하면 안 될까? 인간에게 신성한 선물을 전달하는 하늘의 심부름꾼으로 존경받아온 인류의 은인들을 생각해보면 그들을 따르는 수행원이나 화려한 가구들을 잔뜩 실은 마차에 대해서는 전혀 떠오르지 않는다. 혹은 우리가 도덕적, 지적으로 우위인 만큼 우리 가구가 아라비아인의 가구보다 더 복잡해야 한다고 인정한다면 어떻게 될까(희한한 인정이 아닐지?). 지금 우리의 집들은 가구들로 어수선하고 지저분하다. 현명한 주부라면 많은 가구들을 쓰레기통에 쓸어넣어 버리고 아침 일을 미뤄놓지 않을 것이다.

아침 일이라! 오로라(그리스 신화에 나오는 새벽의 여신-역주)가 붉은 얼굴을 내밀고 멤논(그리스 신화에 나오는 에티오피아의 왕으로 오로라의 아들. 이집트에 있는 멤논의 거상은 기원전 27세기에 지진이 있은 후로 새벽마다 이상한 울음소리를 냈다.-역주)이 음악을 연주할 때 이 세상에서 사람이 아침에 해야 할 일이라는 게 무엇일까? 내 책상 위에는 석회암 돌덩이가 세 개 있다. 그런데 내 마음속 가구의 먼지는 그대로 있는데, 매일 돌의 먼지는 닦아주어야 한다는 것을 알고 기겁을 한 나는 넌더리가 나서 돌들을 창밖으로 던져버렸다. 이런 마당에 내가 어떻게 가구가 갖춰진 집을 가질 수 있겠는가? 차라리 야외에서 지내는 편이 나을 것이다. 사람이 땅을 파헤치지 않는 한 풀에는 먼지가 앉지 않으니.

대중들이 부지런히 따르는 유행의 창조자들은 사치스럽고 방탕한 사람들이다. 소위 가장 좋은 숙박업소에 묵은 여행자는 이런 점을 금세 알아차린다. 숙박업소 주인은 손님을 사르다나팔루스(아시리아의 왕-역주)처럼 대하기 때문이다. 그래서 여행자가 주인의 다정한 자비에 몸을 맡겨버리면 곧 완전히 무기력해져버릴 것이다. 우리는 기차의 객실에도 안전과 편의보다는 사치품에 더 많은 돈을 쓰는 경향이 있다. 안전과 편의가 없다면 기차는 긴 의자와 쿠션 달린 발판, 차양, 그 외에 많은 동양의 물건들로 꾸며진 현대식 거실과 다를 바 없을 것이다. 우리가 서양에 들여오고 있는 동양의 물건들은 이슬람국가의 여자들과 중국의 나약한 토박이들을 위해 만들어진 것이라서 조너선*이 그이름을 알게 되면 부끄러워할 것이다. 나는 여럿이서 하나의 벨벳방석에 복잡하게 끼어 앉느니 차라리 호박 하나를 혼자 깔고 앉을 것이다. 유람열차의 화려한 객차 안에서 내내 말라리아 병균을 들이마시며 천국에 가느니 소달구지를 타고 땅 위를 자유롭게 돌아다니고 싶은 것이다.

원시 인류의 아주 단순하고 꾸밈없는 삶은 적어도 인간이 자연 속에 잠깐 머무는 존재였다는 것을 암시한다. 원시인은 음식과 잠으로

---

* 일상대화에서 일반 미국인을 가리키는 이름.

기운을 되찾으면 다시 여행을 떠날 생각을 했다. 말하자면 이 세상이라는 천막에서 살면서 계곡을 누비거나 들판을 가로지르거나 산꼭대기에 올라갔다. 그런데 이게 뭔가! 이제 사람은 자신들이 쓰는 도구의 도구가 되고 말았다. 배가 고프면 혼자 열매를 따먹던 사람은 농부가 되고, 나무 밑을 은신처 삼아 지내던 사람이 집을 갖게 되었다. 우리는 이제 더 이상 야외에서 밤을 보내지 않는다. 대신 땅에 정착하고 하늘을 잊어버렸다. 우리는 기독교를 단지 개선된 농경법의 하나로 도입했다. 현세를 위해 가족들이 사는 저택을 짓고 내세를 위해 무덤을 만들었다. 가장 뛰어난 예술작품은 이러한 환경에서 자유로워지려는 인간의 투쟁을 표현하는 것이지만 예술이 우리에게 미치는 영향은 이러한 형편없는 상태에 안주하고 더 고귀한 상태를 잊게 하는 것뿐이다.

실제로 순수예술 작품이 전해진다 해도 이 마을에는 그 작품을 놓을 자리가 없다. 우리의 생활, 집과 거리에는 그러한 작품을 세워놓을 적당한 받침대가 없기 때문이다. 그림을 걸어둘 못도 없고 영웅이나 성인의 흉상을 올려놓을 선반도 없다. 집이 어떻게 지어지는지, 집값을 어떻게 치르거나 치르지 못하는지, 살림을 어떻게 관리하고 유지하는지 생각해보면 손님이 벽난로 위의 겉만 반지르르한 장식품에 대해 찬탄을 늘어놓는 동안 바닥이 푹 꺼져 흙으로 된 단단하고 정직한 지하실 바닥으로 떨어지지 않는 것이 이상할 정도다. 소위 이러한 부유하고 세련된 생활은 '도약'으로 얻어낸 것이라고 인식하지 않을 수 없다. 나는 그 도약에 온통 주의가 팔려 이러한 생활을 장식하는 훌륭한 예술품을 즐기지 못한다.

내가 기억하기로 인간이 근육만을 이용해 가장 높이 뛴 기록은 유목생활을 하는 아랍인들이 세웠다. 이들은 평지에서 7.6미터 높이까지 뛰어올랐다고 전해진다. 인위적인 지지대가 없다면 인간은 다시 땅에 떨어지게 되어 있다. 나는 다시 땅에 떨어지지 않는 부당한 능력의 소유자에게 묻고 싶다. 누가 당신을 받쳐주고 있는지, 당신은 실패한 아흔일곱 명 중 한 명인지, 아니면 성공한 세 명 중 한 명인지. 이 질문에 답하라. 그러면 나는 당신의 싸구려 물건들을 살펴보고 그것들이 장식 용일 뿐임을 알게 될 것이다. 수레를 말 앞에 매면 아름답지도 않고 쓸 모도 없다. 우리는 집을 아름다운 물건들로 장식하기 전에 벽에서 불 필요한 것을 뜯어내고 우리 생활에서도 불필요한 것을 뜯어내야 한다. 그리고 아름다운 살림살이와 아름다운 생활로 토대를 쌓아야 한다. 사 실상 미에 대한 안목은 집도, 집사도 없는 야외에서 가장 잘 기를 수 있다.

존슨은 『경이로운 섭리』에서 이 마을에 처음 정착했던 그와 동시대 들인에 대해 이야기하면서 "산비탈에 굴을 파서 그 위에 목재를 댄 뒤 흙으로 덮어 첫 은신처를 마련했다. 그리고 가장 높은 땅에 연기가 자 욱한 불을 피웠다."라고 썼다.* 이들은 "신의 은총으로 땅에서 자신들 이 먹을 양식을 거둔 뒤에야 비로소 집을 지었다." 첫 해의 수확이 너 무 적어서 "긴 계절 동안 빵을 아주 얇게 썰어서 먹어야 했다." 뉴네덜 란드 지방의 장관은 1650년에 그곳에 정착하려고 하는 사람들에게 정보를 주기 위해 네덜란드어로 다음과 같이 썼다.

> 뉴네덜란드, 특히 뉴잉글랜드 사람들은 처음에는 자신들이 원 하는 대로 농가를 지을 방법이 없었기 때문에 땅에 지하실처럼 1.8~2.1미터 깊이에 적당하다 생각되는 폭으로 네모난 구덩이를 파고 안쪽 벽의 흙에 나무판을 댔다. 그리고 흙이 무너지는 것을 막기 위해 나무껍질이나 다른 재료를 나무판 안에 채워 넣었다. 바닥에는 널빤지를 깔고 머리 위에 징두리 판자를 대어 천장을 만들었다. 그리고 그 위에 가로대를 깔끔하게 댄 뒤 나무껍질이 나 잔디를 덮어 지붕을 올렸다. 이렇게 하면 가족 전체가 2, 3년

---

* 에드워드 존슨, 『구세주의 경이로운 섭리, 뉴잉글랜드의 역사』(1654)

또는 4년 동안 이 집에서 눅눅하지 않고 따뜻하게 살 수 있었다. 지하실에 가족 수에 따라 칸막이를 지르기도 했다. 식민지 초기에 뉴잉글랜드의 부유한 유지들이 처음에 이런 식으로 집을 지은 데는 두 가지 이유가 있었다. 첫째는 집을 짓는 데 시간을 낭비해서 다음 해에 먹을 식량이 부족해지지 않게 하려는 것이고, 둘째는 본국에서 데려온 많은 가난한 노동자들의 의욕을 꺾지 않기 위해서였다. 3, 4년이 지나 이 지역의 땅이 농사짓기에 적합하게 되자 이들은 많은 돈을 들여 아름다운 집을 지었다.*

우리 조상들이 선택한 이 과정에는 적어도 이들의 신중함이 나타난다. 더 시급한 욕구를 먼저 충족시키는 게 원칙이었던 것 같다. 하지만 지금은 더 시급한 욕구가 충족되고 있는가? 나는 호화로운 집을 한 채 살까 생각하다가도 단념한다. 말하자면 이 나라는 아직 인간을 키우기에 적합하지 않고 우리는 조상들이 밀가루 빵을 잘랐던 것보다 훨씬 더 얇게 정신적인 빵을 잘라야 하기 때문이다. 아무리 미개한 시기라도 모든 건축 장식을 등한시해서는 안 된다. 다만 조개껍데기처럼 우리와 가까이 접촉하는 부분은 우선적으로 아름답게 꾸밀지언정 겉에만 아름다움을 씌우지는 말자.** 하지만 유감스럽게도 나는 한두 집에 들어가본 결과 이 사람들이 무엇으로 집 안을 꾸몄는지 알고 있다.

우리는 그리 퇴화되지 않아서 동굴이나 천막집에서 살며 가죽을 걸치고 살 수도 있을 것이다. 그러나 값비싼 대가를 치르고 얻은 것이긴 해도 인류의 발명과 산업이 제공하는 이점을 받아들이는 편이 분명 더 나을 것이다. 이런 동네에서는 살기에 적당한 동굴이나 통나무, 층

---

* E. B. 오캘러헌, 『뉴욕 주의 다큐멘터리 역사』

** 소로는 분명 단순성을 선호하는 미적 가치관을 지녔다. 오늘날 대단히 많은 실내 장식 가들이 같은 목표를 추구한다. 하지만 그중에서 돈을 적게 들이며 일하는 사람은 드물다.

분한 양의 나무껍질, 심지어 잘 다져진 진흙이나 납작한 돌보다는 판자와 지붕널, 석회와 벽돌을 더 저렴하고 쉽게 구할 수 있다. 나 자신이 이 문제에 대해 이론적, 실제적으로 알고 있기 때문에 잘 이해하고 하는 말이다. 우리는 조금만 더 지혜를 발휘하면 이 자재들을 써서 현재 가장 잘사는 사람보다 더 부유해지고 우리 문명을 축복으로 만들 수도 있다. 문명인은 경험이 더 많고 지혜로운 미개인이라 할 수 있다. 그러면 이제 내가 했던 실험 이야기로 서둘러 넘어가자.

1845년 3월 말쯤 나는 도끼 한 자루를 빌려 월든 호숫가의 숲으로 갔다. 나는 호수 가장 가까운 곳에 내 집을 짓기로 마음먹고 목재로 쓸 키 크고 곧게 자란 어린 스트로부스소나무 몇 그루를 베기 시작했다. 아무것도 빌리지 않고 시작하기란 어렵다. 그리고 아마도 뭔가를 빌리는 것은 주변 사람들이 당신의 사업에 관심을 갖게 하는 가장 편리한 과정일 것이다. 도끼 주인은 도끼를 내주면서 눈에 넣어도 안 아플 만큼 소중한 물건이라고 말했다. 나는 도끼를 받았을 때보다 더 날카롭게 도끼날을 갈아서 돌려주었다.

내가 일한 곳은 소나무 숲으로 덮인 쾌적한 산비탈이었다. 나무들 사이로 호수가 내다보였고 숲속의 작은 공터에는 소나무와 히커리나무에 싹이 움트고 있었다. 군데군데 녹은 곳도 있지만 얼음이 아직 완전히 녹지 않아 호수는 온통 검은 빛을 띠었고, 물에 흠뻑 젖어 있었다. 그곳에서 일하는 며칠 동안 몇 차례 가볍게 눈발이 휘날리기도 했지만 집에 가려고 기찻길로 나가면 노란색 모래더미가 길게 이어지며 흐릿한 대기 속에서 반짝이고 철로는 봄 햇살 속에 빛났다. 그리고 종달새와 딱새 등등의 새들이 우리와 함께 새로운 해를 시작하려고 벌써 나와 있었다. 겨울 동안의 인간의 불만이 대지와 함께 녹고 겨울잠을 자던 생명체들이 기지개를 켜기 시작하는 상쾌한 봄날이었다.

하루는 도끼자루가 빠져서 쐐기를 만들려고 초록 히커리나무를 잘라 돌로 두드려 박아 넣었다. 그리고 나무를 불리려고 통째로 호수의 얼음장이 깨진 부분에 담갔을 때였다. 줄무늬 뱀 한 마리가 호수로 뛰어드는 게 보였다. 나는 그곳에 15분 이상을 있었는데 뱀은 내내 불편한 기색 없이 바닥에 누워 있었다. 아마 아직 겨울잠에서 완전히 깨어나지 못했기 때문일 것이다. 인간도 이와 비슷한 이유로 현재의 형편없고 원시적인 상태에 머무는 것 같다. 하지만 그들을 깨우는 무르익은 봄기운을 느끼면 반드시 보다 고귀한 영적인 삶으로 올라설 것이다. 나는 전에도 서리가 내린 아침에 길에서 뱀들을 본 적이 있다. 아직 몸의 일부가 감각이 없는 채 굳어 있던 뱀들은 햇살에 몸이 녹기를 기다리고 있었다.

4월 1일에는 비가 내려 얼음이 녹았다. 짙은 안개가 낀 이른 아침에 호수 위를 더듬더듬 움직이며 길을 잃은 것처럼 혹은 안개의 정령인 듯 꽥꽥거리는 거위 소리가 들렸다. 그렇게 며칠 동안 나는 계속 나무를 베고 잘라서 샛기둥과 서까래를 만들었다. 작은 도끼로 모든 작업을 했다. 전할 수 있는 생각이나 학자 같은 생각은 많이 하지 않고 혼자 노래를 부르면서 일을 했다.

사람들은 자기들이 아는 게 많다고들 말하지.
하지만 보렴! 그것들은 날아서 사라져버렸어.
예술과 과학, 수많은 기구들
우리가 아는 건
오직 불어오는 바람뿐이지.

나는 중요하게 쓰일 목재들을 사방 15센티미터로 네모지게 잘랐다. 샛기둥은 대부분 양면만, 서까래와 바닥에 쓸 목재는 한 면만 다듬고 나머지 부분은 나무껍데기를 남겨두었다. 그래서 목재들이 톱으로 켠 것만큼 곧은데다 훨씬 더 튼튼했다. 그 무렵에는 다른 연장들도 빌려왔기 때문에 각 재목의 아랫부분에 정성들여 장붓구멍을 뚫거나 장부를 만들어 연결했다. 하루에 숲에서 일하는 시간이 아주 길지는 않았지만 나는 보통 점심으로 빵과 버터를 들고 갔다. 정오가 되면 잘라 놓은 푸른 솔가지 틈에 앉아 점심을 싸온 신문을 읽었다. 손에 송진이 잔뜩 묻어 있어 빵에서 소나무 향기가 났다. 일을 끝내기 전에 나는 나무들의 적이라기보다 오히려 친구가 되었다. 소나무 몇 그루를 베기는 했지만 이 나무들을 더 잘 알게 된 덕분이었다. 가끔 숲을 산책하던 사람이 내 도끼질 소리에 끌려 찾아왔고 우리는 내가 깎아낸 나무 부스러기 위에 앉아 즐겁게 이야기를 나누었다.

서두르지는 않았지만 일에만 전념했기 때문에 4월 중순이 되자 뼈대로 쓸 목재들이 마련되어 뼈대를 올릴 준비가 되었다. 나는 판자를 얻기 위해 피츠버그철도에서 일하는 아일랜드 사람인 제임스 콜린스의 판잣집을 사두었다. 드물게 괜찮아 보이는 판잣집이었다. 내가 집을 보러 갔을 때 콜린스는 집에 없었다. 나는 집 바깥을 서성거렸다. 창문이 깊고 높아서 처음에는 집 안에서 나를 보지 못했다. 지붕이 뾰족한 작은 시골집이었다. 흙이 퇴비더미처럼 집 주위에 1.5미터 높이로 쌓여 있었고 그 외에는 볼 게 별로 없었다. 지붕은 햇볕에 심하게 비틀리고 단단해 보이진 않아도 그나마 가장 온전한 부분이었다. 문지방은 없었지만 문짝 아래에 닭들이 수시로 드나드는 출입구가 있었다.

콜린스 부인이 문가로 나오더니 안으로 들어와서 보라고 권했다. 내가 다가가자 닭들이 집 안으로 쫓겨 들어갔다. 집 안은 어두웠고 바닥은 대부분 흙으로 되어 있는데 눅눅하고 축축해서 학질에 걸리기 쉬울 판이었다. 판지라곤 여기에 하나, 저기에 하나밖에 안 깔려 있었는데 떼어내면 온전할 것 같지 않았다.

콜린스 부인은 등불을 켜고 지붕 안쪽과 벽을 보여주었다. 또 침대 아래에 깔린 마룻바닥도 보여주면서 지하실에는 들어가지 말라고 했다. 지하실이라고 해야 깊이 60센티미터 정도의 일종의 흙구덩이였다.

부인은 "천장과 사방 벽의 판자들은 모두 좋은 판자들이고, 창문도 하나는 튼튼하다."고 말했다. 원래는 완전히 사각형의 이중 창문이었는데 최근에는 고양이만 드나든다고 했다. 집 안에는 난로 하나, 침대 하나, 의자 하나가 있었고 그 집에서 태어난 아이 한 명이 있었다. 그 밖에 명주 양산 하나, 금박 테두리의 거울 하나, 떡갈나무 묘목에 못을 박아 걸어놓은 신형 커피 가는 기계가 전부였다. 그 사이에 콜린스 씨가 돌아왔고 이내 계약이 체결되었다. 내가 오늘밤에 4달러 25센트를 지불하면 콜린스는 그동안 다른 사람에게 집을 팔지 않고 내일 아침 다섯시에 집을 비워주기로 했다. 그러면 나는 여섯시에 이 집의 주인이 될 터였다.

제임스는 땅세나 연료비를 들먹이며 불명확하고 전적으로 부당한 요구를 해오는 사람이 있으니 나보고 일찍 오면 좋겠다고 했다. 그는 이 외에는 문제될 게 없다고 장담했다. 다음 날 여섯시에 나는 길에서 그와 그의 가족을 지나쳤다. 커다란 꾸러미 하나에 고양이를 뺀 모든 살림(침대, 커피 가는 기계, 거울, 닭)이 다 들어 있었다. 고양이는 숲으로 가서 들고양이가 되었는데, 나중에 듣기로 그 고양이는 마멋을 잡으려고 놓은 덫에 걸려 죽었다고 한다.

나는 그날 아침 못들을 뽑고 이 집을 헐었다. 그리고 작은 수레에 판자들을 담아 호숫가로 실어나른 뒤 풀밭에 펼쳐놓았다. 햇볕에 말려 표백하고 뒤틀린 부분이 펴지게 하기 위해서였다. 숲길을 따라 수레를 끌고 갈 때 일찍 일어난 개똥지빠귀 한 마리가 한두 번 울었다. 그런데 패트릭이라는 아이가 일러주는 말을 들으니, 내가 수레에 판자를 실어나르는 동안 이웃에 사는 아일랜드 사람인 실리가 아직 꽤 쓸 만한 곧은 못과 꺾쇠, 대못을 주머니에 슬쩍 집어넣었다는 것이다. 그러고는 내가 돌아오면 인사를 나누고 갑작스레 생각이라도 난 것처럼 무너진 집터를 새로이 쳐다보았다. 실리는 할 일이 없어서 왔다고 했다. 말하자면 구경꾼 대표로 온 것인데, 그는 대수롭지 않아 보이는 이 일을 트로이의 신들을 옮기는 것만큼 의미 있는 일로 만드는 데 한몫을 했다.

나는 남쪽으로 경사진 언덕 기슭에 지하실을 팠다. 마멋이 전에 굴을 파놓은 자리였다. 옻나무와 블랙베리의 뿌리를 지나 식물의 흔적이 거의 없고 고운모래가 나올 때까지 깊이 2미터에 사방 1.8미터를 팠다. 그 정도 깊이라면 아무리 추운 겨울에도 감자가 얼지 않을 터였다. 옆쪽은 완만한 경사가 지게 파서 돌을 쌓지 않았다. 그래도 햇빛이 전혀 들지 않아 모래가 흘러내리지 않았다. 이 일을 하는 데 고작 두 시간밖에 걸리지 않았다. 거의 모든 위도의 지역에서 사람들은 온도 변화가 거의 없는 곳을 찾으려고 땅을 판다. 그래서 나는 이렇게 땅을 파면서 특별한 즐거움을 느꼈다. 도시의 가장 멋진 집 아래에도 오래된 지하 저장실이 발견된다. 그래서 지상의 건물이 사라진 오랜 뒤에도 후손들은 땅속에서 지하실의 흔적을 발견한다. 집은 굴의 입구에 만든 일종의 현관에 지나지 않는다.

마침내 5월 초에 나는 몇몇 지인의 도움을 받아 집의 뼈대를 세웠다. 꼭 도움이 필요해서라기보다 이웃을 사귈 좋은 기회를 이용하고 싶어 도움을 청한 것이다. 집을 올리면서 훌륭한 사람들의 도움을 받는 영광을 나보다 더 누린 사람은 아마 없을 것이다. 그 사람들은 언젠가 더 고귀한 건물을 올리는 일을 돕기로 운명지어진 사람들이라 생각된다. 나는 뼈대에 판자를 붙이고 지붕을 올린 직후인 7월 4일부터 내 집에 살기 시작했다. 세심하게 판자의 가장자리를 얇게 깎아 서로 겹쳐 붙였기 때문에 빗물이 전혀 새지 않았다. 하지만 판자를 붙이기 전에 나는 호수에서 수레 두 대분에 해당하는 돌멩이를 팔로 안아 언덕 위까지 날라 한쪽에 굴뚝 자리를 만들어놓았다. 그리고 가을에 괭이질을 끝낸 뒤에, 슬슬 난방을 위해 불이 필요해지기 전에 굴뚝을 세웠다. 그동안은 집 밖의 땅에서 이른 아침에 요리를 했다.

지금도 나는 이런 방식이 흔히 하는 것보다 어떤 면에서 더 편리하고 좋다고 생각한다. 빵이 다 구워지기 전에 세찬 바람이 불고 비가 내

리면 나는 불 위로 판자를 몇 개 고정해놓고 그 아래에 앉아 빵이 구워
지는 걸 지켜보며 즐겁게 몇 시간을 보냈다. 그 시절에는 일이 바빠 책
을 거의 읽지 못했지만 받침이나 식탁보로 쓰였거나 땅에 널려 있던
신문 조각도 내게는 더없는 오락거리였고, 실상 『일리아드』 못지않은
즐거움을 주었다.

그런데 내가 했던 것보다는 좀 더 신중하게 집을 짓는 편이 나을 것
이다. 예를 들어 문, 창문, 지하실, 다락방이 인간의 어떤 본성에 토대
를 둔 것인지 곰곰 생각하고 일시적인 필요성보다 더 합당한 이유를
찾을 때까지 어쩌면 건물을 세우지 않는 게 좋을 것이다. 사람이 자기
집을 직접 짓는 것은 새가 둥지를 짓는 것과 마찬가지의 적절함이 있
다. 사람이 자신이 살 집을 자기 손으로 짓고 자신과 가족이 먹을 음식
을 소박하고 정직하게 마련한다면 어느 새나 그런 일을 할 때 노래를
하는 것처럼 누구라도 시인의 재능을 발휘하게 되지 않을까? 하지만
슬프도다! 지금 우리는 다른 새가 지어놓은 둥지에 알을 낳고, 귀에 거
슬리는 요란한 울음소리로 어느 여행자의 기운도 북돋아주지 못하는
찌르레기와 뻐꾸기처럼 행동하고 있다.

우리는 집을 짓는 즐거움을 영원히 목수에게 양도해버릴 것인가?
많은 사람들의 경험에서 건축은 어느 정도를 차지할까? 지금껏 돌아
다닌 중에 나는 자기 집을 짓는 그토록 단순하고 자연스러운 일에 빠
져 있는 사람을 한 번도 만난 적이 없다. 우리는 공동체 일원이다. 아
홉 사람이 모여야 한 사람 구실을 하는 것은 재봉사만이 아니다. 목사
도, 상인도, 농부도 마찬가지다. 이러한 분업의 끝은 어디일까? 그리고
분업은 궁극적으로 어떤 목적에 도움이 될까? 분명히 다른 사람이 나
를 대신해 생각하고 있을 수도 있다. 하지만 스스로 생각하지 않고 다
른 사람이 대신 생각하도록 하는 것은 바람직하지 않다.

사실 이 나라에는 건축가라 불리는 사람들이 있다. 그리고 나는 건
축 장식물에는 진리의 핵심이자 꼭 필요한 것, 따라서 아름다움이 있

어야 한다는 생각에 사로잡힌 사람의 이야기도 들은 적이 있다. 그것이 자신에게 내려진 계시인 것처럼 말이다. 그 사람의 관점에서 보면 아주 그럴듯한 생각이지만 그것은 흔한 아마추어 예술보다 약간 더 나은 정도에 불과하다. 감상적인 건축 개혁가인 그는 토대가 아니라 장식용 처마 돌림띠부터 시작했다. 그것은 그 집에 살 사람이 어떻게 집 안팎을 진실하게 짓고 장식물이 스스로 효과를 발휘하도록 할지의 문제가 아니라, 모든 알사탕에 아몬드나 캐러웨이 씨를 넣어야 한다는 것처럼(나는 아몬드는 설탕 없이 먹어야 건강에 좋다고 생각하는데) 장식물 안에 어떻게 진리의 핵심을 집어넣을지의 문제에 불과하다.

이성적인 사람 중 누가 장식을 외적인 것이며, 껍질에 불과하다고 생각했겠는가? 거북이 점박이 껍데기를 얻고, 조개가 진주 빛 도는 조가비를 얻게 된 것이 브로드웨이 주민들이 트리니티 교회를 지으면서 맺은 것과 같은 계약을 체결해서인가? 거북이 자신의 등껍질 모양과 아무 관계가 없는 것처럼 인간도 자기 집의 건축 양식과 아무런 관계가 없다. 병사가 아무리 한가해도 군기에 자신의 정신을 정확하게 표현하는 색을 칠하지는 않을 것이다. 그렇게 하면 적이 그걸 파악할 테니까. 시련이 닥치면 그 병사는 창백하게 질리게 될지도 모른다. 이런 사람은 장식용 처마돌림띠에 기대어 자신보다 진실을 더 잘 알고 있는 순진한 거주자들에게 작은 소리로 주뼛주뼛 반쪽 진실을 말하고 있는 것처럼 보인다.

나는 건축의 아름다움의 본질이란, 외면에 대해서는 생각조차 하지 않은 채 최적의 건축가인 거주자의 필요와 특성에 의해, 그리고 무의식적인 진실성과 고귀함에 의해 안쪽에서 바깥쪽으로 서서히 발전해 왔다고 알고 있다. 무엇이든 이와 같은 아름다움이 더해지려면 그전에 이와 비슷한 무의식적인 삶의 아름다움이 먼저 나타날 것이다.

화가들이 아는 것처럼, 이 나라에서 가장 흥미로운 집은 흔히 가난한 사람들이 사는 가장 꾸밈없고 소박한 통나무집과 오두막집이다. 이 집들을 그림처럼 아름답게 만드는 것은 외관의 특이함이 아니라 그 집이라는 껍데기 안에서 사는 사람들의 삶이다. 도시민들이 이처럼 소박하고 상상력을 발휘하는 삶을 살고 집의 양식에서 부담감의 흔적을 거의 찾아볼 수 없다면 이들이 교외에 짓는 상자 같은 집도 마찬가지로 흥미로운 집이 될 것이다.

대부분의 건축 장식은 말 그대로 공허하고 빌린 옷과 같아서 9월의 강풍에 떨어져나가버려도 본질에는 아무 해도 끼치지 않을 것이다. 지하실에 올리브나 포도주가 없는 사람들은 건축 없이도 살 수 있다. 문학에서 문체를 장식하느라 똑같은 소동이 벌어졌다면, 중요한 책들을 쓴 저자들이 우리 교회의 건축가들만큼 장식띠에 많은 시간을 썼다면 어떻게 됐을까? 소위 아름다운 문학과 아름다운 미술, 그리고 이들을 가르치는 교수들은 이렇게 해서 생겨났다.

사람들은 막대기 몇 개를 자신의 위 혹은 아래쪽에 얼마나 기울어지게 놓을 것인지, 상자 같은 집에 무슨 색을 칠할 것인지에 참으로 많은 신경을 쓴다. 진실함을 담아 직접 기둥을 기울이고 칠을 한다면 어느 정도 의미가 있을 것이다. 하지만 거주자에게서 영혼이 사라졌으므로 이것은 자신의 관을 짜는 무덤 건축이며, '목수'는 '관을 짜는 사람'에 지나지 않는다. 절망에 빠지거나 삶에 냉담해진 사람은 우리 발밑에 있는 흙을 한 줌 집어 우리의 집을 그 색으로 칠하라고 말한다. 그는 자기가 최후에 머물 좁은 집을 생각하고 있는 것일까? 그 시간에 차라리 동전을 던지는 편이 나을 것이다. 퍽 한가한 사람인 게 틀림없다! 왜 흙을 집어드는가? 차라리 우리의 얼굴색으로 집을 색칠하는 게 나을 것이다. 집이 주인을 대신해 창백한 색이나 붉은 색이 되도록. 오두막의 건축 양식을 개선하는 사업이라! 당신이 정말로 나를 위한 장식물을 준비해주면 난 그것들을 사용해보겠다.

나는 겨울이 오기 전에 굴뚝을 만들었고 비가 새지는 않았지만 집 외벽에 널빤지를 댔다. 통나무에서 맨 처음 잘라낸, 수액이 많고 완벽하지 않은 널빤지여서 대패로 가장자리를 다듬어야 했다. 이렇게 해서 나는 널빤지를 빈틈없이 대고 회칠을 한 집의 주인이 되었다. 폭 3미터, 길이 4.5미터, 기둥 높이 2.4미터에 다락방과 벽장, 양쪽에 커다란 창문이 있고, 두 개의 뚜껑문을 갖춘 집이었다. 한쪽 끝에 문이 있고 그 맞은편에 벽돌로 만든 벽난로가 있었다. 이 집을 짓는 데 든 정확한 비용은 아래와 같다. 사용한 자재들에 대해서는 시가대로 지불했고, 내가 모든 일을 직접 했으므로 노임은 계산하지 않았다. 내가 상세 내역을 알려주는 이유는 자기 집을 짓는 데 든 비용을 정확하게 말할 수 있는 사람이 거의 없을 뿐 아니라 집을 구성하는 다양한 자재들 각각의 가격을 아는 사람은 아예 없지는 않더라도 더욱 드물기 때문이다.

판자	8달러 3.5센트(주로 판잣집에서 떼어낸 판자)
지붕과 벽에 댄 헌 널빤지	4달러
윗가지	1달러 25센트
유리가 끼워진 중고 창문 2개	2달러 43센트
헌 벽돌 1,000장	4달러
석회 2통	2달러 40센트(비쌈. 필요 이상으로 구입)
가는 철사	31센트
벽난로에 쓸 쇠 가로대	15센트
못	3달러 90센트
경첩과 나사못	14센트
걸쇠	10센트
분필	1센트
운송비	1달러 40센트(대부분은 내가 직접 지고 날랐음)
합계	28달러 12.5센트

무단 거주자의 권리로 차지한 목재와 돌, 모래를 제외하면 이것이 내가 사용한 자재의 전부다. 나는 또한 주로 집을 짓고 남은 자재들을 써서 집 옆에 장작을 넣어둘 헛간도 하나 지었다. 나는 콩코드 중심가에 있는 어떤 웅장하고 화려한 집보다 좋은 집을 지어볼 작정이다. 지금 이 집만큼 만족스럽고 돈이 더 많이 들지만 않는다면 당장에라도 말이다.

이렇게 해서 나는 학생이 집 주인이 되고 싶으면 지금 매년 내는 집세 정도의 돈으로 평생 살 집을 얻을 수 있다는 것을 알게 되었다. 내가 지나치게 호언장담하는 것처럼 보인다면 나 자신이 아니라 인류를 위해 허풍을 떠는 것이라는 핑계를 대겠다. 내게 결점과 모순이 있다 해도 내 말이 진실하지 않은 것은 아니다. 나는 위선적인 면이 많지만(위선은 나라는 '밀'에서 떼어내기 어려운 '왕겨'이고 다른 사람들과 마찬가지로 나는 이런 점을 안타까워한다.) 이 부분에 있어서는 맘껏 숨 쉬고 늘어지게 기지개를 펼 것이다. 그래야 마음과 몸이 편할 테니. 나는 겸손을 떠느라 악마의 변호인이 되지는 않으리라고 마음먹었다. 그래서 진실을 위한 말을 하려고 노력할 것이다. 케임브리지대학에서는 내 방보다 약간 더 큰 학생 방 하나를 빌리는 데 1년에 30달러를 내야 한다. 학교 법인은 한 지붕 아래 방 32개를 붙여놓아 이익을 보겠지만 학생들은 시끄러운 여러 이웃과 함께 지내는 불편을 겪어야 한다. 어쩌면 4층에 살아야 할 수도 있다.

이런 부분에서 우리가 좀 더 진정으로 현명하다면 이미 더 많은 지혜를 알고 있을 테니 교육이 덜 필요할 뿐 아니라 교육에 드는 비용도 상당히 줄어들 것이라는 생각이 들지 않을 수 없다. 케임브리지나 그 외의 학교에서 학생에게 필요한 이러한 편의를 누리려면 삶에서 어느 정도의 희생을 치러야 하고, 학교나 학생 양측에서 제대로 관리하지 못할 경우 그 희생은 10배나 커진다.

사실 학생들이 가장 원하는 부분에 가장 많은 돈이 드는 것은 아니다. 예를 들어 수업료는 한 학기 청구서에서 중요한 항목인 반면 교양 있는 동시대인들과 어울리면서 얻는 훨씬 더 귀한 배움에 대해서는 한 푼도 안 내도 된다. 일반적으로 대학은 이렇게 설립된다. 먼저 기금을 모은 뒤 극도의 분업화 원칙(신중하게 생각한다면 절대 따르지 않을 원칙)을 맹목적으로 따르며 도급업자를 불러들인다. 도급업자는 학교 설립을 돈을 벌 사업으로 여기고 아일랜드인이나 다른 노동자들을 채용해 기초공사를 한다. 한편 학생이 될 사람들에게는 대학에 자신을 맞추라고 한다. 이러한 부주의에 대한 대가는 후세대가 치러야 한다. 나는 학생들, 혹은 학교의 혜택을 누리려는 사람들이 직접 기초공사를 한다면 이보다는 나을 것이라고 생각한다.*

어떤 학생이 인간에게 필요한 노동을 고의적으로 회피해 자신이 원하는 여가와 휴식을 얻었다면 그는 유익한 여가를 만들어줄 경험을 스스로에게서 빼앗아 저열하고 무익한 여가를 얻은 셈이다. "하지만 학생들이 머리가 아니라 손으로 일하러 가야 한다는 뜻은 아니겠지요?"라고 묻는 이도 있다. 정확히 그런 뜻은 아니지만 상당부분 그런 의미로 생각할 수 있다. 학생들이 단지 삶을 즐기거나 삶을 공부하지만 말고, 이 값비싼 게임에서 공동체가 자신들을 지원해줄 때 삶을 처음부터 끝까지 진정으로 살아보라는 뜻이다. 당장 삶이라는 실험을 해보는 것보다 젊은이가 삶을 더 잘 배울 수 있는 방법이 또 있을까? 나는 이런 실험이 수학 못지않게 젊은이들의 마음을 단련시킬 것이라고 생각한다. 예를 들어 한 소년에게 예술과 과학을 가르치고 싶다면 나는 단순히 교수들이 사는 동네로 아이를 보내는 흔한 방법을 따르지

---

* 실제로 어떤 대학들은 제한적이긴 하지만 소로가 제시한 모델을 연구하고 있다. 예를 들어, 미국에서는 버몬트 주의 그린마운틴 칼리지, 오하이오 주의 안티오크 칼리지, 애리조나 주의 프레스콧 칼리지 등으로 구성된 '에코리그(eco-league)'가 등장했다. 이들 학교에서는 학생들이 자신이 먹을 식품 일부를 직접 재배한다.

않을 것이다.

그곳에서는 무엇이든 가르치고 연습하지만 삶의 기술은 가르치지 않으며 육안이 아니라 망원경이나 현미경으로 세계를 조사한다. 화학을 공부하지만 빵이 어떻게 만들어지는지는 배우지 않고 기계학을 공부하지만 어떻게 빵을 버는지는 배우지 않는다. 해왕성의 새로운 위성들을 발견하지만 자기 눈 안의 티끌은 보지 못하고 자신이 어떤 건달의 위성인지도 알지 못한다. 식초 한 방울 안에 들어 있는 괴물들에 대해서는 고심하면서 자기가 주변에 우글거리는 괴물들에게 먹히려 한다는 건 모른다. 필요한 자료를 읽어가면서 직접 땅에서 캐서 제련한 철광석으로 주머니칼을 만든 소년과 대학에서 금속공학 강의를 듣고 아버지에게서 로저스사의 주머니칼을 받은 소년 중 한 달 뒤에 누가 더 앞서나갈까? 누가 손가락을 벨 가능성이 더 높을까?

나는 대학을 졸업하면서 내가 항해학을 공부했었다는 사실을 알고 깜짝 놀랐다.* 내가 항구를 한 바퀴만 돌아봤어도 항해학에 대해 지금보다 더 많이 알았을 텐데. 가난한 학생이라 해도 정치경제학을 배우고 공부하지만 대학에서는 철학과 동의어인 삶의 경제학은 진지하게 가르치지 않는다. 그 결과 학생은 애덤 스미스, 리카도, 세이**를 읽는 동안 자신의 아버지를 헤어날 수 없는 빚더미로 내몰게 된다.

수많은 '현대적 개선'도 대학과 마찬가지다. 현대적 개선에 대해서는 어떤 환상이 존재한다. 항상 긍정적인 발전만 있다고 볼 수는 없다. 악마는 자신의 초기 지분과 이후의 투자에 대해 끝까지 혹독한 복리를 챙긴다. 인간의 발명품은 으레 진지한 일로부터 우리의 관심을 돌리는 예쁜 장난감들일 수밖에 없으며, 개선되지 않은 목표에 이르기

---

* 1830년대에 나온 하버드대학교 편람에는 2학년 수학 과정에 '항해천문학'이 들어 있다.

** 애덤 스미스(1723~1790) : 스코틀랜드의 경제학자, 데이비드 리카도(1772~1823) : 영국의 경제학자, 장 바티스트 세이 : 프랑스의 경제학자.

위한 개선된 수단에 불과하다. 그러한 목표는 철로들이 보스턴이나 뉴욕으로 이어지는 것처럼 이미 너무나 쉽게 이룰 수 있었다. 우리는 메인 주에서 텍사스 주까지 자기장 전신선을 가설하려고 급히 서두르고 있다. 그러나 막상 두 주 사이에는 전할 만한 중요한 사건이 없을지도 모른다. 두 주는 어떤 유명한 귀머거리 여인에게 소개받기를 열렬히 원했지만 막상 여인을 만나 그녀의 보청기 한쪽이 손에 주어지자 할 말을 잃어버린 남자와 같은 곤란한 처지에 처해 있다.

마치 전신선의 주된 목적은 소식을 빨리 전하는 것이지, 의미 있는 소식을 전하는 게 아니라고 생각하는 것 같다. 우리는 대서양 아래에 터널을 파서 구세계의 소식이 신세계로 전해지는 속도가 지금보다 몇 주 더 빨라지기를 열망한다. 하지만 팔랑거리는 미국인의 귀에 흘러들 첫 소식은 애들레이드 공주가 백일해에 걸렸다는 소문 정도일 것이다. 1분에 1킬로미터를 달리는 빠른 말을 소유한 사람이라고 해서 가장 중요한 소식을 전하지는 않는다. 그는 복음 전도자도 아니고 메뚜기와 석청을 먹고 살면서 떠돌아다니는 예언자도 아니기 때문이다. 나는 플라잉 차일더스*가 옥수수 한 말이라도 방앗간에 실어나른 적이 있는지 의문이다.

어떤 사람은 내게 "저축을 하지 않으신다니 놀랍습니다. 여행을 좋아하시잖아요. 차를 타면 오늘 안에 피츠버그에 도착해서 구경을 할 수 있을 텐데요."라고 말한다. 하지만 나는 그렇게 할 만큼 어리석지 않다. 자기 발로 걷는 여행자가 가장 빠르다는 것을 알고 있으니까. 나는 친구에게 그곳까지 누가 먼저 가는지 실험해보자고 제안한다. 거리는 48킬로미터, 차비는 90센트다. 90센트면 거의 하루치 임금에 해당하는 돈이다. 나는 바로 이 철로를 놓은 노동자들이 하루에 60센트를 받았던 때를 기억한다. 자, 이제 내가 걸어서 출발하면 밤이 되기 전에

---

*　18세기 영국에서 명성을 떨친 경주마.

그곳에 도착할 것이다. 나는 그 속도로 일주일간 여행한 적이 있어서 알 수 있다. 그동안 내 친구는 차비를 벌어야 할 것이고, 내일쯤에나 도착할 것이다. 운 좋게 때맞춰 일자리를 구한다면 오늘 저녁에 도착할 수도 있고. 친구는 피츠버그에 가는 대신 이곳에서 거의 온종일 일을 할 것이다. 그렇다면 철로가 온 세상에 두루 연결된다 해도 내가 친구보다 먼저 도착할 것이라고 생각한다. 그 지방을 구경하고 경험하는 데 있어서 친구와 만나게 되는 일이 없어질 것이다.

이것은 누구도 거역할 수 없는 보편적인 법칙이다. 철로에 관해서도 오십보백보라고 말할 수 있다. 온 인류가 이용할 수 있도록 세상 전체에 철로를 놓는 것은 지구 표면 전체를 평평하게 고르는 일이 될 것이다. 사람들은 이렇게 공동자본을 마련해 오랫동안 계속 땅을 파다 보면 얼마 지나지 않아 마침내 모든 사람이 공짜로 기차를 타고 어디론가 갈 수 있게 되리라고 막연하게 기대한다. 하지만 군중들이 역으로 몰려가고 차장이 "전원 승차 완료!"를 외치더라도 연기가 걷히고 증기가 물로 변했을 때 보면 기차에 탄 사람은 몇 명뿐이고 나머지는 차에 깔려 있을 것이다. 이 일은 '우울한 사고'라고 불릴 것이고 실제로 우울한 사고가 될 것이다. 차비를 모을 만큼 오래 산다면 분명 결국에는 기차를 탈 수 있을 것이다. 그러나 그때쯤이면 아마 기운도 빠지고 여행하고 싶은 마음도 사라졌을 것이다.

이렇게 인생에서 가장 쇠락한 시기에 확실하지도 않은 자유를 누리고자 인생의 가장 좋은 시기를 돈 버는 데 보내는 모습을 보면 나는 돈을 벌어 영국으로 돌아와서 시인으로 살려고 인도로 떠난 한 영국인이 떠오른다. 그 사람은 인도로 가는 대신 당장 다락방으로 올라갔어야 했다. "뭐라고요!" 전국의 모든 판잣집에서 100만 명의 아일랜드인들이 벌떡 일어나서 "우리가 건설한 이 철도가 좋은 게 아니란 말입니까?"라고 거세게 소리칠지도 모른다. 그렇다면 나는 철도는 비교적 좋은 것이라고 대답하겠다. 철도를 놓지 않았다면 더 나쁜 일을 했을 수도 있으니까. 하지만 여러분은 내 형제들이니 나는 여러분이 땅을 파는 것보다 시간을 더 보람 있게 쓸 수 있길 바란다.

집 짓는 일을 마무리하기 전에 나는 계획보다 초과된 비용을 충당하고 싶었다. 그래서 정직하고 적당한 방법으로 10~12달러 정도를 벌려고 집 근처 2.5에이커 정도의 부슬부슬한 모래땅에 작물을 심었다. 주로 콩을 심었으며 감자, 옥수수, 순무도 조금 심었다. 집 근처의 땅은 전부 11에이커로 대부분 소나무와 히커리가 자라고 있었는데, 지난 계절에 1에이커당 8달러 8센트에 팔렸다. 한 농부는 "찍찍대는 다람쥐나 키우는 것 외에는 아무짝에도 쓸모없는 땅"이라고 말했다. 나는 땅 주인이 아니라 무단 거주자에 불과한데다 또다시 그렇게 농사를 많이 지으리라곤 예상하지 않았기 때문에 거름도 전혀 주지 않았다. 그리고 땅 전체에 제대로 괭이질 한번 하지 않았다.
나는 땅을 갈면서 나무 그루터기 몇 개를 파내어 오랫동안 땔감으로 썼다. 나무 그루터기를 파낸 자리에는 한 번도 개간하지 않은 작고 둥근 땅이 생겼다. 그 자리에는 다른 자리와 쉽게 구분이 될 정도로 여름 내내 무성하게 콩이 자랐다. 죽어서 거의 상품성이 없는 집 뒤에 있는 나무들과 호수에서 건져낸 유목들도 내 땔감이 되어주었다. 땅을 갈기 위해 소와 일꾼 한 명을 고용해야 했지만 쟁기는 내가 직접 잡았다.
첫 해에 내 농장에 들어간 돈은 농기구, 씨앗, 인건비 등을 포함해 14달러 72.5센트였다. 옥수수 씨는 공짜로 얻었지만, 너무 많이 심지만 않는다면 씨앗 값은 말할 거리도 못 된다. 나는 콩 12부셀(1부셀은 영국에서는 약 28.1킬로그램, 미국에서는 약 27.2킬로그램 정도다.-역주), 감자 8부셀 말고도 약간의 완두콩과 옥수수를 거두어들였다. 노란 옥수수와 순무는 너무 늦게 심어서 수확을 못했다. 내가 농사를 지어 얻은 총 수입은 23달러 44센트였다.

수입	23달러 44센트
지출	14달러 72.5센트
이익	8달러 71.5센트

내가 그동안 먹은 분량을 제외하더라도 이 계산을 할 때쯤에는 4달러 50센트 정도 가치의 농작물이 수중에 남아 있었다. 직접 기르지 않은 목초 약간을 팔았을 경우와 비교하면 훨씬 큰 액수였다. 모든 점을 고려해보면, 즉 인간의 영혼과 현재의 중요성을 감안해보면 내 실험이 짧은 기간에 이루어졌음에도 불구하고, 아니 얼마간은 그렇게 일시적인 실험이었기 때문에 나는 그해 콩코드의 어떤 농부보다 농사를 더 잘 지었다고 믿는다.

다음 해에 나는 농사를 더 잘 지었다. 필요한 3분의 1에이커 정도의 땅 전체를 삽으로 팠기 때문이다. 나는 아서 영 같은 사람이 쓴 저명한 농업 서적이 아니라 직접 지은 두 해의 농사 경험으로부터 다음과 같은 점들을 배웠다. 사람이 소박하게 살면서 자신이 기른 농작물만 먹고 자기가 먹을 분량보다 많이 재배하지 않는다면, 그리고 농작물을 소량의 사치스럽고 값비싼 물건과 교환하지 않는다면 몇 로드(1로드는 25.29평방미터에 해당함-역주)의 땅만 경작해도 충분할 것이다. 또 황소를 써서 쟁기질을 하는 것보다 삽질을 하는 편이, 오래된 땅에 비료를 주는 것보다 가끔씩 새 땅에 씨를 뿌리는 편이 비용이 덜 들 것이다. 여름에는 간간이 쉬어가면서 일해도 필요한 농사일을 전부 할 수 있어서 지금처럼 황소, 말, 소, 돼지에 매여 있지 않아도 될 것이다. 나는 현 경제제도, 사회제도의 성패와 이해관계가 없는 사람으로서 아무런 편견 없이 이런 점에 대해 말하고 싶다. 나는 집이나 농장에 붙박여 있지 않고 꽤 유별난 내 창의적인 성향을 언제든 따를 수 있었기 때문에 콩코드의 어느 농부보다 독립적이었다. 게다가 나는 이미 그들보다 더 잘살았고, 집이 불타거나 농사가 실패하더라도 거의 전과 마찬가지로 잘살았을 것이다.

나는 사람이 가축의 주인이라기보다 오히려 가축이 사람의 주인이라는 생각이 들곤 한다. 가축이 훨씬 더 자유롭기 때문이다. 사람과 황소는 서로 품앗이를 한다. 하지만 꼭 해야 하는 일만 생각해보면 황소가 훨씬 더 유리한 입장에 있는 것으로 보이며, 황소들의 농장이 그만큼 더 크다. 품앗이에서 사람이 해야 하는 몫 중 하나가 6주 동안 건초를 만드는 것인데, 이것도 만만찮은 일이다. 모든 면에서 소박하게 사는 나라, 철학자들의 나라는 동물의 노동력을 이용하는 커다란 실수는 저지르지 않을 것이다. 사실 지금까지 철학자의 나라는 없었고 곧 생길 것 같지도 않다. 게다가 나는 그런 나라가 존재하는 것이 바람직하다고 확신하지도 않는다. 그러나 나라면, 날 위해 어떤 일을 해줄 수 있다고 해서 말이나 소를 길들이고 떠맡지는 않겠다. 내가 한낱 마부나 목동이 되어버릴까봐 겁이 나기 때문이다.

그렇게 해서 사회가 이득을 본다고 해도 한 사람의 이익이 다른 사람에겐 그만큼의 손실이 되지 않는다고 확신할 수 있을까? 마구간지기가 그의 주인과 똑같은 이유로 만족한다고 확신할 수 있을까? 어떤 공공사업들은 가축의 도움 없이는 완료할 수 없어서 사람이 그 일의 영광을 소, 말과 함께 나누었다고 치자. 그런 경우 사람이 혼자서는 더 가치 있는 일을 해낼 수 없었다고 말할 수 있을까? 사람이 가축의 도움을 받아 단순히 불필요하거나 예술적인 일뿐 아니라 사치스럽고 무의미한 일을 하기 시작하면 황소와의 품앗이를 소수의 사람이 맡게 될 수밖에 없다. 즉 가장 강한 자의 노예가 되는 것이다.

이렇게 사람은 내부의 동물들을 위해 일할 뿐 아니라 상징적인 외부의 동물을 위해서도 일을 한다. 벽돌이나 돌로 된 튼튼한 집이 많지만 지금도 농부의 성공은 그의 집보다 외양간이 얼마나 큰지에 따라 판단된다. 이 동네에는 근방에서 가장 큰 외양간과 마구간이 있고, 공공기관의 크기도 뒤떨어지지 않는다고 알려져 있다. 하지만 이 고장에는 자유롭게 예배를 올리고 거리낌 없이 의견을 밝힐 수 있는 넓은 방은 거의 없다.

민족들은 건축물로 자신들을 기려서는 안 된다. 하지만 추상적인 사고의 힘으로 자신들을 기려서는 안 될 이유가 어디 있는가? 동양의 모든 유적보다 바가바드기타(힌두교의 3대 경전 중 하나로 꼽히는 종교, 철학적 교훈시편-역주)가 훨씬 더 훌륭하지 않은가! 탑과 사원은 군주의 사치품이다. 소박하고 독립적인 사람은 군주의 명령에 따르려고 애쓰지 않는다. 천부적인 재능은 황제의 소유물이 아니고, 아주 미미한 정도를 제외하고는 은이나 금, 대리석을 재료로 사용하지도 않는다. 어떤 목적을 위해 그렇게 많은 돌이 다듬어진 것일까? 아르카디아에서 지낼 때 나는 돌을 쪼는 모습을 보지 못했다. 많은 민족들이 다듬고 쪼아 만든 돌을 남겨 자신들을 영원히 기억하게 하려는 어리석은 야망에 사로잡혀 있다. 자신들의 태도를 반듯하게 다듬고 품위를 갖추는 데 그와 같은 노력을 기울인다면 어떻게 될까? 달에 닿을 것처럼 높이 솟은 기념비보다 건전한 판단력이 더 기억할 만한 것이다.

나는 제자리에 있는 돌을 보는 편이 더 좋다. 테베의 장엄함은 천박한 장엄함이다. 인생의 진짜 목적과 멀리 떨어져 헤매는 테베의 100개의 성문보다 한 정직한 사람의 밭을 에워싼 돌담이 더 의미 있다. 야만적이고 이교도적인 종교와 문화는 찬란한 사원을 세우지만 기독교라 불리는 종교는 그렇게 하지 않는다. 한 민족이 다듬은 돌들은 대부분 무덤을 짓는 데 쓰인다. 스스로를 생매장하는 것이다. 피라미드를 보면, 그렇게 많은 사람이 어떤 야심만만한 얼간이의 무덤을 짓는 데 평생을 바치는 삶으로 전락할 수밖에 없었다는 사실 외에는 놀랄 만한 게 없다. 그 얼간이를 나일 강에 익사시킨 다음 시체는 개에게 던져버리는 편이 더 현명하고 용기 있는 행동이었을 것이다. 나는 그 사람들과 그 얼간이를 위한 몇 가지 변명을 꾸며낼 수도 있겠지만 그럴 시간이 없다.

　종교와 예술에 대한 건축가들의 사랑도 이집트의 사원이든 미합중국의 은행이든 세계 어디서나 마찬가지다. 건축물이 지닌 가치보다 더 많은 돈이 든다. 건물을 짓는 주된 동기는 허영심이고, 마늘과 버터 바른 빵에 대한 애착이 허영심을 부추긴다. 유망한 젊은 건축가인 발콤은 단단한 연필과 자로 비트루비우스(로마의 건축가로 『건축서』를 썼다.-역주)의 책 뒷면에 설계를 해서 석재회사인 돕슨앤선스에 넘긴다. 3,000년의 세월이 그 건물을 얕잡아보기 시작할 때 인류는 그것을 우러러보기 시작한다.

　높은 탑과 기념비에 관해 말하자면, 예전에 이 동네에 중국까지 가겠다며 땅을 파기 시작한 한 미친 사람이 있었다. 그 사람은 중국의 항아리와 주전자 달그락거리는 소리가 들릴 정도로 땅을 팠다고 말했다. 하지만 나는 그 사람이 팠다는 굴을 굳이 감상하러 가고 싶지는 않다. 많은 사람들이 서양과 동양의 기념비들에 관심을 보이며 누가 세웠는지 알고 싶어한다. 하지만 나는 그 시절에 그런 기념비를 세우지 않은 사람, 그런 시시한 일을 초월한 사람이 누군지 알고 싶다. 그러나 지금은 내 통계 이야기나 진행해보자.

　손가락 수만큼 많은 직업을 가진 나는 그동안 마을에서 측량이나 목수 일 외에 이것저것 날품을 팔아 13달러 34센트를 벌었다. 나는 그곳에서 2년 넘게 살았지만 일단 이 통계를 낸 7월 4일부터 3월 1일까지 8개월 동안 쓴 식비는 다음과 같다. 직접 기른 감자, 약간의 풋옥수수, 완두콩과 마지막 날까지 남아 있던 식품은 계산에 넣지 않았다.

쌀	1달러 73.5센트
당밀	1달러 73센트(가장 저렴한 당류)
호밀가루	1달러 4.75센트

옥수수가루	99.75센트(호밀보다 싸다.)
돼지고기	22센트
밀가루	88센트(옥수수가루보다 비싸고 다루기도 성가시다.)
설탕	80센트
돼지기름	65센트
사과	25센트
말린 사과	22센트
고구마	10센트
호박 1개	6센트
수박 1개	2센트
소금	3센트

(이 항목들에 대한 실험은 모두 실패로 돌아갔다.)

그렇다. 나는 식비로 8달러 74센트를 썼다. 그런데 몇 가지 고백을 하겠다. 독자들도 대부분 나와 똑같은 죄책감을 느끼고 독자들의 행동도 이렇게 활자화하면 나보다 별반 더 나아 보이지 않는다는 것을 몰랐다면 이렇게 염치없이 내 죄를 밝히지도 않을 테지만. 다음 해에 나는 가끔 저녁에 먹을 한 접시 분량의 물고기들을 잡았다. 한번은 심지어 내 콩밭을 망쳐놓은 마멋 한 마리를 도살해서(타타르 족이라면 마멋을 환생시켰다고 말했겠지만) 어느 정도는 실험삼아 먹어보기까지 했다. 마멋고기는 사향 냄새가 나긴 해도 순간적인 즐거움은 주었다. 마을 푸줏간에 가서 손질해달라고 할 수도 있을 것 같았지만 마멋고기를 오래 두고 먹는다는 게 좋은 습관이 아니라는 걸 알게 되었다.

같은 기간 동안 든 의복비와 약간의 부대비용은 8달러 40.75달러였다. 하지만 이 항목에서 별도로 언급해야 할 내용은 거의 없다.

석유와 살림살이 ·· 2달러

    대부분 외부에 맡기고 아직 청구서를 받지 못한 세탁과 수선비를 제외하면 모든 금전 지출은 다음과 같다(이곳에서 부득이 써야 하는 지출 전체이거나 그 이상이다).

집 ·· 28달러 12.5센트
1년 농사에 들어간 비용 ······························ 14달러 72.5센트
8개월간 식비 ··· 8달러 74센트
8개월간 의복비 등 ··· 8달러 40.75센트
8개월간 석유 등 ·· 2달러

합계 ··· 61달러 99.75센트

    생활비를 벌어야 하는 독자들에게 밝히면, 위의 지출을 충당하기 위해 나는 농사지은 작물을 팔았다.

농산물 판매액 ·· 23달러 44센트
날품을 팔아 번 돈 ··· 13달러 34센트

합계 ·· 36달러 78센트

전체 지출에서 이 액수를 빼면 25달러 21.75센트의 차액이 생긴다. 이 액수는 내가 처음에 가지고 시작했던 돈과 거의 같았고 이 정도는 써야 할 경비였다. 그런데 달리 생각해보면 나는 이곳에 살면서 여가와 독립, 건강을 얻었을 뿐 아니라 내가 원한다면 언제까지나 차지할 수 있는 편안한 집까지 생겼다.

이 통계들은 우발적인 것이어서 쓸모가 없어 보일 수 있지만, 어느 정도 완성도가 있는 만큼 그만한 가치도 있다. 내가 얻은 것 중 계산에 넣지 않은 것은 하나도 없다. 위의 통계에서 보면 나는 식비로만 일주일에 약 27센트의 돈을 썼다. 그 이후 거의 2년 동안 나는 이스트를 넣지 않은 호밀과 옥수수가루, 감자, 쌀, 소금에 절인 돼지고기 아주 약간, 당밀, 소금, 물을 먹고 살았다. 인도 철학을 무척 좋아하는 나로선 쌀을 주식으로 먹는 게 어울렸다. 사사건건 트집 잡기 좋아하는 이들의 이의제기에 대처하려면 이것만은 미리 말해두는 편이 좋겠다. 항상 그랬듯이, 그리고 앞으로도 그럴 기회가 있겠지만, 가끔 외식을 하면 종종 가계에 타격을 입었다. 하지만 내가 말한 것처럼 외식은 고정 요소이기 때문에 이런 비교 재무표에는 조금도 영향을 미치지 않는다.

2년간의 경험에서 나는 이 위도의 지역에서도 믿을 수 없을 정도로 적은 수고만 들이고 한 사람에게 필요한 식량을 얻을 수 있다는 것을 알았다. 또한 사람은 동물들만큼 간단한 식사를 해도 건강과 힘을 유지할 수 있다는 것도 배웠다. 나는 내 옥수수 밭에서 뜯어다 삶아 소금을 뿌린 쇠비름(포르툴라카 올레라케아) 한 접시만 있어도 만족스러운 식사, 여러 가지 면에서 만족스러운 식사를 했다. 라틴어를 덧붙인 것은 종명(種名)에서 느껴지는 향긋한 풍미 때문이다. 분별 있는 사람이라면 평화로운 시절, 평일 점심에 연한 옥수수를 넉넉하게 삶아서 소금을 쳐서 먹으면 됐지 뭘 더 바라겠는가? 내가 다른 음식들도 조금 먹은 이유는 식탐을 못 이긴 거지 건강을 위해서가 아니었다. 하지만 사람들은 종종 꼭 필요한 음식이 없어서가 아니라 고급스런 음식이 없어서 굶주림에 시달리는 난감한 지경에 빠진다. 나는 아들이 물만 마시고 지내다 목숨을 잃었다고 생각하는 한 선량한 여인도 알고 있다.

독자들은 내가 이 주제를 영양학적 관점보다 경제적 관점에서 다루고 있다는 점을 알아차릴 것이다. 그래서 음식이 가득 찬 식품저장실을 보유한 사람이 아니라면 나처럼 음식을 절제하는 실험을 과감하게 시도해보려 들지도 않을 것이다. 내가 제일 처음 구운 빵은 옥수수가루와 소금만 넣은 순수한 옥수수 빵이었다. 나는 집 밖에 불을 피워 널빤지나 집을 지으면서 잘라낸 나무토막 끝에 반죽을 올려놓고 구웠다. 그러면 빵에 연기가 배어들어 솔향기가 나곤 했다. 나는 밀가루도 시도해보았다. 하지만 결국 호밀과 옥수수가루를 섞은 빵이 가장 만들기도 편하고 맛도 좋다는 걸 알게 되었다.

추운 날에는 이집트인들이 알을 부화시키는 것처럼 조심스럽게 빵을 살펴보고 뒤집으며 작은 빵 몇 덩이를 연이어 굽는 일이 적잖은 즐거움을 주었다. 이 빵들은 내가 숙성시킨 진정한 곡물 열매였고 내게는 다른 고귀한 과일들 같은 향기로움이 느껴졌다. 나는 빵을 천에 싸서 가능한 한 오래 그 향기를 보존했다. 나는 세상에 나와 있는 권위 있는 책들을 참고해 옛날부터 전해내려와 우리 생활에 빼놓을 수 없게 된 빵 만드는 기술을 공부하기도 했다. 나는 이스트 없이 빵이 처음 만들어진 원시시대로 거슬러올라갔다. 그리고 거친 나무열매와 고기를 먹던 인류가 이 부드럽고 세련된 음식을 알게 된 시기, 우연히 반죽이 시큼해지면서 발효 과정을 배우게 된 시기, 그 이후 다양한 발효 방법을 사용한 시기를 거쳐 생명의 양식인 '맛있고 달콤하며 건강에 좋은 빵'에까지 이르렀다.

사람들이 빵의 영혼, 빵의 세포조직을 채우는 정신이라고 여기는 효모는 꺼지지 않는 성스러운 불처럼 경건하게 보관된다. 메이플라워호에 실려 처음 들어온 소중한 효모 병이 미국에서 제 몫을 다해 지금도 나라 전체에서 영향력이 올라가고 파도치며 퍼지고 있는 것 같다. 나는 마을에서 꼬박꼬박 효모를 사다 썼다. 그러던 어느 날 아침 규칙을 깜빡 잊고 효모를 끓는 물에 데우고 말았다. 그런데 이 사건으로 나는 효모가 꼭 필요하지 않다는 것을 알게 되었고(이 발견은 종합적인 과정이 아니라 분석 과정에서 나왔다.) 그 뒤부터는 빵을 만들 때 기꺼이 효모를 생략했다. 하지만 주부들은 대부분 효모를 쓰지 않으면 몸에 좋은 안전한 빵을 만들 수 없다고 진심으로 장담했다. 또 노인들은 내 생명력이 빠른 속도로 쇠할 것이라고 내다봤다. 하지만 나는 효모가 꼭 필요한 성분은 아니라는 것을 알게 되었고 1년 동안 사용하지 않고 지냈지만 지금도 인간 세상에서 잘살고 있다.

효모를 쓰지 않으니 효모가 가득 든 병을 성가시게 주머니에 넣고 오지 않아도 되어 좋다. 가끔 병마개가 뻥 하고 열리는 바람에 내용물이 흘러나와 쩔쩔매기도 했기 때문이다. 효모를 생략한 빵이 더 만들기 간단하고 모양새도 낫다. 사람은 모든 기후와 환경에 대한 적응력이 다른 어떤 동물보다 좋다. 나는 빵에 탄산소다는 물론 다른 산이나 알칼리도 넣지 않았다. 내가 빵을 만든 방법은 기원전 약 200년 전에 카토*가 제시한 방법에 따른 것처럼 보일 것이다. 그의 말을 나는 이렇게 해석한다. "빵을 이렇게 반죽해 만들라. 먼저 손과 반죽 그릇을 깨끗이 씻는다. 그런 다음 반죽 그릇에 곡물 가루를 넣고 조금씩 물을 부으며 충분히 치댄다. 잘 반죽되었으면 모양을 만든 뒤 덮개를 씌워 굽는다." 즉 빵 굽는 솥에 넣어 구우라는 뜻이다. 효모에 대해서는 단한 마디 언급도 없다. 그러나 내가 이 생명의 양식을 늘 먹었던 것은 아니다. 한때 지갑이 텅텅 비어 한 달 넘게 빵이라곤 구경도 못 한 적도 있다.

호밀과 옥수수의 땅에 사는 모든 뉴잉글랜드 사람들은 빵 만들 재

---

* 마르쿠스 포르키우스 카토, 『농업론』

료를 쉽사리 재배할 수 있어서 멀리 떨어진 불안정한 시장에 의지하지 않아도 될 것이다. 그러나 소박하고 자립적인 삶은 우리와 너무 동떨어져 있다. 콩코드의 상점에서는 신선하고 달콤한 곡물가루를 거의 팔지 않으며, 껄끄러운 옥수수죽과 옥수수를 먹는 사람도 드물다. 농부들 대부분은 직접 기른 곡물은 가축과 돼지에게 먹이고, 본인은 상점에서 값도 비싸고 건강에 더 좋지도 않은 밀가루를 사서 쓴다.

나는 호밀과 옥수수 한두 부셸은 쉽게 기를 수 있다는 것을 알게 되었다. 호밀은 아주 척박한 땅에서도 자라고 옥수수는 굳이 땅이 걸지 않아도 되기 때문이다. 이렇게 기른 호밀과 옥수수를 맷돌에 갈면 쌀이나 돼지고기 없이도 살 수 있다. 농축된 단맛이 필요하면 호박이나 사탕무로 아주 훌륭한 당밀을 만들 수 있다는 것도 실험으로 알게 되었다. 그리고 단풍나무 몇 그루만 심어놓으면 더 쉽게 당밀을 얻을 수 있고, 이 나무들이 자라는 동안은 앞서 말한 작물들 외에도 다양한 대체품을 이용할 수 있다는 것도 배웠다. "왜냐하면" 우리 조상들이 노래한 대로 "우리는 호박과 서양방풍나물과 호두나무 부스러기로 우리 입술을 달콤하게 적셔줄 술을 빚을 수 있기" 때문이다.

마지막으로 가장 변변찮은 식료품인 소금에 대해 말해보자. 소금을 구하는 일은 바닷가에 가볼 좋은 기회가 될 수 있다. 그러지 않고 내가 전혀 소금을 먹지 않고 산다면 아마 물을 덜 마시게 될 것이다. 나는 인디언들이 소금을 얻으려고 고생했다는 얘기는 들어본 적이 없다.

이렇게 나는 음식에 관해서는 거래와 물물교환을 전혀 하지 않아도 되었다. 그리고 은신처를 마련했기 때문에 옷과 연료만 구하면 되었다. 지금 내가 입고 있는 바지는 이웃의 한 농가에서 직접 짠 것이다. 감사하게도 사람에게는 아직 이토록 큰 미덕이 남아 있다. 나는 농부가 직공으로 전락한 것은 인간이 농부로 전락한 것만큼 중요하고 주목할 만한 사태라고 생각하기 때문이다. 이 새로운 나라에서 연료는 성가신 방해물이다. 거주지에 대해 말하자면, 무단거주가 허락되지 않았다면 나는 내가 농사지었던 땅을 원래 팔렸던 가격인 8달러 8센트를 주고 1에이커 정도 샀을 수도 있다. 하지만 사실은 내가 그곳에 무단거주함으로써 그 땅의 가치를 올려놓았다고 생각했다.

때때로 내게 채식만 하면서 살 수 있다고 믿느냐 같은 질문을 던지는 불신자 층이 있다. 그러면 당장 문제를 뿌리 뽑기 위해(원인은 믿음이니까) 난 널빤지 못을 먹고도 살 수 있다고 대답하곤 한다. 이 말을 이해하지 못한다면 내가 하려는 말을 대부분 이해할 수 없다. 나로서는 이런 종류의 실험이 시도되었다는 이야기를 들으면 기쁘다. 가령 한 젊은이가 2주 동안 이삭에 붙어 있는 단단한 날옥수수를 막자사발에 갈듯 이로 으깨어 먹으며 살려고 시도했다는 이야기처럼. 다람쥐들은 같은 실험을 해서 성공을 거두었다. 인류도 이러한 실험에 관심을 보이고 있다. 늙어서 이런 실험을 할 수 없거나 유산의 3분의 1을 방앗간에 투자한 노파들은 깜짝 놀라겠지만.

가구는 일부는 내가 직접 만들고 나머지도 공짜로 얻어서 설명할 것이 없다. 침대 하나, 탁자 하나, 책상 하나, 의자 세 개, 직경 7.6센티미터의 거울 하나, 부젓가락과 장작받침쇠, 솥, 냄비, 프라이팬, 국자, 세숫대야 하나씩, 나이프와 포크 두 벌, 접시 세 개, 컵 하나, 숟가락 하나, 기름병 하나, 당밀 항아리 하나, 옻칠한 등잔 하나가 내 세간이었다. 의자가 없어서 호박에 앉아 있어야 할 정도로 가난한 사람은 없다. 그런 사람은 무기력한 사람이다. 마을의 다락방들에는 내가 좋아하는 의자들이 많아서 들고 올 수 있으니까.

가구라! 감사하게도 나는 가구점의 도움을 받지 않고도 앉아 있을 수 있고 설 수도 있다. 밝은 대낮에 사람들이 보는 앞에서 하찮은 상자들에 대한 비루한 말을 들으며 자기 가구가 수레에 실려 시골길을 올라가는 모습을 부끄러워하지 않을 사람이 철학자 말고 있을까? 저건 스폴딩네 가구로군. 나는 짐만 보고는 그 주인이 소위 부자인지 아닌지 구별하지 못한다. 짐을 보면 항상 그 주인은 가난에 시달리는 사람 같았다. 사실 그런 가구들이 많을수록 더 가난한 사람이다. 짐마다 오두막 열두 채의 가구가 실려 있는 것처럼 보이는데, 한 채의 오두막이 가난하다면 짐은 열두 배는 더 가난하게 보인다. 가구, 즉 우리의 허물을 없애지 않으려면 왜 이사를 하는 걸까? 결국 한 세계를 떠나 새로운 가구들이 있는 다른 세계로 가고 이 세계의 가구는 태워버리기 위해서가 아닐까? 인간의 허리띠에 이 모든 덫이 꽉 묶여 있는 것이나 다름없다. 그래서 이 덫들을 끊지 않고는 자신의 운명이 가야 하는 험한 길을 나아갈 수 없다.

덫에 걸린 꼬리를 잘라버린 여우는 운이 좋다. 사향쥐라면 자유를 얻기 위해 세 번째 다리를 물어서 끊어버렸을 것이다. 사람이 순응성을 잃어버린 것은 놀라운 일이 아니다. 사람은 얼마나 자주 궁지에 몰리는가! "선생님, 여쭤봐도 될지 모르겠습니다만 궁지에 몰린다는 게 무슨 뜻입니까?" 당신이 현자(賢者)라면 누군가를 만났을 때 그 사람이 소유한 모든 것, 뒤에 감추고 자기 것이 아닌 척하는 많은 것들, 심지어 부엌세간들과 모아둔 채 태우지 못하는 하찮은 물건들까지 죄다 보일 것이다. 그 사람은 그런 물건들에 묶인 채 어떻게든 앞으로 나아가려는 것처럼 보일 것이다. 나는 사람은 옹이구멍이나 대문을 통과했는데 썰매에 실은 가구들이 그를 따라나가지 못할 때 그 사람이 궁지에 몰렸다고 생각한다. 말쑥하고 다부지며 자유분방해 보이는 사람이 잔뜩 긴장해서 자기 '가구'가 보험에 들었으니 어쩌느니 하고 얘기하는 소리를 들으면 동정심을 느끼지 않을 수 없다.

"하지만 내 가구를 어떻게 하라고요?" 그렇다면 이런 화려한 나비는 이미 거미줄에 걸려들어 꼼짝 못하는 신세다. 오랫동안 아무 가구도 소유하지 않은 것처럼 보이는 사람들이라도 좀 더 캐물어보면 누군가의 헛간에 얼마간의 가구를 보관해두었다는 걸 알게 될 것이다. 나는 오늘날의 영국을 거대한 짐을 들고 여행하는 늙은 신사라고 생각한다. 짐 안에는 오래 살림을 하며 늘어났지만 태워버릴 용기가 안 나는 하찮은 물건들이 잔뜩 들어 있다. 커다란 여행가방, 작은 여행가방, 모자 등을 넣는 판지 상자, 보퉁이까지. 최소한 앞의 세 개는 던져버려라. 요즘은 건강한 사람도 자기 침대를 지고 걷지는 못한다.* 그래서 나는 아픈 사람에게는 침대를 내려놓고 달리라고 분명하게 충고할 것이다.

나는 자신의 전 재산이 든 짐 꾸러미를 짊어지고 비틀거리는 한 이 민자를 만난 적이 있다. 짐 꾸러미는 목덜미에서 자라는 커다란 혹 같았다. 나는 그 사람이 불쌍했다. 그 짐 꾸러미가 그의 전 재산이라서가 아니라 전 재산을 모두 짊어지고 다녀야 했기 때문이었다. 내가 그런 덫을 끌고 가야 한다면 나는 덫을 가볍게 해서 내 생명과 관련된 부분이 덫에 치이지 않도록 신경 쓸 것이다. 하지만 아마도 애초에 발을 덫에 집어넣지 않는 편이 제일 현명할 것이다.

그건 그렇고, 나는 커튼에도 돈을 한 푼도 쓰지 않았다는 말을 해야 겠다. 해와 달 외에는 나를 훔쳐보는 이가 없어서 가릴 필요도 없는데 다 나는 해와 달이라면 오히려 나를 들여다봐줬으면 하고 바라기 때 문이다. 달빛이 우유를 변질시키거나 내가 먹을 고기를 상하게 하지 도 않을 것이고** 햇빛이 내 가구를 손상시키거나 카펫의 색을 바래게 하지도 않을 것이다.*** 나는 가끔 해가 너무 뜨거울 때는 살림을 하나 더 늘리는 것보다 자연이 드리우는 커튼 뒤로 들어가는 편이 훨씬 더 경제적이라는 것을 알게 되었다. 한번은 어떤 부인이 내게 신발깔개 를 주겠다고 제안했지만 내 집에는 깔개를 놔둘 공간도 없고 안에서 든 밖에서든 깔개를 털 시간도 없기 때문에 거절했다. 나는 문 앞의 잔 디에 발을 닦는 편이 더 나았다. 악은 아예 처음부터 피하는 것이 최선 이다.

---

* "네 자리를 들고 걸어가라."(요한복음 5:8)
** 달빛이 우유를 상하게 한다는 오랜 미신이 있다.
*** 당시에는 햇빛에 카펫의 색이 바래지 않도록 종종 거실에 블라인드를 쳤다.

얼마 전에 나는 한 집사가 쓰던 물건들을 경매하는 곳에 갔다. 그 사람의 삶은 헛되지 않았다.

"사람이 저지른 악은 죽은 뒤에도 남는다."*

여느 경매장이나 다름없이, 대다수가 그의 아버지 대부터 쌓아온 하찮은 물건들이었고, 그중에는 말린 촌충까지 있었다. 다락방과 다른 먼지구덩이에 50년 동안 놓여 있던 이 물건들은 이번에도 태워지지 않았다. 모닥불에 집어넣어 정화시켜 없애버리는 대신 경매가 열려 물건들의 값을 높이고 있었다. 이웃들이 너도나도 몰려들어 물건들을 구경하고 몽땅 사서는 자기 집 다락방과 먼지구덩이로 조심스럽게 옮겼다. 물건들은 이 사람들의 유품이 정리될 때까지 그곳에 놓여 있다가 다시 이 과정을 되풀이할 것이다. 사람은 죽으면서 소란을 일으킨다.

일부 미개한 부족들의 관습을 따라하면 도움이 될지도 모른다. 이들은 적어도 해마다 허물을 벗는 것과 비슷한 의식을 치르기 때문이다. 그들은 물건에 실체가 있든 없든 그 의식의 개념을 알고 있다. 우리도 바트램**이 머클래스 인디언들의 풍습이라고 묘사한 '버스크(busk)', 즉 '첫 열매 축제'를 연다면 좋지 않을까? 바트램은 다음과 같이 말했다.

한 마을이 버스크 축제를 열 때면 미리 새 옷과 새 항아리, 냄비, 그 외의 가정용품과 가구들을 장만해놓은 뒤 낡은 옷과 다른 추레한 물건들을 모두 모으고, 집, 광장, 마을 전체의 묵은 때를 벗기고 깨끗이 청소한다. 남아 있는 곡물과 다른 오래된 식량들도

---

* 윌리엄 셰익스피어, 『줄리어스 시저』
** 윌리엄 바트램, 『노스캐롤라이나와 사우스캐롤라이나 여행』(1791)

한데 쌓아올려 불로 태워버린다. 약을 먹고 사흘 동안 금식한 뒤 마을의 불을 모두 끈다. 금식 중에는 식욕과 욕정을 충족시키는 모든 행위를 삼간다. 대사면이 선포되어 모든 죄인이 고향으로 돌아간다.

금식 나흘째 아침에 제사장이 마른 나무들을 문질러 광장에 새 불을 피운다. 그러면 모든 마을사람들이 여기에서 새롭고 순수한 불을 얻는다.

그런 다음 새로 거둔 곡식과 과일을 마음껏 먹고 사흘 동안 춤추고 노래한다.

그 뒤 나흘 동안은 이와 비슷한 방식으로 자신을 정화하고 마음의 준비를 한 이웃마을 친구들의 방문을 받고 함께 즐겁게 지낸다.

멕시코 사람들은 52년마다 세상의 한 주기가 끝난다고 믿어서 52년에 한 번씩 이와 비슷한 정화 의식을 치렀다.* 사전에 보면 성례(聖禮)라는 말은 "내면의 정신적 은총을 외면으로 눈에 보이게 겉으로 표현하는 것"이라고 정의되어 있다. 나는 위의 의식보다 더 진정한 의미의 성례를 들어본 적이 없다. 또한 성경에 그들이 이런 계시를 받았다는 기록은 없지만, 원래 하늘로부터 직접적인 영감을 받아 이런 의식을 치르게 된 것이라고 믿는다.

이렇게 나는 5년 넘게 오로지 내 손으로 일을 해 혼자 힘으로 살아갔다. 나는 1년에 6주 정도만 일하면 생활비를 모두 벌 수 있다는 것을 알게 되었고, 여름 대부분은 물론이고 겨울 내내 자유를 누리며 공

---

* 윌리엄 H. 프레스콧, 『멕시코 정복의 역사』(1843)

부할 수 있었다. 나는 교사 일에도 이 방법을 철저하게 시도해보았지만 들어가는 비용이 수입과 균형을 겨우 맞추거나 약간 초과한다는 것을 알게 되었다. 교사답게 생각하고 믿어야 하는 건 말할 것도 없고 그에 맞게 옷을 차려입고 가르쳐야 했기 때문이다. 게다가 시간도 뺏겼다. 민족의 복리를 위해서가 아니라 단순히 생계를 위해 가르쳤기 때문에 이 일은 실패했다. 나는 장사도 해보려고 했다. 하지만 장사가 궤도에 오르려면 10년이 걸리고 그때는 아마 내가 악마에게 가는 길을 걷고 있으리라는 것을 깨달았다. 사실 그때쯤 내가 소위 돈벌이를 잘하고 있을까봐 두렵기도 했다.

전에 내가 먹고살 수 있는 일을 찾으려고 돌아다닐 때, 친구들이 하라는 대로 따랐다가 유감스러운 경험을 한 기억이 생생하게 남아 있어서 머릿속이 복잡했지만 나는 월귤나무 열매 따는 일을 종종 진지하게 고려해보기도 했다. 분명 내가 할 수 있는 일인데다 벌어들이는 돈이 적더라도 나한테는 충분할 터였다(내 특기가 많은 걸 바라지 않는 것이니까). 나는 자본도 별로 들지 않고 내 기본 성향과도 크게 벗어나지 않는 일이라고 어리석은 생각을 했다. 내 지인들은 서슴없이 장사를 시작하거나 전문적인 일에 종사했지만 나는 이 일을 그들의 직업과 비슷하다고 생각했다. 여름 내내 언덕을 돌아다니다가 월귤나무가 있으면 열매를 따서 그저 팔기만 하면 된다고 생각했던 것이다. 다시 말해 아드메토스*의 양떼를 지키는 것과 마찬가지라고 여겼다.

숲을 떠올리고 싶어하는 마을사람과 도시 사람들에게 들나물을 뜯거나 상록수를 캐서 건초 수레에 실어다주는 일도 상상해보았다. 하지만 그 뒤에 나는 장사라는 게 그와 연관된 모든 것에 저주를 내린다는 것을 알게 되었다. 하늘이 보낸 메시지를 사고파는 장사를 한다 하더

---

* 아폴론은 올림포스 산에서 추방당한 뒤 9년 동안 페라이의 왕의 아들인 아드메토스의 양떼를 돌봐야 했다.

라도 거기에는 장사의 모든 저주가 따라붙는다.

나는 내가 좋아하는 것들이 따로 있고 특히 내 자유를 중요하게 여긴다. 그리고 더 열심히만 하면 아직까진 잘살 수 있기 때문에 지금 당장 값진 카펫이나 그 밖의 좋은 가구, 격조 있는 조리실, 그리스식이나 고딕 양식의 집을 얻는 데 내 시간을 쓰고 싶지 않다. 이런 물건들을 어렵지 않게 갖출 수 있고 갖춘 뒤에 사용하는 법도 알고 있는 사람이 있다면 이런 것들을 쫓는 일은 그 사람들의 몫으로 넘기고 싶다. 어떤 사람들은 "열심히 일을 한다." 그리고 일 자체를 위해, 혹은 더 나쁜 짓을 하지 않도록 해주기 때문에 일을 사랑하는 것처럼 보인다. 그런 사람들에게는 지금 해줄 말이 없다. 지금보다 더 즐길 수 있는 여유가 많아지면 어떻게 해야 할지 모르는 사람들에게는 지금보다 두 배로 열심히 일하라고 충고할지도 모른다. 빚을 다 갚고 자유의 증서를 얻을 때까지 일하라고 말이다.

나는 날품팔이가 가장 독립적인 직업이라고 생각하게 되었다. 무엇보다도 1년에 30~40일만 일하면 혼자 먹고살 수 있기 때문이다. 노동자의 하루는 해가 지면 끝난다. 그 이후 시간은 그가 하는 일과는 별개로 자신이 하고 싶은 일에 자유롭게 전념할 수 있다. 하지만 그 노동자의 고용주는 다달이 고민해야 하기 때문에 1년 내내 한숨 돌릴 틈이 없다.

간단히 말해, 나는 내 신념과 경험 모두에 비추어볼 때 소박하고 현명하게 산다면 지상에서 자기 한 몸 부양하는 것이 고생스러운 일이 아니라 하나의 취미라고 확신한다. 소박한 민족이 먹고살기 위해 하는 일이 좀 더 인위적인 삶을 사는 민족에게는 취미가 된다. 체질적으로 나보다 땀이 더 잘 나는 사람이 아니라면 꼭 이마에 땀방울을 흘리면서까지 생활비를 벌어야 할 필요는 없다.

나는 땅 몇 에이커를 물려받은 한 젊은이를 알고 있는데, 자기도 방법이 있다면 나처럼 살아야 한다고 생각한다고 말했다. 하지만 나는 누구도 결코 내 생활방식을 받아들이게 하고 싶지는 않다. 그 사람이 내 생활방식을 웬만큼 배우기도 전에 내가 다른 생활방식을 찾을 수도 있는데다 세상에는 가능한 한 각양각색의 사람들이 있기를 바라기 때문이다. 그리고 각자가 자기 아버지나 어머니 혹은 이웃의 생활방식이 아닌 자신에게 맞는 방식을 신중하게 찾아내어 추구하기를 바란다. 젊은이는 건축을 할 수도 있고 농사를 짓거나 항해를 할 수도 있다. 다만 본인이 하고 싶다는 일을 못하도록 방해하지는 말아야 한다. 항해사나 도주한 노예가 계속 북극성을 바라보며 길을 가듯이 우리가 지혜로워지려면 정확한 지표가 있어야 한다. 그 지표는 우리 인생 전체의 길잡이로 충분하다. 우리는 예측할 수 있는 시간 안에 항구에 도착하지 못할 수도 있지만 참된 항로를 벗어나지는 않을 것이다.

이런 경우, 분명 한 사람에게 참된 지표는 천 명의 사람에게는 더욱 참된 것이 된다. 집의 크기에 비례해 집 짓는 비용이 높아지는 게 아닌 것과 마찬가지다. 큰 집이라도 지붕 하나로 집을 덮고 아래에는 지하실 하나를 내며, 또 벽 하나로 방을 여러 개 나눌 수 있기 때문이다. 하지만 나는 혼자 떨어져 사는 편이 좋다. 게다가 다른 사람에게 공동 담을 사용하는 이점을 설득하기보다 혼자 담 전체를 쌓는 편이 대개는 비용도 덜 들 것이다. 설득에 성공한다 해도 공동 담을 싸게 지으려면 벽이 얇아져야 한다. 뿐만 아니라 상대가 성미가 고약한 이웃일 수도 있고 자기 쪽 벽을 수리하지 않을 수도 있다.

통상적으로 유일하게 가능한 협력도 극히 불완전하고 피상적이다. 진정한 협력이란 없는 것이나 마찬가지일 정도로 드물며 사람의 귀에는 들리지 않는 화음이기 십상이다. 믿음이 있는 사람은 어디서나 한결같은 믿음으로 협력할 것이다. 그러나 믿음이 없는 사람은 누구와 어울리더라도 다른 세상 사람처럼 살 것이다. 가장 고상한 의미에서나, 가장 비속한 의미에서나 협력한다는 말은 함께 살아간다는 것을 뜻한다.

최근에 나는 두 젊은이가 함께 세계를 여행하기로 했다는 이야기를 들었다. 한 젊은이는 돈이 없어서 여행을 하면서 돛대에서 일하거나 쟁기를 끌어 여비를 마련해야 하는 반면 다른 한 젊은이는 주머니에 환어음을 지니고 다닐 것이라 했다. 한 사람은 전혀 일을 하지 않을 테니 두 사람이 오래 동행하거나 협력할 수 없으리란 건 뻔하다. 두 사람은 여행 도중에 첫 번째 맞닥뜨린 색다른 위기를 이기지 못하고 헤어질 것이다. 무엇보다도 내가 넌지시 비친 것처럼, 혼자 다니는 사람은 오늘 당장이라도 출발할 수 있다. 하지만 다른 사람과 여행하려면 상대가 준비가 될 때까지 기다려야 해서 출발하기까지 오랜 시간이 걸릴 수 있다.

하지만 나는 몇몇 마을사람들이 이런 모든 것들이 너무 이기적이라고 말하는 소리를 들었다. 사실 나는 지금껏 자선활동에는 별로 신경 쓰지 않았다. 나는 그저 의무감 때문에 약간의 희생을 치렀을 뿐이고, 그런 중에도 자선활동의 즐거움 역시 단념했다. 온갖 솜씨를 발휘해 내게 마을의 가난한 가족들을 도우라고 설득하는 사람들이 있다. 내게 할 일이 없었다면(한가한 사람에게는 악마가 일자리를 구해주기 때문에) 취미삼아 자선활동에 손을 댔을지도 모른다. 그러나 이런 일을 열심히 해보리라 작정하고 어느 가난한 사람들을 모든 면에서 나만큼 편안하게 살도록 해 그들의 신을 돕겠다고 마음먹고는 심지어 그 사람들에게 이런 제안을 한 적도 있었다. 그런데 그 사람들은 모두 주저 없이 계속 가난하게 사는 편이 낫다고 했다.

우리 동네 사람들은 남자 여자 할 것 없이 다양한 방법으로 다른 사람을 위해 헌신하고 있지만, 적어도 한 사람만은 덜 자비로운 다른 일을 하도록 면제시켜주어도 괜찮다고 생각한다. 다른 일들과 마찬가지로 자선에도 타고난 재능이 있어야 한다. 선행을 한다는 것도 완전히 전념해야 하는 하나의 직업이다. 나도 선행을 나름대로 베풀어본 사람이고, 이상하게 보일지 모르지만 그 결과 선행이 내 기질과 맞지 않는다는 것에 족해야 했다.

아마도 나는 사회가 전 인류를 멸망에서 구하기 위해 내게 요구하는 착한 일을 하려고 내 특별한 소명을 일부러 저버리는 일은 하지 않을 것이다. 그리고 다른 어딘가에 있는, 이와 비슷하지만 훨씬 더 큰 확고함만이 지금 인류를 지킬 수 있다고 믿는다. 그렇다고 누군가가 타고난 재능을 발휘하는 걸 방해하지는 않을 것이다. 내가 거절한 이 일을 온 마음과 영혼과 일생을 바쳐 하는 사람들에게는 이렇게 말할 것이다. 아마도 세상 사람들이 열에 아홉은 그 일을 나쁘다고 말하겠지만 그래도 굴하지 말고 끈기 있게 계속하라고.

나는 내 경우가 특별하다고는 절대 생각하지 않는다. 분명 많은 독자들도 이와 비슷한 변명을 할 것이다. 무슨 일을 할 때(이웃들이 그 일을 좋은 일이라 말하리라고 장담하지는 않겠다.) 나는 주저하지 않고 내가 그 일을 하기에 알맞은 사람이라고 말한다. 하지만 무슨 일을 맡길지 판단하는 것은 고용주의 몫이다. 내가 세상의 상식으로 볼 때 좋은 일을 했다면 그것은 내가 걸어가는 주된 방향에서 벗어난 것이며 대부분 전적으로 의도하지 않은 것이다. 실제로 사람들은 더 가치 있는 사람이 되는 걸 주된 목표로 삼지 말고, 네가 있는 곳에서 네 모습 그대로 시작하고 의도적으로 좋은 마음으로 좋은 일을 계속 하라고 말한다. 내가 이런 종류의 설교를 하게 된다면, 나는 차라리 먼저 착한 사람이 되라고 말하겠다.

사람들의 생각은 이런 것이다. 태양이 다정한 열과 은혜를 꾸준히 늘려 어떤 인간도 똑바로 쳐다볼 수 없을 정도로 밝아지고 그 과정과 그 이후에 자신의 궤도에 따라 세상을 돌며 선을 행하는 존재임에도, 아니 더 정확하게 말하면 진정한 철학이 밝혀낸 것처럼 세상이 태양 주위를 돌며 도움을 받는 것임에도, 그 태양이 자신의 불로 달이나 6등성을 빛나게 해주고는 멈추어 서서 로빈 굿펠로(영국 민화에 나오는 장난꾸러기 꼬마 요정-역주)처럼 오두막 창문마다 들여다보며 미치광이에게 영감을 주고 고기를 썩게 하며 어둠이 사라지게 해주는 정 도여야 한다는 것과 같다.

파에톤(그리스 신화에 나오는 태양신 헬리오스와 클리메네의 아들-역주)은 은혜를 베풂으로써 자신이 신의 아들이라는 것을 증명하려고 딱 하루 태양 마차를 몰고 나갔다. 그러나 정상 궤도를 벗어나는 바람에 하늘 아래 거리의 몇 구역에 이르는 집들을 불태우고 지구 표면을 그을렸다. 뿐만 아니라 우물들이 죄다 말라붙고 거대한 사하라 사막까지 생겼다. 결국 제우스신이 번개를 던져 파에톤을 지상으로 떨어뜨려 버렸고, 태양은 그의 죽음을 슬퍼하며 1년 동안 빛을 발하지 않았다.

부패한 선행에서 나는 냄새만큼 지독한 악취는 없다. 그것은 인간의 썩은 고기, 신의 썩은 고기다. 누군가가 내게 선을 베풀려고 내 집에 오고 있다는 걸 확실히 알면 나는 필사적으로 도망갈 것이다. 코와 귀와 눈을 먼지로 가득 채워 질식시키는 아프리카 사막의 건조하고 뜨거운 바람인 시뭄(simoom)에서 도망치는 것처럼. 그 사람이 베푸는 선행에 내가 은혜를 입어 그 선행의 바이러스가 내 피에 섞여버릴까 봐 두렵기 때문이다. 싫다. 이런 경우라면 나는 차라리 자연스럽게 악행을 겪는 편이 낫다. 내가 굶주리면 음식을 주고 몸이 얼어붙어 있으면 녹여주고 도랑에 빠지면 끌어내준다고 그 사람이 내게 좋은 사람인 것은 아니다. 그 정도 일은 뉴펀들랜드 개도 할 수 있다.

넓은 의미에서 보면 자선은 이웃에 대한 사랑이 아니다. 하워드*는 분명 나름대로 굉장히 인정 많고 훌륭한 사람이고 그에 따른 보상도 받았다. 그러나 상대적으로 얘기해보면, 우리가 형편은 좋지만 가장 도움을 받아야 하는 사람들일 때 그들의 자선행위가 우리에게 도움이 되지 않는다면 하워드가 백 명이 있다 한들 무슨 소용이 있을까? 나는 내게, 또는 나와 비슷한 사람들에게 도움을 주자는 제안이 진지하게

---

* 존 하워드(1726~90) : 영국의 자선가이자 교도소 개혁 운동가.

거론된 자선모임에 대해서는 들어본 적이 없다.

예수회 사람들은 인디언들이 화형을 당하면서도 자신을 고문하는 사람에게 새로운 고문 방법을 제안하는 걸 보고 어쩔 줄을 몰라 했다. 이 인디언들은 육체적인 고통에는 굴하지 않기 때문에 때로는 선교사들이 줄 수 있는 어떤 위로에도 초연했다. 남에게 대접받고자 하는 대로 너희도 남을 대접하라는 율법은 이 인디언들에게는 그리 설득력이 없었다. 이들은 남이 자신에게 어떻게 대하는지 신경 쓰지 않았고 새로운 방식으로 적을 사랑했다. 적이 저지른 모든 잘못을 기꺼이 용서한다고 해도 될 만한 사람들이었다.

가난한 사람들에게 가장 필요한 도움을 주어라. 그렇게 해서 그들이 뒤처지게 된다 하더라도. 돈을 준다면 그냥 돈을 줘버리지 말고 그 돈을 당신이 써서 뭔가를 해주어라. 우리는 때때로 기묘한 실수를 저지른다. 가난한 사람들은 지저분하고 누더기 차림에 무식하다 해도 춥거나 배가 고프지는 않은 경우가 흔하다. 그런 모습은 단지 불운 때문이 아니라 어느 정도는 취향 때문이다. 돈을 주면 그들은 아마 그 돈으로 넝마를 더 살지도 모른다. 나는 누더기 옷을 입고 호수 위의 얼음을 자르고 있는 어설픈 아일랜드 노동자들을 불쌍하게 생각하곤 했다. 나는 그들보다 더 말쑥하고 멋있는 옷을 입고 있었지만, 추워서 몸을 떨었으니까. 그러던 어느 몹시 추운 날, 얼음판에 미끄러져서 물에 빠진 한 노동자가 몸을 녹이려고 우리 집에 왔다. 그 사람이 옷을 벗을 때 보니 더럽고 낡긴 했지만 바지 세 벌과 양말 두 켤레를 벗고 나서야 맨살이 드러났다. 안에 이렇게 많은 옷을 껴입고 있으니 내가 여분의 옷을 주겠다고 해도 거절할 수 있었던 것이다. 물에 빠지는 것이 그 사람에게는 딱 필요한 사건이었다. 그러자 난 내가 불쌍해지기 시작했고 그 사람에게 옷 가게를 통째로 주느니 내게 플란넬 셔츠 한 장을 주는 편이 더 큰 자선이라고 생각되었다.

악의 가지를 자르는 사람이 천 명이라면 악의 뿌리를 뽑는 사람은 한 명이다. 궁핍한 사람들에게 많은 시간과 돈을 바치는 사람은 빈곤을 구제하려고 노력하지만 헛수고가 되며 오히려 그의 그런 생활방식이 바로 빈곤을 만들어내는 원인이 될 수 있다. 그런 사람은 열 번째 노예를 팔아 나머지 아홉 명의 노예들에게 일요일의 자유를 사주는 독실한 노예농장 주인과 다를 게 없다. 어떤 사람은 가난한 사람들을 자기 부엌에서 일하게 하는 식으로 친절을 베푼다. 하지만 그들이 직접 부엌에서 일하면 더 친절하지 않을까? 여러분은 수입의 10분의 1을 불쌍한 사람을 돕는 데 쓴다고 자랑한다. 그런데 10분의 9를 쓰면 자선을 할 필요가 없어지지 않을까. 그러면 사회는 재산의 10분의 1만 되찾는 셈이다. 이것은 재산을 가진 사람의 관대함 때문일까, 아니면 정의를 담당하는 관리들의 태만 때문일까?

자선은 인류가 충분히 그 가치를 인정하는 거의 유일한 미덕이다. 아니, 심하게 과대평가된 미덕이다. 사실은 자선이 과대평가된 것은 우리의 이기심 때문이다. 어느 화창한 일요일, 이곳 콩코드에서 건장하지만 가난한 사람 하나가 나에게 어떤 마을사람을 칭찬했다. 이유인 즉 가난한 사람들, 즉 자신에게 친절하기 때문이었다. 인류의 친절한 아저씨, 아주머니들이 진정한 정신적 아버지, 어머니보다 더 존경을 받는다. 한번은 한 목사가 영국에 관해 강연한 것을 들었다. 학식과 지성을 갖춘 그 목사는 셰익스피어, 베이컨, 크롬웰, 밀턴, 뉴턴 등 영국의 과학, 문학, 정치계의 주요 인물들을 나열한 뒤 기독교의 영웅들에 대해 이야기했다. 마치 직업상 그렇게 할 수밖에 없다는 듯 기독교의 영웅들을 나머지 위인들보다 훨씬 위로 올려 최고 위인으로 만들었다. 그가 언급한 사람은 펜, 하워드, 그리고 프라이 부인*이었다. 틀림없이 다들 그의 말에서 거짓과 위선을 느꼈을 것이다. 이 세 사람은 영국에

---

* 윌리엄 펜(1644~1718)은 퀘이커교도 개혁가이자 펜실베이니아 건설자. 엘리자베스 프라이(1780~1845)는 퀘이커교도 교도소 개혁운동가.

서 가장 훌륭한 남자와 여자가 아니었다. 아마 가장 훌륭한 자선가 정도일 것이다.

나는 자선이 응당 받아야 하는 칭찬을 깎아내리려는 것이 아니다. 단지 자신의 삶과 일로 인류에게 축복을 준 모든 사람을 공정하게 다루고 싶을 뿐이다. 나는 인간의 강직함과 자비심을 높이 평가하지 않는다. 이런 가치는 사람의 줄기이고 잎이다. 환자를 위한 차를 만드는 푸르른 식물이 시들면 변변찮은 용도로나 쓰이게 되며, 그것도 대부분 돌팔이 의사들이 사용한다. 나는 사람의 꽃과 열매를 원한다. 그 사람에게서 어떤 향기가 내게 전해지고 어떤 성숙함이 우리 관계에 멋을 더했으면 좋겠다. 사람의 선량함은 부분적이고 일시적인 행위가 아니라 항상 넘쳐서 그 사람이 아무 대가를 치르지 않아도 되고 의식하지도 못하는 것이어야 한다. 이것이 수많은 죄를 덮어주는 자선이다.

흔히 자선가들은 자신들이 벗어버린 슬픔에 대한 기억으로 인류를 공기처럼 감싼다. 그러고는 그것을 동정심이라고 부른다. 우리는 절망이 아니라 용기를, 질병이 아니라 건강과 편안함을 나누어야 한다. 절망과 질병이 전염되어 퍼지지 않도록 조심해야 한다. 남부의 어떤 들판에서 통곡소리가 퍼져나오는가? 어떤 위도의 지방에 우리가 빛을 전할 이교도들이 사는가? 우리가 구제할 방탕하고 야만적인 사람은 누구인가? 한 사람이 어딘가가 아파서 제 기능을 하지 못하거나 배까지 아프다면(배는 동정심의 근원이니까 그는 당장 세계 개혁에 나선다.) 하나의 소우주가 된 그 사람은 세상이 풋사과를 먹고 있다는 것을 발견한다. 그리고 그것이 참된 발견이고 자신이 그것을 치료할 사람이라고 생각한다. 그의 눈에는 실제로 세상 자체가 하나의 커다란 풋사과로 보인다. 아이들이 그 사과가 익기도 전에 먹을 것이라고 생각하면 끔찍할 정도로 위험해 보인다. 그는 즉시 과감한 자비심을 발휘해 에스키모와 파타고니아 사람들을 찾아나서서 인구가 많은 인도와 중국의 마을들을 포용한다.

이렇게 몇 년간 자선활동을 하고 나면(그동안 어떤 세력들이 자신들의 목적을 위해 그를 이용하고 나면) 그는 소화불량이 치료되고 세상은 익기 시작하는 사과처럼 한쪽 혹은 양쪽 뺨에 엷은 홍조를 띠게 된다. 삶은 미숙함을 떨쳐내고 또다시 기분 좋고 건강한 삶이 된다. 나는 내가 저지른 잘못보다 더 나쁜 짓을 상상한 적이 없다. 그리고 나보다 더 나쁜 사람을 보지 못했고 앞으로도 그럴 것이다.

나는 개혁가들을 슬프게 하는 것은 고통에 빠진 타인에 대한 동정심이 아니라 자신의 개인적인 병 때문이라고 생각한다. 그가 신의 가장 신성한 아들이라 해도 말이다. 병이 낫고 봄을 맞아 침상 위로 해가 떠오르면 그는 사과도 하지 않고 자신의 관대한 벗들을 저버릴 것이다. 내가 흡연 반대 강연을 하지 않는 이유는 내가 한 번도 담배를 피우지 않았기 때문이다. 그런 강연은 개심한 흡연자들이 치러야 하는 벌이다. 하지만 내가 해본 일들에 대해서는 반대하는 강연을 할 수 있다. 자선행위에 뛰어들었다면 오른손이 하는 일을 왼손이 모르게 하라. 알 만한 가치가 없는 일이기 때문이다. 물에 빠진 사람을 구했으면 그저 신발 끈을 묶고 떠나면 된다. 여유를 갖고 뭔가 자유로운 일을 시작하라.

우리의 풍습은 성자들과 교류하면서 타락했다. 우리의 찬송가책에는 신에 대한 저주와 영원히 그를 참고 견디라는 가락이 울려퍼진다. 예언자와 구원자들조차 인간의 희망을 확인해주기보다 두려움을 위로할 뿐이었다고 말하는 이도 있을 것이다. 어디에도 삶이라는 선물에 대한 단순하고 억누를 수 없는 만족감, 신에 대한 인상적인 찬양은 기록되어 있지 않다. 모든 건강과 성공은 아무리 멀리 있는 것처럼 보여도 나에게 도움이 된다. 반면 모든 질병과 실패는 내가 아무리 동정을 받거나 동정을 베푼다 해도 나를 슬프게 하고 나한테 해롭다. 진정한 인디언들의 방식이나 식물들의 방식, 자기적(磁氣的)인 방식, 혹은 자연적인 방식으로 인류를 회복시키고 싶다면 먼저 우리가 자연처럼 단순하고 건강해져야 할 것이다. 우리 이마에 드리운 구름을 걷어내고 숨구멍으로 약간의 생기를 받아들이자. 가난한 사람들의 감독자로 머물지 말고 세상에서 가치 있는 한 인간이 되려고 노력하자.

나는 시라즈의 셰이크 사디가 쓴 『꽃의 정원(Flower Garden)』에서 이런 구절을 읽었다.

> 사람들이 현자에게 물었다. "지고하신 하느님께서 만드신 울창하고 고귀한 나무들 중에는 유명한 나무들이 많은데, 자유롭다고 말해지는 나무는 삼나무뿐입니다. 그런데 삼나무는 열매도 맺지 않는 나무입니다. 왜 그런 것입니까?" 현자가 대답했다. "각 나무마다 고유의 열매가 있고 정해진 때가 있다. 정해진 시기에는 싱싱하고 꽃이 만발하지만 그 시기가 아니면 마르고 시든다. 삼나무는 두 상태 중 어디에도 놓이지 않고 항상 푸르다. 이것은 아자드, 즉 종교적으로 독립된 사람들의 본성이다. 칼리프가 다 사라진 뒤에도 티그리스 강은 바그다드를 계속 흘러갈지니 일시적인 것에 마음을 쏟지 말라. 가진 것이 많다면 야자나무처럼 아낌없이 주는 사람이 되어라. 하지만 나누어줄 것이 없다면 삼나무처럼 자유로운 사람이 되어라."

가난의 허세

가난하고 곤궁한 자야, 그대는 너무 건방지구나.
그대의 초라한 오두막, 혹은 그대의 물통이
손쉽게 얻을 수 있는 햇살 속이나 그늘진 샘물 옆에서
뿌리와 채소로
게으르거나 현학적인 미덕을 길렀다고 해서
하늘의 한 자리를 요구하다니. 그곳에서 그대의 오른손은
아름다운 미덕이 활짝 꽃을 피울 마음에서
인간적인 열정을 찢어내고
본성을 타락시키고 감각을 마비시켜
능동적인 인간을 돌로 만들어버린다. 마치 고르곤처럼.

---

* 빅맨은 왕당파 시인 토머스 커루의 가면극 「코일룸 브리타니쿰(Coelum Britannicum)」
에 나오는 이 시가 "본문을 보충하거나 부연하기 위해서가 아니라 본문에 동의하지 않
거나 단서를 달기 위해 첨부되었다."고 말한다. 이 시는 말 그대로 저자와 다른 의견을
제시하고 있으며, 독자들에게 이 책에서 방금 말한 모든 내용의 정반대도 고려할 것을
요구한다.

우리는 그대가 필요로 하는 절제되고
부자연스럽게 어리석으며
기쁨도 슬픔도 모르는
지루한 교제를 원치 않는다.
능동적인 것 위에 거짓되게 격상시킨
강요된 수동적인 의연함도 원하지 않는다.
평범함 속에 자리 잡은 이런 영락한 종족들은
그대의 비굴한 마음에 어울린다.
우리는 받아들일 수 있는 과도함,
용기, 너그러운 행동들, 당당한 기품,
만물을 꿰뚫어보는 신중함, 끝없는 관대함,
고대인들도 이름을 남기지 않고
헤라클레스, 아킬레스, 테세우스 같은 유형만 남긴
영웅적인 덕행의 미덕을 발전시킨다.
그대의 혐오스러운 오두막집으로 돌아가라.
그리고 새롭게 빛나는 천체를 보거든
그 훌륭한 사람들이 어떤 사람이었는지 알아보라.

- 토머스 커루

2

나는 어디에서, 무엇을 위해 살았는가

삶의 어떤 시기가 되면 우리는 모든 장소를 집터 후보로 고려해보는 일에 익숙해진다. 그래서 나는 내가 사는 곳에서 약 20킬로미터 반경의 땅을 모두 조사했다. 나는 머릿속으로 농장들을 차례로 죄다 사들였다. 어느 농장이든 구매가 가능했고, 나는 농장 가격을 알고 있기 때문이다. 나는 농장을 하나하나 걸어다니며 야생사과를 맛보았고, 농부와 농사에 관한 이야기를 나누는 모습을 그려보았다. 주인이 얼마를 부르든 그 가격에 농장을 사서 주인에게 다시 저당잡히는 상상을 하기도 했다. 심지어 주인이 부르는 값보다 더 비싼 가격을 쳐주고 땅문서를 제외한 모든 것을 인수하는 구상도 해보았다. 나는 이야기 나누는 것을 굉장히 좋아하니까 주인의 말을 땅문서로 삼는 것이다. 그래서 땅을 경작하고 주인도 어느 정도 교화시킨 뒤 농사일을 충분히 즐겼을 때 물러나 주인에게 농사를 짓게 하는 것이다.

이런 경험 때문에 내 친구들은 나를 일종의 부동산 중개인으로 여기기도 했다. 어디든 내가 자리 잡는 곳이 내가 살 곳이 될 수 있었고, 따라서 풍경이 나를 중심으로 펼쳐졌다. 집이란 게 라틴어로 세데스(sedes), 즉 앉는 자리가 아니라면 무엇이겠는가? 그 앉는 자리가 시골이라면 더 좋을 것이다. 나는 조만간 개발될 것 같지 않은 집터를 많이 발견했다. 그 중 일부는 마을에서 너무 멀리 떨어졌다고 생각될 수도 있겠지만 내가 보기엔 마을이 그 집터에서 너무 멀리 떨어져 있었다. 나는 "좋아, 여기라면 살 수 있겠군."이라고 말하고는 그곳에서 한 시간 동안 머물며 여름 한 철과 겨울 한 철을 지내는 것과 어떻게 몇 년을 보낼지, 어떻게 겨울과 싸우고 봄이 오는 걸 볼 수 있을지 그려보았다.

앞으로 이 지역에서 살게 될 사람들은 어디에 집을 마련하든 그곳에서 나의 상상의 삶이 있었다고 확신해도 된다. 땅을 과수원, 숲, 목초지로 구획을 짓고, 어떤 아름다운 떡갈나무나 소나무는 집 앞에 계속 남겨둘지, 고목나무는 어디에서 봐야 가장 멋질지 결정하는 일은 오후 한나절이면 충분했다. 그런 다음 나는 그 땅을 경작하지 않고 묵혀두었다. 그냥 놔둘 수 있는 것들이 많을수록 부유한 사람이니까.

나는 몇몇 농장의 선매권을 소유하는 상상도 해보았지만(선매권은 내가 정말 바라는 것이었다.) 실제로 농장을 소유해서 뜨거운 맛을 본 적은 한 번도 없었다. 거의 농장을 소유할 뻔한 적이 있었는데, 할로웰 농장을 샀을 때였다. 나는 이 농장에 심을 종자를 고르기 시작했고, 종자들을 실어 나르기 위해 손수레를 만들 재료까지 모았다. 하지만 주인이 땅문서를 넘겨주기 전에 안주인(어떤 남자에게나 이런 아내가 있기 마련이다.)의 마음이 바뀌어 농장을 계속 소유하고 싶어했다. 농장 주인은 계약을 해지하자며 10달러를 주겠다고 했다.

이제 와서야 사실대로 말하자면 당시 나는 가진 돈이 10센트뿐이었다. 내 산수 실력으로는 내가 10센트를 가진 사람인지, 농장을 가진 사람인지, 10달러를 가진 사람인지, 아니면 모두 다 가진 사람인지 분간하기 어려웠다. 하지만 나는 농장을 충분히 소유했으므로 주인에게 10달러도, 농장도 다 가지라고 했다. 아니 더 정확히 말하면, 관대하게도 내가 산 값 그대로 그 농장을 다시 팔았고, 그가 부자가 아니었기 때문에 10달러를 선물했다고 할 수 있다. 그래도 내게는 10센트와 종자, 손수레를 만들 재료가 남아 있었다. 나는 이렇게 내 가난에 아무런 해도 끼치지 않고 부자가 되어보았다. 하지만 나는 그 풍경은 계속 간직했고, 그 이후 해마다 그 풍경에서 나온 수확물을 손수레 없이 옮겨왔다. 풍경에 관해서라면,

> 나는 내가 측량한 모든 것의 군주이다.
> 거기에 대한 내 권리에 이의를 제기할 사람은 아무도 없다.*

나는 종종 한 시인이 농장의 가장 가치 있는 부분을 즐기고 물러가는 모습을 본다. 하지만 무뚝뚝한 농부는 시인이 야생사과 몇 개를 따갔다고만 생각한다. 농부는 그 시인이 눈에 보이지 않는 가장 감탄할 만한 울타리인 운율로 자기 농장을 둘러싸고 젖을 짜서 찌끼를 걷어낸 뒤 크림은 모두 차지하고 자신에게는 탈지우유만 남겨두었다는 것을 오랫동안 알아채지 못한다.

내가 생각하는 할로웰 농장의 진짜 매력은 완전히 외따로 떨어져 있다는 것이었다. 마을에서 3킬로미터 정도, 가장 가까운 이웃에서도 0.8킬로미터 떨어져 있는데다 큰길과도 넓은 밭을 사이에 두고 있었다. 그리고 강가에 있어서 주인은 강의 안개가 봄의 서리로부터 농장을 보호해준다고 했다. 하지만 그건 내게 중요하지 않았다. 잿빛의 낡은 집과 헛간, 허물어져가는 울타리에 대해서도 나는 전 주인과 생각

---

* 윌리엄 쿠퍼의 「알렉산더 셀커크가 썼다고 추정되는 시들」 중에서 인용.

이 달랐다. 속이 빈 사과나무들은 이끼로 덮여 있고 토끼가 갉아먹은 상태였는데, 그 모습을 보니 이웃들이 어떤 사람들일지 알 수 있었다.

하지만 무엇보다 마음이 끌렸던 것은 내가 처음 강을 따라올라가 이 집에 다가갈 때의 기억이다. 집은 울창한 붉은 단풍나무 숲에 가려 보이지 않았고, 숲 사이로 개 짖는 소리가 들려왔다. 나는 주인이 바위 몇 개를 치우고 속이 빈 사과나무들을 베고 목초지에 자라고 있던 어린 자작나무들을 파내기 전에, 한마디로 농장을 손보기 전에 이미 그 농장을 사려고 서둘렀다. 나는 이러한 이점들을 즐기기 위해서라면 이 농장을 맡아서 아틀라스처럼 세상을 어깨에 짊어질 각오가 되어 있었다(아틀라스가 그 대가로 무슨 보상을 받았는지는 모르지만). 그 모든 일들을 하려고 각오한 데는 대금을 지불하면 아무런 방해도 받지 않고 그 농장을 소유할 수 있다는 것 외에 다른 어떤 동기나 구실도 없었다. 이 농장을 가만 내버려둘 수만 있다면 내가 원하는 종류의 작물이 가장 풍성하게 맺히리라는 걸 알고 있었기 때문이다. 하지만 결과는 내가 앞에서 말했던 대로다.

결국 대규모 농사에 대해 내가 할 수 있는 말은(나는 항상 채소밭을 가꾸긴 했지만) 종자를 준비해두었다는 것뿐이다. 많은 사람들이 종자는 오래될수록 좋다고 생각한다. 분명 시간은 좋은 것과 나쁜 것을 판별해준다. 마침내 내가 그 종자들을 심게 되었을 때 실망할 가능성이 줄어들 것이다. 하지만 나는 동시대 사람들에게 가능한 한 오랫동안 얽매이지 말고 자유롭게 살라고 단호하게 말하고 싶다. 농장에 얽매이는 것이나 군의 감옥에 갇히는 것이나 별로 다를 바가 없기 때문이다.

내 '경작 선생'인 『농업론』을 쓴 대(大)카토(마르쿠스 포르키우스 카토, 고대 로마의 정치가이자 장군-역주)는 이렇게 말했다. 내가 읽은 유일한 번역본이 이 구절을 완전히 말도 안 되게 옮겨놓았지만.

농장을 사려고 할 때는 욕심을 내서 사지 말고 마음속으로 이모

저모 따져보아라. 농장을 둘러보는 수고를 아끼지 말고 한번 둘러보는 것으로 충분하다고 생각하지 마라. 좋은 농장이라면 자주 가볼수록 더 마음에 들 것이다.

나는 욕심을 내 농장을 사지 않고 평생 동안 둘러보고 또 둘러볼 생각이다. 그리고 죽으면 그 농장에 묻힐 것이다. 마침내 그곳이 더욱 내 마음에 들게 될지도 모른다.

내가 지금 하고 있는 실험은 이런 유형의 실험으로는 두 번째 시도한 것인데 좀 더 자세히 설명하려고 한다. 편의상 2년 동안의 경험을 하나로 묶겠다. 앞에서 말한 것처럼 나는 낙담에 바치는 송가를 쓰려는 게 아니라 횃대에 올라 아침을 깨우는 수탉처럼 활기차게 떠벌리려고 한다. 설사 내 이웃들만 깨우게 된다 할지라도.

내가 숲속에 처음 거처를 정하게 된 날, 즉 그곳에서 낮뿐만 아니라 밤도 보내기 시작한 날은 1845년 7월 4일, 우연히도 독립기념일이었다. 내 집은 겨울을 지낼 준비를 다 끝내지 못한 상태였다. 그저 비를 막아주는 정도였고 회칠도 하지 않은데다 굴뚝도 없었다. 벽이라곤 비바람에 변색된 거친 판자가 전부였는데, 커다란 틈이 있어서 밤에는 추웠다. 그러나 곧게 자른 하얀색 샛기둥과 새로 대패질한 문과 창문들이 집을 깨끗하고 쾌적하게 보이게 해주었다. 특히 목재가 이슬에 젖어 있는 아침에는 더욱 그러해서 한낮이 되면 목재에서 달콤한 진이 스며나오지 않을까 상상도 했다. 내 상상 속에서는 이런 장밋빛 느낌이 온종일 얼마간 남아 있어 작년에 방문했던 산 위의 어떤 집이 떠오르곤 했다. 바람이 잘 통하고 회칠을 하지 않은 그 통나무집은 지나가는 신을 환대하기에 알맞고 여신이 옷자락을 끌며 걸어도 좋을 집이었다. 내 집을 지나가는 바람은 산등성이를 휩쓸고 지나가는 바람이어서 지상의 음악에서 끊어진 천상의 선율만 담고 있었다. 아침 바람은 쉬지 않고 불어대며 끊임없이 창조적인 시를 읊었다. 그러나 그 시를 듣는 사람은 거의 없었다. 올림포스 산은 속세를 벗어나면 어디에든 있다.

보트를 제외하면 전에 내가 소유해보았던 유일한 집은 텐트였다. 여름에 짧은 여행을 할 때 가끔 사용했던 그 텐트는 지금도 돌돌 말려 다락에 자리하고 있다. 그러나 보트는 이 사람, 저 사람의 손을 거친 뒤 시간의 강물 속에 가라앉아버렸다. 나는 더욱 견고한 이 은신처를 장만하면서 세상에 좀 더 잘 정착하게 되었다. 가벼운 옷을 입은 이 집의 뼈대는 나를 둘러싼 일종의 결정체였고 집을 지은 사람에게 반응했다. 윤곽만을 그린 그림처럼 뭔가 시사하는 바가 있는 집이었다. 집 안의 공기가 신선함을 잃지 않았기 때문에 바깥 공기를 쐬러 굳이 문을 나설 필요가 없었다. 비가 내리는 날에도 나는 집이 아니라 문 뒤에 앉아 있다고 하는 편이 맞을 것이다.

하리반사*에서는 "새가 없는 집은 양념을 하지 않은 고기와 같다."라고 말했다. 내 집은 그런 집이 아니었다. 나는 갑작스레 새들의 이웃이 되었는데, 새를 새장에 가두어서가 아니라 새들 가까이에 내 집을 지은 덕분이었다. 나는 채소밭과 과수원을 자주 드나드는 새들뿐 아니라 마을사람들에게는 절대, 아니 좀처럼 노래를 들려주지 않지만 숲에서는 더욱 격렬하고 황홀한 소리로 지저귀는 개똥지빠귀, 방울새, 주황색 풍금조, 쏙독새, 그 외의 많은 새들과도 더욱 가까워졌다.

나는 콩코드 마을에서 남쪽으로 약 2.4킬로미터 떨어진 작은 호숫가에 자리를 잡았다.** 마을보다 지대가 조금 높았고, 콩코드와 링컨 사이의 넓은 숲 한가운데였다. 이곳에서 유일하게 이름이 알려진 들인

---

* M. A. 랑글루아 번역, 『하리반사(Harivansa)』, 즉 하리 가족사(1834)
** 『월든』이 단순히 자연을 다룬 수필 모음집이라고 우기는 사람들은 독자들이 이 부분에 와서야 호수를 만난다는 점에 주목해야 한다.

콩코드 전장(Battel Ground)에서는 남쪽으로 약 3.2킬로미터 떨어져 있었다. 하지만 내 집은 숲속에서 낮은 곳에 있기 때문에 맞은편 호숫가가 0.8킬로미터밖에 떨어져 있지 않았지만 다른 곳과 마찬가지로 나무들로 덮여 있어서 내가 볼 수 있는 가장 가까운 지평선이었다. 첫 일주일 동안은 호수를 내다볼 때마다 높은 산기슭에 있는 호수처럼 느껴졌고 바닥이 다른 호수들의 수면보다 높은 것처럼 생각되었다. 해가 떠오르면 밤새 드리운 엷은 안개가 걷히고 여기저기에서 차츰차츰 잔물결이 일거나 거울처럼 고요한 수면이 드러났다. 그동안 엷은 안개는 밤의 비밀집회가 끝난 듯 숲 사방으로 유령처럼 살금살금 물러났다. 이슬도 산기슭에서처럼 다른 곳보다 나무에 더 오래 매달려 있는 것 같았다.

8월에 온화한 비바람이 부는 사이사이에 이 작은 호수는 가장 좋은 이웃이 되어주었다. 그럴 때는 공기와 물은 완전히 고요하지만 하늘은 잔뜩 흐리고, 한낮에도 저녁처럼 온통 정적이 감돌았다. 호숫가 여기저기에서 개똥지빠귀의 노랫소리가 들려왔다. 이런 호수는 그런 시간에 가장 잔잔하다. 호수 위의 맑은 공기층은 얇은데다 구름으로 흐려져서 햇빛과 반사된 빛으로 가득 찬 물이 그만큼 더 소중한 낮은 하늘이 되었다. 최근에 나무를 잘라낸 가까운 언덕 꼭대기에서 보면* 호수를 지나 남쪽으로, 호수 기슭과 만나는 넓게 굽이치는 언덕들이 멋진 풍경을 연출한다. 서로 마주보는 언덕들의 경사면은 울창한 계곡을 지나 호수 방향으로 흐르는 개울을 연상시키지만 실제로 개울은 없었다. 푸른 언덕들 사이로 그 너머를 보면 푸른빛이 감도는 지평선에 멀고

---

* 현재 콩코드는 소로가 살던 시절보다 여러 모로 더 황량한 곳이 되었다. 인구는 늘어났지만 농사는 거의 짓지 않는다. 숲의 나무들이 다시 자라면서 소로의 시절에는 드물거나 아예 없었던 곰, 코요테, 비버, 사슴, 칠면조, 심지어 가끔 말코손바닥사슴까지 돌아왔다. 반면 농업이 주 산업이 된 오하이오 주, 인디애나 주, 그 외의 다른 지역들은 소로의 시절보다 자연 그대로의 모습에서 많이 벗어났다.

높은 언덕들까지 보였다. 발돋움을 하면 하늘의 조폐공사가 찍어낸 남빛 동전이라 할 수 있는 북서쪽의 더 멀고 푸른 산맥의 희미한 산봉우리들과 마을의 일부까지 볼 수 있었다. 하지만 이 지점에서도 다른 방향으로는 나를 에워싼 숲 너머가 보이지 않았다.

동네에 물이 있으면 부력이 작용해 땅을 띄워줄 수 있기 때문에 좋다. 가장 작은 샘일지라도 한 가지 가치는 있다. 샘을 들여다보면 땅이 대륙이 아니라 섬이라는 것을 알려준다. 이것은 샘이 버터를 차갑게 유지해주는 것 못지않게 중요한 가치다. 호수 건너 서드베리 초원에 홍수가 났을 때 이 산봉우리에서 바라보면 대야에 담긴 동전처럼 초원이 물 위로 약간 올라와 보인다. 아마도 물에 잠긴 계곡의 신기루 현상 때문일 것이다. 호수 너머의 모든 땅은 이 조그만 호수의 물로도 격리되어 얇은 빵 껍질이 물 위에 떠 있는 듯 보인다. 그러면 나는 내가 살고 있는 이곳이 건조한 땅이라는 사실을 새삼 떠올리게 된다.

내 집의 전망은 이보다 훨씬 더 제한적이지만 나는 적어도 번잡하다거나 갇혀 있다는 느낌은 들지 않았다. 상상의 나래를 펼치기에 충분한 목초지가 있었으니까. 맞은편 호숫가는 관목과 참나무가 자라는 고원으로 이어지고, 고원은 서쪽의 대초원과 타타르의 스텝 지대 쪽으로 펼쳐져 유목민 가족들에게 충분한 공간을 제공해주었다. 다모다라*는 자신이 돌보는 가축들에게 더 넓은 새 목초지가 필요해지자 "광대한 지평선을 자유롭게 즐기는 사람 말고는 이 세상에 행복한 사람은 없다."고 말하기도 했다.

장소도, 시간도 모두 바뀌었다. 나는 나를 가장 매혹시키는 우주의 장소, 역사의 시대에 더 가까워지게 되었다. 내가 살았던 곳은 천문학자들이 밤마다 관찰하는 많은 별들만큼이나 멀리 떨어져 있었다. 우리는 습관적으로 카시오페이아 자리의 의자 너머, 소란과 불안에서 멀리

---

* 힌두교의 신 크리슈나의 다른 이름.

벗어난 우주의 외딴 구석에 있는 재미있고 즐거운 장소들을 상상해본다. 나는 내 집이 실제로 그렇게 외따로 떨어진 곳이긴 해도 늘 세속적이지 않고 새로운 곳에 자리 잡았다는 것을 알게 되었다. 플레이아데스성단이나 히아데스성단, 알데바란이나 견우성과 가까운 곳에 사는 것이 가치 있는 일이라면 나는 실제로 그런 곳에 살고 있었다. 즉 내가 남겨두고 온 삶에서 그 천체들만큼 멀리 떨어진 곳에서 살았고, 가장 가까운 이웃들에게도 그저 한 줄기 가느다란 빛으로 보일 만큼 깜빡여 달이 뜨지 않는 밤에나 이웃의 눈에 보였다. 내가 무단으로 차지한 창조적인 장소는 그런 곳이었다.

> 한 목동이 살았네.
> 그가 돌보는 양들이
> 시간마다 풀을 뜯던 산처럼
> 높은 생각을 하면서.

양떼들이 항상 목동의 생각보다 더 높은 초원을 돌아다닌다면 그의 삶을 어떻게 생각해야 할까?

매일 아침은 자연과 똑같이 단순하게, 그리고 이런 말을 해도 될지 모르겠지만 자연처럼 때 묻지 않은 삶을 살라는 기운찬 초대였다. 나는 그리스인들처럼 오로라 여신을 열심히 숭배하는 사람이다. 나는 아침 일찍 일어나 호수에서 목욕을 했다. 종교적인 의식이었고 내가 했던 가장 잘한 일 중 하나였다. 은나라 탕왕의 욕조에는 "날마다 너 자신을 완전히 새로이 하라. 나날이 새로워지고 또 새로워지고 영원히 새로워지라."는 글자가 새겨져 있었다.* 나는 이 말을 이해할 수 있다. 아침은 영웅의 시대를 다시 불러온다. 이른 새벽에 문과 창문을 열어

---

* 『대학』 1장 1절.

놓고 앉아 있을 때, 보이지도 않고 상상도 할 수 없게 내 방을 돌아다니며 가냘프게 앵앵거리는 모기 소리도 내게는 명성을 노래하는 그 어떤 트럼펫 소리 못지않게 감동적이었다.

그 소리는 호메로스의 진혼곡이었고, 공중에서 자신의 분노와 방황을 노래하는 일리아드이자 오디세이였다. 그 소리에는 우주적인 무언가가 존재했다. 세상의 영원한 활기와 생식력을 금지당할 때까지 지속적으로 알리는 광고였다. 아침은 하루에서 가장 인상적인 시기이며 깨어나는 시간이다. 아침은 가장 덜 졸리는 때다. 낮의 나머지 시간과 밤 내내 잠을 자는 우리 몸의 어떤 부분도 적어도 아침의 한 시간만큼은 깨어 있다. 우리가 자신의 영민함에 의하지 않고 하인이 기계적으로 살짝 건드려서 잠이 깬다면, 공장의 종소리 대신 천상의 음악이 흐르고 공기에는 향기가 가득 차 있는 가운데 새로 얻은 힘과 내면의 열망에 의해 잠을 깨지 않는다면 그날은 전날보다 더 고귀한 삶을 산다는 기대를 하기가 힘들다.

그리하여 어둠도 결실을 맺고 빛과 마찬가지로 좋은 것이라는 사실이 입증된다. 매일 매일에 자신이 아직 더럽히지 않은 더 이르고 신성한 새벽의 시간이 있다는 것을 믿지 않는 사람은 삶에 절망해 캄캄한 내리막길을 걷는다. 감각을 쫓는 생활을 부분적으로 중단하면 사람의 영혼이나 인체의 기관들이 날마다 새로운 활기를 얻고 그의 영민함은 고귀한 삶을 다시 시도한다. 기억할 만한 사건은 모두 아침에, 아침의 대기 속에서 일어났다. 베다(힌두교 교리를 초기에 집성한 고대 인도의 경전-역주)에는 "모든 지성은 아침과 함께 깨어난다."는 말이 있다. 시와 예술, 인간의 행위 가운데 가장 아름답고 기억할 만한 것이 그 시간에 시작된다. 모든 시인과 영웅은 멤논처럼 오로라 여신의 자식이고 해가 뜰 때면 음악 소리를 낸다. 해와 보조를 맞춰 융통성 있고 활기찬 생각을 하는 사람에게는 온종일이 항상 아침이다. 시계바늘이 가리키는 시간이나 사람들이 어떤 태도로 일하느냐는 중요하지 않다.

아침은 내가 깨어 있고 내 안에 새벽이 존재하는 때다. 도덕적 개혁이란 잠을 떨쳐내려는 노력이다. 사람이 잠을 자고 있지 않는데 하루를 제대로 보내지 못할 이유가 있을까? 사람들은 그 정도로 계산이 어둡지 않다. 사람들이 졸음에 정복당하지 않았다면 무언가를 이루었을 것이다. 육체적 노동을 하기에 충분할 정도로 깨어 있는 사람은 수백만 명이다. 그러나 효과적인 지적 활동을 할 만큼 깨어 있는 사람은 백만 명 중의 한 명뿐이고 시적인 삶이나 신성한 삶을 살 수 있을 만큼 깨어 있는 사람은 1억 명 중의 한 명에 지나지 않는다. 깨어 있다는 것은 살아 있다는 뜻이다. 나는 아직 완전히 깨어 있는 사람을 만난 적이 없다. 어떻게 내가 그런 사람의 얼굴을 똑바로 쳐다볼 수 있었겠는가?

우리는 기계적인 도움이 아니라, 아무리 곤히 잠들어 있어도 우리를 저버리지 않는 새벽에 대한 무한한 기대로 깨어나야 하고 항상 깨어 있는 법을 익혀야 한다. 나는 인간이 의식적인 노력으로 자신의 삶을 고양시킬 수 있는 확실한 능력을 지녔다는 사실보다 더 고무적인 것을 알지 못한다. 특정한 그림을 그리거나 조각을 해서 어떤 사물들을 아름답게 만들 수 있다는 것은 대단한 능력이다. 하지만 우리 주위의 상황과 환경 자체를 조각하고 그리는 것이 훨씬 더 훌륭하며 우리는 실제로 그렇게 할 수 있다. 하루의 질에 영향을 미치는 것이 바로 최고의 예술이다. 누구에게나 가장 고결하고 중요한 시간에 인생의 가장 사소한 부분까지도 명상해볼 가치가 있는 삶을 꾸릴 임무가 있다. 우리가 입수하는 그러한 얼마 안 되는 정보들까지 거부하거나 다 써버린다면 신탁을 전하는 이는 이 인생이 어떻게 끝날지 분명하게 알려줄 것이다.

내가 숲으로 들어간 것은 의도적으로 삶의 본질적인 사실만을 마주하며 살고 싶어서, 그리고 인생의 진짜 가르침을 배울 수는 없는지 알고 싶어서였다. 또 죽음에 이르렀을 때 내가 헛살았다고 생각하고 싶지 않아서였다. 나는 삶이 아닌 삶을 살고 싶지 않았다. 삶은 그토록 소중한 것이다. 또한 불가피한 경우가 아니라면 체념을 연습하고 싶지도 않았다. 나는 깊이 있는 삶을 살고 싶었고 삶의 모든 정수를 빨아들이고 싶었다. 삶이 아닌 것은 모두 없애버릴 만큼 견고하게, 스파르타식으로 살고 싶었다.

잡초를 넓게 잘라내고 깔끔하게 깎아서 삶을 한 구석으로 몰아넣고 가장 낮은 한계점까지 끌어내려 삶이 비열하다고 판명되면 삶의 진짜 비열함을 전부 파악해 세상에 알리고, 삶이 숭고하다면 경험으로 숭고함을 익혀서 다음에 여행을 할 때 그것에 대해 말하고 싶었다. 왜냐하면 대부분의 사람들이 삶이 악마의 것인지, 신의 것인지 이상하리만큼 확신하지 못하면서 "신을 찬미하고 그 기쁨을 영원히 누리는 것"이 인간의 주된 존재 이유라고 다소 성급한 결론을 내리는 것처럼 보이기 때문이다.

우화에서는 우리가 오래전에 사람으로 바뀌었다고 말하지만 우리는 여전히 개미들처럼 비천하게 살아간다. 우리는 소인족들처럼 두루미와 싸우고 있다. 실수에 실수를 거듭하고 번번이 같은 데를 얻어맞는다. 이런 이유로 우리의 최고의 미덕에는 필요하지도 않고 피할 수도 있는 불쌍함이 포함되어 있다. 우리 삶은 사소한 일로 쓸데없이 낭비되고 있다. 정직한 사람은 열 손가락보다 많은 수를 셀 필요가 거의 없다. 극단적인 경우에는 열 발가락을 더하고 나머지는 하나로 묶으면 된다. 간소화하라, 간소화하라, 간소화하라! 할 일을 백 개나 천 개 만들지 말고 두세 개만 만들어라. 백만 개가 아니라 여섯 개만 헤아리고, 나가고 들어오는 돈은 엄지손톱에 기록하라.

문명생활이라는 급변하는 바다의 한가운데에서는 구름과 폭풍, 흘러내리는 모래, 그 외의 수많은 항목들을 고려해야 하기 때문에 침몰해서 바닥에 가라앉아 항구에 못 들어가는 신세가 되고 싶지 않다면 추측 항법으로 살아야 한다. 그래서 성공한 사람은 실로 계산을 잘하는 사람임이 분명하다. 단순화시키고 단순화시켜라. 하루에 세 끼를 먹을 게 아니라 필요하면 한 끼만 먹어라. 백 개의 접시를 사용하지 말고 다섯 개만 사용하고 다른 물건들도 그 정도로 줄여라. 우리의 삶은 작은 군주국들로 이루어진 독일연방과 같다. 경계선이 계속 변화해서 독일 사람조차도 경계선이 어떻게 되어 있는지 말하지 못한다. 국가는 소위 내부적인 발전에도 불구하고 다루기 힘들 정도로 지나치게 비대해진 기관일 뿐이다.

이 내부적인 발전이란 것도 사실 외부적이고 피상적인 발전이다. 계산과 가치 있는 목표가 없기 때문에 이 땅의 백만 가정들처럼 가구들이 어수선하게 흩어져 있고 자기가 놓은 덫에 걸려 꼼짝 못하며 사치와 무분별한 지출로 몰락한 상태다. 유일한 치료방법은 엄격하게 절약하고 스파르타 사람들보다 간소하고 소박한 생활을 하며 목적의식을 높이는 것이다. 우리는 너무 급하게 살고 있다. 사람들은 국가가 반드시 교역을 해야 하고 얼음을 수출해야 한다고 생각한다. 전보로 소식을 전해야 하고 한 시간에 꼭 48킬로미터를 달려야 한다고 여긴다. 정말 그렇게 해야 하는지, 아닌지에 대해서는 한 치의 의심도 하지 않는 채.

그런데 막상 우리가 개코원숭이처럼 살아야 할지, 사람답게 살아야 할지에 대해서는 확신하지 못한다. 사람들은 우리가 침목을 만들어 철로를 놓고 밤낮으로 일에 매달리는 대신 우리 삶을 주물럭거리며 개선하려 한다면 철로는 누가 건설할 것이며, 철로가 없으면 우리가 어떻게 적절한 때에 천국에 갈 수 있냐고 묻는다. 하지만 우리가 집에 머무르며 우리 할 일만 신경 쓴다면 과연 누구에게 철로가 필요하겠는가? 우리가 철로 위를 달려가는 것이 아니라 철로가 우리 위를 달리고 있다. 철로를 받치고 있는 침목이 무엇인지 생각해본 적이 있는가? 침목 하나하나가 사람, 아일랜드 사람, 혹은 미국 사람이다. 그 사람들 위에 철로가 놓이고 모래가 덮여 있다. 그리고 그 사람들 위를 기차가 매끄럽게 달려간다. 이 사람들은 정녕 훌륭한 침목들이다. 몇 년마다 새로운 침목들이 깔리고 기차가 그 위를 달린다.

그래서 누군가가 철로 위를 달리는 즐거움을 누린다면 다른 누군가는 불운하게도 달리는 기차 아래에 깔려 있는 것이다. 기차가 잠든 채 걷고 있는 사람, 즉 잘못 놓인 여분의 침목을 치어 그를 깨우면 사람들은 갑작스레 기차를 세우고 이례적인 사건이라도 벌어진 것처럼 고함을 지르며 대소동을 피운다. 나는 침목이 제자리에 원래대로 있으려면 8킬로미터마다 한 무리의 사람들을 두어야 한다는 것을 알고 기뻤다. 언젠가는 이 침목들이 다시 깨어날 것이라는 징조이기 때문이다.

우리는 왜 그렇게 서두르며 살고 인생을 낭비해야 하는가? 우리는 배가 고프기도 전에 굶어 죽겠다고 단단히 마음먹는다. 사람들은 제때에 한 바늘을 꿰매는 것이 나중에 아홉 바늘 꿰맬 일을 던다고 말한다. 그래서 내일의 아홉 바늘을 덜려고 오늘 천 바늘을 꿰맨다. 일에 관해 말하자면, 그렇다고 우리가 특별히 중요한 일을 하는 것도 아니고 무도병에 걸려 머리를 가만히 놔둘 수 없는 것뿐이다. 내가 불이라도 난 것처럼 교회 종의 줄을 몇 번만 잡아당기면, 오늘 아침만 해도 할 일이 천지라고 투덜거리던 콩코드 외곽 농가의 남자들, 아이들, 여자들이 다들 만사를 팽개치고 종소리를 따라 몰려올 것이다. 불길 속에서 재산을 구하려고 달려온 게 아니라 진심을 고백하자면 재산은 타버릴 테고 알다시피 자신들이 불을 낸 것도 아니니 불구경을 하려는 마음이 더 클 것이다. 혹은 불 끄는 작업을 구경하다가 작업이 잘되면 일손을 거들려고 오는 것이다.

설사 교구 교회가 불탄다 해도 마찬가지다. 어떤 사람은 점심을 먹고 낮잠을 자다가 30분도 안 되어 깨서 고개를 들고 묻는다. "무슨 소식 없소?" 마치 인류의 나머지가 그를 위해 보초라도 선 것처럼 말이다. 어떤 사람들은 분명 특별한 목적도 없으면서 30분마다 깨워달라고 부탁하고는 보답으로 자기가 꾼 꿈 이야기를 들려준다. 하룻밤 자고 나면 소식을 듣는 일은 아침을 먹는 것만큼 필수적이다. "이 세상 어디에선가 인간에게 일어난 어떤 새로운 소식이라도 제발 말해주시오." 그는 커피와 롤빵을 먹으며 오늘 아침 와키토 강에서 누군가가 눈이 뽑혔다는 소식을 읽는다. 자신이 이 세상이라는 깊이를 알 수 없는 거대하고 어두운 동굴에 살면서 눈이 퇴화되었다는 생각은 꿈에도 하지 못한 채.

나는 우체국이 없어도 잘 지낼 수 있다. 우체국을 통해 전할 정도의 중요한 소식은 매우 드물다고 생각한다. 비판적으로 말하자면, 몇 년 전에도 이런 글을 썼지만 나는 우편요금의 값어치를 하는 편지는 평생 한두 통 정도밖에 받지 못했다. 1페니 우편제는 생각을 말해주면 1페니를 주겠다고 종종 농담삼아 하던 말이 정말로 1페니를 주고 생각을 듣게 되어버린 제도다. 그리고 확신하건대, 나는 신문에서 기억할 만한 소식을 읽은 적도 없다. 누군가가 강도를 당했거나 살해당했거나 사고로 목숨을 잃었거나 어떤 집이 불탔거나 배 한 척이 난파되었거나 어떤 증기선이 폭발했거나 서부 철로에서 소 한 마리가 기차에 치였거나 미친 개 한 마리가 죽임을 당했거나 겨울에 메뚜기 떼가 나타났다는 소식은 한 번 읽으면 다시 읽을 필요가 없다. 한 번이면 충분하다. 원칙을 파악했는데 뭐하러 수많은 예와 응용사례에 신경을 쓰겠는가?

소식이라고 불리는 것은 철학자에게는 소문일 뿐이고, 노파들이 차를 마시면서 그런 소식을 편집하고 읽는다. 그러나 이런 소문을 탐욕스럽게 쫓는 사람이 적지 않다. 며칠 전에는 최신 외국 뉴스를 들으려고 신문사에 사람들이 몰려드는 바람에 사무실의 커다란 판유리가 압력에 못 이겨 깨졌다고 한다. 진지하게 생각해보면 사실 그 뉴스란 것도 재치가 넘치는 사람이라면 12개월 혹은 12년 전에라도 미리 정확하게 쓸 수 있는 것이었다.

예를 들어 스페인에서는 돈 카를로스, 왕녀, 돈 페드로, 세비야, 그라나다(내가 지난번에 신문을 읽은 이후 이름이 약간 바뀌었을 수는 있지만)라는 단어들을 적당한 비율로 조합하고 다른 읽을거리가 없을 때는 투우 이야기를 쓰면 글자 그대로 진실이 되어 이런 제목으로 신문에 실린 가장 간결하고 명료한 기사만큼이나 스페인의 정확한 상태나 영락한 모습을 잘 알려줄 것이다. 영국의 경우 그 지역에서 가장 최근에 온 중요한 소식은 1649년에 일어난 혁명 정도다. 영국의 연간 평균 수확량 내역을 알고 있다면 금전적인 문제로 심사숙고하지 않는 한 그 일에 대해 새삼 주목할 필요가 없다. 신문을 잘 보지 않는 사람이 판단해도 좋다면, 외국에서는 새로운 사건이 거의 일어나지 않는다. 프랑스 혁명도 예외는 아니다.

　새로운 소식이 뭐라고! 절대 옛 소식이 되지 않는 무언가를 아는 것이 훨씬 더 중요하지 않을까!

　　위나라의 대부 거백옥이 공자에게 사람을 보내 소식을 물었다. 공자는 심부름꾼을 가까이에 앉히고 "네 주인은 어떻게 지내시느냐?"고 물었다. 심부름꾼이 공손하게 대답했다. "제 주인님은 허물을 줄이기를 바라시지만 아직 이루지 못하고 계십니다." 심부름꾼이 떠나자 철학자가 말했다. "훌륭한 심부름꾼이구나! 훌륭한 심부름꾼이야!"*

　목사는 한 주일을 끝내고 휴식하는 날에 설교를 질질 끌어 졸린 농부들의 귀를 괴롭히지 말고 (일요일은 잘못 보낸 한 주를 끝내기에 적절한 날이지 새로운 주를 참신하고 용감하게 시작하는 날이 아니다.) 우레 같은 목소리로 외쳐야 한다. "중단하시오! 이제 그만! 보기에는 빠른 것 같은데 왜 그렇게 느린 것이오?"

　속임수와 기만이 가장 온전한 진실로 존중받는 반면 진실은 거짓으

---

* 『논어』 14편.

로 여겨진다. 사람들이 진실만을 꾸준히 보고 거짓에 속아 넘어가지 않는다면 삶은 지금 우리가 알고 있는 것과 비교했을 때 동화와 아라비안나이트에 나오는 이야기들처럼 재밌어질 것이다. 우리가 필연적인 것과 존재해야 할 권리가 있는 것만 존중한다면 거리엔 음악과 시가 울려퍼질 것이다. 우리가 신중하고 현명해지면 훌륭하고 가치 있는 것만이 영원하고 절대적으로 존재하며 사소한 두려움과 하찮은 쾌락은 진실의 그림자에 불과하다는 것을 알게 된다. 진실은 항상 기운을 북돋워주는 숭고한 것이다. 인간은 눈을 감고 잠이 들어 거짓에 속아 넘어간다. 그리하여 어디에서나 순전히 환상에 불과한 토대 위에 판에 박힌 습관적인 일상생활을 구축하고 굳혀버린다.

삶을 놀이처럼 사는 아이들은 어른보다 더 명확하게 삶의 진정한 법칙과 관계를 인식한다. 어른들은 가치 있는 삶을 사는 데 실패해놓고는 경험, 즉 실패를 겪으며 자신들이 더 현명해졌다고 생각한다. 나는 힌두교 경전에서 "아기 적에 왕궁에서 쫓겨나 나무꾼의 손에 자란 왕의 아들이 있었다. 이런 상태로 어른이 된 왕자는 자신이 이 미개한 종족 사람이라고 생각했다. 그런데 아버지의 대신 중 한 사람이 왕자를 발견하고는 그가 누구인지 알려주었다. 그는 자기 신분에 대한 오해를 풀고 자신이 왕자라는 것을 알게 되었다."라는 이야기를 읽었다. 힌두교 철학자는 계속 말을 이었다. "이렇게 사람은 자신이 놓인 환경에 따라 자기 신분을 착각하다가 어느 성스러운 스승이 진실을 밝혀주면 자신이 브라만임을 알게 된다."

나는 우리 뉴잉글랜드 사람들이 이렇게 비루한 삶을 사는 것은 우리의 시각이 사물의 표면을 꿰뚫지 못하기 때문이라고 생각한다. 우리는 존재하는 듯 보이는 것을 진짜로 존재한다고 생각한다. 어떤 사람이 이 마을을 걸어가면서 진실만을 본다면 밀댐(콩코드에 있는 거리로 인디언들이 고기를 잡기 위해 쌓아놓은 둑이 있던 곳-역주)은 어떻게 될까? 그 사람이 그곳에서 본 사실들을 이야기해도 우리는 그가 설명하는 곳이 어디인지 알아차리지 못할 것이다. 예배당이나 법원, 교도소, 상점, 혹은 주택을 보라. 그리고 진실한 시선으로 봤을 때 그곳들이 실제로 어떤지 설명해보라. 설명 속에서 그곳들은 산산조각이 날 것이다.

사람들은 진실이 멀리 우주 외곽에, 가장 먼 별 뒤에, 아담 이전에, 최후의 인간 이후에 있다고 생각한다. 영원에는 진실하고 숭고한 무언가가 있긴 하다. 그러나 이 모든 시간과 장소와 일은 지금 여기에 있다. 신도 현재의 순간에 가장 존엄하고, 흘러가는 모든 시간 속에서 지금보다 더 신성한 때는 없을 것이다. 우리를 둘러싼 진실을 끊임없이 받아들이고 채워야 숭고하고 고귀한 것을 모두 이해할 수 있게 된다. 우주는 우리가 이해하도록 계속해서 순순히 대답을 해준다. 우리가 빨리 여행하든, 천천히 여행하든 길은 우리 앞에 놓여 있다. 그렇다면 이해하는 데 우리 삶을 쓰자. 후손들 중 누군가가 그것을 성취하지 못할 정도로 아름답고 고귀한 구상을 한 시인이나 예술가는 아직 없다.

하루 동안 의도적으로 자연처럼 지내보자. 철로 위에 떨어진 견과류 껍데기와 모기 날개 때문에 탈선하는 일은 없어야 한다. 아침 일찍 일어나거나 마음 편하게 차분히 아침을 먹자. 사람들이 오가든, 종이 울리든, 아이들이 울든 그냥 내버려두고, 그렇게 하루를 보내자고 마음먹자. 왜 우리가 시대 조류에 항복하고 따라야 할까? 가장 얕은 물에서 일어나는 점심식사라고 불리는 끔찍한 급류와 소용돌이에 휩쓸려 가라앉지 말자. 이 위험을 견뎌내면 당신은 안전해진다. 나머지 길은 내리막길이기 때문이다. 방심하지 말고 율리시스(호메로스의 『오디세이아』의 주인공인 '오디세우스'의 라틴어 이름-역주)처럼 돛대에 몸을 묶은 채 아침의 활력을 발휘해 딴 쪽을 바라보며 항해해가자.

기관차가 삑삑 소리를 내면 고통으로 목이 쉴 때까지 삑삑거리도록 놔둬라. 종이 울리면 왜 달려가야 하는가? 종소리를 음악 같은 것이라고 생각하자. 마음을 안정시키고 일을 하자. 여론, 편견, 전통, 오해, 외관, 지구를 덮고 있는 그러한 충적토에 발을 단단히 내디뎌 파리, 런던, 뉴욕, 보스턴, 콩코드를 지나고, 교회와 나라를 지나고, 시와 철학, 종교를 지나 우리가 진실이라고 부를 수 있는, 진실이 틀림없다고 말할 수 있는 단단한 바닥과 제자리에 놓인 바위까지, 분명히 이것이라고 말할 수 있는 곳까지 헤치고 나아가자. 이제 토대가 생겼으니 홍수와 서리와 불 아래에 성벽이나 나라를 세울 수 있는 장소, 혹은 가로등 기둥이나 측정기, 나일강수위계*가 아니라 진실 측정기를 설치할 수 있는 장소를 만들자. 그래야 미래 세대들이 속임수와 겉치레의 홍수가 때때로 얼마나 깊게 밀려들었는지 알 수 있을 것이다.

우리가 사실을 똑바로 마주보고 직시한다면 언월도(칼날이 초승달처럼 생긴 고대 중국의 무기-역주)처럼 사실의 양면에 반짝이는 햇살이 보이고 달콤한 칼날이 심장과 골수를 가르는 것을 느낄 것이다. 그래서 인간으로서의 삶을 행복하게 끝마치게 될 것이다. 살든 죽든 우리는 오직 진실만 갈망한다. 우리가 정말로 죽어가고 있다면 목에서 가래 끓는 소리를 들으며 사지가 차가워지는 것을 느끼자. 그리고 살아있다면 우리가 해야 할 일을 계속하자.

시간은 내가 낚시를 하는 시냇물에 지나지 않는다. 나는 시냇물을 마신다. 하지만 마시는 동안 모래바닥을 보면서 시내가 얼마나 얕은지 알아차린다. 얕은 물결은 흘러가버리지만 영원은 남는다. 나는 더 깊은 곳의 물을 마시고 싶다. 별이 조약돌처럼 깔린 하늘에서 낚시를 하고 싶다. 나는 계산을 하지 못하고 알파벳의 첫 글자조차 알지 못한다. 나는 항상 내가 태어났던 날만큼 지혜롭지 못한 것이 안타깝다. 지성이란 큰 식칼과 같아서 사물의 비밀을 식별하고 베어 길을 만든다.

나는 필요 이상으로 손을 바쁘게 하고 싶지 않다. 내 머리가 손이고

---

* "강물이 불어나는 것을 염려한 왕이 멤피스에 나일강수위계를 설치했다. 수위계의 관리를 맡은 자는 강의 수위 상승을 정확하게 측정해 도시들에 알렸다."(디오도로스)

발이기 때문이다. 나는 내 최고의 능력들이 머릿속에 집중되어 있다고 느낀다. 어떤 동물들이 주둥이와 앞발로 굴을 파듯이 나는 직감적으로 머리가 굴을 파는 기관이라고 느낀다. 나는 머리로 이 언덕들에 내 굴을 파서 나아갈 것이다. 나는 이 부근에 가장 풍부한 광맥이 있다고 생각한다. 그래서 점치는 막대와 가늘게 피어오르는 수증기를 이용해 그곳이 어디인지 찾아낼 것이다. 자, 이제 내 굴을 뚫기 시작하겠다.

3

독서, 황금의 말씀 읽기

직업을 선택할 때 좀 더 신중했다면 아마도 모든 사람이 기본적으로 학생과 관찰자가 되었을 것이다. 사람의 본성과 운명은 분명 누구에게나 흥미로운 주제이기 때문이다. 자신과 후손을 위해 재산을 축적하고, 가족을 만들거나 나라를 세우거나 명성을 얻어도 우리는 언젠가는 죽게 되어 있는 존재다. 하지만 진실을 다룰 때면 우리는 불멸의 존재가 되어 변화나 사고를 두려워하지 않아도 된다. 신의 조각상을 덮은 베일 한쪽을 들어올린 사람은 이집트나 인도의 옛 철학자들이다. 지금도 베일이 들린 채 너울거리고 있어서 나는 옛 철학자와 마찬가지로 그 신선한 영광을 바라본다. 왜냐하면 그토록 대담했던 사람은 그 철학자 안에 있던 나였고 지금 그 모습을 되새겨보는 사람은 내 안에 있는 그 철학자이기 때문이다. 그 베일에는 아무 먼지도 내려앉지 않았고 신의 모습이 드러난 뒤 시간도 흐르지 않았다. 우리가 실제로 개선한 시간, 개선시킨 시간은 과거도, 현재도, 미래도 아니기 때문이다.

내가 살았던 곳은 사색뿐 아니라 진지한 독서를 하기에 대학보다 더 알맞은 곳이었다. 흔한 이동도서관조차도 들어오지 않는 곳이었지만 나는 세상에 돌아다니는 책들, 처음에는 나무껍질에 쓰인 문장들이었다가 지금은 그저 가끔씩 리넨지에 베껴질 뿐인 책들의 영향을 그 어느 때보다도 더 깊이 받았다. 시인 미르 카마르 우딘 마스트는 "앉아서 정신적 세계를 꿰뚫고 지나가는 이점을 나는 책에서 누렸다. 한 잔의 포도주에 취하는 기쁨을 비밀스런 교리라는 술을 마시면서 경험했다."*고 썼다. 나는 여름 내내 호메로스의 『일리아드』를 책상 위에 올려놓았지만 가끔씩만 펼쳐보았다. 처음에는 집짓기를 마무리하면서 콩밭까지 가느라 쉴 새 없이 손을 놀려야 했기 때문에 공부를 더 하기란 불가능했다. 하지만 앞으로는 책을 읽을 수 있을 것이라며 자신을 달랬다. 나는 일을 하는 틈틈이 시시한 여행서 한두 권을 읽었다. 그러다 그렇게 지내는 나 자신이 부끄러워져서 내가 지금 어디에서 살고 있는지 자문하기에 이르렀다.

학생들이 그리스어로 된 호메로스나 아이스킬로스의 책을 읽는다고 방탕해지거나 사치에 빠질 위험은 없다. 학생들은 여기에 나오는 영웅들을 어느 정도 본보기로 삼고 이 책들을 읽는 데 아침 시간을 바치기 때문이다. 영웅들이 등장하는 책은 모국어로 인쇄되어 있다 해도 타락한 시대에는 항상 죽은 언어로 쓰인 책이 될 것이다. 그래서 우리는 각 단어와 문장의 의미를 열심히 찾고 우리가 지닌 지혜와 용기, 관대함을 동원해 일상적으로 사용하는 의미보다 더 큰 의미를 추측해야 한다. 오늘날 나오는 저렴한 많은 출판물들과 모든 번역본들은 우리를

---

* 가르생 드 타시, 『힌두문학사』(1839). 마스트는 18세기의 인도 시인이다.

고대의 영웅적인 작가들 가까이 데려가지 못한다. 이 책들은 그 어느 때보다 외로워 보이고 인쇄된 글자들은 희한하고 기이해 보인다. 거리의 천박함에서 벗어나고 영원한 암시와 자극이 될 수 있는 고대 언어를 몇 마디라도 배울 수 있다면 젊은 시절과 귀한 시간을 내어줄 가치가 있다. 농부가 주워들은 라틴어 몇 마디를 기억해서 되뇌는 것은 쓸데없는 일이 아니다.

사람들은 고전 연구가 결국에는 더 현대적이고 실용적인 연구에 자리를 내주게 될 것이라고 말한다. 하지만 모험심이 강한 학생들은 어떤 언어로 쓰여 있든, 얼마나 오래된 책이든 항상 고전을 공부할 것이다. 고전이야말로 인간의 가장 고귀한 사상의 기록이 아니고 무엇인가? 쇠하지 않는 유일한 신탁이며 델포이(아폴로의 신탁이 있던 고대 도시-역주)나 도도나(제우스의 신탁소가 있던 그리스의 고대 도시-역주)도 대답하지 못하는 가장 현대적인 질문에 대한 답이 고전 안에 있다. 고전을 공부하지 않는 것은 자연이 오래되었다고 공부하지 않는 것과 마찬가지다. 따라서 책을 잘 읽는 것, 즉 참된 책을 참된 정신으로 읽는 것은 고귀한 훈련이며 이 시대에 관례적으로 중요시되는 어떤 훈련보다 독자들을 힘들게 할 것이다. 운동선수가 받는 것 같은 훈련이 필요하고 거의 평생 동안 참된 독서에 대한 한결같은 의지가 필요하다.

책은 처음 쓰였을 때처럼 신중하게 조심스럽게 읽혀져야 한다. 그 책이 쓰인 민족의 언어를 말할 수 있는 것만으로는 부족하다. 말과 글, 귀로 듣는 언어와 읽는 언어 사이에는 현저한 차이가 있기 때문이다. 말은 흔히 일시적이며 하나의 소리, 하나의 발언, 방언일 뿐이고 동물적인 것에 가깝다. 우리는 동물들처럼 어머니에게서 무의식적으로 말을 배운다. 반면 글은 말의 경험이 쌓여 성숙해진 것이다. 말이 어머니의 언어라면 글은 아버지의 언어다. 글은 귀로 듣기에는 너무 의미 있는 신중하고 정선된 표현이라서 글을 입으로 말하려면 다시 태어나야 한다.

중세에 그리스어와 라틴어를 입으로 말할 줄만 알았던 군중들은 그 나라에 태어났다는 것 때문에 그 언어로 쓰인 작품들을 읽을 권리를 부여받지 못했다. 이 책들은 그 사람들이 아는 그리스어나 라틴어가 아니라 정선된 문학 언어로 쓰였기 때문이다. 더 고귀한 그리스어와 로마어 표현들을 배우지 못한 사람들에게 그런 언어로 쓰인 책은 휴지조각에 지나지 않았다. 이들은 이런 책 대신 그 시대의 싸구려 문학을 높이 평가했다. 하지만 유럽의 몇몇 나라가 발전하는 문학을 뒷받침하기에 충분한, 미숙하지만 분명한 고유의 문어(文語)를 얻게 되자 가장 먼저 학문이 부활했고 학자들은 먼 고대의 보물들을 식별할 수 있었다. 로마와 그리스의 대중들이 듣지 못했던 것을 많은 시간이 지난 뒤 몇몇 학자가 읽을 수 있게 되었다. 그리고 지금도 그것을 읽는 학자들이 소수 있다.

구름 저 뒤편에서 별이 반짝이는 하늘처럼, 웅변가가 가끔 쏟아내는 유창한 말들에 우리가 아무리 탄복하게 된다고 해도 대개 가장 고귀한 글들은 덧없이 사라지는 말보다 훨씬 먼 곳 혹은 훨씬 위에 있다. 하늘에는 별들이 있고, 그 별들을 읽을 수 있는 사람들이 있다. 천문학자들은 끊임없이 별을 관찰하고 언급한다. 글은 우리의 일상적인 대화나 내뿜는 호흡처럼 증발되는 것이 아니다. 토론회장에서의 유창한 웅변은 학문에서는 보통 수사적이라고 판명된다. 웅변가는 일시적인 영감에 따라 자기 앞에 있는 사람들, 자기 말을 들을 수 있는 무리들에게 말한다. 하지만 더 차분한 생활을 하는 작가는 웅변가를 고무시키는 사건과 대중들 때문에 혼란스러워진다. 작가는 인류의 지성과 마음에, 어느 시대든 자신을 이해하는 모든 사람에게 말을 한다.

알렉산더 대왕이 원정을 떠나면서 귀중품 상자 안에 『일리아드』를 넣고 다닌 것은 놀라운 일이 아니다. 기록된 언어는 가장 귀한 유물이다. 그것은 다른 어떤 예술작품보다 우리에게 더 친숙하면서도 보편적이며, 삶 자체에 가장 가까운 예술작품이다. 어떤 언어로도 번역될 수 있고 모든 사람의 입에서 읽혀질 뿐 아니라 숨 쉴 수 있는 것이다. 글은 화폭이나 대리석에만 표현되는 것이 아니라 삶의 호흡으로 조각될 수 있다. 고대인의 생각을 표현한 기호가 현대인의 말이 된다. 2,000번의 여름은 그리스의 조각상과 마찬가지로 기념비적인 그리스 문학에도 더 성숙한 황금빛과 가을빛을 더해주었을 뿐이다. 이런 문학은 고유의 고요하고 거룩한 분위기를 모든 땅에 전해 세월의 부식으로부터 스스로를 보호했기 때문이다.

책은 세상의 귀한 재산이며 여러 세대와 민족이 남긴 훌륭한 유산이다. 가장 오래되고 가장 좋은 책이 모든 농가의 선반에 놓이는 것은 자연스럽고 당연한 일이다. 이런 책들은 주장을 내세우지 않고 독자들을 계몽하고 격려하기 때문에 양식이 있는 사람이라면 이를 거부하지 않을 것이다. 이런 책을 쓴 사람들은 모든 사회에서 당연하고도 거역할 수 없는 특권계급이며 인류에게 왕이나 황제보다 더 많은 영향력을 행사한다. 무식하고 다른 사람을 업신여기는 장사치가 사업을 해서 자신이 원하던 여가와 독립을 얻어 부유하고 세련된 집단에 받아들여지면 나중에는 자신이 접근할 수 없는 더 고귀한 지식인과 천재들의 집단을 바라보게 마련이다. 그러나 자신의 교양이 불완전하고 모든 재산이 덧없고 미흡하다는 것만 깨닫게 된다. 그러면 자신에게 절실하게 부족하다고 느끼는 그러한 지적인 소양을 자식들이라도 얻게 하려고 무진 애를 써서 자신의 현명함을 보여주며, 그렇게 해서 그는 한 가문의 창시자가 된다.

고전을 원어로 읽는 법을 배우지 않은 사람들은 분명 인류의 역사에 대한 지식이 매우 불완전하다. 놀랍게도 그 고전들의 사본이 현대어로 번역된 적이 없기 때문이다. 우리 문명 자체가 그런 사본으로 여겨지는 경우를 제외한다면. 호메로스의 작품들이 영어로 인쇄되지 않았고,

아이스킬로스, 베르길리우스도 이와 마찬가지다. 이들의 작품은 아침처럼 정교하고 알차며 아름답다. 이후의 작가들은 우리가 천재적이라고 말하는 작가들이라도 고대 작가들의 정교함과 우수함, 평생에 걸친 영웅적인 노력을 따라가지 못한다. 그렇다고 아주 없지는 않지만.

고전을 모르는 사람들은 고전을 잊자는 말만 한다. 우리가 고전에 주목하고 감상할 수 있는 학식과 천재성을 갖춘 뒤에 고전을 잊어버려도 늦지 않을 것이다. 우리가 고전이라고 부르는 유물들, 고전보다 오래되고 고전을 넘어서지만 덜 알려진 여러 나라들의 권위 있는 서적들이 더 축적되고, 바티칸 궁전이 호메로스, 단테, 셰익스피어의 책들과 함께 베다와 젠드아베스타(조로아스터교의 경전-역주), 성서로 채워지며, 앞으로 다가오는 모든 세기에 세상의 광장에 전리품들이 연이어 쌓인다면 그 시대는 실로 풍요로워질 것이다. 우리는 그런 유물들을 쌓음으로써 마침내 하늘에 오르기를 바랄 수도 있다.

인류는 아직 위대한 시인의 작품을 읽은 적이 없다. 위대한 시인만이 위대한 시를 읽을 수 있기 때문이다. 대중이 별을 읽는 것처럼 위대한 시는 천문학적이 아니라 기껏해야 점성술적으로 읽혔을 뿐이다. 대부분의 사람은 장부를 기입하고 장사에서 속지 않으려고 셈하는 법을 배우는 것처럼 하찮은 편의를 위해 글 읽는 법을 배운다. 고귀한 지적인 활동으로서의 독서는 거의 알지 못하거나 전혀 모른다. 그러나 진정한 의미에서 독서는 사치품처럼 우리를 달래고 고귀한 기능들을 잠재우는 것이 아니다. 우리가 읽기를 학수고대하고 가장 정신이 맑게 깨어 있는 시간을 바치는 것만이 진정한 독서다.

나는 글을 배웠으면 최고의 문학 작품을 읽어야 한다고 생각한다. 평생 4학년이나 5학년 교실의 맨 앞줄에 앉아 에이, 비 같은 글자나 한 음절로 된 단어만 끝없이 되뇌고 있어서는 안 된다. 대부분의 사람들은 글을 읽을 줄 알거나 다른 사람이 읽어주는 것을 듣는 데 만족하고, 성서라는 좋은 책 한 권에 담긴 지혜로 자신의 죄를 깨달았다고 생각한다. 그래서 나머지 인생 동안 소위 쉬운 독서를 해서 자기 능력을 무기력하게 만들고 낭비한다. 우리 동네 이동도서관에는 '리틀 리딩 (Little Reading)'이라는 제목의 책이 여러 권 있는데, 나는 리틀 리딩이 내가 아직 가보지 못한 마을의 이름인 줄 알았다. 세상에는 마치 가마 우지나 타조처럼 고기와 야채를 배불리 먹고 난 뒤에도 이런 종류의 책까지 소화시킬 수 있는 사람들도 있다. 이들은 어떤 것도 버리는 걸 견딜 수 없기 때문이다.

이런 책을 만드는 사람들이 말이나 먹는 여물을 만드는 기계라면, 이 사람들은 그것을 읽는 기계다. 이들은 제불론과 세프로니아가 주인 공인 9,000번째 이야기를 펼쳐들고 두 사람이 어떻게 지금껏 누구도 해보지 못한 사랑을 했는지, 둘의 진정한 사랑이 왜 순조롭지 않았는 지, 좌우간 그 사랑이 어떻게 진행되고 비틀거리고 다시 일어나 계속 되었는지 읽는다. 어떤 불쌍하고 불운한 사람이 교회의 첨탑 위로 올 라간 이야기도 읽는다. 종탑에 안 올라갔더라면 더 좋았을 그 사람을 쓸데없이 그곳에 올려놓고 기분이 좋아진 소설가는 온 세상 사람들에 게 와서 자기 말을 들으라고 종을 친다. 오, 세상에! 그 사람이 다시 내 려왔어요!

내 생각을 말하자면 나는 영웅들을 별자리 사이에 박아두는 것처럼 보편적인 소설 세계의 그런 야심만만한 영웅들을 모두 인간 바람개비 로 만들어 녹슬 때까지 빙빙 돌면서 내려오지 못하게 하는 편이 나을 것이다. 그래야 정직한 사람에게 장난을 쳐서 괴롭히지 못할 테니까. 다음에 소설가가 종을 울리면 설령 예배당이 불에 타 무너진다고 해 도 나는 꼼짝도 안 할 것이다. "티틀-톨-탄'을 쓴 유명 작가가 내놓은 중세의 로맨스 '살금살금, 깡충깡충, 팔짝팔짝 뛰기'가 매달 나누어 발 간될 예정입니다. 대혼잡이 예상되니 한꺼번에 들이닥치지 마십시오!"

사람들은 네 살배기 꼬마가 의자에 꼼짝 않고 앉아 금박 표지의 2센 트짜리 신데렐라를 읽는 것처럼 눈을 부릅뜨고 원초적이고 긴장된 호기심을 발동해 이런 책을 읽는다. 이런 사람들의 위장은 지치지도 않아서 위장 주름이 예민해질 필요도 없다. 그러나 내가 보기에 사람들은 이런 책을 읽어도 발음이나 어투, 강세가 조금도 나아지지 않고 교훈을 끌어내거나 집어넣는 솜씨도 나아지지 않는다. 눈이 침침해지고 생명 유지에 필요한 순환기능이 둔해지며 모든 지적 능력이 전반적으로 약해져서 스러지는 결과를 초래할 뿐이다. 이런 종류의 생강 빵이 거의 모든 오븐에서 순수 밀이나 호밀 빵보다 더 부지런히, 날마다 구워진다. 그리고 시장성도 더 확실하다.

훌륭한 독서가라고 불리는 사람들조차 최고의 책들을 읽지 않는다. 현재 우리 콩코드의 문화는 어느 수준에 와 있을까? 이 마을에는 아주 드문 예외를 제외하고는 영문학에서 가장 훌륭한 책 혹은 아주 좋은 책에 취미가 있는 사람이 없다. 영어로 된 책은 누구나 읽고 말할 수 있는데도 말이다. 여기뿐 아니라 다른 곳에서도 대학을 나오고 소위 교양 교육을 받은 사람들마저도 실제로는 영문학의 고전들을 거의 알지 못하거나 아예 모른다. 인류의 지혜가 기록되어 있는 옛 고전과 성서는 마음만 있으면 누구나 접할 수 있다. 하지만 이 책들을 접하고자 하는 노력은 어디에서나 미약하다.

나는 프랑스어 신문을 읽는 중년의 한 나무꾼을 알고 있는데, 뉴스를 알기 위해 읽는 것이 아니라고 했다. 그는 뉴스 같은 것은 초월한 사람이기 때문이다. 캐나다에서 태어난 그는 "연습을 계속하기 위해" 프랑스어 신문을 읽는 것이다. 내가 그 나무꾼에게 이 세상에서 자신이 할 수 있는 최고의 일이 뭐라고 생각하는지 물어보자 그는 프랑스어 외에도 영어를 계속 공부해 실력을 키우고 싶다고 대답했다. 이것은 대개 대학교육을 받은 사람들이 실제로 하고 있거나 바라는 일이다. 그들은 이런 목적으로 영어신문을 읽는다. 그런데 영어로 쓰인 가장 훌륭한 책 중 한 권을 막 읽고 난 사람이 그 책에 관해 대화를 나눌 수 있는 상대를 몇 명이나 찾을 수 있을까? 소위 무식한 사람들도 칭송할 만큼 알려진 그리스어나 라틴어 고전을 그가 원어로 읽었다고 가정해보자. 그는 그 책에 관해 이야기할 상대를 한 명도 찾지 못해 침묵을 지켜야 할 것이다.

실제로 우리 대학들에 어려운 언어에 숙달한 교수가 있다 해도, 그리스 시인의 난해한 재치와 시에 그만큼 통달해 영민하고 모험적인 독자와 공감을 나눌 교수는 거의 없다. 신성한 경전들이나 인류의 필독서들에 대해 이 마을의 누가 그 제목만이라도 내게 말해줄 수 있을까? 대부분의 사람은 히브리인 외에 다른 민족에게 경전이 있었는지조차 모른다. 누구든 1달러짜리 은화를 줍기 위해서라면 가던 길을 벗어나는 것도 마다하지 않을 것이다. 그런데 여기에 고대의 가장 현명한 사람들이 말하고 후대의 모든 현명한 사람들이 그 가치를 보증한 황금의 말씀이 있다. 하지만 우리는 쉬운 읽을거리, 초급 독본과 교과서 정도를 읽는 법만 배우고 학교를 졸업하면 아동용이나 초보자용의 '간단한 읽을거리(리틀 리딩)'와 이야기책을 읽는다. 우리의 독서, 대화와 사고는 모두 피그미족이나 난쟁이에 알맞은 지극히 낮은 수준이다.

나는 우리 콩코드가 낳은 사람들보다 더 현명한 사람들, 이곳에서는 이름이 거의 알려지지 않은 사람들을 알기를 갈망한다. 플라톤이라는 이름을 듣고서도 그의 책을 읽지 않을 수 있을까? 그것은 플라톤이 우리 동네 사람인데 내가 그를 본 적이 없는 것과 마찬가지다. 플라톤이 바로 옆집에 사는데도 내가 그의 말을 한 번도 들어보지 못하거나 그의 말에 담긴 지혜에 관심을 기울이지 않는 셈이다. 하지만 실제로는 어떤가? 플라톤의 불멸의 지혜를 담고 있는 『대화편(Dialogues)』이 옆 선반에 꽂혀 있는데도 나는 아직 그 책을 읽지 않았다. 우리는 상스럽고 천하며 무식하다. 고백하건대, 이런 면에서 나는 글을 전혀 못 읽는 우리 동네 사람의 무식함과 어린이나 지력이 낮은 사람들을 위한 책만 읽을 수 있는 사람의 무식함의 큰 차이를 구분하지 못하겠다. 우리는 고대의 위인들만큼 훌륭해져야 하지만 그러려면 먼저 그들이 얼마나 훌륭한지 알아야 한다. 우리는 소인족(tit-men)*이며, 지적인 면에서 일간신문의 칼럼 수준 이상으로 날아오르지 못하고 있다.

모든 책이 그것을 읽는 독자들만큼 지루한 것은 아니다. 아마도 우리 상황에 정확하게 맞는 글들도 있어서 우리가 제대로 읽고 이해한다면 아침이나 봄보다 삶에 도움이 될 것이다. 또 사물들의 새로운 측면을 알려줄 수도 있다. 한 권의 책을 읽고 자기 인생의 새로운 시대를 연 사람이 얼마나 많은가. 어쩌면 우리의 기적을 설명하고 새로운 기적을 보여줄 책이 우리를 위해 존재할 수도 있고, 지금은 말로 표현할 수 없는 것들이 어느 책에선가 표현되어 있는 것을 발견할지도 모른다. 우리에게 불안과 곤혹스러움과 혼란을 안겨주는 문제들은 모든 현자들에게도 빠짐없이 차례로 나타났다. 그리고 현자들은 그 문제들에 대한 답을 각자의 능력껏 글과 삶으로 제시해놓았다.

우리는 지혜와 함께 너그러움도 배울 것이다. 콩코드 외곽에 있는 한 농장의 외로운 일꾼은 새로 태어나는 특이한 종교적 체험을 했고 자신의 신앙 때문에 조용하고 엄숙하며 배타적인 삶을 살아야 한다고 믿게 되어 그것이 진실이 아니라고 생각할지도 모른다. 하지만 수천 년 전 조로아스터**도 같은 길을 걸었고 똑같은 경험을 했다. 하지만 현명했던 조로아스터는 그 경험이 보편적이라는 것을 알았고, 그에 따라 이웃들을 대했으며, 심지어 종교의식을 만들어내 사람들 사이에 확립했다고도 전해진다. 이 일꾼이 조로아스터와 겸허하게 이야기를 나누게 해보자. 그리고 모든 위인들의 영향으로 관대해져서 예수 그리스도와도 터놓고 얘기함으로써 '우리 교회'라는 배타적인 생각을 버리게 하자.

---

* 'Tit'는 논종다리(titlark)나 박새(titmouse) 같은 새 이름처럼 '작다'는 의미를 나타낸다.
** 페르시아의 종교가.

우리는 우리가 19세기에 살고 있고 다른 어떤 나라보다 급속한 발전을 이루고 있다고 자랑한다. 하지만 이 마을이 문화를 위해 하는 일은 거의 없다는 점을 생각해보라. 나는 마을사람들에게 아첨하고 싶은 마음도 없고 그 사람들이 나를 추켜세우길 바라지도 않는다. 그래 봤자 양쪽 다 발전이 없을 것이기 때문이다. 우리는 자극을 받을 필요가 있다. 황소처럼 막대기로 찔려서라도 걸음을 빨리해야 한다. 우리의 공립학교 체계는 비교적 괜찮지만 어디까지나 어린 아이들을 위한 학교만 그러하다. 겨울에 열리는 빈약한 리시움(고대 그리스 시대에 아리스토텔레스가 철학을 가르친 학교-역주)과 주에서 제안해 시작한 보잘것없는 도서관을 제외하면 우리 자신을 위한 학교는 없다.

우리는 정신적인 자양분보다 육체적 자양분이나 병과 관련된 품목에 더 많은 돈을 쓴다. 이제 특별한 학교를 세울 때가 되었다. 어른이 되면서 교육을 중단해버리는 일이 없게 할 때가 되었다. 마을 자체가 대학이 되고 나이 든 주민들이 대학의 특별연구원이 되어 교양 공부를 하면서 남은 삶을 여유롭게 ― 정말로 형편이 그렇게 좋다면 ― 보낼 때가 되었다. 세상에 영원히 하나의 파리대학이나 옥스퍼드대학만 있어야 할까? 학생들이 이곳에서 기거하며 콩코드의 하늘 아래에서 교양교육을 받을 수는 없을까? 아벨라르(중세의 저명한 스콜라 철학자이자 신학자, 논리학자-역주) 같은 학자를 임용해 우리에게 강의를 부탁할 수는 없을까? 아아! 우리는 소에게 꼴을 먹이고 가게를 돌보느라 너무 오래 학교를 멀리하고 안타깝게도 우리 자신의 교육을 등한시했다.

이 나라에서는 어떤 면에서 마을이 유럽에서 귀족들이 하는 역할을 떠맡아야 한다. 마을이 예술의 후원자가 되어야 하는 것이다. 마을에는 그럴 만한 재력이 있다. 단지 도량과 고상함이 부족할 뿐이다. 농부와 상인이 중요하게 생각하는 일에는 필요한 만큼 돈을 쓰지만, 좀 더 지적인 사람들이 훨씬 더 가치 있다고 생각하는 일에 돈을 쓰자고 하면 이상주의적인 생각이라고 여긴다. 이 마을은 운이 좋아서인지, 정치인들 덕분인지 마을회관을 짓는 데 1만 7,000달러를 썼다. 그러나 그 껍데기 안에 넣을 진정한 알맹이라 할 수 있는 살아 있는 현자에게는 100년이 지나도 그만큼 돈을 쓰지 않을 것이다. 겨울에 열리는 리시움을 위해 해마다 기부되는 125달러는 마을에서 모금된 같은 금액의 다른 어떤 기부금보다 훌륭하게 쓰이고 있다. 우리는 19세기에 살고 있으면서 왜 19세기가 제공하는 혜택을 누리지 않을까? 왜 우리의 삶은 모든 면에서 지방적인 수준이어야 할까? 신문을 읽을 거면, 왜 보스턴의 가십이나 다루는 신문을 무시하고 당장 세계에서 가장 좋은 신문을 받지 않는 걸까? 왜 '중립적 가정'을 위한 신문들의 저속한 읽을거리를 흡수하거나 이곳 뉴잉글랜드에서 발간되는 '올리브 가지'*를 뒤적거리는 일을 그만두지 않을까?

모든 학회의 보고서를 받아보자. 그러면 우리도 그들이 아는 걸 알게 될 것이다. 왜 우리가 무엇을 읽을지 선택하는 일을 하퍼앤브라더스와 레딩 컴퍼니에 맡겨야 할까? 고상한 취향을 지닌 귀족이 천재, 학식, 재치, 책, 그림, 조각, 음악, 철학적 도구 등 무엇이든 자신의 교양에 도움이 되는 것을 주위에 두는 것처럼 마을도 그렇게 하자. 교사 한 명, 교구목사 한 명, 교회지기 한 명, 교구 도서관 하나, 행정위원 세 명으로 족하지는 말자. 우리의 청교도 조상들이 저 정도만 갖추고 황량한 바위에서 추운 겨울을 났다고 해서 우리까지 그렇게 하지는 말자. 집단적으로 행동하는 것이 우리 제도의 정신에도 맞는다.

나는 우리의 상황이 더욱 좋아지고 있기 때문에 귀족보다 재력이 더 크다고 확신한다. 뉴잉글랜드는 세상의 모든 현자들이 이곳에 와서 지내며 우리를 가르치도록 초빙할 수 있고 그렇게 함으로써 지방적인 수준에서 벗어날 수 있다. 그것이 우리가 원하는 특별한 학교다. 귀족

---

* 토머스 F. 노리스 목사가 발간하던 보스턴의 주간지.

대신 보통사람들로 이루어진 고귀한 마을을 만들자. 필요하다면 약간 돌아가더라도 강 위에 다리 하나를 덜 놓고, 우리를 둘러싼 더 어두운 무지의 심연 위에 무지개다리 하나라도 놓자.

4

자연의 소리

그러나 아무리 엄선된 고전이라 해도 우리가 책에만 갇혀 있고 그 자체가 방언이요, 지방적이라 할 수 있는 특정 언어로 쓰인 책만 읽는다면 우리는 모든 사물과 사건을 비유 없이 말하고, 어휘가 풍부한 표준적인 언어를 잊어버릴 위험에 놓인다. 이 언어로 발표되는 것은 많지만 인쇄되는 것은 거의 없다. 덧문을 완전히 없애버리면 덧문 사이로 흘러들던 햇살은 더 이상 기억되지 않을 것이다. 어떤 방법이나 수련도 항상 정신을 똑바로 차리고 있어야 할 필요성을 대체할 만한 것은 없다. 역사나 철학, 시 학습과정을 아무리 잘 선택하고, 최고의 사교, 혹은 가장 존경할 만한 일상생활을 영위한다 하더라도 꼭 봐야 할 것을 지나치지 않고 보는 훈련에 견줄 만한 것이 있을까? 당신은 단순한 독자나 학생이 될 것인가, 아니면 관찰자가 될 것인가? 당신의 운명을 읽고 당신 앞에 놓인 것을 보라. 그리고 미래를 향해 나아가라.

나는 첫 해 여름에는 콩밭을 매느라 책을 읽지 않았다. 아니, 나는 종종 그보다 더 나은 일을 했다. 꽃처럼 활짝 핀 현재의 순간을 즐기지 않고 머리를 쓰는 일이건, 손으로 하는 일이건 다른 일을 한 적은 없었던 때도 있었다. 나는 내 인생의 넓은 여백을 사랑한다. 때때로 여름날 아침이면 나는 습관대로 목욕을 한 뒤에 해 뜰 녘부터 정오까지 상념에 잠긴 채 햇살이 내리쬐는 문가에 앉아 있었다. 소나무와 히커리나무, 옻나무들 속에서, 아무도 방해하지 않는 고독과 고요함 속에서. 그러는 동안 새들이 지저귀거나 소리 없이 집 주변을 날아다녔다. 그러다 서쪽 창에 해가 떨어지고 멀리 큰길에서 여행자들의 짐마차 소리가 들리면 그제야 시간이 상당히 지나갔다는 것을 깨달았다. 그럴 때면 나는 밤에 옥수수가 크듯 성장했으니, 어떤 노동을 하는 것보다 알찬 시간이었다.

그 시간은 내 인생에서 빼낸 시간이 아니라 내게 일상적으로 허용된 시간에 더해진 시간이었다. 나는 동양인들이 일을 그만두고 명상에 잠기는 의미를 알게 되었다. 대체로 나는 시간이 어떻게 지나가는지 신경 쓰지 않았다. 하루하루가 내 일들 중 일부를 덜어주려는 것처럼 흘러갔다. 아침인가 싶었는데 어느새 저녁이 되어버렸고, 딱히 기억에 남는 일을 한 것도 없었다. 나는 새처럼 지저귀는 대신 끊임없이 이어지는 내 행운에 조용히 미소를 지었다. 참새가 문 앞의 히커리나무에 앉아 지저귈 때면 나는 노래가 나오려는 것을 누르고 빙그레 웃었다. 참새가 내 보금자리에서 새어나오는 노랫소리를 들을 수도 있으니까.

내 하루하루는 어느 이교도 신의 인장이 찍힌 일주일의 날들이 아니었다. 한 시간, 한 시간으로 작게 쪼개진 시간도 아니었고 시계가 똑딱거리는 소리에 조바심 내는 시간도 아니었다. 나는 푸리족처럼 살았다. 푸리족은 "어제, 오늘, 내일을 가리키는 단어가 하나다. 그리고 어제는 뒤를, 내일은 앞을, 지금 지나가고 있는 날은 머리 위를 가리

142

켜 다양한 의미를 표현한다."고 한다.* 틀림없이 우리 마을사람들에게
는 이런 생활이 완전히 게을러빠진 것처럼 보였을 것이다. 그러나 새
와 꽃들이 그들 기준으로 나를 평가했다면 나는 불합격 판정을 받지
는 않을 것이다. 사람은 자신 속에서 동기를 찾아야 한다. 자연 그대로
의 하루는 매우 평온하며 사람의 게으름을 책망하는 일은 거의 없을
것이다.

나의 이런 생활방식에는 즐거움을 얻으려고 밖으로 눈을 돌려 사교
모임과 극장에 가야 하는 사람들에 비해 적어도 다음과 같은 이점이
있었다. 바로 내 생활 자체가 즐거움이 되었고 끊임없이 새로운 느낌
을 받았다는 점이다. 내 생활은 많은 장면으로 이루어진 끝나지 않는
한 편의 드라마였다. 항상 우리가 배운 마지막 최상의 방식에 따라 생
활하고 우리 삶을 조정한다면 우리는 결코 권태에 시달리지 않을 것이
다. 당신의 천재성을 열심히 쫓아가라. 그러면 삶은 반드시 매순간
새로운 전망을 보여줄 것이다.

집안일은 즐거운 소일거리였다. 바닥이 더러우면 나는 아침 일찍
일어나서 가구들을 전부 집 밖의 풀밭에 내다놓고 침대와 침대 틀을
한꺼번에 옮겼다. 그런 다음 바닥에 물을 끼얹었고 호수에서 퍼온 흰 모
래를 그 위에 뿌렸다. 그리고 마루가 깨끗하고 하얗게 되도록 빗자루
로 북북 문질렀다. 마을사람들이 아침을 먹을 즈음이면 햇살이 집의
물기를 충분히 말려주어 나는 다시 집 안에 들어갈 수 있었다. 그래서
마을사람들 때문에 내 명상이 방해받는 일은 거의 없었다. 내 살림살
이들이 집시의 짐처럼 풀밭에 작은 무더기로 쌓여 있는 것을 보면 즐
거웠다. 다리 세 개짜리 탁자는 책과 펜, 잉크가 그대로 놓인 채 소나
무와 히커리나무 사이에 서 있었다. 살림살이들도 밖으로 나온 걸 기
뻐하며 다시 안으로 들어가고 싶지 않은 것 같았다.

---

* 아이다 파이퍼, 『한 부인의 세계여행』(1852). 푸리족은 브라질 동부에서 볼 수 있다.

나는 때때로 그 위에 차양을 치고 그곳에 앉아 있고 싶은 마음이 들었다. 이 물건들에 햇살이 비치는 모습을 보거나 자유롭게 펄럭대는 바람 소리를 듣는 것도 의미 있는 일이었다. 가장 익숙한 물건들이지만 집 밖에 내놓으면 집 안에서보다 훨씬 더 흥미롭게 보였다. 바로 옆 가지에는 새 한 마리가 앉아 있고 탁자 밑에는 떡쑥이 자란다. 검정딸기 덩굴이 탁자 다리를 휘감는가 하면 주위는 온통 솔방울, 밤송이, 딸기 잎들로 뒤덮여 있다. 이 형상들이 이런 식으로 우리 가구와 탁자, 의자, 침대 틀에 옮겨진 것만 같다. 그 가구들도 한때 이런 자연의 한가운데에 서 있었으니까.

내 집은 산허리에 있었다. 정확히 말하면 어린 리기다소나무와 히커리나무들에 둘러싸인 더 큰 숲의 가장자리에 있었다. 호수까지는 30미터쯤 떨어져 있는데, 언덕에서 호수까지 좁은 오솔길이 나 있었다. 앞마당에는 딸기, 검정딸기, 떡쑥, 물레나물, 미역취, 떡갈나무, 샌드체리, 블루베리, 땅콩이 자랐고, 5월 말쯤에는 샌드체리의 짧은 줄기에 원통모양의 방사형으로 고운 꽃들이 피어 길 양쪽을 장식했다. 이 꽃들은 가을이 되면 커다랗고 멋진 열매들에 눌려 햇살 같은 화환 모양을 이루며 사방으로 늘어졌다. 나는 자연에 경의를 표하며 열매를 맛보았지만 그리 맛있지는 않았다. 집 주위에는 옻나무가 내가 쌓은 축대 위까지 올라오며 무성하게 자랐는데, 첫 계절에 5, 6피트나 컸다.

열대나무처럼 깃 모양으로 넓은 잎사귀를 보면 신기하면서도 즐거웠다. 늦은 봄이 되면, 죽은 것처럼 보이던 마른 나뭇가지에 갑자기 커다란 순이 돋아 마술처럼 지름 1인치의 우아하고 부드러운 녹색 가지로 자라났다. 가지들이 마구 자라다 보면 연약한 마디에 부담을 주었다. 때때로 내가 창가에 앉아 있을라치면 바람 한 점 없는데도 새로 돋은 연한 가지가 무게를 이기지 못하고 부러져 갑자기 부채처럼 바닥에 떨어지는 소리가 들렸다. 꽃을 피웠을 때 수많은 야생벌들을 꾀었던 무성한 딸기류들도 8월이 되면 점차 벨벳처럼 밝은 진홍색으로

물들었고, 연약한 줄기들이 무게를 이기지 못해 구부러지다 부러지곤
했다.

올여름 오후에 창가에 앉아 있노라면 매들이 내가 일군 땅 주위를
빙빙 맴돈다. 야생 비둘기들이 두세 마리씩 내 시선을 가로질러 빠르
게 날거나 집 뒤의 스트로브잣나무에 앉아 불안한 모습으로 하늘을
향해 구구 울어댄다. 물수리는 유리 같은 호수 표면에 잔물결을 일으
키며 물고기를 낚아채고, 밍크가 슬그머니 내 집 앞의 늪에서 나와 늪
가의 개구리를 잡는다. 골풀은 여기저기 날아다니는 쌀먹이새들의 무
게에 눌려 휘청거린다. 보스턴에서 시골로 여행객들을 실어나르는 기
차의 덜컥거리는 소리가 30분 동안 들리다 잠잠해지더니 자고새의 심
장고동 소리처럼 다시 살아났다.

한 소년이 마을 동쪽의 어느 농부에게 보내졌다가 얼마 안 있어 달
아나 향수병에 걸린 초라한 모습으로 집에 돌아온 이야기를 들은 적
이 있다. 하지만 나는 그 소년처럼 세상과 동떨어져 산 것은 아니었다.
그 소년은 그처럼 따분하고 궁벽한 곳은 본 적이 없었다고 한다. 사람
들은 모두 떠나갔고 기적 소리조차 들리지 않았다니! 나는 매사추세
츠 주에 지금도 그런 곳이 있는지 의문이다.

　실제로 우리 마을은 표적이 되었네.
　빠르게 날아가는 철로 화살 하나의 표적이.
　우리의 평화로운 들판 위로 마음을 달래주는 그 화살 소리가 들
　린다.

　　　　　　　　　　　　　　　　　　　　　　　　　　－ 콩코드*

피츠버그 철로는 내가 사는 곳에서 500미터 정도 떨어진 호숫가를

---

*　윌리엄 엘러리 채닝, 「월든의 봄」, 『산지기와 다른 시들』(1849)

지나갔다. 나는 보통 철로 옆의 둑길을 따라 마을로 갔다. 말하자면 철로가 나와 사회를 이어주는 연결고리인 셈이었다. 화물열차를 타고 이 길을 지나다니는 사람들은 마치 오랜 친구나 되는 것처럼 내게 인사를 건넨다. 워낙 자주 부딪치다 보니 내가 철도회사 직원인 줄 아는 것 같다. 사실 그렇기도 하다. 나는 지구 궤도의 어딘가에서 궤도를 수리하는 사람이 되고 싶으니까.

여름이나 겨울이나 기관차의 휘파람 같은 기적소리*가 농부의 마당 위를 날아다니는 매의 날카로운 울음소리처럼 내 숲을 뚫고 들어온다. 수많은 초조한 도시 상인들이 우리 마을 안으로 들어오고 있거나 반대쪽에서 모험심 강한 시골 상인들이 도착하고 있다는 것을 내게 알리는 소리이기도 하다. 양쪽이 하나의 지평선 아래에 있게 되면 서로에게 비키라고 경고의 기적을 울리는데, 때로는 그 소리가 두 마을의 경계선 너머까지 들린다. "시골이여, 여기 당신들이 먹을 식료품이 왔소. 당신들의 식량이 왔소. 시골사람들이여!"

남에게 의존하지 않고 자기 농장에서 식량을 다 얻을 수 있는 사람은 없기 때문에 아무도 '필요 없소'라고 대답하지 못한다. 그래서 시골사람들의 기차는 "옜소, 식료품 값이오!"라고 기적을 울린다. 도시 성벽을 향해 시속 20마일로 달려가는 긴 파성퇴(성문이나 성벽을 부수는 데 쓰던 대형 망치-역주)처럼 생긴 목재와 성벽 안에 사는 모든 지치고 무거운 짐을 진 사람들이 앉을 수 있는 의자들이 식료품 값이다. 시골은 아주 공손하게 천천히 도시에게 의자들을 내준다. 모든 언덕의 월귤나무들이 베어져나가고 들판에서 덩굴월귤들을 긁어모아 도시로 보낸다. 목화는 도시로 올라가고 직물은 시골로 내려온다. 생사는 도시로 올라가고 모직물은 시골로 내려온다. 책은 도시로 올라가고 그

---

* 이것은 기차의 기적소리가 여러 번 바뀌어서 지금은 컨트리뮤직의 코러스 같은 예전의 운치 있는 소리가 난다는 것을 알려준다. 철도를 싫어하지 않는 대부분의 환경운동가들은 현재 기적소리가 예전으로 돌아간 것을 환영할 것이다.

146

책들을 쓴 현자들은 시골로 내려온다.

나는 행성처럼 움직이는 차량들을 거느린 기차 ─ 아니, 기차를 보는 사람들은 기차가 그런 속도와 방향으로 움직이면 태양계로 다시 돌아오지 않을지도 모른다는 점에서 혜성처럼 움직인다고 말하는 편이 더 정확할 것이다. 궤도가 순환곡선처럼 보이지 않기 때문이다. ─를 볼 때면, 하늘 높이 빛을 받아 활짝 펼쳐지는 수많은 솜털구름과 마찬가지로 증기구름이 깃발처럼 나부끼며 금빛 은빛의 화환을 남길 때면, 그래서 여행하던 반신반인, 구름의 신이 머지않아 해 질 녘의 하늘을 자기 수행원의 제복으로 삼고 싶을 것 같을 때면, 철마가 지축을 흔들며 달리고 콧구멍에서 불과 연기를 내뿜어 우레 같은 콧김이 언덕에 울리는 소리를 들을 때면(내가 모르는 새로운 신화에 어떤 날개 달린 말이나 사나운 용이 포함될지는 모르겠지만), 이제 지구가 자신 안에서 살 가치가 있는 종족을 만난 것처럼 보인다.

모든 것이 보이는 그대로이고 사람들이 고귀한 목적을 위해 자연의 힘을 부려먹으면 좋으련만! 기관차 위에 드리운 구름이 영웅적인 행동에서 흐른 땀이고 농부의 밭 위로 흘러가는 구름처럼 유익하다면, 자연의 힘과 자연 자체는 인간이 사명을 수행하는 데 기꺼이 동참하며 호위대가 되어줄 것이다.

아침에 기차들이 지나가는 모습을 보면 더없이 규칙적으로 떠오르는 해를 볼 때와 같은 느낌이 든다. 기차가 보스턴을 향해 달리면 증기구름이 멀리 뒤까지 펼쳐지고 하늘로 점점 높이 올라가 잠시 동안 해를 가리고 먼 곳에 있는 내 밭에도 그늘을 드리운다. 땅에 바짝 붙은 채 달리는 보잘것없는 기차는 저 천상의 기차에 비하면 창끝에 달린 쇳조각에 지나지 않는다. 이 겨울 아침, 철마의 마구간지기는 산속의 별빛에 일찍 눈을 떠서 말에게 먹이를 주고 마구를 채운다. 그리고 불도 일찍 지펴 말에게 생명의 열을 불어넣어 출발시킨다. 이렇게 아침 일찍 하는 일이니 그만큼 순수한 일이면 좋을 텐데!

눈이 두껍게 쌓이면 말에 눈 신을 신기고 거대한 쟁기로 산에서부터 해안까지 고랑을 판다. 기차의 차량들은 쟁기 뒤를 따라가는 파종 기계처럼 씨앗 대신 온갖 들뜬 사람들과 상품들을 시골에 뿌린다. 불로 움직이는 이 말은 주인이 쉬기 위해서만 잠시 멈출 뿐 온종일 시골을 누빈다. 말이 숲속의 먼 골짜기에서 얼음과 눈에 둘러싸인 자연의 힘과 맞설 때면 나는 한밤중에도 발굽소리와 반항적인 콧김 소리에 잠이 깬다. 말은 샛별이 뜰 무렵이 되어야 마구간으로 돌아오지만 쉬거나 자지도 않고 다시 여행을 시작한다. 혹은 저녁에 말이 마구간에서 그날 쓰고 남은 힘을 뿜어내는 소리가 들리는데, 몇 시간 동안 푹 자면서 신경을 누그러뜨리고 간과 뇌를 식히는 것일지도 모르겠다. 그렇게 지치지도 않고 오래 하는 만큼 영웅적이고 당당한 일이면 좋을 텐데!

캄캄한 밤에도 불을 밝힌 이 객차들은 낮에도 사냥꾼들만 드나드는 마을 경계의 인적 드문 숲속으로 승객들도 모르게 쏜살같이 달려간다. 인파가 몰리는 마을이나 도시의 환한 역에 멈춰 서는가 하면 그다음에는 음산한 대습지를 지나며 올빼미와 여우를 놀라게 한다. 기차의 출발과 도착은 이제 마을 일과에서 중요한 사건이 되었다. 기차는 아주 규칙적이고 정확하게 떠나고 도착하며 아주 멀리서도 기적소리를 들을 수 있어서 농부들은 그 소리를 듣고 시계를 맞춘다. 이렇게 잘 시행되는 제도 하나가 나라 전체를 조율하는 것이다. 사람들은 철도가 발명된 뒤로 시간을 좀 더 엄수하게 되지 않았을까? 사람들은 기차역에 가면 역마차 정거장에서보다 더 빨리 말하고 생각하게 되지 않을까?*

기차역에는 무언가 흥분되는 분위기가 있다. 나도 기차역이 만들어

---

* 이 말은 마셜 맥루한이 제기한 "미디어가 메시지다."라는 통찰력 있는 명제의 초기 버전인 셈이다.

낸 기적에 놀란 적이 있다. 그렇게 신속한 교통수단을 타고 보스턴에 가는 일은 결코 없을 것 같던 이웃사람들 중 몇몇이 기차역의 종이 울릴 때 그곳에 나타나는 것이다. "철도와 같은 방식으로" 일을 한다는 말은 이제 상투어가 되었다. 어떤 권력이든 앞을 가로막지 말라고 자주, 진지하게 경고하면 들을 만한 가치가 있다. 그러나 철도의 경우에는 폭동을 알아차리려고 멈추지도 않고 군중들의 머리 위로 발포를 하지도 않는다. 우리는 절대 옆으로 벗어나는 법이 없는 하나의 운명, 하나의 아트로포스(운명의 세 여신 중 하나-역주)를 만든 것이다(기관차를 아트로포스라고 부르자).

기차라는 화살이 몇 시 몇 분에 나침반의 어느 특정 지점으로 발사되는지는 사람들에게 공고된다. 하지만 기차는 누구의 일도 방해하지 않으며, 아이들은 철로가 아닌 다른 길로 학교에 간다. 우리는 기차 덕분에 좀 더 규칙적인 삶을 산다. 우리는 이렇게 윌리엄 텔의 자식이 되는 교육을 받고 있는 셈이다. 대기는 보이지 않는 화살들로 가득 차 있다. 당신이 걸어가는 길 외의 모든 길이 운명의 길이다. 그러니 당신의 길을 고수하라.

내가 상업에 호감을 느끼는 것은 상업이 지닌 모험심과 용기 때문이다. 상업은 두 손을 모으고 제우스신에게 기도를 올리지 않는다. 나는 상인들이 매일 어느 정도의 용기와 만족감에 차서 일을 시작해 심지어 자신들이 예상했던 것보다 더 많은 일을 하는 걸 본다. 어쩌면 의식적으로 계획할 수 있는 정도보다 더 일을 잘하는 것 같다. 나는 부에나비스타의 최전선에서 30분 동안 적과 맞서는 영웅적인 행위보다 겨울에 눈 치우는 넉가래에 붙어 사는 사람들의 착실하고 활기찬 용기에 더 감동을 받는다. 이들은 보나파르트가 희귀한 것이라 여겼던, 새벽 3시에 일어나는 용기를 지녔을 뿐 아니라 너무 일찍 쉬러 가지 않고 폭풍우가 잠들거나 철마의 힘줄이 얼어붙었을 때에야 자러 가는 용기까지 지녔다.

아직 폭설이 몰아치며 사람들의 피를 얼어붙게 하는 오늘 아침에도 나는 기관차의 차가운 숨결이 피워올린 짙은 안개 사이로 울려퍼지는 낮은 종소리를 듣는다. 뉴잉글랜드 북동부의 눈보라가 거부하는데도 불구하고 기차가 연착하는 일 없이 오고 있다는 것을 알려주는 소리다. 눈과 서리를 뒤집어쓴 채 눈을 치우는 인부들도 보인다. 인부들의 머리가 넉가래의 넓적한 판 위로 솟아 있다. 넉가래는 우주의 외곽을 차지하고 있는 시에라네바다 산맥의 바위들처럼 데이지와 들쥐의 보금자리가 아닌 다른 것들을 뒤집고 있다.

상업은 예상 외로 자신만만하고 침착하며 기민하고 모험적이며 지치지 않는다. 그리고 수많은 공상적인 기획이나 감성적인 경험보다 훨씬 더 자연스러운 방법을 사용하기 때문에 비범한 성공을 거둔다. 화물열차가 덜컹거리며 내 곁을 지나가면 나는 상쾌한 기분이 들고 마음이 뿌듯해진다. 그리고 화물들이 롱 워프에서 샹플랭 호수까지 달리며 흩뿌리는 냄새를 맡으면 이국의 땅과 산호초, 인도양, 열대 지역, 그리고 광활한 지구가 떠오른다. 내년 여름에 수많은 뉴잉글랜드 사람들의 황갈색 머리칼을 덮어줄 종려나무 잎, 마닐라 삼과 코코넛 껍질, 오래된 잡동사니들, 삼베 자루, 고철, 녹슨 못을 보면 내가 세계의 시민이 된 것 같은 기분이다. 찢어진 돛은 종이나 인쇄된 책이 되었을 때보다는 기차에 실려 있는 쪽이 훨씬 알기 쉽고 흥미롭다. 돛들이 견뎌온 폭풍우의 역사를 이 찢어진 자국들보다 더 생생하게 쓸 수 있는 사람이 있을까? 이 돛들은 수정할 필요가 없는 교정지다.

지난번 홍수에 바다로 떠내려가지 않은 메인 주 숲의 목재들이 지나간다. 목재들이 떠내려가거나 쪼개지는 바람에 목재 가격이 1,000달러당 4달러가 올랐다. 소나무, 가문비나무, 삼나무 목재는 품질이 4등급으로 나뉘지만 최근까지만 해도 모두 같은 등급으로 곰과 무스(캐나다, 미국북부에 사는 큰사슴-역주), 순록의 머리 위에서 흔들거리던 나무들이다. 그다음에는 토마스턴의 최상급 석회가 지나간다. 이 석회들은 산속 깊이 들어간 뒤에야 소석회가 된다. 이제 색깔이며 품질이 각양각색인 누더기를 담은 짐짝들이 지나간다. 옷의 종착점이라 할 정도로 가장 낡은 상태가 된 면과 아마포들이다. 이 누더기들의 무늬는 이제 밀워키 말고는 어디에서도 각광을 받지 못한다. 영국이나 프랑스, 혹은 미국에서 만들어진 날염 옷감, 깅엄, 모슬린 등 한때 화려했던 물건들로서 상류사회와 빈민층 곳곳에서 수거된 이 누더기들은 한 가지 또는 몇 가지 색조의 종이가 될 것이고 그 위에는 귀하고 비천한 실제 인생 이야기가 사실에 근거해 적힐 것이다.

문이 닫힌 차량에서는 절인 생선 냄새가 풍겨나온다. 강력한 뉴잉글랜드의 상업적 냄새는 그랜드뱅크(북아메리카 동북 연해에 있는 세계적 어장-역주)와 어업을 연상시킨다. 철저하게 절여져서 그 어떤 것으로도 상하게 만들 수 없고 성자의 인내심이 부끄러울 정도로 끈기 있게 썩지 않는 절인 생선을 보지 못한 사람이 있을까? 당신은 이 생선들로 길을 청소하거나 도로포장 재료로 쓸 수도 있고 불쏘시개를 쪼갤 수도 있다. 마부는 이것으로 바람과 해, 비로부터 자기 자신과 짐을 보호할 수 있다. 그리고 콩코드의 한 상인이 그랬던 것처럼 상인들은 개업을 할 때 출입문에 생선을 매달아놓을 수도 있다. 그리하여 오랜 단골들이 그것이 동물인지, 식물인지, 광물인지 구별하지 못할 정도까지 가겠지만 그래도 눈송이처럼 깨끗해서 솥에 넣고 끓이면 토요일 저녁식사로 훌륭한 회갈색 생선의 모습을 드러낼 것이다.

그다음에는 스페인산 가죽이 지나간다. 가죽에 달린 꼬리는 남미 북안 지방의 대초원을 질주하던 황소였을 때처럼 아직 비틀린 채 위로 쳐들려 있는 모습이다. 이것은 고집의 표상이며 타고난 나쁜 버릇은 어찌할 도리가 없고 고칠 수도 없다는 것을 분명히 보여준다. 솔직하게 말해 나는 한 사람의 진짜 기질을 알고 나면 그 상태에서 더 좋거나 나쁘게 바꾸겠다는 희망은 품지 않는다. 동양인들이 말하는 것처럼, "똥개의 꼬리를 따뜻하게 한 다음 눌러서 끈을 칭칭 감아놓을 수는 있다. 그러나 12년 동안 이렇게 해도 꼬리는 여전히 원래 형태를 유지할 것이다." 이런 꼬리들의 똥고집에 효과적인 유일한 치유법은 그 꼬리들을 아교로 만들어버리는 것이다. 꼬리들은 흔히 이런 신세가 된다고 생각되는데, 이렇게 하면 꼬리들이 그대로 붙어 있을 것이다.

이제 버몬트 주 커팅스빌의 존 스미스에게 가는 커다란 당밀 통이나 브랜디 통이 지나간다. 그린 마운틴에 사는 상인인 존 스미스는 자신의 개간지 근처에 사는 농부들을 위해 물건을 수입한다. 어쩌면 지금쯤 그는 자기 가게의 입구에 서서 지난번에 해안에 도착한 물건들이 자기 상품의 가격에 얼마나 영향을 미칠지 머리를 굴리고 있을지 모른다. 오늘 아침 전에도 스무 번이나 말했던 것처럼 고객들에게 다음 기차로 들어올 최상급 물건들에게 기대를 걸고 있다고 이야기하면서 말이다. 그 물건들은 '커팅스빌 타임스'에 광고도 하고 있다.

이런 물건들이 상행선에 실려 가는 동안 하행선에 실려 내려오는 물건들도 있다. 윙 하는 소리에 놀라 나는 읽던 책에서 고개를 든다. 먼 북쪽의 산들에서 베어진 키 큰 소나무들이 그린 산맥과 코네티컷 주를 넘어 날아오더니 10분도 안 되는 사이에 쏜살같이 읍을 통과하는 바람에 그 모습을 본 사람이 거의 없었다. 이 나무들은,

어느 훌륭한 기함의
돛대가 될 것이다.*

그리고 들어보라! 수천의 산에서 키운 가축들, 양 우리, 마구간, 소 우리에서 살던 가축들, 막대기를 든 가축상인들, 양떼 한가운데 서 있는 목동들을 실은 열차가 들어온다. 산속의 목초지만 빼고 이 모든 것들이 9월의 강풍에 산에서부터 몰아쳐 내려오는 나뭇잎처럼 재빨리

---

* 존 밀턴, 『실낙원』에서.

지나간다. 마치 계곡의 목초지가 지나가는 것처럼 사방이 송아지와 양들의 울음소리, 소들이 밀치락달치락하는 소리로 가득 찬다. 맨 앞에 선 길잡이 숫양이 방울을 울리면 산은 정말로 숫양처럼 팔짝팔짝 뛰고 나지막한 언덕은 어린 양처럼 뛴다. 가운데에 탄 가축상인들은 이제 가축들과 같은 처지여서 할 일이 없어졌지만 쓸모없는 막대기를 아직 임무의 상징처럼 꽉 쥐고 있다.

　그런데 그들의 개는 어디에 있는가? 개들은 우르르 달아나고 있다. 개들은 버려졌고, 말을 냄새를 잃어버렸다. 개들이 피터버러 산 뒤에서 짖거나 그린 산맥의 서쪽 비탈에서 괴롭게 헐떡거리는 소리가 들리는 것 같다. 개들은 가축들이 죽는 것을 지켜보지는 않을 것이다. 그들의 임무 역시 사라졌다. 이제 그들의 충실성과 총명함도 표준 이하로 떨어졌다. 개들은 불명예스럽게 슬금슬금 개집으로 도망가거나 야생으로 달아나 늑대, 여우와 한 패가 될 것이다. 이렇게 해서 목가적인 삶도 당신 곁을 지나 빠르게 사라져버렸다. 그러나 종이 울리니, 나는 기차가 지나가도록 선로에서 비켜나야 한다.

　철로는 내게 무엇일까?
　나는 철로가 어디에서 끝나는지
　절대 보러 가지 않는다.
　철로는 몇몇 계곡을 메우고
　제비들을 위해 둑을 쌓는다.
　모래를 흩날리며
　검은 딸기를 자라게 한다.

　그러나 나는 숲속의 짐마차 길을 건너는 것처럼 철로를 건넌다. 나는 기차의 연기와 증기, 쉬익 소리에 내 눈과 귀가 멀게 하지는 않을 것이다.

이제 기차가 지나가고 그와 함께 분주하던 세상도 모두 지나갔다. 호수의 물고기도 더 이상 기차의 우르릉 소리를 느끼지 못하게 되자 나는 그 어느 때보다 혼자가 되었다. 남은 긴 오후 동안 내 명상을 방해하는 건 멀리 큰길을 지나가는 마차나 소달구지가 덜커덕거리는 어렴풋한 소리뿐일 것이다.

때때로 일요일에 나는 종소리를 들었다. 순풍이 불어올 때 링컨, 액턴, 베드퍼드, 혹은 콩코드에서 들려오는 희미하고 감미로운 그 소리는 말하자면 야생으로 들여올 가치가 있는 자연의 멜로디였다. 숲 너머 멀리에서 들려오는 그 소리는 지평선의 솔잎들을 하프의 현처럼 건드리기라도 한 듯 떨리는 윙윙 소리다. 최대한 먼 곳에서 들려오는 모든 소리는 우주의 리라가 떨리는 것 같은 똑같은 효과를 냈다. 마치 먼 산등성이가 대기의 담청색 색조 때문에 우리 눈에 흥미롭게 보이는 것과 마찬가지다. 이런 때 내게 들려오는 것은 공기에 의해 팽팽해진 선율, 숲의 모든 잎이나 솔잎과 대화를 나누는 선율이다. 자연의 힘이 소리 중 일부를 붙잡아 조절해 이 골짜기에서 저 골짜기까지 메아리치게 하는 선율이다. 메아리는 어느 정도는 원래의 소리인데, 여기에 메아리의 마법과 매력이 있다. 메아리는 종소리 중에서 되울릴 가치가 있는 것을 반복하는 소리일 뿐 아니라 얼마간은 숲의 목소리이기도 하다. 숲의 요정이 내는 똑같은 사소한 노랫말과 음이 담겨 있는 것이다.

저녁 무렵 숲 너머 멀리 지평선에서 소들이 음매 우는 소리는 감미롭고 음악적으로 들린다. 처음에 나는 그 소리가 언덕과 골짜기를 헤매면서 때때로 내게 세레나데를 들려주던 음유시인들의 목소리인 줄 알았다. 그러나 그 소리가 소들이 흔히 내는 자연의 소리라는 걸 알고 실망했지만 기분이 나쁠 정도는 아니었다. 내가 젊은이들의 노랫소리를 소들의 음악소리와 비슷하게 느꼈다고 이야기하는 것은 빈정대려는 의도가 아니라 그 노래에 대한 내 감상을 표현하는 것이다. 그 소리들은 결국 자연이 내는 소리였다.

여름에도 어떤 때는 저녁 기차가 지나간 뒤인 일곱 시 반이 되면 늘 쏙독새가 문 옆의 그루터기나 마룻대에 앉아 30분 동안 저녁기도를 읊었다. 쏙독새들은 매일 저녁 해가 떨어지고 5분 이내에 시계처럼 정확하게 노래를 부르기 시작했다. 나는 이 새들의 습관을 알게 되는 흔치 않은 기회를 얻었다. 때때로 숲의 여러 곳에서 한꺼번에 네다섯 마리가 울기도 했는데, 우연히 한 소절씩 차례로 울 때도 있었다. 나는 새들과 가까이 있었기 때문에 각 음 뒤의 혀를 차는 소리뿐 아니라 종종 거미줄에 걸린 파리 소리 같은 특이한 윙윙 소리까지 알아들을 수 있었다. 쏙독새는 파리보다 덩치가 크니 그만큼 좀 더 소리가 컸을 뿐이다. 때로는 숲에서 쏙독새 한 마리가 줄에 묶여 있는 것처럼 내 주위를 빙빙 돌았는데 아마도 내가 그 새가 알을 낳은 둥지 근처에 있었기 때문인 것 같다. 새들은 밤새 간격을 두고 울었으며 동틀 녘이나 그 직전이면 언제나 다시 음악적인 소리가 되었다.

다른 새들이 잠잠해지면 가면올빼미들이 노래를 이어받아 애도하는 여인들처럼 태곳적의 울룰루 소리를 냈다. 이 올빼미들의 음산한 울음소리는 정말로 벤 존슨(영국의 극작가, 시인, 평론가. 그의 작품에서는 주인공이 악역인 경우 모두 불행한 결말을 맞는다.-역주)적이다. 한밤중의 교활한 마녀들! 그 울음은 시인들이 정직하고 투박하게 부엉부엉 시를 읊는 소리가 아니었다. 익살이라곤 없는, 가장 엄숙한 묘지의 소곡이었고 자살한 연인들이 지옥의 숲에서 고귀한 사랑의 극심한 고통과 기쁨을 기억하며 서로를 위로하는 소리다. 하지만 나는 올빼미들의 통곡소리와 서글픈 응답소리가 숲가를 따라 떨리며 들려오는 것을 좋아한다. 그 소리를 들으면 때때로 음악과 노래하는 새가 떠오르기 때문이다. 그 소리들은 음악의 어둡고 눈물어린 측면이고 노래로 불리고 싶어하는 후회와 탄식인 것만 같다.

올빼미들은 정령들이다. 한때 인간의 모습을 하고 밤에 돌아다니며 악행을 저질렀지만 지금은 자신들이 저지른 죄의 현장에서 한탄스러운 찬가나 비가를 부르며 속죄하고 있는 추락한 영혼들의 침울한 정령이며 우울한 전조다. 이들은 내게 우리가 살고 있는 자연의 다양성과 능력에 대한 새로운 느낌을 준다. 아-아-아-아-아, 나는 태어나-아-아-아지 말았어야 했는데! 호수 한쪽에서 올빼미 한 마리가 탄식한 뒤 불안한 절망감에 휩싸여 주위를 휙 돌더니 회색 떡갈나무에 내려앉는다. 그러면 멀리에서 나는 태어나-아-아-아지 말았어야 했는데!라는 떨리는 진지한 응답소리가 울리고 멀리 링컨 숲에서는 태어나-아-아-아지!라는 희미한 소리가 들려온다.

나는 큰 부엉이의 세레나데도 들었다. 가까이에서 들으면 그것은 자연에서 나는 가장 우울한 소리라는 생각이 든다. 마치 인간이 죽어가면서 내는 신음소리를 자연이 정형화해서 자신의 합창단에 영원히 집어넣은 것 같다. 희망을 버린 채 어두운 골짜기로 들어가며 짐승처럼 울부짖는 인간이 남기는 초라하고 미약한 흔적 같은 소리이지만, 여기에는 인간의 흐느낌도 스며들어 있고 목구멍을 울리는 가락을 지니고 있어 더욱 두려운 느낌을 준다(내가 그 소리를 흉내 내려고 하면 '그르'라는 소리가 먼저 나온다). 모든 건전하고 용기 있는 생각을 억제해 젤리 같은 흰곰팡이가 핀 상태에 이른 마음이 표현된 소리다. 그 소리를 들을 때면 사람 시체를 먹는 악귀, 백치, 그리고 정신 이상자의 울부짖음이 연상되었다. 그러나 지금 먼 숲에서 하나의 선율로 들려오는 응답소리들은 거리 때문에 정말로 음악적으로 들린다. 부엉 부엉 부엉, 부엉 부엉. 사실 낮이건 밤이건, 여름이건 겨울이건 이 소리를 들으면 대개는 즐거운 연상을 하게 된다.

나는 이 세상에 올빼미들이 있어서 기쁘다. 올빼미들이 인간을 위해 바보같이, 그리고 미친 듯이 울게 놔두자. 대낮에도 어둑어둑한 늪과 어스름한 숲에 감탄할 정도로 잘 어울리는 그 소리는 아직 인간이 알지 못하는 광대하고 개척되지 않은 자연을 연상시킨다. 그 소리들은 황량한 황혼과 누구에게나 있는 충족되지 않은 생각들을 표현한다. 어떤 늪에는 온종일 해가 비춘다. 늪가에는 가문비나무 한 그루가 이끼가 잔뜩 낀 채 서 있고, 작은 매 한 마리가 그 위를 빙빙 돈다. 상록수들 틈에서 박새가 혀짤배기소리를 내고 자고새와 토끼가 그 밑을 살금살금 돌아다닌다. 하지만 이제 더욱 이곳에 어울리는 음산한 날이 밝아오면 다른 종류의 생명체들이 깨어나 자연의 의미를 표현하리니.

저녁 늦게는 멀리서 짐마차가 덜컹거리며 다리 위를 지나는 소리 (그 소리는 밤에는 그 어느 것보다 멀리까지 들린다.), 개 짖는 소리, 때로는 멀리 농가의 헛간 앞뜰에서 소가 음매 하고 구슬프게 우는 소리가 들렸다. 그 사이에 호숫가에는 온통 황소개구리의 우렁찬 소리가 울려퍼졌다. 옛 술고래와 주정뱅이들의 강퍅한 영혼인 황소개구리들은 아직도 부끄러운 줄 모르고 저승의 호수(월든 호수에는 수초가 거의 없고 개구리만 있기 때문에 월든 호수의 요정들이 이 비교를 용서해준다면)에서 돌림노래를 부르려 하고 있다. 이들은 옛 잔칫상의 유쾌한 규칙을 지키고 싶어하지만 목소리가 점점 쉬어 진지하고 엄숙해져서 즐거움을 조롱하고 있고 포도주는 풍미를 잃어버려 올챙이배만 불려주는 액체가 되었다. 과거의 기억에 잠기게 해줄 달콤한 취기는 돌지 않고 물로 배를 채운 듯한 포만감과 팽창감만 느껴진다.

호수의 북쪽 기슭에서 족장 격인 황소개구리가 침 흘리는 새끼들을 위해 냅킨으로 쓰이는 하트 모양의 잎에 턱을 괴고 한때 경멸하던 물을 쭉 들이마신 뒤 개구울, 개구울, 개구우울! 외치며 잔을 돌린다. 그러면 어느 정도 떨어진 후미에서 곧바로 같은 암호가 물 위로 들려온다. 나이나 허리 굵기에서 2인자인 황소개구리가 자기 몫을 마셨다는 소리다. 이런 의식이 호숫가를 한 바퀴 돌고 나면 주최자가 만족스럽게 개구우울! 하고 외친다. 그러면 가장 배가 홀쭉하고 허술하며 흐물흐물한 개구리까지 각자 차례대로 같은 소리를 반복하는데, 어떤 실수

도 있어서는 안 된다. 그 후로 해가 떠서 아침 안개가 걷힐 때까지 술
잔은 계속 돌아간다. 그때쯤이면 연못 위에 남아 있는 개구리는 족장
개구리뿐이다. 족장이 이따금 개굴 하고 외치고는 잠시 응답을 기다려
보지만 아무 소리도 되돌아오지 않는다.

내 개간지에서 닭이 우는 소리를 들은 적이 있는지는 확실하지 않
다. 오로지 수탉이 내는 음악소리를 듣기 위해 어린 수탉을 길러봄직
하다는 생각도 든다. 한때 야생에서 살았던 이 인도 꿩은 어느 새보다
독특한 음을 낸다. 수탉을 길들이지 않고 자연으로 보낼 수 있다면 기
러기가 꽥꽥거리는 소리나 올빼미의 부엉부엉 소리를 제치고 우리 숲
에서 가장 유명한 소리를 낼 것이다. 수탉이 나팔을 불다가 쉬면 암탉
의 꼬꼬댁 소리가 그 틈을 메운다고 상상해보라! 달걀과 닭다리는 말
할 것도 없고 이 소리 때문에라도 인간이 이 새를 가축에 포함시킨 것
은 조금도 놀라운 일이 아니다. 겨울 아침에 이 새들이 많이 살았던
숲, 그들의 고향인 숲을 걸으며 나무 위에서 어린 야생 수탉들이 우는
소리를 들어보라. 맑고 날카로운 소리가 다른 새들이 내는 가냘픈 음
을 압도하며 수마일이나 퍼져나가는 것을 생각해보라!

그 소리는 많은 종족들을 긴장시킬 것이다. 그 소리를 듣고 일찍 일
어나지 않을 사람이 누가 있을까? 평생 매일 조금씩 더 일찍 일어나
말할 수 없을 정도로 건강해지고 부유해지며 현명해지지 않을까? 모
든 나라의 시인들은 그 나라 고유의 노래 잘하는 새와 함께 이 외국 새
가 내는 음을 찬양했다. 용감한 수탉은 모든 기후에도 잘 적응하고 어
떤 토종 새들보다 더 토착적인 새가 된다. 항상 건강하고 폐도 튼튼하
며 정신이 약해지는 법이 없다. 대서양과 태평양을 항해하는 선원들도
수탉 소리에 잠을 깬다. 하지만 나는 수탉의 날카로운 소리에 잠이 깬
적이 없다. 나는 개도, 고양이도, 소도, 돼지도, 암탉도 기르지 않았다.
그래서 우리 집에는 가정적인 소리가 결여되어 있다고 말하는 사람도
있을 것이다.

사람에게 위안을 주는 우유 휘젓는 소리, 물레 돌리는 소리, 심지어 솥에서 보글보글 끓는 소리, 찻주전자에서 들리는 쉿쉿 소리, 어린 아이 울음소리도 없다. 케케묵은 사고방식을 지닌 사람이라면 미치거나 그보다 먼저 권태감 때문에 죽어버렸을 것이다. 우리 집 벽에는 쥐도 없었다. 굶어 죽었거나 좀 더 정확히 말하면 아예 안 들어왔기 때문이다. 어쨌든 지붕 위와 마루 밑에는 다람쥐가 있었고, 마룻대에는 쏙독새, 창 아래에서는 큰 어치가 날카로운 소리로 울었다. 집 밑에는 토끼나 마멋이 있었고, 집 뒤에는 가면올빼미나 올빼미, 호수에는 야생 기러기 떼나 아비새가 살았으며, 밤이면 짖어대는 여우도 있었다. 농장 주위에서 볼 수 있는 온순한 새들인 종달새나 꾀꼬리도 내 개간지를 찾아오는 법이 없었다.*

마당에서는 수탉이 울지도, 암탉이 꼬꼬댁거리지도 않았다. 사실 마당도 없다! 하지만 울타리를 두르지 않은 자연이 문턱까지 들어와 있다. 창문 아래에는 한창때의 나무들이 자라고 있고 야생 옻나무와 검은 딸기 덩굴이 지하실까지 뚫고 들어온다. 튼튼한 리기다소나무들은 빽빽이 자라 우리 집 지붕널을 문지르며 삐걱 소리를 내고 집 아래까지 뿌리를 뻗치고 있다. 강풍이 불어도 떨어져나갈 만한 석탄 통이나 차양도 없다. 대신 집 뒤에 있는 부러지거나 뿌리째 뽑힌 소나무가 땔감이 되어준다. 폭설이 내린들 앞문까지 길을 낼 필요도 없다. 대문도 없고 앞마당도 없다. 하여간 문명세계로 가는 길 자체가 아예 없다!

---

* 현재 콩코드에는 소로가 살던 시절보다 동물이 늘어났지만 동물 울음소리를 들을 기회는 줄었다. 자연의 소리를 기록하는 일이 직업인 사람들에 따르면, 실제로 알래스카 주를 제외한 미국의 48개 주에서 15분 동안 자동차 소리가 들리지 않는 곳은 거의 없다.

5

즐거운 고독

아주 기분 좋은 저녁이다. 온몸이 하나의 감각기관이 되어 모든 구멍으로 기쁨을 흡수한다. 나는 자연의 일부가 되어 자연 속에서 묘한 자유를 느끼며 돌아다닌다. 흐리고 바람이 부는데다 쌀쌀하지만 나는 돌투성이의 호숫가를 셔츠 바람으로 걷는다. 특별히 주의를 끄는 것은 없지만 자연의 모든 것이 전에 없이 마음에 든다. 황소개구리들이 요란하게 울며 밤을 알리고 호수에 잔물결을 일으키는 바람에 실려 쏙독새 울음소리가 들려온다. 나부끼는 오리나무와 포플러나무 잎사귀와 하나가 된 기분에 거의 숨이 막힐 지경이다.

그러나 내 평온한 마음은 호수와 마찬가지로 잔물결은 일지만 세차게 일렁이지는 않는다. 저녁 바람이 일으킨 이 작은 물결은 거울 같은 고요한 수면만큼이나 폭풍우와는 거리가 멀다. 이제 어둠이 깔렸지만 숲에는 여전히 바람이 세차게 불고 물결도 계속 밀려든다. 몇몇 동물들이 노래를 불러 나머지 동물들을 달랜다. 완전한 휴식이란 없다. 가장 사나운 동물들은 휴식을 취하지 않고 먹잇감을 찾아나선다. 여우, 스컹크, 토끼는 겁 없이 들과 숲을 돌아다닌다. 이들은 자연의 파수꾼이고 활기찬 생명의 날들을 이어주는 연결고리다.

집에 돌아오면 방문객들이 찾아왔다가 명함을 두고 간 것이 발견된다. 한 다발의 꽃이나 상록수 화관, 혹은 노란 호두나무 잎이나 나무 쪽에 연필로 쓴 이름이 바로 그 명함들이다. 어쩌다 숲에 오는 사람들은 도중에 숲의 작은 조각들을 가지고 놀다가 의도적으로 혹은 자기도 모르게 남겨두고 간다. 버드나무 가지를 벗겨 반지를 만들어 내 탁자 위에 두고 간 사람도 있었다. 휘어진 나뭇가지나 풀잎이 짓눌린 모양이나 혹은 구두자국을 보면 내가 없는 동안 방문객이 왔는지 늘 알 수 있다. 또 떨어진 꽃이나 한 움큼 뽑아서 던져놓은 풀, 시가나 파이프 담배냄새가 남아 있는 사소한 흔적으로 대개는 그 사람의 성별이나 나이, 성격까지도 짐작할 수 있다. 꽃이나 풀이 반 마일 거리의 철로에 떨어져 있어도 마찬가지다. 심지어 한 여행자가 여기에서 300미터 떨어진 큰길가를 지나가고 있다는 걸 파이프 담배 냄새로 알아차리는 경우도 흔하다.

우리 주위에는 대체로 넉넉한 공간이 있다. 지평선이 우리 팔꿈치에 바짝 다가와 있는 일은 없고, 울창한 숲이나 호수가 우리 집의 문 바로 앞까지 와 있지도 않다. 그러나 어느 정도의 땅은 항상 개간된다. 자연을 개척해 어떤 식으로든 사사로이 사용하고 울타리를 쳐서 우리에게 익숙하고 닳아빠진 공간으로 만드는 것이다. 그런데 왜 나는 인적 드문 숲속의 몇 평방마일에 이르는 넓은 구역과 그 주변을 차지하고 있고 사람들은 내가 하는 대로 놔두는 걸까? 가장 가까운 이웃도 1마일이나 떨어져 있으며, 언덕 꼭대기에 올라가지 않는 한 내 집에서 반 마일 안에서는 사람 사는 집들이 보이지 않는다. 나는 숲의 경계로 이루어진 지평선을 전부 내 것으로 삼았다. 지평선 한쪽으로는 철로가 호수 옆을 지나는 것이 보이고 다른 한쪽으로는 숲길을 따라 둘러져 있는 울타리가 보인다.

하지만 대체로 내가 사는 곳은 대초원만큼 적막하다. 뉴잉글랜드이면서도 그만큼 아시아나 아프리카 같은 느낌이 든다. 나는 이를테면 나만의 해와 달, 별을 소유하고 있고 작은 세상을 독차지하고 있다. 밤이면 내 집을 지나가거나 문을 두드리는 여행자가 아무도 없다. 마치내가 이 세상 최초의 사람, 혹은 마지막에 남은 사람인 것 같다. 하지만 봄은 예외였다. 봄에는 어쩌다 마을사람들이 메기를 잡으러 왔지만 ─ 그들은 어둠이라는 미끼를 달고 자기만의 월든 호수에서 더 많은 메기를 낚았던 것이 확실하다. ─ 대개는 빈 바구니를 들고 금세 가버리면서 "세상을 어둠과 내게" 맡겨놓았다.* 밤의 검은 핵심이 이웃 사람에 의해 더럽혀지는 일은 없었다. 마녀들이 모두 교수형에 처해졌고 그리스도교와 양초가 보급되었지만 일반적으로 사람들은 아직 어둠을 꽤 무서워하는 것 같다.

하지만 나는 때때로 가장 기분 좋고 다정하며 가장 순수하고 힘을 북돋워주는 교류를 자연물에서 발견할 수 있다는 것을 경험했다. 심지어 인간을 혐오하는 가련한 사람이나 지독한 우울증에 빠져 있는 사람도 마찬가지다. 자연의 한가운데에서 살면서 감각을 평온하게 유지하는 사람에게는 암담한 우울함이 찾아올 수 없다. 폭풍우가 오지도 않는다. 건강하고 순수한 귀에는 폭풍우도 바람의 신인 아이올로스의 음악으로 들린다. 그 어떤 것도 소박하고 용기 있는 사람을 저속한 슬픔에 빠지게 할 수 없다. 나는 내가 계절과의 우정을 즐기는 동안에는 내 삶이 짐처럼 느껴지게 만들 수 있는 건 아무것도 없다고 믿는다.

오늘은 보슬비가 내려 내 콩밭을 적시고 나는 집 안에만 있어야 하

---

* "세상을 어둠과 내게 맡겨놓았다."(토머스 그레이, 「시골묘지에서 읊은 만가」) 천문학자들은 진정한 고요함을 얻기 힘든 것과 마찬가지로 진정한 어둠 역시 거의 사라져서 깊은 숲속에서도 하늘이 도시의 전깃불로 빛난다고 보고한다.

지만 따분하거나 우울하지 않다. 보슬비는 내게도 좋다. 보슬비 때문에 콩밭을 매지 못하지만, 비는 내가 콩밭을 매는 일보다 훨씬 더 가치 있다. 비가 너무 오래 내려 땅속의 씨앗이 썩고 저지대의 감자를 망쳐 버린다 해도 여전히 고지대의 풀에는 좋을 것이다. 그리고 풀에 좋다면 나에게도 좋을 것이다. 때때로 나 자신을 다른 사람들과 비교해보면 나는 내가 과분할 정도로 신에게 더 많은 은총을 받는 것 같다. 나는 내 동료들에게는 없는 보증서와 담보를 가진 것 같고 특별하게 인도받고 보호받는 것처럼 느껴진다. 나 자신을 추어올리는 것이 아니다. 하지만 가능한 일인지는 모르겠지만 신들이 나를 추어올리고 있는 것 같다.

나는 외로움을 느낀 적이 없었으며, 고독감에 짓눌린 적이 한 번도 없었다. 딱 한 번, 숲에 온 지 몇 주쯤 지났을 무렵에 평화롭고 건강한 생활에는 가까운 이웃사람이 꼭 필요하지 않을까 한 시간가량 생각한 적이 있었다. 혼자가 된다는 것이 즐겁지 않았다. 그러나 동시에 내 기분이 약간 비정상적인 것을 알아차렸고 이런 기분에서 회복될 것을 예감했던 것 같다. 보슬비가 내리는 동안 그런 생각에 잠겨 있다가 나는 갑자기 자연에서, 빗방울 떨어지는 소리에서, 내 집 주변의 모든 소리와 풍경에서 달콤하고 자애로운 우정을 느꼈다. 나를 지탱해주는 대기처럼 말로 설명할 수 없을 정도로 무한한 친근감이 불현듯 나를 찾아왔다. 이웃 사람이 있음으로써 얻을 수 있는 이점들이 대수롭지 않게 여겨졌고, 그 이후로는 그 이점들을 생각해본 일이 없다.

작은 솔잎 하나하나가 공감으로 부풀어올라 나와 친구가 되었다. 나는 우리가 흔히 거칠고 황량하다고 부르는 풍경에서도 나와 마음이 맞는 무언가가 존재한다는 걸 느꼈다. 또 나와 혈연적으로 가장 가깝거나 가장 인간적인 것이 꼭 어떤 인간이나 마을사람이 아니라는 것을 분명하게 인식했다. 그리고 어떤 장소도 내게는 낯선 곳이 될 수 없다고 생각했다.

비탄은 슬퍼하는 자를 일찍 소멸시켜버리니
그들이 살아 있는 사람들의 땅에서 지내는 날은 길지 않으리라.
토스카의 아름다운 딸이여!*

내가 좋아하는 시간 중 하나는 봄이나 가을에 오랫동안 비바람이 몰아칠 때다. 그런 날이면 나는 아침나절뿐 아니라 오후에도 집에 갇혀 울부짖는 바람소리와 끝없이 쏟아지는 빗소리에서 위안을 얻었다. 이른 땅거미가 기나긴 저녁을 알리면 많은 사념들이 뿌리를 내리고 펼쳐질 수 있는 넉넉한 시간이 주어졌다. 북동풍에 실려온 빗줄기가 휘몰아치며 마을의 집들을 괴롭혀서 하녀들이 문간에 서서 폭우가 집에 들어오지 않게 하려고 빗자루와 들통을 들고 준비를 하고 있을 때에도 나는 내 작은 집의 유일한 입구인 문을 닫고 그 안에 앉아 집의 보호를 한껏 즐겼다. 천둥이 치고 폭우가 쏟아지던 어느 날, 번개가 호수 건너편의 커다란 리기다소나무를 때려 나무꼭대기에서 밑동까지 깊이가 1인치가 넘고 폭이 4~5인치 정도나 되는 홈을 파놓았다. 마치 사람이 지팡이에 홈을 파놓은 것처럼 아주 뚜렷하고 완전하게 규칙적인 모양의 나선형 홈이었다. 일전에 그 옆을 지나가던 나는 그 자국을 보면서 경외심을 느꼈다. 8년 전 악의 없는 하늘에서 저항할 수 없는 무서운 번개가 내리꽂힌 자국은 그전보다 더 뚜렷하게 남아 있었다.

사람들은 흔히 내게 "그곳에서는 외로울 것 같습니다. 특히 비와 눈이 오거나 밤 같은 때에는 사람들과 더 가까이 있고 싶을 거예요."라고 말한다. 그러면 나는 이렇게 대답하고 싶어진다. "우리가 사는 지구 전체는 우주의 한 점에 지나지 않습니다. 우리가 가진 도구로는 지름도 잴 수 없는 저 별에서 서로 가장 먼 곳에 사는 두 사람이 얼마나 멀리 떨어져 있다고 생각하십니까? 내가 왜 외로움을 느껴야 할까요? 우리

---

* 패트릭 맥그리거의 '오시안(Ossian)' 번역본. 「오시안의 진정한 유물 '크로마'」(1841)

가 사는 행성도 은하수 안에 있는 것 아닙니까? 당신이 한 질문은 내게는 그리 중요한 문제가 아닙니다. 사람을 다른 사람에게서 떼어놓고 외로움을 느끼게 하는 것은 어느 정도의 공간일까요? 저는 아무리 열심히 걸어가도 두 사람의 마음이 서로에게 더 가까워질 수 없다는 것을 깨달았습니다.

우리는 무엇을 가장 가까이에 두고 살고 싶어할까요? 분명 많은 사람들은 아닐 겁니다. 기차역이나 우체국, 술집, 예배당, 학교, 식료품 잡화점, 비컨 힐(미국 보스턴의 상류층 주거지역-역주)이나 파이브 포인츠(뉴욕의 슬럼가-역주)처럼 많은 사람들이 모이는 곳이 아닐 겁니다. 물가에 있는 버드나무가 물 쪽으로 뿌리를 뻗는 것처럼 우리 생명의 영원한 원천, 우리의 모든 경험으로 봤을 때 생명이 비롯되는 곳이라고 깨달은 장소일 것입니다. 사람마다 본성에 따라 각기 다양하겠지만, 현명한 사람은 여기에 지하실을 팔 것입니다…."

어느 날 저녁, 나는 월든의 거리에서 소위 '꽤 많은 재산' — 그 재산이 뭔지 제대로 본 적은 없지만 — 을 모은 마을사람들 중 한 명을 뒤따르게 된 적이 있었다. 소 한 쌍을 끌고 시장에 가던 그 사람은 내게 어떻게 편안한 생활을 그토록 많이 포기할 결심을 할 수 있었는지 물어보았다. 나는 내가 분명 그런 생활을 꽤 좋아한다고 대답했다. 농담이 아니었다. 그런 다음 나는 잠자리가 있는 내 집으로 돌아왔고, 그 사람은 브라이턴, 아니 브라이트타운(밝은 마을이란 뜻으로 풍자적인 의미다.-역주)을 향해 어둠 속에서 진흙길을 헤치고 걸어가 아침에야 그곳에 도착했을 것이다.

죽은 사람에게 눈을 뜨고 소생할 가능성이 조금이라도 있다면 시대와 장소는 아무래도 좋을 것이다. 그런 일이 일어날 수 있는 장소는 항상 동일하며, 우리의 모든 감각에 말할 수 없을 정도로 즐거움을 주는 곳이다. 대체로 우리는 외지고 일시적인 환경에서만 그런 기회를 만들려고 한다. 사실 그런 장소들이야말로 우리의 주의를 산만하게 만든다. 모든 사물에 있어 그 존재를 만들어낸 힘은 그 사물 가장 가까이에 있다. 가장 원대한 법칙들은 항상 우리 바로 옆에서 실행되고 있다. 우리 바로 옆에는 우리가 고용하고 이야기를 나누고 싶어하는 일꾼이 아니라 우리 자신이 그들의 일감인 일꾼이 있다.

"하늘과 땅의 불가사의한 힘은 얼마나 거대하고 심오한가!"
"우리는 그 힘을 인식하려 하지만 보지 못한다. 우리는 그 소리를 들으려 하지만 듣지 못한다. 그것은 만물의 본질과 같은 것이어서 만물과 분리될 수 없다."
"그 힘으로 인해 우주 전체의 사람들이 마음을 정화하고 신성하게 하며 깨끗한 옷을 입고 조상에게 제사를 올린다. 그 힘은 불가사의한 지혜의 바다다. 그것은 우리의 위와 좌우 어디에나 있다. 그 힘은 사방에서 우리를 둘러싸고 있다."[*]

우리는 내가 적잖이 흥미를 갖고 있는 실험의 대상자들이다. 이런 상황에서 잠깐 동안이라도 잡담을 나누는 걸 삼가고 우리에게 기운을 북돋워주는 생각을 하며 살 수는 없을까? "덕은 항상 외롭지 않으며 반드시 이웃이 있다."는 공자의 말은 옳다.
사색을 함으로써 우리는 건전한 의미에서 우리 자신에게서 벗어날 수 있다. 마음의 의식적인 노력으로 우리는 행위와 그 결과에 초연할 수 있다. 좋건 나쁘건 모든 것이 급류처럼 우리를 지나간다. 우리는 자연에 완전히 몰입되지 않는다. 나는 강물에 떠내려가는 나무토막일 수도 있고 하늘에서 그것을 내려다보는 인드라[**]일 수도 있다. 나는 어떤 연극을 보고 영향을 받을 수 있지만, 반면 내게 훨씬 더 중요해 보이는

---

[*] 『중용』 16장 1~3절.
[**] 힌두교의 베다 경전에 나오는 하늘을 주관하는 신.

실제 사건에는 영향을 받지 않을 수도 있다. 나는 나 자신을 단지 한 인간이라는 실체, 즉 생각과 감정이 존재하는 장소로서 인식한다. 그리고 다른 사람에게서와 마찬가지로 나 자신에게서도 떨어져 서 있을 수 있는 어떤 이중성을 느낄 수 있다.

나는 아무리 강렬한 경험을 하더라도, 이를테면 나 자신의 일부가 아닌 관객 같은 존재와 비판적인 시각이 내 안에 있다는 것을 안다. 그 존재는 나와 아무런 경험을 공유하지 않으면서 그 경험을 기록한다. 그 존재는 당신이 아닌 것과 같이 나 자신도 아니다. 비극일 수도 있지만, 삶이라는 연극이 끝나면 관객은 제 갈 길을 간다. 관객에게 있어서 삶은 일종의 허구, 상상으로 만든 작품일 뿐이다. 어쩌면 이러한 이중성이 때때로 우리를 변변찮은 이웃이자 친구로 만들지도 모른다.

나는 대부분의 시간을 혼자 지내는 게 유익하다는 것을 알게 되었다. 가장 좋은 사람이라 할지라도 함께 있다 보면 곧 싫증이 나고 시간을 헛되이 보내게 된다. 나는 혼자 있는 것을 좋아한다. 나는 고독만큼 다정한 벗을 만나지 못했다. 우리는 대체로 자기 방에 홀로 머물 때보다 집 밖으로 나가 사람들 틈에 있을 때 더 외롭다. 생각을 하거나 일을 하는 사람은 항상 혼자 있다. 그를 원하는 곳에 있게 놔두자. 고독은 한 사람과 다른 사람들 사이에 놓인 공간의 거리로 측정되는 것이 아니다. 케임브리지대학의 북새통 속에서도 정말로 근면한 학생은 사막의 수도승만큼이나 고독하다.

농부는 온종일 밭이나 숲에서 괭이질을 하거나 나무를 베면서 혼자 일하면서도 외롭다고 느끼지 않는다. 일에 몰두하고 있기 때문이다. 하지만 밤에 집에 오면 여러 생각들에 휘둘려 방에 혼자 앉아 있지 못하고 "사람들을 만날 수 있는" 곳에 가서 기분전환을 해야 한다. 농부는 그렇게 하는 것이 낮의 고독을 보상하는 방법이라 생각하기 때문에 학생들이 어떻게 온종일, 그리고 밤새 집 안에 혼자 앉아 있으면서도 따분함을 느끼거나 '우울하지' 않는지 궁금해한다. 하지만 그는 학생들이 집 안에 있어도 농부처럼 자신의 밭에서 일을 하고 자신의 숲에서 나무를 베고 있으며, 좀 더 집중된 형태일 수는 있지만 농부와 똑같은 기분전환과 교제를 추구한다는 것을 이해하지 못한다.

사람들 사이의 교제는 대개 너무 시시하다. 우리는 너무 자주 만나기 때문에 서로에게서 새로운 가치를 얻을 만한 시간이 없다. 하루 세 끼 밥 먹을 때마다 만나서 오래된 퀴퀴한 치즈를 서로에게 새로 맛보게 한다. 그 퀴퀴한 치즈가 바로 우리 자신이다. 이런 잦은 만남을 견디다 못해 서로 싸움을 벌일 필요가 없도록 우리는 예의와 정중함이라는 일정한 규칙에 합의해야 한다. 우리는 우체국에서 만나고 사교모임에서도 만나며 밤마다 난롯가에서 만난다. 너무 얽혀 사는 바람에 서로의 길을 막고 서로에게 걸려 넘어진다.

나는 이렇게 해서 우리가 서로에 대한 존중을 잃어버린다고 생각한다. 조금 덜 자주 만나도 모든 중요하고 다정한 의사소통을 하기에는 분명히 충분할 것이다. 공장에서 일하는 여자들을 생각해보라. 이 여자들은 꿈속에서도 혼자 있는 법이 없다. 내가 지금 사는 곳처럼 1제곱마일 안에 한 사람만 산다면 좋을 것이다. 사람의 가치는 우리가 접촉하는 그의 피부에 있는 것이 아니다.

나는 숲에서 길을 잃어버려 배고프고 지친 나머지 나무 아래에서 죽어가던 한 사람의 이야기를 들은 적이 있다. 그는 기괴한 환영으로 외로움을 달랬다. 육체적으로 쇠약해진 그는 병적인 상상력을 발휘해 이 환영들로 자기를 에워쌌고 그것들이 실제라고 믿었다. 마찬가지로 우리는 육체적, 정신적으로 건강하고 힘이 있으면 이와 비슷하지만 더 정상적이고 자연스러운 교제에서 계속 기운을 얻고 우리가 결코 혼자가 아니라는 것을 알게 될 수 있다.

내 집에는 벗들이 많다. 특히 아무도 찾아오지 않는 아침에 더욱 그러하다. 누구든 내 상황을 전할 수 있도록 몇 가지 비교를 해보겠다. 내가 외롭지 않은 것은 마치 웃는 것처럼 큰소리로 울어대는 호수 안의 아비새, 아니 월든 호수 자체가 외롭지 않은 것과 마찬가지다. 저 외로운 호수에게 무슨 벗이 있는가? 하지만 호수의 담청색 물속에는 푸른 악마들이 아니라 푸른 천사들이 있다. 태양은 혼자다. 어둑한 날씨에는 때때로 두 개처럼 보이기도 하지만 하나는 가짜 태양이다. 신은 혼자이지만 악마는 결코 혼자와는 거리가 멀다. 악마에게는 패거리가 많다. 악마는 하나의 군대다. 초원에 핀 한 송이 현삼이나 민들레, 혹은 콩잎이나 괭이밥, 혹은 말파리나 호박벌 한 마리가 외롭지 않듯이 나도 외롭지 않다. 밀브룩 하천이나 풍향계, 혹은 북극성이나 남풍, 혹은 4월의 소나기나 1월의 해빙기, 혹은 새 집에 처음 찾아온 거미가 외롭지 않은 것과 마찬가지다.

눈이 쏟아지고 숲에 바람이 세차게 부는 긴 겨울 저녁이면 예전에 이곳에 정착했던 원래 주인이 가끔 찾아온다. 그가 바로 월든 호수를 파고 돌을 깔고 호수 둘레에 소나무를 심었다고 한다. 그는 내게 옛 시절과 무한한 미래의 이야기들을 들려준다. 사과나 사과주스가 없어도 우리는 즐겁게 교류하고 사물에 대한 긍정적인 시각을 나누면서 유쾌한 저녁시간을 보낸다. 아주 지혜롭고 유머러스한 친구인 그를 나는 퍽 좋아한다. 그는 고프나 월리(찰스 1세의 처형에 가담했다가 나중에 미국으로 망명한 영국인들임.-역주)보다 더 자신을 드러내지 않고 살아서 사람들은 그가 죽은 줄 안다. 그러나 그가 어디에 묻혔는지 아는 사람은 아무도 없다.

내 이웃 중에는 대부분의 사람들에게 눈에 띄지 않고 살아가는 한 노파도 있다. 나는 때때로 노파의 향기로운 약초밭을 거닐면서 약초를 캐고 그녀가 들려주는 이야기를 듣는 것을 좋아한다. 노파는 비할 데 없는 풍요의 천재성을 갖고 있는데, 그녀의 뛰어난 기억력은 신화 훨씬 이전까지 거슬러 올라간다. 노파는 모든 전설의 유래와 각 전설이 어떤 사실에 근거하고 있는지도 들려줄 수 있다. 그녀가 어렸을 때 일어난 일들이기 때문이다. 혈색 좋고 튼튼한 이 노파는 어떤 날씨나 계절도 다 좋아해서 자식들 모두보다 오래 살 것 같다.

말로 표현할 수 없을 정도로 순수하고 은혜로운 자연(태양과 바람과 비, 여름과 겨울)은 영원한 건강과 원기를 준다! 그리고 자연은 항상 우리 인간과 교감하기 때문에 누구라도 정당한 이유로 슬픔에 빠지면 모든 자연이 영향을 받을 것이다. 밝은 햇빛이 이울고 바람은 인정어린 한숨을 내쉴 것이다. 구름은 비를 뿌리면서 눈물을 흘리고 숲은 한여름에 잎들을 떨구며 상복을 입을 것이다. 그런데도 내가 어찌 대지와 교감하지 않을 수 있을까? 나 역시 그 일부분은 잎과 식물이 썩어서 생긴 흙으로 이루어지지 않았던가?

우리를 늘 건강하고 평온하며 만족스럽게 해줄 환약은 무엇일까? 나나 당신의 증조부가 만든 환약이 아니라, 우리의 증조모인 자연이 만든 보편적이고 식물적이고 식물학적인 환약이다. 자연은 그 환약으로 항상 젊음을 유지해왔고 올드 파* 같은 수많은 장수노인보다 오래 살았다. 그리고 이들의 부패하는 지방으로 자신의 건강을 지켰다. 내 만병통치약은 돌팔이들이 아케론(그리스 신화에 나오는 저승의 강-역주)과 사해에서 퍼올린 물을 섞어 만든 뒤 유리병에 담은 물약, 때로는 병을 운반하려고 만든 것처럼 보이는 스쿠너 선처럼 생긴 길고 낮은 짐마차에서 꺼내는 물약이 아니라 물을 타지 않은 아침 공기를 한 모금 들이마시는 것이다.

아침 공기! 사람들이 하루의 근원이 되는 새벽에 이 공기를 마시지 않는다면, 우리는 아침 시간에 대한 구독권을 잃어버린 이 세상 사람들을 위해 이 공기를 병에 좀 담아 가게에서 팔아야 한다. 하지만 기억하라, 이 공기는 가장 서늘한 지하실에서도 정오까지 있지 못하고 그전에 병마개를 밀치고 나와 오로라의 발걸음을 따라 서쪽으로 날아가 버릴 것이다. 나는 히게이아(그리스 신화에 나오는 건강의 여신-역주)

---

* 152세 나이로 죽었다고 알려진 토머스 파. 1635년에 영국 샐럽에서 세상을 떠났다.

의 숭배자가 아니다. 히게이아는 늙은 약초 의사 아이스클레피오스의 딸로, 유물들에서 한 손에는 뱀을, 다른 한 손에는 뱀이 마시는 잔을 들고 있는 모습으로 표현된다. 나는 오히려 제우스신에게 술을 따르는 헤베 여신의 숭배자다. 주노 여신과 야생 상추의 딸인 헤베 여신은 신들과 사람의 젊음을 회복시켜주는 힘을 지녔다. 헤베 여신은 아마도 지금껏 세상을 걸어다닌 젊은 숙녀 중 유일하게 온전한 몸 상태를 유지하며 건강하고 원기 왕성했던 여인이었을 것이다. 여신이 가는 곳마다 봄이 왔다.

6

방문객들*

　나는 내가 대부분의 사람들 못지않게 교제를 좋아하고 나와 죽이 잘 맞는 사람에게는 한동안 거머리처럼 붙어 있을 준비가 되어 있다고 생각한다. 나는 타고난 은둔자가 아니며 일이 있어 술집에 갈 경우 가장 엉덩이가 무거운 단골손님보다 더 오래 앉아 있을 수도 있다.

　내 집에는 의자가 셋 있다. 하나는 고독을 위한 의자고, 하나는 우정을 위한 의자며, 하나는 사람들과 어울리기 위한 의자다. 방문객들이 예기치 않게 더 많이 찾아와도 그들 모두를 위한 의자는 세 개뿐이라서 사람들은 대개는 서서 방을 규모 있게 활용한다. 작은 집에 얼마나 많은 사람이 들어올 수 있는지 놀라울 정도다. 내 지붕 아래에 한꺼번

---

*　이 장은 어떤 의미에서는 책의 나머지 부분보다 예지력이 떨어진다. 소로는 잡담을 나누는 것을 좋아하지 않았지만 조용하고 고립된 현대의 교외 생활을 봤다면 잡담의 가치를 더 높이 평가했을지도 모른다. 최근의 한 통계에 따르면, 미국인의 75퍼센트가 옆집에 누가 사는지 모른다고 한다.

에 25~30명의 영혼이 그들 몸과 함께 들어온 적도 있었다. 그래도 우리는 서로 바짝 붙어 있다고 의식하지 못한 채 헤어지곤 했다. 공동주택이든 개인주택이든, 헤아릴 수 없이 많은 방과 넓은 홀, 포도주와 그 외의 생필품을 저장하는 지하실을 갖춘 많은 집들이 내게는 그 안에 사는 사람들에 비해 지나칠 정도로 커 보인다. 집들이 너무 넓고 웅장해서 거주자들이 그 안에 득시글거리는 해충처럼 보일 지경이다. 전령이 트레몬트 호텔이나 애스터 호텔, 미들섹스 하우스 앞에서 소집명령을 전할 때 모든 주민을 위한 광장에 바보 같은 쥐 한 마리가 기어나왔다가 금세 보도에 난 구멍 속으로 슬그머니 들어가는 모습에 당황했던 기억이 떠오른다.

내가 작은 집에서 가끔 경험하는 불편함은 거창한 생각을 거창한 단어들로 이야기하기 시작할 때 손님과 나 사이에 충분한 거리를 두기 어렵다는 점이다. 우리는 우리의 생각이 예정된 항구에 닿기 전에 항해 준비를 갖춘 뒤 한두 항로를 달리기 위한 공간을 갖기를 바란다. 생각이라는 탄환은 옆으로 흔들리다 튀어나가는 동요를 이겨내고 마침내 안정적인 경로로 들어가 듣는 사람의 귀에 닿아야 한다. 그렇지 않으면 상대의 머리 옆을 뚫고 다시 나올 수도 있다. 마찬가지로 우리의 문장도 말하는 사이사이에 넓게 펼쳐져 줄을 지어 늘어설 만한 공간이 필요하다. 국가와 마찬가지로 개인들도 서로간에 넓고 자연스러운 적당한 경계선, 심지어 상당한 넓이의 중립지대가 있어야 한다.

나는 한 친구와 호수를 사이에 두고 이야기를 나누며 그것이 특이하고 유쾌한 일이란 걸 알게 되었다. 내 집에서는 우리가 너무 가까이 있어서 서로의 이야기를 들을 수 없었다. 상대에게 들릴 만큼 충분히 낮은 소리로 말을 할 수 없었던 것이다. 잔잔한 물에 돌 두 개를 너무 가까이 던지면 서로가 일으키는 파문을 깨뜨려버린다. 우리가 그저 말 많고 시끄러운 수다쟁이라면 뺨에 턱이 닿을 정도로 바짝 붙어서서 서로의 숨결을 느껴도 될 것이다. 그러나 신중하고 사려 깊게 말한다면 모든 동물적인 열기와 습기가 증발할 수 있도록 멀리 떨어져 있기를 원한다.

말하지 않는 것까지 서로가 읽을 수 있는 가장 친밀한 교제를 즐기려면 침묵해야 할 뿐 아니라 어떤 경우에도 서로의 목소리를 들을 수 없도록 몸이 멀리 떨어져 있어야 한다. 이런 기준에서 보면 말이란 귀가 어두운 사람들의 편의를 위해 존재하는 것이다. 꼭 큰소리로 외쳐서는 제대로 표현할 수 없는 섬세한 일들이 많다. 대화가 좀 더 고상하고 심각한 어조를 띠기 시작하면 우리는 의자를 점점 더 뒤로 밀어 결국 뒤쪽 벽에 닿게 된다. 그러면 보통 서로 충분한 공간을 확보하지 못하게 된다.

그러나 나의 '가장 좋은' 방, 항상 벗을 맞아들일 준비가 갖추어져 있고 카펫에 해가 거의 들지 않는 내 응접실은 집 뒤의 소나무 숲이었다. 여름에 귀한 손님이 찾아오면 나는 그들을 그곳으로 데려갔다. 그곳에서는 그 가치를 매길 수 없는 소중한 하인이 바닥을 쓸고 가구의 먼지를 털어 모든 것을 정돈해놓곤 했다.

손님이 한 명 올 경우 가끔 나와 함께 소박한 식사를 했다. 그때 즉석 푸딩을 휘젓거나 재 속에서 빵 한 덩어리가 부풀어 익어가는 걸 지켜보느라 대화가 중단되는 일은 없었다. 하지만 스무 명의 손님이 몰려와 내 집을 차지하고 앉으면 설령 두 명분의 빵이 있다 해도 우리는 마치 먹는 습관을 버리기라도 한 것처럼 식사에 대해서는 아무 말도 하지 않았고 자연스럽게 금식을 했다. 그래도 손님을 푸대접한다는 느낌은 들지 않았으며 모든 게 아주 타당하고 사려 깊은 과정으로 여겨졌다. 아주 빈번하게 회복시켜주어야 하는 육신의 소모와 쇠퇴가 이런 경우에는 기적처럼 지체되는 것 같았고 생명의 활기가 탄탄했다. 그래서 나는 스무 명이 아니라 천 명도 접대할 수 있었다. 내가 집에 있을 때 누군가가 찾아왔다가 실망하거나 허기진 채 돌아가는 일이 있었더라도 내가 적어도 그 사람의 심정을 이해했다는 점만은 믿어도 된다.

많은 주부들은 미심쩍어하겠지만, 옛 관습 대신 더 좋은 새로운 관습을 세우기란 쉽다. 손님들에게 제공하는 식사에 당신의 평판을 걸 필요는 없다. 내 경우에는, 케르베로스(지옥문을 지키는 머리 셋 달린 개-역주)만큼 누군가의 집을 자주 찾아가지 못하게 막는 것이 있다면 나를 접대하려고 줄줄이 내놓는 음식이다. 나는 이것을 다시는 귀찮게 하지 말라는 아주 정중하고 우회적인 암시로 받아들여서 그런 집은 다시는 방문하지 않을 작정이다. 나는 한 손님이 명함 삼아 노란 호두나무 잎사귀에 써놓은 스펜서의 시를 내 오두막의 모토로 삼은 것이 자랑스럽다.

　　그곳에 도착해 그들은 작은 오두막을 가득 채웠지만
　　대접이 없는 곳에서 대접을 구하는 사람은 아무도 없다.
　　휴식이 그들의 잔치이고 모든 것을 뜻대로 한다.
　　가장 고귀한 정신이 최고의 만족을 얻는 법이다.*

　훗날 플리머스 식민지의 지사를 지낸 윈슬로가 친구 한 명과 함께 숲길을 걸어 매사소이트(북미 왐파노악 족의 추장-역주)를 예방했을 때의 일이다. 지치고 허기진 채 추장의 오두막에 도착한 두 사람은 추장의 환대를 받았다. 하지만 식사에 대해서는 아무 말도 없었다. 그들의 말을 인용하자면, "밤이 되자 추장은 우리를 자기 부부와 함께 침대에 눕게 했다. 침대의 한쪽 끝에는 부부가, 다른 쪽 끝에는 우리가 누웠다. 침대는 바닥에서 1피트 높이에 널빤지를 놓고 얇은 깔개를 깐 것에 불과했다. 추장의 부하 두 명이 누울 자리가 없어서 우리 옆에 끼어 자다가 우리에게 몸을 걸치기도 했다. 그래서 여행할 때보다 잠을

---

*　에드먼드 스펜서, 「요정의 여왕」

자는 게 더 피곤했다."*

다음날 1시에 추장은 "물고기 두 마리를 직접 잡아서 들고 왔는데, 잉어보다 세 배나 큰 물고기였다. 그 물고기를 끓이는 동안 자기 몫을 기다리는 사람이 적어도 40명은 되었다. 거의 모든 사람이 물고기 두 마리를 나눠 먹었다. 꼬박 이틀 밤낮 동안 우리가 먹은 음식이라곤 이게 전부였다. 우리 중 한 명이 자고새를 사지 않았다면 우리는 굶은 채 여행을 했을 것이다." 배가 고프고 잠을 설친데다 "미개인들의 야만적인 노래(그 인디언 부족은 노래를 부르며 잠들곤 했다.)" 때문에 머리가 이상해질까봐 겁이 난 두 사람은 여행할 힘이 남아 있을 때 집에 도착해야겠다는 생각에 그곳을 떠났다.

잠자리에 대해서라면, 분명히 대접을 제대로 못 받은 건 사실이지만, 두 사람이 불편하게 여긴 상황이 인디언들로서는 경의를 표하려한 것이었다. 하지만 먹을 것과 관련해서는 나는 인디언들이 그 이상 잘할 수 없었다고 생각한다. 그들 자신도 먹을 것이 없었고, 손님들에게 음식을 대접하지 못하는 것을 변명으로 무마할 수 있다고 생각할 만큼 어리석지 않았다. 그래서 허리띠를 더 졸라맸고 음식에 대해서는 아무 말도 하지 않았던 것이다. 또 다른 때에 윈슬로가 이 부족을 방문했을 때는 먹을 것이 풍부한 철이어서 대접이 부족하지 않았다.

사람들은 어디서든 다른 사람을 만나지 않고 살 수는 없다. 나는 숲에서 사는 동안 내 인생의 어느 때보다 많은 방문객을 맞았다. 내 말은 방문객들이 좀 있었다는 뜻이다. 그리고 숲에서는 다른 어디에서보다더 유리한 상황에서 여러 방문객을 맞았다. 그러나 하찮은 일로 나를 찾아오는 사람은 거의 없었다. 이런 점에서 나는 단지 마을에서 떨어져 있음으로써 벗을 추려냈다고 할 수 있다. 나는 고독이라는 거대한

---

* 「뉴잉글랜드의 플리머스 식민지에서 영국인 농장의 시작과 진행에 관한 진술 혹은 일지」(1622)

바다로 물러났고 사교라는 강물이 그 속으로 흘러들어왔다. 내가 필요로 하는 것을 따졌을 때 가장 순수한 침전물만 내 주위에 쌓였다. 게다가 반대쪽에는 개척되지 않고 교화되지 않은 대륙이 있다는 증거들이 내게 떠내려왔다.

진정한 호메로스의 시에 나오는 인물이나 파플라고니아(흑해 남안, 소아시아 북부에 있던 고대 국가-역주)인 같은 사람이 아니고는 누가 이 아침에 내 오두막을 찾아오겠는가? 그는 자신에게 너무나 어울리는 시적인 이름을 가지고 있는데, 여기에 쓰지 못하는 것이 유감이다. 그는 캐나다인이고 나무꾼이며 기둥 만드는 일도 하는데, 하루에 50개의 기둥에 구멍을 뚫을 수 있다. 그는 개가 잡아온 마멋으로 어제 저녁 식사를 했다고 했다. 그 역시 호메로스에 관해 들은 적이 있어서 "책이 없다면 비 오는 날에는 뭘 할지 몰랐을 것"이라고 말했지만 여러 차례 우기가 지나가도 아마 책 한 권을 다 읽지 않았을 것이다.

멀리 떨어진 그의 고향 교구에서 그리스어를 읽을 줄 아는 어떤 신부가 그에게 신약성서 구절을 읽는 법을 가르쳤다고 한다. 그리고 이제 그가 책을 손에 들고 있는 동안, 나는 『일리아드』에서 아킬레우스가 파트로클로스에게 슬픈 표정을 짓는다고 나무라는 구절을 해석해주어야 한다.

파트로클로스여, 그대는 왜 어린 소녀처럼 눈물에 젖어 있는가?
아니면 혼자서 프티아에서 온 소식을 들은 것인가?
사람들은 악토르의 아들인 메노이티오스가 아직 살아 있고
아이아코스의 아들인 펠레우스도 미르미돈 사람들 틈에
살고 있다고 하네.
둘 중 누구라도 죽었다면 우리는 몹시 슬프겠지.

그는 "이 구절 좋군요."라고 말한다. 그는 커다란 흰떡갈나무 껍질

한 다발을 옆구리에 끼고 있는데, 한 환자를 위해 이 일요일 아침에 모은 것이다. "오늘 같은 날 이런 걸 구하러 다닌다고 해서 나쁠 건 없겠지요."라고 그가 말한다. 그는 호메로스가 위대한 작가라는 것은 알지만 호메로스의 글이 무엇에 관한 것인지는 모른다. 이 나무꾼보다 더 소박하고 꾸밈없는 사람을 찾기란 어려울 것이다. 세상에 그토록 어두운 그림자를 드리우는 악덕과 질병이 그에게는 거의 존재하지 않는 것 같다. 그는 스물여덟 살쯤 되었고, 12년 전에 캐나다의 고향 집을 떠나 미국에 왔다. 아마 언젠가는 고향으로 돌아가 농장을 살 돈을 벌려고 온 것이다. 그는 생김새가 몹시 투박했다. 몸은 튼튼하지만 둔했다. 하지만 거동에 품위가 있었다. 볕에 탄 굵은 목에 검은 머리는 텁수룩했고 멍하고 흐릿한 푸른 눈은 때때로 반짝거리며 감정을 표현했다. 그는 납작한 회색 천 모자와 우중충한 모직 외투를 걸치고 소가죽 장화를 신었다.

그는 고기를 무척 좋아했다. 여름 내내 나무를 베었는데, 보통 양철통에 점심을 담아서 들고 내 집을 지나 2마일 정도 떨어진 일터에 갔다. 점심은 차가운 고기(대개는 마멋 고기)와 허리띠에 매달아놓은 돌로 된 병에 담긴 커피였는데, 때때로 내게 커피 한 잔을 권하기도 했다. 그는 아침 일찍 내 콩밭을 가로질러 갔지만 미국인들처럼 얼른 일을 시작하려고 안달하거나 서두르지 않았다. 몸을 혹사시키지 않고 밥값만 겨우 벌어도 개의치 않았다. 일터로 가는 도중에 개가 마멋을 잡으면 일단 밤까지 호수에 그것을 담가놓아도 안전할지 30분 동안 고심한 뒤에(그는 이런 일을 곰곰 생각하는 것을 좋아했다.) 대개는 덤불 속에 점심을 놔두고 1마일 반을 돌아가 마멋을 손질해 집 지하실에 넣어두었다. 그는 아침에 지나가면서 "비둘기들이 어찌나 통통한지요! 매일 일해야 하는 직업이 아니라면 비둘기나 마멋, 토끼, 자고새를 잡아서 원하는 만큼 고기를 얻을 수 있을 텐데요. 정말로! 일주일 동안 필요한 고기를 하루 만에 다 잡을 수 있어요."라고 말하곤 했다.

그는 솜씨 좋은 나무꾼이어서 나무를 벨 때 뭔가 과장되게 멋을 부리곤 했다. 나무를 땅에 바짝 대어 평평하게 잘라서 나중에 싹들이 더 무성하게 돋고 썰매가 그루터기 위를 잘 미끄러져 나갈 수 있었다. 그리고 다발로 묶은 땔나무를 받쳐둘 나무도 통나무로 두는 게 아니라 사람들이 손으로도 떼어낼 수 있을 정도로 가는 조각으로 쪼개놓았다.

내가 그에게 관심을 두게 된 것은 그가 아주 조용하고 외롭지만 행복한 사람이었기 때문이다. 그의 눈에는 쾌활함과 만족감의 샘이 넘쳐흘렀다. 그의 웃음에는 불순물이 없었다. 가끔 나는 숲에서 나무를 베고 있는 그를 만났다. 그러면 그는 말로 표현할 수 없을 정도로 흡족한 웃음을 지었고 영어를 잘하면서도 캐나다식 프랑스어로 인사를 건네며 나를 맞았다. 내가 다가가면 그는 일을 멈추고는 웃음을 가까스로 참으며 자신이 베어낸 소나무 줄기 위에 누웠다. 그러고는 소나무 속 껍질을 벗겨 돌돌 뭉쳐 입에 넣고 씹으면서 웃고 이야기를 나누었다. 그에게는 동물 같은 활기가 넘쳐서 가끔 재미있는 일이라도 생각나면 웃다가 나무줄기에서 떨어져 땅을 데굴데굴 구르기도 했다. 그는 나무들을 둘러보며 소리쳤다. "정말이지, 여기서 나무를 베는 게 너무나 즐거워요! 이보다 재밌는 일은 바라지 않아요."

그는 가끔 한가할 때는 작은 권총을 들고 숲을 걸어다니며 일정한 간격을 두고 자신을 위해 예포를 쏘면서 온종일 재밌게 지냈다. 겨울에는 모닥불을 피워놓고 한낮이 되면 그 불로 주전자의 커피를 데웠다. 점심을 먹느라 통나무에 앉아 있으면 때때로 박새들이 그의 팔 위에 내려앉아 손에 든 감자를 쪼아먹었다. 그러면 그는 "이 작은 친구들이 있어서 좋아요."라고 말했다.

그에게는 주로 동물적인 면모가 발달되어 있었다. 지구력과 육체적인 만족감에 있어서는 소나무나 바위와 사촌 간이었다. 한번은 그에게 온종일 일하고 나면 밤에 가끔 피곤하지 않느냐고 물어보자 진지하고 심각한 표정으로 "천만에요, 저는 평생 피곤해본 적이 없답니다."라

고 대답했다. 그러나 그의 내면의 지적인 면모와 소위 정신적인 면모
는 어린아이와 마찬가지로 잠들어 있었다. 그는 가톨릭 사제들이 원주
민들에게 가르치는 단순하고 비효율적인 방법으로만 교육을 받았다.
그런 방법으로는 학생이 인식의 단계에 이르지 못하고 믿음과 존경의
수준에 그쳐버려 어른이 되지 못하고 영원히 아이로 머문다. 자연은
그를 만들면서 그의 몫으로 튼튼한 몸과 만족감을 주었고 70년을 아
이로 살 수 있도록 온통 존경과 신뢰로 그를 받쳐놓았다.

　그는 너무나 순수하고 순박해서 어떻게 소개해도 제대로 소개할 수
없다. 차라리 이웃에게 마멋을 소개하는 편이 더 쉬울 것이다. 내가 그
랬던 것처럼 이웃도 그를 직접 파악해야 했다. 그는 어떤 역할도 하지
않으려 했다. 사람들은 그의 노동에 품삯을 주어 그가 먹고 입는 것을
돕는다. 하지만 그는 사람들과 의견을 나누지는 않았다. 그는 그야말
로 천성적으로 너무나 겸손한 사람이어서(어떤 열망도 품지 않는 사람
을 겸손하다고 부를 수 있다면) 겸손함이 뚜렷한 특징으로 드러나지도
않았고 본인도 자신이 겸손하다는 것을 인식하지 못했다. 그는 자기보
다 더 현명한 사람을 신처럼 여겼다. 그에게 그런 사람이 오고 있다고
말하면 그는 그런 존재는 너무나 위대해서 자신에게 아무것도 기대하
지 않고 스스로 모든 책임을 질 것이며 자기를 잊은 채 그냥 놔둘 거라
고 생각하는 것처럼 굴었다.

　그는 칭찬을 들어본 적이 없었다. 그는 특히 작가와 목사를 존경했
는데 이들이 이룬 성취는 그에게는 기적과 같았다. 그에게 내가 글을
꽤 쓴다고 말했을 때, 그는 오랫동안 내 말의 의미를 단순히 글씨를 쓰
는 일로 생각했다. 그 자신도 글씨를 상당히 잘 썼기 때문이다. 나는
가끔 큰길가의 눈 위에 그의 고향 교구의 이름이 프랑스어 악센트까
지 정확하게 붙은 채 멋지게 쓰여 있는 것을 발견하고 그가 지나갔다
는 것을 알곤 했다. 자신의 생각을 글로 쓰고 싶었던 적이 있냐고 물어
보자 그는 글을 모르는 사람들을 위해 편지를 읽거나 써준 적은 있지

만 자기 생각을 써보려 한 적은 없다고 대답했다. 아니, 쓸 수가 없다고 했다. 무슨 말을 먼저 해야 할지 몰라서 글을 쓰다가는 죽고 말 것이라고 했다. 게다가 철자법까지 신경을 써야 하니까!

나는 한 유명한 현자이자 개혁가가 그에게 세상이 바뀌길 원하지 않는지 물어보는 소리를 들었다. 그 질문이 늘 제기되는 것이란 걸 몰랐던 그는 놀라서 낄낄 웃으며 특유의 캐나다 억양으로 대답했다. "아니요, 저는 아주 만족스러운 걸요." 철학자가 그와 교제한다면 느끼는 바가 많을 것이다. 모르는 사람이 보면, 그는 전반적으로 아는 게 하나도 없는 사람 같다. 그러나 때때로 나는 그에게서 지금껏 보지 못했던 면모를 발견한다. 그러면 그가 셰익스피어처럼 똑똑한 사람인지, 아니면 아이처럼 단순히 무지한 건지, 그를 뛰어난 시적인 의식을 지닌 사람으로 생각해야 할지, 어리석은 사람으로 여겨야 할지 판단할 수 없게 된다. 한 마을사람은 꼭 맞는 작은 모자를 쓰고 혼자 휘파람을 불면서 마을을 어슬렁거리는 그를 만난 적이 있는데 그 모습을 보자 변장한 왕자가 떠올랐다고 말했다.

그가 가진 책은 연감 한 권과 산수책 한 권이 전부였다. 그는 산수를 상당히 잘했으며, 연감은 그에게 일종의 백과사전이었다. 그는 연감 안에 인간의 지식이 압축되어 있다고 생각했는데, 실제로 연감은 상당부분 그런 내용을 담고 있다. 나는 당시의 다양한 개혁들에 대해 그의 의견을 물어보는 것을 좋아했다. 그러면 그는 난생 처음 들어보는 그 문제들을 항상 가장 단순하고 실용적인 관점으로 바라보았다. 공장 없이 살 수 있냐고 물어보자, 그는 집에서 짠 버몬트산 회색 옷을 입은 적이 있는데 그런대로 괜찮았다고 대답했다. 차와 커피 없이 살 수 있는지, 이 나라가 물 이외에 어떤 음료를 제공하는지 물어보자 그는 솔송나무 잎을 물에 담갔다가 마신 적이 있는데 날씨가 더울 때는 물보다 나았다고 대답했다.

돈 없이 살 수 있냐고 물었을 때는 그는 돈의 편리함에 대해 알려주었는데, 이 제도의 기원에 대한 가장 철학적인 설명과도 일치했으며, 페쿠니아(돈을 뜻하는 라틴어-역주)라는 단어의 어원까지 암시했다. 만약 재산으로 황소 한 마리가 있을 경우, 가게에서 바늘과 실을 사려고 할 때 매번 그 가격만큼 소의 일부분을 저당잡히는 건 곧 불편하고 불가능해진다는 것이었다. 그는 많은 제도를 어떤 철학자보다 잘 옹호할 수 있었다. 그 제도들을 자신과 관련지어 설명했고 그 제도가 널리 퍼진 진짜 이유를 제시했으며, 다른 어떤 추측도 떠올리지 못했기 때문이다. 또 언젠가는 플라톤의 인간에 대한 정의(깃털이 없는 두 발 동물)와 어떤 사람이 털 뽑힌 닭을 보여주면서 이것이 플라톤이 말한 인간이라고 했다는 이야기를 듣더니 사람과 닭은 무릎을 다르게 구부리는 게 중요한 차이라 생각한다고 대꾸했다.

그는 이따금 "말하는 게 이렇게 재미있다니! 정말 온종일이라도 말할 수 있어요!"라고 소리쳤다. 한번은 몇 달 동안 못 보다가 만났을 때 이번 여름에 새로운 생각이 떠오른 게 있는지 물어보았다. "에헤, 저처럼 일해야 하는 사람은 알던 걸 잊어버리지나 않으면 다행이랍니다. 만약 함께 김매는 사람이 경주를 해보자고 하면 당신은 거기에 신경을 쓸 겁니다. 잡초만 생각할 거예요." 오랜만에 만나는 경우에는 때로는 그가 먼저 내게 무슨 발전을 이룬 게 있는지 물어보았다. 어느 겨울날, 나는 그에게 자신에게 항상 만족하는지 물어보았다. 외부의 사제를 대신할 만한 것을 그의 내면에서 찾게 해 삶에 좀 더 고귀한 동기를 제시하고 싶은 마음에서였다.

"만족하지요!" 그가 대답했다. "어떤 사람들은 이런 일에서 만족을 얻고 또 어떤 사람들은 저런 일에서 만족을 얻지요. 가진 것이 충분하다면 등에 불을 쬐고 배는 식탁에 댄 채 온종일 앉아 있는 것으로 만족하는 사람도 있을 거예요, 정말로!" 그러나 나는 온갖 방법을 써봤지만 그가 사물에 대한 정신적인 견해를 지니게 하는 데는 실패했다. 그가 인식하는 가장 고귀한 것은 동물도 인식할 수 있을 것 같은 단순한 편의였다. 사실상 대부분의 사람이 이렇긴 하다. 생활방식을 개선해보라고 제안하면 그는 아무런 유감도 표하지 않은 채 이미 늦었다고만 대답했다. 하지만 그는 정직을 비롯해 그와 비슷한 미덕을 철저하게 믿었다.

미미하긴 하지만 그에게서 어떤 긍정적인 독창성이 발견되기도 했다. 나는 때때로 그가 스스로 생각해서 자기 의견을 표현하는 모습을 보았다. 너무 드문 일이어서, 그런 모습을 볼 수 있다면 나는 언제라도 10마일을 걸어갈 용의가 있다. 그리고 그런 의견은 사회의 많은 제도를 재창조하는 수준이었다. 그는 머뭇거리며 아마도 자기 생각을 분명하게 표현하지 못했겠지만 그 이면에는 남에게 내놓아도 될 만한 생각이 항상 자리 잡고 있었다. 그러나 그의 생각은 단지 학식만 있는 사람의 생각보다 유망하긴 했지만 너무나 원초적인데다 그의 동물적인 생활에 녹아 있어서 사람들에게 알릴 수 있을 정도로 무르익는 일은 거의 없었다.

아무튼 그는 최하층 중에도 천재적인 사람이 존재할 수 있다는 것을 보여주었다. 이런 사람들은 늘 비천하고 무식하게 살아가더라도 항상 자신만의 시각을 지니고 있으며, 아니면 알면서도 전혀 아는 척을 하지 않는다. 이들은 어둡고 진흙투성이일지도 모르지만 바닥을 알 수 없다고 하는 월든 호수만큼이나 깊이를 헤아리기 힘든 사람들이다.

많은 여행자들이 나와 내 집 내부를 보려고 가던 길을 벗어나 찾아와서는 방문 구실로 물 한 잔을 청했다. 그러면 나는 호수 물을 마신다고 대답하고는 국자를 빌려주겠다며 그쪽을 가리켰다. 나는 사람들과 멀리 떨어져 살았지만, 모든 사람이 다 움직이는 것 같은 4월 초순쯤의 연례적인 방문에서 예외가 되지는 못했다. 나는 나름 운이 좋았지만 방문객 중에는 별난 괴짜들도 있었다. 빈민구호소와 그 밖의 곳에서 멍청한 사람들이 나를 만나러 오기도 했다. 하지만 나는 그들이 가진 모든 지력을 끌어내 내게 자기 이야기를 할 수 있게 하려고 노력했다. 그런 경우 지적 능력을 대화주제로 삼으면 성과가 있었다. 실제로 나는 그들 중 일부는 소위 빈민 감독관이나 시 행정위원보다 똑똑하다는 것을 발견했고 서로 자리를 바꾸어야 할 때가 되었다는 생각이 들었다. 지적 능력에 관해서도 정상적인 사람과 얼뜨기 사이에 큰 차이가 없다는 것도 알게 되었다.

특히 어느 날 악의 없고 어수룩한 가난한 사람 한 명이 찾아와 나처럼 살고 싶다는 소망을 비쳤을 때는 더욱 그러했다. 나는 그가 가축과 자기 자신이 길을 잃지 않도록 다른 사람들과 함께 들판의 곡식더미 위에 앉거나 서서 울타리 역할을 하는 모습을 본 적이 있었다. 그는 겸손이라고 불리는 어떤 행위도 뛰어넘는, 아니 정확히 말하면 겸손이라는 말을 쓸 수도 없을 정도로 지극히 꾸밈없고 진실하게 자신은 "지능이 떨어진다."고 말했다. 그의 말은 이러했다. 그는 주님이 자신을 이 모양으로 만들긴 했지만 그래도 다른 사람만큼 자신을 돌봐준다고 생각했다. "저는 어릴 때부터 항상 이랬어요. 머리가 좋았던 때가 없었어요. 저는 다른 아이들과 달랐답니다. 머리가 나빴지요. 저는 그게 신의 뜻이라고 생각해요." 그러더니 자기 말이 진짜라는 것을 증명하려고 했다.

그는 내게 형이상학적인 수수께끼처럼 느껴졌다. 나는 그토록 유망한 토대를 지닌 사람을 만난 적이 드물었다. 그의 모든 말이 너무나 꾸밈없고 진지하며 진실했다. 그리고 분명히 그는 스스로를 낮추는 만큼 높아졌다. 나는 처음에는 그것이 현명함에서 나온 결과라는 걸 알지 못했다. 불쌍하고 저능한 가난뱅이가 쌓아놓은 진실함과 솔직함이라는 토대에서 우리의 교제는 현자들의 교제보다 더 나은 무언가로 발전할 수 있을 것 같았다.

일반적으로 마을에서 가난한 사람 취급을 받진 않지만 마땅히 그렇게 여겨져야 하는 손님들이 찾아오기도 했다. 아무튼 세계의 가난뱅이

중에는 들어갈 만한 사람들이었다. 이 손님들은 환대가 아니라 자선을 베풀라고 호소했다. 진정으로 도움을 바랐으며, 자신은 스스로를 돕지 않기로 결심했다는 것을 알리며 말문을 열었다. 나는 손님이 세상에서 가장 왕성한 식욕의 소유자이고 배가 고프다 해도 실제로 굶어 죽을 정도는 아니길 바란다. 자선의 대상은 손님이 아니기 때문이다. 내가 다시 내 일을 시작하고 점점 더 멀리서 대답하는데도 자신의 방문이 끝났다는 것을 알아채지 못하는 사람들도 있다.

사람들의 이동이 잦은 철에는 지력이 그야말로 천차만별인 사람들이 찾아왔다. 자신이 감당할 수 있는 것보다 더 높은 지력을 지닌 사람들이 있는가 하면 농장에서의 태도가 아직 남아 있는 도망 노예들도 찾아왔다. 이 노예들은 자기를 뒤쫓아오는 사냥개 소리라도 들은 것처럼 이솝우화에 나오는 여우 모양 간간이 귀를 기울이며 애원조로 나를 쳐다보았다. 마치 이렇게 말하는 것 같았다.

오 그리스도교도여, 나를 돌려보낼 겁니까?*

나는 그중에서 진짜 도망 노예 한 명이 북극성을 따라 도망가도록 돕기도 했다.

병아리 한 마리를 돌보는 암탉처럼 한 가지 생각만 하는 사람들도 있었다. 그런데 그 병아리가 사실은 오리새끼였다. 그런가 하면 수백 마리의 병아리를 돌봐야 하는 암탉처럼 천 가지 생각으로 머리가 부스스한 사람들도 있었다. 이 병아리들은 모두 한 마리의 벌레를 쫓아다니는데다 아침 이슬이 내릴 때면 스무 마리가 사라져버려서 암탉은 기름에 튀긴 것 같은 초라한 꼴이 되어버린다. 다리 대신 생각이 많은

---

* "사냥개들이 내 길 위에서 짖고 있었다. / 오, 그리스도교도여, 나를 돌려보낼 겁니까?"
  (엘리자베스 라이트, 「그리스도교도에게 간 도망 노예」)

이런 일종의 지적인 지네 같은 사람을 만나면 몸이 근질근질해진다. 어떤 사람은 내게 화이트 산(White Mountain)에서처럼 방문객들이 이름을 쓸 수 있는 공책을 놔두라고 제안했다. 하지만 애석하게도 나는 기억력이 뛰어나서 그런 걸 둘 필요가 없다.

나는 방문객들의 몇 가지 특징을 주목하지 않을 수 없었다. 소년, 소녀와 젊은 여인들은 대개 숲에 온 것을 즐거워하는 것 같았다. 이들은 호수를 들여다보고 꽃들을 구경하면서 시간을 잘 보냈다. 사업가들, 심지어 농부들은 오로지 내 고독과 일, 이런저런 것들로부터 너무 멀리 떨어져 사는 것에만 관심을 기울였다. 그들은 가끔 숲을 거니는 것을 좋아하다고 말했지만 사실은 그렇지 않은 게 분명했다. 생계를 꾸리고 생활을 유지하는 데 시간을 다 바치며 쉬지 못하고 일만 하는 사람들, 신이라는 주제를 독점한 것처럼 신에 대해 이야기하며 어떤 다른 의견도 참지 못하는 목사들, 의사들, 변호사들, 내가 집에 없을 때 내 찬장과 침대를 엿보는 무례한 주부들, — 그 부인은 내 이불이 그녀의 것만큼 깨끗하지 않다는 걸 어떻게 알았을까? — 잘 다져진 전문직의 길을 따라가는 것이 가장 안전하다는 결론을 내린, 더 이상 젊지 않은 젊은이들, 이 모든 사람이 나와 같은 상황에서는 선을 많이 행할 수 없다고 말했다.

아! 문제는 거기에 있었다. 나이, 성별에 관계없이 늙고 병약하며 겁이 많은 사람들은 주로 병과 갑작스런 사고와 죽음과 관련된 생각만 했다. 그들이 보기에 삶은 위험으로 가득 찬 것이었다. —그런데 아예 위험에 대해 생각하지 않는다면 어떤 위험이 있겠는가? — 그리고 그들은 신중한 사람이라면 마을의 B박사가 즉시 달려올 수 있는 가장 안전한 곳을 주의 깊게 선택할 것이라고 생각한다. 그들에게 마을은 말 그대로 공동체, 상호방위동맹이다. 이 사람들은 약상자 없이는 월귤나무 열매도 따러 가지 않을 것이다. 내가 말하려는 요지는 사람이 살아 있는 한 죽을 위험은 항상 도사리고 있다는 것이다. 죽은 것이나 다름없이 산다면 죽을 위험이 그만큼 낮아지겠지만. 사람은 앉아 있을 때도 달리고 있을 때만큼 많은 위험을 안고 있다. 마지막으로 자칭 개혁가들이 있는데, 가장 지겨운 부류들이었다. 이들은 내가 늘 이런 노래를 부르고 있다고 생각했다.

이것은 내가 지은 집이라네,
이 사람은 내가 지은 집에서 사는 사람이라네.

하지만 그들은 세 번째 행이 있다는 건 몰랐다.

이들은 내가 지은 집에 사는 사람을
귀찮게 하는 사람들이라네.

나는 병아리를 기르지 않으니 잿빛개구리매는 무섭지 않았다. 하지만 인간개구리매는 좀 무서웠다.

그런 사람들보다 더 반가운 방문객들도 있었다. 딸기를 따러 오는 아이들, 일요일 아침에 깨끗한 셔츠를 입고 산책을 하는 철도원들, 낚시꾼들과 사냥꾼들, 시인과 철학자들, 즉 자유를 누리려고 정말로 마을을 떠나 숲에 온 모든 정직한 순례자들이다. 나는 그들을 반갑게 맞을 준비가 되어 있다. "어서 오세요, 영국인들이여! 어서 오세요, 영국인들이여!"* 왜냐하면 이 종족은 나와 소통을 했기 때문이다.

---

* 인디언인 사모세트가 플리머스에 도착한 영국 청교도들에게 한 인사말로, 자주 인용되는 문구다.

7

콩밭에서의 일

그러는 동안 모두 합하면 이미 7마일이나 되게 심어놓았던 콩들은 내가 잡초를 뽑아주길 간절히 기다리고 있었다. 맨 처음 심었던 콩들이 최근에 콩을 심기 전에 이미 상당히 자라 있었기 때문이다. 사실 잡초 뽑는 일을 더 미루기도 쉽지 않았다. 이 지속적이고 자부심이 요구되는 노동, 하찮은 헤라클레스의 노역 같은 이 일의 의미가 무엇인지 나는 몰랐다. 내가 원하는 것보다 양이 많긴 했지만 나는 내 밭이랑과 콩들을 사랑하게 되었다. 이것들은 나를 땅과 이어주었고 그래서 나는 안타이오스와 같은 힘을 얻었다. 하지만 나는 왜 이 콩들을 길러야 할까? 그 이유는 오직 하느님만 알 것이다. 전에는 양지꽃, 검은 딸기, 물레나무 등의 향기로운 야생 열매와 보기 좋은 꽃만 자라던 땅에 콩이 자라게 하는 것. 이것이 내가 여름 내내 한 신기한 노동이었다.

나는 콩에게서 무엇을 배우고 콩은 내게서 무엇을 배울까? 나는 콩들을 소중히 다루고 잡초를 뽑아주며 주의 깊게 살핀다. 이것이 내 하루 일과다. 넓적한 콩잎은 보기 좋다. 마른 땅을 적시는 이슬과 비, 그리고 대체로 척박하고 메마른 땅이지만 어느 정도 남아 있는 생산력이 바로 나의 조수들이다. 나의 적은 벌레, 추운 날씨, 그리고 무엇보다 마멋이다. 마멋은 4분의 1에이커의 콩밭을 깨끗이 갉아먹어버렸다. 하지만 내가 무슨 권리로 물레나무와 그 외의 적을 쫓아내고 그들이 꾸민 오랜 약초정원을 망가뜨린단 말인가? 그러나 나머지 콩들은 곧 이 적들을 이길 만큼 억세질 것이고, 새로운 적을 만날 것이다.*

내가 네 살 때 보스턴에서 이곳 내 고향마을로 온 일이 아직도 또렷하게 기억난다. 바로 이 숲과 들판을 지났고 호수까지 왔다. 그것은 내 기억 속에 각인되어 있는 가장 오래된 장면 중 하나다. 그리고 오늘 밤 내 피리소리가 바로 그 물가에 메아리치며 퍼진다. 나보다 나이가 많은 소나무들이 아직도 여기에 서 있다. 혹시 몇 그루가 쓰러졌다면 나는 그 그루터기로 불을 지펴 내 저녁을 지었을 것이다. 그리고 어린 소나무들이 새로운 아이들의 눈에 비칠 또 다른 모습을 준비하며 사방에서 자라고 있다. 이 목초지에는 똑같은 다년생 뿌리에서 거의 똑같은 물레나물이 싹이 터 자란다. 나도 내 어린 시절의 꿈이 담긴 이 멋진 풍경에 옷을 입히는 데 일조했고, 내 존재와 영향력이 미친 결과 중 하나가 이 콩잎들, 옥수수 잎들, 포도덩굴에서 나타난다.

나는 고지대에 있는 2에이커 반 정도의 땅에 씨를 뿌렸다. 땅이 개간된 지 15년 정도밖에 되지 않은데다 내가 직접 군데군데 그루터기를 뽑아냈기 때문에 거름은 전혀 주지 않았다. 하지만 여름에 잡초를 뽑으면서 찾아낸 화살촉으로 미루어봤을 때 옛날 이곳에 지금은 사라진 부족이 살았고 백인들이 들어와 땅을 개간하기 전에 옥수수와 콩

---

* 자연 vs. 경작지라는 이 흥미로운 질문은 지금도 많은 환경 철학자들의 관심사다. 이 문제를 심도 있게 검토하려면 켄터키의 농부이자 평론가인 웬델 베리의 저서 중 하나를 읽어보라.

을 심었던 것으로 보인다. 그래서 어느 정도는 이 작물에 대한 지력이 소모된 것 같다.

　마멋이나 다람쥐가 길을 건너거나 떡갈나무 위로 해가 솟기 전, 아직 이슬이 다 남아 있을 때 나는 콩밭에 무성하게 자란 건방진 잡초들을 뽑고 그 위에 흙을 뿌리기 시작했다. 농부들은 그러지 말라고 주의를 주지만 나는 가능하면 이슬이 남아 있을 때 일을 모두 끝내라고 조언한다. 나는 이른 아침에는 조형예술가처럼 이슬과 바스러진 모래를 맨발로 밟으며 일했다. 그러나 늦은 오후가 되면 햇빛 때문에 발에 물집이 잡혔다. 햇살이 비추는 동안 나는 자갈투성이의 황색 고지대에서 80미터 길이로 길게 뻗어 있는 푸른 밭이랑 사이를 천천히 오가며 콩밭의 잡초를 뽑았다. 밭의 한쪽 끝에는 떡갈나무 숲이 있어서 그 그늘에서 쉴 수 있었다. 다른 한쪽에는 검은 딸기밭이 있었는데, 내가 밭을 매고 한 바퀴 돌아올 때마다 초록 딸기들은 빛깔이 한층 짙어져 있었다.

　나는 잡초를 뽑고 콩 포기 주변에 새 흙을 덮어서 내가 씨를 뿌린 이 풀이 잘 자라게 기운을 돋워주었다. 황색 흙이 쑥, 파이퍼, 나도겨이삭이 아니라 잎과 꽃에 자신의 여름 생각을 표현하도록 해서 땅이 풀이 아니라 콩을 말하도록 하는 것이 내가 매일 하는 일이었다. 나는 말이나 소의 도움을 거의 받지 않았고 어른이든 아이든 고용하지 않았으며 개량 농기구를 쓰지도 않았기 때문에 속도가 훨씬 느렸다. 그래서 여느 때보다 내 콩들에게 훨씬 더 정이 들었다. 손으로 하는 노동은 단조롭게 계속한다 해도 결코 최악의 형태의 게으름은 아니다. 여기에는 지속적이고 영원한 교훈이 있고 학자들에게는 최고의 성과를 안겨줄 것이다. 어디로 가는지는 모르지만 링컨과 웨일랜드를 지나 서쪽으로 향하는 여행객들에게는 내가 아주 부지런한 농부로 보였을 것이다.

　이들은 팔꿈치를 무릎에 괴고 말고삐는 꽃 장식처럼 느슨하게 늘어뜨린 채 이륜마차에 편안하게 앉아 있었고, 나는 집에 머물며 열심히 땅을 파는 농사꾼이었다. 하지만 내 농장은 곧 그들의 시야와 머릿속에서 사라졌다. 꽤 먼 거리에 걸쳐 길 양편에서 볼 수 있는 유일하게 툭 트이고 경작된 땅이 내 밭이어서 여행객들의 관심을 끌었을 뿐이다. 때때로 밭에서 일하는 내게 여행자들이 나누는 잡담과 논평이 들려왔다. "콩이 너무 늦었군! 완두콩이 너무 늦었어!" — 다른 사람들이 밭을 매기 시작할 때 나는 여전히 씨를 뿌리고 있었으니 — 농사 전문가인 그 목사에게는 상상도 못할 일이었을 것이다. "사료로 쓸 옥수수로군, 사료로 쓸 옥수수야", "저 사람 저기에 사는 걸까요?" 검정색 보닛이 회색 코트에게 묻는다.

험상궂은 인상의 한 농부는 유순한 말을 세우더니 거름이 전혀 안 보이는 밭이랑에서 뭘 하고 있는지 물어보며 톱밥이나 찌꺼기를 조금 뿌려보라고 권했다. 재나 벽토를 써도 된다고 했다. 하지만 여기 2에이커 반의 밭이 있었지만 수레 대신 쓰는 괭이 한 자루, 그리고 그걸 잡아끌 두 손밖에 없었고(나는 다른 수레와 말은 싫어했다.) 톱밥은 멀리 있었다. 여행자들은 덜거덕거리며 지나가면서 이미 지나온 밭들과 내 밭을 큰소리로 비교하기도 했다. 그래서 나는 농업세계에서 내가 어떤 상황에 있는지 알 수 있었다. 이것은 콜먼 씨의 보고서에도 없는 밭이었다. 그런데 사람이 개발하지 않아 아직 자연 그대로의 모습을 많이 간직한 밭에서 자연이 생산하는 작물의 가치를 누가 평가하겠는가?

영국에서는 건초를 수확하면 무게를 주의 깊게 재고 습도와 규산염과 칼리 성분을 계산한다. 그러나 숲의 모든 골짜기와 호수, 목초지와 늪에서는 인간이 수확하지만 않을 뿐 풍부하고 다양한 작물이 자란다. 내 밭은 이를테면 야생의 들판과 경작된 밭의 연결고리라 할 수 있다. 어떤 나라들은 개발되었고 어떤 나라들은 반쯤 개발되었으며 다른 나라들은 야만적이거나 미개한 상태이듯 내 밭도 마찬가지였다. 나쁜 의미는 아니지만 반쯤 경작된 밭이라 할 수 있었다. 내가 재배하는 콩들은 원시적인 야생 상태로 즐겁게 돌아가고 있었고 내 괭이는 그들을 위해 목동의 선율*을 연주했다.

바로 옆에 있는 자작나무의 우듬지에는 갈색 개똥지빠귀(어떤 사람들은 붉은지빠귀라고 부르길 좋아한다.)가 당신과 함께 있어 즐겁다는 듯 아침 내내 노래를 부른다. 당신들이 여기에 없었다면 그 새는 다른 농부의 밭을 찾아갔을 것이다. 당신이 씨를 뿌리는 동안 개똥지빠귀가 노래를 부른다. "씨를 뿌리세요, 씨를 뿌려요, 흙을 덮으세요, 흙을 덮어요, 잡초를 뽑으세요, 잡초를 뽑아요." 하지만 이것은 옥수수가 아니기 때문에 개똥지빠귀 같은 적으로부터 안전했다. 개똥지빠귀가 어설프게 파가니니 흉내를 내며 한 개 혹은 스무 개의 현을 켜대는 시시하고 장황한 연주가 씨 뿌리는 일과 무슨 관계가 있는지 의아할 것이다. 그 연주는 바로 내가 전적으로 신뢰하는 저렴한 거름이었다.

나는 괭이로 이랑 주위에 새 흙을 긁어모으면서 기록에는 없지만 원시시대에 이 하늘 아래에 살았던 부족들의 유물을 휘저었다. 그래서 그들의 무기와 사냥도구가 이 현대의 햇빛 아래에 끌려나왔다. 이것들은 다른 자연석들과 섞여 있었는데, 일부는 인디언의 모닥불에, 일부는 햇볕에 탄 흔적이 남아 있었다. 뿐만 아니라 최근에 이 땅을 경작한 사람들이 남긴 도기와 유리조각들도 나왔다. 괭이가 돌에 쨀그락 부딪치면 그 소리가 숲과 하늘에 울려퍼져 즉각적으로 무한한 수확물을 낳는 내 노동의 반주가 되어주었다.

내가 괭이질을 하는 것은 더 이상 콩밭이 아니었고 콩밭에 괭이질을 하는 사람도 내가 아니었다. 당시에 내가 떠올린 사람들이 있다면 바로 오라토리오를 들으려고 도시에 간 내 지인들이었다. 그러면 자부

---

* 히르시는 소로가 이 구절을 프리드리히 폰 실러의 「빌헬름텔」(1804)의 서시인 '목동의 선율'을 염두에 두고 썼다고 주장했다. 이것은 스위스 목동의 소몰이 노래다.

심과 함께 그만큼 연민이 느껴졌다. 화창한 날 오후에는 쏙독새가 눈의 티, 아니 하늘의 눈에 낀 티처럼 머리 위를 빙빙 돌았고(나는 때때로 온종일 일했기 때문에) 가끔 하늘이 넝마가 될 지경으로 갈가리 찢어지기라도 한 것처럼 급하게 곤두박질치며 큰소리를 냈다. 그러나 하늘의 천은 한결같이 그대로였다. 하늘을 덮다시피 날아다니며, 사람들 눈에 잘 띄지 않는 언덕꼭대기의 모래밭이나 바위틈에 알을 낳는 이 작은 도깨비들은 호수에 이는 물결처럼 우아하고 날씬하며 바람에 하늘로 떠올라 떠다니는 잎과 같았다.

자연에는 이렇게 비슷한 것들이 존재한다. 매는 자신이 날아다니며 내려다보는 파도의 하늘에 사는 형제라 할 수 있다. 공기에 부풀어오른 매의 완벽한 날개는 깃털이 없는 바다의 단순하고 소박한 날개와 일치한다. 때때로 나는 암탉개구리매 한 쌍이 하늘 높이 빙빙 도는 모습을 보기도 했다. 두 새는 내 생각을 표현해주기라도 하는 것처럼 교대로 높이 솟아올랐다 내려오고 서로에게 가까워졌다 멀어졌다 했다.

또한 나는 약간 떨리는 소리로 날개를 치며 집배원처럼 서둘러 이 숲에서 저 숲으로 날아다니는 야생비둘기에게 매료되었다. 혹은 괭이질을 하다 보면 썩은 그루터기 아래에서 불길하고 이국적인 점들이 박힌 도롱뇽이 느릿느릿 나타나기도 했다. 이집트와 나일 강의 흔적이 느껴지지만 우리와 같은 시대에 사는 녀석이었다. 일을 멈추고 괭이에 기대면 밭고랑 어디에서도 이런 소리와 풍경이 들리고 보였다. 이것은 땅이 내게 주는 무궁무진한 즐거움 중 하나였다.

축제날에는 마을에서 쏘아올리는 축포소리가 장난감 공기총소리처럼 울려퍼지고 때때로 군악대 소리도 어렴풋이 여기까지 파고들었다. 마을 한쪽 끝의 콩밭에 멀리 떨어져 있는 내게는 큰 축포소리가 말불버섯이 터지는 소리처럼 들렸다. 그리고 내가 모르는 군사 동원이 있을 때면 어떤 폭발이 일어날 것처럼 온종일 지평선에서 성홍열이나 심한 인후염 같은 일종의 가려움증과 병의 기운이 모호하게 느껴지다가 마침내 들판과 웨일랜드 도로로 순풍이 서둘러 불어와 내게 '교관들'이 왔다는 소식을 전해주었다. 멀리서 웅웅거리는 소리는 누군가가 기르는 벌들이 분봉을 해 이웃들이 베르길리우스의 충고대로 가장 낭랑한 소리가 나는 가재도구 중에서 가장 소리가 잘 나는 것으로 땅땅거려서 벌들을 다시 벌집으로 불러들이려 애쓰는 것처럼 들렸다. 소리가 잦아들고 웅웅거리는 소리도 멈추어 순풍이 아무런 이야기도 들려주지 않을 때면 나는 마지막 수벌까지 모두 안전하게 미들섹스의 벌집으로 몰아넣어져 벌들이 이제 벌집에 발라진 꿀에만 열중하고 있다는 것을 알게 된다.

나는 매사추세츠 주와 우리 조국에서 자유가 그렇게 안전하게 유지되고 있다는 것에 자부심을 느꼈다. 그리고 다시 잡초를 뽑기 시작하면 말로 표현할 수 없는 만족감이 가득 차올랐고 나는 미래에 대한 평온한 믿음에 젖어 즐겁게 일을 했다.

여러 악단이 연주를 할 때면 마을 전체가 하나의 거대한 풀무가 된 듯한 소리를 냈다. 모든 건물이 요란한 소리와 함께 번갈아 팽창했다가 푹 꺼지는 것 같았다. 하지만 때때로 정말로 고귀하고 고무적인 선율과 명예를 노래하는 트럼펫 소리가 이 숲으로 들려오면 나는 멕시코인을 꼬챙이에 꿰어 맛있게 구울 수 있을 것 같은 기분이 들어서 ― 왜 우리는 항상 사소한 일을 참아야 하는가? ― 내 용맹심을 발휘하기 위해 마멋이나 스컹크가 있는지 주위를 둘러보았다. 이런 군악대 소리는 멀리 팔레스타인에서 들려오는 것 같았고, 마을 위로 고개를 쑥 내민 느릅나무 꼭대기가 약간 기울며 흔들리는 모습과 함께 지평선을 행군하는 십자군을 연상시켰다. 이 날은 위대한 날들 중 하나였다. 하지만 내 개간지에서 보는 하늘은 평소처럼 영원히 변함없는 위대한 모습이어서 나는 아무런 차이도 볼 수 없었다.

내가 콩을 심고 잡초를 뽑아주고 수확해 도리깨질을 한 뒤 골라내 팔면서(파는 일이 제일 어려웠다.) 콩과 쌓은 오랜 친분은 특이한 경험이었다. 콩을 맛보기도 했으니 여기에 먹는 일까지 추가할 수 있다. 나는 콩에 대해 알아보려고 마음먹었다. 콩들이 자라는 동안 나는 아침 5시부터 정오까지 잡초를 뽑았으며, 나머지 시간은 대개 다른 일을 하며 보냈다. 내가 다양한 잡초들과 나눈 친밀하고 별난 친분을 생각해 보라. ― 이것을 설명하다 보면 좀 중복이 있을 것이다. 그 일 자체가 적잖이 중복되는 일이기 때문이다. ― 나는 그들의 섬세한 조직을 흩뜨리고 괭이로 부당한 차별을 행사해 어떤 종은 전체를 없애고 다른 종은 정성들여 키웠다. 저것은 로마 쑥, 저것은 명아주, 저것은 괭이밥, 저것은 파이퍼. 덤벼들어 잘라버려라. 뿌리를 비틀어 햇빛에 던져버리고 수염뿌리 하나라도 그늘에 두지 마라. 안 그러면 스스로 몸을 뒤집어 이틀 만에 리크(큰 부추같이 생긴 채소-역주)처럼 푸르러질 것이다.

나는 긴 전쟁을 치렀다. 두루미가 아니라 잡초와의 전쟁이었다. 이 잡초들은 해, 비, 이슬을 자기편으로 둔 트로이 사람들이었다. 콩들은 날마다 괭이로 무장한 채 자신들을 구하러 와서 그들의 적을 뽑아 잡초 시체들로 밭고랑을 채우는 내 모습을 목격했다. 주위에 꽉 들어찬 전우들보다 족히 1피트는 높이 솟아 기운차게 투구의 깃 장식을 흔들어대는 수많은 헥토르(일리아드에 나오는 트로이 전쟁의 용사-역주)들이 내 무기 앞에서 쓰러져 흙속에 나뒹굴었다.

그 여름날, 나와 같은 시대를 사는 사람들 중 일부는 보스턴이나 로마에서 미술에 열중하고 다른 이들은 런던이나 뉴욕에서 장사에 몰두하는 동안 나는 이렇게 뉴잉글랜드의 다른 농부들과 함께 농사에 전념했다. 먹을 콩을 원했던 건 아니다. 나는 날 때부터 피타고라스처럼 콩을 싫어했다. 그래서 콩과 관련된 한, 사람들이 그걸로 죽을 쑤든 투표에 사용하든 아랑곳하지 않았고 콩을 쌀로 교환해버렸다. 하지만 어쩌면 언젠가 우화작가에게 도움이 될 비유와 표현을 위해서라도 누군가는 들에서 일을 해야 하는 것처럼 농사를 지은 것일 수도 있다.

전체적으로 농사일은 흔치 않은 즐거움이었다. 그러나 너무 오래 계속하면 방탕이 될 수도 있었다. 나는 거름을 전혀 주지 않았고 한꺼번에 콩밭 전체를 매지도 않았지만 할 수 있는 한 유별나게 열심히 잡초를 뽑은 덕분에 결국은 그에 대한 보상을 받았다. 이블린*이 말한 것처럼, "진실로 이렇게 계속 땅을 파헤치고 뒤엎는 것에 견줄 만한 비료나 거름은 없다."** 이블린은 다른 책에서 "흙, 특히 새 흙에는 그 안에 어떤 자력이 있어서 생명력을 주는 힘 혹은 미덕(어느 쪽으로 불러도 된다.)인 염분을 끌어들인다. 우리가 흙에 하는 모든 노동과 자극은 우리 생명을 유지하기 위해서다. 거름을 주거나 그 외에 더러운 것을 섞는 것은 이렇게 땅을 개량하는 방법의 대용물에 지나지 않는다."고 덧붙였다. 게다가 소모되고 지쳐서 휴식을 즐기고 있던 이 땅은 케넬름 딕비(영국의 철학자, 외교관, 과학자-역주)경의 생각처럼 아마도 공기에서 '생명의 기운'을 끌어당겼을 것이다. 그리하여 나는 12부셸의 콩을 거둬들였다.

하지만 콜먼 씨도 주로 취미삼아 농사를 짓는 상류층의 사치스런 실험을 보고했다는 불평을 듣는 판이니 내 지출 항목을 좀 더 상세하게 알려주겠다.

괭이 한 자루	54센트
쟁기질, 써레질, 이랑 짓기	7달러 50센트, 너무 비쌈
콩 씨앗	3달러 12.5센트
씨감자	1달러 33센트
완두콩 씨앗	40센트

---

* 존 이블린, 「땅에 관한 철학적 논문」(1729)

** 채소 재배를 처음 시작하는 사람들은 소로가 이 땅에서 농사를 지은 것이 고작 2년뿐이었다는 점에 유의해야 한다. 사실 퇴비와 거름을 주는 것이 좋다.

순무 씨앗	6센트
까마귀 울타리에 쓸 흰 줄	2센트
말 쟁기 사용료와 소년의 품삯(3시간)	1달러
수확물을 운반할 말과 수레	75센트
합계	14달러 72.5센트

내 수입은 다음과 같았다(한 집의 가장은 사는 습관이 아니라 파는 습관을 지녀야 한다).*

콩 9부셸 12쿼트 판매	16달러 94센트
큰 감자 5부셸 판매	2달러 50센트
작은 감자 9부셸 판매	2달러 25센트
목초	1달러
콩 줄기	75센트
합계	23달러 44센트

앞에서 말한 것처럼 8달러 71.5센트의 금전적 이익을 얻었다.

이것이 내가 콩을 길러 얻은 결과다. 6월 초쯤에 흔하고 작은 흰색 강낭콩의 싱싱하고 둥근 순종 씨앗을 골라 3피트 간격의 고랑에 18인치씩 떨어지게 심었다. 처음에는 벌레를 조심해야 하고 빈 곳이 생기

---

* "한 집의 가장은 사는 습관이 아니라 파는 습관을 지녀야 한다."(카토, 『농업론』)

면 씨앗을 새로 심어야 했다. 그다음엔 밭이 노출되어 있을 경우 마멋을 조심해야 한다. 마멋이 지나가면서 처음에 난 연한 잎들을 거의 깨끗이 갉아먹기 때문이다. 그리고 어린 덩굴손이 나오면 그것을 알아차리고 다람쥐처럼 몸을 똑바로 세우고 앉아 꽃봉오리와 어린 꼬투리를 잘라버린다. 하지만 무엇보다 중요한 것은 가능한 한 일찍 수확해야 한다는 것이다. 서리를 피하면 판매하기에 알맞은 흠 없는 수확물을 거둘 수 있기 때문이다. 이렇게 하면 큰 손실을 막을 수 있다.

이 외에도 나는 많은 경험을 얻었다. 나는 다음 해 여름에는 콩과 옥수수를 그렇게 열심히 심지 않겠다고 마음먹었다. 대신 성실, 진심, 소박함, 믿음, 순수 등의 씨앗을 잃어버리지 않는다면 그런 씨앗들을 심을 것이다. 그리고 노력을 덜 들이고 거름을 덜 주더라도 이 땅에서 그런 씨앗들이 자라서 내게 생명의 힘을 주는지 지켜볼 것이다. 이 땅이 그런 작물이 자라지 못할 만큼 피폐해지지는 않은 게 분명하기 때문이다. 아아! 나는 이렇게 혼잣말을 했다. 그러나 이제 다음 여름이 지나가고 그다음, 그다음 여름도 지나갔다. 그리고 나는 독자들에게 내가 심었던 씨앗이 정말로 이런 미덕의 씨앗이었지만 벌레가 먹었는지 아니면 생명력을 잃어버렸는지 싹이 트지 않았다는 것을 말해야겠다.

일반적으로 사람들은 자기 조상들이 용감했던 만큼, 혹은 겁이 많았던 만큼만 용기를 내려고 한다. 요즘 세대는 인디언들이 수백 년 전에 했던 방식이자 첫 번째 정착민들에게 가르쳤던 방식대로 매년 옥수수와 콩을 심는다. 마치 그러는 것이 운명이기라도 한 것처럼. 요전날 나는 한 노인이 괭이로 적어도 70개나 되는 구멍을 파고 있는 모습을 보고 놀랐다. 자신이 누울 무덤을 파는 것도 아니었다! 하지만 왜 뉴잉글랜드 사람은 새로운 모험을 시도하지 않을까. 왜 곡물, 감자와 목초, 과수만 그토록 중시하면서 다른 작물을 수확하지 않을까? 씨앗으로 쓸 콩에는 그토록 신경을 쓰면서 왜 새로운 세대에게는 전혀 관심을 기울이지 않을까? 내가 앞에서 말했던 특성, 우리 모두가 다른 생산품보다 귀하게 여기지만 대체로 공중에 흩어져 떠다니고 있는 특성들이 내면에 뿌리내려 자라고 있는 사람을 만난다면 우리는 즐겁고 기운이 날 것이다.

예를 들어, 진실과 정의처럼 미묘하고 말로 형언할 수 없는 특성이 극히 소량의 형태나 새로운 변종의 형태로 나타났다고 하자. 우리 대사들은 그 씨앗들을 본국으로 보내라는 지시를 받아야 하고 의회는 전국에 그 씨앗들이 배포되도록 도와야 한다. 우리는 진지하게 격식을 차려서는 안 된다. 가치와 우정의 핵이 존재한다면 우리는 천박하게 서로를 속이고 모욕하고 내쫓지 않을 것이다. 따라서 우리는 성급하게 만나서는 안 된다. 나는 사람들을 거의 만나지 않는다. 사람들이 시간이 없는 것 같기 때문이다. 그들은 콩을 기르느라 바쁘다. 우리는 항상 바빠 일하는 사람은 상대하지 않을 것이다. 이런 사람들은 일하는 사이사이에 괭이나 삽을 지팡이 삼아 몸을 기대는데, 버섯처럼 안정되게 서 있는 것이 아니라 땅 위에 내려와 걸어다니는 제비처럼 똑바로 서지 않고 땅에서 몸이 약간 떨어져 있다.

그는 말을 하는 동안 날아가려는 것처럼
가끔씩 날개를 펼쳤다가 다시 접었다.*

따라서 우리는 천사와 이야기를 나누고 있는지도 모른다는 생각을 하게 된다. 빵이 항상 우리에게 자양분을 주는 것은 아니다. 하지만 인간이나 자연 안에서 어떤 관대함을 인식하고 순수하고 이타적인 기쁨을 나누는 것은 항상 우리에게 도움이 된다. 심지어 무엇이 우리를 괴롭히는지 모를 때 우리의 뻣뻣한 관절을 풀어주며 유연하고 탄력 있게 만들어주기도 한다.

---

* 프란시스 퀄스, 「양치기의 신탁」

옛 시와 신화들은 농사가 적어도 한때는 신성한 예술이었음을 암시한다. 하지만 우리는 불경스럽게 서두르고 부주의하게 농사를 짓는다. 그리고 큰 농장과 많은 수확물만이 우리 목표가 되었다. 우리에게는 농부들이 자기 천직의 신성함을 표현하고 농업의 신성한 기원을 되새겨보는 축제도, 행렬도, 의식도 없다. 가축품평회나 소위 추수감사절도 예외가 아니다. 농부의 마음을 끄는 건 돈과 맘껏 포식하는 것뿐이다. 그는 케레스(로마신화에 나오는 풍작의 여신-역주)와 지상의 주피터가 아니라 지옥의 플루토스에게 제사를 올린다. 우리 중 누구도 탐욕과 이기심 그리고 땅을 주로 재산이나 재산을 얻는 수단으로 생각하는 천한 습성에서 자유롭지 못하기 때문에 풍경이 추하게 변하고, 농사는 우리와 함께 품위가 떨어졌으며, 농부들은 가장 비천한 삶을 영위한다.

농부는 자연을 강도라고 생각한다. 카토는 농업에서 얻는 이익은 특히 경건하고 정당하다고 말한 바 있다(가장 경건한 직업).* 또한 마르쿠스 바로에 따르면 옛 로마인들은 같은 땅을 어머니이자 케레스라고 불렀고 땅을 경작하는 사람은 경건하고 유용한 삶을 살며 그들만이 사투르누스(로마신화에 나오는 농경신-역주) 왕의 종족으로 남았다고 생각했다.**

우리는 해가 우리의 경작지와 대초원, 숲을 차별하지 않고 내려다본다는 것을 잊어버리곤 한다. 그것들은 모두 햇살을 똑같이 반사하고 흡수한다. 경작지는 해가 매일 지나다니면서 보는 영광스러운 풍경의 작은 부분에 지나지 않는다. 해가 보기에 지구는 모두 똑같이 가꾸어진 하나의 정원인 것이다. 따라서 우리는 해의 빛과 열을 그에 상응하

---

* "가장 존중받는"(카토, 『농업론』 서론)

** 같은 땅을 '어머니'와 '케레스'로 부른 데는 이유가 있다(마르쿠스 테렌티우스 바로, 『농업론』). 주피터가 로마의 농경신인 사투르누스를 왕좌에서 쫓아내자 사투르누스는 이탈리아로 달아나 원주민들에게 농업기술을 가르쳤다.

는 신뢰와 관대함으로 받아야 한다. 내가 이 콩들의 씨앗을 소중히 다루어 가을에 수확한들 그게 어쨌다는 걸까? 내가 그토록 오랫동안 살핀 이 넓은 밭은 나를 주된 경작자로 의지하는 게 아니라 나에게서 멀리 떨어져 자신에게 물을 주고 푸르게 가꾸어주는 더 친절한 자연의 영향력에 의지한다. 이 콩들의 결실을 내가 다 수확하는 것도 아니다. 이 콩들의 일부는 마멋을 위해 자란 것은 아닐까?

밀 이삭(라틴어로 이삭을 뜻하는 spica와 지금은 쓰이지 않는 speca의 어원은 희망을 뜻하는 spe이다.)이 농부의 유일한 희망이 되어서는 안 된다. 낟알(라틴어로 granum이며 결실을 뜻하는 gerendo에서 나왔다.)이 밀에서 열리는 전부는 아니다. 그렇게 본다면 어떻게 우리의 농사가 실패하는 일이 있겠는가? 잡초의 씨앗은 새들의 곡물창고 역할을 하니까 잡초가 무성하면 나는 기뻐해야 하지 않을까? 밭의 수확물이 농부의 헛간을 가득 채워주는지는 별로 중요한 문제가 아니다. 다람쥐가 올해 숲에 밤이 열릴지 아닐지에 신경 쓰지 않는 것처럼, 진정한 농부라면 걱정하지 않을 것이다. 그리고 밭의 생산물에 대한 모든 권리를 포기하고 첫 결실뿐 아니라 마지막 결실까지도 제물로 바친다는 마음으로 하루하루의 일을 마칠 것이다.

8

소식이 있는 곳, 마을

나는 오전에 밭을 매거나 책을 읽고 글을 쓴 뒤 대개 호수에서 다시 목욕을 했다. 후미진 곳에서 잠시 수영을 하면서 몸에서 노동의 먼지를 씻어내거나 공부를 하느라 최근에 생긴 주름살을 폈다. 그리고 나면 오후는 완전히 자유시간이었다. 나는 매일 혹은 이틀에 한 번 꼴로 마을에 가서 끊임없이 떠도는 소문들을 들었다. 소문은 입에서 입으로 혹은 신문에서 신문으로 떠다녔고, 그런 이야기들을 동종요법 식으로 취하면 나뭇잎이 바스락거리는 소리나 개구리 울음소리처럼 신선한 느낌을 받았다.

나는 새나 다람쥐를 보려고 숲을 걷는 것처럼 어른들과 아이들을 보려고 마을을 걸어다녔다. 소나무 사이로 부는 바람 대신에 수레가 덜걱거리는 소리가 들렸다. 내 집에서 한 방향으로 가면 강가의 풀밭에 사향쥐들의 집단 거주지가 있고, 반대쪽 지평선으로는 느릅나무와 플라타너스 숲 아래에 바삐 사는 사람들의 마을이 있었다. 나에게는 이 사람들이 굴 입구에 앉아 있거나 잡담을 나누려고 이웃으로 달려가는 프레리다람쥐처럼 별나 보였다. 나는 이들의 습관을 관찰하러 마을에 자주 갔다. 마을은 내게 하나의 커다란 보도국처럼 느껴졌다. 한때 스테이트 거리의 레딩상회가 그랬던 것처럼 마을 한쪽에 견과류와 건포도, 혹은 소금과 밀가루, 그 외의 식료품들을 갖추어놓아서 더 그런 생각이 들었다.

어떤 사람들은 앞의 상품, 즉 소식에 대한 식욕이 왕성하고 소화기관이 아주 튼튼해서 한길에 꼼짝 앉고 주야장천 앉아서 소식들이 에테시아 바람처럼 부글부글 끓고 소곤거리면서 지나가도록 둔다. 소식은 에테르를 들이마시는 것처럼 의식에 아무런 영향을 미치지 않고 고통에 마비되고 무감각해지게 만든다. 그렇지 않으면 소식을 듣는 것이 종종 고통스러울 것이다. 마을을 걸어다닐 때면 꼭 그런 사람들이 줄지어 앉아 있는 것이 보였다. 어떤 사람은 사다리에 앉아 햇볕을 쬐면서 몸을 앞으로 숙인 채 눈은 신문의 행을 이리저리 훑어보다가 이따금 만족한 표정을 짓곤 했다. 아니면 여인상이 새겨진 기둥처럼, 혹은 헛간을 떠받쳐야 하는 것처럼 손을 주머니에 넣은 채 몸을 헛간에 기대고 있었다.

이들은 대개 집 밖에 나와 있기 때문에 바람에 실려오는 소식은 뭐든 들었다. 이 사람들은 곡식을 가장 거칠게 빻는 제분기와 같아서 모든 소문이 우선 그 안에서 조잡하게 소화되거나 바수어진 뒤 집 안의 더 곱고 섬세한 깔때기로 옮겨졌다. 나는 마을의 중심축이 식료품점, 술집, 우체국, 은행이라는 것을 알게 되었다. 그리고 사람들은 마을이라는 기계의 필수부품으로 종, 대포, 소방차를 편리한 곳에 갖춰두었다. 집들은 인간을 최대한 활용하기 위해 길가에 서로 마주보도록 배치되어 있어서 지나가는 모든 여행객은 태형을 받아야 했고, 남자, 여자, 아이들 할 것 없이 모두 그를 때릴 수 있었다. 물론 줄의 맨 앞 가

까이 자리 잡은 사람들은 가장 잘 볼 수 있고 다른 사람들의 눈에도 잘
보이는데다 여행자를 가장 먼저 때릴 수 있어 그 자리에 대해 가장 비
싼 값을 치렀다.

　외곽 지역에 흩어져 사는 사람들은 줄에 긴 틈이 생겨 여행자들이
담을 넘거나 소들이 다니는 길로 피해 달아날 수 있으므로 토지세나
창문세를 아주 조금만 냈다. 사방에 여행자를 유혹하는 간판들이 걸려
있었다. 술집과 식료품점 같은 곳은 식욕으로, 포목점이나 보석상 같
은 곳은 화려함으로, 이발소나 구둣방, 양복점은 머리나 발이나 치마
를 미끼로 여행자를 꾄다.* 게다가 이 집들 하나하나가 자기 집에 들러
달라고 무섭도록 꾸준하게 초대장을 보냈고, 이맘때쯤 내가 들를 것이
라고 기대했다.

　나는 태형을 받는 사람에게 추천하는 것처럼 깊이 생각하지 않고
대담하게 나아가거나 "수금을 타며 큰소리로 신들을 찬미하는 노래를
불러 세이렌의 목소리를 누르고 위험에서 벗어난" 오르페우스**처럼 고
귀한 것을 계속 생각함으로써 이런 위험을 멋지게 피했다. 때때로 나
는 갑자기 달아나버려 아무도 내 행방을 알 수 없었다. 나는 체면 따위
에 그다지 신경을 쓰지 않았고 울타리 구멍으로도 망설임 없이 빠져
나갔기 때문이다. 나는 심지어 어떤 집들에 불쑥 들어가는 데도 익숙
해졌다. 그리고 그 집에서 환대를 받으며 핵심적이면서도 가장 마지막
으로 걸러진 소식, 진정된 소식, 전쟁과 평화의 전망, 세계가 훨씬 더
오래 단결할 것인지에 관해 들은 뒤 뒷길로 빠져나와 다시 숲으로 달
아났다.

　늦게까지 마을에 남아 있다가 밤이 되어 호밀이나 옥수수가루 자루
를 어깨에 짊어지고 불을 환히 밝힌 마을의 상점들이나 강당을 떠나

---

* 　현재 미국인들은 일생 동안 평균 1년을 텔레비전 광고를 보는 데 쓴다.

** 　프랜시스 베이컨, 『고대인의 지혜』

숲속의 아늑한 항구로 항해를 나설 때는 아주 기분이 좋았다. 특히 어둡고 폭풍우가 몰아치는 밤에는 더욱 그러했다. 그럴 때는 배의 외부를 샐 틈 없이 막고 생각이라는 명랑한 승무원들과 함께 갑판 아래로 물러났다. 내 육체에게만 키를 맡겨놓거나 항해가 순조로울 때는 아예 키를 고정시켜두기도 했다. "나는 항해를 하면서" 선실의 난롯가에 앉아 즐거운 생각들을 많이 했다. 심한 폭풍을 만나기도 했지만 나는 어떤 날씨에도 표류하거나 괴로워하지 않았다. 보통 때도 숲속의 밤은 대부분의 사람들이 생각하는 것보다 어둡다.

나는 길을 찾기 위해 길 위쪽 나무들 사이의 트인 공간을 자주 쳐다보아야 했고, 마찻길도 없는 곳에서는 내가 밟고 지나다니며 만들어놓은 희미한 자취를 발로 더듬어야 했다. 혹은 몹시도 캄캄한 밤, 숲 한가운데에서 가령 18인치도 안 되는 간격으로 떨어져 있는 두 소나무 사이를 지날 때면 손으로 특정 나무들을 더듬어 전부터 알고 있던 관계로 짐작해 방향을 잡았다. 때때로 찌는 듯이 덥고 어두운 밤에, 내 눈이 볼 수 없는 길을 발로 느끼며 내내 꿈꾸듯이 멍한 상태로 밤늦게 집에 돌아오면 빗장을 올리려고 손을 들 때에야 정신이 들었고, 내가 어떻게 걸어왔는지는 한 발자국도 생각나지 않았다. 그래서 나는 손이 아무 도움 없이도 입을 찾아가듯이 아마 내 몸도 주인에게 버림받더라도 집을 찾아올 것이라는 생각이 들었다.

몇 번인가 방문객이 저녁때까지 머물다가 캄캄한 밤이 되어 돌아가는 일도 있었다. 나는 그를 집 뒤의 마찻길로 안내한 뒤 가야 할 길을 알려주어야 했다. 그는 눈보다 발의 인도를 받아 그 방향을 따라가야 했다. 언젠가 몹시 캄캄한 밤에는 호수에서 낚시를 하던 두 젊은이들에게 이와 같이 길을 알려주기도 했다. 두 사람은 숲에서 1마일가량 떨어진 곳에 살아서 그 길을 잘 알고 있었다. 하루인가 이틀 뒤에 그중 한 명이 내게 말하길, 그날 집을 가까이 두고도 밤새 헤매다가 아침이 될 때까지 집에 들어가지 못했다고 했다. 게다가 그 사이에 몇 차례

심한 소나기가 쏟아져 나뭇잎들이 완전히 젖고 자신들도 온몸이 흠뻑 젖었다는 것이다. 속담에서처럼 칼로 자를 수 있을 만큼 어둠이 짙을 때에는 많은 사람이 마을길에서도 길을 잃는다고 한다.

외곽에 사는 사람들은 우마차를 타고 시내로 장을 보러 나왔다가 하룻밤을 묵어야 하고, 마을을 방문한 신사와 숙녀들은 어디서 방향을 틀어야 할지 모른 채 오로지 발로 보도를 더듬으며 걷다가 길에서 반 마일이나 벗어나기도 한다. 언제든 숲에서 길을 잃는 것은 놀랍고 인상적일 뿐 아니라 가치 있는 경험이다. 눈보라가 칠 때는 심지어 낮에, 잘 아는 길에서도 종종 마을로 가는 방향을 찾지 못할 때가 있다. 그 길을 수없이 다녔다는 것을 아는데도 지세를 분간하지 못하고 시베리아에 있는 것처럼 길이 낯설게 느껴지는 것이다.

물론 밤에는 당혹감이 무한정 더 커진다. 키잡이가 잘 알려진 등대와 곶을 보고 방향을 잡듯이, 우리는 아주 평범한 산책을 할 때도 무의식적으로 끊임없이 방향을 잡는다. 그리고 일상적으로 다니는 길을 벗어나더라도 여전히 인근에 있는 곳들의 방향을 머릿속에 담아둔다. 그래서 완전히 길을 잃어버리거나 한 바퀴 돌고 나서야 ─ 사람은 눈을 감고 한 바퀴만 돌아도 이 세상에서 길을 잃게 되니까. ─ 자연의 광대함과 기묘함을 인식하게 된다. 모든 사람은 잠에서 깨어나든 몽상에서 깨어나든 그때마다 나침반의 방위를 확인해야 한다. 우리는 길을 잃고 나서야, 세상을 잃고 나서야 우리 자신을 발견하며, 우리가 어디에 있는지와 우리의 관계가 무한하다는 것을 인식한다.

이곳에서의 첫 여름이 끝나갈 무렵이었다. 어느 오후, 나는 구두수선공에게 맡긴 구두를 찾으려고 마을에 갔다가 체포되어 감옥에 갇혔다. 내가 다른 곳에서 언급한 것처럼, 상원의사당 문 앞에서 남자와 여자, 아이들을 소처럼 사고파는 주정부에 세금을 내지 않고 주의 권위를 인정하지 않았기 때문이었다. 내가 숲에 들어간 것은 이와는 다른 목적 때문이었다. 하지만 한 사람이 어디를 가든 사람들이 쫓아와서 그들의 비열한 제도에 따라 그를 함부로 대하고, 할 수만 있다면 그들의 지극히 괴상한 조직에 가두어버릴 것이다. 사실 나는 강력히 저항해 어느 정도 효과를 거두었을 수도 있고 사회에 대항해 미친 듯이 날뛸 수도 있었다. 하지만 나는 사회가 나를 향해 "미친 듯이 날뛰는" 쪽을 택했다. 필사적인 쪽은 내가 아니라 사회였기 때문이다.

그러나 나는 다음 날 풀려났고 수선된 신발을 찾아 페어헤이븐 언덕에서 월귤나무 열매로 점심을 먹기에 알맞은 때에 숲으로 돌아왔다. 나는 주의 대표자들 말고는 누구에게도 괴롭힘을 당하지 않았다. 원고를 넣어둔 책상을 제외하고는 자물쇠나 빗장을 채우지 않았고, 문의 걸쇠나 창문에 못 하나도 박지 않았다. 며칠씩 집을 비워도 밤이고 낮이고 문을 잠그지 않았다. 다음 해 가을에 메인 주의 숲에서 2주를 보냈을 때도 마찬가지였다. 하지만 내 집은 군인들이 에워싸고 있는 것보다 더 존중받았다. 걷다가 지친 사람은 내 난로 옆에서 쉬면서 몸을 데울 수 있었고, 문학에 관심이 많은 사람은 내 책상 위에 있는 책 몇 권을 즐길 수 있었다. 혹은 호기심 많은 사람은 내 찬장 문을 열어보고 내가 점심을 먹다 뭘 남겼는지, 저녁으로 뭘 먹을 것인지 알 수 있었다.

온갖 계층의 수많은 사람이 이 길을 지나 호수로 갔지만 나는 심각한 불편을 겪은 적이 없었다. 호메로스의 작은 책 한 권을 빼고는 잃어버린 것도 없다. 어울리지 않게 금박을 입힌 책이었는데, 나는 지금쯤 우리 진영의 한 병사가 그 책을 발견했으리라고 믿는다. 나는 모든 사람이 그때의 나처럼 소박하게 산다면 도둑질과 약탈은 없을 것이라고 확신한다. 그런 행위들은 일부 사람들은 필요 이상으로 많이 가진 반면 다른 사람들은 충분히 가지지 못한 사회에서만 일어난다. 포프가 번역한 호메로스의 책이 얼른 널리 퍼져야 할 것이다.

사람들이 원하는 것이 너도밤나무 그릇뿐이었을 때는
전쟁이 사람들을 괴롭히지 않았다.*

당신이 정치를 하면서 어찌 형벌을 사용하려고 하는가? 당신이
선하고자 하면 백성들도 착하게 된다. 군자의 덕은 바람과 같고
소인의 덕은 풀과 같다. 풀이란 바람이 불면 반드시 눕게 마련이
다.**

---

* 「티불루스의 비가」
** 『논어』 12편 19절.

9

호수, 그 순수

나는 사람들과 만나서 지겨울 만큼 잡담을 나누고 마을의 모든 친구들에게도 질리면 때때로 "신선한 숲과 새로운 풀밭"을 향해 평소보다 서쪽으로 더 멀리까지 산책을 나갔다.* 아니면 해가 지는 동안 페어헤이븐 언덕에서 월귤나무 열매와 블루베리로 저녁을 준비하고 며칠 먹을 열매를 따서 저장했다. 열매는 시장에 팔려고 기르는 사람이나 사서 먹는 사람에게는 자신의 진짜 맛을 보여주지 않는다. 참맛을 보는 방법이 딱 하나 있지만 그렇게 하는 사람은 거의 없다. 월귤나무 열매의 맛을 알고 싶으면 목동이나 자고새에게 물어보라. 월귤나무 열매를 따보지도 않은 사람들이 그 맛을 안다고 생각하는 건 통속적인 착각이다.

---

* 소로는 서너 시간씩 산책을 하지 않으면 하루를 허비했다고 생각했다.

진짜 월귤나무 열매는 보스턴으로 가지 않는다. 보스턴의 세 언덕에 월귤나무가 자라기 시작한 이래 이 과실은 그곳에서 진가를 잃어버렸다. 시장으로 가는 수레 안에서 열매들이 서로 부대껴 과분이 떨어지면서 맛 좋고 본질적인 부분이 사라지고 단순히 하나의 음식물이 되어버리는 것이다. 영원한 정의가 지배하는 한, 시골 언덕에서 자라는 순수한 월귤나무 열매가 단 하나라도 보스턴으로 옮겨질 수는 없을 것이다.

때때로 나는 그날 해야 할 밭매기를 끝낸 뒤 아침부터 호수에서 낚시를 하고 있는 벗과 어울렸다. 그는 오리나 떠다니는 나뭇잎처럼 꼼짝 안 하고 조용히 낚시를 하며 갖가지 철학을 훈련한 뒤 내가 도착할 무렵에는 대개 자신이 고대 종파의 수도사라는 결론을 내리고 있었다. 나이가 많은 사람도 한 명 있었다. 그는 뛰어난 낚시꾼이고 산과 관련된 온갖 일에 능숙한 사람이었다. 그는 내 집이 낚시꾼들의 편의를 위해 지어졌다고 생각하며 기뻐했다. 나 역시 그가 내 집 문가에 앉아 낚싯줄을 정리할 때면 기분이 좋았다. 가끔 우리는 호수의 배 안에 함께 앉아 있었다. 그는 배의 한쪽 끝에, 나는 다른 쪽 끝에 앉았다. 그가 최근에 귀가 어두워졌기 때문에 우리 사이에는 많은 말이 오가지는 않았다. 하지만 그는 이따금 찬송가를 흥얼거렸는데, 이런 모습은 내 철학과 아주 잘 맞았다.

이렇게 우리의 교제는 전적으로 온전하고 조화로운 형태였고, 말로 이루어진 교제보다 훨씬 더 즐거운 기억이 되었다. 이야기를 나눌 사람이 없을 때면 나는 곧잘 동물원의 조련사가 야수들을 자극하듯이 배 한쪽을 노로 두들겼다. 그러면 소리가 뱅뱅 돌며 퍼져나가 주변의 숲을 가득 채웠고 이윽고 모든 울창한 골짜기와 산비탈에서 으르렁거리는 화답소리가 들려왔다.

따뜻한 저녁이면 나는 자주 배 안에 앉아 피리를 불었다. 그리고 그 소리에 매혹된 듯 주위를 맴도는 농어들과 숲의 잔해로 뒤덮이고 고랑이 져 있는 호수 바닥을 비추는 달을 바라보았다. 예전에는 가끔 친구와 함께 어두운 여름밤에 모험을 하는 기분으로 이 호수에 왔다. 그리고 물고기들을 꾀려고 물가에 모닥불을 피우고 실에 벌레를 매달아 메기를 잡았다. 깊은 밤에 낚시를 끝내면 불이 붙은 나뭇가지를 불꽃놀이를 하는 것처럼 공중으로 던졌다. 나뭇가지는 호수에 떨어지면서 요란스레 쉬익 소리를 내며 불이 꺼졌다. 그 순간 우리는 갑자기 완전한 암흑 속을 더듬거려야 했다. 우리는 이렇게 더듬더듬 움직이고 휘파람을 불면서 사람들이 사는 곳으로 되돌아갔다. 하지만 지금은 호수 옆에 내 집이 있다.

가끔 나는 마을의 어느 집 거실에 머물다가 그 집 가족이 모두 잠자리에 들면 숲으로 돌아왔다. 그리고 다음 날 저녁거리를 장만하려고 한밤중에 달빛 아래에서 배를 타고 몇 시간 동안 낚시를 했다. 올빼미와 여우들이 세레나데를 불러주고 이따금 아주 가까이에서 이름 모를 새가 키익키익 우는 소리도 들려왔다. 기억에 남는 아주 소중한 경험이었다. 호숫가에서 100~150미터쯤 들어가 수심이 40피트 정도 되는 곳에 배를 멈추고, 달빛을 받으며 꼬리로 수면에 잔물결을 일으키는 수많은 작은 농어와 은빛 피라미들에게 둘러싸인 채 아마로 된 긴 낚싯줄을 통해 수면 아래 40피트 깊이에 사는 신비한 야행성 물고기와 통신을 했다.

때로는 부드러운 밤바람에 떠밀리면서 호수에 드리운 60피트 길이의 낚싯줄을 잡아당기면 가끔 약간의 진동이 느껴지기도 했다. 그것은 어떤 생명체가 우둔하고 확신 없이 머뭇거리며 좀처럼 결정을 내리지 못한 채 낚싯줄 끝을 배회하고 있다는 신호였다. 그러다 마침내 내가 천천히 일어서서 손을 번갈아가며 낚싯줄을 잡아당기면 메기가 끽끽거리며 공중에서 몸부림을 쳤다. 특히 어두운 밤에 다른 천체들의 광대하고 우주적인 주제들에 대해 이리저리 생각하다가 갑자기 약하게 휙 잡아당기는 느낌에 몽상이 깨지면서 다시 자연과 연결되는 것은 몹시 묘한 경험이었다. 다음에는 밀도가 더 낮은 물속뿐 아니라 하늘로도 낚싯줄을 던질 수 있을 것 같았다. 말하자면 나는 그렇게 낚싯바늘 하나로 두 마리의 물고기를 잡았다.

월든의 풍경은* 수수해서 매우 아름답긴 하지만 웅장하지는 않으며 오랫동안 자주 와봤거나 호숫가에 사는 사람 외에는 큰 관심을 끌지 못한다. 하지만 이 호수는 놀라울 정도로 깊고 맑아서 상세하게 설명할 만하다. 월든 호수는 길이 0.5마일, 둘레 1.75마일에 면적이 61.5에이커인 맑고 깊은 녹색 우물이며 소나무와 떡갈나무 숲 한가운데에 솟아나는 영원한 샘이다. 구름이 뿌리는 비나 증발되는 물을 제외하고는 물이 들어오거나 나가는 곳도 없다. 물가에서부터 40~80피트 높이의 언덕들이 가파르게 솟아 호수 주변을 둘러싸고 있고, 동남쪽과 동쪽으로 0.25마일과 0.3마일쯤 되는 거리 안에 각각 100피트와 150피트 높이의 산들이 있어서 주위가 온통 삼림지대다.

콩코드의 모든 물은 적어도 두 가지 색을 띤다. 하나는 멀리서 봤을 때의 색이고 다른 하나는 가까이에서 본 좀 더 정확한 색이다. 멀리서 보이는 색은 빛의 영향을 더 많이 받고 하늘의 색에 따라 바뀐다. 맑은 여름날 조금 떨어진 곳에서 보면 물이 약간 푸른색으로 보인다. 특히 물결이 세게 일렁일 때는 더욱 그러하다. 그러나 멀리 떨어져서 보면 모두 똑같은 색으로 보인다. 폭풍우가 치는 날에는 때때로 짙은 석판색을 띠기도 한다. 그러나 바다는 하루는 파란색이다가 다른 날은 대기에 뚜렷한 변화가 없어도 초록색이 된다고 들었다. 또 나는 세상이 눈으로 덮여 있을 때 마을의 강을 본 적이 있는데 물과 얼음이 거의 풀

---

* 나는 월든 호수에서 몇 마일 떨어진 곳에서 자라서 이 호수가 화구호가 아니라는 것을 증언할 수 있다. 이 호수에서 얻을 수 있는 귀한 교훈은 평범하고 흔한 자연이 커다란 애정과 통찰력을 불러일으킬 수 있다는 것이다. 따라서 최근 음악가 돈 헨리가 주축이 된 환경보호 운동가들이 월든 호숫가와 주변 숲의 개발을 막는 캠페인을 벌여 큰 성공을 거둔 것은 당연한 일이다.

같은 초록색이었다.

어떤 사람들은 푸른색을 "액체든, 고체든 순수한 물의 색"*이라고 생각한다. 하지만 배에서 우리 마을의 물을 똑바로 내려디보면 아주 다른 색으로 보인다. 월든 호수는 같은 지점에서 봐도 어떤 때는 파란색이다가 또 다른 때는 녹색이 감돈다. 땅과 하늘 사이에 누운 이 호수는 양쪽의 색을 모두 품고 있다. 언덕 꼭대기에서 보면 호수는 하늘의 색을 나타낸다. 하지만 가까이에서 보면 모래가 깔린 호숫가 바로 옆은 노란색을 띠며 호수 안쪽으로 좀 들어가면 연초록색이 된다. 그리고 안쪽으로 갈수록 점점 짙어져 균일한 짙은 녹색을 띤다. 빛의 변화에 따라서는 때로 언덕 꼭대기에서 봐도 호숫가 근처의 물이 선명한 녹색을 띠기도 한다.

어떤 사람들은 물이 푸른 초목을 반사하기 때문에 그리 보인다고 말한다. 하지만 철로의 모래언덕 주변에서도, 봄에 나뭇잎들이 자라기 전에도 물은 똑같은 녹색을 띤다. 어쩌면 호수의 기본적인 색상인 파란색이 모래의 노란색과 섞여 녹색을 띠는 것일 수도 있다. 이것은 호수의 홍채의 색이다. 또한 봄에 태양의 열이 호수 바닥에서 반사되고 땅을 통해 전달되어 호수 가운데 부분은 아직 얼어 있는데 이 부분이 맨 처음 녹으면서 좁은 수로를 이룬다. 콩코드에 있는 다른 물들과 마찬가지로 월든 호수도 맑은 날 물결이 하늘을 직각으로 반사할 정도로 물살이 세차게 일거나 더 많은 빛이 물결과 섞이면 조금 멀리서 봐도 하늘보다 더 짙은 푸른색으로 보인다. 그럴 때 호수 위의 배에서 물결 양쪽으로 물이 반사하는 색을 살펴보면 이루 말로 표현할 수 없을 정도로 독보적인 담청색을 알아볼 수 있다. 물결무늬가 있거나 빛에 따라 색이 변하는 비단과 칼날에서 볼 수 있는 것과 비슷한 색이다. 물결의 한쪽은 이러한 짙은 청색이고 반대쪽은 원래의 짙은 녹색이어서

---

* 제임스 D. 포브스, 『사보이 알프스 여행』(1843)

두 색이 번갈아 나타나는데, 서로 비교해보면 반대쪽 면은 진흙 색깔로 보인다.

내 기억에 이것은 해지기 전 서쪽의 구름 사이로 보이는 한 조각 겨울하늘처럼 녹색을 띤 투명한 푸른색이었다. 그러나 호수의 물을 유리잔에 담아 빛에 비춰보면 똑같은 양의 공기와 마찬가지로 무색이다. 큰 유리판이 녹색을 띤다는 것은 잘 알려진 사실인데, 유리제작자의 말에 따르면 유리판은 '덩어리'이기 때문이다. 그러나 작은 유리조각에는 아무런 색이 없다. 월든 호수가 녹색을 띠려면 물의 양을 얼마나 큰 데에 담아야 하는지 나는 실험해보지 못했다. 콩코드 강의 물은 똑바로 내려다보면 검은색이나 아주 짙은 갈색이다. 그리고 대부분의 다른 호수와 마찬가지로, 그 안에서 헤엄치는 사람의 몸에 노르스름한 색조를 가미한다. 하지만 월든의 물은 수정같이 맑아서 헤엄치는 사람의 몸이 설화석고처럼 하얗게 보여 훨씬 더 부자연스럽다. 그리고 팔다리가 확대되고 왜곡되게 보여 기괴한 효과를 내기 때문에 미켈란젤로 같은 화가가 연구할 만한 대상이라 할 수 있다.

월든 호수는 물이 너무나 투명해서 25~30피트 깊이의 바닥도 잘 보인다. 호수에서 노를 젓다 보면 수면 아래로 길이가 1인치 정도밖에 안 돼 보이는 농어와 은빛 물고기 떼를 볼 수 있는데, 농어는 몸에 난 가로줄로 쉽게 식별이 가능하다. 당신은 이 호수에서 양식을 찾는 이 물고기들이 금욕적이라는 생각이 들 것이다. 오래전 겨울, 강꼬치고기를 잡으려고 얼음에 구멍들을 뚫었을 때의 일이다. 나는 호숫가로 걸어가면서 얼음 위에 도끼를 던졌는데 악령이 지시라도 한 것처럼 도끼가 20여 미터 미끄러지더니 구멍 중 하나에 빠지고 말았다. 수심이 25피트인 곳이었다.

호기심이 발동한 나는 얼음 위에 엎드려 구멍 속을 들여다보았다. 도끼는 약간 옆쪽에 거꾸로 박혀 있었는데, 똑바로 선 도끼자루가 호수의 진동에 따라 천천히 앞뒤로 흔들거리고 있었다. 그냥 놔두면 시간이 지나 손잡이가 썩을 때까지 똑바로 서서 흔들리고 있을지도 몰랐다. 나는 갖고 있던 얼음끌로 도끼 바로 위에 구멍을 또 하나 뚫은 뒤 부근에서 발견할 수 있는 가장 긴 자작나무 가지를 칼로 잘랐다. 그리고 올가미를 만들어 가지 끝에 매단 뒤 조심스럽게 물 아래로 떨어뜨려 도끼 손잡이 위에 놓았다. 그러고는 자작나무 가지에 매단 줄을 잡아당긴 뒤 천천히 끌어올려 도끼를 다시 건져냈다.

호숫가에는 한두 군데 작은 모래사장을 제외하고는 포장용 돌처럼 매끈하고 둥근 돌들이 띠를 이루며 깔려 있다. 그리고 아주 가팔라서 물속으로 뛰어들면 머리가 쑥 빠지는 곳이 많다. 물이 놀라울 정도로 투명하지 않다면 맞은편 호숫가로 올라갈 때까지 다시는 바닥을 보지 못할 것이다. 이 호수에는 바닥이 없다고 생각하는 사람들까지 있다. 물이 흐린 곳은 한 군데도 없고 무심코 보면 수초도 전혀 없는 것 같다. 최근에 물에 잠긴 작은 풀밭은 엄밀히 말하면 호수에 속하지 않으니 제외하면, 아무리 자세히 살펴봐도 눈에 띄는 식물 중에 붓꽃도, 골풀도, 심지어 노란색이나 흰색의 백합도 보이지 않는다.

작은 하트 모양의 잎들과 가래만 약간 보일 뿐이며 아마 순채도 한두 포기 있을 것이다. 이 식물들은 자신들이 자라는 환경처럼 깨끗하고 산뜻하기 때문에, 헤엄을 치는 사람은 이런 식물이 존재한다는 것조차 알아차리지 못할 수 있다. 호숫가의 돌들은 물속으로 5~10미터까지 깔려 있고 그 이후부터는 가장 깊은 부분을 제외하고는 바닥에 깨끗한 모래가 덮여 있다. 호수 가장 깊은 곳에는 보통 약간의 침전물이 있는데, 아마 수없이 많은 가을 동안 이곳으로 떠내려온 나뭇잎들이 썩어서 생긴 물질일 것이다. 그리고 한겨울에도 선명한 녹색 수초가 닻에 걸려 올라온다.

콩코드에는 월든 호수와 꼭 닮은 호수가 있다. 서쪽으로 2.5마일 정도 떨어진 '나인 에이커 코너'에 있는 화이트 호수다. 그러나 나는 월든을 중심으로 12마일 내에 있는 모든 호수를 알고 있지만 그 3분의 1

만이라도 월든만큼 순수하고 우물처럼 느껴지는 호수를 본 적이 없다. 이곳에서 살았던 여러 부족들이 호수의 물을 마시고 감탄했으며 수심을 쟀다. 이 부족들은 사라졌지만 아직도 호수의 물은 변함없이 투명한 녹색이다. 월든 호수는 간헐천이 아니다! 아마 아담과 이브가 에덴 동산에서 쫓겨난 봄날 아침에도 월든 호수는 이미 존재했을 것이다.

그때도 엷은 안개와 남풍과 함께 찾아온 부드러운 봄비에 호수의 얼음이 녹고, 아담과 이브의 타락에 대해 듣지 못한 오리와 기러기들이 수면을 뒤덮었을 것이며 이 맑은 호수는 그들을 만족시켰을 것이다. 그때도 월든 호수는 수위가 높아졌다 낮아졌다 하면서 물을 정화시켜 지금과 같은 색조를 띠었을 것이다. 그리하여 세상에 유일한 월든 호수, 천상의 이슬을 증류하는 곳으로 하늘의 특허를 얻었을 것이다. 기억에서 사라진 수많은 부족의 문학에서 월든 호수가 카스탈리아샘(그리스 델포이 신전에 위치한 샘으로, 님프 카스틸리아가 이 샘물을 마시는 사람에게 영감을 불어넣어준다고 한다.—역주)이었을지, 혹은 황금시대에는 어떤 요정들이 이 호수를 지배했을지 누가 알겠는가? 월든 호수는 콩코드가 자기 왕관에 장식한 최상급 보석이다.

그러나 아마도 이 호수를 처음 찾은 사람들은 자신의 발자취를 남겨놓았을 것이다. 나는 가파른 산비탈에서 좁은 선반 같은 길을 발견하고 놀랐다. 최근 울창한 숲이 잘려나간 곳을 포함해 호숫가를 빙 두르고 있는 그 길은 오르막과 내리막이 번갈아 나타나고 물가에서 멀어졌다 가까워졌다 했다. 아마도 이곳에 인류가 살아온 기간만큼 오래되었을 이 길은 원주민 사냥꾼들의 발에 다져져서 생겼고 지금도 이곳 사람들이 길이라고 의식하지 못한 채 밟고 다닌다.

겨울에 가볍게 눈이 내린 직후에 호수 한복판에 서 있으면 앞을 가리는 잡초와 나뭇가지들이 없기 때문에 이 길의 또렷하게 굽이치는 하얀 선이 특히 분명하게 보인다. 여름에는 가까이에서는 거의 알아볼 수 없지만 0.25마일 정도 떨어지면 매우 선명하게 보인다. 말하자면 눈이 이 길을 또렷한 흰색 활자로 양각해 다시 찍어놓는 셈이다. 어쩌면 언젠가 이곳에 지어질 별장들의 화려한 정원에서 이 길의 흔적이 보존될지도 모른다.

호수의 물은 불었다 줄었다 하지만 그런 변화가 정기적으로 일어나는지 아닌지, 그리고 어느 시기에 일어나는지 아는 사람은 아무도 없다. 늘 그렇듯 많은 사람들이 아는 척을 하긴 한다. 일반적으로 겨울에 물이 더 많아지고 여름에 줄지만 전체적인 강우량이나 건기와 일치하지는 않는다. 나는 호수 옆에서 살 때 수위가 1~2피트 낮아졌던 때와 적어도 5피트 높아졌던 때를 기억할 수 있다. 좁은 모래톱이 호수 안까지 이어져 있었고, 한쪽은 물이 매우 깊었다. 1824년쯤에는 호숫가에서 30미터 정도 떨어진 모래톱 위에서 차우더를 끓이는 걸 도운 적이 있는데, 지난 25년간은 그런 일을 하는 게 불가능했다.

반면 친구들은 내가 그로부터 몇 년 뒤에 숲속의 한적한 작은 만에서 배를 타고 낚시를 했다고 이야기하면 쉽사리 믿지 못한다. 그곳은 그들이 아는 유일한 호숫가에서 80미터 떨어져 있는데다 오래전에 풀밭으로 바뀌었기 때문이다. 하지만 지난 2년 동안 호수의 수위가 꾸준히 높아져 1852년 여름 현재는 내가 그곳에 살 때보다 5피트 높아졌다. 즉 30년 전의 수위와 같아져서 그 풀밭에서 다시 낚시를 할 수 있게 되었다. 이는 기껏해야 6~7피트의 수위 변화다. 그런데 주변 언덕에서 흘러들어오는 물의 양이 대수롭지 않기 때문에 이렇게 물이 늘어나는 것은 호수의 지하 원천에 영향을 미치는 원인들 때문임이 틀림없다.

올여름에도 수위가 다시 낮아지기 시작했다. 주기적이든 아니든 이런 변동이 일어나려면 오랜 세월이 필요해 보인다는 점은 주목할 만하다. 나는 한 번의 수위 상승과 두 번의 하강을 일부분 관찰했는데, 12~15년이 지나면 다시 내가 알고 있는 가장 낮은 수위가 될 것으로 예상된다. 동쪽으로 1마일 떨어져 있는 작은 간헐천인 플린트 호수의 수위 변화는 물이 흘러들어오는 곳과 나가는 곳에서 일어나는 변동을 감안하더라도 월든 호수의 변화 추이와 일치한다. 두 호수 사이에 있는 작은 호수들도 마찬가지다. 이 호수들은 최근에 월든 호수와 같은 시기에 최고 수위를 기록했다. 내 관찰에 따르면 화이트 호수 역시 마찬가지다.

이렇게 월든 호수의 수위가 긴 주기를 두고 오르내리는 것에는 적어도 다음과 같은 이점이 있다. 1년 이상 이렇게 높은 수위를 유지하면 주위를 걸어다니기는 힘들지만 지난번에 수위가 상승한 이후 호숫가에 쑥쑥 자라난 관목과 나무들, 즉 리기다소나무, 자작나무, 오리나무, 사시나무 등이 죽게 된다. 그래서 수위가 다시 낮아지면 툭 트인 호숫가가 나타나게 되는 것이다. 매일 밀물과 썰물이 나타나는 많은 호수나 다른 하천들과 달리 월든의 호숫가는 수위가 가장 낮을 때 가장 깨끗하다. 내 집 옆의 호숫가 한쪽에 일렬로 서 있던 15피트 높이의 리기다소나무들이 지렛대로 뒤집어엎은 것처럼 죽어 넘어졌는데, 이 소나무들이 더 이상 호수로 잠식해 들어가는 일은 없게 되었다. 이 나무들의 키를 보면 지난번에 수위가 이 높이로 상승한 이후 얼마나 많은 시간이 흘렀는지 알 수 있다.

호수는 이런 변동을 앞세워 호숫가에 대한 권리를 주장한다. 따라서 호수는 깎인 곳이 되는 것이다. 나무들은 점유권을 앞세워 호숫가를 차지하지 못한다. 호숫가는 수염이 자라지 않는 호수의 입술이라 할 수 있고, 호수는 이따금 입술을 핥는다. 호수의 수위가 높아지면 오리나무, 버드나무, 단풍나무는 물속에 잠긴 줄기의 사방에서 몇 피트 길이의 수많은 붉은 섬유질 뿌리를 땅에서 3~4피트 높이까지 뻗어올린다. 어떻게든 죽지 않으려는 노력이다. 또한 나는 호숫가에서 자라는 키 큰 블루베리 덤불을 알고 있는데, 보통 아무 열매도 맺히지 않는 덤불이지만 이런 상황에서는 열매를 풍성하게 맺었다.

어떤 사람들은 호숫가에 어떻게 그렇게 규칙적으로 돌이 깔렸는지 알고 싶어 머리를 굴린다. 우리 마을사람들은 모두 그에 관련된 전설을 들어서 알고 있었고, 나이 든 사람들은 어린 시절에 그 이야기를 들었다고 내게 말했다. 먼 옛날에 인디언들이 이곳 언덕에 모여 회의를 하고 있었다. 현재 호수가 땅속 깊이 가라앉은 것만큼이나 하늘 높이 치솟은 언덕이었다. 회의가 진행되면서 인디언들은 신을 모독하는 말을 많이 했는데(하지만 신성모독적인 말을 하는 것은 인디언들이 절대 저지르지 않는 악행 중 하나다.), 그러고 있는 동안 언덕이 흔들리더니 갑자기 가라앉아버렸다. 월든이라는 이름의 늙은 노파 한 명만 간신히 도망쳐나왔고 그 노파의 이름을 따서 호수의 이름이 붙여졌다는 것이다. 언덕이 흔들릴 때 이 돌들이 비탈로 굴러떨어져 지금의 호숫가를 이룬 것으로 짐작된다.

아무튼 한때는 여기에 호수가 없었는데 지금은 있다는 점만은 매우 확실하다. 그리고 이 인디언 전설은 내가 앞에서 언급한 옛 정착민의 말과도 어긋나는 점이 전혀 없다. 그는 수맥을 찾는 막대기를 들고 처음 이곳에 왔던 때를 생생하게 기억하고 있다. 풀밭에서 옅은 수증기가 올라오고 개암나무 막대기가 계속 아래쪽을 가리키는 것을 본 그는 이곳에 우물을 파기로 결정했다. 돌에 관해서라면, 호수의 물결이 언덕을 때리는 작용만으로 돌이 굴러떨어졌다는 설명을 하기에는 충분하지 않다고 생각하는 사람이 아직도 많다.

하지만 나는 주변 언덕들에서 같은 종류의 돌들을 굉장히 많이 보았다. 호수 가까이의 철로 양편에는 이 돌들로 담을 쌓아야 할 정도였다. 게다가 호숫가의 경사가 가파른 곳에 돌이 가장 많았다. 따라서 유감스럽게도 이것은 내게 더 이상 수수께끼가 아니다. 나는 그 돌들을 누가 깔았는지 알아낸 것이다. 월든이라는 이름이 — 가령 새프론 월든처럼 — 영국의 어느 지명에서 나온 것이 아니라면, 원래는 이 호수가 담으로 둘러싸인 호수를 뜻하는 '월드인 폰드'로 불렸다고도 짐작할 수 있다.

호수는 나를 위해 미리 파놓은 우물이다. 호수의 물은 일 년 내내 항상 맑고, 그중 넉 달은 차갑다. 나는 월든 호수의 물이 마을에서 최고는 아니라 할지라도 어느 물 못지않게 훌륭하다고 생각한다. 겨울에는 공기에 노출되어 있는 물이 그렇지 않은 샘이나 우물보다 차가운 법이다. 지붕에 내리쬐는 햇빛이 어느 정도 영향을 미쳤겠지만, 1846년 3월 6일 오후 다섯시부터 다음날 정오까지 온도계의 눈금이 화씨 65도에서 70도까지 올라갔다. 그러나 내 방에 떠다놓은 호수의 물은 42도였다. 마을에서 가장 차가운 우물 중 하나에서 막 길어온 물보다 1도 낮은 온도였다. 같은 날 보일링 샘의 수온은 45도였다. 즉 보일링 샘물은 내가 실험한 물들 중에서 가장 따뜻했지만, 얕게 고여 있는 수면의 물을 섞지 않는다면 내가 알기로 여름에 가장 차가운 물이다. 더구나 월든 호수는 깊기 때문에 여름에 햇빛에 노출되어 있는 대부분의 물처럼 따뜻해지지 않았다.

몹시 더운 날이면 나는 호수의 물을 한 양동이 떠다 지하실에 두었다. 그러면 밤새 물이 차가워져서 낮에도 그대로 유지되었다. 그러나 나는 부근의 샘물을 길어다 마시기도 했다. 월든 호수의 물은 떠온 지 일주일이 지나도 첫날과 마찬가지로 맛있는데다 펌프로 길어올린 물맛이 나지 않았다. 여름에 일주일 동안 월든 호숫가에서 야영을 하는 사람은 천막 그늘에 2~3피트 깊이로 물 한 양동이를 묻어놓기만 하면 얼음이라는 사치품에 의존할 필요가 없다.

월든 호수에서는 강꼬치고기가 잡힌다. 엄청나게 빠른 속도로 낚싯대를 채가는 바람에 낚시꾼이 미처 보지 못해 틀림없이 8파운드는 나가는 놈이었다고 우기기도 하지만, 이런 놈을 빼더라도 7파운드짜리 강꼬치고기가 잡힌 적이 있다. 농어와 매기도 잡히는데 그중에는 2파운드가 넘는 것들도 있다. 샤이너나 치빈 혹은 로치(레우키스쿠스 풀켈루스)도 잡히고, 매우 드물지만 검은송어과 물고기도 잡힌다. 각각

4파운드씩 나가는 장어 두 마리가 잡히기도 했다.

　내가 이렇게 자세히 설명하는 것은 일반적으로 무게가 물고기의 평판을 결정하는 유일한 근거이기도 하고 내가 듣기로 이것들이 월든 호수에서 잡힌 유일한 장어들이기 때문이다. 또 길이가 5인치 정도 되고 옆구리는 은색, 등은 녹색인 작은 물고기도 어렴풋이 기억난다. 황어와 좀 비슷한 그 물고기를 언급하는 이유는 내가 아는 사실들을 우화와 연결시키고 싶기 때문이다. 하지만 월든 호수에는 물고기가 아주 풍부한 편은 아니다.

　많지는 않지만 강꼬치고기가 이 호수의 주된 자랑거리다. 나는 얼음 위에 엎드려 한꺼번에 적어도 세 종류의 강꼬치고기를 본 적도 있다. 하나는 강철 색깔의 길고 얇은 강꼬치고기로, 강에서 잡히는 것들과 가장 비슷한 종류다. 다른 하나는 이 호수에서 가장 흔하며 밝은 황금색에 녹색이 감돌고 아주 깊은 곳에 사는 것이다. 나머지 하나는 황금색이고 생김새가 두 번째와 비슷하지만 옆구리에 짙은 갈색이나 검은색의 작은 반점들이 엷은 암적색 반점들과 함께 박혀 있어 송어와 매우 닮았다. 그래서 레티쿨라투스*가 아니라 차라리 구타투스**라는 종명을 사용해야 할 것 같다. 이 물고기들은 모두 살이 아주 단단해서 크기에 비해 무게가 많이 나간다.

　월든 호수는 물이 맑기 때문에 여기에 사는 샤이너, 매기, 농어는 물론 그 외의 모든 물고기들이 강과 대부분의 다른 호수에 사는 물고기들보다 실제로 훨씬 깨끗하고 모양도 좋으며 살이 더 단단하다. 그래서 다른 물고기들과 쉽게 구별이 가능하다. 아마도 많은 어류학자들이 이 물고기들 중 일부를 새로운 변종으로 볼 것이다. 월든 호수에는 깨끗한 개구리와 거북의 종족도 살고 약간의 말조개도 있다. 사향쥐와

---

* 그물 무늬라는 뜻.

** 작은 반점이 있다는 뜻.

밍크도 호수 주변에 흔적을 남기고, 때때로 떠돌이 진흙거북이 찾아오기도 한다. 가끔 나는 아침에 배를 기슭에서 밀어내다가 밤에 그 밑으로 숨은 커다란 진흙거북을 깨우기도 했다. 봄과 가을이면 오리와 기러기들이 자주 찾아들었고, 흰배제비가 물위를 스치듯 날며, 가슴에 얼룩점이 있는 도요새는 여름 내내 돌투성이 해안가를 뒤뚱거리며 걸어다녔다.

나는 때때로 물가의 스트로부스소나무에 앉아 있는 물수리를 방해하기도 했다. 하지만 페어헤이븐처럼 갈매기가 날아와 이 호수를 더럽힌 적이 있는지는 의문이다. 월든 호수는 기껏해야 매년 아비새 한 마리만 너그럽게 봐줄 뿐이다. 지금까지 말한 것들이 현재 월든 호수를 자주 찾아오는 주요 동물들 전부다.

바람 없는 날, 배를 타고 모래로 뒤덮인 동쪽 호숫가 근처로 가 수심 8~10피트 정도 지점이나 그 외에 호수의 일부 다른 지점을 보면 온통 모래뿐인 곳에 달걀보다 작은 돌들이 쌓인 직경 6피트, 높이 1피트 정도의 둥근 돌무더기를 볼 수 있다. 처음에는 인디언들이 어떤 목적으로 얼음 위에 돌을 쌓았고 얼음이 녹으면서 돌들이 바닥으로 가라앉은 게 아닐까 생각했다. 하지만 그렇게 생각하기에는 돌들이 너무 규칙적으로 쌓여 있고 어떤 돌들은 분명 아주 최근에 올려놓은 것처럼 보였다. 이 돌무더기들은 강에서 발견되는 것과 비슷하다. 하지만 이곳에는 서커나 칠성장어가 살지 않기 때문에 어떤 물고기가 이 돌무더기들을 만들었는지는 모른다. 아마도 치빈의 보금자리일지도 모른다. 이 돌무더기들은 호수 바닥의 즐거운 수수께끼인 셈이다.

월든 호수는 호안선이 불규칙해서 단조롭지 않다. 내 마음의 눈은 깊숙한 만들로 들쑥날쑥한 서쪽 호숫가와 더 대담한 선을 이룬 북쪽 호숫가, 그리고 곶들이 서로 겹치며 계속 이어져서 그 사이에 아직 탐험되지 않은 만들이 있다고 암시하는 듯한 아름다운 가리비 모양의 남쪽 호숫가를 보고 있다. 물가에서부터 솟아오르기 시작한 언덕들 사이에 놓인 작은 호수 한가운데에서 바라보는 숲만큼 멋진 배경 속에 놓이고 확연하게 아름다운 숲은 없다.

이런 경우 숲이 비치는 물이 최고의 전경을 만들어줄 뿐 아니라 구불구불한 호수의 선이 가장 자연스럽고 보기 좋은 경계를 이루어주기 때문이다. 거기에는 도끼로 숲의 일부분이 잘려나가거나 경작지가 숲에 인접해 있는 곳처럼 거칠고 불완전한 느낌이 없다. 나무들에게는 물가로 뻗어나갈 충분한 공간이 있고 저마다 가장 활기찬 가지를 그쪽으로 뻗는다. 자연이 숲의 가장자리 부분을 자연스럽게 마무리해놓아서 보는 사람의 눈은 호숫가의 키 작은 관목에서부터 가장 키 큰 나무에 이르기까지 단계적으로 올라가게 된다. 이곳에는 사람의 손이 닿은 흔적이 거의 보이지 않으며 호수의 물은 천 년 전과 마찬가지로 기슭을 철썩인다.

호수는 풍경에서 가장 아름답고 표현이 풍부한 곳이다. 호수는 대지의 눈이며, 사람들은 그 눈을 들여다보며 자기 본성의 깊이를 헤아린다. 호숫가 바로 옆에 서 있는 나무들은 눈 위에 드리운 가느다란 속눈썹이고 주변의 울창한 언덕과 절벽은 눈 위의 눈썹이다.

엷은 안개로 반대쪽 호안선이 흐릿하게 보이는 평온한 9월 오후에 호수 동쪽 끝에 있는 매끈한 모래사장에 서 있으니 "유리 같은 호수의 수면"이라는 표현이 어디에서 나왔는지 알 수 있었다. 허리를 숙여 거꾸로 보면 호수의 수면은 계곡에 팽팽하게 쳐놓은 아주 섬세한 거미줄같이 보이고 먼 소나무 숲을 배경으로 어슴푸레 빛나면서 대기층을 나누어놓고 있다. 맞은편 언덕까지 젖지 않고 수면 밑으로 걸어갈 수 있을 것만 같고 수면을 스치듯 날아다니는 제비들이 그 위에 앉아 있을 수 있겠다는 생각도 든다. 실제로 가끔 제비들은 착각을 해서 수면 아래로 뛰어들었다가 비로소 진실을 깨닫곤 한다.

서쪽을 향해 호수를 보면 진짜 태양뿐 아니라 물에 비친 태양으로부터 눈을 보호하려고 양손으로 눈을 가리게 된다. 두 태양이 똑같이 찬란하기 때문이다. 그리고 두 태양 사이의 수면을 유심히 살펴보면, 소금쟁이들이 똑같은 간격으로 호수 전체에 흩어져 햇빛 아래에서 움직이면서 상상할 수 있는 가장 미세한 반짝임을 만들어내는 곳이나 오리가 깃털을 가다듬는 곳, 혹은 아까 말한 것처럼 제비가 물에 닿을 듯 낮게 나는 곳을 제외하면 수면이 말 그대로 유리처럼 매끈하다. 멀리서 물고기 한 마리가 아치를 그리며 공중으로 3~4피트 뛰어오르기도 한다. 그러면 물고기가 나타나는 곳에 밝은 섬광이 번쩍이고 물고기가 떨어지면서 수면에 부딪치면 또다시 빛이 번쩍인다.

때로는 완전한 은빛 아치가 보이기도 한다. 어쩌다 수면 여기저기에 엉겅퀴의 관모가 떠다니면 물고기들이 그쪽으로 돌진해 다시 잔물결을 일으킨다. 호수는 유리가 녹아 식기는 했지만 아직 응고되지는 않은 상태 같고 그 속에 있는 약간의 티끌은 유리의 불순물처럼 순수하고 아름답다. 종종 다른 데보다 더 매끈하고 짙은 색의 물을 볼 수 있는데, 마치 호수에서 쉬는 물의 요정들이 보이지 않는 거미줄로 울타리를 세워 그 안의 물이 나머지 물과 분리된 것 같다. 언덕 위에서 보면 호수의 거의 어느 부분에서나 물고기가 뛰어오르는 것을 볼 수 있다. 강꼬치고기나 은빛 물고기가 이 매끈한 수면에서 벌레라도 잡으면 꼭 호수 전체의 평형상태가 확연하게 깨지기 때문이다.

이런 단순한 사실이 치밀하게 널리 알려진다는 게 놀랍다. ― 물고기의 이런 살인은 꼭 탄로가 난다. ― 둥글게 퍼져나가는 파문의 지름이 30미터에 이르면 멀리 내가 앉아 있는 언덕 꼭대기에서도 이를 알아볼 수 있다. 심지어 0.25마일 떨어진 곳에서도 물맴이가 매끈한 수면 위를 쉴 새 없이 나아가는 모습을 알아볼 수 있다. 물맴이들은 물에 작은 이랑을 내고 두 개의 갈라지는 선 사이로 또렷한 잔물결을 일으키기 때문이다. 하지만 소금쟁이들은 알아차릴 수 없게 거의 잔물결을 일으키지 않고 미끄러지듯 수면 위를 걷는다. 수면이 상당히 일렁일 때는 소금쟁이도, 물맴이도 보이지 않지만, 잔잔한 날이면 이 곤충들은 은둔처에서 나와 호숫가에서부터 출발해 조금씩 충동적으로 미끄러지듯 나아가서 이윽고 호수 끝까지 돌파한다.

태양의 온기를 한껏 느낄 수 있는 맑은 가을날에 이만큼 높은 언덕 위의 그루터기에 앉아 호수를 내려다보면서 하늘과 나무들이 비치는 수면에 끊임없이 새겨지는 둥근 잔물결을 살펴보면 마음에 위로를 얻게 된다. 그런 잔물결이 없다면 여기에서는 수면이 보이지 않았을 것이다. 이 드넓은 호수의 수면에는 아무 동요가 없지만, 동요가 생긴다 해도 금세 부드럽게 진정되며 잔잔해진다. 물이 담긴 항아리를 흔들면 물이 원을 그리며 출렁대다가 가장자리에 이르면 전체가 다시 잔잔해지는 것과 같다. 물고기가 뛰어오르거나 호수에 벌레 한 마리만 떨어져도 이런 둥근 잔물결이 일어나 소문이 난다. 호수의 수원에서 끊임없이 물이 솟아오르고 호수의 생명력이 부드럽게 고동치며 가슴을 들썩거리는 것 같다. 기쁨의 전율인지 고통의 전율인지 구별할 수 없다.

호수에 나타나는 현상들은 얼마나 평화로운지! 인간의 작업들이 봄처럼 다시 빛난다. 아, 오늘 오후에는 모든 나뭇잎, 잔가지, 돌, 거미줄이 봄날 아침에 이슬로 덮였을 때처럼 반짝인다. 노가 움직일 때마다, 혹은 벌레 한 마리가 움직일 때마다 빛이 반짝거린다. 노가 수면을 치면서 일으키는 메아리는 얼마나 감미로운지!

9월이나 10월의 그런 날, 월든 호수는 숲을 완벽하게 비춰주는 거울이 되며, 그 주위를 둘러싼 돌들이 내 눈에는 희귀하고 소중해 보인다. 아마도 지구 표면에 그토록 아름답고 순수하면서 동시에 커다란 존재는 없을 것이다. 호수는 하늘의 물이다. 울타리도 필요 없다. 여러 부족들이 찾아왔다 떠났지만 호수는 더럽혀지지 않았다. 호수는 어떤 돌로도 깨뜨릴 수 없는 거울이다. 이 거울의 수은은 절대 마모되지 않을 것이며 거울의 도금은 자연이 계속 손볼 것이다. 언제나 맑은 그 표면은 어떤 폭풍도, 먼지로도 탁해지지 않는다. 이 거울에 불순물이 떨어지면 모두 가라앉아 태양의 뿌연 솔(가벼운 걸레)이 쓸어내고 털어

준다. 이 거울에 대고 숨을 내쉬어도 입김이 남지 않고 수면 위로 구름처럼 높이 띄워보낸다. 그리고 그 구름은 호수의 가슴에 다시 비친다.

물의 들판과 같은 호수는 공기 중의 정기를 드러낸다. 호수는 위로부터 끊임없이 새로운 생명력과 움직임을 받는다. 호수는 본질적으로 땅과 하늘의 중간이다. 땅에서는 풀과 나무만 흔들리지만 물은 그 자체가 바람에 잔물결을 일으킨다. 나는 빛줄기나 반짝이는 빛의 파편을 보고 미풍이 호수의 어디를 지나는지 알 수 있다. 우리가 호수 수면을 내려다볼 수 있다는 건 굉장한 일이다. 아마도 우리가 대기의 표면을 이렇게 자세히 내려다보면 더욱 미묘한 정기가 대기의 어디를 지나가는지 알 수 있을 것이다.

10월 말이 되어 된서리가 내리면 마침내 소금쟁이와 물맴이가 사라진다. 그런 다음 11월의 평온한 날에는 수면에 잔물결을 일으키는 것이 전혀 없다. 어느 11월 오후였다. 며칠간 계속된 폭풍우가 그치고 평온해졌지만 하늘은 여전히 우중충했고, 대기는 안개로 가득했다. 호수는 너무나 잔잔해서 수면을 알아보기 힘들 정도였다. 더 이상 10월의 밝은 색조가 아니라 주변 언덕들에 깃든 침침한 11월의 색을 비추고 있었다. 나는 가능한 한 조심스럽게 나아갔지만 내 배가 일으키는 미약한 파문이 내가 볼 수 있는 가장 멀리까지 퍼져나가서 호수에 비친 그림자를 일렁거렸다. 하지만 수면을 살펴보니 멀리 여기저기에서 희미한 빛이 보였다. 마치 소금쟁이들이 서리를 피해 그곳으로 모여들었거나 어쩌면 수면이 너무 매끈해서 바닥에서 샘솟는 호수의 수원이 드러난 것 같았다.

그런 장소들 중 하나로 천천히 노를 저어가던 나는 수많은 작은 농어 떼에 둘러싸인 걸 알고 깜짝 놀랐다. 길이 5인치 정도의 이 짙은 청동색 농어들은 푸른 물속을 돌아다니다가 끊임없이 수면으로 올라와 잔물결을 일으켰고 때로는 거품을 남겨놓기도 했다. 투명하고 바닥이 없어 보이는 물에 구름이 비쳐서인지 마치 기구를 타고 하늘을 떠다니는 기분이었고, 헤엄치는 농어 떼는 날아다니거나 공중을 맴돌고 있는 것처럼 느껴졌다. 농어들은 지느러미를 돛처럼 활짝 펼치고 내 바로 아래에서 좌우로 날아 지나가는 작은 새떼 같았다.

호수에는 그런 물고기 떼가 많았는데, 겨울이 그들의 넓은 천창에 얼음같이 차가운 덧문을 치기 전까지 얼마 안 남은 짧은 기간을 최대한 활용하려는 것 같았다. 이 물고기들이 움직이는 모습은 때로는 수면에 약한 바람이 스치거나 빗방울 몇 개가 떨어지는 것처럼 보였다. 내가 무심코 다가가면 놀란 물고기들은 잎이 많이 붙은 나뭇가지로 수면을 후려친 것처럼 갑작스레 첨벙첨벙 소리를 내며 꼬리로 잔물결을 일으키고는 금세 물속 깊은 곳으로 피했다. 마침내 바람이 높아지고 안개가 짙어지면서 물결이 일기 시작하면 농어들은 몸의 절반이 물 밖에 나올 정도로 전보다 더 높이 뛰어올랐는데, 마치 3인치 길이의 검은 점 수백 개가 한꺼번에 수면 위로 나온 것처럼 보였다.

어느 해는 12월 5일처럼 늦은 때에도 수면에 잔물결이 이는 것을 보았다. 그리고 공기에 안개가 잔뜩 껴 있어서 곧 세찬 비가 내릴 것이라 생각한 나는 서둘러 집 쪽으로 노를 저었다. 뺨에 빗방울이 떨어진 것은 아니었지만 이미 비가 빠른 속도로 거세지고 있는 것 같아서 나는 흠뻑 젖게 되리라고 예상했다. 그런데 갑자기 잔물결이 그쳤다. 내가 본 것은 내 노 젓는 소리에 겁을 먹은 농어들이 깊은 곳으로 달아나면서 생긴 잔물결이었다. 농어 떼가 사라지는 모습이 어렴풋이 보였다. 어쨌든 그날 오후에는 끝내 비가 내리지 않았다.

주변의 숲들 때문에 호수가 어두웠던 60년쯤 전에 월든 호수를 자주 찾아왔던 한 노인이 당시에는 오리들과 그 외의 물새들로 호수가 활기에 넘쳤고, 호수 주위에 독수리들도 많았다고 말해주었다. 그는 여기에 낚시를 하러 왔었는데, 호숫가에서 통나무배를 발견해 사용했다고 한다. 스트로부스소나무 두 개의 속을 파내고 연결한 뒤 양쪽 끝을 직각으로 자른 배였다. 무척 볼품없는 배였지만 아주 오랜 세월 버티다가 침수되어 아마 바닥에 가라앉았을 것이다.

노인은 배의 주인이 누군지 몰랐다. 그 배의 주인은 호수였다. 그는 히커리나무의 껍질을 엮은 줄을 닻줄로 사용하곤 했다. 독립전쟁 전에 호수 옆에서 살았던 한 옹기장이 노인이 그에게 호수 바닥에서 쇠로 된 상자를 봤다는 이야기를 해주었다. 그 상자는 때때로 호숫가까지 떠내려왔지만 가까이 다가가려 하면 다시 깊은 물속으로 들어가 사라지곤 했다는 것이다. 나는 낡은 통나무배 이야기를 듣고 즐거웠다. 그것은 같은 재료를 사용하지만 더 우아하게 만들어진 인디언의 통나무배를 대신한 것이었다. 아마 처음에는 호숫가 둑에 서 있던 나무가 이를테면 물속으로 쓰러진 뒤 한 세대 동안 호수에 떠다니며 그곳에 가장 알맞은 배 노릇을 했을 것이다.

나는 처음 호수 깊은 곳을 들여다보았을 때 바닥에 수많은 커다란 나무줄기들이 가라앉아 있던 것을 어렴풋이 본 기억이 났다. 예전에 바람에 날려 넘어졌거나 목재 값이 지금보다 쌌던 시절에 마지막으로 자른 나무들을 얼음 위에 놔두고 간 것일 수 있었다. 하지만 지금은 그 나무줄기들이 대부분 사라졌다.

내가 월든 호수에서 처음 배를 탔을 무렵에는 울창하고 높이 솟은 소나무 숲과 떡갈나무 숲이 호수를 완전히 둘러싸고 있었다. 그리고 일부 후미진 곳에는 포도덩굴이 물가의 나무들을 타고 올라 나무 그늘을 이루었고 배가 그 아래를 지나갔다. 호숫가를 이루는 언덕들이 매우 가팔랐고 그 위에 있는 숲의 나무들이 키가 커서 서쪽 끝에서 내려다보면 호수는 목가적인 아름다운 광경을 감상하기 위한 원형극장처럼 보였다.

지금보다 젊었을 때 나는 여름날 오전이면 호수 가운데까지 노를 저어간 뒤 배 안에 누워 산들바람이 부는 대로 수면 위를 떠다니며 몽상에 잠겨 많은 시간을 보냈다. 그러다 배가 모래에 닿으면 몽상에서 깨어나 몸을 일으켜 내 운명이 나를 어떤 호숫가에 데려왔는지 보았다. 게으름이 가장 매력적이고 생산적인 노동이던 시절이었다. 하루 중 가장 귀한 시간을 그렇게 보내고 싶어 내가 몰래 빠져나온 오전 나절이 얼마나 많았던가!

그때 나는 부자였다. 돈은 많지 않아도 화창한 날과 여름날을 많이 소유하고 있었으므로 그 시간들을 아끼지 않고 썼다. 그리고 작업장이나 교탁에서 더 많은 시간을 보내지 않은 것을 후회하지 않는다. 하지만 내가 호숫가를 떠난 뒤 나무꾼들이 그곳을 더 파괴하는 바람에 이제는 이따금 호수가 보이는 풍경을 즐기며 숲의 오솔길을 거니는 일이 오랫동안 불가능할 것이다. 지금부터는 내 시의 여신이 침묵을 지켜도 이해해줘야 할 것이다. 보금자리인 숲이 잘려나갔는데 어떻게 새가 노래하리라고 기대할 수 있을까?

이제 호수 바닥의 나무줄기들과 낡은 통나무배, 주변의 울창한 숲은 모두 사라졌다. 그리고 호수가 어디에 있는지 잘 모르는 마을사람들은 수영을 하거나 물을 마시러 이곳에 오는 대신 적어도 갠지스 강만큼이나 성스러운 호수의 물을 수도관으로 끌어가 설거지를 할 생각을 하고 있다! 수도꼭지를 돌리거나 마개를 뽑음으로써 월든을 얻으려 하는 것이다!

마을 전체에 귀청이 터질 듯한 울음소리를 퍼뜨리는 사악한 철마가 발굽으로 짓밟아 보일링 샘을 더럽혔다. 월든 호숫가의 숲을 모두 뜯어먹은 놈도 저 철마다. 돈벌이에만 관심 있는 그리스인들이 들여온 이 트로이의 목마 뱃속에는 천 명의 병사가 숨어 있다! 계곡에서 이 거만한 망나니를 맞아 갈비뼈 사이에 복수의 창을 찔러 넣을 무어홀의 무어(영국 민요에서 원틀리의 용을 죽인 기사-역주) 같은 이 나라의 용사는 어디에 있는가?

그러나 내가 아는 모든 특징 중에서 아마도 월든이 지닌 최고의 것이자 가장 잘 보존하고 있는 것은 순수성일 것이다. 많은 사람들이 월든 호수에 비유되어왔지만 그 영예에 걸맞은 사람은 드물다. 나무꾼들이 처음에 이 호숫가를 발가벗겼고 아일랜드 사람들이 호수 옆에 돼지우리를 지었다. 철도가 경계를 침범하고 얼음장수들이 호수 표면의 얼음을 걷어갔다. 하지만 호수 자체는 변하지 않았고 어린 시절에 내가 봤던 것과 똑같은 물이다.

모든 변화는 내 안에서 일어났다. 호수에는 온갖 잔물결이 일었지만 영구적인 주름은 남지 않았다. 호수는 영원히 젊고, 호숫가에 서 있으면 제비가 옛날과 다름없이 수면에서 벌레를 잡으려는 듯 물에 살짝 내려앉는 모습을 볼 수 있을 것이다. 나는 오늘 밤에도 20년 넘게 거의 매일 이 호수를 봐왔으면서도 그러지 않은 것처럼 새삼 '야, 여기가 월든 호수구나, 내가 오래전에 발견했던 그 숲속 호수구나.'라는 생각이 든다.

지난겨울에 숲의 나무들이 잘려나간 호숫가에는 또 다른 숲이 여느 때처럼 활기차게 자라고 있고, 그때와 똑같은 생각이 호수의 수면에 샘솟고 있다. 아아, 월든 호수는 자신, 그리고 자신을 만든 자에게 똑같이 맑은 기쁨과 행복을 준다. 그리고 나에게도 그럴 것이다. 호수는 한 치의 교활함도 없는 용맹한 자의 작품임에 틀림없다! 그는 자신의 손으로 이 호수를 둥글게 매만지고 자신의 생각에 따라 깊게 판 뒤 맑게 만들어 콩코드에 유산으로 남겨주었다. 호수의 얼굴을 보니 나와 똑같은 생각을 하는 것 같다. 그래서 나는 거의 이렇게 말할 뻔했다. '월든, 자넨가?'

시 한 줄을 꾸미는 것이
내 꿈은 아니다.
월든에서 사는 것보다
내가 신과 천국에 더 가까이 다가가는 방법은 없을 것이다.
나는 월든의 돌투성이 기슭이고
수면을 지나는 산들바람이다.

내 손에는
월든의 물과 모래가 담겨 있다.
월든의 가장 깊은 곳이
내 생각 가장 높은 곳에 떠 있다.

기차는 이 호수를 보려고 결코 멈추지 않는다. 하지만 나는 기관사와 화부, 제동수, 그리고 정기승차권이 있어 월든을 자주 본 승객들은 덕분에 더 나은 사람이 되었을 것이라고 상상한다. 기관사들은 낮에 이 고요하고 순수한 광경을 적어도 한 번은 보았다는 사실을 밤에도 잊지 않을 것이다. 적어도 그의 본성은 그걸 잊지 않을 것이다. 이 풍경을 한 번만 보아도 스테이트 거리와 기관차에서 묻은 매연을 씻어내는 데 도움이 된다. 어떤 사람들은 이 호수를 '신의 물방울'이라고 부르자고 제안하기도 한다.

앞에서 나는 월든에 물이 흘러들어오거나 나가는 곳이 보이지 않는다고 말했다. 하지만 월든은 그 지역에서 흘러나온 일련의 작은 호수들을 통해 멀리 좀 더 높은 지대에 있는 플린트 호수와 간접적인 관련을 맺고 있다. 다른 한편으로는, 비슷한 일련의 호수들을 통해 좀 더 낮은 지대의 콩코드 강과도 직접적으로 분명하게 관련되어 있다. 다른 지질학적 시기에는 월든 호수가 이 호수들로 흘러들어갔을 수도 있다. 그리고 신이 금지하겠지만 지금도 조금만 파면 다시 그곳으로 흘러가게 만들 수 있다.

만약 월든이 숲속의 은자처럼 그토록 오래 신중하고 금욕적으로 살아서 이런 놀라운 순수성을 얻었다면 상대적으로 불결한 플린트 호수의 물과 섞이거나 바닷물과 합해져 파도 속에서 그 달콤한 맛을 잃게 되는 것을 안타까워하지 않을 사람이 있을까?

샌디 호수라고도 불리는 링컨의 플린트 호수는 이 지역에서 가장 큰 호수이자 내해로, 월든에서 동쪽으로 1마일 정도 떨어져 있다. 면적이 197에이커에 이르며, 월든보다 훨씬 크고 물고기도 더 풍부하다. 하지만 상대적으로 물이 얕은데다 물도 눈에 띄게 맑지도 않다. 나는 종종 기분전환을 위해 숲을 지나 플린트 호수에 갔다. 뺨으로 휙휙 불어오는 바람을 느끼고 물결이 이는 것을 보면서 뱃사람들의 생활을 떠올리는 것만으로도 그곳까지 가볼 가치가 있었다. 가을에 바람이 부는 날이면 밤을 주우러 플린트 호수에 갔다. 그런 날이면 밤이 물속으로 떨어졌다가 물살에 내 발까지 밀려왔다.

어느 날, 상쾌한 물보라를 얼굴에 맞으며 사초가 우거진 호숫가를 조심조심 걷던 나는 썩어가는 배의 잔해를 발견했다. 배의 옆 부분은 떨어져나가고 납작한 바닥처럼 보이는 것만 골풀 속에 남아 있었지만 잎맥이 남아 있는 썩은 부엽처럼 배의 원형이 또렷했다. 그 잔해는 바닷가가 생각날 정도로 인상적인데다 마찬가지로 좋은 교훈도 주었다. 이제 그것은 호숫가의 다른 흙과 구별이 되지 않는 식물성 부식토처럼 되어 그 흙을 뚫고 골풀과 붓꽃이 자라고 있었다.

나는 이 호수의 북쪽 끝의 모래바닥에 나 있는 물결 자국에 감탄하곤 했다. 물속을 걷는 사람에게는 수압 때문에 그 자국들이 단단하고 딱딱하게 느껴졌다. 그리고 그 자국들에 맞추어 여러 줄의 물결 모양을 이루며 자라는 골풀들은 마치 물결이 거기에 심어놓은 것 같아 보인다. 또 호숫가에서 곡정초로 보이는 고운 풀이나 뿌리가 뭉쳐진 것 같은 신기한 덩어리도 보았는데, 지름 0.5~4인치 정도의 완벽한 구형을 이루고 있었다.

덩어리들은 풀로만 이루어져 있거나 중간에 모래가 약간 섞여 있었다. 이런 덩어리를 처음 보는 사람들은 조약돌처럼 물결 때문에 이런 모양이 만들어졌다고 말할 것이다. 하지만 0.5인치 길이의 가장 작은 덩어리도 똑같이 거친 물질들로 이루어져 있고 이 덩어리들은 1년 중 한 계절에만 만들어진다. 또한 내 생각에 물결은 무엇을 만들기보다는 이미 단단하게 형성된 물질을 마모시키는 작용을 한다. 덩어리들은 말랐을 때도 무기한으로 그 형태를 유지한다.

그런데 플린트 호수라니! 이 이름은 우리의 빈약한 명명법을 보여주는 것이다. 이 하늘 같은 물가에 농장을 만들고 호숫가의 나무들을 무자비하게 베어 없앤 지저분하고 멍청한 농부가 이 호수에 자기 이름을 붙일 권리가 있는가? 그는 자신의 뻔뻔한 얼굴이 비치는 1달러나 반짝이는 1센트짜리 동전의 표면을 더 좋아하는 수전노에다 호수에 사는 야생오리들을 무단침입자로 생각하는 사람이었다. 탐욕스러운 괴물인 하피처럼 재물을 움켜쥐는 오랜 버릇으로 손가락이 구부러지고 딱딱한 갈고리발톱처럼 자랐다. 따라서 이 이름은 나를 위해 붙여진 것이 아니었다. 나는 그를 보거나 그에 관한 이야기를 들으려고 그곳에 가는 것이 아니다.

그는 호수를 결코 보지도 않았고, 그 속에서 목욕도 하지 않았다. 호수를 사랑하지도, 보호하지도 않았으며 호수에 대해 좋은 말을 하거나 호수를 만든 신에게 고마워하지도 않았다. 차라리 호수 안을 돌아다니는 물고기, 호수를 자주 찾아오는 야생 새나 네발짐승, 호숫가에 자라는 야생화 혹은 개인사의 실타래가 호수의 역사와 얽혀 있는 야만적인 사내나 아이의 이름을 붙이는 게 낫다. 그는 자신과 생각이 똑같은 이웃이나 입법기관에게 받은 땅문서 말고는 호수에 대한 권리를 주장할 아무 근거도 제시하지 못한다. 그는 호수의 금전적 가치만 생각한다.

그가 나타나면 호숫가 전체에 저주가 내린다. 그는 호수 주변의 땅을 피폐하게 만들고 호수의 물을 기꺼이 고갈시켜버릴 것이다. 그는 이곳이 영국 건초나 크랜베리가 자라는 초원이 아닌 것만 안타까워하고(분명 그의 눈에는 이를 벌충하는 다른 가치들이 전혀 보이지 않을 것이다.) 호수의 물을 모두 빼서 바다의 진흙을 팔고 싶을 것이다. 호수는 그의 물방아를 돌려주지도 않았고 호수를 보는 것이 그에게는 특권이 될 수 없었다. 나는 그의 노동과 모든 것에 값이 매겨져 있는 그의 농장을 존중하지 않는다. 그는 뭔가를 얻을 수 있다면 풍경을, 심지어 그가 믿는 하느님까지 시장에 내다팔 것이다.

사실 그는 시장에 가서 하느님을 찾는다. 그의 농장에는 공짜로 자라는 건 하나도 없다. 그의 밭에는 어떤 작물도 자라지 않고 그의 목초지에는 어떤 꽃도 피지 않으며 그의 나무에는 아무런 과일도 맺히지 않는다. 다만 달러가 자라고 꽃이 피고 맺힐 뿐이다. 그는 자신이 기른 아름다운 과일을 좋아하지 않는다. 그 과일들은 달러로 바뀌질 때까지 그에게는 아직 정말로 익은 것이 아니다.

나에게 진정한 부를 즐길 수 있는 가난을 달라. 가난한 농부들, 나는 얼마나 가난한지에 따라 농부들을 존중하고 그들에게 흥미를 느낀다. 모범적 농장이라! 집들이 퇴비더미 틈에 버섯처럼 서 있고 깨끗이 청소를 했든 그렇지 않든 사람, 말, 소, 돼지들의 방이 모두 서로 맞붙어 있는 곳! 사람들이 사육되고 있는 곳! 퇴비와 버터밀크 냄새를 지독하게 풍기는 거대한 기름얼룩! 인간의 심장과 뇌로 거름을 주는 높은 수준의 경작이 이루어지는 곳! 이곳의 일은 마치 교회마당에서 감자를 기르려는 것과 같다. 이런 곳이 바로 모범농장이다.

아니, 이래서는 안 된다. 가장 아름다운 풍경에 사람의 이름을 붙이려면 가장 고귀하고 존경할 만한 사람의 이름만 사용하자. 우리 호수에게 적어도 이카리아 해* 같은 참된 이름을 붙이자. 이카리아 해안은 지금도 이카로스가 했던 용감한 시도를 높이 외치고 있다.**

플린트 호수로 가는 길에는 조그마한 구스 호수가 있다. 콩코드 강이 넓어진 곳인 페어헤이븐은 면적이 70에이커 정도로 알려져 있는

---

* 이카로스가 물에 빠져 죽은 곳.

** "왜냐하면 해안은 지금도 내가 했던 용감한 시도를 높이 외치고 있기 때문이다."(윌리엄 드러먼드, 「이카로스」)

데, 구스 호수는 이곳에서 남서쪽으로 1마일 떨어져 있고 면적이 약 40에이커인 화이트 호수가 페어헤이븐 너머 1.5마일 정도 떨어진 곳에 있다. 이것이 나의 호수 지역이다. 내게는 콩코드 강과 함께 이 호수들을 사용할 권리가 있다. 이 호수들은 해마다, 밤이고 낮이고 가리지 않고 내가 들고 가는 곡식을 빻아준다.

나무꾼들과 철로, 그리고 나 자신이 월든을 더럽힌 이후, 호수 중에서 가장 아름답지는 않다 하더라도 아마도 가장 매력적일 숲의 보석은 화이트 호수가 되었다. 화이트 호수라는 이름은 놀라울 정도로 맑은 물에서 따왔건, 모래의 색깔에서 따왔건 너무나 평범해서 잘 지은 이름이라고는 할 수 없다. 그러나 다른 면들과 마찬가지로 이런 점에서도 화이트 호수는 월든의 쌍둥이 동생이라 할 수 있다. 두 호수는 아주 많이 닮아서 사람들은 땅속에서 서로 연결되어 있는 게 틀림없다고 말할 것이다. 호숫가에 돌이 많은 것도 같고 물의 색조도 같다. 월든과 마찬가지로, 찌는 듯한 삼복더위에 숲 사이로 화이트 호수의 만들을 내려다보면 그리 깊지는 않지만 바닥에서 반사되는 색채가 더해져 물이 흐릿한 청록색이나 황록색을 띤다.

오래전에 나는 사포를 만들 모래를 많이 모으기 위해 화이트 호수에 가곤 했는데, 그 뒤로도 계속 그곳을 방문했다. 화이트 호수에 자주 가는 어떤 사람은 비리드(연한 초록색) 호수라고 부르자고 제안한다. 하지만 다음과 같은 정황으로 봤을 때 옐로 파인(노란 소나무) 호수라고 불러야 될 것 같다. 15년쯤 전에는 호숫가에서 많이 떨어져 수심이 깊은 곳의 수면에 리기다소나무 한 그루의 꼭대기가 솟아나와 있었다. 뚜렷한 종으로 분류되지는 않았지만 이 부근에서는 옐로 파인 소나무라 불리는 종류였다. 어떤 사람들은 땅이 꺼져서 이 호수가 생겼고 이 나무는 예전에 그 땅에 있던 원시림의 일부라고 말하기도 한다.

나는 매사추세츠 역사학회가 소장한 「콩코드 시의 지형설명」이라는 자료에서 한 시민이 1792년에 이미 월든 호수와 화이트 호수에 관해 언급한 뒤 "수면이 아주 낮아지면 화이트 호수의 한가운데에 그 자리에서 자란 것 같은 나무 한 그루를 볼 수 있다. 하지만 나무뿌리는 수면에서 50피트 아래에 있었다. 나무의 꼭대기는 떨어져나갔고, 떨어져나간 부분의 지름이 14인치다."라고 덧붙여놓은 것을 발견했다. 1849년 봄에는 서드베리에서 호수 아주 가까이에 살았던 사람과 이야기를 나눈 적이 있다. 그는 자신이 10~15년 전에 이 나무를 호수 밖으로 끌어냈다고 말했다. 그가 기억하기로 그 나무는 호숫가에서 60~75미터 정도 떨어지고 수심이 30~40피트 정도 되는 곳에 있었다고 했다.

그때가 겨울이었다. 그는 오전에 얼음을 잘라서 꺼내다가 오후에 이웃들의 도움을 받아 늙은 옐로 파인을 끌어내야겠다고 마음먹었다. 그는 톱으로 얼음을 켜서 호숫가까지 길을 낸 뒤 황소를 이용해 나무를 얼음 위로 끌어올렸다. 하지만 일을 시작한 지 얼마 되지 않아 그는 위로 나와 있던 부분이 나무 꼭대기가 아니라 밑동이며 가지들이 아래쪽을 향하고 있는 것을 알고는 놀랐다. 나무의 작은 끝부분은 모래 바닥에 단단하게 박혀 있었다. 굵은 쪽의 지름이 1피트 정도여서 그는 좋은 목재를 얻을 수 있으리라고 기대했다. 하지만 나무가 너무 썩어서 땔감으로나 쓸 수 있을 정도였다.

나와 이야기를 하던 당시에 그는 그 나무의 일부를 헛간에 보관하고 있었다. 나무 밑동에는 도끼 자국과 딱따구리가 쪼아댄 자국이 남아 있었다. 그는 호숫가에 서 있던 나무가 죽어서 결국 바람에 날려 호수에 넘어졌을 것이라고 생각했다. 나무 꼭대기에는 물이 잔뜩 스민 반면 밑동은 아직 마르고 가벼운 채 떠내려가다가 물속에 거꾸로 가라앉았을 것이라는 추측이었다. 여든 살인 그의 아버지의 기억에는 그 나무가 항상 호수 안에 있었다. 호수 바닥에는 지금도 아주 큰 통나무 몇 개가 들어 있는데, 바깥에서 보면 수면에 이는 물결 때문에 마치 거대한 물뱀들이 움직이고 있는 것처럼 보인다.

이 호수는 배 때문에 오염되는 일은 거의 없다. 낚시꾼들을 꾈 만한 것이 별로 없기 때문이다. 진흙을 필요로 하는 흰 백합이나 흔한 창포 대신 호숫가 전체의 돌투성이 바닥에서 붓꽃이 올라와 맑은 물에서 드문드문 자라고 6월에는 벌새들이 붓꽃을 찾아온다. 붓꽃의 푸른 잎과 꽃의 색깔, 특히 그 그림자가 연한 청록색 물과 진기한 조화를 이룬다.

화이트 호수와 월든은 지표면에 있는 커다란 수정이며 빛의 호수들이다. 이 호수들이 영원히 응결되고 움켜쥘 수 있을 정도로 작다면 아마도 노예들이 귀한 보석처럼 들고 가서 황제들의 머리를 장식했을 것이다. 하지만 액체이고 드넓어서 우리와 후손들에게 영원히 주어지는 보석이기 때문에 우리는 이들을 무시하고 코이누르(세계에서 가장 오래된 다이아몬드로 영국 여왕의 왕관에 박혀 런던탑에 보관되어 있다.-역주) 다이아몬드를 쫓는다. 호수들은 너무 순수해서 시장 가치가 없다. 또한 그 안에 오물이라곤 없다.

이 호수들은 우리 삶보다 얼마나 더 아름답고 우리들의 인격보다 얼마나 더 투명한가! 우리는 이곳들에서 천박함을 본 적이 없다. 이 호수들은 오리들이 헤엄치는 농가 앞의 연못보다 훨씬 더 깨끗하다! 여기에는 깨끗한 야생오리들이 찾아온다. 자연 속에 살지만 자연에 감사하는 사람은 없다. 새의 깃털과 울음소리는 꽃과 조화를 이루지만, 길들지 않은 자연의 풍요로운 아름다움과 조화를 이루려 하는 젊은이나 아가씨가 있는가? 자연은 젊은이들이 사는 도시에서 멀리 떨어져 혼자 꽃을 피운다.* 그러면서 천국에 대해 이야기하다니! 그대는 땅을 모독하고 있다.

---

* 소로는 너무나 앞을 잘 내다본 것 같다. 오늘날 우리들 대부분은 '도시에서 멀리 떨어진' 교외의 전원에서 산다. 일반적으로 이 지역들의 이름(Fox Hollow, Partridge Run)은 이곳들이 들어설 공간을 만들기 위해 없애버린 것들의 이름을 따서 붙여졌다.

10

베이커 농장

때때로 나는 소나무 숲을 거닐었다. 숲은 신전들처럼, 또는 장비를 완전히 갖추고 바다에 떠 있는 함대처럼 서 있었고 나뭇가지들이 흔들리며 빛을 받아 넘실거렸다. 나무들이 너무나 부드럽고 푸른데다 그 늘을 많이 드리워주어서 드루이드교 사제들도 자신들의 떡갈나무를 버리고 이 나무들을 숭배했을 것이다. 아니면 플린트 호수 너머의 삼나무 숲에 가기도 했다. 그 숲에는 고색창연한 블루베리에 휘감긴 나무들이 발할라 신전 앞에 서도 될 정도로 점점 더 높이 쑥쑥 자라고, 노간주나무의 가지들이 뻗어나가며 열매가 가득 달린 화관으로 땅을 덮고 있다.

또 소나무겨우살이가 캐나다가문비나무에 꽃줄처럼 매달려 있는 늪에 가기도 했다. 거기에는 늪의 신들이 사용하는 원탁인 독버섯들이 땅을 뒤덮고 있고, 그보다 더 아름다운 버섯들이 나비나 조개껍데기,

식물이 된 총알고둥처럼 그루터기를 장식하고 있다. 바스코숨철쭉과 층층나무가 자라고 오리나무의 붉은 열매는 꼬마도깨비의 눈처럼 빛난다. 노박덩굴은 아무리 단단한 나무라도 둘둘 감아서 흠을 내고 짜부라뜨린다. 야생 호랑가시나무 열매의 아름다움은 보는 사람들에게 집을 잊게 한다. 인간이 맛보기에는 너무나 아름다운 이름 모를 야생의 금단 열매들에도 사람들은 감탄하고 마음이 끌린다.

나는 학자들을 방문하는 대신 멀리 초원 한가운데 있거나 혹은 깊은 숲이나 늪, 언덕 꼭대기에 서 있는, 부근에서는 보기 힘든 특이한 나무들을 자주 찾아갔다. 예를 들어 우리 지역에는 줄기의 지름이 2피트 정도 되는 멋진 물박달나무들이 있다. 그 사촌격인 자작나무는 헐렁한 황금색 셔츠를 입은 것 같은 모습으로 물박달나무와 비슷한 향을 풍긴다. 깔끔한 줄기에 이끼가 아름답게 낀 너도밤나무는 세부적인 것 하나까지 모두 완벽하다. 이 지역에 너도밤나무가 남아 있는 곳은 여기저기 흩어져 있는 나무들을 제외하면 내가 알기로 꽤 큰 너도밤나무들이 모여 있는 작은 숲뿐이다.

한때 그 부근에서는 너도밤나무 열매를 미끼로 비둘기를 잡았는데, 그 미끼에 걸려든 비둘기들 덕분에 이 숲이 만들어졌다는 추측도 있다. 이 나무를 쪼갤 때 은빛 나뭇결이 반짝이는 모습도 볼 만하다. 참피나무와 서어나무도 있고 잘 자란 팽나무도 딱 한 그루 있다. 높은 돛대 같은 소나무, 싱글트리, 그리고 일반적인 나무들보다 더 완벽한 솔송나무가 숲 한가운데에 탑처럼 서 있다. 그 밖에도 많은 나무들을 들수 있는데, 이 나무들은 내가 여름뿐 아니라 겨울에도 방문하는 성지들이다.

한번은 무지개의 아치 끝 쪽에 서 있었던 적이 있다. 무지개가 낮은 대기층을 가득 채우고 주변의 풀과 나뭇잎들을 물들여서 마치 색깔 있는 수정을 보고 있는 것처럼 황홀한 느낌이었다. 그것은 무지갯빛의 호수였으며, 나는 잠시 동안 그 안에 사는 돌고래가 되었다. 그런 상태가 조금 더 오래 지속되었다면 내 일과 삶까지 그 색으로 물들었을지도 모른다. 나는 철둑 길을 걸어갈 때면 내 그림자 주변에 어리는 후광에 놀라면서 나 자신이 하느님의 선민 중 한 명이라고 상상하곤 했다. 나를 찾아온 어떤 사람은 자신 앞에 있던 아일랜드 사람들의 그림자에는 후광이 나타나지 않았다면서 이 땅에서 태어난 사람만 그런 특징을 보인다고 단언하기도 했다.

벤베누토 첼리니는 회고록에서 산탄젤로 성에 갇혀 있는 동안 끔찍한 꿈을 꾸거나 환영을 보고 나면 아침과 저녁에 자신의 머리 그림자 위로 찬란한 빛이 나타났다고 말했다. 이탈리아에서건 프랑스에서건 마찬가지였고 풀이 이슬에 젖어 있을 때 특히 더 뚜렷하게 나타났다고 한다. 이것은 아마 내가 말했던 것과 같은 현상일 것이다. 이 후광은 아침에 특히 더 잘 관찰되지만 다른 때, 심지어 달빛에도 보인다. 이런 현상은 빈번하게 나타나는 것임에도 사람들은 대개 눈치를 채지 못한다. 그래서 첼리니처럼 흥분되는 상상을 하는 사람의 경우에는 미신적인 주장을 한다고 여겨지기에 충분하다. 더구나 첼리니는 그 빛을 극소수의 사람에게만 보여주었다고 한다. 하지만 아무튼 자신이 주목받는 사람이라는 것을 의식하는 이들은 정말로 남다른 사람들 아닌가?

어느 날 오후, 나는 채식 위주의 식단을 보충하려고 숲을 지나 페어헤이븐에 낚시를 하러 갔다. 그 길은 베이커 농장의 부지인 플레전트 초원을 지난다. 한 시인이 세상에서 멀리 떨어져 있는 이 농장을 노래한 바 있는데, 그 시는 이렇게 시작한다.

그대의 입구는 상쾌한 들판이리니,
이끼 낀 과일나무들이
건강한 시내에 그 들판의 일부를 양보하였다.

240

> 시내는 미끄러지듯 돌아다니는 사향쥐와
> 쏜살같이 돌진하는 송어가 차지하였다.

  나는 월든에 가기 전에 이곳에서 살까 생각도 했었다. 나는 사과를 "슬쩍 하고" 시내를 뛰어넘어 사향쥐와 송어를 놀라게 하기도 했다. 우리 인생의 많은 날들이 그러하듯, 그날은 많은 사건이 일어날 수도 있는, 한없이 길게 느껴지는 오후 중 하나였다. 하지만 내가 출발한 것은 이미 오후의 반이 지난 때였다. 가는 길에 소나기가 한 차례 내려서 나는 소나무 밑에 30분 동안 서서 머리 위에 나뭇가지들을 올리고 손수건으로 비를 막고 있어야 했다. 마침내 내가 물속에 몸을 반쯤 담그고 물옥잠화 위에 낚싯줄을 던졌을 때였다. 갑자기 구름이 몰려와 주위가 어두컴컴해지더니 천둥이 세차게 우르릉거렸다. 나는 그 소리에 귀를 기울이는 것 말고는 할 수 있는 일이 없었다.
  나는 신이 무장도 하지 않은 불쌍한 낚시꾼을 향해 여러 갈래의 번개를 내리치고는 우쭐거리고 있는 게 틀림없다고 생각했다. 그래서 서둘러 가장 가까이에 있는 오두막으로 몸을 피했다. 그 오두막은 어느 길에서든 반 마일은 떨어진 곳에 있지만 호수에서 훨씬 더 가까웠고 오랫동안 아무도 살고 있지 않는 곳이었다.

> 그리하여 시인이 이곳에
> 몇 년을 꼬박 바쳐 집을 지었다.
> 보라, 무너져가는
> 보잘것없는 오두막을.

  시의 여신은 이렇게 노래했지만, 그 집에 가보니 지금은 아일랜드 사람인 존 필드와 그의 아내, 그리고 여러 명의 아이들이 살고 있었다. 아버지의 일을 돕다가 비를 피하려고 습지에서 아버지와 함께 막 집으로 달려온 너부데데한 얼굴의 소년도 있었고, 머리가 마녀처럼 원뿔 모양이고 얼굴이 쪼글쪼글한 아기도 있었다. 아기는 귀족들의 궁전에 앉은 듯 아버지의 무릎에 앉아, 흠뻑 젖고 굶주림 가득한 집안에서 어린아이의 특권으로 낯선 사람을 호기심 어린 눈빛으로 쳐다보았다. 아기는 자신이 존 필드의 가난하고 굶주린 자식이 아니라 귀한 가문의 마지막 자손이요, 세상의 희망이자 만인의 주목을 받는 존재라는 것을 모르고 있었다. 밖에서 소나기가 내리고 천둥이 치는 동안 우리는 지붕의 비가 가장 덜 새는 부분 아래에 함께 앉아 있었다.

나는 이 가족을 미국으로 데려온 배가 만들어지기도 전인 옛날에 이 집에 여러 번 앉아 있었다. 존 필드는 분명 정직하고 부지런하지만 주변머리가 없는 사람이었다. 그의 아내도 끼니때마다 높다란 화덕의 한구석에서 꿋꿋하게 식사를 준비했다. 둥글고 기름기 있는 얼굴에 가슴을 드러낸 그녀는 언젠가는 형편이 나아질 것이라는 희망을 품고 있었다. 손에서 걸레를 놓지 않았지만 집 어디에서고 그 효과는 보이지 않았다. 닭들도 비를 피해 집안으로 들어와 가족의 일원인 양 방을 돌아다녔는데, 너무 인간과 비슷해져서 구워 먹기 힘들겠다 싶었다. 닭들은 서서 내 눈을 들여다보거나 내 구두를 의미심장하게 쪼아댔다. 그러는 동안 집주인은 자기 이야기를 들려주었다.

그는 이웃의 농부를 위해 삽이나 늪지용 괭이로 열심히 "늪을 개간" 해 초원으로 만들고 있다고 했다. 그러면 1에이커당 10달러씩 받을 뿐 아니라 1년 동안 그 땅에서 퇴비를 주며 농사를 지을 수 있다고 했다. 얼굴이 넓적한 그의 어린 아들은 아버지가 얼마나 불리한 계약을 했는지 모른 채 아버지 옆에서 즐겁게 일했다. 나는 내 경험을 토대로 그에게 도움을 주려고 애썼다. 나는 아주 가까운 곳에 살고 있으며 내가 여기에 낚시를 하러 온 게으름뱅이 같아 보이지만 나 역시 그와 비슷하게 생계를 꾸리고 있다고 말했다. 그리고 다 쓰러져가는 그의 집의 일 년 집세도 되지 않는 돈으로 비가 새지 않는 밝고 깨끗한 집을 지어서 살고 있다고 했다. 그래서 그가 마음만 먹으면 한두 달 내에 그의 궁전을 지을 수 있다고 말해주었다. 또 나는 차나 커피를 마시지 않고 버터나 우유, 고기도 먹지 않기 때문에 그 식품들을 구하려고 일할 필요가 없으며 힘들게 일하지 않기 때문에 많이 먹을 필요도 없다고 말했다.

하지만 그는 차와 커피, 버터, 우유, 그리고 소고기를 먹기 때문에 이런 식료품 값을 지불하려고 힘들게 일해야 한다. 그리고 힘들게 일을 하면 몸에서 소모된 부분을 보충하기 위해 많이 먹어야 한다. 따라서 나의 삶과 그의 삶이 오십 보 백 보처럼 보이지만 그는 만족감을 느끼지 못하는데다 삶을 허비하고 있기 때문에 사실은 차이가 있다고 말했다. 그러나 그는 여기서는 차와 커피, 고기를 매일 구할 수 있으니 미국에 오길 잘했다고 생각했다. 그러나 진정한 미국은 국민이 이런 것들 없이 살 수 있는 생활방식을 자유롭게 추구할 수 있는 곳, 나라가 국민에게 노예제도와 전쟁을 유지하도록 강요하고 이런 물건들을 사용하느라 직간접적으로 발생하는 불필요한 비용을 부담시키지 않는 곳이다.

나는 일부러 그가 철학자라도 되는 것처럼, 혹은 철학자가 되고 싶어하는 사람인 것처럼 대하며 말했다. 그래서 나는 지구의 모든 초원이 야생 상태로 남겨지더라도 그것이 인간이 진정한 자기 자신을 되찾기 시작해 나타난 결과라면 기쁠 것이고, 사람은 자신의 교양에 가장 좋은 것을 찾기 위해 역사를 공부할 필요는 없을 것이라고 말했다. 그러나 아아! 아일랜드 사람을 교화하는 것은 일종의 정신적인 늪지용 괭이를 사용해야 하는 일이었다. 나는 그에게 늪지를 개간하기 위해 열심히 일하려면 두꺼운 장화와 질긴 옷이 필요하며 그것들은 금세 더러워지고 낡아버리지만 나는 가벼운 신발과 얇은 옷을 입는다고 말했다. 그래서 내가 신사처럼 옷을 입었다고 생각될지도 모르지만(사실은 그렇지 않다.) 옷값은 그가 입은 옷의 절반도 되지 않는다고 했다.

또한 내가 원하면 힘들이지 않고 오락삼아 한두 시간 안에 이틀 동안 먹을 물고기를 잡거나 일주일 동안 먹고살 돈을 벌 수 있다고도 했다. 그와 그의 가족이 소박하게 살려고 한다면 여름에 재미로 모두 함께 월귤나무 열매를 따러 다닐 수 있다고도 말했다. 존은 이 말을 듣더니 한숨을 내쉬었고, 그의 아내는 양손을 허리에 올리고 나를 뚫어지게 쳐다보았다. 두 사람 모두 자신들이 그런 삶의 항로를 출발할 자본이 있는지, 그리고 항해를 완수할 계산능력이 있는지 궁금해하는 것 같았다. 그들에게 그런 삶은 추측항법으로 항해하는 것이나 마찬가지였고 부부는 어떻게 자신들의 항구에 도착해야 할지 확실히 알지 못했다.

그래서 나는 단단한 쐐기로 삶이라는 거대한 기둥을 쪼개어 하나하나 무찌르는 기술이 없는 그 가족이 여전히 자신들의 방식대로 용감하게 삶과 대면해 필사적으로 살고 있을 것이라고 생각한다. 단단한 쐐기로 삶이라는 거대한 기둥을 쪼개어 하나하나 무찌르는 기술이 없는 이들은 엉겅퀴를 다루듯 삶을 힘들게 다루려고 한다. 하지만 그들은 압도적으로 불리한 입장에서 싸우고 있다. 슬프게도 존 필드는 계산하지 않고 살기 때문에 그렇게 실패하는 것이다.*

"낚시를 해본 적이 있소?"라고 내가 물었다. "네, 쉴 때면 가끔 끼닛거리로 물고기를 잡습니다. 좋은 농어를 잡았답니다", "미끼는 뭘 썼소?", "지렁이를 써서 샤이너를 잡아 그걸 미끼로 농어를 잡습니다." 그의 아내가 기대에 찬 얼굴로 말했다. "여보, 지금 낚시하러 가는 게 좋겠어요." 하지만 존은 주저하는 빛이었다.

이제 소나기가 그쳤고, 동쪽 숲 위에 무지개가 떠서 맑은 저녁을 약

---

* 도식화를 좋아하는 새로운 세대는 계산에 대해 같은 주장을 한다. 이들은 지출을 철저하게 기록해 생활에 필요한 것을 산출한 뒤 시간을 어떻게 쓸지 결정하라고 권한다. 이들은 자신의 경제적 생활을 모르는 것이 자립에 가장 큰 위협이라고 주장한다. 비용을 꼼꼼하게 기록했던 소로는 틀림없이 여기에 동의할 것이다.

속했다. 그래서 나는 그 집을 나섰다. 집 밖으로 나온 나는 그릇 하나를 청했다. 우물바닥을 살펴보고 이 집 주변에 대한 조사를 끝내고 싶어서였다. 그러나 안타깝게도 우물은 얕고 모래가 섞여 있는데다 두레박줄은 끊어지고 두레박은 우물에 빠져 있었다. 그러는 동안 적당한 냄비가 선택되어 물을 증류시키는 것 같았다. 의논을 하며 오랫동안 우물쭈물한 뒤에야 목마른 내게 물이 전해졌다. 아직 식지도 않았고, 모래가 가라앉지도 않은 물이었다. 나는 이런 귀리죽 같은 물이 여기에서는 생명을 유지시킨다는 생각이 들었다. 그래서 눈을 감고 기술적으로 방향을 잡아 티끌을 한쪽으로 몰면서 그들의 진실한 접대에 최대한 성의를 다해 물을 마셨다. 나는 예의가 관련된 그런 경우에는 까다롭게 굴지 않는다.

비가 그친 뒤 나는 아일랜드 사람의 집을 떠나 다시 호수로 향했다. 외딴 풀밭, 늪지대와 진흙구렁, 황량하고 거친 곳을 걸어서 서둘러 강꼬치고기를 잡으러 가는 것이 순간적으로 대학을 나온 내게 하찮은 일처럼 느껴지기도 했다. 하지만 나는 무지개를 어깨에 드리우고 붉게 물들고 있는 서쪽을 향해 언덕을 달려 내려갔다. 깨끗한 공기 속으로 희미하게 딸랑딸랑 소리가 들렸다. 어디서 나는 소리인지는 알 수 없었지만, 나의 훌륭한 천재성은 내게 이렇게 말하는 것 같았다.

날마다 멀리, 넓은 곳으로 물고기를 잡고 사냥을 하러 가라. 더 멀리, 더 넓게. 그리고 아무런 걱정 없이 많은 시냇가와 난롯가에서 쉬어라. 젊은 시절에는 그대의 창조주를 기억하라. 새벽이 오기 전에 걱정에서 깨어나 모험을 떠나라. 낮에는 다른 호수들을 찾아가고 밤에는 어디든 그대의 집으로 삼아라. 이보다 더 큰 들판은 없고 여기서 할 수 있는 것보다 더 가치 있는 놀이는 없다. 절대 영국 건초가 되지 않을 이 사초와 고사리들처럼 그대의 본성에 따라 자연 그대로의 사람이 되라.

천둥이 치게 내버려두라. 천둥이 농부의 작물을 망치겠다고 위협한

들 어찌하겠는가. 그것은 그대와 상관없는 일이다. 농부들이 수레와
헛간으로 몸을 피하는 동안 그대는 구름 아래로 피하라. 생계를 잇는
것을 생업이 아니라 오락거리로 생각하라. 땅을 즐기되 소유하지는 마
라. 사람들은 모험심과 믿음이 부족해 현재의 처지에서 벗어나지 못한
채 삶을 사고팔고 농노처럼 살아간다.

오 베이커 농장이여!

이 풍경에서 가장 귀한 요소는
약간의 순수한 햇빛이다. …(중략)…

울타리를 친 그대의 풀밭에서는
아무도 흥청거리며 놀지 않는다. …(중략)…

골치 아픈 질문이 없으니
그대는 아무와도 논쟁을 벌이지 않는다.
소박한 적갈색의 헐렁한 작업복을 입은 그대는
첫눈에도 지금처럼 유순해 보였다. …(중략)…

오라, 사랑을 하는 그대들,
미움을 품은 그대들도,
신성한 비둘기의 아이들도,
국가의 가이 포크스도.
그리고 튼튼한 나무 서까래에
음모를 매달아 처형하라!*

---

* 윌리엄 엘러리 채닝, 「베이커 농장」

밤이 되면 사람들은 집 근처의 들이나 거리에서 꼬박꼬박 집으로 돌아온다. 그곳은 살림살이가 달그락거리는 소리가 항상 들리는 곳이다. 자신이 내쉰 숨을 다시 들이마시기 때문에 사람들의 삶은 시들어 가지만 아침저녁으로 그들의 그림자는 그들이 매일 걸어다니는 곳보다 더 멀리까지 뻗는다. 우리는 더 먼 곳에서, 모험에서, 위험에서, 매일 매일의 발견에서 새로운 경험을 하고 새로운 사람이 되어 집으로 돌아와야 한다.

내가 호수에 도착하기 전에, 존 필드가 어떤 신선한 충동을 느꼈는지 마음을 바꿔먹고 해지기 전의 '늪 개간 작업'을 놔두고 나를 따라왔다. 하지만 내가 한 줄은 되는 물고기를 낚는 동안 이 불쌍한 사내는 물고기 두 마리를 건드렸을 뿐이었다. 그는 그것이 자신의 운이라고 말했다. 하지만 우리가 배에서 자리를 바꿔 앉자 운도 자리를 바꾸었다. 불쌍한 존 필드! 나는 그가 이 글을 읽지 않기를 바란다. 이 글을 읽고도 개선되지 않는다면 말이다. 그는 이 원시적인 새로운 나라에서 오래된 나라의 방식을 흉내 내 살아가려고 생각하면서 샤이너로 농어를 잡는다. 때로는 그것도 좋은 미끼이긴 하지만.

그는 지평선을 전부 차지하고 있으면서도 가난하다. 그는 날 때부터 가난했다. 아일랜드의 빈곤, 혹은 가난한 삶을 물려받고 아담의 할머니가 사용하던 수렁 같은 방식으로 살아가는 그는, 늪을 헤치며 걸어다니는 물갈퀴 달린 발의 뒤축에 날개가 돋지 않는 한 그 자신과 후손 모두 이 땅에서 일어서지 못할 것이다.

11

고귀한 법칙

잡은 물고기를 줄에 꿰어 들고 낚싯대를 끌며 숲을 지나 집에 돌아왔을 때는 꽤 어두워져 있었다. 마멋 한 마리가 내 앞을 가로질러 도망가는 모습이 어렴풋이 보였다. 그러자 나는 야만적인 기쁨에 기이한 전율을 느끼면서 그놈을 잡아 날고기를 게걸스레 먹어치우고 싶은 마음이 강하게 일었다. 배가 고팠던 건 아니고 단지 마멋이 상징하는 야생성에 이끌렸던 것이다. 호숫가에 살 때 나는 한두 번 이상하게 제멋대로인 기분에 휩싸여 내가 우걱우걱 먹어치울 수 있는 짐승의 고기를 찾아 반쯤 굶주린 사냥개처럼 숲속을 헤맨 적이 있었다. 뭘 먹더라도 야만적이라 느껴지지 않을 것 같았다. 설명하기는 힘들지만, 가장 야생적인 풍경도 친근하게 느껴졌다.

그때나 지금이나 나는 대부분의 사람들이 그러하듯이 내 안에 고귀한 삶, 소위 정신적인 삶에 대한 본능과 함께 원시적이고 야만적인 삶에 대한 또 다른 본능이 있다는 것을 알고 있으며, 둘 다를 존중한다. 나는 선(善) 못지않게 야생도 사랑한다. 낚시에는 야생성과 모험적인 성격이 있어서 지금도 나는 낚시를 좋아한다. 나는 때때로 삶을 철저히 장악해 하루를 좀 더 동물들처럼 보내고 싶다. 내가 자연과 굉장히 친해진 것은 아마도 아주 어릴 때부터 낚시와 사냥을 한 덕분일 것이다. 낚시와 사냥은 그렇게 어린 나이에는 잘 몰랐을 풍경을 일찍부터 우리에게 소개해주고 그 안에 붙들어둔다.

낚시꾼, 사냥꾼, 나무꾼 등은 들판과 숲에서 생활하며 특별한 의미에서 자연의 일부가 된다. 일하는 틈틈이 자연을 보는 이런 사람들은 기대감을 갖고 자연에 접근하는 철학자나 시인보다 흔히 자연을 관찰하는 데 더 유리하다. 자연은 이런 사람들에게는 자신을 보여주기를 두려워하지 않는다. 대초원을 여행하는 사람은 자연스럽게 사냥꾼이 되고, 미주리 강이나 컬럼비아 강 상류를 여행하는 사람은 덫을 놓는 사냥꾼이 되며, 세인트메리 폭포를 여행하는 사람은 낚시꾼이 된다. 단순한 여행자는 사물을 간접적으로 반쪽만 배우기 때문에 뭔가를 잘 안다고 할 수 없다. 과학이 그런 여행자들이 실제로 혹은 본능적으로 이미 알고 있던 것을 보고할 때 우리는 가장 흥미를 느낀다. 그것만이 진정한 인문학, 즉 인간의 경험에 대한 설명이기 때문이다.

미국인들에겐 공휴일이 많지 않은데다 어른과 아이들이 영국인들만큼 많은 놀이를 하지 않으니 그들에겐 오락거리가 별로 없다고 주장하는 사람들도 있다. 하지만 이들은 잘못 알고 있다. 미국에서는 사냥이나 낚시 같은 더욱 원시적이고 혼자서 하는 놀이가 아직 다른 놀이들에 자리를 내주지 않았을 뿐이다. 뉴잉글랜드에 사는 내 동년배들은 거의 모두 열 살에서 열네 살 사이에 엽총을 어깨에 메보았다. 우리의 사냥터와 낚시터는 귀족들의 전용 사냥터처럼 제한되어 있지 않았고 심지어 야만인이 누볐던 공간보다 무한히 넓었다. 그러니 우리가 공원에서 자주 놀지 않았던 것도 놀랄 만한 일은 아니다. 하지만 이미 변화가 일어나고 있다. 사람들이 더 자비로워져서가 아니라 사냥감이 점점 부족해졌기 때문이다. 아마도 사냥감인 동물들에게 가장 좋은 친구는 사냥꾼이기 때문일지도 모른다. 동물애호협회도 예외는 아니다.

호숫가에 살 때 나는 가끔 다양한 음식을 먹기 위해 식사에 생선을 곁들이고 싶었다. 나는 실제로 인류 최초의 어부들과 똑같은 필요성에 따라 낚시를 했다. 내가 어떤 인도주의적인 이유로 낚시에 반대한다 해도 그것은 인위적인 주장이며 감정적인 차원보다는 내 철학에서 나온 생각이다. 나는 지금 낚시에 대해서만 말하고 있다. 새 사냥에 대해서는 오래전부터 이와는 다른 생각이어서 숲에 들어오기 전에 총을 팔아버렸다. 내가 다른 사람보다 인정이 없어서가 아니다. 다만 나는 낚시가 내 감정에 큰 영향을 미치지 않는다는 걸 알고 있다. 나는 물고기나 지렁이에게는 동정심이 느껴지지 않았다. 낚시는 하나의 습관이었다.

새 사냥에 대해 말하자면, 총을 들고 다녔던 지난 시절에 대해 나는 조류학을 공부하고 있었고 새롭고 진귀한 새만 찾아다녔다고 변명했다. 그러나 고백하건대, 지금은 조류를 공부하는 데 사냥보다 더 좋은 방법이 있다는 쪽으로 생각이 기울었다. 이 방법은 새의 습성을 훨씬 더 주의 깊게 살펴야 하며, 그 이유만으로도 나는 기꺼이 총을 버렸다. 하지만 인도주의적인 차원에서 사냥에 반대하긴 하지만, 이를 대신할 만큼 유용한 취미가 있는지는 의문이다.

친구들이 내게 자식들이 사냥을 하게 놔둬도 될지 걱정스럽게 물어오면 나는 — 사냥이 내가 받은 교육 중에서 가장 좋은 부분 중 하나였다는 점을 떠올리면서* — 이렇게 말한다. "물론이지, 아이들을 사냥꾼으로 만들게. 처음에는 취미로 사냥을 하지만 가능하다면 나중에는 이

---

* 사냥은 점차 다음 세대에게 물려주지 않는 취미가 되고 있다. 사냥의 윤리적인 측면에 대한 생각과는 별도로, 이렇게 사냥을 하지 않는 것에는 비극적 측면이 있다. 내가 살고 있는 시골 지역에서는 사냥이 사람들이 숲에 가는 것에 대해 사회적으로 용인할 수 있는 몇 안 되는 이유 중 하나이기 때문이다.

곳이나 시시한 황야에서는 자신에게 어울리는 커다란 사냥감을 찾을 수 없을 정도로 대담한 사냥꾼으로 만들게. 그리하여 사람을 낚는 낚시꾼일 뿐 아니라 사냥꾼이 되게 하게." 이 점에서 나는 초서의 시에 나오는 수녀와 생각이 같다.

사냥꾼이 신성한 사람이 아니라는 말에
털 뽑힌 닭만큼도 신경 쓰지 않았다.*

인류의 역사에서와 마찬가지로 개인의 역사에도 알곤킨족이 말하는 것처럼 사냥꾼이 '최고의 인간'으로 여겨지는 시기가 있다. 총을 쏘지 못하는 소년은 인정이 많아서가 아니라 안타깝게도 교육을 제대로 받지 못한 것이기 때문에 우리는 그를 불쌍하게 생각하지 않을 수 없다. 이것이 사냥에 빠진 젊은이들을 걱정하는 질문에 대한 내 대답이며, 나는 그들이 곧 그 취미에서 벗어나리라 믿는다. 인정 있는 자가 아니고서야 철없는 소년 시절을 지나면, 자신과 같은 자격으로 삶을 살아가는 생명체를 잔인하게 죽이는 사람은 없을 것이기 때문이다. 토끼도 궁지에 몰리면 어린 아이처럼 우는 법이다. 어머니들에게 말하건대, 내 동정심이 항상 차별적으로 인간에게만 향하는 것은 아니다.
젊은이는 사냥을 하면서 종종 숲과 자기 자신의 가장 원초적인 부분을 접하게 된다. 처음에는 사냥꾼과 낚시꾼으로 숲에 가지만, 내면에 더 나은 삶의 씨앗을 품고 있는 사람이라면 결국 시인이나 박물학자처럼 자신의 진정한 목표를 깨닫고 총과 낚싯대를 버린다. 이런 면에서 많은 사람들이 아직 어리며 영원히 그럴 것이다. 어떤 나라에서는 목사가 사냥을 하는 모습을 드물지 않게 볼 수 있다. 그런 목사는 선한 목자의 개가 될 수는 있을지언정 선한 목자가 되기는 글렀다. 놀

---

* 제프리 초서, 『캔터베리 이야기』

랍게도, 내가 알기로 나무를 베거나 얼음을 깨는 등의 일을 제외하면 어른이든 아이든 우리 마을 사람들 중 누구라도 한나절 내내 월든 호수에 붙잡아둘 수 있는 일은 낚시밖에 없다.

사람들은 낚시를 하는 내내 호수를 볼 수 있는 기회를 누렸으면서도 대개 긴 줄에 가득 꿸 만큼 많은 물고기를 잡지 않으면 운이 좋지 않다거나 시간을 낭비했다고 생각해버린다. 낚시가 남긴 찌꺼기가 호수 바닥에 가라앉고 목적이 순수해지기까지 그들은 아마 천 번은 호수에 가야 할지 모른다. 하지만 그런 정화 과정이 내내 진행되리라는 것은 틀림없다. 주지사와 주 의회 의원들도 소년시절에 낚시를 하러 갔기 때문에 희미하게나마 호수를 기억한다. 하지만 지금은 낚시를 하러 가기에는 너무 나이가 많고 위엄이 있어져서 영원히 그 이상은 호수를 알지 못한다. 그러면서도 나중에 자신이 천국에 가기를 기대한다. 주 의회가 호수에 관심을 가진다면 주로 호수에서 사용되는 낚싯바늘의 수를 규제하는 정도에 불과하다. 하지만 이들은 주 의회를 미끼로 써서 호수 자체를 낚는 낚싯바늘 중의 낚싯바늘에 대해서는 전혀 모른다. 이처럼 문명화된 사회에서도 배아기의 인간은 사냥꾼이라는 발달단계를 거친다.

나는 최근에 낚시를 할 때마다 자존감이 약간 떨어지는 경험을 여러 차례 했다. 나는 계속 낚시를 해왔고 기술도 좋다. 그리고 많은 친구들과 마찬가지로 내 안에는 낚시를 하고 싶은 본능이 있어 때때로 그 본능이 되살아난다. 하지만 낚시를 하고 나면 항상 물고기를 낚지 말걸 하는 기분이 든다. 내가 착각을 하는 건 아닌 것 같다. 이것은 희미한 암시다. 하지만 아침 첫 햇살 역시 희미하지 않은가. 내 안에 하등동물에 속하는 이런 본능이 존재한다는 것은 의심의 여지가 없다. 나는 더 인정이 많아지거나 지혜로워진 건 아니지만 해마다 점점 더 낚시를 하지 않게 되었고 지금은 전혀 하지 않는다. 내가 황야에서 살아야 한다면 다시 본격적인 낚시꾼이나 사냥꾼이 될 수밖에 없다는 것을 알지만.

게다가 물고기를 비롯한 모든 고기에는 근본적으로 깨끗하지 못한 면이 있다. 그래서 나는 집안일이 어디에서 시작되는지, 매일매일 깔끔하고 보기 좋은 겉모습을 갖추고 집을 쾌적하게 유지하며 모든 나쁜 냄새와 모습을 없애기 위한 힘든 노력이 어디에서 시작되는지 이해하기 시작했다. 나는 직접 도살도 하고 부엌의 허드렛일도 하며 요리도 할 뿐 아니라 그 요리를 대접받는 신사이기도 하기 때문에 남달리 완전한 경험을 바탕으로 이야기할 수 있다. 내 경우에 동물의 고기를 반대하는 실질적인 이유는 불결함 때문이다. 게다가 물고기를 잡아 씻은 뒤 요리를 해서 먹어도 본질적으로 배를 채웠다는 느낌이 들지 않았다. 의미 없고 불필요한 일이었으며, 얻는 것보다 더 많은 수고를 하는 것이었다. 다만 힘을 덜 들여 구할 수 있고 불결함도 덜한 작은 빵이나 감자 몇 개로도 충분할 것이다.

많은 동년배들과 마찬가지로 나는 오랫동안 고기나 차, 커피 등을 거의 먹지 않았다. 이런 음식들이 미치는 악영향을 알게 되어서가 아니라 마음이 내키지 않았기 때문이다. 동물 고기에 대한 반감은 경험이 아니라 본능에서 나온 것이다. 검소하게 생활하고 소박하게 먹는 것이 더 훌륭해 보였다. 나는 훌륭한 정도까진 아니지만 내 상상력을 만족시킬 만큼은 했다. 나는 진심으로 자신의 고귀한 능력 혹은 시적인 능력을 최상으로 유지하고 싶은 사람이라면 동물 고기를 삼가고 어떤 음식이든 너무 많이 먹지 않으려 할 것이라고 믿는다.

"어떤 곤충들은 완전히 다 자라면 음식물을 섭취하는 기관을 갖추고 있어도 사용하지 않는다."는 곤충학자들의 주장은 중요한 의미를 지닌다. 나는 커비와 스펜스의 책*을 읽다가 이 사실을 알았는데, 이들은 "일반적으로 거의 모든 곤충이 이 상태에 이르면 유충일 때보다 훨

---

* 윌리엄 커비 & 윌리엄 스펜스, 『곤충학입문』(1846)

씬 적게 먹는다. 게걸스럽게 먹어대던 애벌레가 나비로 변하고 탐욕스럽게 먹던 구더기가 파리로 변하면 한두 방울의 꿀이나 그 밖의 달콤한 액체로 만족한다."고 주장했다. 나비의 날개 아래에 있는 배는 여전히 유충 때의 모습이고, 이 배 때문에 나비는 곤충으로서 잡아먹히는 운명을 맞는 것이다. 대식가는 유충 상태에 있는 사람이라 할 수 있다. 전 국민이 이런 상태인 나라도 있다. 이런 나라에는 공상이나 상상이 없으며, 거대한 배가 이를 잘 보여준다.*

상상력을 해치지 않을 만큼 소박하고 깨끗하게 음식을 준비해 요리하기란 어려운 일이다. 하지만 나는 몸에 먹을 것을 줄 때 상상력에도 먹을 것을 주어야 한다고 생각한다. 몸과 상상력이 함께 식탁에 앉아야 한다. 어쩌면 이것은 가능한 일이다. 과일을 적당히 먹는다면 우리 식욕을 부끄러워할 필요가 없을 것이며, 우리가 추구하는 가장 가치 있는 일을 방해받지도 않을 것이다. 그러나 접시에 양념을 더 끼얹으면 독이 될 것이다. 기름진 음식을 먹으며 사는 건 가치 없는 일이다. 대부분의 사람들은 육식이건 채식이건 남이 자신을 위해 매일 준비해주던 음식을 자기 손으로 직접 요리하는 모습을 들키면 부끄러움을 느낄 것이다. 이런 모습이 바뀌기 전까진 우리는 문명화된 것이 아니며, 신사와 숙녀라고 해도 진정한 남자와 여자는 아니다. 이는 어떤 변화가 이루어져야 하는지 분명히 알려준다.

왜 상상력이 동물의 고기나 지방과 조화를 이루지 않는지 물어봤자 소용없다. 나는 그들이 조화를 이루지 않는 것이 납득이 된다. 사람이 육식동물이라는 것은 책망 받을 일 아닐까? 사실 사람은 상당 부분 다른 동물을 먹으며 살 수 있고 그렇게 살고 있지만, ― 덫을 놓아 토끼를 잡거나 양을 도살해보면 누구나 알 수 있듯이 ― 이것은 비참한 방법이다. 보다 무해하고 건강에 좋은 식사만 하라고 가르치는 사람은

---

* 2000년에는 놀랍게도 미국인의 64.5퍼센트가 과체중인 것으로 보고되었다.

인류의 은인으로 여겨질 것이다. 나 자신의 식생활과 관계없이, 나는 야만인들이 더 문명화된 사람들과 접하면서 식인 풍습이 사라진 것처럼 인류가 점차 발전해가면서 운명적으로 육식을 그만두게 될 것이라고 확신한다.

만약 자신의 천재성이 희미하지만 끊임없이 전하는 진실한 암시에 귀를 기울이면 그 암시가 자신을 어떤 극단이나 광기로 이끌지 않으리라는 것을 알 수 있다. 그리고 더 의지가 확고하고 신념이 강해지면 가야 할 길이 그 방향이라는 것을 알게 된다. 한 건강한 사람이 미약하게나마 확실하게 느끼는 거부감이 결국에는 인류의 주장과 관습을 압도할 것이다. 자신의 천재성을 따르는 사람은 그릇된 길로 가지 않는다. 육식을 그만두어 몸이 약해지더라도 누구도 그 결과가 유감스럽다고 말할 수 없을 것이다. 그것은 보다 높은 원칙을 따르는 삶이기 때문이다.

우리가 낮과 밤을 기쁘게 맞이하고, 삶이 꽃이나 향기로운 약초처럼 향을 내뿜는다면, 삶이 더 탄력적이고 별처럼 반짝이며 보다 영원성을 띤다면 우리의 삶은 성공한 것이다. 모든 자연이 우리를 축하하고, 우리에게는 순간순간 자신을 축복할 이유가 생긴다. 가장 큰 소득과 가치는 제대로 평가받지 못하는 법이다. 우리는 그런 것들의 존재를 쉽사리 의심하고 금세 잊어버린다. 이런 것들이야말로 가장 고귀한 진실이다. 아마도 가장 믿기 어렵고 가장 진실한 것은 사람에게서 사람으로 전달되지 않는 것 같다. 내 일상생활의 진정한 수확은 아침이나 저녁의 색조처럼 손으로 만질 수 없고 말로 표현할 수 없는 무엇이다. 그것은 내가 붙잡은 작은 우주진이며 무지개의 한 조각이다.

하지만 나로 말하자면 유별나게 까다로운 사람은 아니다. 필요하다면 때로는 튀긴 쥐도 맛있게 먹을 수 있다. 나는 아주 오랫동안 물을 즐겨 마셨고 같은 이유로 아편쟁이의 천국보다 자연스러운 하늘을 더 좋아한다. 나는 취하지 않고 언제나 맑은 정신을 유지하고 싶다. 취하자면 한정이 없다. 나는 물이야말로 현명한 사람을 위한 유일한 음료라고 믿는다. 포도주는 고귀한 음료가 아니다. 한 잔의 따뜻한 커피로 아침의 희망을 꺾어버리고 한 잔의 차로 저녁의 기대를 무너뜨린다고 생각해보라! 그런 것들의 유혹에 넘어간다면 나는 얼마나 타락하겠는가! 심지어 음악조차 사람을 취하게 할 수 있다. 사소해 보이는 이런 것들이 그리스와 로마를 멸망시켰고 영국과 미국을 무너뜨릴 것이다.

모든 취기 중에서 자신이 들이마시는 공기에 취하는 것을 선호하지 않을 사람이 있을까? 내가 거친 노동을 오래 계속하는 것을 아주 싫어하는 이유는 그렇게 일하고 나면 거칠게 먹고 마셔야 했기 때문이다. 하지만 솔직히 말하자면 지금의 나는 이런 면에서 까다로움이 좀 덜해졌다. 식탁에 종교적인 의미를 덜 부여하고 축복을 구하지도 않는다. 내가 예전보다 현명해져서가 아니라, 매우 유감스럽게도 세월이 지나면서 내가 더 거칠고 무관심해졌기 때문이라는 것을 고백하지 않을 수 없다. 대부분의 사람들이 시에 대해 그렇게 생각하듯이 아마도 이런 문제들은 젊은 시절에만 관심을 두는 것일 수도 있다. 내 실천은 사라져 "어디에도 없고" 내 의견만 여기에 있다.

베다에서는 "어디에나 계시는 신을 진정으로 믿는 사람은 존재하는 것은 무엇이든 먹을 수 있다."*고 했는데, 나는 내가 그런 특혜받은 사람에 속한다고는 절대 생각하지 않는다. 그런 사람은 자신이 무엇을 먹으며, 누가 그것을 준비했는지 묻지 않는다. 하지만 힌두교의 한 주석자가 언급한 것처럼 이 경우에도 이런 특권을 '곤궁한 시대'에만 제한했다는 점을 주목해야 한다.

식욕과 전혀 상관이 없는 음식에서 때때로 말로 표현할 수 없는 만족을 느껴본 경험이 없는 사람이 있을까? 나는 내 정신적인 인식이 대개는 천박한 미각에 빚을 지고 있다는 점, 내가 입천장을 통해 영감을 얻는다는 점, 산비탈에서 먹은 딸기들이 내 재능에 양식이 되었다

---

* 람모한 로이, 『몇 권의 베다 번역』(1832)

는 점을 생각하면 전율을 느낀다. 공자는 "영혼이 자신의 주인이 되지 않으면 보아도 보이지 않고 들어도 들리지 않으며 먹어도 음식의 맛을 알지 못한다."고 말했다.* 음식의 진정한 맛을 아는 사람은 폭식가가 될 수 없으며, 진정한 맛을 모르는 사람은 폭식가가 되지 않을 수 없다. 시의원이 거북 요리를 탐하듯 청교도도 추접스런 식탐으로 갈색 빵 껍질에 달려들 수 있다.

사람을 더럽히는 것은 입속에 들어오는 음식이 아니라 그 음식을 먹을 때의 식탐이다. 음식의 질이나 양이 아니고 감각적인 맛에 대한 집착이 문제다. 우리가 먹는 음식이 동물적인 생명을 유지시키거나 정신적인 삶에 영감을 불어넣어주는 양식이 아니라 우리를 지배하고 있는 벌레들의 먹이가 될 때 문제가 된다. 사냥꾼이 진흙거북, 사향쥐, 그 외의 맛있는 야생동물들을 좋아하고 점잖은 부인이 송아지 발로 만든 젤리나 바다에서 온 정어리의 맛을 탐닉한다면 두 사람은 서로 다를 바 없다. 사냥꾼은 물방아용 저수지에 가고 부인은 저장용 항아리로 간다. 놀라운 것은 그들이, 그리고 우리가 어떻게 이렇게 먹고 마시면서 동물 같은 비루한 삶을 살아갈 수 있는가 하는 점이다.

우리 종족 전체는 놀라울 정도로 도덕적이다. 덕과 악덕 사이에는 잠깐 동안의 휴전도 없다. 선이야말로 절대 실패하지 않는 유일한 투자다. 온 세상에 떨리는 소리로 울려퍼지는 하프 소리에서 우리를 전율시키는 것은 선에 대한 강조다. 하프는 우주의 법칙을 권하는 우주 보험회사의 외판원이고 우리가 행하는 작은 선이 우리가 지불하는 보험료의 전부다. 젊은이는 결국 무관심해지지만 우주의 법칙은 무심해지지 않고 언제나 가장 예민한 사람의 편에 선다. 서풍에 귀를 기울이고 책망하는 소리를 들어보라. 그 속에는 분명 책망의 소리가 담겨 있고 그 소리를 듣지 못하는 사람은 불행하기 때문이다. 하프의 현을 건

---

* 『대학』 7장 2절.

드리거나 음조를 바꿀 때마다 매력적인 도덕이 우리를 사로잡는다. 귀를 괴롭히는 많은 소음도 멀리 떨어져서 들으면 우리의 천박한 생활을 오만하면서도 감미롭게 풍자하는 음악처럼 들린다.

우리는 자신 안에 동물적인 속성이 있고 우리의 더욱 고귀한 본성이 잠들면 그에 비례해 이런 속성이 깨어난다는 것을 알고 있다. 그것은 비열하고 음탕해 아마도 완전히 쫓아낼 수 없을 것이다. 이는 우리가 생명력이 넘치고 건강할 때도 우리 몸을 점령하고 있는 기생충과 마찬가지다. 어쩌면 동물적인 속성에서 벗어날 수 있을지는 몰라도 그 본질을 바꾸지는 못할 것이다. 나는 동물적인 속성이 그 자체로 활기를 띠어 우리가 건강하더라도 순수하지는 않을까봐 걱정이다.

요전 날 나는 돼지의 아래턱뼈를 주운 적이 있다. 희고 튼튼한 이빨과 엄니는 정신적인 것과 구별되는 동물적인 건강과 활기가 존재한다는 걸 암시했다. 이 생명체는 자제와 순수와는 다른 방법으로 성공을 거두었다. 맹자는 "인간이 짐승과 다른 것은 아주 사소한 점 때문이다. 범인은 그것을 곧 잃어버리지만 군자는 조심스럽게 간직한다."고 말했다.* 우리가 순수성을 얻는다면 어떤 삶을 살지 누가 알겠는가? 내게 순수를 가르쳐줄 만큼 현명한 사람이 있다면 나는 당장이라도 그를 찾아나설 것이다.

베다에서는 "우리 마음이 신에게 가까이 다가가려면 정욕과 몸의 외적인 감각에 대한 제어와 좋은 행동이 반드시 필요하다."고 단언한다.** 그러나 정신은 얼마 동안 몸의 각 기관과 기능에 스며들어 지배할 수 있고 가장 천박한 형태의 육욕을 순수와 헌신으로 바꿀 수 있다. 생산적인 에너지는 우리가 해이할 때는 소멸되어 우리를 불결하게 만들지만 우리가 자제심이 있을 때는 활기를 띠어 우리에게 영감을 준다.

---

* 『맹자』 4편, '이루離婁' 下 19장 1절.
** 랍모한 로이, 『몇 권의 베다 번역』

순결은 인간이 피우는 꽃이다. 이른바 비범한 재능, 영웅적 행위, 신성함 등은 이 꽃이 핀 뒤 맺히는 다양한 열매에 불과하다.

순수의 수로가 열려 있을 때 인간은 곧장 신에게로 흘러간다. 우리의 순수성과 불순함은 번갈아가며 우리에게 영감을 주었다가 낙담시켰다가 한다. 자신의 내면에서 날마다 동물적인 면이 사라지고 신성한 면이 확립되고 있다고 확신하는 사람은 축복받은 사람이다. 자신의 열등하고 동물적인 본성에 부끄러움을 느끼지 않을 사람은 아무도 없을 것이다. 나는 우리가 단지 파우니와 사티로스 같은 신이나 반신반인에 불과하고 신성이 수성과 결합되어 있으며 욕망에 찬 생명체일까봐 두렵다. 그리고 얼마쯤은 우리의 삶 자체가 수치스러운 것일까봐 겁이 난다.

> 자신 안에 있는 짐승들에게 적당한 장소를 내어주고
> 마음의 숲을 베어낸 사람은 얼마나 행복할까!
> …(중략)…
> 자신 안에 있는 말, 염소, 늑대, 모든 짐승을 이용할 수 있지만
> 자신은 다른 짐승의 나귀가 아닌 사람!
> 그 외의 사람은 돼지치기에 불과하다.
> 하지만 그는 돼지들을 성급하고 격렬한 분노로 몰아넣어
> 더 나쁘게 만드는 악마이기도 하다.*

비록 여러 가지 형태를 띠고는 있지만 육욕은 모두 하나다. 모든 순수도 하나다. 사람이 먹건 마시건, 혹은 누구와 같이 살건 잠을 자건 육욕적인 면에서는 똑같다. 그 모든 것들은 하나의 욕망일 뿐이며, 어떤 사람이 얼마나 육욕적인지 알려면 이런 행동 중 하나를 어떻게 하는지 보면 된다. 순수하지 않은 사람은 순수하게 서거나 앉을 수 없다.

---

* 존 던, 「에드워드 허버트 경에게 바침」

파충류는 굴의 한쪽 입구에서 공격을 받으면 다른 쪽에 나타난다. 순결해지고 싶으면 절제해야 한다. 순결이란 무엇일까? 사람은 자신이 순결하다는 것을 어떻게 알까? 그는 그것을 알지 못할 것이다. 우리는 이 미덕에 대해 듣고는 있지만 그게 뭔지 모른다. 자신이 들은 소문에 따라 말할 뿐이다.

지혜와 순수는 열심히 활동하는 것에서 나오고 무지와 육욕은 나태에서 나온다. 학생에게 육욕은 마음의 나태한 습관이다. 불결한 사람은 일반적으로 나태한 사람이다. 난롯가에 앉아 있는 사람, 해가 떴는데도 누워 있는 사람, 피곤하지도 않은데 쉬는 사람이다. 불결함과 모든 죄를 피하고 싶으면 마구간을 청소하는 일이라 할지라도 성실하게 하라. 천성은 극복하기 어렵지만 극복되어야 한다. 이교도보다 순수하지 못하고 자신의 욕망을 억제하지 않으며 더 경건하지 않다면 기독교인이라는 게 무슨 소용이 있겠는가? 우리가 이교도적이라고 여기지만 그 교리를 읽는 사람들에게 부끄러움을 알게 해주고 단지 의식을 행하는 것에 불과하더라도 새로운 노력을 하도록 일깨워주는 종교체계들도 많다는 걸 나는 알고 있다.

내가 이런 이야기를 하는 것을 망설이는 것은 주제 때문이 아니라 ― 나는 내가 하는 말들이 얼마나 외설스러운지는 신경 쓰지 않는다. ― 내 불순함을 드러내지 않고는 이런 일들을 말할 수 없기 때문이다. 우리는 어떤 형태의 육욕에 대해서는 부끄러움 없이 자유롭게 이야기를 나누지만 다른 형태에 대해서는 침묵한다. 우리는 너무 타락해서 인간이 타고난 필수적인 기능들에 대해 진솔하게 말하지 못한다. 예전에 몇몇 나라에서는 인간의 모든 기능에 대해 경건하게 이야기했고 법으로 규정했다. 현대의 취향에 비추어보면 불쾌한 일일지 몰라도 힌두교의 법전 제정자에게 하찮은 일이란 없었다. 그는 먹는 법, 마시는 법, 동거하는 법, 대변과 소변을 보는 법 등을 가르쳐서 비천한 것을 승격시켰고, 이러한 것들을 사소하다고 이야기해 거짓되게 자신을 변명하는 법이 없었다.

모든 사람은 자신이 숭배하는 신을 위해 자신의 몸이라는 성전을 순전히 자신의 방식대로 짓는다. 이것은 대리석을 망치로 두드린다고 해서 벗어날 수 있는 신전이 아니다. 우리는 모두 조각가이자 화가이고 우리가 사용하는 자재는 우리 자신의 살과 피와 뼈다. 고결함은 인간의 모습을 당장 품위 있게 만들기 시작하지만 천박함이나 육욕은 짐승처럼 보이게 만든다.

9월의 어느 날 저녁에 존 파머가 힘든 하루 일을 끝내고 집의 문가에 앉아 있었다. 머릿속으로는 아직 얼마간 자기 일을 생각하고 있었다. 목욕을 한 그는 앉아서 자신의 지적인 면모를 되살리려고 했다. 약간 쌀쌀한 저녁이어서 이웃 중에는 서리를 걱정하는 사람들도 있었다. 파머가 생각을 시작한 지 얼마 지나지 않아 누군가가 부는 피리 소리가 들려왔다. 그의 기분과 잘 어울리는 소리였다. 파머의 생각은 여전히 일에 머무르고 있었다. 그러나 일과 관련된 생각들이 머릿속에서 계속 맴돌아 자신의 뜻과는 달리 일을 계획하고 궁리했지만 그 일은 파머에게 별로 중요한 것이 아니었다. 피부에서 계속 벗겨지는 비듬에 지나지 않았다.

그러나 그의 일과 다른 세상에서 들려오는 피리 소리는 귀에 절절하게 와 닿아 그의 내면에 잠자고 있던 어떤 능력들이 할 수 있는 일을 넌지시 알려주었다. 피리 소리에 그가 살고 있는 거리, 마을, 그리고 주가 천천히 사라졌다. 어떤 목소리가 파머에게 말했다. "그대는 빛나는 존재가 될 수 있는데 왜 여기에 머물며 이런 고생을 하면서 비천한 삶을 살고 있는가? 이곳이 아닌 다른 들판에서도 저 별들과 똑같은 별들이 빛나고 있는데." 하지만 어떻게 이 상황에서 벗어나 실제로 그쪽으로 옮겨갈 수 있을까? 파머가 떠올린 생각은 새롭게 금욕적인 생활을 실천해 자신의 정신이 몸에 이르게 해 이를 구원하고 자기 자신을 더욱 존중한다는 방법뿐이었다.

12

이웃 동물들

가끔 나는 한 친구와 함께 낚시를 했다. 그는 읍 반대편에서 마을을 지나 내 집에 왔다. 그럴 때면 저녁거리를 낚는 일이 그걸 먹는 일만큼 사교적인 활동이 되었다.

은둔자 지금 세상이 어떻게 돌아가고 있는지 궁금하군. 세 시간 동안 메뚜기가 소귀나무에서 폴짝거리는 소리도 못 들었어. 비둘기들도 모두 둥지에서 잠을 자고 있는지 날개 치는 소리가 전혀 안 들리는군. 지금 막 숲 너머에서 들려오는 소리는 정오를 알리는 농부의 뿔피리 소리인가? 일꾼들은 소금에 절여 삶은 쇠고기나 사과주, 인디언 빵을 먹으려고 들어가고 있겠지. 사람들은 왜 그렇게 안달복달할까? 먹지 않으면 일할 필요도 없는데. 사람들이 수확을 얼마나 할지 궁금하군. 보스가 짖는 소리에 생각조차 할 수 없는 곳에 살고 싶은 사람이 있을까? 게다가 집안일도 있지! 이 화창한 날에 빌어 먹을 문고리나 반짝반짝 윤나게 닦고 통들을 씻어야 하다니! 집이 없는 편이 낫겠어. 속이 빈 나무에 살면 되잖아. 그러면 아침에 찾아오는 사람도 없고 저녁에 잔치도 안 열리겠지. 딱따구리만 콕콕 나무를 쪼아댈 거야.

아, 마을에는 사람들이 들끓고 햇볕도 너무 뜨거워. 사람들은 날 때부터 내 삶과는 너무 달라. 나는 샘에서 물을 마시고 내 선반 위에는 갈색 빵 한 덩어리가 있지. 쉿! 나뭇잎 바스락거리는 소리가 들렸어. 마을의 배고픈 사냥개가 사냥 본능을 좇아 나온 걸까? 아니면 이 숲에 있을 거라고 하는 달아난 돼지일까? 비가 내린 뒤에 그놈의 흔적을 본 적이 있어. 바스락거리는 소리가 빨라지는군. 옻나무와 들장미가 흔들려. 아, 시인 양반, 자네였나? 오늘 세상은 어떤가?

시인 저 구름을 보게. 어쩌면 저렇게 걸려 있지! 오늘 내가 본 가장 멋진 모습이군. 옛날 그림이나 이국의 땅에도 저런 구름은 없네. 스페인의 해안 말고는 말일세. 저건 진정한 지중해의 하늘일세. 나는 낚시를 갈 참이네. 먹을거리를 장만해야 하고 오늘 아무것도 먹지 않았거든. 낚시야말로 시인에게 딱 맞는 일이자 내가 배운 유일한 재주라네. 자, 함께 가세.

은둔자 거절할 수가 없군. 내 흑빵도 거의 다 떨어졌으니. 기꺼이 함께 가겠네. 그런데 나는 지금 막 심각한 명상을 끝내고 있던 중이네. 거의 끝나가니 잠깐만 나를 혼자 놔두게. 하지만 늦어지지 않도록 그동안 자네는 미끼를 찾고 있게. 이 부근은 좀처럼 지렁이를 보기 힘드네. 거름을 치지 않아서 땅이 기름지지 않아. 거의 멸종 상태지. 몹시 배가 고프지만 않으면, 미끼를 찾는 재미가 물고기를 낚는 재미 못지않다네. 오늘은 그 재미를 자네가 독차지하게나. 조언하자면, 저기 땅콩밭 사이를 삽으로 파보게. 물레나물이 물결치고 있는 곳 말일세. 김을 매는 것처럼 풀뿌리 사이를 잘 살펴보면 삽질을 세 번 할 때마다 지렁이 한 마리를 잡을 것이라 장담하네. 아니면 더 멀리 가보는 것도 나쁘지 않네. 내가 알기로 좋은 미끼는 거리의 제곱에 가깝게 늘어나니까.

혼자 남은 은둔자 보자, 내가 어디까지 생각했었지? 대충 이런 생각을 하고 있었는데. 세상은 이런 각도로 놓여 있었고. 나는 천국에 가야 할까, 아님 낚시를 하러 가야 할까? 내가 이 명상을 금세 끝내버리면 이런 좋은 기회가 다시 올까? 내 인생에서 그렇게 사물의 본질 속에 녹아든 것 같은 때가 없었는데. 내 생각들이 다시 찾아오지 않을까봐 겁나는군. 효과가 있다면 휘파람이라도 불어서 그 생각들을 모으고 싶어. 생각들이 우리에게 어떤 제안을 하면 "생각 좀 해볼게."라고 말하는 게 현명할까? 내 생각들은 아무런 흔적도 남기지 않아서 다시는 그 길을 찾을 수가 없군. 내가 무슨 생각을 하고 있었더라. 안개가 낀 흐릿한 날이었는데. 공자의 말씀 세 가지를 읽어봐야겠어. 그러면 다시 그 상태로 데려다줄지 몰라. 우울한 상태였는지, 황홀감이 싹트고 있었는지 모르겠어. 기록을 해두어야 해. 그런 기회는 단 한 번밖에 찾아오지 않으니.

시인 은둔자여, 이제 어떤가? 너무 이른가? 나는 지렁이를 온전한 놈으로 열세 마리 잡고, 몸이 잘리거나 크기가 작은 놈도 몇 마리 잡았다네. 잔챙이들을 잡는 데는 이놈들이 좋을 걸세. 이놈들은 낚싯바늘을 다 덮지 않으니까. 마을의 벌레들은 너무 커. 샤이너가 지렁이 한 마리를 다 먹어도 낚싯바늘이 보이지 않을 지경이지.

은둔자 음, 그러면 출발하세. 콩코드 강으로 갈까? 물이 너무 불지 않았다면 거기가 괜찮을 걸세.

왜 세상은 우리가 보는 이런 대상들로 이루어져 있을까? 사람은 왜 이런 종의 동물들을 이웃으로 가지고 있을까? 마치 생쥐 말고는 아무도 이 틈을 메울 수 없는 것처럼. 필파이 같은 우화작가들이 동물들을 가장 잘 활용한 것 같다. 우화에 나오는 동물들은 모두 어떤 면에서는 우리 생각의 일부분을 실어 나르게 만들어진, 짐을 진 동물이라 할 수 있기 때문이다.

내 집에 자주 출몰하는 쥐들은 다른 나라에서 이 나라로 건너왔다고 하는 흔한 종류가 아니라 마을에서는 볼 수 없는 야생 토종 쥐다. 그중 한 마리를 동식물연구가에게 보내보았더니 그는 큰 관심을 보였다. 내가 집을 지을 때 이 쥐들 중 한 마리가 집터 아래에 보금자리를 갖고 있었다. 그리고 내가 마루를 다시 깔고 대팻밥을 쓸어내기 전부터 점심시간이 되면 꼬박꼬박 나와서 내 발치의 빵부스러기를 집어먹었다. 아마도 전에는 사람을 본 적이 없는 것 같았다.

쥐는 곧 나와 굉장히 친해져서 내 신발 위를 달리고 옷에도 기어올랐다. 다람쥐와 비슷한 동작으로 방의 벽들을 손쉽게 쪼르르 올라가기도 했다. 그러던 어느 날 내가 긴 의자에 팔꿈치를 기대고 앉아 있으니 쥐가 내 옷으로 기어올라 소매를 지나더니 종이에 싼 점심 주위를 빙빙 돌았다. 나는 점심을 숨겼다가 재빨리 홱홱 움직이며 쥐와 까꿍 놀이를 했다. 그러다 마침내 엄지와 검지로 치즈 한 조각을 쥐고 있자 쥐가 내 손바닥에 앉아 치즈를 조금씩 갉아먹었다. 그런 다음 파리처럼 얼굴과 앞발을 닦더니 사라졌다.

곧 딱새 한 마리가 내 오두막에 둥지를 틀었고 울새는 내 집에 기대 자라는 소나무에 집을 마련했다. 6월에는 수줍음 많은 자고새가 뒤쪽 숲에서 새끼들을 이끌고 나오더니 창문을 지나 내 집 앞을 날아갔다. 자고새는 암탉처럼 *꼬꼬* 울면서 새끼들을 불렀는데, 모든 행동이 가히 숲속의 암탉이라 부를 만했다. 사람이 다가가면 새끼들은 어미 새의 신호를 받아 회오리바람에 휩쓸려 사라지는 것처럼 돌연히 흩어졌다. 새끼들은 마른 나뭇잎이나 잔가지들과 꼭 닮아서 여행자들은 새끼들 한가운데에 발을 들여놓더라도 주위에 무엇이 있는지 알아차리지 못하는 경우가 많다. 어미 새가 날아오르면서 윙윙거리거나 걱정스럽게 우는 소리가 들려도, 혹은 여행자의 주의를 끌려고 날개를 질질 끄는 모습을 보아도 마찬가지다.

때로는 어미 새가 사람들 앞에서 정신없이 구르고 빙빙 돌기 때문에 사람들은 한동안 어떤 짐승인지 알아차리지 못한다. 새끼들은 종종 머리를 나뭇잎 밑에 처박고 꼼짝 않고 납작 엎드린 채 멀리서 어미가 내리는 지시에만 신경을 곤두세운다. 사람이 다가가도 도망치거나 모습을 드러내지 않는다. 심지어 새끼들을 밟을 수도 있고, 잠시 동안 눈길이 가 닿아도 이들의 존재를 알아차리지 못한다. 그럴 때 내가 손바닥 위에 새끼들을 올려놓은 적이 있었는데, 이들은 어미와 본능에만 따르면서 겁을 내거나 떨지도 않고 웅크리고 있었다. 이 본능이 어찌나 철저한지, 한번은 내가 새들을 다시 나뭇잎 위에 내려놓다가 한 마리가 옆으로 눕혀진 적이 있었다. 그런데 10분 뒤에 보니 나머지 새들도 정확히 똑같은 자세를 하고 있었다.

이 새끼들은 대부분 다른 새들의 새끼들처럼 깃털이 아직 나지 않지만 병아리보다 더 완벽하게 발달되어 있고 조숙하다. 커다랗고 고요한 눈에 어린 놀라울 정도로 어른스럽지만 순수한 표정이 매우 인상적이다. 눈에는 모든 지혜가 투영되어 있는 것 같고, 유아기의 순수함뿐 아니라 경험으로 맑아진 지혜까지 비친다. 그 눈은 자고새가 태어나면서 생겨난 것이 아니라 그것이 비치는 하늘과 같은 시기에 탄생했다. 숲은 다시는 그와 같은 보석을 낳지 못할 것이다.

여행자들은 이렇게 투명한 우물을 들여다볼 기회를 자주 얻지 못한다. 종종 무지하거나 무모한 사냥꾼이 이런 때 어미 새를 쏴버린다. 그러면 이 순진무구한 새끼들은 먹이를 찾아 헤매는 짐승이나 새에게 잡아먹히거나 자신들과 꼭 닮은 썩어가는 나뭇잎들과 서서히 섞여버린다. 자고새의 알을 닭에게 부화시킬 경우, 이 새끼들은 무엇엔가 놀라면 곧바로 흩어졌다가 길을 잃어버린다고 한다. 자신들을 다시 불러모으는 어미 새의 소리를 듣지 못하기 때문이다. 자고새들이 내 닭이고 병아리였다.

얼마나 많은 생물이 숲속에서 야생으로 자유롭게, 하지만 비밀스럽게 살고 있는지 놀랍다. 그리고 여전히 마을 근처에서 먹을 것을 구하지만 이들의 존재를 눈치 채는 사람은 사냥꾼들뿐이다. 수달이 이곳에서 얼마나 조심스럽게 살고 있는지! 수달은 어린 소년의 키와 맞먹는 4피트 정도까지 자랐지만 어떤 사람의 눈에도 띈 적이 없다. 나는 예전에 집 뒤의 숲에서 너구리를 본 적이 있는데, 지금도 밤이면 너구리의 울음 같은 소리가 들리는 것 같다. 나는 밭에 씨를 뿌린 뒤 정오가 되면 그늘에서 한두 시간 쉬면서 샘 옆에서 점심을 먹고 책을 조금 읽었다. 내 밭에서 반 마일 떨어진 브리스터 언덕 아래에서 스며나오는 그 샘은 늪과 시내의 원천이다. 이 샘에 가려면 풀이 우거지고 어린 리기다소나무가 가득 들어찬 계곡들을 계속해서 내려가 늪 주위의 더 커다란 숲으로 들어가야 한다.

아주 외지고 그늘진 숲속의 넓게 가지를 펼친 스트로부스소나무 아래에 사람이 앉을 만한 깨끗하고 빽빽한 풀밭이 있다. 나는 그곳에 샘을 파서 휘젓지 않고도 깨끗한 물을 한 양동이 뜰 수 있는 우물을 만들었다. 그리고 호수의 물이 가장 따뜻해지는 한여름이면 물을 뜨러 거의 매일 이 우물을 찾았다. 누른도요도 새끼들을 이끌고 와서 진흙을 뒤져 벌레를 찾았다. 어미는 둑을 따라 1피트 정도 높이에서 날면서 언덕을 내려가고 새끼들은 그 아래에서 무리를 지어 달렸다. 하지만 결국 나를 발견한 어미 도요새가 새끼들을 떠나 내 주위를 빙빙 돌면서 4~5피트 정도까지 점점 더 가까이 다가왔다. 그리고 날개와 다리가 부러진 척하면서 내 주의를 끌어 그 동안 새끼들이 도망가게 했다. 새끼들은 벌써 어미의 지시에 따라 희미하고 가는 울음소리를 내며 한 줄로 행진을 해 늪을 지나고 있었다. 혹은 어미 새는 안 보이는데 새끼들의 울음소리가 들리기도 했다.

그곳에는 또한 멧비둘기들이 샘가에 앉아 있거나 내 머리 위에서 연한 스트로부스소나무의 가지들을 퍼덕거리며 날아다녔다. 어떤 때는 붉은 다람쥐가 가장 가까운 가지를 타고 내려와 특히 친근하게 굴며 호기심을 보였다. 이렇게 숲의 멋진 장소에 한참동안 가만히 앉아 있기만 하면 이곳에 사는 동물들이 차례로 모습을 드러낸다.

나는 평화롭지 않은 사건들도 목격했다. 어느 날 내 장작더미, 더 정확히 말하면 그루터기를 쌓아놓은 곳에 갔더니 두 마리의 커다란 개미가 사납게 싸우고 있었다. 한 마리는 붉은색이고 몸집이 훨씬 더 큰 다른 한 마리는 검은색이었다. 검은색 개미는 길이가 거의 0.5인치나 되었다. 두 개미는 일단 맞붙자 절대 서로를 놓아주지 않고 나무토막 위에서 발버둥을 치며 엎치락뒤치락하면서 데굴데굴 굴렀다. 주위를 살펴본 나는 나무토막들이 그런 전투원들로 가득 덮여 있는 것을 알고 깜짝 놀랐다. 이것은 두 개미 사이의 '결투'가 아니라 두 개미 종족 사이의 '전쟁'이었다. 항상 붉은색 개미와 검은색 개미가 싸우고 있었고 종종 붉은색 개미 두 마리가 검은색 개미 한 마리를 상대하기도 했다.

이 미르미돈의 군단이 내 장작더미의 모든 언덕과 계곡을 뒤덮었고 땅에는 이미 붉은색 개미, 검은색 개미 할 것 없이 부상자와 전사자들이 널려 있었다. 그것은 내가 목격한 유일한 전투였고, 격렬한 전투가 벌어지는 현장에 발을 디뎌본 유일한 전장이었다. 대살육전이 벌어지고 있었다. 한쪽 편은 붉은색 공화주의자들, 다른 한편은 검은색 제국주의자들이었다. 이들은 어느 모로 보나 목숨을 건 전투를 벌이고 있었지만 내 귀에는 아무 소리도 들리지 않았다. 인간 군인들이라 해도 그토록 결연히 싸우지는 않을 것이다. 나는 나무토막들 사이의 햇빛이 비치는 작은 계곡에서 서로 단단히 달라붙어 싸우고 있는 개미 한 쌍을 지켜보았다. 그때가 정오였는데 이들은 해가 질 때까지, 아니 목숨이 끊어질 때까지 싸울 태세였다.

몸집이 더 작은 붉은색 용사가 적의 가슴에 바이스처럼 꽉 달라붙어서는 전장에서 구르는 내내 단 한 순간도 멈추지 않고 상대의 더듬이 하나의 뿌리 근처를 계속 물어뜯었다. 다른 쪽 더듬이는 이미 떨어져나가고 없었다. 힘이 더 센 검은색 개미는 붉은색 개미를 좌우로 흔들어댔는데 가까이 다가가서 보니 이미 적의 다리 몇 개를 떼버린 상태였다. 두 개미는 불도그보다 더 끈덕지게 싸웠다. 둘 다 물러설 생각은 추호도 없어 보였다. 전투 슬로건이 '승리하기 아니면 죽기'인 게 틀림없었다. 그러는 동안 붉은색 개미 한 마리가 잔뜩 흥분한 모습으로 골짜기의 비탈을 따라 걸어왔는데, 이미 적을 해치웠거나 아직 전투에 참가하지 않았거나 둘 중 하나였다. 다리를 하나도 잃지 않은 걸로 봐서 아마도 후자 같았다. 이 개미의 어미는 자식에게 방패를 들고 돌아오거나 방패 위에 실려 돌아오라고 한 것 같았다. 아니면 이 개미는 전장에서 좀 떨어진 곳에서 분노를 키우다가 친구인 파트로클로스의 원수를 갚거나 그를 구하러 온 아킬레우스일지도 몰랐다.

개미는 멀리서 이 불공평한 전투를 지켜보다가 ─ 검은색 개미가 붉은색 개미보다 거의 두 배나 몸집이 컸기 때문이다. ─ 빠른 속도로 가까이 다가오더니 전사들의 코앞까지 와서 싸울 태세를 갖추었다. 그리고 기회를 엿보다가 검은 전사에게 달려들어 오른쪽 앞다리의 뿌리 근처를 공격하기 시작했다. 그리고 적이 자신의 다리 한쪽을 골라잡아 공략하도록 놔두었다. 이렇게 세 마리가 목숨을 걸고 하나로 엉겨붙었다. 다른 모든 자물쇠와 시멘트들이 다 부끄러워할 정도의 새 접착제라도 발명된 것 같았다. 이때쯤이면 나는 돌출된 나무토막 위에 양측이 저마다 악대를 배치해 국가를 연주해 힘이 빠지는 전사들을 자극하고 죽어가는 전사들을 격려하는 모습을 보았다 해도 놀라지 않을 것이다.

개미들이 마치 사람이라도 되는 것처럼 나 자신도 약간 흥분되었다. 생각하면 할수록 사람과 별로 차이가 없었다. 미국 역사라면 모를

까 적어도 콩코드의 역사에서는 참전자 수에서건, 전사들이 보여준 애국심과 영웅심에서건 분명 한순간이라도 이와 비교할 만한 전투가 기록된 적이 없다. 참전자 수나 즐비한 시체는 아우스터리츠나 드레스덴 전투와 맞먹었다. 콩코드 전투! 애국자 측에서 두 명이 전사하고 루서 블랜처드가 부상당한 전투! 그런데 이 전투에서는 모든 개미가 민병대 대장인 버트릭이었고("사격하라! 제발 사격하라!") 수천 명이 데이비스, 호스머와 같은 운명을 맞았다. 이 전투에는 용병이 전혀 없었다. 나는 이 개미들이 차에 3페니의 세금이 붙는 것을 막기 위해서가 아니라 우리 조상들처럼 신념을 위해 싸웠다는 것을 의심하지 않는다. 그리고 이 전쟁의 결과는 적어도 벙커힐 전투만큼이나 참전자들에게 중요하고 기억에 남을 것이다.

나는 아까 자세히 설명한 개미 세 마리가 싸우고 있는 나무토막을 집으로 들고 와 창턱에 놓고 큰 컵으로 덮어놓았다. 결과를 알고 싶어서였다. 처음 언급한 붉은색 개미를 현미경으로 자세히 살펴보니 적의 나머지 더듬이도 잘라내고 앞다리 쪽을 열심히 물어뜯고 있었다. 하지만 자기 가슴도 온통 찢겨나가서 중요한 신체기관들이 적의 입에 노출되어 있었다. 검은색 개미의 가슴은 붉은색 개미가 뚫기에는 너무 두꺼워 보였다. 붉은색 개미의 고통어린 짙은 적갈색 눈에는 전쟁만이 불러일으킬 수 있는 잔인함이 번득였다. 세 마리의 개미는 컵 안에서 30분 동안 더 싸웠다. 그리고 내가 다시 들여다봤을 때는 검은 병사가 적들의 머리를 끊어놓았다.

아직 살아 있는 머리통들이 안장 앞부분에 매달아놓은 소름끼치는 전리품처럼 검은 개미의 옆구리 양쪽에 매달려 있었는데, 아직 적의 옆구리를 꽉 깨물고 있는 것 같았다. 더듬이가 다 떨어져나가고 다리도 하나만 남은데다 그 외에도 얼마나 많은 상처를 입었는지 모르는 검은 개미는 머리들을 떼어내려고 힘없이 버둥거리고 있었다. 그러다 30분이 더 지난 뒤에야 마침내 머리들을 떼어놓는 데 성공했다. 내가 컵을 들어올렸더니 검은 개미는 불구가 된 몸으로 창턱을 넘어 사라졌다. 나는 그 개미가 결국 전투에서 살아남아 오텔 데 상발리드(부상병 치료를 위해 지은 요양원-역주)에서 여생을 보냈는지 어쨌는지 모른다. 그러나 그 후에는 그런 성실성이 큰 가치가 없을 것이라고 생각한다. 나는 어느 편이 승리했는지, 전쟁의 원인이 무엇이었는지도 결코 알지 못했다. 하지만 나는 그날 진종일 내 집 앞에서 인간들이 광포하게 대량 살상을 저지르며 싸우는 모습을 본 것처럼 흥분되고 괴로웠다.

커비와 스펜스*는, 개미들의 전투는 아주 오래전부터 찬양되고 그 연대도 기록되어 있지만 현대에 이런 전투를 목격하고 저술한 사람은 후버뿐인 것 같다고 말한다. 이들은 이렇게 기록했다. "아이네이아스 실비우스는 배나무 줄기에서 몸집이 큰 개미들과 작은 개미들이 끈질기게 싸운 전투를 아주 자세하게 설명한 뒤 '이 전투는 에우제니오 4세 때 저명한 법학자인 니콜라스 피스토리엔시스가 보는 앞에서 벌어졌다. 피스토리엔시스는 전투의 전 과정을 아주 충실하게 설명했다.'고 덧붙였다. 올라우스 마그누스도 큰 개미들과 작은 개미들 간에 벌어진 이와 유사한 전투를 기록했는데, 승리를 거둔 작은 개미들이 아군의 시체는 땅에 묻고 거대한 적의 시체는 새들의 먹이가 되도록 내버려두었다고 한다. 이 사건은 크리스티안 2세가 스웨덴에서 쫓겨나기 전에 일어났다." 내가 목격한 전투는 포크 대통령의 통치기간에 벌어졌다. 웹스터의 도망노예법이 통과되기 5년 전이었다.

한편, 식품저장실에서 진흙거북이나 쫓으면 딱 알맞은 마을의 많은 개들이 주인 모르게 숲에 무거운 몸뚱이를 자랑스레 드러내고는 늙은 여우의 굴이나 마멋이 숨어든 구멍의 냄새를 찾아다니기도 했다. 하지만 쓸데없는 짓이었다. 아마 숲을 잽싸게 요리조리 돌아다니며 숲의

---

* 윌리엄 커비 & 윌리엄 스펜스, 『곤충학입문』

생물들에게 본능적인 공포심을 불러일으키는 작은 들개가 이 개들을 이끌었을 것이다. 앞장선 들개에게서 한참 뒤처진 마을의 개들은 무슨 일인지 살펴려고 나무 위로 올라간 작은 다람쥐들을 향해 불도그처럼 짖어대고는 길 잃은 모래쥐 가족을 찾기라도 하는 것처럼 달려갔다. 개들이 지나가면서 그 무게로 덤불이 휘었다.

한번은 고양이 한 마리가 돌투성이 호숫가를 걷고 있는 것을 보고 놀랐다. 고양이들은 집에서 멀리 떨어져 돌아다니는 일이 드물기 때문이다. 고양이도 나를 보고 놀라기는 마찬가지였다. 그러나 온종일 양탄자 위에 누워서 지내는 대부분의 집 고양이들은 숲에 오면 편안해 보이고, 은밀하고 비밀스런 행동들 때문에 숲에 사는 동물들보다 더 숲의 토박이 같다. 언젠가 숲에서 딸기를 따다가 새끼들을 거느린 고양이를 만난 적이 있는데, 모두들 상당히 야성화돼 있어 새끼들도 어미처럼 등을 높이 올리면서 나를 향해 사납게 으르렁댔다.

내가 숲에 들어와 살기 몇 년 전, 링컨 마을의 농가 중에서 호수에서 가장 가까운 길리언 베이커 씨의 집에 '날개 달린 고양이'라 불리는 고양이가 살았다. 나는 1842년 6월에 이 고양이를 보러 갔는데, 녀석은 늘 하던 대로 숲에 사냥을 가고 없었다. 고양이 여주인 말로는 그 고양이가 1년 조금 전인 4월에 이 동네에 나타나서 결국 그 집에 살게 되었다고 했다. 고양이는 몸이 짙은 갈색을 띤 회색이고 목에는 흰 점이 있으며 발은 흰색이었다. 꼬리는 여우처럼 크고 털이 북슬북슬했다. 겨울에는 털이 빽빽하게 자라 몸 양쪽으로 넓게 뻗쳐 길이 10~12인치, 너비 2.5인치의 띠를 이루었다. 또한 턱 밑에도 술 같은 것이 자라는데, 위쪽은 털이 성기고 아래쪽은 펠트 천처럼 빽빽했다. 봄이 되면 이 털들은 모두 빠졌다.

고양이 주인들은 내게 고양이의 '날개' 한 쌍을 주었는데 나는 지금도 그걸 간직하고 있다. 그 털들에는 막이 보이지 않는다. 어떤 사람들은 그 고양이를 날다람쥐나 다른 야생동물의 잡종이라고 생각하는데,

불가능한 이야기는 아니다. 동식물연구가들에 따르면 담비와 집고양이를 교배해 많은 잡종이 탄생했다고 하니까. 만약 내가 고양이를 길렀다면 이 종류가 딱 맞을 것이다. 시인이 기르는 말뿐 아니라 고양이에 날개가 달리면 안 되는 이유는 없지 않은가?

가을이 되면 아비새가 호수를 찾아와 여느 때와 마찬가지로 털갈이를 하고 헤엄을 쳤다. 아침에 내가 일어나기도 전에 아비새의 야성적인 웃음소리가 숲에 울려퍼졌다. 아비새가 왔다는 소문이 퍼지면 밀댐의 사냥꾼이란 사냥꾼은 모두 특허를 받은 소총과 원뿔모양 총탄, 작은 망원경을 챙겨든다. 그리고 둘씩 셋씩 짝을 지어 걷거나 이륜마차를 타고 호수로 와서 경계 태세를 갖춘다. 이들은 가을 낙엽처럼 숲 여기저기에서 바스락거리는데, 아비새 한 마리에 적어도 열 명이 붙는다. 그 불쌍한 새가 도처에 있는 것은 아니기 때문에 사냥꾼들은 호수 이쪽저쪽에 자리를 잡는다. 아비새가 이쪽에서 잠수를 하면 반드시 저쪽으로 나올 것이기 때문이다.

하지만 이제 10월의 부드러운 바람이 일어 나뭇잎들이 바스락거리고 호수에 잔물결을 일으키면 어디에도 아비새의 모습이 보이지도 않고, 소리가 들리지도 않는다. 하지만 아비새의 적들은 망원경으로 호수를 샅샅이 뒤지고 숲에는 총소리가 울려퍼진다. 그러다 물결이 한껏 높아지고 맹렬하게 밀려와 물새의 편을 들면 사냥꾼들은 마을과 상점, 끝내지 못한 일로 철수할 수밖에 없다. 하지만 이들은 종종 성공할 때가 많았다.* 나는 아침 일찍 물을 길으러 갔다가 이 위풍당당한 새가 바로 10여 미터 앞에서 내 집이 있는 만을 떠나 헤엄쳐 가는 모습을 자주 목격했다. 새가 어쩌는지 보려고 내가 배를 타고 따라잡으려 하

---

* 주범은 제트스키다. 물에 조금만 잠기는 제트스키는 아비새 둥지 바로 옆을 질주해서 알을 휩쓸어버린다. 그래서 점점 더 많은 호수, 특히 북동 지역 호숫가에 사는 주민들이 제트스키를 금지하고 있다.

면 새는 잠수를 해서 완전히 모습을 감추었다. 그래서 때로는 그날 늦게까지 다시 보지 못했다. 하지만 수면에서는 내가 새보다 한수 위였다. 비가 내리면 새는 대개는 사라졌다.

아주 평온한 10월의 어느 오후, 나는 북쪽 호숫가를 따라 노를 젓고 있었다. 특히 그런 날은 아비새들이 박주가리처럼 호수에 내려앉기 때문에 나는 새를 찾아 호수를 둘러보았다. 하지만 아비새는 보이지 않았다. 그러다 갑자기 아비새 한 마리가 기슭에서 호수 가운데로 헤엄쳐 오더니 내 바로 10여 미터 앞에서 특유의 야성적인 소리로 웃으며 모습을 드러냈다. 내가 노를 저어 따라가자 새는 물속으로 뛰어들었다. 하지만 새가 다시 물 밖으로 나왔을 때 나는 조금 전보다 더 가까워져 있었다. 새는 다시 잠수했다. 그런데 이번에는 내가 새의 방향을 잘못 계산하는 바람에 새가 다시 수면에 올라왔을 때 우리는 250미터나 떨어져 있었다. 내가 간격을 벌리는 데 기여했기 때문이다. 그러자 새는 한참 동안 크게 웃었는데 이번에는 그렇게 웃을 만했다. 새가 너무 영리하게 행동해 나는 도저히 20~30여 미터 이내로 접근할 수가 없었다.

새는 수면으로 올라올 때마다 고개를 이리저리 돌리며 침착하게 물과 육지를 살핀 뒤 수면이 가장 넓고 배에서 가장 멀리 떨어진 지점으로 나올 수 있도록 방향을 선택하는 것 같았다. 새가 어찌나 신속하게 결정을 내리고 행동으로 옮기는지 놀라울 정도였다. 새는 곧바로 나를 호수의 가장 넓은 부분으로 이끌고 갔고 나는 새를 그곳에서 몰아낼 수 없었다. 새가 머릿속으로 뭔가를 생각하는 동안 나는 그걸 짐작해 보려고 애썼다. 고요한 호수의 수면 위에서 인간과 아비새 사이에 멋진 게임이 벌어진 것이다. 갑자기 상대의 말이 체스 판 아래로 사라진다. 문제는 그 말이 다시 나타날 곳과 가장 가까운 자리에 내 말을 옮기는 것이다.

때때로 새는 전혀 예상치 못한 내 반대편에 나타났다. 내 배 밑을 바로 지나간 것 같았다. 아비새는 호흡이 길고 지치지 않아서 한참을 헤엄친 뒤에도 곧장 물속으로 다시 뛰어들었다. 그래서 아무리 머리를 써도 새가 매끈한 수면 아래 깊은 호수 속 어디에서 물고기처럼 재빨리 헤엄치고 있는지 짐작하기 힘들었다. 이 새에게는 가장 깊은 호수 바닥까지 내려갈 수 있는 시간과 능력이 있기 때문이다. 뉴욕의 호수들에서는 수면 아래 80피트에서 송어잡이용 낚싯바늘에 아비새가 걸린 적이 있다고 한다. 하지만 월든 호수는 그보다 깊다. 물고기들은 다른 세상에서 온 이 보기 흉한 방문객이 자신들 틈에서 빠르게 헤엄치는 모습을 보고 얼마나 놀랐을까! 하지만 아비새는 물속에서도 수면에서와 마찬가지로 자기가 갈 방향을 알고 있으며, 훨씬 더 빨리 헤엄치는 것으로 보인다.

나는 새가 수면 가까이 올라온 곳에 잔물결이 이는 것을 한두 번 보았다. 새는 머리만 내밀고 정찰하더니 곧 다시 잠수했다. 나는 새가 어디로 나올지 계산하려고 애쓰기보다 노를 멈추고 새가 다시 나타나길 기다리는 편이 더 낫다는 것을 알게 되었다. 내가 눈을 크게 뜨고 한쪽 수면을 보고 있는데, 갑자기 뒤에서 아비새의 섬뜩한 웃음소리가 들려 놀란 적이 몇 번이나 있었기 때문이다. 그런데 이 새는 그렇게 교활한 솜씨를 보여준 뒤에 왜 수면 위로 나오는 순간에는 꼭 크게 웃어서 자신을 드러내는 걸까? 흰색 가슴만으로도 충분히 자신이 드러나지 않을까? 참으로 어리석은 새라는 생각이 들었다.

새가 수면 위로 나올 때는 대개 첨벙거리는 물소리가 들려와서 새의 위치를 알아차리기도 했다. 그러나 한 시간이 지난 뒤에도 새는 그 어느 때보다 생생해 보였고 기꺼이 잠수를 해서 처음보다 더 멀리 헤엄을 쳤다. 새가 수면에 나와 있을 때면 물속에서 물갈퀴 달린 발을 부지런히 놀리면서도 가슴에는 주름 하나 잡히지 않은 채 어찌나 유유히 헤엄치는지 놀라웠다. 평소에 아비새는 이렇게 악마처럼 웃긴 했지만 그 소리에는 물새의 울음과 비슷한 구석이 있었다. 하지만 때때로 나를 완전히 좌절하게 만들며 멀리 떨어진 곳에 모습을 드러낼 때면 길게 늘어지는 섬뜩한 울음소리를 냈는데 물새보다는 늑대 울음소리에 더 가까웠다. 짐승이 주둥이를 땅에 대고 일부러 울부짖는 소리 같았다. 아마도 이곳에서 들어본 가장 사나운 소리였을 그 울음소리는 숲 멀리까지 사방팔방으로 울려퍼졌다.

나는 그것이 새가 자기가 가진 재주를 믿고 내 노력을 비웃는 소리라는 결론을 내렸다. 하늘은 흐렸지만 수면이 잔잔해서 나는 울음소리가 들리지 않을 때도 새가 수면의 어디를 깨뜨리고 올라오는지 볼 수 있었다. 하얀색 가슴, 고요한 공기, 잔잔한 수면 모두 새에게는 불리했다. 마침내 200여 미터 떨어진 곳에 올라온 아비새는 도와달라고 자신들의 신을 부르는 것처럼 길게 울었다. 그러자 이내 동쪽에서 바람이 불어오더니 수면에 잔물결이 일면서 대기가 안개비로 가득 찼다. 새의 기도가 응답을 받아 아비새의 신이 내게 화를 내는 것 같았다. 그래서 나는 새가 거친 수면 위로 멀리 사라지도록 놔두었다.

가을이면 나는 오리들이 약삭빠르게 방향을 바꿔가며 헤엄쳐서 사냥꾼들과 멀리 떨어진 호수 한가운데를 차지하는 모습을 몇 시간 동안 지켜보았다. 루이지애나의 늪에서는 그런 재주를 부릴 필요가 없을 것이다. 오리들은 날아올라야 할 때는 때때로 호수 위의 상당한 높이에서 하늘의 검은 티끌처럼 계속 빙빙 돌았다. 그 정도 높이에서는 다른 호수와 강을 쉽게 볼 수 있을 것이다. 그리고 내가 오리들이 한참 전에 그쪽으로 날아가버렸을 것이라고 생각할 때쯤에 4분의 1마일을 비스듬히 날아서 멀리 비어 있는 수면 위에 내려앉았다. 오리들이 나와 같은 이유로 월든 호수의 물을 사랑하는 것이 아니라면, 이들이 굳이 월든 호수의 한가운데에서 헤엄쳐서 얻을 수 있는 것이 안전하다는 것 외에 다른 어떤 이유가 있는지 나는 모른다.

13

따뜻함을 만드는 일

나는 10월이 되면 강가의 풀밭에 포도를 따러 갔다. 그리고 먹을거리라기보다는 아름답고 향기로워서 더욱 소중한 포도송이들을 잔뜩 땄다. 빨간 진주처럼 왕포아풀에 매달려 있는 매끈매끈한 작은 보석인 덩굴월귤도 감탄스럽긴 했지만 따지는 않았다. 농부들은 흉한 갈퀴로 덩굴월귤을 잡아 뜯어 매끄러운 풀밭을 엉망으로 만들어놓는다. 그러고는 풀밭에서 빼앗은 이 노획물을 무심하게 오직 부셸과 달러로만 평가한 뒤 보스턴과 뉴욕에 내다 판다. 덩굴월귤들은 잼이 되어 도시의 자연 애호가들의 입맛을 만족시키게 된다. 도살업자들 역시 식물들이 찢기든 시들든 상관없이 대초원에서 들소의 혀를 긁어모은다.

나는 매자나무의 반짝이는 열매도 눈으로만 맛보았다. 그러나 땅주인과 여행자들이 미처 못 본 야생사과는 약한 불에 졸여 먹으려고 조금 모았다. 밤이 익었을 땐 겨울에 대비해 반 부셸 정도 모아놓았다.

나는 늘 서리가 내릴 때까지 기다릴 수는 없었다. 그래서 그 계절에 어깨에는 자루를 짊어지고 손에는 밤송이를 벌릴 막대기를 들고 바스락거리는 나뭇잎들과 큰소리로 못마땅해하는 붉은 다람쥐와 어치들 틈에서 링컨의 끝없이 이어지는 밤나무 숲을 돌아다니는 것이 굉장히 신났다. 그 밤나무들은 지금은 철로 아래에서 긴 잠을 자고 있다.

때로는 다람쥐와 어치들이 반쯤 먹은 밤을 슬쩍하기도 했다. 이 녀석들이 골라놓은 밤송이에는 꼭 좋은 밤이 들어 있었기 때문이다. 때로는 내가 나무 위로 올라가 가지를 흔들기도 했다. 내 집 뒤에도 밤나무들이 자랐다. 집을 거의 덮을 정도의 큰 밤나무 한 그루는 꽃이 필 때면 사방에 향기를 퍼뜨리는 꽃다발이 되었다. 하지만 열매는 대부분 다람쥐와 어치의 차지였다. 어치들은 아침 일찍 떼 지어 몰려와 밤송이가 떨어지기도 전에 밤을 쪼아 먹었다. 나는 이 나무들을 녀석들에게 양보하고 온통 밤나무가 들어서 있는 먼 숲을 찾아갔다.* 밤은 어느 정도는 빵의 좋은 대용식품이 되었다. 찾아보면 아마도 빵을 대신할 수 있는 식품이 많을 것이다.

어느 날 나는 지렁이를 찾다가 인디언 감자라고 불리는 전설의 열매인 아피오스 덩굴을 발견했다. 앞서 말한 것처럼 나는 어릴 때 아피오스를 캐서 먹은 적이 있는지조차 기억이 가물가물했고 이걸 다시 보게 되리라곤 꿈에도 생각하지 않았다. 그 후에도 나는 다른 식물들의 줄기를 감아 오르며 주름잡힌 부드러운 빨간색 꽃들이 피어 있는 걸 보았지만, 그것이 아피오스의 꽃인 줄 몰랐다. 땅이 개간되면서 아피오스는 거의 사라졌다. 아피오스는 서리 맞은 감자와 아주 흡사한

---

* 동부지역 숲속의 꽃의 제왕이던 밤나무들이 20세기 초 해외에서 유입된 병충해로 전멸했다. 밤나무들이 죽자 그 열매에 의존하던 많은 동물들도 피해를 보았다. 마찬가지로 좋은 먹이를 제공해주던 동부의 너도밤나무도 또 다른 수입 병충해로 죽어가고 있다. 그러나 우울한 소식만 들리는 건 아니다. 과학자들은 병충해에 대비한, 미국 밤나무와 아시아의 한 밤나무 종을 교배한 새로운 품종을 준비 중이다.

단맛이 났고 구운 것보다 삶아 먹는 게 더 맛있었다. 이 덩이줄기는 어머니 자연이 자식들에게 물려주어 미래의 언젠가 이곳에서 소박하게 먹고살게 해주겠다는 희미한 약속처럼 보였다.

한때 인디언 부족이 숭배했던 이 보잘것없는 뿌리는 소가 살찌고 들에는 곡식이 넘실대는 오늘날에는 완전히 잊히거나 꽃이 피는 덩굴로만 알려져 있다. 하지만 야생의 자연이 다시 한 번 이곳을 지배하면 아마 연약하고 고급스러운 영국의 곡물들은 수많은 적들 앞에서 사라질 것이다. 또한 인간의 보살핌이 없으면 까마귀들이 마지막 옥수수 씨앗까지 인디언의 신이 돌보는 남서부의 넓은 옥수수 밭으로 다시 물어가버릴 것이다.

옥수수는 원래 까마귀가 그 밭에서 물어왔다고 한다. 하지만 지금은 거의 사라지다시피한 이 덩굴줄기는 서리와 황폐한 환경에도 불구하고 아마 다시 부활하고 번성해서 이곳의 자생종임을 입증하고 옛날에 사냥꾼 부족의 식품으로 누리던 가치와 위엄을 되찾을 것이다. 이 작물은 인디언의 풍작의 여신이나 지혜의 여신이 만들어 하사한 것이 틀림없다. 그리고 시가 이곳을 지배하기 시작하면 이 식물의 잎과 줄기가 우리 예술작품들에 표현될 것이다.

호수 건너편에는 작은 단풍나무 두세 그루가 9월 초에 벌써 진홍색으로 물들고, 그 아래 호수 쪽으로 뻗은 땅에는 사시나무 세 그루의 하얀 줄기들이 갈라져 나오고 있었다. 아, 그 빛깔이 얼마나 많은 이야기를 하는지! 그리고 한 주, 한 주가 지나가면서 나무들은 저마다의 특징을 서서히 드러냈고 거울처럼 매끄러운 호수에 비친 자기 모습을 탄복하며 바라보았다. 이 미술관의 관리인은 아침마다 벽에 걸린 옛 그림 대신 색채가 더 화려하거나 조화를 잘 이룬 새로운 그림을 내걸었다.

10월에는 수천 마리의 말벌이 겨울을 날 보금자리라도 되는 것처럼 내 오두막으로 몰려와서 창문 안쪽이나 벽 위쪽에 자리를 잡았다. 때로는 방문객들이 말벌 때문에 집에 못 들어오기도 했다. 매일 아침 말벌들이 추워서 감각이 없어지면 나는 일부를 쓸어냈다. 하지만 말벌들을 쫓아내려고 크게 애쓰지는 않았다. 오히려 말벌들이 내 집을 괜찮은 은신처로 생각하는 게 찬사를 받은 기분이었다. 말벌들은 나와 함께 지냈지만 나를 크게 못살게 굴지는 않았다. 그러다 겨울과 혹독한 추위를 피해 내가 모르는 틈새로 서서히 사라졌다.

나는 말벌들과 마찬가지로 11월에 겨울 보금자리로 가기 전에 월든의 북동쪽 호숫가를 자주 찾아갔다. 리기다소나무와 돌투성이 호숫가에서 반사된 햇살로 호수의 난롯가처럼 된 곳이었다. 가능하다면 인위적인 불보다 햇볕에 몸을 덥히는 편이 훨씬 더 기분 좋고 건강에도 좋다. 그렇게 나는 사냥꾼이 떠나면서 남겨놓고 간 듯한 아직 타고 있는 여름의 잉걸불에 몸을 따뜻하게 했다.

굴뚝을 세우게 되자 나는 석공 기술을 공부했다. 나는 헌 벽돌들을 사용했기 때문에 흙손으로 다듬어주어야 했다. 덕분에 나는 벽돌과 흙손의 성질에 대해 보통사람들보다 많이 알게 되었다. 벽돌에 발라져 있는 모르타르는 50년이나 된 것이었고 지금도 점점 더 단단해지고 있다고 한다. 하지만 이런 말은 사람들이 사실 여부와 상관없이 그대로 옮기기 좋아하는 말들 중 하나다. 이런 말 자체가 세월이 지날수록 더 굳어지고 단단히 달라붙기 때문에 그것들에서 잘난 척하는 해묵은 부분을 떼어내려면 흙손으로 많이 두드려줘야 할 것이다.

메소포타미아의 많은 마을들은 바빌론의 폐허에서 구한 아주 좋은 품질의 헌 벽돌들로 지어졌다. 그 벽돌에 붙은 시멘트는 더 오래되었고 아마 더욱 단단할 것이다. 그렇다 하더라도 나는 그 단단한 시멘트를 무수히 세게 두드렸으면서도 닳지 않고 견디는 강철 특유의 강인함에 깊은 인상을 받았다. 내 벽돌들은 그 위에 '느부갓네살'의 이름은 없었지만 전에 굴뚝에 사용된 것들이라서 나는 그중에서 가능한 한 많은 벽난로용 벽돌을 골라내 일을 덜고 버리는 벽돌을 줄였다. 벽난로 주위의 벽돌 사이 공간은 호숫가에서 주워온 돌들로 메웠고 같은 곳에서 퍼온 흰 모래로 모르타르를 만들었다.

벽난로는 집에서 가장 중요한 부분이기 때문에 나는 여기에 가장 많은 시간을 썼다. 어찌나 일을 신중히 했던지 아침에 바닥부터 벽돌을 올리기 시작했는데 밤이 되어도 마루에서 몇 인치밖에 올리지 못할 정도였다. 밤에 베개로 써도 되었다. 하지만 내 기억에 그 때문에 목이 뻣뻣해진 건 아니었다. 목이 뻣뻣해진 것은 더 오래된 일이다. 그 무렵 한 시인이 우리 집에서 2주간 묵었기 때문에 공간을 확보하려면 하는 수 없이 벽난로를 베고 자야 했다. 내게도 칼이 두 개 있었지만 시인은 자기 칼을 들고 왔고, 우리는 칼을 흙에 꽂아 넣어 닦곤 했다. 시인은 요리도 거들었다. 나는 내 작품이 점점 더 반듯하고 튼튼하게 올라가는 모습을 보며 즐거웠고 작업을 천천히 진행하면 내구성이 더 커질 것이라고 생각했다. 굴뚝은 바닥에 세워 집을 지나 하늘까지 올라가는 독립적인 구조물이다. 집이 타서 무너져도 가끔 굴뚝은 그대로 서 있는 경우가 있는 걸 봐도 굴뚝의 중요성과 독립성을 분명히 알 수 있다. 이것은 여름이 끝나갈 무렵의 일이고 지금은 11월이 되었다.

북풍이 이미 호수를 식히기 시작했지만, 여러 주 동안 꾸준히 불어 온 뒤에야 물이 완전히 차가워졌다. 월든 호수는 그만큼 깊었다. 내가 저녁에 처음 불을 피웠을 때 굴뚝은 연기를 아주 잘 내보냈다. 집에 회반죽을 바르기 전이어서 판자와 판자 사이에 작은 틈이 무수히 많았기 때문이다. 그러나 나는 옹이가 많은 거친 갈색 판지에 둘러싸이고 머리 위의 서까래에는 나무껍질이 붙어 있는 서늘하고 외풍이 심한 방에서도 즐거운 저녁시간을 보냈다. 회반죽을 바른 후의 집은 내 눈에는 썩 만족스럽지는 않았지만 더 안락해졌다는 점은 인정해야겠다.

사람이 사는 집이라면 모두 머리 위에 어두운 곳이 생길 정도로 천장이 높아야 하지 않을까? 그래서 저녁이면 서까래 주변에 그림자가 어른어른해야 하지 않을까? 이러한 형상들이 프레스코화나 그 외의 값비싼 가구들보다 공상과 상상을 하기에 더 적합하지 않을까? 집을 주거지만이 아닌 몸을 따뜻하게 하는 곳으로도 사용하기 시작했을 때 나는 비로소 내 집에서 살기 시작했다고 말할 수 있을 것이다. 나는 장작들을 바닥에 닿지 않게 하려고 한 쌍의 낡은 장작받침쇠를 마련해 놓았다. 내가 만든 굴뚝 뒤쪽에 그을음이 생기는 모습을 보니 기분이 좋았고 나는 여느 때보다 더 당당하고 만족스럽게 불길을 쑤석거렸다.

내 집은 작아서 그 안에서 메아리 소리를 즐길 수는 없다. 하지만 방이 하나인데다 이웃에서 멀리 떨어져 있어서 더 커보였다. 집의 모든 매력적인 요소들이 방 하나에 집중되어 있었다. 그 방은 부엌이고 침실이고 응접실이고 거실이었다.* 부모나 자식, 주인이나 하인이 집에 살면서 어떤 만족을 얻는다면 나는 그 모든 것을 다 누렸다. 카토는 한 가족의 가장은 시골집에 "기름과 포도주를 저장하는 지하실과 큰 통을 마련해두어 힘든 시기가 예상되어도 즐겁게 지낼 수 있게 해야 한다. 그렇게 하면 그에게 도움이 되고 덕과 영광을 누릴 것이다."**라고 말했다. 나는 집 지하실에 감자가 담긴 작은 나무통 하나와 바구미들이 기어다니는 콩을 2되 정도 장만해두었고, 선반에는 약간의 쌀, 당밀 한 항아리, 귀리와 옥수수 가루가 각각 1말 정도씩 있었다.

가끔 나는 좀 더 크고 사람도 많이 사는 황금시대의 집을 상상해본다. 튼튼한 자재로 번지르르한 장식 없이 지어진 그 집은 넓고 수수하지만 견고하고 소박한 방 하나로만 되어 있다. 천장도 없고 회칠도 하지 않았으며 서까래와 도리들보가 우리 머리 위의 낮은 하늘 같은 것을 떠받쳐 비와 눈을 막아줄 뿐이다. 문턱을 넘어서면 옛 왕조의 농업의 신 와상이 있다. 사람들이 여기에 경의를 표하고 나면 이번에는 왕과 왕비의 기둥이 예를 받으려고 서 있다. 이 집은 동굴 같아서 지붕을 보려면 장대에 매단 횃불을 높이 들어올려야 한다. 어떤 사람은 난롯

---

* 'keeping-room'은 옛날에 뉴잉글랜드에서 'sitting room'의 뜻으로 쓰던 말이다.
** 카토, 『농업론』

가에, 어떤 사람은 오목하게 들어간 창가에, 어떤 사람은 긴 나무의자에서 산다. 방의 한쪽 끝에서 지내는 사람도 있고 다른 쪽 끝에서 사는 사람도 있다. 원한다면 높은 서까래 위에서 거미와 함께 살기도 한다. 바깥문을 열면 바로 집 안으로 들어서게 되고 더 이상의 격식은 차리지 않아도 된다.

지친 여행객은 더 걷지 않고 이 집에서 씻고 먹고 대화를 나누고 잠을 잘 수 있다. 이 집은 폭풍우가 치는 밤에 기꺼이 찾아가고 싶은 안식처다. 집에 필요한 모든 걸 갖추고 있지만 해야 할 집안일은 없다. 집의 모든 귀한 물건들이 한눈에 들어오고 생활에 필요한 온갖 물건이 못에 걸려 있다. 방은 부엌이자 식품 저장실, 거실, 침실, 창고이며 다락방이기도 하다. 통이나 사다리 같은 필수품과 찬장 같은 편리한 세간이 보이고 냄비에서 보글보글 끓는 소리를 들을 수 있다. 그대가 먹을 음식을 요리하는 불과 빵을 굽는 화덕에 경의를 표할 수도 있다. 이 집의 주된 장식품은 꼭 필요한 가구와 가재도구들이다. 빨랫감이나 불, 안주인을 신경 쓰지 않아도 되는 집이다.

가끔 요리사가 지하실로 내려가느라 그대에게 뚜껑 문에서 비켜달라고 할 수는 있다. 그러면 그대는 굳이 발로 굴러보지 않아도 아래 바닥이 단단한지, 비어 있는지 알 수 있다. 집 안이 새 둥지처럼 트여 있고 훤히 다 보여서 앞문으로 들어오거나 뒷문으로 나갈 때마다 이 집에 사는 사람들을 만나게 된다. 이 집의 손님이 되면 이곳에서의 자유를 부여받으며, 여덟 명 중 다른 일곱 명으로부터 사려 깊게 격리되어 특정한 방에 갇힌 채 편하게 지내라는 말을 듣지 않는다. 이 집에는 그런 고독한 감금은 없다. 요즘 집주인들은 손님을 자기 난롯가로 들이지 않는다. 대신 석공을 시켜 복도 어딘가에 손님용 난로를 만든다. 손님접대가 손님을 주인에게서 최대한 멀리 머물게 하는 기술이 되어버렸다. 손님을 독살할 꿍꿍이라도 있는 것처럼 요리도 아주 은밀하게 한다.

나는 많은 사람의 땅에 들어가 법적인 퇴거 명령을 받을 수도 있었던 적은 있지만 누군가의 집에 들어간 적은 많지 않다. 내가 묘사한 이런 집에서 소박하게 사는 왕과 왕비가 정말로 있다면 나는 그쪽에 볼일이 있을 경우 낡은 옷을 입고도 그분들을 찾아갈 것이다. 그러나 현대식 궁전에 들어가게 되면 그곳에 붙들렸더라도 그곳에서 벗어나는 법을 알고 싶은 마음만 간절할 것이다.

우리가 응접실에서 나누는 담화들은 활기를 죄다 잃어버리고 완전히 응접실용 수다로 전락해버린 것 같다. 우리네 삶은 그것이 상징하는 것으로부터 멀리 동떨어진 채 흘러가고, 삶의 은유와 비유는 이를테면 미끄럼틀이나 식품 회전판을 거쳐 억지로 갖다 붙인 것 같다. 다시 말해 우리가 대화를 나누는 응접실은 부엌과 작업장에서 너무 멀리 떨어져 있다. 저녁식사 역시 대개는 저녁식사의 비유일 뿐이다. 자연이나 진실과 가까이 살아서 여기에서 비유를 끌어낼 수 있는 사람은 미개인들뿐인 것 같다. 멀리 북서부의 땅이나 맨 섬에 사는 학자가 어떻게 부엌에서 떠들고 있는 일을 말할 수 있겠는가?

그러나 내 집에 계속 머물면서 나와 옥수수 죽을 나누어 먹을 만큼 배짱이 있는 손님은 한두 명밖에 없었다. 손님들은 함께 밥을 먹어야 하는 위기가 다가올 기미가 보이면 서둘러 가버렸다. 마치 옥수수 죽을 나누어 먹으면 내 집의 기초가 흔들리기라도 할 것처럼. 하지만 옥수수 죽을 무수히 나누어 먹었어도 내 집은 끄떡없이 서 있었다.

내가 벽에 회칠을 한 건 얼음이 얼 정도로 추워진 뒤였다. 나는 호수 건너편으로 가서 회반죽에 쓸 하얗고 깨끗한 모래를 배에 실어왔다. 필요하다면 훨씬 더 멀리라도 갔을 것이다. 그동안 나는 집 사방에 바닥까지 널빤지를 댔다. 윗가지를 댈 때는 망치질 한 번에 단단하게 못을 박을 수 있어 기뻤다. 나는 흙받기에서 회반죽을 깔끔하고 신속하게 벽에 옮겨 바르겠다는 포부를 품었다. 그러자 우쭐대는 어떤 사람의 이야기가 떠올랐다. 그 사람은 옷을 잘 차려입고 마을을 어슬렁거리면서 일하는 사람들에게 잔소리를 늘어놓곤 했다. 그러던 어느 날, 그는 과감하게 말 대신 행동으로 보여주기로 하고 소매를 걷어올린 뒤 흙받기를 잡았다. 실수 없이 흙손에 회반죽을 올린 그는 흡족한 표정을 지으며 머리 위의 윗가지 쪽으로 용감하게 흙손을 갖다 댔다. 그러나 너무나 당황스럽게도 회반죽이 주름장식이 달린 가슴 위로 전부 쏟아져내렸다고 한다.

나는 회반죽을 발랐을 때의 경제성과 편리함에 새삼 감탄했다. 회반죽은 추위를 효과적으로 차단하는데다 집을 멋지게 마무리해주었다. 나는 미장이가 겪기 쉬운 갖가지 참사들도 알게 되었다. 놀랍게도 벽돌은 매우 건조했다. 벽돌들은 내가 회반죽을 매끄럽게 다듬기도 전에 회반죽의 습기를 모두 빨아들였다. 그래서 새 난로를 처음 사용하기까지 양동이로 많은 물을 퍼와야 했다. 나는 지난겨울에 콩코드의 강에서 우니오 플루비아틸리스의 껍데기를 태워 시험 삼아 석회를 약간 만들어보았다. 그래서 나는 내가 쓰는 재료들이 어디에서 나오는지 알 수 있었다. 마음만 먹으면 1, 2마일 안에서 좋은 석회석을 구해 직접 태워서 석회를 만들 수도 있었다.

그동안 호수의 가장 그늘지고 얕은 만에는 얇게 얼음이 끼었다. 하지만 전체적으로 얼어붙으려면 며칠 혹은 심지어 몇 주가 더 지나야 한다. 첫 얼음은 단단하고 거무스름하지만 투명해서 특히 흥미롭고 완벽하다. 이때가 얕은 곳에서 호수 바닥을 자세히 살펴보기에 더없이 좋은 기회다. 한가할 때면 두께가 1인치 정도밖에 안 되는 얼음 위에 수면 위의 소금쟁이처럼 길게 엎드려 불과 2, 3인치 아래의 바닥을 관찰할 수 있기 때문이다. 마치 유리 뒤의 그림을 보는 것 같다. 그 무렵에는 호수의 물이 늘 잔잔하다. 모래에는 어떤 생물이 파고들어갔다가 되돌아나온 고랑이 많고, 자잘한 흰색 석영 알갱이로 이루어진 물여우의 껍질들이 잔해처럼 사방에 흩어져 있다. 고랑에도 물여우의 껍질이 있는 걸로 봐서 이 녀석들이 고랑을 팠을 수도 있지만 그러기에는 고랑이 너무 깊고 넓다.

그러나 뭐니 뭐니 해도 가장 흥미로운 대상은 얼음 자체다. 하지만 얼음을 관찰할 수 있는 최초의 기회를 잘 활용해야 한다. 호수가 얼어붙은 뒤 아침에 얼음을 자세히 살펴보면 처음에는 얼음 안에 있는 것처럼 보이던 공기방울이 실제로는 수면 아래에 붙어 있고 호수 바닥에서 더 많은 공기방울이 끊임없이 올라오고 있다는 것을 알게 된다. 얼음이 아직 비교적 단단하고 거무스름하지만 그 사이로 물을 볼 수 있다. 이 공기방울들은 지름이 1인치의 80분의 1에서 8분의 1 정도이고 매우 맑고 아름다워서 사람들이 얼음을 통해 공기방울에 비친 자기 얼굴을 볼 수 있을 정도다. 1제곱인치의 얼음에 공기방울이 30~40개는 될 것이다.

또 얼음 안에도 이미 길이 0.5인치 정도의 좁고 긴 공기방울이 수직으로 서 있었는데, 꼭대기가 위를 향한 날카로운 원뿔모양이었다. 얼음이 갓 얼었을 때에는 동그랗고 작은 공기방울들이 줄에 뀀 구슬처럼 위아래로 차곡차곡 붙어 있는 경우도 종종 있다. 하지만 얼음 안의 이 공기방울들은 얼음 아래에 있는 것들보다 수가 많지도 않았고 두드러지지도 않는다. 나는 가끔 얼음이 얼마나 단단한지 보려고 돌을 던져보았다. 돌이 얼음을 뚫고 들어가면서 공기를 전달해 얼음 아래에 아주 크고 또렷한 흰색 공기방울이 생겨났다. 나는 48시간 후에 같은 장소에 가보았다. 얼음덩어리 가장자리의 갈라진 금을 보니 틀림없이 얼음은 1인치 더 두꺼워졌는데 그 커다란 공기방울들은 아직 그대로 남아 있었다.

하지만 그 이틀 동안 인디언 섬머처럼 날씨가 몹시 따뜻해서 짙은 녹색의 물과 바닥을 보여주던 얼음이 이제 투명하지 않았고 희끄무레하거나 잿빛을 띠었다. 얼음은 두 배로 두꺼워졌지만 전보다 단단하지는 않았다. 얼음 아래의 공기방울들이 팽창해 서로 섞이는 바람에 규칙성을 잃어버렸기 때문이다. 공기방울들은 더 이상 서로 딱 붙어 있지 않고 가방에서 쏟아진 은색 동전들처럼 포개지거나 좁은 틈에 낀 것처럼 얇은 조각이 되어 있었다. 얼음의 아름다움은 사라지고 호수 바닥을 살펴보기엔 너무 늦어버렸다.

나는 새 얼음에는 그 커다란 공기방울이 어디에 있는지 궁금해져서 중간 크기의 공기방울이 붙어 있는 얼음덩어리를 깨서 뒤집어보았다. 그 공기방울의 주위와 아래에 새 얼음이 얼어서, 두 얼음 사이에 공기 방울들이 끼어 있었다. 공기방울은 완전히 아래쪽 얼음 속에 있었지만 위쪽 얼음과 가까이 붙어 있었고 좀 납작한 모양이었다. 가장자리가 둥근 렌즈 모양이고 두께는 0.25인치, 지름은 4인치 정도였다. 나는 공기방울 바로 아래의 얼음이 접시를 거꾸로 엎어놓은 모양을 이루며 아주 규칙적으로 녹는 것을 보고 놀랐다. 얼음의 가운데 부분의 높이는 8분의 5인치 정도였다. 물과 공기방울 사이에는 두께가 8분의 1인치도 안 되는 얇은 막이 남았고, 이 막에 붙은 작은 공기방울들은 아래쪽이 터져 있는 것이 많았다. 아마도 지름이 1피트에 이르는 가장 큰 공기방울 아래에는 얼음이 전혀 없을 것이다.

나는 내가 처음 보았던 얼음 표면 아래의 무수한 작은 공기방울들이 이제 이렇게 얼어버렸고 각 공기방울이 화경 같은 역할을 해서 아래의 얼음을 녹이거나 깎았을 것이라 짐작했다. 이 공기방울들은 얼음이 큰소리를 내며 갈라지게 만드는 작은 공기총들이었다.

회칠을 마치자마자 드디어 본격적인 겨울이 찾아왔다. 바람이 그제야 허락을 받은 것처럼 집 주위에서 세차게 울부짖기 시작했다. 땅이 눈으로 뒤덮인 뒤에도 밤마다 어둠 속에서 기러기들이 느릿느릿 날아와 요란하게 울면서 날개를 퍼덕였다. 어떤 기러기는 월든 호수에 내려앉았고 어떤 기러기들은 멕시코를 향해 페어헤이븐 쪽으로 숲 위를 아주 낮게 날아갔다. 나는 밤 10시나 11시쯤 마을에서 돌아왔을 때 기러기나 오리 떼들이 집 뒤의 웅덩이에 먹이를 찾아와 마른 나뭇잎 뒤를 걸어다니는 소리를 여러 차례 들었다. 새들이 서둘러 떠나면서 우두머리 새가 가냘프게 끼루룩끼루룩 울거나 꽥꽥거리는 소리도 들려왔다.

1845년 12월 22일 밤에 월든이 처음으로 완전히 얼어붙었고 플린트 호수와 그 외의 더 얕은 호수와 강들은 열흘 이상 꽁꽁 얼어 있었다. 호수는 1846년에는 12월 16일, 49년에는 31일, 50년에는 27일, 52년에는 1월 5일, 53년에는 12월 31일경에 완전히 얼었다. 11월 25일에 벌써 땅이 눈으로 덮였고 갑자기 주변에 겨울 풍경이 펼쳐졌다. 나는 내 껍데기 속으로 더 깊숙이 들어앉아 집과 내 가슴속에 계속 밝은 불을 피워놓으려고 노력했다. 이제 집밖에서 내가 해야 하는 일은 숲에서 죽은 나무를 모아 안거나 어깨에 짊어지고 오고, 이따금 겨드랑이 양쪽에 죽은 소나무를 한 그루씩 끌고 와 헛간에 나르는 일이었다. 한때는 멋졌을 숲의 낡은 울타리는 내게 큰 소득이었다.

나는 이제 토지의 경계를 관리하는 신인 테르미누스를 섬기지 못하게 된 이 울타리를 불의 신인 불카누스에게 제물로 바쳤다. 음식을 조리할 땔감을 눈밭을 돌아다니면서 구해온, 아니 훔쳐온 자의 저녁식사는 얼마나 재미있겠는가! 그의 빵과 고기는 꿀맛이다. 대부분의 마을 숲들에는 땔감으로 쓸 갖가지 삭정이와 못쓰게 된 나무들이 충분하게 있지만 지금은 어느 집도 이것들을 난방에 사용하지 않는다. 이런 삭정이들이 어린 나무의 성장을 방해한다고 생각하는 사람들도 있다. 호수에도 나무들이 떠다녔다. 여름에 나는 뗏목 하나를 발견했다. 철도가 건설될 무렵 아일랜드 사람들이 리기다소나무를 껍질이 붙어 있는 채로 이어서 만든 뗏목이었다. 나는 이 뗏목을 호숫가로 반쯤 끌어올려 놓았다. 2년 동안 물에 잠겨 있던 뗏목은 땅에 올라온 지 6개월이 지나자 흠뻑 배어 있던 물은 다 마르지 않았지만 상태는 아주 멀쩡해졌다.

어느 겨울날, 나는 뗏목의 통나무 하나하나를 거의 반 마일에 이르는 호수 건너 기슭까지 즐겁게 옮겼다. 15피트 길이의 통나무 한쪽 끝을 어깨에 메고 다른 쪽 끝은 얼음에 내려놓은 채 미끄러지듯 가거나,

통나무 여러 개를 자작나무의 낭창낭창한 가지로 묶은 뒤 끝부분이 고리처럼 된 긴 자작나무나 오리나무를 걸어서 끌고 가기도 했다. 통나무들은 완전히 축축하고 납덩이처럼 무거웠지만 불을 붙여보니 오래 탈 뿐 아니라 불길이 아주 뜨거웠다. 아니, 송진을 물에 담그면 등잔 안에서 더 오래 타는 것처럼 통나무들이 흠뻑 젖어 있어서 더 잘 타는 것 같았다.

길핀은 영국의 숲 경계에 사는 사람들에 대해 이야기하면서 "무단으로 침범해 숲의 경계에 집과 울타리를 세운 것은 옛 삼림법에서는 중대한 불법으로 간주되거나 공유지 침해로 엄격한 처벌을 받았다."*고 말했다. 야생동물들을 놀라게 하고 숲에 손상을 입히기 쉽기 때문이라는 것이다. 하지만 나는 워든 경이나 된 것처럼 야생동물과 풀숲의 보존에 사냥꾼이나 나무꾼보다 더 관심이 많았다. 나도 실수로 불을 낸 적은 있지만 숲의 일부가 불타면 그 땅의 주인보다 더 오랫동안 슬퍼하고 깊이 낙담했다. 아니, 나는 주인이 나무를 벨 때도 마음이 아팠다. 나는 농부들이 숲의 나무를 벨 때 옛날에 로마인들이 신성한 숲에 빛이 들어오게 하려고 군데군데 나무들을 베면서 품었던 경외감을 느꼈으면 했다. 즉 숲이 어떤 신에게 바쳐진 것이라고 생각하기를 바랐다. 로마인들은 속죄제물을 바치고 기도를 올렸다.** 이 숲이 모시는 신 혹은 여신이여, 부디 저와 제 가족, 제 자식들에게 자비를 베푸소서.

이 시대, 이 새로운 나라에서도 여전히 나무에 황금보다 더 영구적이고 보편적인 가치가 부여된다는 건 놀랄 만한 일이다. 인류는 온갖 발견과 발명을 했지만 한 단의 나무를 무시할 사람은 없을 것이다. 나

---

* 리엄 길핀, 『숲 풍경에 대한 논평』(1834, 1973)

** "로마인들은 숲의 나무를 군데군데 베면서 격식을 따랐다. 돼지를 제물로 바치고… 기도를 올렸다."(카토, 『농업론』)

무는 우리 조상인 색슨족이나 노르만족이 그랬던 것처럼 우리에게도 소중하다. 조상들이 나무로 활을 만들었다면 우리는 총의 개머리판을 만든다. 30년도 전에 미쇼는 "뉴욕과 필라델피아의 땔감 값은 파리에서 가장 좋은 나무 값에 맞먹거나 때로는 더 비싸다. 이 광대한 수도에는 해마다 30만 코드가 넘는 장작이 필요하고 300마일에 이르는 경작지로 둘러싸여 있는데도 그러하다."*라고 말했다. 콩코드에서는 장작 가격이 꾸준히 상승하고 있어서, 문제는 올해는 지난해보다 값이 얼마나 더 오르느냐는 것뿐이다. 다른 용무가 없는데도 직접 숲을 찾아오는 기계공들과 상인들은 꼭 목재 경매에 참석하고, 나무꾼들 뒤를 따라다니며 나무를 주워 모으는 권리를 얻는 데만도 비싼 값을 치르기도 한다.

사람들은 오래전부터 땔감이나 예술작품의 소재를 숲에 의지해왔다. 뉴잉글랜드와 오스트레일리아 사람들, 파리 시민들과 켈트족, 농부와 로빈 후드, 구디 브레이크와 해리 길, 세계 대부분 지역의 왕자와 농부, 학자와 미개인 할 것 없이 누구든 몸을 덥히고 음식을 익히려면 숲에서 나온 땔나무가 필요하다. 나 역시 나무 없이는 살 수 없다.

모든 사람은 자신의 장작더미를 일종의 애정이 담긴 눈길로 쳐다본다. 나는 창 앞에 장작을 쌓아놓는 것을 좋아한다. 장작이 높이 쌓일수록 즐겁게 일했던 기억이 더 생생하게 떠오른다. 내게는 주인 없는 낡은 도끼 한 자루가 있었다. 겨울에 가끔 나는 집의 양지바른 곳에서 콩밭에서 캐낸 그루터기들을 이 도끼로 팼다. 내가 밭을 갈고 있을 때 소몰이꾼이 예언한 것처럼 이 그루터기들은 나를 두 번 따뜻하게 해주었다. 그루터기들을 쪼갤 때 한 번, 불에 집어넣었을 때 한 번.

다른 어떤 연료도 이보다 더 큰 따뜻함을 주지 못할 것이다. 나는 도끼를 대장장이에게 들고 가서 날을 "날카롭게 갈라는" 조언을 들었지

---

*   프랑수아 앙드레 미쇼, 『엘러게니 산맥의 서녘 여행』(1808)

만, 대장장이한테 가지 않고, 숲에서 가져온 히커리나무로 자루를 만들어서 달았더니 쓸 만한 도끼가 되었다. 날은 무디지만 적어도 자루는 제대로 달렸다.

송진이 많은 소나무 토막들은 아주 귀중한 보물이다. 얼마나 많은 땔감들이 아직 땅속에 많이 숨어 있는지 생각해보는 것도 재미있다. 지난 몇 년간 나는 전에 리기다소나무 숲이었다가 헐벗은 산비탈이 되어버린 곳을 종종 '탐사'하러 갔다. 그곳에서 송진이 많은 소나무뿌리를 캐곤 했다. 이 뿌리들은 거의 썩지 않는다. 적어도 30~40년은 되어 보이는 그루터기들도 고갱이는 여전히 멀쩡했다. 중심에서 4, 5인치 떨어진 두꺼운 나무껍질들이 땅과 같은 높이에서 고리 모양을 이룬 것에서 볼 수 있듯이 겉껍질은 모두 식물성 부식토가 되었지만.

도끼와 삽으로 이 광산을 파다가 쇠기름처럼 노란 고갱이를 찾으면 땅속 깊은 곳의 금맥이라도 발견한 듯한 기분이었다. 하지만 나는 대개는 눈이 내리기 전에 숲에서 모아 헛간에 쌓아둔 마른 잎들로 불을 지폈다. 나무꾼들은 숲에서 야영을 할 때 녹색 히커리나무를 가늘게 쪼개 불을 붙인다. 이따금 나도 이런 방법을 썼다. 지평선 너머의 마을사람들이 불을 피우면 나도 내 굴뚝으로 가느다란 연기를 피워서 월든 계곡에 사는 다양한 야생 생물들에게 내가 깨어 있다는 것을 알렸다.

가벼운 날개가 달린 연기여,
높이 날아오르다 날개가 녹는 이카로스의 새여,
노래하지 않는 새여, 새벽의 전령이여.
작은 마을이 둥지인 것처럼 그 위를 맴도는구나.
혹은 떠나가는 꿈이여,
치맛자락을 끌어올리는 어슴푸레한 한밤의 환영이여,
밤에는 별을 가리고 낮에는

빛을 어둡게 하여 해를 가리네.
그대, 향이여, 이 난로에서 피어올라
신에게로 가서 이 빛나는 불꽃을 용서해달라고 간청하라.

갓 베어낸 단단한 생나무는 다른 어떤 땔감보다 불이 잘 붙었지만 나는 이런 나무는 거의 사용하지 않았다. 나는 겨울날 오후에는 가끔 불을 잘 피워놓은 채 그대로 산책을 하러 갔다. 그리고 서너 시간 뒤에 돌아오면 불이 그때까지 꺼지지 않고 빨갛게 타오르고 있었다. 내 집은 내가 없을 때도 비어 있지 않았다. 꼭 내가 쾌활한 가정부 한 명을 둔 것 같았다. 내 집에는 나와 불이 살았고, 내 가정부는 대체로 믿음직스러웠다. 그런데 어느 날 장작을 패고 있던 나는 집에 불이 나지 않았는지 창문 안을 들여다보고 싶은 생각이 들었다. 내 기억에 화재가 걱정되었던 건 딱 그때 한 번뿐이었다. 그래서 집안을 들여다보았더니 침대에 불똥이 튀어 있는 게 아닌가. 나는 얼른 집으로 달려들어가 불을 껐지만 내 손바닥만하게 탄 자국이 남았다. 하지만 내 집은 햇빛이 잘 들고 비바람으로부터 안전한 곳에 있는데다 지붕도 낮아서 겨울에도 한낮에는 거의 불을 피우지 않아도 되었다.

내 집 지하실에 보금자리를 마련한 두더지는 감자를 세 개마다 하나 꼴로 야금야금 갉아먹었고 회칠을 하고 남겨둔 털과 갈색 벽지로 아늑한 잠자리까지 만들었다. 인간 못지않게 가장 야생적인 동물들도 안락함과 따뜻함을 좋아한다. 이 동물들이 추운 겨울을 지내고 살아남을 수 있는 건 이런 것들을 정성들여 확보하기 때문이다. 내 친구들 몇몇은 내가 일부러 얼어 죽으려고 숲에 간 것처럼 말한다. 동물은 그저 비바람이 들이치지 않는 곳에 잠자리를 만들고 자기 체온으로 그곳을 데운다. 그러나 불을 발견한 인간은 널찍한 집에 공기를 채우고 자기 체온을 뺏기는 대신 공기를 데워서 잠자리를 마련한다.

사람들은 한겨울에도 집을 여름처럼 유지시키고 거추장스러운 옷

292

을 벗어던진 채 돌아다닐 수 있다. 창문을 이용해 햇빛을 들이고 등잔으로 낮 시간을 늘릴 수 있다. 그리하여 사람은 본능보다 한두 단계 더 앞서나가 예술에 투자할 시간을 좀 얻는다. 살을 에는 강풍에 오래 시달려 몸 전체가 무감각해지기 시작했을 때도 훈훈한 내 집에 들어오면 이내 몸의 기능들이 회복되어 죽지 않고 살 수 있었다. 가장 호화로운 집에 사는 사람들도 이런 면에서는 자랑할 게 별로 없을 것이다. 우리는 인류가 마지막에 어떻게 멸망할 것인지 추측하느라 골치 아플 필요가 없다. 북쪽에서 조금만 더 혹독한 바람이 불어와도 언제든 인류라는 실은 쉽게 끊어질 것이기 때문이다. 우리는 가장 추운 금요일이나 최고 폭설이 내린 날을 기준으로 날짜를 따지지만 조금만 더 추운 금요일이 찾아오거나 눈이 조금만 더 오면 지구에서 인간의 존재가 사라져버릴 것이다.*

나는 숲의 주인이 아니었기 때문에 다음 해 겨울에는 경제적 이유로 작은 요리용 풍로를 사용했다. 하지만 풍로는 열려 있는 벽난로만큼 불을 잘 유지시키지 못했다. 풍로에서 하는 요리는 대체로 시적인 과정이 아니라 단순한 화학적 과정이었다. 풍로가 일반화된 오늘날에는 우리가 한때 인디언들의 방식대로 재 속에 감자를 묻어 구워 먹었다는 사실은 곧 잊히고 말 것이다. 풍로는 방의 공간을 차지했을 뿐 아니라 집 안에 냄새를 풍기면서도 불은 보이지 않아서 나는 꼭 친구 한 명을 잃은 기분이 들었다.

불속에서는 항상 하나의 얼굴을 볼 수 있다. 노동자는 저녁에 불을 들여다보면서 낮에 쌓인 쓸모없고 세속적인 것들에 관한 생각을 정화시킨다. 하지만 더 이상 불을 들여다보며 앉아 있을 수 없게 되자 나는 이런 상황과 꼭 들어맞는 한 시인의 시구가 생각났다. 그 시구는 내게

---

* 또 다른 빙하기가 찾아와 결국 뉴잉글랜드의 문명을 멸망시킬 것이라는 소로의 냉철한 예측은 최근 들어서야 지구 온난화라는 더욱 당면한 위협에 자리를 내주었다.

전과는 다른 새로운 호소력을 띠고 다가왔다.

환한 불꽃이여, 나를 거부하지 말아주오.
그대 다정하게 삶을 비추는 친근한 공감이여.
내 희망이 아니면 왜 그토록 환하게 타오르겠는가.
내 운명 말고 무엇이 밤에 그토록 낮게 가라앉겠는가.

왜 그대는 우리의 난로와 방에서 쫓겨났는가?
모든 이에게서 환대받고 사랑받던 그대가.
너무나 흐릿한 우리 삶의 평범한 빛이 되기에는
그대의 존재가 너무 환상적이었던 것인가.
그대의 환한 빛은 뜻이 잘 맞는 우리 영혼과 신비스러운 대화를
주고받은 것인가.
너무나 대담한 비밀까지 나눈 것인가.

음, 이제 우리는 어떤 희미한 그림자도 어른거리지 않는
벽난로 옆에 앉아 있어서
안전하고 강하다.
여기에는 기운을 북돋우는 것도, 슬픔을 안겨주는 것도 없다.
불은 우리의 손발을 데워주지만 더 큰 염원은 주지 않는다.
현재의 시간들은 작고 실용적인 난로 옆에
앉아서 잠이 들 수도 있을 것이다.
희미한 과거에서 걸어나와
옛 모닥불의 고르지 않은 빛 옆에서
우리와 대화를 나누던 유령들을 두려워하지 않고.*

---

* 초월주의자들의 동인지인 「다이얼(Dial)」에 실렸던 엘런 후퍼의 시.

14

옛 거주자들과 겨울에 찾아온 손님들

나는 몇 번의 떠들썩한 눈보라를 겪었다. 밖에는 눈이 사납게 휘몰아치고 올빼미 울음소리마저 잠잠해진 동안 나는 난롯가에서 즐거운 겨울 저녁을 지냈다. 몇 주째 나는 산책길에서 가끔 나무를 베서 마을로 끌고 가는 사람들 외에는 아무도 만나지 못했다. 그러나 자연의 힘에 끌린 나는 발이 푹푹 빠질 정도로 쌓인 눈을 헤치고 숲에 길을 냈다. 내가 한번 지나간 길에는 바람에 날린 떡갈나무 잎들이 떨어져 햇빛을 흡수해 눈을 녹였다. 그래서 내가 발을 딛기 좋은 마른 바닥이 되어줄 뿐 아니라 밤에는 이것이 검은 선으로 보여 내 길잡이 노릇을 해주었다.

인간 사회에 관해서라면, 나는 예전에 이 숲에 살던 사람들을 떠올리지 않을 수 없었다. 많은 마을사람들이 한때 내 집 근처의 길을 지날 때 이곳 주민들의 웃고 떠드는 소리가 울려퍼졌고 여기저기에 그들의 작은 채소밭과 집들이 흩어져 있었다고 기억했다. 당시는 이 부근이 지금보다 숲의 나무들에 더 둘러싸여 잘 보이지 않았다고 한다. 내가 기억하기에도 어떤 곳들은 이륜마차가 지나갈 때면 양쪽에서 소나무들이 마차를 긁어댔고 혼자 이 길을 걸어 링컨까지 가야 하는 여자와 아이들은 겁을 먹고 대부분의 거리를 뛰어서 갔다.

이 길은 이웃 마을에 가거나 나무꾼들이 썰매를 끌고 가는 데 주로 이용되는 보잘것없는 길에 지나지 않지만, 한때는 지금보다 다채로운 풍경으로 길손들에게 즐거움을 주어 기억에 오래 남는 길이었다. 지금은 마을에서 숲까지 툭 트인 밭들이 펼쳐져 있지만, 당시에는 바닥에 통나무가 깔린 길이 단풍나무 소택지를 가로지르고 있었다. 오늘날 구빈원이 된 스트래튼 농장부터 브리스터 언덕까지 뻗어 있는 먼지투성이의 큰길 아래에는 분명 아직도 그 길의 자취가 남아 있을 것이다.

내 콩밭 동쪽으로 난 길 너머에는 콩코드 마을의 대지주인 던컨 잉그램의 노예였던 카토 잉그램이 살았다. 주인이 노예에게 월든 숲에 집을 지어주고 그곳에서 살도록 허락했다. 그래서 그는 우티카의 카토(고대 로마 공화정 말기의 정치가—역주)가 아니라 콩코드의 카토였다. 어떤 사람들은 그가 기니에서 잡혀온 흑인이라고 했다. 몇몇 사람들은 호두나무들 사이에 있던 카토의 작은 밭을 기억한다. 카토는 호두나무를 키워서 노후를 의지할 계획이었지만 결국 더 젊고 피부가 흰 투기꾼이 그 나무들을 차지하고 말았다.

하지만 그 투기꾼 역시 지금은 카토와 마찬가지로 좁은 공간만을 차지한 채 잠들어 있다. 카토의 지하실은 반쯤 허물어진 채 아직 남아 있지만 주변에 소나무들이 늘어서 있어 지나가는 사람에게 보이지 않기 때문에 아는 사람이 거의 없다. 그곳에는 지금 매끄러운 옻나무들이 빽빽이 들어차 있고 가장 일찍 꽃이 피는 미역취의 한 종류가 무성하게 자라고 있다.

밭에서 마을 쪽으로 더 가까운 한쪽 귀퉁이에는 질파라는 흑인 여자의 집이 있었다. 질파는 리넨을 짜서 마을사람들에게 팔았는데, 크고 독특한 목소리로 목청 높여 노래를 불러 월든 숲을 쩡쩡 울렸다고 한다. 그런데 1812년의 전쟁 때 포로로 잡혀 있다 가석방된 영국의 군인들이 질파가 집을 비운 사이 불을 질러 고양이와 개, 닭들이 모두 불에 타죽었다. 질파는 힘들고 다소 비인간적인 삶을 살았다. 예전에 이 숲에 자주 왔던 어떤 사람은 어느 날 한낮에 질파의 집을 지나다가 그녀가 보글보글 끓는 냄비에 대고 "전부 뼈다귀뿐이네. 뼈다귀밖에 없어!"라고 중얼거리는 소리를 들었다고 한다. 지금은 떡갈나무 숲이 된 그녀의 집터에서 내가 본 건 벽돌 몇 장뿐이다.

길을 내려가 오른쪽의 브리스터 언덕에는 브리스터 프리먼이 살았다. '손재주가 좋은 흑인'인 브리스터는 예전에 커밍스 대지주의 노예였다. 그 부근에는 브리스터가 심고 가꾸던 사과나무들이 아직 자라고 있다. 지금은 큰 고목이 되었지만 열매에서는 여전히 야생사과 맛이 났다. 얼마 전에 나는 링컨의 오래된 공동묘지에서 그의 묘비명을 읽었다. 콩코드에서 후퇴하다 전사한 영국 척탄병들의 이름 없는 무덤들 근처의 한쪽에 자리 잡은 작은 묘비에는 '시피오 브리스터' ─ 그는 스키피오 아프리카누스(로마의 귀족으로 제2포에니 전쟁에서 한니발을 격파했다.─역주)라고 불려도 될 만한 사람이었다. ─ 라는 글자 뒤에 마치 그의 피부색이 탈색이라도 된 것처럼 '유색인'이라는 말이 못 박듯 새겨져 있었다. 또 브리스터가 죽은 날짜가 강조되어 쓰여 있었는데, 내게는 그것이 그가 한때 살아 있던 사람이란 걸 간접적으로 인식시켜줄 뿐이었다.

브리스터는 인정 많은 아내 펜다와 함께 살았다. 펜다는 사람들에게 점을 쳐주었는데 나쁜 말은 하지 않았다. 몸집이 크고 둥글둥글했으며 피부색이 어떤 밤의 아이들보다 검어서 그전에도, 후에도 콩코드에 그처럼 검고 둥근 달이 뜬 적이 없었다.

언덕 아래로 더 내려가면 왼쪽으로 숲속에 난 오래된 길에 스트래튼 가족이 살던 집의 흔적이 나타난다. 그 집의 과수원은 한때 브리스터 언덕배기를 전부 뒤덮었지만 이제 그루터기 몇 개를 제외하고는 리기다소나무에 밀려 사라진 지 오래되었다. 하지만 이 그루터기들의 오래된 뿌리는 지금도 마을에서 자라는 나무들의 야생 묘목을 제공한다.

마을에 더 가까운 곳의 길 건너편, 숲의 가장자리에는 한 악마의 장난으로 유명한 브리드의 집터가 있다. 이 악마는 옛 신화에 이름이 분명히 나오지는 않지만 우리 뉴잉글랜드 사람들의 생활에 두드러지고 경악할 만한 영향을 미쳤기 때문에 어떤 신화적 인물 못지않게 언젠가는 그 일대기를 기록해두어야 할 가치가 있다. 처음에는 친구나 하인으로 변장하고 나타난 뒤 온 가족의 재물을 빼앗고 살해해버리는 이 악마의 정체는 바로 뉴잉글랜드 럼주다. 하지만 역사에서 이곳의 비극을 말하기는 아직 이르다. 시간이 더 지나 비극이 좀 진정되고 담청색을 띠도록 놔두자. 한때 이곳에 선술집이 있었다는 소문도 전해지지만 불확실하고 진위가 의심스러운 이야기다. 길손의 목마름을 덜어주고 말의 원기를 회복시켜준 우물이 있었다는 이야기도 마찬가지다. 사람들은 이곳에서 서로 인사를 나누고 소식을 주고받다가 각자 갈 길을 갔을 것이다.

브리드의 집은 사람이 살지 않은 지는 오래됐지만 불과 10여 년 전만 해도 그대로 서 있었다. 그 집은 내 집과 비슷한 크기였는데, 내 기억이 맞는다면 어느 선거날 밤에 개구쟁이들이 불을 질렀다. 그때 마을 끝에 살고 있던 나는 대버넌트의 곤디버트*에 푹 빠져 있었다. 그해 겨울에 나는 무기력증에 시달렸다. 면도를 하다가 잠이 들거나 잠자지 않고 안식일을 지키려고 일요일에 지하실에서 감자 싹을 땄던 삼촌이 있는 걸로 봐서 이런 무기력증이 가족력인지 아니면 차머스의

---

* 윌리엄 대버넌트의 영웅시, 「곤디버트」

영국 명시선집*을 빼먹지 않고 다 읽으려 애쓰는 바람에 나타난 것인지는 알 수 없었다. 아무튼 나는 그 증세 때문에 맥을 못 추고 있었다.

내가 책에 고개를 처박고 있는데 불이 났다는 종소리가 울렸다. 어른 아이 할 것 없이 삼삼오오 그쪽으로 몰려갔고 그 뒤를 소방차들이 다급하게 달려갔다. 나는 시내를 건너 지름길로 달려갔기 때문에 무리의 앞쪽에 있었다. 우리는 숲 너머 훨씬 남쪽에 있는 창고나 상점이나 집, 혹은 그 모두에 불이 난 줄 알았다. 우리는 전에도 화재 현장에 달려가본 적이 있어서 어느 정도 짐작을 했다. "베이커네 헛간이야." 누군가가 외치자 다른 사람이 "코드먼네 집이라니까."라고 잘라 말했다. 그때 지붕이 무너져내린 듯 새로운 불길이 숲 위로 치솟았고 우리 모두는 "콩코드여, 구조하러 갑시다!"라고 소리를 질렀다. 마차들이 부서질 듯 사람들을 가득 싣고 맹렬한 속도로 달려갔다. 그중에는 아무리 먼 곳이라도 화재 현장에 가봐야 하는 보험회사 대리인도 타고 있었을 것이다.

그 뒤를 소방차가 가끔씩 종을 울리며 좀 더 느리지만 침착하게 지나갔다. 나중에 사람들이 수군거리는 소리를 들으니 행렬의 맨 뒤에 따라간 사람들이 불을 질러놓고 불이 났다고 알린 장본인들이었다고 했다. 이렇게 사람들은 감각이 알려주는 증거를 무시하고 마치 진정한 이상주의자라도 된 것처럼 계속 달려갔다. 길모퉁이를 돌자 우지직 소리가 들리고 담 너머에서 뜨거운 불기운이 느껴졌다. 아! 우리는 그곳이 바로 화재현장이란 걸 깨달았다. 불과 아주 가까이 있었지만 우리의 열정은 식어버렸다. 처음에는 개구리 연못의 물을 퍼다 부으려고 했지만 그냥 타도록 내버려두자는 결론이 났다. 이미 가망이 없을 정도로 타버렸고 너무 가치도 없는 집이었기 때문이다.

---

* 알렉산더 차머스, 『초서에서 쿠퍼까지 영국 시인들의 작품집』 전21권(1810). 소로는 하버드대학교에 다닐 때 이 전집을 다 읽었다고 한다.

그래서 우리는 소방차 주위에 서서 서로 밀쳐가며 손나팔을 하고 각자 감정을 토로하거나 배스컴의 상점 화재를 포함해 지금껏 일어난 대화재들에 대해 소곤거렸다. 우리끼리 한 생각이지만, 우리가 '물통'을 들고 제때 도착하고 근처에 물이 가득 찬 연못이 있었더라면 이 위협적인 최후의 현장을 또 다른 홍수로 바꿀 수 있었을 것 같았다. 우리는 결국 아무런 말썽도 피우지 않고 물러나와 잠을 자러 가거나 곤디버트로 돌아갔다. 하지만 곤디버트에 대해 이야기하자면, 나는 "인디언들이 화약에 대해 모르듯 대부분의 인류는 기지를 모른다."라며 기지를 영혼의 화약이라고 본 서문의 한 구절은 예외로 하고 싶다.

　다음 날 밤에 우연히 비슷한 시간에 밭을 건너 그쪽으로 걸어가던 나는 그 집터에서 낮은 신음소리를 들었다. 어둠 속에서 가까이 가보았더니 내가 아는 그 가족의 유일한 생존자가 와 있었다. 그 집안의 좋은 점과 나쁜 점을 모두 물려받은 그는 이번 화재와 관련해 유일하게 이해관계가 있는 사람이었다. 그는 배를 깔고 엎드린 채 지하실 벽 너머로 아직도 타고 있는 아래쪽의 재를 바라보면서 평소 버릇대로 뭔가를 중얼거리고 있었다. 멀리 떨어진 강가의 초원에서 온종일 일하고 있었는데 짬이 나자마자 자신이 어린 시절을 보낸 조상들의 집을 찾아온 그는 엎드린 채 차례로 각도를 바꿔가며 사방에서 지하실을 바라보았다. 마치 돌들 사이에 자신이 기억하는 보물이라도 숨어 있는 것처럼.

　그러나 그곳에는 벽돌과 재 무더기뿐이었다. 집이 사라져버려 그는 남겨진 것만을 바라보았다. 그는 내가 그 자리에 함께 있는 것만으로도 자신에게 공감한다는 생각에 위로를 얻었는지 어둡긴 했지만 우물을 덮어놓은 곳을 보여주었다. 다행히도 우물이란 절대 불에 탈 수가 없다. 그는 우물 근처를 한참 더듬더니 그의 아버지가 나무를 깎아 만들어 매달아놓은 방아두레박을 찾아냈다. 그러고는 한쪽 끝에 무거운 돌을 고정시켜놓은 쇠갈고리나 꺾쇠를 더듬으며(지금 그가 매달릴 수 있는 건 이것뿐이었다.) 내게 그것이 평범한 '추'가 아니라는 걸 납득시키려고 애썼다. 나는 그것을 만져보았다. 지금도 나는 산책길에 거의 매일 그 갈고리를 찾아본다. 거기에는 한 가족의 역사가 매달려 있기 때문이다.

그 집터에서 조금 더 내려가면 왼쪽으로 우물과 담벼락의 라일락 덤불이 보이는 공터가 나타난다. 이곳에는 너팅과 르 그로스라는 사람이 살았지만 지금은 링컨 쪽으로 돌아갔다.

이 집들보다 숲속으로 더 들어가고 길이 호수 가장 가까이 지나는 곳에 와이먼이라는 옹기장이가 무단으로 들어와 살았다. 와이먼은 마을사람들에게 도기를 팔았고 자식들에게 그 일을 물려주었다. 그 가족은 물질적으로 풍족하지 않았으며 그 땅도 주인이 눈감아준 덕에 겨우 살고 있는 처지였다. 세금을 징수하러 왔던 보안관은 종종 빈손으로 돌아가곤 했다. 보안관의 장부를 본 적이 있는데, 와이먼의 집에는 압류할 만한 물건이 전혀 없어서 형식적으로 "딱지를 붙였다."고 되어 있었다.

어느 한여름 날, 내가 밭을 갈고 있는데 한 남자가 도기를 한 짐 싣고 시장으로 가다가 내 밭 어귀에 말을 멈추더니 와이먼의 아들에 관해 물었다. 그는 오래전에 그 아들에게서 돌림판을 샀는데 지금 그가 어떻게 사는지 궁금하다고 했다. 나는 옹기장이가 사용하는 점토와 돌림판에 대해 성서에서 읽은 적이 있지만, 우리가 사용하는 항아리들이 성서가 쓰인 시대부터 깨지지 않고 지금까지 전해진 것이거나 꼭 어디에선가 박처럼 나무에서 자란 것처럼 생각되었다. 그래서 우리 동네에서 도자기를 빚는 예술 작업이 이루어졌다는 이야기를 듣자 기뻤다.

내가 숲에 들어오기 전 이곳의 마지막 거주민은 와이먼의 집에 살았던 아일랜드인 휴 코일이었다. 사람들은 그를 코일 대령이라고 불렀는데, 워털루 전쟁에 참전했다는 소문이 있었다. 그가 계속 여기에 살았다면 몇 번이고 전쟁 이야기를 들려달라고 했을 텐데. 그는 이곳에서 도랑 파는 일을 했다. 나폴레옹은 세인트헬레나로 유배를 갔고 코일은 월든 숲으로 왔던 것이다. 내가 그에 관해 들은 이야기는 모두 비극적이다. 그는 넓은 세상을 본 사람답게 예의가 발랐고 듣는 사람이 경청하기 힘들 정도로 깍듯하게 말했다. 섬망 증세 때문에 몸을 덜덜 떨어 한여름에도 커다란 코트를 입었으며, 얼굴은 진홍색을 띠었다. 그는 내가 숲에 온 지 얼마 지나지 않아 브리스터 언덕 기슭의 길에서 죽었다. 그래서 나는 이웃으로서의 그에 대한 기억은 없다.

사람들은 코일의 집을 '불길한 집'이라며 피했지만 나는 그 집이 헐리기 전에 가본 적이 있다. 널빤지 침대에는 코일이 입던 낡은 옷가지들이 마치 그 자신인 것처럼 동그랗게 말린 채 놓여 있었고, 샘가에 깨진 사발이 놓여 있는 대신 벽난로에 깨진 담뱃대가 놓여 있었다. 샘가에 깨진 사발이 놓여 있었다면 그의 죽음을 상징하지 못했을 것이다. 그는 내게 브리스터의 샘에 대해 들어본 적은 있지만 한 번도 직접 보지는 못했다고 말한 적이 있기 때문이다. 바닥에는 더러운 카드들, 다이아몬드, 스페이드, 하트의 킹들이 여기저기 흩어져 있었다. 그리고 유산 관리인이 붙잡지 못한 검은 닭 한 마리가 여전히 옆방을 차지하고 잠을 잤다. 밤처럼 새카맣고 조용한 그 닭은 꼬꼬댁거리지도 않았는데, 꼭 레이너드(존 메이스필드의 서사시 「여우 레이너드」에 나오는 주인공─역주)를 기다리고 있는 것 같았다.

집 뒤편에는 경계가 불분명한 채소밭이 하나 있었다. 코일이 씨는 뿌렸지만 심한 수전증 때문에 수확기인 지금까지 한 번도 김을 매주지 않아서 밭에는 로마 쑥과 서양도깨비바늘이 무성했다. 내 옷에 서양도깨비바늘의 씨가 잔뜩 달라붙었다. 집 뒤에는 그의 마지막 전투의 전리품인 마멋 가죽이 펼쳐져 있었다. 하지만 이제 그에게는 더 이상 따뜻한 모자나 장갑이 필요하지 않았다.

지금은 땅이 움푹 파인 흔적과 흙에 묻힌 지하실의 돌들만이 남아 여기가 집터였다는 것을 알려주고 있다. 양지바른 풀밭에는 딸기, 라즈베리, 팀블베리, 개암나무 관목, 옻나무가 자라고 있다. 굴뚝이 있던 구석자리는 리기다소나무나 울퉁불퉁한 떡갈나무가 차지했고 아마 문간의 섬돌이 있었을 자리에는 향기로운 물박달나무가 흔들리고 있다. 가끔씩 우물의 흔적도 보인다. 한때는 샘물이 흘러나왔던 곳이지만 지금은 무정한 마른 풀들이 자라고 있었다. 집안의 마지막 사람이 떠나면서 나중에 알아볼 수 있도록 납작한 돌로 덮고 그 위에 뗏장을 입혀놓은 우물도 있다.

우물을 덮다니 얼마나 슬픈 일인가! 우물을 덮는 동시에 그 사람의 눈에서는 눈물이 샘솟았을 것이다. 버려진 여우 굴 같은 이 움푹 들어간 지하실에서 한때는 사람들이 부산하게 움직였고 어떠한 형태나 방언들로 '운명, 자유의지, 절대적인 예지'*에 관해 돌아가며 이야기를 나누었을 것이다. 그들이 내린 결론에 대해 내가 알 수 있는 건 "카토와 브리스터가 속였다."는 것뿐이지만, 더 유명한 철학 학파들의 역사 못지않은 교훈을 주었다.

문과 상인방과 문지방이 사라진 지 한 세대가 지난 지금도 라일락은 활기차게 자라나 봄마다 향기로운 꽃들을 활짝 피우고, 생각에 잠겨 지나가던 길손이 꽃을 꺾는다. 이 라일락들은 한때 아이들이 앞마당의 빈 땅에 심고 가꾸었던 것이지만 이제는 외진 풀밭의 담 옆에서 자라는 꽃이 되었고, 새로 조성되는 숲에 그 자리를 내어주고 있다. 라일락은 그 가족의 마지막 혈통이자 유일한 생존자였다. 피부가 까무잡잡하던 그 아이들은 집의 그늘진 땅에 심고 매일 물을 주었던, 꽃눈이 2개뿐이던 그 나뭇가지가 이렇게 뿌리를 내려 본인들이나 그늘을 드리워준 뒤쪽의 집이나 채소밭, 과수원보다 더 오래 살 줄 몰랐을 것이다. 그래서 자신들이 자라고 죽은 뒤 반세기가 지난 뒤에도 그 나무가 첫 해 봄처럼 아름다운 꽃을 피우고 달콤한 향기를 내뿜으며 외로운

---

* 존 밀턴, 『실낙원』

방랑객에게 자신들의 이야기를 어렴풋하게 들려주리라곤 생각하지 못했을 것이다. 나는 부드럽고 정중하면서도 생기 있는 라일락의 색을 주의 깊게 살펴보았다.

콩코드는 꿋꿋이 자리를 지키고 있건만, 더 번창할 수 있었던 이 작은 마을은 왜 그러지 못했을까? 자연적인 이점이 없길 했나, 물이라는 혜택이 없길 했나. 아아, 깊은 월든 호수와 시원한 브리스터 샘은 오랫동안 건강하게 물을 마실 수 있는 특혜를 제공했는데, 여기 사람들은 고작 유리잔을 희석시키는 것 말고는 그 특혜를 활용하지 않았다. 이들은 대체로 술꾼들이었다. 이 고장에서 바구니를 엮거나 마구간 빗자루를 만들거나 깔개를 짜거나 옥수수를 말리거나 리넨을 짜거나 도기를 빚는 일이 번성해서 황야를 장미꽃처럼 활짝 번영시키고 수많은 후손들이 조상의 땅을 대대로 물려받았을 수는 없었을까? 땅이 척박하기 때문에 적어도 저지대처럼 타락하지는 않았을 것이다. 아아, 이곳에 살던 사람들을 떠올려본들 이 아름다운 경치에 무슨 도움이 될까. 아마도 자연은 나를 최초의 정착자로 하고 지난봄에 지은 내 집을 가장 오래된 집으로 해서 다시 마을을 만들려 시도하는 것일지도 모른다.

나는 내가 차지한 땅에 누군가가 집을 지은 적이 있었는지는 모른다. 고대 도시가 있던 자리에 건설된 도시에서 나를 구하옵소서. 그런 도시는 폐허의 잔해들로 지어졌고 채소밭들은 묘지였다. 흙은 빛이 바래고 저주받았다. 그리고 쓸모 있게 되기도 전에 지구가 멸망해버릴 것이다. 나는 이런 회상을 하면서 숲에 사람들을 다시 데려왔고 마음을 달래며 잠이 들었다.

이런 계절에는 손님이 거의 찾아오지 않았다. 눈이 아주 깊이 쌓였을 때는 한두 주 동안 어떤 방랑자도 내 집 근처까지 올 생각을 못했다. 하지만 나는 내 집에서 들쥐처럼, 혹은 눈더미에 파묻혀 오랫동안 먹을 것도 없이 살아남았다는 소와 닭처럼 아늑하게 지냈다. 아니면 서

튼 마을에 초기 정착했던 한 가족처럼 살았다고 할 수도 있다. 1717년에 큰 눈이 내렸을 때 그 집 가장이 집에 없는 동안 오두막이 완전히 눈에 파묻혀버렸다. 그런데 굴뚝에서 나온 연기가 눈더미에 구멍을 뚫었고 한 인디언이 그걸 발견해서 가족을 구출했다고 한다. 하지만 나는 염려해줄 친절한 인디언도 없지만 집주인이 집에 있으니 걱정해줄 필요도 없다.

폭설! 얼마나 기운 찬 말인가! 농부들은 수레를 끌고 숲과 늪에 갈 수 없어 집 앞에 그늘을 드리우는 나무들을 베어야 했다. 눈이 단단하게 얼어붙었을 때는 늪의 나무들이 땅에서 9미터 높이에서 베어졌고 다음 해 봄에 그런 사실이 확인되었다.

눈이 깊이 쌓이면 내가 큰길에서 집으로 올 때 다니는 약 반 마일 길이의 길이 구불거리는 점선으로 나타났고 점 사이의 간격이 한참 멀었다. 날씨가 풀린 일주일 동안 나는 눈 속에 깊게 박힌 내 발자국들을 컴퍼스처럼 정확하게 다시 밟으며 똑같은 걸음 수와 보폭으로 오가곤 했다. ― 겨울날의 단조로움은 우리에게 이런 짓을 하게 한다. ― 발자국들에는 종종 하늘의 푸른색이 가득 차 있었다. 하지만 어떤 날씨도 내 산책이나 외출을 막지는 못했다.

나는 너도밤나무나 자작나무, 혹은 오래전부터 알고 지내던 소나무들과의 약속을 지키기 위해 자주 깊은 눈 속을 헤치고 8~10마일을 터벅터벅 걸어갔다. 그럴 때면 소나무들이 눈과 얼음에 눌려 가지가 축 처지고 꼭대기가 뾰족해져 전나무처럼 보인다. 눈이 거의 60센티미터나 쌓였을 때, 걸음을 옮길 적마다 머리에 쏟아지는 눈을 털어내며 가장 높은 언덕 꼭대기까지 걸어가기도 하고, 사냥꾼들마저 겨울 숙소로 들어가버린 날에는 허우적거리며 언덕을 기어서 올라가기도 했다.

어느 날 오후, 환한 대낮에 아메리카 올빼미 한 마리가 스트로부스 소나무의 아래쪽에 붙은 죽은 나뭇가지에 앉아 있는 걸 보고 기분이 좋아졌다. 올빼미는 내가 서 있는 곳에서 몇 미터도 떨어지지 않은 곳에 앉아 있었는데, 내가 움직이면서 발로 눈을 밟으면 뽀드득 소리는 들리지만 내 모습은 확실하게 보이지 않는 것 같았다. 내가 크게 소리를 내면 올빼미는 목을 쭉 늘이고 목 깃털을 빳빳이 세우고는 눈을 휘둥그레 떴지만 곧 다시 눈을 감고 고개를 끄덕거리며 졸기 시작했다. 고양이의 날개 달린 형제라 할 수 있는 올빼미가 고양이처럼 눈을 반쯤 뜨고 앉아 있는 모습을 30분 정도 지켜보자 내게도 졸음이 몰려왔다.

올빼미는 가느다랗게 뜬 눈으로 나와의 관계를 유지했다. 그렇게 눈을 반쯤 뜬 채 꿈의 나라에서 밖을 내다보며 자신의 시야를 어지럽히는 희미한 물체 혹은 티끌 같은 나를 인식하려고 애를 쓰고 있었다. 발소리를 키우거나 내가 좀 더 가까이 다가가면 불안해져서 마치 자기 꿈이 방해받는 걸 못 참겠다는 듯 몸을 느릿느릿 꿈틀거렸다. 그러다 나뭇가지를 떠나 날개를 펄럭이며 나무들 사이를 날아갔다. 날개는 내가 생각했던 것보다 넓었고 날개 치는 소리는 전혀 안 들렸다. 이렇게 올빼미는 시각이 아니라 주변을 탐지하는 예민한 감각의 안내를 받아 소나무 가지들 사이를 날다가 자신에게는 황혼 때나 마찬가지인 어둠을 예민한 날개털로 더듬으며 새로운 앉을자리를 발견했다. 올빼미는 그곳에서 자신의 새벽이 밝아오기를 평화롭게 기다릴 것이다.

초원을 가로지르는 철로의 긴 둑길을 걸을 때면 살을 에는 듯 휘몰아치는 바람을 자주 만났다. 여기에서는 바람이 그 어느 곳보다 거침없이 불었다. 나는 이교도이긴 하지만 차가운 바람이 내 한쪽 뺨을 때리면 다른 쪽 뺨도 내밀었다. 브리스터 언덕에서 이어지는 마찻길로 가더라도 사정이 크게 나아지지 않았다. 넓게 펼쳐진 들판의 눈들이 바람에 날려 월든 길의 담들 사이에 가득 쌓이고 바로 내 앞에 지나간 길손의 발자국이 30분도 안 되어 지워질 때도 나는 우호적인 인디언처럼 마을에 갔다. 부지런한 북서풍에 날려 급격히 꺾어지는 길모퉁이에 쌓이고 있던 가루 같은 눈이 내가 돌아올 때쯤이면 새로운 눈더미를 이루고 있어서 나는 허우적거리며 그 사이를 헤치고 지나가야 했다. 토끼 발자국도, 들쥐의 아주 작은 활자 같은 발자국도 전혀 보이지 않았다. 하지만 나는 한겨울에도 따뜻한 샘물이 흘러나와 풀과 앉은부채가 푸르른 다년초들과 함께 자라는 것을 늘 찾아냈다. 추위에 강한 새들이 다시 봄이 오기를 기다리고 있는 모습도 눈에 띄었다.

때때로 저녁에 산책에서 돌아오면 눈이 내리는데도 내 집 문가에서부터 시작된 나무꾼의 깊은 발자국과 마주쳤다. 벽난로에는 그가 남긴 나무부스러기들이 쌓여 있고 집 안에는 담배 냄새가 가득했다. 일요일 오후에 어쩌다 내가 집에 있으면, 멀리서 숲을 지나 사교적인 '잡담'을 나누려고 내 집에 찾아온 총명한 농부가 눈을 밟는 뽀드득 소리가 들렸다. 농부 중에는 드물게 '자영농'을 하는 그는 교수들의 가운 대신 작업복을 입었지만, 자기 농장 마당에서 퇴비더미를 끌어내는 일 못지않게 교회와 나라에서 교훈을 끌어내는 데도 능숙했다. 우리는 춥지만 상쾌한 날씨에 사람들이 맑은 정신으로 커다란 모닥불 주위에 앉아 있던 미숙하고 단순하던 시절에 대해 이야기했다. 별다른 후식이 없을 때면 똑똑한 다람쥐들이 오래전에 버린 견과류들을 깨물어보기도 했다. 껍데기가 아주 두꺼운 열매들은 보통 속이 비어 있기 때문이다.

깊게 쌓인 눈과 음울한 폭풍을 헤치고 멀리서 내 집에 찾아온 사람은* 시인이었다. 농부, 사냥꾼, 군인, 기자, 심지어 철학자도 무언가에 겁을 먹을 수 있지만 시인을 막을 수 있는 건 아무것도 없다. 시인은 순수한 사랑에 따라 행동하기 때문이다. 그 누가 시인이 오고 가는 걸 예측할 수 있겠는가? 심지어 의사가 잠을 잘 때도 시인이라는 직업은 그를 어느 때든 밖으로 불러낸다. 우리의 떠들썩한 웃음이 내 작은 집을 울리는가 하면 속삭이듯 주고받는 냉철한 이야기들이 퍼져나가기도 해서 월든 골짜기의 오랜 침묵을 벌충했다. 우리는 적당한 간격을

---

* 토머스 스톨러, 『토머스 울지 추기경의 삶과 죽음』(1599) 중 '울지의 승리'.

두고 규칙적으로 큰 웃음을 터뜨렸다. 바로 전에 한 농담에 폭소하기도 하고 앞으로 나올 농담을 예상하고 웃기도 했다. 우리는 묽은 죽 한 접시를 놓고 인생에 대한 '아주 새로운' 이론들을 많이 만들어냈다. 연회의 즐거움과 철학에 필요한 냉철함이 결합된 이론들이었다.

나는 호숫가에서 지낸 마지막 겨울에 찾아온 또 다른 반가운 손님도 잊지 못할 것이다.* 그는 한번은 눈과 비, 어둠을 헤치고 마을을 지나 나무 사이로 내 등불이 보일 때까지 걸어와서 긴 겨울 저녁을 나와 함께 보냈다. 그는 마지막 남은 철학자 중 한 명이었고, 코네티컷 주가 세상을 위해 낳은 사람이었다. 그는 처음에는 이곳저곳을 다니며 코네티컷 주의 상품들을 팔았지만 나중에는 그가 단언하는 것처럼 자기 생각을 팔았다. 요즘에도 그는 이곳저곳을 돌아다니면서 신을 자극하고 인간에게 수치심을 주고 있지만 그 결실로 오로지 자신의 두뇌라는 열매를 맺고 있다. 마치 견과류가 열매를 결실로 맺는 것처럼.

내 생각에 그는 살아 있는 사람 중에서 가장 신념이 강한 사람이다. 그의 말과 태도는 항상 다른 사람들이 아는 것보다 더 나은 상태를 가정한다. 그는 아마도 현재에 가장 맞지 않는 사람일 것이다. 지금은 비교적 무시당하고 있지만 그의 시대가 오면 대부분의 사람이 예상치 못한 법들이 발효되고 가장과 지도자들이 조언을 구하려고 그를 찾아올 것이다.

"얼마나 눈이 멀었으면 평온을 보지 못하는가!"

그는 인간의 진정한 친구이며 인간의 진보를 바라는 거의 유일한

---

* 월터 하딩이 편집한 『월든』에 따르면, 세 명의 손님은 윌리엄 엘러리 채닝, 브론슨 올컷(루이자 메이의 아버지이며, 비록 괴짜이기는 했지만 선구적인 개혁가였다.), 랠프 월도 에머슨이다. 콩코드는 텔레비전이 나오지 않는 작은 마을이었지만 소로가 받는 지적인 자극은 부족하지 않았던 것 같다.

친구다. 그는 지치지 않는 끈기와 신념으로 인간의 몸에 새겨진 신의 모습을 분명하게 드러내려고 애쓰는 묘지기 노인, 아니 불멸의 존재다. 인간의 몸은 신이 구체화되었지만 마모된 기념비에 불과하기 때문이다. 그는 친절한 지성으로 아이들, 거지, 광인, 학자들을 포용하고 모든 사람의 생각을 호의적으로 받아들여 그 생각들을 넓히고 고양시켰다. 나는 그가 세상의 큰길에서 모든 나라의 철학자들이 묵을 수 있는 큰 여관을 운영했으면 좋겠다. 그 여관의 간판에는 "사람은 환영합니다. 하지만 동물을 데려오면 안 됩니다. 여유 있고 평온한 마음으로 올바른 길을 열심히 찾고 있는 사람은 들어오세요."라는 글귀가 있어야 할 것이다.

그는 아마도 내가 아는 가장 정신이 온전하며 별나지 않은 사람일 것이다. 어제나 내일이나 한결같을 사람이다. 그와 함께 한가로이 걸으며 이야기를 나누다 보면 세상을 잊게 된다. 그는 세상의 어떤 제도에도 속하지 않은 자유인이기 때문이다. 우리가 어느 쪽으로 방향을 틀어도 하늘과 땅이 함께 만나는 것처럼 보였다. 그가 풍경을 더욱 아름답게 만들기 때문이다. 푸른 옷을 입은 사람에게 가장 어울리는 지붕은 아치 모양으로 펼쳐지면서 그의 평온함을 비춰주는 하늘이다. 나는 그가 죽는다는 생각을 하지 않는다. 자연은 그 없이는 살지 못할 테니.

우리는 각자 생각이라는 널빤지들을 잘 말린 뒤 앉아서 우리의 칼을 시험하고 호박소나무의 선명한 노란색 결에 찬탄하기도 하면서 널빤지들을 깎았다. 우리는 아주 조심스럽고 경건하게 물속을 걷고 아주 차분하게 서로 힘을 합치기 때문에 생각이라는 물고기들이 개울 안에서 겁을 먹지 않았고 둑의 낚시꾼을 두려워하지도 않았다. 오히려 서쪽 하늘에 떠가는 구름이나 이따금 모였다 흩어지는 자개구름들처럼 당당하게 오갔다. 우리는 신화를 수정하고 우화를 여기저기 마무리 지었다. 땅에는 적당한 토대가 없는 성을 하늘에 세우기도 했다. 뛰어난 관찰자! 뛰어난 예언자! 그와 이야기를 나누는 것은 뉴잉글랜드의 천일야화를 즐기는 것과 같았다.

아! 은자와 철학자, 그리고 내가 앞에서 말했던 옛 정착자, 이렇게 우리 세 명이 나누었던 대화는 내 작은 집을 팽창시키고 쥐어짰다. 나는 지름 1인치의 공간마다 기압 외에 몇 파운드의 압력이 가해졌는지 감히 말하지 못하겠다. 널빤지를 붙인 곳들이 벌어졌고 그리하여 생긴 틈을 메우느라 상당히 지루한 작업을 해야 했다. 하지만 나는 그런 틈을 메우는 데 필요한 뱃밥을 이미 충분히 마련해두었다.

오래도록 기억에 남는 '알찬 시간'을 함께 보낸 사람이 한 명 더 있다. 우리는 주로 마을에 있는 그의 집에서 함께 시간을 보냈고 가끔 그가 나를 만나러 오기도 했다. 하지만 내가 월든에서 사귄 사람은 이 정도뿐이다.

월든 호숫가에서도 나는 다른 모든 곳에서와 마찬가지로 절대 찾아오지 않을 손님을 가끔 기다리곤 했다. 비슈누 푸라나에서는 "집 주인은 저녁이면 앞마당에 머물면서 소젖을 짜는 시간만큼, 혹은 내킨다면 그보다 더 오랫동안 손님이 오길 기다려야 한다."고 말한다. 나는 종종 이러한 환대의 의무를 실천해서 모든 소의 젖을 짤 만큼 긴 시간 동안 손님을 기다렸다. 하지만 마을에서 내 집으로 오는 사람은 보이지 않았다.

15

겨울 동물들

    호수가 꽁꽁 얼어붙자 많은 곳을 더 빨리 갈 수 있는 새 지름길들이 생겼다. 뿐만 아니라 얼음 위에서 보면 호수 주변의 낯익은 풍경이 새롭게 보였다. 나는 평소에 플린트 호수에서 자주 배를 젓고 스케이트도 탔지만 눈에 덮인 호수를 건너려니 뜻밖에도 아주 넓게 느껴지고 낯선 기분이 들어서 꼭 배핀만(대서양과 북극해 사이에 있는 만으로 1년 내내 얼어 있다.─역주)에 온 것 같았다. 설원의 끝에는 링컨 언덕들이 솟아올라 나를 둘러싸고 있었는데, 예전에 내가 그곳에 서 있었던 기억이 나지 않을 만큼 생소했다. 거리를 가늠하기 힘든 얼음 위에서 낚시꾼들이 늑대 같은 개를 데리고 느릿느릿 돌아다니기도 했다. 그들은 마치 물개잡이나 에스키모처럼 보였고, 안개가 짙은 날에는 전설에 나오는 인물들 같았는데, 그 사람들이 거인족인지 소인족인지도 분간이 가지 않았다.

나는 저녁에 링컨에 강의를 하러 갈 때면 플린트 호수를 가로질러 갔다. 그래서 내 오두막과 강의실을 오가면서 어떤 길이나 집도 지나지 않았다. 가는 길에 있는 구스 호수에는 사향쥐 무리가 얼음 위에 집을 높이 짓고 살았지만 내가 호수를 건널 때는 한 마리도 밖에 나와 있지 않았다. 다른 호수들과 마찬가지로 월든 호수는 대개 눈이 거의 쌓이지 않거나 군데군데 얕게 쌓여 내 앞마당이나 다름없었다. 다른 곳에 눈이 2피트 가까이 쌓여 마을사람들이 큰길로만 다닐 때도 나는 호수를 자유롭게 걸어다닐 수 있었다. 마을의 큰길과 멀리 떨어지고 썰매의 딸랑거리는 방울 소리도 아주 드문드문 들려오는 그곳에서 나는 잘 다져진 말코손바닥사슴들의 넓은 마당에 온 것처럼 썰매와 스케이트를 탔다. 눈의 무게에 가지가 휘어지고 고드름이 매달린 떡갈나무와 근엄한 소나무 가지들이 그늘을 드리워주었다.

겨울 밤, 그리고 종종 낮에도 아득히 먼 곳에서 처량하지만 음악 소리 같은 큰 부엉이의 울음이 들렸다. 얼어붙은 땅을 적당한 픽으로 치면 날 것 같은 그 소리는 월든 숲 고유의 토착어였다. 나는 부엉이가 그렇게 울고 있는 모습을 직접 본 적은 없지만 결국 그 소리에 아주 익숙해졌다. 겨울 저녁에는 문을 열 때마다 그 소리가 들렸다. 부엉 부엉 부엉 부우엉. 첫 세 음절은 '안녕하세요'라며 인사하는 것처럼 들렸고, 때로는 그냥 부엉 부엉 하는 것 같았다.

호수가 얼어붙기 전인 초겨울의 어느 날 밤 9시쯤, 나는 시끄러운 기러기 울음소리에 깜짝 놀랐다. 문 쪽으로 다가가자 기러기 한 마리가 내 집 위를 낮게 날면서 숲에 폭풍이라도 불어닥친 것처럼 요란하게 날개를 치는 소리가 들렸다. 기러기들은 내 집에서 새어나오는 불빛 때문에 월든에 내려앉지 못하고 호수를 지나 페어헤이븐 쪽으로 가는 것 같았다. 날아가는 내내 대장 기러기가 규칙적으로 끼룩끼룩 울었다. 그런데 갑자기 아주 가까운 곳에서 고양이올빼미 한 마리가 일정한 간격을 두고 대장 기러기의 울음소리를 맞받아 울기 시작했다.

내가 지금껏 들었던 숲속 동물들의 울음소리 중 가장 거슬리는 무서운 소리였다. 마치 허드슨 만에서 날아온 이 침입자들에게 이곳 원주민의 음역이 더 넓고 성량이 크다는 걸 똑똑히 보여주어 그들을 웃음거리로 만들고 톡톡히 망신을 주어서 콩코드의 지평선 밖으로 쫓아내야겠다고 마음먹은 것 같았다.

내게 봉헌된 이 밤 시간에 성채를 놀라게 하는 의도가 뭐지? 내가 그 시간에 꾸벅꾸벅 졸고 있다고 생각해? 내 폐와 목청이 너보다 못한 줄 알아? 부-엉, 부-엉, 부-엉! 내가 들어본 가장 오싹한 불협화음이었다. 그러나 귀가 예민한 사람이라면, 그 소리 안에 이 들판에서는 보거나 듣지 못한 조화로운 요소들이 들어 있다는 걸 알아차릴 것이다.

나는 호수에서 얼음이 쌕쌕거리는 소리도 들었다. 마치 속이 부글거리고 나쁜 꿈을 꾸는 바람에 잠자리가 불편해 뒤척이는 것 같았다. 혹은 누군가가 소떼를 몰아 내 집 문 앞으로 들이닥친 것처럼 숲의 땅이 갈라지는 소리에 잠을 깨기도 했다. 그런 날 아침이면 4분의 3마일 길이에, 3분의 1인치 폭으로 땅에 금이 가 있었다.

때때로 달이 환한 밤이면 여우들이 자고새나 그 밖의 사냥감을 찾아 숲의 개들처럼 불규칙하고 포악하게 울어대면서 딱딱하게 얼어붙은 눈 위를 돌아다니는 소리도 들렸다. 마치 불안감에 시달리거나 무언가를 표현하고 싶어하는 것 같았다. 빛을 찾아 몸부림치는 것 같기도 하고 당장 개가 되어 거리를 마음껏 달리고 싶은 것 같기도 했다. 오랜 시간을 놓고 보면 동물들 사이에서도 인간과 마찬가지로 문명화가 진행되고 있지 않을까? 내게는 동물들이 몹시 방어적인 자세로 변신을 기다리며 굴속에서 살고 있는 원시적인 인간처럼 보였다. 가끔 여우 한 마리가 내 집의 불빛에 이끌려 창문 가까이 다가왔다가 내게 교활한 저주를 내리는 것처럼 짖은 뒤 물러가기도 했다.

새벽에는 보통 붉은 다람쥐가 지붕을 돌아다니고 벽을 오르락내리락하면서 내 잠을 깨웠다. 꼭 나를 깨우려고 일부러 숲에서 보낸 것 같왔다. 겨울이면 나는 다 익지 않은 옥수수 반 부셸을 눈 위에 던져놓고 그 미끼에 걸려든 다양한 동물들의 행동을 보며 즐거워했다. 황혼녘과 밤에는 토끼가 자주 찾아와 배불리 먹었다. 붉은 다람쥐는 온종일 왔다 갔다 하면서 교묘한 작전을 구사해 내게 큰 즐거움을 주었다. 다람쥐는 처음에는 떡갈나무 관목을 헤치고 조심스럽게 다가오다가 옥수수에서 몇 발자국 남겨놓고는 마치 내기라도 한 것처럼 놀랍도록 잽싸게 '발'을 움직여서 바람에 날리는 나뭇잎 모양 발작적으로 눈 위를 달려왔다.

그렇게 여러 발자국 달리지만 한 번에 2미터 이상은 절대 가지 않고 우스꽝스러운 표정을 지으며 갑자기 뚝 멈춰 섰다. 그리고 세상의 모든 눈이 자신에게 쏠린 것처럼 이유 없이 재주넘기를 했다. 숲에서 가장 인적 없이 한적한 곳에서도 다람쥐의 모든 동작은 무용수 소녀처럼 관객들을 의식하는 것 같았다. 전체 거리를 걷고도 남을 시간을 (나는 다람쥐가 걷는 모습을 본 적이 없다.) 우물쭈물하고 경계하느라 낭비했다. 그러다 눈 깜짝할 사이에 어린 리기다소나무 꼭대기로 쪼르르 올라가서는 시계태엽 감는 동작을 하면서 가상의 관객들을 책망했다.

다람쥐는 혼잣말을 하면서도 온 세상에 말을 하는 것 같았다. 나는 다람쥐가 왜 그러는지 영문을 몰랐고 그 자신은 알고 있을지도 의문이었다. 그러다 마침내 옥수수 앞까지 온 다람쥐는 적당한 알갱이를 고른 뒤 아까처럼 불확실한 삼각형 방향으로 부리나케 돌아다니다가 내 창문 앞에 쌓아놓은 장작더미 꼭대기로 올라갔다. 그리고 내 얼굴을 똑바로 쳐다보며 몇 시간 동안 앉아 있었다. 가끔 새 옥수수 알을 가져와서 처음에는 게걸스럽게 갉아먹다가 반쯤 남은 걸 던져버렸다. 그러다 점점 더 까다로워져서는 알갱이 속만 파먹고는 그냥 가지고 놀았다.

장작 위에 한 발로 서서 균형을 잡다가 대충 쥐고 있던 옥수수가 바닥으로 떨어져버리면 그것이 생명이 있는 게 아닐까 반신반의하는 우스꽝스러운 표정을 지으며 쳐다보았다. 떨어진 옥수수를 다시 주워올까, 아니면 새로운 걸 가져올까, 아니면 그냥 떠날까 마음을 정하지 못한 것 같았다. 옥수수에 대해 생각하는가 하면, 어느새 바람에 실려오는 소리에 귀를 기울였다.

이 능글능글한 녀석은 그렇게 오전에 많은 옥수수를 낭비하다가 마침내 자기 몸보다 상당히 더 큰, 통통하고 길쭉한 옥수수를 쥐고 솜씨 좋게 균형을 잡으며 숲을 향해 출발했다. 마치 물소를 잡아서 끌고 가는 호랑이처럼 지그재그로 가다가 자주 멈춰 섰고 몸에 비해 짐이 너무 무거운 듯 자꾸만 넘어지면서도 옥수수를 수직과 수평 사이의 대각선으로 세워서 끌고 갔다. 어떻게든 해내고 말겠다고 결심한 것 같았다. 정말 경망스럽고 별난 녀석이었다. 아마도 녀석은 200~300미터 떨어진 소나무 꼭대기의 집까지 옥수수를 끌고 갔을 것이다. 나중에 나는 숲속 여기저기에 옥수수 속대가 흩어져 있는 걸 발견했다.

드디어 어치들이 나타났다. 어치들의 듣기 싫은 날카로운 울음소리는 한참 전부터 들려왔는데, 8분의 1마일 떨어진 곳에서부터 조심스럽게 다가오고 있었던 것이다. 어치들은 나무 사이를 은밀하게 가만가만 날아 점점 가까이 다가와서는 다람쥐들이 떨어뜨린 옥수수 알갱이를 입에 물었다. 그런 다음 리기다소나무 가지에 앉아 서둘러 삼키려 했지만 알갱이가 너무 커서 목구멍에 걸렸다. 그러자 녀석들은 엄청난 고생을 하며 알갱이를 뱉은 뒤 한 시간 동안 열심히 부리로 쪼아서 부수었다. 어치들은 명백하게 도둑들이기 때문에 나는 이 녀석들은 별로 존중하지 않는다. 그런데 다람쥐는 처음에는 수줍어하지만 나중에는 마치 제 것을 가져가는 것처럼 군다.

한편 박새들도 무리를 지어 날아와 다람쥐들이 떨어뜨린 부스러기를 물고 가장 가까운 나뭇가지로 날아갔다. 그러고는 발톱으로 옥수수를 잡고 나무껍질 사이의 벌레를 쪼듯 작은 부리로 콕콕 쪼아 좁은 목구멍으로 넘어갈 만한 크기로 쪼갠다. 이 박새들은 매일 몇 마리씩 모여 찾아와 내 장작더미에서 먹이를 찾거나 문가에서 부스러기를 집어 먹었다. 박새들의 가냘픈 혀짤배기소리는 풀에 매달린 고드름들이 짤랑거리는 소리 같았다. 때로는 활기차게 데이 데이 데이 하고 지저귀기도 했고, 드물긴 하지만 봄처럼 날씨가 풀린 날에는 숲가에서 여름철처럼 강단 있게 피-비 하고 울기도 했다.

박새들은 나와 친해져서 나중에는 내가 한 아름 안고 가는 땔감 위에 내려앉아 겁도 없이 나무들을 쪼았다. 한번은 내가 마을의 채소밭에서 김을 매고 있는데 참새 한 마리가 내 어깨에 앉은 적이 있었다. 그때 나는 어떤 견장을 단 것보다 나 자신이 위엄 있게 느껴졌다. 다람쥐들도 결국 나와 아주 친해져서 가끔 지름길로 가려고 내 신발을 밟고 넘기도 했다.

아직 땅이 눈으로 완전히 덮이지 않았을 때나 겨울이 끝나갈 무렵 남쪽 언덕과 내 장작더미 주위의 눈이 녹을 즈음이면 아침저녁으로 숲에서 자고새가 나와서 먹을 것을 찾았다. 숲의 어느 쪽을 걷더라도 날개를 윙윙거리며 황급히 달아나는 자고새를 만났다. 그럴 때면 마른 잎과 높은 나뭇가지의 눈이 흔들려 햇살 속에서 황금빛 가루처럼 쏟아져내렸다. 이 용감한 새는 겨울을 두려워하지 않는다. 자고새는 종종 바람에 날려 쌓이는 눈 속에 폭 파묻히기도 하고 "때로는 날다가 부드러운 눈 속으로 뛰어들어 하루 이틀 숨어서 지낸다."고 한다.

나는 해 질 무렵에 야생 사과나무의 "새순을 따먹으려고" 숲에서 들판으로 나온 자고새들을 놀라게 하곤 했다. 이 새들은 매일 저녁마다 특정한 나무로 찾아오기 때문에 교활한 사냥꾼들은 여기에 숨어 자고새들을 기다렸다. 멀리 떨어진 숲 근처의 과수원들은 자고새 때문에 적지 않은 피해를 입었다. 하지만 나는 어쨌거나 자고새들이 먹이를 먹을 수 있는 게 좋다. 자고새는 새순과 몸에 좋은 물을 먹고 사는 자연의 새이기 때문이다.

어두운 겨울 아침이나 짧은 오후에 때때로 한 떼의 사냥개들이 추적 본능을 이기지 못하고 컹컹 짖으며 숲 전체를 누비는 소리가 들렸다. 간간이 사냥꾼의 나팔소리가 들려와 사냥개들의 뒤에 사람이 있다는 걸 알려주었다. 숲이 다시 쩌렁쩌렁 울렸지만 아직까지는 호숫가의 공터에 여우가 튀어나오지도 않았고 사냥개들이 자신의 악타이온(아르테미스 여신의 목욕하는 모습을 엿본 죄로 사슴으로 변했다가 자신의 사냥개에게 물려 죽은 사냥꾼-역주)을 쫓아가지도 않았다. 아마도 저녁이 되면 사냥꾼들이 여우 꼬리 하나를 전리품으로 썰매에 매달고 질질 끌며 여관을 찾아 돌아가는 모습이 보일 것이다.

사냥꾼들은 내게 여우가 얼어붙은 땅속에 그대로 있었으면 안전했을 것이고, 또는 직선으로 달아났다면 어떤 여우 사냥개도 녀석을 따라잡지 못했을 것이라고 말했다. 하지만 여우는 추적자들을 멀리 뒤쪽으로 따돌린 뒤 멈춰서 쉬면서 사냥개들이 다가올 때까지 귀를 기울인다. 그러다 자기가 사는 곳으로 방향을 트는데 거기에는 이미 사냥꾼들이 녀석을 기다리고 있다. 하지만 때때로 여우는 담 위를 잠시 달리다가 한쪽으로 멀찍이 뛰어내리기도 한다. 녀석은 물에 들어가면 자기 냄새를 지울 수 있다는 걸 아는 것 같다. 한 사냥꾼은 사냥개들에게 쫓기던 여우가 갑자기 월든 호수에 뛰어드는 모습을 본 적이 있다고 한다.

여우는 얼음 위로 얕은 물이 고여 있던 호수를 어느 정도 건너다가 원래의 호숫가로 되돌아갔다. 뒤이어 사냥개들이 도착했지만 여우의 냄새를 놓쳐버렸다. 때로는 사냥꾼 없이 자기들끼리 나온 사냥개 무리들이 집 앞을 지나가기도 했다. 녀석들은 집 주위를 빙빙 돌면서 내 존재는 아랑곳하지 않은 채 컹컹 짖어댔다. 일종의 광기에 사로잡혀 있어서 그 무엇도 이들의 추적을 막지 못할 것 같았다. 이렇게 사냥개들은 최근에 남겨진 여우 냄새를 찾을 때까지 빙빙 돌았다. 현명한 사냥개는 이것을 찾기 위해 다른 모든 걸 포기하기 때문이다. 하루는 렉싱

턴에서 온 한 남자가 내 오두막에 찾아와서는 자기 사냥개를 본 적이 있는지 물었다. 그 사냥개는 커다란 발자국을 남기는데, 혼자서 사냥을 나간 지 일주일이 되었다고 했다. 하지만 내가 질문에 답하려 할 때마다 번번이 말을 가로막으며 "당신은 여기서 뭘 하고 있소?"라고 물어보는 걸로 봐서 내가 뭘 말해줘도 그의 머리에 들어가지 않을 것 같았다. 그는 개는 잃어버렸지만 사람 한 명을 발견한 것이다.

　1년에 한 번, 물이 가장 따뜻할 무렵에 월든 호수에 목욕을 하러 오는 무뚝뚝한 늙은 사냥꾼이 있었다. 그때마다 그는 나를 찾아와 이야기를 들려주었다. 오래전의 어느 날 오후, 총을 들고 월든 숲으로 사냥을 나갔을 때의 일이다. 웨이랜드 길을 걸어가고 있는데 사냥개 짖는 소리가 가까워졌고 얼마 지나지 않아 여우 한 마리가 담에서 길로 뛰어내렸다. 그러더니 눈 깜짝할 사이에 다른 쪽 벽을 뛰어넘어 길 밖으로 사라졌다. 사냥꾼이 재빨리 총을 쏘았지만 빗나갔다. 조금 뒤에서 주인 없이 사냥을 나온 늙은 사냥개 한 마리와 새끼 세 마리가 있는 힘을 다해 쫓아오더니 다시 숲으로 사라졌다.

　그날 오후에 사냥꾼이 월든 남쪽의 울창한 숲에서 쉬고 있는데 멀리 페어헤이븐 쪽에서 아직 여우를 쫓고 있는 사냥개들이 짖는 소리가 들렸다. 짖는 소리는 웰메도 쪽에서 들렸다가 베이커 농장 쪽에서 들렸다가 하면서 숲 전체를 쩌렁쩌렁 울리며 점점 더 가까이 다가왔다. 사냥꾼은 한참 동안 꼼짝 앉고 서서 귀를 기울였다. 그의 귀에는 음악처럼 감미롭게 들리는 소리였다. 그때 갑자기 여우가 나타났다. 여우는 몸을 낮춘 채 유유한 발걸음으로 장중한 나무들 틈을 조용하지만 민첩하게 요리조리 빠져나가 추적자들을 멀리 따돌렸다. 동정심 많은 나뭇잎들의 부스럭거리는 소리가 여우의 발소리를 묻어준 것이다.

　여우는 숲 한가운데의 바위 위로 훌쩍 뛰어오르더니 사냥꾼을 등지고 꼿꼿하게 앉아 소리에 귀를 기울였다. 잠깐의 동정심이 엽총을 든 사냥꾼의 팔목을 붙들었지만 그런 기분은 오래가지 않았다. 그는 잽싸게 총을 겨누었고 탕 하는 소리와 함께 여우는 바위에서 굴러떨어져 죽었다. 사냥꾼은 그 자리에 계속 서서 사냥개들의 소리에 귀를 기울였다. 사냥개들은 아직 달려오는 중이었고 이제 가까운 숲 전체가 그들의 흉포한 울음소리로 뒤흔들렸다.

마침내 늙은 사냥개가 불쑥 나타났다. 녀석은 땅에 코를 박기도 하고 뭔가에 홀린 듯 허공을 물어뜯기도 하면서 곧장 바위 쪽으로 달려갔다. 하지만 죽은 여우를 발견하자 기가 차서 말이 안 나오는 듯 동작을 딱 멈추더니 조용히 여우 주위를 빙빙 돌았다. 곧 새끼들이 차례로 도착했다. 새끼들도 어미와 마찬가지로 영문을 알 수 없는 상황에 그만 침묵에 빠져버렸다. 그제야 사냥꾼이 앞으로 나가 사냥개들 가운데 섰다. 이제 수수께끼가 풀렸다. 사냥개들은 그가 여우 가죽을 벗기는 동안 조용히 기다리다가 여우 꼬리를 잠깐 따라왔다. 그러다 마침내 다시 숲속으로 사라졌다.

그날 저녁, 웨스턴 마을의 지주 한 명이 콩코드에 있는 사냥꾼의 오두막을 찾아와서 자기 사냥개들을 보지 못했냐고 물었다. 사냥개들이 일주일째 자기들끼리 웨스턴 숲에서 사냥을 하고 있다고 했다. 콩코드의 사냥꾼은 자기가 아는 걸 말해주고 여우 가죽을 그에게 주었다. 하지만 지주는 받지 않고 떠났다. 지주는 그날 밤에는 사냥개들을 찾지 못했다. 하지만 다음 날, 녀석들이 강을 건너 한 농가에서 밤을 지낸 뒤 잘 얻어먹고 아침 일찍 떠났다는 얘기를 들었다.

내게 이 이야기를 들려준 사냥꾼은 샘 너팅을 기억하고 있었다. 너팅은 페어헤이븐 절벽에서 곰을 사냥해 콩코드 마을에서 곰 가죽을 럼주로 교환하곤 했다. 그는 사냥꾼에게 거기에서 말코손바닥사슴을 봤다고 말했다고 한다.* 너팅에게는 버고인(그는 버긴이라고 발음했다.)

---

* 몇 년 전, 콩코드 외곽을 지나는 주 고속도로인 128번 도로의 중앙분리대에 말코손바닥사슴 한 마리가 거처를 잡고 있어서 주의 사냥 담당 공무원들이 어쩔 수 없이 총으로 쏴야 했던 적이 있었다. 따라서 말코손바닥사슴이 아직 남아 있으리란 희망은 있다.

이라는 유명한 사냥개가 있었고, 사냥꾼은 이 개를 가끔 빌렸다. 역시 대위로 퇴역했고 읍사무소 서기와 주의원을 지낸 한 늙은 상인의 '장부'에서 나는 다음 기록을 발견했다. "1742~1743년, 1월 18일, 존 멜벤, 회색 여우 1마리, 2센트 3실링."

회색 여우는 지금은 이 부근에서 보이지 않는다. 또 "1743년 2월 7일, 헤즈카이어 스트래튼, 고양이 가죽 절반, 1실링 4.5센트"라는 기록도 있었다. 지난날 프랑스전쟁 때 하사관으로 참전했던 스트래튼이 하찮은 사냥감을 잡았을 리가 없기 때문에 저 고양이는 당연히 살쾡이일 것이다. 사슴 가죽도 거래했는데 이 가죽은 매일같이 팔렸다. 어떤 사람은 이 부근에서 마지막으로 잡힌 사슴의 뿔을 아직 간직하고 있었고, 또 다른 사람은 자기 삼촌이 참가했던 사냥 이야기를 자세히 들려주었다. 예전에는 이곳에 사냥꾼이 많았으며 대체로 유쾌한 사람들이었다. 나는 길가의 나뭇잎을 따서 어떤 사냥나팔보다 우렁차고 구성진 가락을 연주하던 빼빼 마른 한 니므롯(구약성서에 나오는 힘센 사냥꾼-역주)을 기억한다.

달이 뜬 한밤중에 때때로 나는 숲을 배회하는 사냥개들과 마주쳤다. 사냥개들은 겁을 먹은 것처럼 길에서 살금살금 벗어나 덤불 속에 조용히 서서 내가 지나가길 기다렸다. 다람쥐와 들쥐들은 내가 모아놓은 견과류를 두고 싸웠다. 내 집 주변에는 지름 1~4인치의 리기다소나무들이 많이 자라는데, 지난겨울에 쥐들은 이 나무들을 갉아먹고 살았다. 오랫동안 눈이 많이 내린 지난겨울은 이 쥐들에게는 노르웨이의 겨울이나 마찬가지로 혹독해서 먹이 대신 소나무 껍질이라도 많이 먹어야 했다.

이 나무들은 빙 둘러 완전히 갉아먹혔지만 살아남아 한여름에는 무성해졌고 그중에는 1피트씩 더 자란 것도 많았다. 하지만 겨울을 한 번 더 나자 그런 나무들은 예외 없이 죽고 말았다. 쥐 한 마리에게 소나무 한 그루 전체가 식사로 허락되고 쥐가 나무를 아래위가 아니라

빙 둘러가며 갉아먹는다는 점이 놀랍다. 하지만 빽빽하게 자라는 습성이 있는 이 나무들을 솎아주기 위해 필요한 일일지도 모른다.

눈덧신토끼들은 나와 아주 친해졌다. 그중 한 마리는 나와 마룻판 하나를 사이에 두고 내 집 아래에서 겨울을 났다. 매일 아침 내가 활동을 시작하면 토끼는 서둘러 나가려다 마룻장에 머리를 쿵, 쿵, 쿵 부딪쳐 나를 놀라게 했다. 땅거미가 질 때면 토끼들이 내가 버린 감자껍질을 갉아먹으려고 내 집 앞으로 모여들곤 했다. 토끼들은 땅의 색깔과 아주 비슷해서 움직이지 않고 가만있으면 잘 분간이 가지 않았다. 때때로 해 질 녘에는 내 창문 아래에 꼼짝 않고 웅크린 토끼의 모습이 눈에 보였다 안 보였다 하기도 했다. 저녁에 문을 열면 토끼는 찍 소리를 내며 펄쩍 뛰어 달아났다. 달아나지 못하고 가까이에 남아 있는 토끼들은 내 동정심만 불러일으켰다.

어느 날 저녁에는 토끼 한 마리가 내게서 겨우 두 걸음 떨어진 문 옆에 앉아 있었다. 녀석은 처음에는 무서워서 떨면서도 움직이려 하지 않았다. 여위고 앙상한 몸에 볼품없는 귀와 뾰족한 코, 짧은 꼬리와 가느다란 앞발을 가진 가련하고 작은 녀석이었다. 자연이 더 이상 고귀한 혈통을 품지 못하고 간신히 버티고 있는 것 같았다. 토끼의 커다란 눈망울은 어리고 약해 보여서 꼭 수종(水腫)에 걸린 것 같았다.

그런데 내가 한 걸음 다가섰더니 세상에! 녀석은 몸통과 사지를 우아하게 쭉 뻗으며 탄력 있게 눈 위로 튀어오르더니 빠른 속도로 달려 금세 숲으로 사라져버렸다. 자유로운 야생동물이 자신의 힘과 자연의 위엄을 발휘한 순간이었다. 눈덧신토끼가 그렇게 날씬한 데는 이유가 있었다. 그것이 눈덧신토끼의 천성이기 때문이었다(어떤 사람들은 눈덧신토끼의 학명인 레푸스가 '발이 빠르다'는 뜻의 라틴어 레비페스에서 유래했다고 생각한다).

토끼와 자고새가 없다면 시골은 어떻게 될까? 이들은 대대로 그 땅에서 살아온 가장 토착적이고 소박한 동물들이다. 우리처럼 고대 사람들도 잘 알고 있던 유서 깊은 동물 가문들이다. 토끼와 자고새는 자연의 특색과 본질을 띠고 있고 나뭇잎이나 땅과 가장 유사한 동물이다. 그리고 서로 닮기도 했다. 하나는 날개가 있고 다른 하나는 다리가 달린 것만 다를 뿐이다. 토끼나 자고새가 후다닥 달아날 때면 야생동물을 본 게 아니라 바스락거리는 나뭇잎들만큼 당연하고 자연스러운 광경을 본 것이다.

토끼와 자고새는 진정 흙에서 태어난 동물들답게 어떤 대변혁이 일어나더라도 번성할 것이다. 숲의 나무들이 잘려나가도 싹과 덤불이 자라서 몸을 숨길 수 있기 때문에 이 동물들은 그 어느 때보다 번성하고 있다. 토끼 한 마리를 먹여 살리지 못하는 시골은 그야말로 가련한 고장일 것이다. 이곳 숲에는 몇몇 목동들이 잔가지 울타리와 말갈기 덫을 설치해 괴롭히기는 하지만 토끼와 자고새가 많아서 어떤 늪 주변 어디든 이들이 걸어다니는 모습을 볼 수 있다.

16

겨울 호수

고요한 겨울이 지난 뒤, 나는 꿈에서 내가 어떤 질문들을 받고 잠결에 대답하려 애썼지만 허사였다는 느낌을 받으며 잠에서 깼다. '무엇이, 어떻게, 언제, 어디서?'라고 물어보는 질문이었다. 모든 생명체들이 살고 있는 자연에 새벽이 밝아오고 있었다. 자연은 평온하고 만족스러운 얼굴로 내 넓은 창을 들여다볼 뿐 그 입술로는 아무 질문도 던지지 않았다. 이미 해답이 나와 있는 질문인 자연과 햇살이 나를 깨웠다. 어린 소나무들이 드문드문 서 있는 땅에 깊이 쌓인 눈과 내 집이 서 있는 비탈진 언덕도 "앞으로!"라고 외치는 것 같았다. 자연은 어떤 질문도 하지 않고 우리 인간이 던지는 어떤 물음에도 답하지 않는다. 자연은 오래전에 그렇게 하기로 결심했다.

오, 군주시여, 우리의 눈은 이 경이롭고 다채로운 우주의 풍경

을 감탄하면서 바라보고 영혼에 전달합니다. 밤은 이 찬란한 창
조물의 일부를 감추어버리지만, 낮이 찾아와 땅에서부터 드넓은
창공까지 펼쳐져 있는 이 훌륭한 작품을 우리에게 보여줍니다.*

  잠에서 깨면 나는 아침 일을 시작했다. 이제 꿈속이 아니므로 나는
먼저 도끼와 들통을 들고 물을 찾으러 간다. 눈 내리는 추운 밤이 지
난 다음 날 아침에는 점 지팡이가 있어야 물을 찾을 수 있었다. 공기의
모든 산들거림에 몹시 예민하고 모든 빛과 그림자를 반영하는 호수의
출렁거리는 수면은 해마다 겨울이면 두께 1~1.5피트 정도로 단단하
게 얼어붙어서 소나 말이 끄는 아주 무거운 수레도 지나갈 수 있었다.
눈이 그 두께로 호수에 내려 쌓이면 호수와 들판이 구분이 되지 않을
때도 있었다. 호수는 주변 언덕들에 사는 마멋처럼 눈을 감고 3개월
넘게 겨울잠을 잔다. 설원에 서면 꼭 언덕 한가운데의 목장에 있는 것
같았다.
  나는 1피트 깊이의 눈을 헤치고 걸어가 1피트 두께의 얼음 위에 서
서 발아래의 얼음을 잘라 호수의 창문을 연다. 그리고 물을 마시려고
무릎을 꿇고 앉아서는 젖빛 유리창을 통과한 듯 부드러운 빛이 퍼져
있는 물고기들의 조용한 거실과 여름과 똑같이 밝은 모래바닥을 내려
다본다. 호수 속은 해 질 무렵의 호박색 하늘처럼 언제나 잔잔한 고요
가 지배하고 있어서 그곳에 서식하는 동물들의 침착하고 차분한 기질
과 잘 맞는다. 천국은 우리 머리 위뿐 아니라 발아래에도 있다.
  모든 것이 얼어붙어 상쾌한 날이면 아침 일찍 사람들이 낚싯대와
간소한 점심을 들고 호수를 찾는다. 그리고 눈밭에 가느다란 낚싯줄을
내리고 강꼬치고기와 농어를 잡는다. 이들은 마을사람들과는 다른 유
행을 따르고 다른 권위를 믿는 야생의 사람들로, 서로 단절되었을 마

---

* 고대인도 시집 『하리반사』(1834)

을들이 이들이 오가면서 부분적으로나마 연결되고 있다. 이 사람들은 두껍고 질긴 모직 외투를 입고 호숫가의 마른 떡갈나무 잎 위에 앉아 점심을 먹는다. 도시인들이 인공적인 것들에 관해 훤히 꿰고 있는 것처럼 이들은 자연의 것들을 잘 안다. 이들은 책을 참고하는 법이 없으며, 아는 것이나 말할 수 있는 것보다 훨씬 많은 일을 한다. 하지만 이들이 하는 일들은 아직 잘 알려지지 않은 것들이다.

다 자란 농어를 미끼로 강꼬치고기를 낚는 사람도 있다. 그의 들통을 들여다보면 꼭 여름의 호수를 보는 것 같아 놀라게 된다. 그는 여름을 집에 가두어두었거나 여름이 어디로 물러갔는지 아는 사람 같다. 한겨울에 어떻게 이 물고기들을 잡았을까? 땅이 얼어붙자 그는 썩은 통나무에서 벌레들을 잡아 그걸 미끼로 물고기들을 낚았다. 그의 일생은 박물학자의 연구보다 자연 속으로 더 깊숙이 파고들어가 있고, 그 자신이 박물학자의 연구주제라 할 수 있다. 박물학자는 칼로 조심스레 이끼와 나무껍질을 들추어 벌레를 찾지만, 낚시꾼은 도끼로 통나무를 속까지 갈라 이끼와 나무껍질이 사방으로 흩어지게 만든다. 그는 나무껍질을 벗겨 생계를 잇는 사람이다. 이런 사람은 낚시를 할 자격이 있고, 나는 자연이 그 사람 속에서 구현되는 모습을 보고 싶다. 농어는 애벌레를, 강꼬치고기는 농어를, 낚시꾼은 강꼬치고기를 삼킨다. 생물의 단계들 사이의 모든 틈이 이렇게 메워지는 것이다.

안개가 낀 날 호수 주변을 걷다가 때때로 나는 좀 서툰 낚시꾼이 원시적인 방법으로 물고기를 잡는 모습을 보면 즐거운 생각이 든다. 그 낚시꾼은 호숫가로부터 같은 거리에 20~30미터씩 간격을 두고 나란히 좁은 구멍들을 뚫은 뒤 오리나무 가지를 걸쳐놓았다. 그리고 낚싯줄이 물속으로 끌려들어가지 않도록 끝을 나뭇가지에 묶어놓고 얼음에서 30미터 이상 높이의 오리나무 잔가지에 느슨하게 낚싯줄을 걸친 뒤 마른 떡갈나무 잎사귀를 묶어두었다. 잎사귀가 끌려 내려가면 물고기가 입질을 했다는 표시였다. 호수 주위를 반 바퀴 걷다 보면 안개 사이로 이런 오리나무들이 일정한 간격을 두고 놓여 있는 게 어렴풋이 보였다.

아, 월든의 강꼬치고기들이여! 나는 얼음 위나 낚시꾼이 얼음에 작은 구멍을 내서 물을 담아놓은 곳에 놓여 있는 강꼬치고기들을 보면 마치 전설의 물고기라도 보는 것처럼 그 진기한 아름다움에 항상 놀라곤 했다. 이 물고기들은 거리나 심지어 숲과도 거리가 먼 이국적인 느낌을 주었다. 마치 아라비아가 콩코드에서의 우리네 삶과는 동떨어진 이국적인 느낌을 주는 것처럼. 이 물고기들에게는 아주 눈부시고 초월적인 아름다움이 있어서 콩코드의 거리에서 명성을 떨치고 있는 창백한 대구나 해덕과는 크게 차이가 났다. 이들은 소나무 같은 녹색이 아니고 돌처럼 회색도 아니며 하늘처럼 푸른색도 아니다. 비교가 가능한지 모르겠지만 내 눈에는 꽃이나 보석처럼 더 진기한 색을 띠고 있었다.

이들은 진주 같으며, 월든의 호수물이 동물화된 핵심, 즉 결정체 같다. 당연히 이 물고기들은 어느 모로 보나 철저하게 월든의 특징들을 지니고 있으며, 그 자체가 동물 왕국의 작은 월든 호수이고 월든파(派)다. 이런 물고기들이 여기서 잡힌다는 게 놀랍다. 길을 지나다니는 달가닥거리는 수레나 마차, 딸랑거리는 썰매들 아래로 멀리 떨어진 이 깊고 드넓은 샘에서 이렇게 큰 황금빛과 에메랄드빛 물고기들이 헤엄쳐 다닌다는 게 말이다. 나는 어느 시장에서도 이런 종류의 물고기들을 본 적이 없다. 시장에 나온다면 모든 사람들의 눈길이 이 녀석들에게 쏠렸을 것이다. 물 밖으로 나온 물고기들은 몇 번 기이한 발작을 일으킨 뒤 물속에서의 삶을 쉽게 포기해버린다. 제 명을 다하지 못하고 공기가 희박한 하늘로 옮겨가는 인간처럼.

1846년 초에 나는 얼음이 녹기 전에 나침반과 쇠사슬, 측연선으로 호수를 꼼꼼하게 측정했다. 오랫동안 잃어버렸던 월든 호수의 밑바닥을 다시 찾고 싶어서였다. 이 호수의 바닥에 대해서는 여러 가지 이야기가 돌았고 심지어 바닥이 없다는 설까지 있었지만 근거 없는 말들이었다. 놀랍게도 사람들은 호수를 측정해보지도 않고서 오랫동안 호수에 바닥이 없다고 믿었다. 나는 이 부근을 산책하면서 그렇게 바닥이 없다는 호수를 두 곳이나 가보았다. 월든 호수는 지구 반대편까지 쭉 이어져 있다고 믿는 사람도 많았다.

어떤 사람들은 얼음 위에 한참 동안 납작하게 엎드려서 착각을 일으키기 쉬운 매개체를 통해 물기 어린 눈으로 호수를 내려다보고 있다가 감기에 걸릴까봐 겁이 나서 성급하게 거대한 구멍이 보인다는 결론을 내렸다. 그리고 누군가 수레를 끌 사람만 있다면 건초 한 짐을 몰고 들어갈 수 있을 만큼 거대한 그 구멍이 분명 스틱스 강의 원천이자 이 지역에서 염라국으로 들어가는 입구라고 생각했다. 어떤 사람들은 마을에서 '56파운드짜리' 추와 지름 1인치의 밧줄을 한 수레 싣고 호수로 왔지만 바닥을 찾지 못했다. '56파운드짜리' 추가 바닥에 닿아 있는데도 자신이 경이로움을 얼마나 받아들일 수 있는지 측정하려고 쓸데없이 계속 밧줄을 풀었기 때문이다.

하지만 나는 독자들에게 장담할 수 있다. 분명 월든 호수에는 흔하진 않지만 터무니없지도 않은 깊이에 알맞게 탄탄한 바닥이 있다. 나는 대구 잡는 낚싯줄과 1.5파운드 정도의 돌로 쉽게 수심을 가늠했고 바닥에 돌이 닿는 때를 정확하게 감지할 수 있었다. 돌이 바닥에 닿으면 돌 아래에 물이 있을 때보다 더 세게 잡아당겨야 하기 때문이다. 가장 수심이 깊은 지점이 정확히 102피트였다. 그 후 수심이 상승했으니 거기에 5피트를 더하면 107피트가 되었을 것이다. 이렇게 작은 호수로서는 놀라운 깊이다. 하지만 상상으로도 이 수치에서 1인치도 뺄 수 없다. 모든 호수가 얕다면 어떻게 될까? 그것이 사람들의 마음에 영향을 미치지는 않을까?* 나는 이 호수가 하나의 상징이 될 만큼 깊고 맑은 것에 감사한다. 사람들이 무한의 세계를 믿는 한 어떤 호수들은 늘

바닥이 없을 정도로 깊다고 생각될 것이다.

한 공장 주인은 내가 알아낸 호수의 깊이를 듣고 그럴 리가 없다고 생각했다. 댐에 대해 그가 아는 바에 따르면 모래가 그렇게 가파르게 깔려 있을 수 없기 때문이라고 했다. 하지만 가장 깊은 호수라 할지라도 대부분의 사람들이 상상하는 것처럼 면적에 비례해 그렇게 깊지 않다. 설령 물을 전부 빼내도 아주 급격한 골짜기가 나타나지 않을 것이다. 호수들은 언덕 사이의 골짜기가 아니다. 면적에 비해 이례적일만큼 깊은 이 호수도 중심을 수직으로 자른 단면은 얕은 접시보다 깊지 않다. 대부분의 호수는 물을 빼면 우리가 흔히 보는 정도의 오목한 초원의 형태를 띨 것이다.

풍경과 관련된 모든 것을 잘 알고 대개는 정확한 설명을 했던 윌리엄 길핀은 스코틀랜드의 핀 호수의 수원에 서서 "수심이 약 60~70길, 폭은 4마일, 길이는 약 50마일이고 산들로 둘러싸인 염수호다."라고 설명하고 "만약 우리가 홍적기에 지층이 무너지거나 이 호수를 만든 자연의 대변동이 일어난 직후, 그 안에 물이 솟아나기 전에 이곳을 볼 수 있었다면 무시무시하게 깊은 수렁이 보였을 것이다!"**라고 말했다.

솟아오른 거대한 언덕들의 높이만큼
깊고 드넓은 텅 빈 바닥이 호수 아래로
낮게 가라앉아 있다.***

하지만 핀 호수의 가장 짧은 지름을 이용해 계산한 비례를 월든 호

---

* 소로는 세심하고 관찰력이 뛰어난 박물학자이자 철학자였다. 이 구절에서처럼 소로의 물리학적 지식은 그의 형이상학에 영향을 미쳤고, 사실들에 세심한 주의를 기울이는 태도는 오늘날의 뛰어난 자연 수필가들의 전조가 되었다.

** 윌리엄 길핀, 『영국의 몇몇 지역, 특히 스코틀랜드 고지에 대한 관찰』(1808)

*** 존 밀턴, 『실낙원』

수에 적용해보면, 우리가 수직 단면이 얕은 접시 정도라고 생각했던 월든에 비해 핀 호수는 4배나 얕은 것으로 나타날 것이다. 핀 호수의 물을 뺐을 때 나타나는 무시무시한 깊은 수렁에 대해서는 이쯤 이야기해두자. 지금은 옥수수 밭들이 펼쳐진 수많은 청명한 골짜기가 정확히 말하면 물이 빠져나간 그런 '무시무시한 깊은 수렁'을 차지하고 있는 게 분명하지만 멋모르는 거주민들에게 이런 사실을 납득시키려면 지질학자의 통찰력과 혜안이 필요하다.

탐구적인 눈을 가진 사람이라면 낮은 언덕들에서 종종 원시시대 호숫가의 흔적을 발견할 수도 있다. 꼭 뒤이어 평원이 융기하지 않았어도 그곳이 호수였다는 내력이 감춰질 수 있다. 하지만 큰 도로에서 작업하는 사람들이 알고 있는 것처럼 소나기가 내린 뒤에 생긴 물웅덩이를 보면 땅이 움푹 팬 곳을 쉽게 찾을 수 있다. 요컨대, 상상력은 조금만 자유를 줘도 자연보다 더 깊이 잠수하고 더 높이 솟아오른다. 그러니 어쩌면 바다의 깊이도 넓이에 비해 보잘것없다고 밝혀질지도 모른다.

나는 얼음을 뚫고 호수를 측정했기 때문에 얼지 않은 항구들을 측량할 때보다 더 정확하게 바다의 형태를 판단할 수 있었다. 나는 호수 바닥이 전반적으로 고르다는 것에 놀랐다. 가장 깊은 곳은 햇빛과 바람에 노출되어 있고 쟁기질까지 한 어떤 밭보다 평평한 바닥이 수에 이커나 되게 펼쳐져 있었다. 임의로 하나의 선을 그린 뒤 그 위의 여러 지점의 수심을 재보았더니 150미터 안에서는 1피트 이상 차이가 나지 않았다. 또한 일반적으로 호수 가운데 부근은 사방 100피트 안의 수심 차이가 3, 4인치 이내일 것이라고 미리 계산할 수 있었다.

어떤 사람들은 이런 조용한 모래 호수에도 깊고 위험한 구멍들이 있다고 말하곤 하지만 이런 환경에서는 물이 온갖 고르지 못한 것들을 평평하게 만든다. 바닥이 고른데다 그것이 호숫가와 주변 산들의 형태와 완벽하게 일치하기 때문에 멀리 있는 곳의 깊이도 호수 바로 맞은편의 수심을 재면 알 수 있고 그 방향도 맞은편 호숫가를 관찰하면 판단할 수 있었다. 곶은 모래톱이 되고 평평한 여울이 되며 골짜기와 협곡은 깊은 물과 수로가 된다.

50미터를 1인치로 줄인 호수의 지도를 그린 뒤 전부 100개가 넘는 지점의 수심을 기입해보았더니 놀라운 일치성이 발견되었다. 가장 깊은 곳을 가리키는 숫자가 지도의 한가운데에 있는 걸 본 나는 지도 위에 가로, 세로로 자를 대보았다. 그러자 놀랍게도 가장 긴 세로선과 가로선이 수심이 가장 깊은 지점에서 정확하게 교차했다. 호수의 한복판은 거의 평평하고 호수의 윤곽선이 들쭉날쭉한데다 가장 긴 가로선과 세로선은 작은 만 안쪽까지 재서 얻은 것인데도 그랬다. 나는 "혹시 모르지. 이 단서가 호수나 물웅덩이뿐 아니라 바다의 가장 깊은 지점도 알려줄지. 그리고 골짜기의 반대라고 여겨지는 산의 높이를 재는 데도 이 규칙을 적용할 수 있지 않을까. 우리는 산에서 가장 좁은 곳이 가장 높은 곳이 아니란 걸 걸 알고 있잖아."라는 생각이 들었다.

월든에는 작은 만이 다섯 군데 있었는데 나는 그중 세 군데의 수심을 쟀다. 세 곳 모두 어귀를 가로지르며 모래톱이 펼쳐져 있고 그 안쪽은 물이 더 깊은 것으로 관찰되었다. 그래서 만에는 물이 수평뿐 아니라 수직으로도 땅 안쪽까지 들어가서 웅덩이나 독립적인 호수를 형성했고, 두 곳의 방향은 모래톱이 펼쳐진 방향을 나타냈다. 해안가의 모든 항구에도 역시 입구에 모래톱이 있다. 작은 만의 입구가 길이에 비해 넓을수록 모래톱 위의 물의 깊이가 안쪽 웅덩이의 수심보다 깊다. 따라서 만의 길이와 폭, 주변 호숫가의 특징이 주어지면 모든 호수에 적용될 수 있는 공식을 만들기에 충분한 요소들이 거의 확보되는 셈이다.

나는 이 경험을 토대로 수면의 윤곽선과 호숫가의 특징을 관찰하는 것만으로 호수에서 수심이 가장 깊은 지점을 얼마나 정확히 추측할 수 있는지 알아보기 위해 화이트 호수의 도면을 그렸다. 면적이 약

41에이커인 화이트 호수는 월든 호수처럼 그 안에 섬도 없고 물이 들고 나는 입구와 출구도 눈에 띄지 않는다. 이 호수는 가장 긴 가로선과 가장 짧은 가로선이 매우 가까워서 마주보는 두 곳은 서로를 향해 뻗어 있는 반면 마주보는 두 만은 서로 물러나는 형태를 이루고 있었다. 나는 가장 짧은 가로선에서는 약간 떨어져 있지만 가장 긴 세로선 위에 있는 한 지점을 수심이 가장 깊은 곳이라고 용감하게 표시했다. 나중에 밝혀진 바에 따르면, 화이트 호수에서 가장 깊은 곳은 내가 표시한 지점에서 100피트 안쪽에 있었지만 내가 생각했던 쪽에 있었다. 그곳의 수심은 내가 표시한 지점보다 겨우 1피트 더 깊은 60피트였다. 물론 호수에 조류가 흐르거나 섬이 있다면 문제가 훨씬 더 복잡해질 것이다.

우리가 자연의 모든 법칙을 안다면, 한 가지 사실 혹은 실제로 일어난 하나의 현상에 대한 설명만으로 그 시점에서의 모든 구체적인 결과를 추론할 수 있어야 할 것이다.* 현재 우리는 몇 가지 법칙만 알고 있어서 우리가 추론한 결과는 무효가 된다. 자연의 어떤 혼란이나 변칙적인 현상 때문이 아니라 우리가 계산에 필요한 요소들을 모르기 때문이다. 법칙과 조화에 대한 우리의 개념은 일반적으로 우리가 인지한 예들에만 한정되어 있다. 그러나 우리가 아직 발견하지 못했고 겉보기에는 상충되지만 실제로는 일치되는 훨씬 많은 수의 법칙들로 나타나는 조화는 훨씬 더 경이롭다. 여행자가 걸음을 옮길 때마다 산의 능선이 달라 보이는 것처럼 개별적인 법칙들도 우리의 관점에 따라 다르게 보인다. 산은 절대적으로는 단 하나의 형태를 지니지만 무한히 많은 모습으로 보인다. 산을 가르거나 구멍을 내도 전체를 파악할 수

---

* 최근 들어 이 생각은 어떤 일들은 그 본성만으로 추론될 수 없다는 카오스 과학에 자리를 내주었다.

없다.

호수에 대해 내가 관찰한 결과는 윤리에도 적용된다. 이것은 평균의 법칙이다. 두 개의 지름을 이용한 이 법칙은 우리를 우주 속의 태양계와 사람의 마음으로 안내할 뿐 아니라 한 사람의 일상적인 모든 특정한 행동들과 그의 만과 유입구로 밀려드는 삶의 파도에 가로와 세로로 선을 긋는다. 가로선과 세로선이 교차하는 지점이 그의 품성에서 가장 높은 곳이나 깊은 곳일 것이다. 어쩌면 우리는 그의 호숫가의 동향과 인접한 고장이나 환경만 알아도 그 사람의 깊이와 감춰진 바닥을 추측할 수 있을 것이다. 그 사람이 아킬레우스의 고향처럼 산이 많은 환경에 있다면 산봉우리들이 그의 가슴에 그늘을 드리우고 그림자를 비칠 것이기 때문에 그의 내면은 그만큼 깊다는 걸 암시한다.

반면 낮고 평탄한 지역은 그가 그런 면에서 얕다는 증거다. 우리 몸에서 두드러지게 튀어나온 이마는 그만큼 생각이 깊다는 것을 나타낸다. 또한 우리 내면의 모든 만의 입구에도 모래톱, 즉 특별한 성향이 있다. 우리의 성향은 우리가 잠시 동안 갇혀 부분적으로 육지로 둘러싸이는 항구다. 이 성향들은 보통 변덕스럽지 않지만 형태와 크기, 방향은 고대에 이루어진 융기의 축인 호숫가의 곶들에 따라 결정된다. 이 모래톱이 폭풍이나 조류, 혹은 해류의 영향을 받아 점점 높아지거나 물이 줄어 수면에 드러나면 처음에는 하나의 생각이 정박해 있는 호숫가의 성향에 불과했던 것이 바다와 단절된 개별적인 호수가 된다.

생각은 그 속에서 자신에게 필요한 조건을 확보하고 소금물에서 민물로 변화해 소금기 없는 바다나 사해 혹은 늪이 된다. 각 개인이 세상에 나아갈 때 이러한 모래톱이 수면 어딘가까지 올라온 것이라고 생각해도 되지 않을까? 우리는 서툰 항해사들이어서 우리의 생각들은 대개 항구가 없는 해안에 다가갔다가 멀어졌다 하며, 시(詩)라는 만들의 만곡부에만 익숙할 뿐이다. 혹은 공영 항구로 배를 몰아 과학이라는 선박 수리소로 들어간다. 그곳에서 우리 생각들은 단지 이 세상에 맞추어 수리되며 그 생각들에 개성을 부여하는 자연적인 해류는 발생하지 않는다.

월든에 물이 들고 나는 곳에 대해 이야기하자면, 나는 비와 눈, 증발되는 수증기를 제외하고는 어떤 입구와 출구도 발견하지 못했다. 하지만 온도계와 줄을 이용해 그곳을 발견할 수 있을지도 모른다. 호수로 물이 흘러들어오는 곳이 아마도 여름에는 가장 차갑고 겨울에는 가장 따뜻할 것이기 때문이다. 1846년에서 1847년에 얼음장수들이 여기에서 얼음 자르는 작업을 했을 때의 일이다. 얼음을 잘라 호숫가로 보냈는데 그쪽에서 얼음을 쌓고 있던 사람들이 그 얼음덩어리를 퇴짜 놓았다. 다른 얼음들과 나란히 쌓을 만큼 두껍지 않았기 때문이다. 그래서 얼음을 자르던 사람들은 어느 좁은 지역의 얼음이 다른 곳의 얼음보다 2~3인치 얇다는 것을 발견했고, 그곳이 호수에 물이 들어오는 입구라고 생각했다.

그들은 나를 얼음덩어리 위에 태워 밀고 가서 호수의 물이 언덕 아래로 새어나가 인근의 초원으로 흘러들어가는 '여과구멍'이라고 생각되는 곳도 보여주었다. 물에서 10피트 아래에 있는 작은 구멍이었다. 하지만 나는 그 구멍보다 심하게 물이 새어나가는 곳이 발견될 때까지는 호수에 땜질을 할 필요는 없다고 생각한다. 어떤 사람은 그런 '여과구멍'이 발견될 경우 그곳이 초원과 연결되어 있는지 알아볼 방법을 제안했다. 구멍 입구에 색깔 있는 가루나 톱밥을 넣고 초원의 샘에 체를 놓아두면 된다는 것이다. 구멍이 초원과 연결되어 있으면 물이 흘러가면서 운반된 일부 입자들이 체에 걸릴 거라는 얘기였다.

내가 측량을 하고 있는 동안 두께가 16인치나 되는 얼음이 가벼운 바람에도 물결처럼 흔들렸다. 얼음 위에서는 수평기를 사용하지 못한다는 건 잘 알려진 사실이다. 얼음 위에 눈금이 표시된 막대기를 세운 뒤 육지에서 그쪽을 향해 수평기를 놓고 관찰해보니 호숫가에서 5미터 떨어진 곳의 얼음이 최고 4분의 3인치까지 높아졌다. 하지만 얼음은 호숫가에 굳게 달라붙은 것처럼 보였다. 호수 한복판은 이보다 요동이 더 심할 것이다. 우리에게 더 정밀한 기계가 있다면 지각의 요동도 알아낼 수 있을지 누가 알겠는가? 수평기의 다리 두 개는 호숫가에, 하나는 얼음 위에 놓고 조준기를 얼음 쪽에 맞춰 관찰해보니 얼음이 극히 미세하게 상승하거나 내려가도 호수 건너편의 나무는 몇 피트의 차이가 나게 보였다.

측정을 하려고 얼음을 자르자 깊게 쌓인 눈 아래의 얼음 위에 3, 4인치 깊이의 물이 고여 있었다. 눈에 덮여 있던 그 물은 즉시 구멍들로 흘러들어가기 시작했고 깊은 물줄기를 이루며 이틀간 계속 흘렀다. 그러면서 사방의 얼음을 깎아서 호수 수면을 말리는 데 주된 원인은 아니더라도 중요한 원인이 되었다. 물이 흐르면서 얼음을 들어올려 뜨게 했기 때문이다. 배의 바닥에 구멍을 내서 물을 빼는 것과 비슷했다. 이런 구멍이 얼어붙은 뒤 비가 내려 호수 전체에 매끈매끈한 새 얼음이 얼면 안쪽에 거미줄과 비슷한 어두운 무늬들이 아름답게 나타난다.

사방에서 중심을 향해 물이 흘러들어오면서 생긴 물길들이 만들어낸 이 무늬는 얼음 장미꽃 장식이라고 부를 만했다. 때때로 얼음 위에 물이 고여 얕은 웅덩이가 생기면 내 그림자가 이중으로 나타나기도 했다. 하나는 얼음 위에, 다른 하나는 나무나 언덕 비탈에 있었는데 한 그림자가 다른 그림자의 머리 위에 서 있었다.

아직 추운 1월이고, 얼음이 두껍고 단단하게 얼어 있는데도 마을의 꼼꼼한 지주는 여름에 마실 음료를 차갑게 하는 데 쓸 얼음을 마련하려고 찾아왔다. 이제 1월인데 7월의 더위와 갈증을 내다보다니, 그것도 두꺼운 코트와 장갑으로 무장한 채! 미리 대비하지 못하는 게 많은 이 시대에 인상적이기도 하고 딱할 정도로 영리하다는 생각도 들었다. 하지만 아마 그는 다음 생의 여름에 마실 음료를 차게 해줄 보물을 이 생에서 쌓아두지는 못할 것이다. 그는 호수의 단단한 얼음을 자르고 톱질해 물고기들의 보금자리의 지붕을 벗겨냈다. 그러고는 물고기들의 고유 영역과 공기를 마치 장작더미처럼 사슬과 말뚝으로 단단히 마차에 묶고는 기분 좋은 겨울 공기를 가르며 떠났다. 얼음을 겨울의 지하실로 옮겨 그곳에서 여름을 나게 할 작정인 것이다.

얼음이 마차에 실려 거리를 지날 때 멀리서 보면 응결된 푸른 하늘을 보는 것 같았다. 얼음을 자르는 일꾼들은 장난을 잘 치고 농담을 잘 하는 유쾌한 부류들이다. 그들은 내가 자신들 틈에 끼면 늘 함께 구멍을 내는 방식으로 톱질을 하자고 청했다. 나는 아래쪽에 서서 톱질을 했다.

1846년에서 1847년 사이 겨울의 어느 아침이었다. 극한 지역에 사는 사람 100명이 꼴사나운 농기구들, 썰매, 쟁기, 송곳, 잔디 칼, 삽, 톱, 갈퀴를 수레 몇 대에 가득 싣고 호수를 급습했다. 그 사람들은 저마다 양끝이 뾰족한 막대로 무장하고 있었는데, 「뉴잉글랜드 농민」이나 「경작자」 같은 잡지에서도 나오지 않는 도구였다. 나는 그 사람들이 겨울 호밀 씨를 뿌리러 온 건지, 아니면 최근에 아이슬란드에서 들여온 다른 곡물의 씨를 뿌리러 온 건지 짐작이 가지 않았다. 비료는 전혀 보이지 않는 걸로 봐서, 내가 그랬던 것처럼 이곳이 충분히 묵혀둔 기름진 땅이라고 판단해 윗부분의 흙만 걷어내고 씨를 뿌리려는 것 같았다.

그 사람들은 실제로 이 일을 추진하는 사람은 신사 농업가로 재산을 두 배로 불리고 싶어한다고 말했다. 내가 알기로 그는 재산이 이미 50만 달러나 되는데도, 자신이 가진 돈 한 장, 한 장을 또 다른 돈으로 덮으려는 욕심에 혹독하게 추운 한겨울에 월든 호수의 유일한 외투, 아니 피부 자체를 벗겨냈다. 사람들은 곧바로 일을 시작해서 호수를 모범 농장으로 만들 작정인 듯 아주 질서 있게 쟁기질을 하고 써레질을 하는가 하면 땅을 고르고 이랑을 만들었다. 내가 이랑에 어떤 씨를 뿌리는지 보려고 자세히 살피고 있는데 내 옆에 있던 무리들이 처녀지에 갈고리를 특이하게 홱 집어던져 모래, 아니 더 정확히 말하면 물까지 샅샅이 끌어올려서(질척질척한 땅이었기 때문이다.) 그야말로 땅 전체를 썰매에 실어 날랐다.

나는 그 사람들이 소택지에서 토탄을 캐고 있는 게 틀림없다고 생각했다. 그들은 날마다 기관차 특유의 날카로운 기적소리와 함께 북극 지방의 어느 곳과 월든 사이를 오갔다. 내게는 그들이 꼭 북극 흰멧새 떼처럼 보였다. 하지만 북미 인디언 여자인 월든 호수는 때때로 복수를 했다. 수레 뒤를 걸어가던 일꾼 한 명이 바닥의 틈에 빠져 황천길로 떨어질 뻔한 일도 있었다. 그전까지 용감하던 그 일꾼은 갑자기 부실한 남자가 되어 체열을 거의 잃고 내 집으로 피신해서는 난로의 가치를 인정하게 되었다. 땅이 얼어붙어 쟁기 날에서 쇳조각이 떨어져 나오거나 쟁기가 고랑에 박혀서 파내야 할 때도 있었다.

있는 그대로 말하자면, 아일랜드인 100명이 미국인 감독관들과 함께 날마다 케임브리지에서 월든 호수로 와서 얼음을 잘라 갔다. 일꾼들은 설명이 필요 없을 정도로 잘 알려진 방법으로 얼음을 덩어리로 잘라 썰매에 실어 물가로 옮긴 뒤 얼음을 쌓아두는 단으로 재빨리 끌고 갔다. 그리고 말의 힘을 이용한 쇠갈고리와 도르래를 써서 얼음덩어리를 들어올려 밀가루 통을 쌓는 것처럼 나란히 한 층씩 고르게 쌓았다. 마치 구름을 뚫고 올라가도록 설계된 오벨리스크의 탄탄한 토대를 쌓는 것 같았다. 그들은 날씨가 좋은 날이면 1,000톤의 얼음을 얻을 수 있다고 말했다. 그 정도면 약 1에이커의 면적에서 나오는 얼음의 양이었다.

썰매들이 같은 길을 계속 지나가는 바람에 땅에서처럼 얼음에 깊은 홈과 '요람 구멍'이 파였다. 말들에게는 얼음을 양동이처럼 파낸 것에 사료를 담아 먹였다. 이렇게 일꾼들은 야외에 얼음덩어리를 높이 35피트, 길이 30~35미터 정도로 네모지게 쌓아올리고 바깥쪽의 얼음 사이사이에 건초를 쑤셔 넣었다. 아주 차갑지는 않더라도 바람이 지나갈 틈이 생기면 큰 구멍이 나게 되고 그러면 여기저기에서 떠받치는 힘이 약해져서 결국 무너져버리기 때문이다. 얼음 무더기는 처음에는 거대한 푸른 색 요새나 발할라(북유럽이나 서유럽 신화에 나오는 궁전-역주)처럼 보였다. 하지만 틈 사이에 초원의 거친 건초들을 쑤셔 넣고 서리와 고드름이 그 위를 덮자 이끼가 낀 유서 깊고 고색창연한, 하늘색 대리석으로 지은 유적 같아 보였다. 혹은 달력에서 볼 수 있는 겨울 노인의 집, 그가 우리와 함께 여름에 더위를 피하려고 설계한 오두막 같기도 했다.

일꾼들은 이 얼음들 중에서 목적지까지 무사히 도착하는 것은 25퍼센트가 되지 않고 2~3퍼센트는 차에서 녹아버릴 것이라고 계산했다. 하지만 많은 얼음이 의도한 것과는 다른 운명을 맞았다. 얼음에 평소보다 공기가 많이 들어 있거나 아니면 그 밖의 다른 이유들로 보관이 제대로 안 되어 시장까지 가지 못했기 때문이다. 1846년과 1847년 사이의 겨울에 잘라낸, 어림잡아 1만 톤에 이르는 얼음 무더기들은 결국 건초와 판자로 덮이게 되었다. 그리고 다음 해 7월에 덮개를 벗기고 일부를 실어 나갔지만 나머지는 햇빛에 노출된 채 여름과 다음 해 겨울을 지내다가 1848년 9월이 되어서야 완전히 녹았다. 이렇게 해서 호수는 잃어버렸던 물의 대부분을 되찾았다.

월든의 얼음은 물과 마찬가지로 가까이에서 보면 초록색을 띠지만 멀리서는 아름다운 청색으로 보인다. 그래서 강의 흰색 얼음이나 단지 초록색만 띠는 몇몇 호수들의 얼음과는 400미터 떨어진 곳에서도 쉽게 구분할 수 있었다. 때때로 채빙 인부의 썰매에서 커다란 얼음덩이 하나가 마을의 거리에 떨어져 일주일 동안 거대한 에메랄드처럼 놓여 있어서 길가는 사람 모두의 관심을 끌었다. 나는 월든 호수의 일부분이 물일 때는 초록색이다가 얼면 같은 지점에서도 청색으로 보인다는 걸 알아차렸다. 그래서 때때로 겨울이면 호수 부근에 생긴 웅덩이에 초록빛이 도는 물이 고여 있다가 다음 날이면 청색 얼음이 얼어 있기도 했다.

물과 얼음이 청색을 띠는 것은 아마도 그 안에 든 빛과 공기 때문일 것이다. 가장 투명한 얼음이 가장 짙은 청색을 띠었다. 얼음은 흥미로운 명상의 주제. 인부들은 내게 프레시 호수의 얼음 창고에 5년 된 얼음이 있었는데, 변함없이 멀쩡한 상태였다고 말했다. 한 양동이의 물은 금세 썩어버리는데 물이 얼면 계속 신선한 건 어째서일까? 사람들은 흔히 이것이 감정과 지성의 차이라고 말한다.

이렇게 나는 16일 동안 100명의 사람들이 수레와 말, 농기구처럼 보이는 온갖 도구들을 이용해 바쁜 농부들처럼 일하는 모습을 내 집 창문으로 지켜보았다. 달력 첫 장에서 볼 수 있는 것 같은 풍경이었다. 그리고 밖을 내다볼 때마다 종달새와 추수하는 사람의 우화나 씨 뿌리는 사람의 우화 등이 떠올랐다. 이제 그들은 모두 가고 없다. 그리고 30일이 더 지나면 나는 똑같은 창가에서 바다처럼 푸른 빛을 띠는 월든의 맑은 물을 바라볼 것이다.

구름과 나무 그림자가 비치는 호수는 외로이 수증기를 올려보낼 것이고 사람들이 그곳에 서 있었다는 아무런 흔적도 보이지 않을 것이다. 최근까지도 100명의 사람이 안전하게 일을 하던 곳에서 아비새 한 마리가 홀로 잠수를 하고 깃털을 다듬으며 웃어대는 소리를 듣거나 물 위를 떠도는 나뭇잎 같은 배에 탄 외로운 낚시꾼들이 물결에 비치는 자신의 형체를 바라보는 모습을 보게 될 것이다.

이렇게 찰스턴과 뉴올리언스, 마드라스와 봄베이와 캘커타의 더위에 지친 주민들이 내 우물의 물을 마시게 될 것 같다. 아침이면 나는 『바가바드기타』의 위대하고 우주창조적인 철학으로 내 지성을 목욕시킨다. 이 책이 쓰인 이후로 신들의 시대가 지나갔고, 그것에 비교하면 현대 세계와 문학은 보잘것없고 하찮아 보이기 때문이다. 그 철학의 숭고함은 우리의 관념들과는 아주 동떨어져 있어서 전생을 가리키는 게 아닐까 하는 생각도 든다. 나는 책을 내려놓고 내 우물에 가서 물을 마신다. 세상에! 그곳에서 나는 브라마와 비슈누, 인드라의 승려인 브라만의 종을 만난다. 브라만은 아직도 갠지스 강가의 사원에 앉아 베다를 읽거나 빵 껍질과 물병만 가진 채 나무 아래에서 살고 있다.

나는 주인을 위해 물을 길러 나온 그의 하인을 만나고, 같은 우물 안에서 우리의 양동이들이 부딪쳐 삐걱거린다. 월든의 맑은 물이 갠지스 강의 신성한 물과 섞인다. 이 물은 순풍이 불어오면 신화 속의 아틀란티스 섬과 헤스페리데스를 지나 한노*의 항로를 따라갈 것이다. 그리고 테르나테 섬과 티도레 섬,** 페르시아 만 입구를 지나 흘러가다가 인도양의 열대 강풍에 녹아 알렉산더 대왕도 이름만 들어본 항구에 닿게 될 것이다.

---

* 카르타고의 탐험가인 한노는 기원전 480년에 서아프리카에 갔다. 그가 쓴 『한노의 항해기』는 현존하는 최초의 탐험 기록으로 여겨진다.
** "상인들이 향기 나는 약재를 들여온 테르나테와 티도레 섬에서"(밀턴, 『실낙원』). 테르나테와 티도레는 네덜란드령 동인도제도에 있는 향료 섬이다.

17

봄

    사람들이 넓은 지역에 걸쳐 얼음을 잘라내면 보통 호수가 더 일찍 해빙된다. 날씨가 추워도 물이 바람에 출렁이며 주변의 얼음을 녹이기 때문이다. 하지만 그 해 월든은 낡은 옷 대신 금방 두꺼운 새 옷을 갈아입었기 때문에 그런 효과가 나타나지 않았다. 월든은 부근의 다른 호수보다 수심이 깊고 얼음을 녹이거나 깎을 물줄기가 지나가지 않기 때문에 그렇게 금세 녹지 않는다. 나는 겨울에 이 호수가 녹는 걸 본 적이 없다. 호수들에 혹독한 시련이 닥쳤던 1852년에서 1853년 사이의 겨울도 예외가 아니었다. 월든은 보통 플린트 호수와 페어헤이븐보다 일주일이나 열흘 늦은 4월 1일경에 녹기 시작하는데, 맨 먼저 얼었던 북쪽과 가장 얕은 곳부터 녹는다.

    월든은 기온의 일시적인 변화에 영향을 적게 받기 때문에 부근의 어떤 호수보다 계절의 절대적인 변화를 정확하게 보여준다. 3월에 몹시 추운 날씨가 며칠간 이어지면 다른 호수들의 해빙은 늦춰지지만 월든의 수온은 거의 지속적으로 상승한다. 1847년 3월에 월든 호수 한가운데에 온도계를 넣어보니 어는점인 화씨 32도를 가리켰고 호숫가는 33도에 가까웠다. 같은 날 플린트 호수 한가운데의 수온은 32.5도이고 호숫가에서 60미터 떨어진 1피트 두께의 얼음 아래에 있는 얕은 물은 36도였다. 플린트 호수에서 물이 깊은 곳과 얕은 곳의 수온 차이가 3.5도나 되고 비교적 얕은 부분이 많다는 사실은 이 호수가 월든보다 훨씬 더 일찍 녹는 이유를 알려준다. 이 무렵에는 호수에서 가장 얕은 부분의 얼음이 한가운데보다 몇 인치가 얇았다.

한겨울에는 한가운데가 가장 따뜻하고 얼음이 가장 얇다. 따라서 여름에 호숫가 근처의 물에 들어가본 사람이라면 누구나 깊이가 3, 4인치밖에 되지 않는 그곳의 물이 좀 더 안쪽의 물보다 훨씬 더 따뜻하고, 수심이 깊은 지역은 수면의 물이 바닥 근처의 물보다 더 따뜻하다는 걸 알아차렸을 것이다. 봄에는 햇빛이 공기와 땅의 온도를 높여서 영향력을 발휘할 뿐 아니라 두께가 1피트가 넘는 얼음을 통과해 지나가고 얕은 곳에서는 바닥에서 반사되어 물을 데우고 얼음 아래쪽을 녹인다. 또한 위쪽에서 직접적으로 얼음을 더 많이 녹여 울퉁불퉁하게 만들며 그 안에 든 공기방울들을 위아래로 팽창시켜 완전히 벌집처럼 되게 한다.

그러다 봄비가 한번 내리면 결국 갑작스럽게 사라진다. 나무뿐 아니라 얼음에도 결이 있어서 얼음덩어리가 약해지거나 벌집 모양을 나타내면 어디에 있든 그 안의 기포들이 수면과 직각을 이룬다. 바위나 통나무가 솟아 있는 곳 가까이에서 언 얼음은 훨씬 얇고 이 반사열에 잘 녹는 경우가 많다. 케임브리지에서 나무로 만든 얕은 연못에 물을 얼리는 실험을 했다는 이야기를 들은 적이 있다. 그 실험에서는 차가운 공기가 아래쪽에서 순환하면서 위쪽과 아래쪽을 모두 접촉했지만 바닥에서 반사된 햇빛이 찬 공기의 강점을 상쇄하고도 남았다고 한다.

한겨울에 따뜻한 비가 내려 월든의 설빙을 녹여 호수 한가운데에 짙거나 아니면 투명하고 단단한 얼음이 남을 때도 호숫가에는 이러한 반사열 때문에 너비가 5미터가 넘는 두껍지만 약한 흰색 얼음이 생길 것이다. 또한 이미 말했듯이 얼음 속의 기포 자체가 얼음 아래쪽을 녹이는 화경 역할을 한다.

한 해에 일어나는 여러 현상들이 호수에서는 작은 규모로 날마다 일어난다. 일반적으로 말하면, 매일 아침 얕은 부분의 물이 깊은 부분보다 더 빨리 데워지지만 결과적으로 아주 따뜻해지지는 않으며 매일 저녁부터 다음 날 아침까지 더 빠른 속도로 차가워진다. 하루는 1년의 축소판이다. 밤은 겨울, 아침과 저녁은 봄과 가을이며 한낮은 여름이다. 얼음이 갈라지고 우르르 울리면 온도 변화가 일어났다는 뜻이다.

1850년 2월 24일, 추운 밤이 지나 상쾌한 아침을 맞은 나는 플린트 호수로 가서 하루를 보냈다. 도끼머리로 얼음을 쳤더니 놀랍게도 징을 친 것처럼 십 수 미터 밖까지 소리가 울려퍼졌다. 마치 팽팽한 북의 가죽을 때린 것 같았다. 해가 뜬 지 한 시간쯤 지나 햇살이 언덕 너머로 비스듬히 비치자 플린트 호수가 우르르 울리기 시작했다. 호수는 잠을 깬 사람처럼 기지개를 켜고 하품을 하면서 점점 더 시끄러운 소리를 냈다. 이 상태가 서너 시간 동안이나 계속되었다. 한낮에는 짧게 낮잠을 자더니 해가 자신의 영향력을 거둬들이는 저녁이 다가오자 다시한 번 우르르 소리를 냈다. 날씨가 적당할 때면 호수는 아주 규칙적으로 저녁 예포를 쏘아올린다.

하지만 한낮에는 얼음이 온통 쩍쩍 갈라지고 공기의 탄력도 줄어들어 호수는 울림을 완전히 잃어버린다. 아마 얼음을 세게 내리쳐도 물고기들과 사향쥐들이 깜짝 놀라지 않을 것이다. 낚시꾼들은 물고기들이 '호수에서 나는 천둥소리'에 겁을 먹고 입질을 하지 않는다고 말한다. 호수가 매일 저녁 천둥소리를 내는 건 아니고, 나는 언제 이 소리가 날지 확실하게 예측할 수도 없다. 하지만 내가 날씨의 변화를 인식하지 못하더라도 호수는 알아차린다. 그렇게 크고 차가운데다 두꺼운 얼음으로 덮인 것이 그토록 예민하리라고 누가 짐작이나 했겠는가?

그러나 봄이 되면 어김없이 새싹이 올라오는 것처럼 호수는 자신의 법칙을 충실하게 따라서 천둥소리를 내야 할 때는 틀림없이 그 소리를 낸다. 땅은 완전히 생기에 넘치고 유두돌기로 덮여 있다. 가장 큰 호수도 온도계 속의 수은방울처럼 대기의 변화에 민감하다.

숲속 생활이 마음에 끌린 이유 중 하나는 봄이 오는 것을 볼 수 있는 여유와 기회를 갖고 싶다는 것이었다. 호수의 얼음이 마침내 벌집 모양을 이루기 시작하자 그 위를 걸어갈 때면 뒤꿈치가 얼음 속에 박혔다. 안개와 비, 따뜻해진 햇살이 서서히 눈을 녹이고 있었다. 낮이 눈에 띄게 길어졌고, 나는 더 이상 큰 불을 피우지 않아도 되어서 장작을 더 마련하지 않아도 겨울을 날 수 있다는 걸 알게 된다. 나는 봄의 첫 징표가 나타나는지 보려고 주의를 기울인다. 이곳을 찾아오는 새들의 뜻밖의 노랫소리나 지금쯤이면 모아둔 양식이 거의 바닥났을 줄무늬 다람쥐의 찍찍거리는 소리가 들리는지 귀를 기울이거나 마멋이 겨울 보금자리에서 용감하게 나오는지 살펴보았다.

3월 13일, 파랑새, 멧종다리, 티티새들이 지저귀는 소리를 들은 뒤로도 얼음은 여전히 거의 1피트 두께로 얼어 있었다. 날씨는 점점 따뜻해졌지만 얼음은 눈에 띌 정도로 물에 녹거나 강에서처럼 쪼개져 떠다니지 않았다. 호숫가의 얼음은 너비 2~3미터 정도로 완전히 녹았지만 한가운데의 얼음은 단지 벌집 모양이 되어 물에 흠뻑 잠겨 있을 뿐이었다. 그래서 얼음 두께가 6피트일 때도 발을 딛고 설 수 없었다. 하지만 아마도 따뜻한 비가 내린 뒤 안개가 끼면 이튿날 저녁에는 얼음이 완전히 사라질 것이다. 종적을 감추듯 안개와 함께 전부 없어질 것이다.

어느 해에 나는 얼음이 완전히 사라지기 불과 5일 전에 호수 한가운데를 건너간 적도 있었다. 월든 호수는 1845년에는 4월 1일에 얼음이 처음으로 완전히 녹았다. 1846년에는 이 날짜가 3월 25일이었고, 1847년에는 4월 8일, 1851년에는 3월 28일, 1852년에는 4월 18일, 1853년에는 3월 23일, 그리고 1854년에는 4월 7일이었다.

강과 호수가 녹고 날씨가 풀리는 것과 관련된 모든 일은 특히 극단적인 기후에 사는 우리의 관심을 끈다. 날이 따뜻해지면서 강 근처에 사는 사람들은 밤이면 깜짝 놀랄 정도로 시끄러운 대포 같은 소리를 내며 얼음이 갈라지는 소리를 듣는다. 마치 얼음 족쇄가 끝에서 끝까지 깨지는 것 같다. 그리고 며칠 안에 얼음이 빠른 속도로 사라지는 것을 보게 된다. 그러면 땅이 흔들리는 것과 함께 악어가 진흙 속에서 나온다.

자연을 면밀하게 관찰해서 자연의 모든 활동에 관해서라면 모르는 게 없는 노인이 있는데, 마치 그가 소년이었을 때 자연이라는 배가 만들어졌고 그가 그 배의 용골을 놓는 걸 도운 것 같은 생각이 든다. 그는 이제 나이가 지긋하고, 므두셀라(구약성서에 969세까지 살았다고 기록된 구약시대의 족장-역주) 나이까지 산다고 해도 자연에 관해서는 더 습득할 지식이 없을 것 같다. 나는 그가 자연의 어떤 작용에 관해 경이로움을 표현하는 걸 들을 때마다 놀랐다. 자연과 노인 사이에는 어떤 비밀도 없는 것 같았기 때문이다. 어느 봄날, 노인은 총을 들고 배를 저어 오리 사냥을 나가려 했다. 초원에는 아직 얼음이 남아 있었지만 강에서는 다 사라져서 노인은 자신이 살던 서드베리에서 페어헤이븐 호수까지는 장애물을 만나지 않고 내려갔다.

그런데 뜻밖에도 페어헤이븐 호수는 대부분이 단단한 얼음 밭이었다. 그날은 따뜻해서 노인은 그렇게 커다란 얼음덩어리가 남아 있는 것을 보고 놀랐다. 오리는 그림자도 보이지 않아서 노인은 호수 안에 있는 섬의 북쪽, 즉 뒤쪽에 배를 감춘 뒤 남쪽의 수풀 속에 몸을 숨기고 오리들을 기다렸다. 호숫가에서 15~20미터 안쪽에는 얼음이 녹아서 잔잔하고 따뜻한 물이 흐르고 있었고 그 아래는 오리들이 좋아하는 진흙 바닥이었다. 그래서 노인은 오리들이 금세 나타날 것이라 짐작했다. 누워 있은 지 한 시간 정도가 지나자 거대한 새 떼가 이곳에 내려앉으려고 다가오는 소리가 들렸다. 아주 멀리서 나는 것 같은 낮은 소리였다.

노인은 총을 꽉 쥐고 흥분해 벌떡 일어섰다. 하지만 놀랍게도 그가 누워 있는 동안 얼음덩어리 전체가 움직여 섬의 기슭 쪽으로 떠내려갔다는 걸 알게 되었다. 그가 들었던 건 얼음 가장자리가 기슭에 부딪치는 소리였다. 얼음은 처음에는 조금씩 부서지다가 결국 상당한 높이까지 밀려 올라와 섬 주위에 얼음 부스러기들을 흩뿌린 뒤에 멈춰 섰다는 것이다.

마침내 햇살이 똑바로 내리쬐고 따스한 바람이 안개와 비를 데려와 강둑의 눈을 녹였다. 햇살은 안개들을 흩뜨리면서 향기로운 황갈색과 흰색 연기가 퍼지는 변화무쌍한 풍경에 미소를 짓는다. 여행자는 졸졸 흐르는 수많은 시내와 개울이 연주하는 음악 소리에 기운을 얻어 이 섬에서 저 섬으로 발을 골라 디디며 그 풍경 속을 조심스레 나아간다. 시내와 개울들은 혈관에 겨울의 피를 흘려보내고 있다.

내가 마을에 갈 때 지나다니는 철로변의 가파른 비탈로 모래와 진흙이 녹아서 흘러내리는 모양을 관찰하는 것보다 더 큰 즐거움을 주는 것도 없다. 철로가 발명된 이후 적당한 재료를 사용해 새로 쌓은 둑이 많이 늘어났지만 이런 현상이 대규모로 나타나는 경우는 보기 힘들었다. 그 재료라는 게 갖가지 굵기에 다양하고 풍부한 색깔의 모래에 대개 진흙을 약간 섞은 것이다. 봄에 서리가 내리거나 겨울에도 땅이 녹은 날이면 모래가 용암처럼 비탈로 흘러내리기 시작했고, 때로는 눈을 뚫고 터져나가서 예전에는 모래가 전혀 보이지 않던 곳까지 넘쳐흐르기도 했다.

수많은 작은 모래줄기들이 서로 겹치고 얽혀 절반은 흐름의 법칙을, 절반은 식물의 법칙을 따르는 일종의 잡종 같은 형태를 나타냈다. 모래줄기들이 흘러가면서 수액이 많은 나뭇잎이나 덩굴 모양을 띠어 깊이 1피트가 넘는 걸쭉한 나뭇가지 더미를 이룬다. 그것들을 내려다보면 잎이 들쭉날쭉하고 겹쳐진 일부 이끼류의 엽상체와 비슷하다. 혹은 산호, 표범 발톱이나 새의 발, 뇌나 허파나 장, 온갖 종류의 배설물이 연상되기도 한다. 정말로 기괴한 식물이라 할 수 있는데, 우리는 이 식물의 형태와 색상을 청동으로 본뜬 장식들을 볼 수 있다. 말하자면 이 식물의 형태는 아칸서스, 치커리, 담쟁이덩굴, 포도나무, 혹은 어떤 식물의 잎보다 더 오래전부터 건축에 이용된 전형적인 문양인 것이다. 어쩌면 상황에 따라 미래의 지질학자들에게 하나의 수수께끼가 될 운명을 안고 있는 식물이다.

　내게는 비탈 전체가 빛에 노출된 종유석 동굴처럼 느껴졌다. 다양한 색조의 모래는 갈색, 회색, 노르스름한 색, 불그스레한 색 등 다양한 철의 색깔을 나타냈고 유달리 선명하고 상쾌한 느낌을 주었다. 모래줄기들이 흘러가다가 둑 기슭의 배수로에 이르면 여러 가닥으로 나뉘어 평평하게 퍼져나갔다. 각각의 모래줄기는 반원통 모양이 사라지고 점점 더 평평하고 넓어졌다. 그리고 물기가 더 많아지면서 하나로 합쳐져 흐르다가 거의 평평한 모래밭을 이루는데, 색조는 여전히 다채롭고 아름답지만 그 속에서 식물의 원래 형태를 발견할 수 있다. 그러다 물속으로 들어가면 결국 강어귀에 형성되는 것과 비슷한 둑으로 바뀌며 식물 모양은 사라지고 바닥에 잔물결 무늬가 생긴다.

　때로는 높이 20~40피트인 둑 전체에 어느 봄날의 작품인 이런 나뭇잎들, 즉 눈을 뚫고 터져나온 모래줄기들이 둑의 한쪽이나 양쪽 비탈을 타고 흘러내리면서 이루는 무늬가 4분의 1마일에 걸쳐 펼쳐진다. 이런 모래 나뭇잎들의 놀라운 점은 이렇게 갑자기 생겨난다는 것이다. 둑의 한쪽 비탈은 밋밋한데(햇빛이 한쪽 면에 먼저 작용하기 때문이다.) 반대쪽에는 한 시간 만에 이런 울창한 나뭇잎들이 생기는 걸 보면 내가 특별한 의미에서 세상과 나를 창조한 예술가의 실험실에 서 있는 것처럼 느껴졌다. 아직도 그가 작업을 하고 있고, 이 둑에서 장난을 치며 자신의 참신한 디자인을 흩뿌리며 기운차게 일을 하고 있는 것 같았다.

이렇게 흘러내리는 모래는 동물의 내장처럼 잎사귀 모양의 덩어리를 이루기 때문에 마치 내가 지구의 핵심에 더 가까이 온 듯한 기분이 들기도 했다. 이렇게 우리는 모래를 보면서 식물의 잎이 돋아나리란 걸 예상한다. 대지가 잎사귀 모양으로 외부에 자신을 표현하는 건 놀라운 일이 아니다. 내면적으로 그런 개념을 잉태한 채 진통을 겪고 있기 때문이다. 원자들은 이미 이 법칙을 알고 있기 때문에 여기에 따라 잉태한다. 머리 위에 드리운 나뭇잎은 이 모래 무늬에서 자신의 원형을 본다. 잎은 지구든 동물의 몸이든 내부에 있을 때는 축축하고 두터운 엽(葉, lobe)이다.

이 단어는 특히 간, 폐, 그리고 지방 엽에 적용된다(이 잎의 한 어원은 노동labor, 실수lapsus, 흐르거나flow 아래로 미끄러짐slip downward, 시간의 경과lapsing로, 다른 어원은 구globus, 엽lobe, 지구globe, 무릎lap, 펄럭임flap, 그리고 그 외의 많은 단어들로 파생되었다). 그리고 외부에 있을 때는 얇고 마른 잎(leaf)이다. f와 v는 b가 압축되고 건조된 것이기 때문이다. 'lobe'의 어근은 lb인데 부드러운 덩어리인 b(단엽, B는 복엽)를 뒤에 있는 유음 l이 앞으로 밀고 있다. 'globe'의 어근은 glb이며 후두음 g가 이 단어의 의미에 목구멍의 힘을 더한다. 새의 깃털과 날개는 더 건조하고 얇은 잎이다. 그리하여 땅속의 둔탁한 굼벵이가 날개를 팔랑이는 가뿐한 나비가 되는 것이다.

지구 자체도 계속 스스로를 초월하고 변신하며 자신의 궤도를 비행한다. 얼음도 처음에는 마치 물의 거울에 물풀의 잎들이 새겨놓은 틀 안으로 흘러들어간 것처럼 수정 같은 섬세한 잎으로 시작된다. 나무 전체도 하나의 잎에 지나지 않는다. 강은 더 거대한 잎으로 중간중간의 땅들은 잎의 도톰한 부분이며, 마을과 도시는 엽액 속에 있는 벌레들의 알이다.

해가 지면 모래는 더 이상 흘러내리지 않지만 아침이 되면 다시 흐르기 시작해 무수한 갈래로 계속 나뉜다. 그 모습을 보노라면 혈관이 어떻게 형성되었는지 알 수 있을 것이다. 자세히 살펴보면 처음에는 얼어 있던 모래덩어리가 녹으면서 부드러워진 모래줄기가 손가락의 둥글고 볼록한 부분처럼 방울 모양으로 밀려나와서 천천히 그리고 거침없이 아래로 더듬어 내려간다. 그러다 해가 높이 떠올라 열기와 습기를 더 많이 머금으면 가장 유동적인 부분이 가장 완만한 부분의 법칙을 따르려고 하다가 떨어져나와 스스로 구불구불한 물길, 즉 동맥을 형성한다.

그 속에서 번갯불처럼 번쩍이는 작은 은빛 물줄기가 수액이 많은 잎이나 가지의 한 단계에서 다른 단계로 바뀌다가 이따금 모래에 집어삼켜지는 모습이 보인다. 모래가 흘러가면서 자신의 덩어리가 녹아서 생기는 최상의 재료를 사용해 얼마나 신속하면서도 완벽하게 유기적인 형태를 이루어 예리한 모서리의 물길을 형성하는지 경이로울 정도다. 이런 곳이 바로 강의 수원이다. 물에 침전된 규산질에는 아마도 뼈 조직이 들어 있고 그보다 더 고운 흙과 유기 물질에는 살의 섬유질이나 세포조직이 있을 것이다. 사람이란 게 겨울에 얼어 있다 녹은 진흙덩어리가 아니면 무엇이겠는가?

손가락 끝의 동그란 부분은 응결된 모래방울이고, 손가락과 발가락은 녹고 있는 몸에서 자신이 갈 수 있는 끝까지 흘러간 것이다. 더욱 온화한 하늘 아래에서는 인간의 몸이 어디까지 확장되고 흘러갈지 누가 알겠는가? 손은 열편과 잎맥이 있는 종려나무 잎사귀가 아닐까? 상상해보면 귀는 귓불이나 방울이 달린 채 머리 옆에 붙어 있는 지의류인 움빌리카리아일 수도 있다.

입술은 동굴 같은 입의 위아래에 겹쳐져 있거나 벌어져 있다. 코는 응결된 모래방울이나 종유석임이 틀림없다. 턱은 더 큰 모래방울로 얼굴에서 흘러내린 것들이 만나는 곳이다. 뺨은 이마에서 얼굴의 골짜기로 미끄러져 내리다가 광대뼈에 걸려 퍼진 것이다. 식물 잎사귀의 동그란 열편 각각은 크건 작건 지금은 쉬엄쉬엄 흘러내리고 있는 걸쭉한 방울이다. 열편들은 잎의 손가락이다. 잎은 열편의 수만큼 여러 방향으로 흘러내리는 경향이 있고 열을 더 많이 받거나 그 밖에 적절한 영향을 받으면 더 멀리까지 흘러갔을 것이다.

이렇게 이 비탈 하나가 모든 자연 작용의 원리를 보여주는 것 같다. 이 땅의 창조자는 단지 잎사귀 하나에 대한 특허를 얻었을 뿐이다. 어떤 샹폴리옹*이 우리에게 이 상형문자를 해독해주어 우리가 드디어 새로운 장을 넘기게 될 수 있을까? 이 현상은 울창하고 비옥한 포도밭보다 더 나를 들뜨게 한다. 사실 이 현상은 성격상 약간 배설물과 비슷하고 지구의 안과 밖을 뒤집어놓은 것처럼 간과 허파와 내장 무더기가 끝없이 쌓여 있는 것처럼 보인다. 하지만 이런 현상은 적어도 대자연이 내장을 갖고 있고 따라서 자연이 인류의 어머니라는 점을 재차 암시한다.

이 현상은 얼음이 땅 밖으로 빠져나오는 것으로서 봄을 알린다. 신화가 나온 뒤에야 조화로운 시(詩)가 나오는 것처럼 이 현상이 나타난 뒤에야 꽃이 만발한 푸르른 봄이 찾아온다. 나는 겨울의 독성과 소화불량 증세를 이보다 더 말끔하게 없애주는 현상을 알지 못한다. 이 현상은 땅이 아직 배내옷에 싸인 채 아기 같은 손가락을 사방에 쭉 펼치고 있다는 확신을 준다. 민둥한 이마에서는 곱슬곱슬한 머리칼이 새로 나고 있다. 이 현상에는 비유기적인 것이 하나도 없다. 잎사귀 모양의

---

* 장 프랑수아 샹폴리옹(1790~1832). 로제타석을 해독해 상형문자 연구에 관한 관심을 널리 퍼뜨린 프랑스의 이집트학자.

무더기들이 용광로의 찌꺼기처럼 둑에 쌓여서 자연이 내부적으로 '전력 가동'하고 있다는 것을 알려준다.

땅은 단지 책갈피처럼 한 층 한 층 쌓여 주로 지질학자와 고고학자들이 연구하는 죽은 역사의 조각이 아니라 꽃이나 과일보다 먼저 돋아나는 나뭇잎들처럼 살아 있는 시다. 화석이 된 땅이 아니라 살아 있는 땅이다. 땅의 위대하고 중심적인 삶에 비하면 모든 동물과 식물의 삶은 기생생활일 뿐이다. 땅이 진통하면 우리가 벗어놓은 허물이 그 무덤 밖으로 내던져질 것이다. 인간은 금속을 녹여 가능한 한 가장 아름다운 틀에 넣어 주조할 수 있다. 하지만 그렇게 해서 나온 아름다운 모양도 땅의 얼음이 녹으면서 흘러나온 흙이 빚어내는 형상들보다 나를 흥분시키지 못할 것이다. 땅뿐 아니라 그 위의 제도들도 도공의 손안에 놓인 진흙처럼 쉽게 형태를 빚을 수 있다.

머지않아 이 둑들뿐 아니라 모든 언덕과 들판, 모든 우묵한 땅속의 얼음이 굴속에서 겨울잠을 자던 동물처럼 땅 밖으로 나와 음악 소리를 내며 바다를 찾아가거나 구름에 실려 다른 지방으로 이주할 것이다. 부드러운 설득력을 지닌 해빙의 신이 망치를 든 천둥의 신인 토르보다 힘이 세다. 전자는 세상을 녹이지만 후자는 산산조각 내버린다.

땅을 덮고 있던 눈이 부분적으로 녹고 며칠 동안 따뜻한 날씨가 이어져 땅 표면이 어느 정도 마르면, 막 모습을 드러낸 새로운 해의 부드러운 첫 징조들과 겨울을 이겨낸 시들시들한 식물들의 위엄 있는 아름다움을 비교하는 일이 즐겁다. 떡쑥, 미역취, 네덜란드쥐손이, 그리고 우아한 야생초들은 심지어 여름보다 더 눈에 띄고 흥미를 끈다. 마치 여태껏 저마다의 아름다움이 채 무르익지 않았던 것처럼. 황새풀, 부들, 현삼, 물레나물, 조팝나무, 그 외의 줄기가 튼튼한 식물들은 일찍 이곳을 찾아든 새들에게는 마르지 않는 곡창이다. 적어도 이 품위 있는 잡초들은 과부가 된 자연이 입고 있는 상복과 같다고 할 수 있다.

나는 꼭대기가 활 모양으로 휘고 다발로 뭉쳐진 듯한 사초풀에 특히 끌렸다. 이 풀은 여름에 겨울의 기억을 되살려주는, 예술에서 모방하기 좋아하는 형상 중 하나다. 또한 이미 천문학이 갖고 있는 인간의 마음속에 자리 잡은 유형들과 똑같은 관계를 맺고 있는 식물이다. 이 풀은 그리스나 이집트의 것보다 더 오래된 유형이다. 겨울에 일어나는 많은 현상들은 말로 표현하기 힘들 만큼 부드럽고 연약한 섬세함을 넌지시 내비친다. 우리는 겨울이라는 이 왕이 무례하고 시끌벅적한 폭군으로 묘사되는 것에 익숙하지만 겨울은 여름의 삼단 같은 긴 머리를 연인처럼 부드럽게 장식해준다.

봄이 다가오자 붉은 다람쥐 두 마리가 한꺼번에 내 집 아래로 들어왔다. 그리고 내가 책을 읽거나 글을 쓰고 있으면 바로 내 발 아래에서 지금껏 들어본 소리 중 가장 괴상한 소리로 낄낄거리고 목을 굴리며 꼴꼴 소리를 냈다. 내가 발을 쾅 굴러보아도 다람쥐들은 더 시끄럽게 찍찍거리기만 했다. 장난에 푹 빠져서 모든 두려움과 존중심을 잃고 자신들을 저지하는 인간에게 맞서는 것 같았다. 안 돼, 그러지 마! 찍찍. 찍찍. 다람쥐들은 조용히 하라는 내 주장에 전혀 귀를 기울이지 않거나 내가 얼마나 강하게 주장하는지 알아차리지 못한 채 참지 못하고 독설을 퍼부었다.

봄에 찾아온 첫 참새! 그 어느 때보다 기운 찬 희망을 안고 시작하는 새로운 해! 눈이 반쯤 녹은 촉촉한 들판 위로 어렴풋하게 들려오는 파랑새, 멧종다리, 티티새의 청아한 지저귐은 겨울의 마지막 조각들이 떨어지며 딸랑거리는 소리 같다. 이런 때 역사, 연대기, 전통, 기록된 모든 계시가 무슨 의미가 있을까? 시냇물은 축가를 부르며 봄을 기뻐한다. 개구리매는 벌써 풀밭 위를 낮게 날며 겨울잠에서 먼저 깨어난 끈적거리는 먹잇감을 찾고 있다. 눈이 녹으며 가라앉는 소리가 모든 계곡에서 들려오고 호수의 얼음도 빠른 속도로 녹는다. 마치 귀환하는 해를 맞으려고 땅이 내부의 열을 내보내는 것처럼 언덕에는 풀들이 봄에 일어난 불처럼 타오른다.

"그리고 이른 봄비의 부름을 받은 풀이 막 자라나기 시작한다."*

그 불길의 색은 노란색이 아니라 초록색이다. 영원한 젊음의 상징인 풀잎이 흙에서 나와 길쭉한 초록색 리본처럼 여름 속으로 흘러가다가 서리의 방해를 받는다. 하지만 곧 다시 밀고 나가 새로운 생명력으로 말라버린 지난해의 풀에서 싹을 밀어올린다. 풀잎은 땅에서 스며 나온 시냇물처럼 꾸준히 자란다. 풀잎이 한창 자라는 6월에 시냇물이 마르면 풀잎 자체가 물을 공급하는 수로이기 때문에 풀잎은 시냇물과 거의 같은 것이라고 볼 수 있다. 해마다 가축 떼들이 이 마르지 않는 초록빛 시내에서 물을 마시고 풀 베는 사람들은 늦기 전에 풀을 베어 겨울 준비를 해둔다. 이렇게 우리 인간의 목숨은 죽어도 뿌리는 남아 여전히 영원을 향해 푸른 풀잎을 내민다.

월든 호수는 빠른 속도로 녹고 있다. 북쪽과 서쪽 호숫가에는 10미터 폭으로 물이 드러났고 동쪽 끝에는 더 넓게 얼음이 녹았다. 그리고 커다란 얼음장이 본체에서 떨어져나왔다. 호숫가의 덤불 속에서 멧종다리의 노랫소리가 들린다. 올릿, 올릿, 올릿, 칩, 칩, 칩, 쳅, 차, 체, 위스, 위스, 위스. 녀석도 얼음이 깨지도록 거들고 있다. 얼음 가장자리의 크고 완전한 곡선은 얼마나 아름다운지! 그 곡선은 호숫가의 선과 어느 정도 일치하지만 더 조화로운 형태다. 최근에 때 아니게 닥친 강추위 때문에 얼음이 유달리 단단하다. 얼음은 물에 흠뻑 젖어 있거나 궁전의 바닥처럼 물결무늬를 띤다. 동풍이 불투명한 얼음 표면 위를 미끄러져 지나가지만 얼음을 녹이지 못한 채 그 너머의 살아 있는 수면에 닿는다.

띠 모양으로 드러난 호수의 물이 햇빛에 반짝이는 모습은 눈이 부

---

* "And the grass which is called forth by the early rains is just growing", 로마시대 학자 바로의 글.

실 정도로 아름답다. 호수의 맨 얼굴은 그 속에 사는 물고기들과 호숫가 모래들의 즐거움을 들려주는 것처럼 기쁨과 젊음이 넘친다. 황어, 이를테면 펄떡거리는 한 마리 물고기의 비늘에서 반짝이는 은빛 광채 같다. 겨울과 봄은 이토록 대조적이다. 월든 호수는 죽었다가 다시 살아났다. 하지만 얘기했듯이 이번 봄에는 호수가 좀 더 천천히 녹고 있다.

눈보라와 겨울에서 청명하고 온화한 날씨로, 어둡고 둔하던 시간에서 밝고 활달한 시간으로의 변화는 만물이 선언하는 중요한 전기다. 그러나 결국은 그러한 변화가 순간적으로 일어난 것처럼 보인다. 저녁이 가까워지는데 갑자기 빛이 밀려들어 집을 가득 채웠다. 아직 겨울 구름이 드리워져 있었고 처마에서 진눈깨비의 빗물이 떨어지고 있을 때였다. 나는 창 밖을 내다보았다. 세상에! 어제까지만 해도 차가운 잿빛 얼음이 있던 곳에 여름날 저녁처럼 잔잔하고 희망이 넘치는 투명한 호수가 누워 있었다. 머리 위로 아무것도 보이지 않는데 호수는 마치 멀리 떨어진 지평선으로부터 소식을 들은 것처럼 가슴에 여름 저녁의 하늘을 비추고 있었다.

멀리서 울새가 지저귀는 소리가 들려왔다. 나는 그 노랫가락을 몇천 년 만에 처음 듣는 것만 같았고 앞으로 몇천 년이 더 지나도 잊지 못할 것이다. 옛날과 다름없는 달콤하고 힘찬 노랫소리였다. 뉴잉글랜드에서 여름날이 저물 무렵의 저녁 울새! 그 울새가 앉아 있는 나뭇가지를 찾을 수만 있다면! 내 말은 울새도 찾고 싶고 나뭇가지도 찾고 싶다는 뜻이다. 그 새는 적어도 아메리카 붉은가슴울새는 아닐 것이다. 오랫동안 힘없이 늘어져 있던 내 집 주위의 리기다소나무들과 떡갈나무 관목이 갑자기 몇몇 특성을 되찾아 마치 비에 씻겨 깨끗해지고 원기를 회복한 것처럼 더 산뜻하고 초록색이 짙어졌을 뿐 아니라 더 꼿꼿하고 생기 있어졌다.

나는 이제 비가 더는 내리지 않으리라는 걸 알았다. 숲의 나뭇가지

하나를 보아도, 아니 쌓아놓은 장작더미만 보아도 겨울이 지났는지, 아닌지 알 수 있다. 날이 더 어두워졌을 때 나는 숲 위를 낮게 날고 있는 기러기들의 울음소리를 듣고 깜짝 놀랐다. 기러기들은 남쪽의 호수에서 늦은 시간에 이곳에 도착해 드디어 거리낌 없이 불평을 늘어놓으며 서로를 위로하고 있는 지친 여행객들 같았다. 내 집 문가에 서 있으면 기러기들의 힘찬 날갯짓 소리를 들을 수 있었다. 기러기들은 내집 쪽으로 날아오다가 집에서 새어나오는 불빛을 알아차리고 잠잠해지더니 방향을 틀어 호수에 내려앉았다. 그래서 나도 집으로 들어가 문을 닫고 숲속에서의 첫 봄밤을 보냈다.

아침에는 문가에서 안개 속 기러기들을 바라보았다. 250미터쯤 떨어진 호수 한가운데에서 미끄러지듯 헤엄을 치고 있는 기러기 떼는 수도 많고 소란스러워서 마치 월든 호수가 이 새들이 즐길 수 있게 만들어진 인공 호수처럼 보였다. 하지만 내가 호숫가에 서자 기러기들은 대장의 신호에 따라 날개를 크게 펄럭이며 일제히 날아오르더니 줄을 서서 내 머리 위를 돌았다. 모두 스물아홉 마리였다. 그런 다음 이 기러기들은 일정한 간격을 두고 울려퍼지는 대장의 울음소리에 맞춰 곧장 캐나다 쪽으로 날아갔다. 여기보다 더 흐린 호수에서 아침을 먹을 생각인 듯했다. 동시에 오리 떼도 날아올라 시끄러운 사촌들을 뒤쫓아 북쪽으로 향했다.

일주일 동안 외로운 기러기가 짝을 찾아 아침 안개 속을 빙빙 돌면서 우는 소리가 들려왔다. 그 기러기는 숲이 감당할 수 있는 것보다 더 큰 생명의 소리로 숲을 채웠다. 4월에는 작은 무리를 지어 빠르게 날아가는 비둘기들이 다시 보였다. 그리고 나한테까지 차례가 돌아올 만큼 마을에 흰털발제비가 많은 것 같지도 않았는데 이내 내 개간지 위에서 이 새들이 지저귀는 소리가 들려왔다. 나는 흰털발제비가 백인들이 이 땅에 들어오기 전에 속이 빈 나무 속에서 살던 별난 옛 종족일 것이라는 상상을 했다. 거북과 개구리는 거의 모든 지방에서 이 계절을 알리는 전조다. 새들이 노래하면서 날개를 반짝이며 날아다니고 식물들에서는 싹이 트고 꽃이 피며 바람이 불어오는 것은 극지방의 가벼운 진동을 바로잡아 자연의 균형을 유지하기 위해서다.

어느 계절이든 그때가 되면 가장 좋다고 여겨지듯이, 봄이 온 것이 혼돈에서 우주가 창조되고 황금시대가 실현된 것만 같다.

　　동풍이 물러났다. 오로라와 나바테아 왕국과
　　페르시아로, 그리고 아침 햇살이 내리쬐는 산등성이로.

　　인간이 태어났다. 만물의 창조자이자
　　더 나은 세상의 원천이 신성한 씨앗에서 그를 만들었건,
　　혹은 최근에 높은 하늘에서 떨어져나온 땅이
　　동족인 하늘의 씨앗들을 간직했건 간에.*

보슬비가 한번 내리면 풀은 다양한 빛깔로 더욱 푸르러진다. 그처럼 우리도 더 좋은 생각을 하면 앞날이 밝아진다. 자기 위에 떨어진 가장 작은 이슬방울의 힘도 고스란히 받아들이는 풀처럼 우리가 항상 현재에 살며 자신에게 닥치는 모든 사건들을 잘 활용한다면, 그리고 우리의 의무를 다하라고 주어졌던 기회들을 등한시했던 것을 보상하는 데 시간을 보내지 않는다면 우리는 축복받은 사람이 될 것이다. 이미 봄이 와 있는데 우리는 겨울 속에서 늑장을 부리고 있다. 상쾌한 봄날 아침에는 인간의 모든 죄가 용서받는다. 그런 날은 악덕과 휴전하는 날이다. 그런 날의 태양이 타오르는 동안 가장 비열한 죄인도 돌아올 것이다.**

———————

* 　오비디우스, 『변신이야기』
** "그리고 등잔이 타오르는 동안 / 가장 비열한 죄인도 돌아올 것이다." 아이작 와츠의 시.

우리가 순수성을 회복한다면 이웃의 순수성도 알아볼 수 있다. 우리는 어제까지는 이웃을 도둑이나 주정뱅이, 호색가로 생각하고 그를 단지 동정하거나 경멸하며 세상에 대해 절망했을지도 모른다. 그러나 이 봄의 첫 아침에 햇살이 밝고 따뜻하게 비치며 세상을 새로이 창조하고 있을 때 우리가 조용히 일을 하고 있는 그 이웃을 만나 지치고 방탕에 젖었던 그의 혈관이 고요한 기쁨으로 부풀어오르고 새로운 날을 축복하는 모습을 본다면, 그리고 어린아이처럼 순수하게 봄의 영향력을 느끼는 것을 본다면 그의 모든 잘못은 잊힐 것이다. 신생아의 본능처럼 맹목적이고 비효과적이지만 감정을 표현하려고 애쓰는 그의 주위에는 선의의 분위기뿐 아니라 신성한 느낌까지 감돈다. 그래서 잠시 동안 남쪽 산비탈에는 천박한 농담이 울려퍼지지 않는다.

우리는 옹이투성이의 그의 껍질에서 순수하고 깨끗한 새싹이 돋아나 가장 어린 식물처럼 부드럽고 생기 있게 새로운 해의 삶을 살려고 준비하는 모습을 볼 수 있다. 심지어 그와 같은 사람도 주님의 기쁨에 함께하게 된다. 왜 교도관은 감옥 문을 열어놓지 않는가? 왜 판사는 사건을 기각하지 않는가? 왜 목사는 그의 신도들을 해산시키지 않는가? 그들은 신이 내린 암시에 따르지 않고 신이 모든 사람에게 너그럽게 베푸는 용서를 인정하지 않기 때문이다.

날마다 고요하고 인정 많은 아침의 숨결 속에서 생겨나는 선함으로 돌아가면 선을 사랑하고 악을 미워한다는 면에서 우리는 인간의 근본적인 본성에 좀 더 다가가게 된다. 나무들을 잘라낸 숲에서 새싹이 돋는 것처럼. 마찬가지로, 하루 동안 저지른 악은 다시 돋아나려는 선의 싹이 자라나지 못하게 하고 망가뜨린다. 선의 싹이 여러 번 방해를 받아 자라지 못하면 저녁의 인정 많은 숨결로는 그 싹을 보존하기에 충분하지 않다. 저녁의 숨결이 더 이상 이 싹들을 보존하지 못하게 되자마자 사람의 본성은 금수와 크게 다를 바 없어진다. 사람들은 본성이 금수와 같은 이를 보면 그는 인간이 타고나는 이성의 힘을 가진 적이 없다고 생각한다. 이것이 어찌 인간의 참되고 자연적인 성정이겠는가?*

황금시대가 처음 세워졌을 때는 복수하는 사람도 없었고
법 없이도 자연스레 성실과 정직을 소중하게 여겼다.
징벌과 두려움이 없었고 내걸린 놋쇠에는 위협적인 말이 쓰여
있지 않았다.
탄원하는 대중은 판관의 말을 두려워하지 않았고
복수하는 사람이 없어도 안전했다.
산에서 베어낸 소나무가 흘러가는 파도에 실려
낯선 세상까지 가는 일도 아직 없었고
사람들은 자기가 사는 해안밖에 몰랐다.
…(중략)…
봄이 영원히 이어졌고 평온한 산들바람이
씨 없이 태어난 꽃들을 따뜻한 바람결로 달랬다.**

4월 29일에 나인에이커코너 다리 근처의 강둑에서 낚시를 하고 있을 때였다. 나는 방울새풀과 버드나무 뿌리들 위에 서 있었는데, 거기에는 사향쥐들이 살고 있었다. 그때 달그락거리는 이상한 소리가 들려왔다. 사내아이들이 손가락으로 가지고 노는 막대에서 나는 것과 비슷한 소리였다. 위를 올려다보니 쏙독새처럼 생긴 작고 우아한 매한 마리가 보였다. 매는 물결처럼 높이 치솟았다가 5~10여 미터 아래로 급강하하기를 반복했는데, 드러난 날개 안쪽이 햇빛 속에서 공단

---

* 『맹자』 고자편, 제1장.
** 오비디우스, 『변신이야기』

리본이나 진주 빛이 도는 조개껍질 안쪽처럼 반짝였다. 그 모습을 보니 매사냥이 생각났고 매사냥이 주는 고귀하고 시적인 느낌도 떠올랐다.

이 새는 쇠황조롱이라고 불러도 될 것 같았다. 하지만 이름 같은 건 상관없었다. 새는 내가 지금까지 본 중에서 가장 영묘한 비행을 하고 있었기 때문이다. 단순히 나비처럼 펄펄 날지도 않았고, 좀 더 몸집이 큰 매처럼 높이 솟구치기만 하지도 않았다. 새는 도도한 자신감에 넘쳐 넓은 공중에서 즐기고 있었다. 특이한 웃음소리를 내며 자꾸자꾸 하늘로 올라갔다가 연처럼 여러 번 몸을 뒤집으며 자유롭고도 아름답게 낙하했다. 그러다 마치 땅에는 한 번도 발을 디딘 적이 없는 것처럼 고상한 공중제비를 멈추고 자세를 회복했다.

하늘에서 혼자 놀고 있는 모습을 보니 새는 이 세상에 친구라곤 없는 것 같았고 자신이 놀고 있는 아침과 하늘 말고는 친구도 필요 없는 것처럼 보였다. 새는 외롭지 않았고 오히려 자기 아래에 있는 땅의 모든 것들을 외롭게 만들었다. 이 새를 부화시킨 어미와 아비, 친척들은 하늘 어디에 있을까? 하늘의 주민인 이 새는 언젠가 험한 바위틈에서 알을 깨고 나왔다는 것 말고는 땅과 관련이 없어 보였다. 아니면 이 새는 무지개를 다듬은 뒤 남은 조각들과 저녁놀이 지는 하늘을 엮어 만들고 땅에서 가져온 한여름의 부드러운 아지랑이로 안감을 댄 구름 한 귀퉁이의 둥지에서 태어난 걸까? 이제 이 새의 둥지는 낭떠러지 같은 구름이다.

그 외에도 나는 금빛, 은빛, 밝은 구릿빛이 나는 귀한 물고기들을 많이 낚았다. 물고기들은 꼭 줄에 꿴 보석 같았다. 아! 얼마나 많은 첫 봄날 아침에 나는 작은 흙무더기에서 흙무더기로, 버드나무 뿌리에서 버드나무 뿌리로 건너뛰며 풀밭 깊숙이 들어갔던가! 그럴 때 거친 강 계곡과 숲은 죽은 사람이라도 깨울 만큼 맑고 밝은 빛으로 뒤덮여 있었다. 어떤 사람들이 생각하는 것처럼 죽은 사람들이 무덤 안에서 그저 잠을 자고 있는 것이라면 말이다. 불멸성에 대한 이보다 더 강력한 증거는 필요하지 않다. 만물은 그런 빛 속에서 살아야 한다. 오, 죽음아, 너의 가시는 어디 있느냐? 무덤아, 너의 승리는 어디 있느냐?

사람의 발길이 닿지 않은 주변의 숲과 초원이 없다면 우리 마을에서의 생활은 활기 없이 침체되어 있을 것이다. 우리에게는 야성이라는 강장제가 필요하다. 때로는 알락해오라기와 뜸부기가 숨어 있는 늪을 건너고 도요새가 윙윙거리는 소리를 들어야 한다. 그리고 좀 더 야생적이며 외톨이인 들새들이 둥지를 틀고 밍크가 땅에 배를 바짝 대고 기어다니는 곳에서 살랑거리는 사초의 냄새를 맡아야 한다. 우리는 모든 것을 탐구하고 알아내고 싶어하면서도 동시에 모든 것이 탐사되지 않고 신비에 싸여 있기를 바란다. 또한 땅과 바다는 헤아릴 수 없는 존재여서 인간에 의해 측량되거나 깊이가 밝혀지지 않은 채 무한한 야생으로 남기를 바라기도 한다.

우리는 자연을 아무리 누려도 지나치지 않다. 우리는 자연의 무한한 활기, 광활하고 거대한 지세, 난파선의 잔해가 흩어져 있는 해안, 살아 있는 나무와 썩어가고 있는 나무들이 들어찬 황무지, 뇌운, 3주간 계속되어 홍수를 일으키는 비를 보고 원기를 회복해야 한다. 우리는 자신의 한계를 벗어나 우리가 돌아다니지 못하는 곳에서 어떤 생물이 자유로이 풀을 뜯는 모습을 보아야 한다. 혐오스럽고 거슬리는 썩어가는 고기라도 독수리가 먹어서 건강해지고 힘을 얻는 모습을 보면 우리도 기운이 난다. 내 집으로 가는 길 옆의 움푹 팬 곳에 말 한 마리가 죽어 있었던 적이 있다. 그래서 나는 때때로 길을 돌아서 가야 했다. 특히 후텁지근한 밤이면 더욱 그랬다. 하지만 그렇게 죽어 있는 말의 모습을 보자 자연의 식욕이 왕성하고 침범할 수 없을 정도로 건강하다는 확신이 들었고, 그런 생각만으로도 나는 어느 정도 보상을 받았다.

나는 무수히 많은 생명체들이 서로 잡아먹고 희생되어도 괜찮을 정도로 생명체로 가득한 자연을 보고 싶다. 연약한 생명체가 펄프처럼 짓눌려 사라져도 괜찮기를 바란다. 왜가리가 올챙이를 게걸스럽게 삼키고, 거북과 두꺼비들이 길에서 차에 치이고, 때로는 살과 피가 빗물처럼 흘러도 괜찮을 정도로! 우리는 쉽게 사고를 당할 수 있지만 사고가 왜 일어났는지 설명할 수 있는 길은 거의 없다는 것을 알아야 한다. 현명한 사람은 이것을 보고 보편적인 무지를 깨닫는다. 독이라고 해서 꼭 유해한 것도 아니며 어떤 상처도 치명적이지는 않다. 동정심은 지지할 수 없는 감정이며 임시방편적인 것임에 틀림없다. 동정심의 호소를 정형화해서는 안 된다.

5월 초가 되자 떡갈나무, 히커리나무, 단풍나무, 그리고 여러 다른 나무들이 호수 주위의 소나무들 틈에서 새싹을 틔워 주변 풍경이 햇살이 비친 것처럼 밝아졌다. 특히 흐린 날에는 해가 안개를 뚫고 이곳저곳의 산비탈을 희미하게 비추는 것 같았다. 5월 3일인가 4일에 호수에서 아비새 한 마리를 보았고, 그 달 첫 주에는 쏙독새, 갈색 개똥지빠귀, 개똥지빠귀, 딱새, 되새를 비롯한 새들의 울음소리가 들려왔다. 미국개똥지빠귀 소리는 그보다 한참 전에 들었다.

피비새도 벌써 다시 찾아와 문과 창문으로 내 집을 들여다보며 자기가 살기에 적당한 동굴 같은 곳인지 살펴보았다. 피비새는 마치 공기를 움켜잡는 것처럼 발톱을 구부리고 날개를 윙윙거려 몸을 지탱한 채 내 집 주위를 조사했다. 곧 리기다소나무의 유황 같은 꽃가루가 호수와 그 주변의 돌들과 썩은 나무를 뒤덮었다. 한 통 가득 꽃가루를 모을 수도 있을 것이다. 이것이 사람들이 말하는 '유황 소나기'였다. 칼리다사의 희곡 「사쿤탈라」에도 "연꽃의 금빛 꽃가루로 노랗게 물든 시냇물"*이라는 구절이 나온다. 이렇게 우리가 점점 키가 자라는 풀숲을 거니는 동안 계절은 여름을 향해 흘러갔다.

---

* 인도 시인 칼리다사의 희곡 5막에 나오는 두슈만타의 대사.

숲에서 생활한 내 첫 번째 해는 이렇게 끝났고 두 번째 해는 첫 해
와 비슷했다. 그리고 나는 1847년 9월 6일에 마침내 월든을 떠났다.

우리가 깨어 있을 때에만 날이 밝아온다

의사들은 환자에게 공기와 주변 풍경을 바꿔보라는 현명한 조언을 한다. 다행히도 이곳이 세상의 전부는 아니다. 뉴잉글랜드에서는 칠엽수가 자라지 않고 흉내지빠귀 우는 소리도 잘 들을 수 없다. 야생 기러기들은 우리보다 더 세계적이다. 캐나다에서 아침을 먹고 오하이오 강에서 점심을 먹은 뒤 밤에는 남부지방의 작은 만에서 깃털을 다듬으니 말이다. 옐로스톤 강가에 더 푸르고 달콤한 풀이 자라기 전까지만 콜로라도의 목초지에서 풀을 뜯어 먹는 들소도 어느 정도는 계절과 보조를 맞추며 살아간다고 할 수 있다. 그러나 우리는 농장의 가로장 울타리를 헐고 돌담을 쌓으면 그 후로는 우리의 삶에 경계선이 그어지고 우리 운명이 결정되었다고 생각한다. 당신이 읍사무소 서기로 뽑히면 이번 여름에는 티에라델푸에고 제도에 가지 못한다. 하지만 지옥불의 나라에는 갈지도 모른다. 우주는 우리가 보는 것보다 광대하다.

하지만 우리는 호기심 많은 승객처럼 우리가 탄 배의 고물 난간 너머로 자주 바깥을 내다보아야 하며, 뱃밥을 만드는 멍청한 선원들처럼 여행해서는 안 된다. 지구 반대편은 우리가 편지를 주고받는 사람의 고향일 뿐이다. 우리는 대권항법에 따라서만 항해하고 의사는 피부병에 대한 처방만 해준다. 어떤 사람은 기린을 찾으려고 서둘러 남아프리카로 달려가지만 그것은 분명 그가 쫓아야 할 사냥감이 아니다. 그럴 수 있다 한들 얼마나 오래 기린을 사냥할 수 있기를 바랄 것인가? 도요새나 멧도요도 희귀한 사냥감이지만, 나는 자기 자신을 사냥하는 것이 더 고귀한 활동이라고 믿는다.

> 그대 안으로 눈을 돌리면
> 마음속에서 지금까지 발견하지 못한 천 개의 지역을 발견하리니.
> 그 지역들을 여행하여
> 자신을 연구하는 천문학의 전문가가 되어라.*

아프리카는, 그리고 서부는 무엇을 의미할까? 우리의 내면은 해도 위의 하얀 부분이 아닐까? 발견되고 나면 해안처럼 검은 부분으로 판명될지도 모르지만. 우리가 발견해야 할 곳이 나일 강이나 니제르 강이나 미시시피 강의 수원이나 북미 대륙의 북서항로일까? 이런 것들이 인류에게 가장 중요할 문제일까? 실종되어 그의 아내가 간절히 찾는 사람이 프랭클린(북극에서 행방불명된 탐험가-역주) 한 사람뿐일까? 그린넬(프랭클린을 찾는 미국인-역주)은 자신이 어디에 있는지 알고 있을까?

차라리 자기 자신의 강과 바다를 탐사하는 멍고 파크, 루이스와 클라크, 프로비셔(이 시대 유명한 탐험가들-역주)가 되어라. 당신 자신의 좀 더 위도가 높은 지대를 탐험하라. 필요하면 고기 통조림을 배에 가

---

* 윌리엄 하빙턴, 「나의 영예로운 친구 나이트 경에게」. 하딩은 소로가 이 시를 차머스의 『영국명시집』에서 발견했다고 생각한다.

득 싣고 떠나라. 그리고 빈 깡통은 표지 삼아 하늘 높이 쌓아올려라. 고기 통조림이 단지 고기를 보존하려고 발명되었을까? 아니, 당신 내면의 신대륙과 신세계 전부를 발견하는 콜럼버스가 되어 무역이 아닌 사상을 교역하는 항로를 열어라. 모든 사람은 자기 왕국의 군주다. 그에 비하면 세속적인 차르의 제국은 하찮은 국가, 얼음이 남긴 작은 언덕에 지나지 않는다.

하지만 어떤 사람들은 자긍심은 전혀 없으면서도 애국심을 내세워 소(小)를 위해 대(大)를 희생시킨다. 그들은 자신의 무덤이 될 땅은 사랑하지만 자신의 육신에 생명력을 불어넣을 수 있는 정신과는 전혀 공감하지 않는다. 애국심은 이런 사람들의 머리에 사는 구더기다. 거창한 축하 행렬을 벌이고 막대한 비용을 들인 남해 탐험대의 의미가 무엇인가? 그것은 정신세계에도 대륙과 바다가 있다는 사실을 간접적으로 인정하는 것이다. 그 세계에서 모든 사람은 아직 자기 자신이 탐사하지 않은 지협이나 작은 만이지만 정부의 배를 타고 자신을 돕는 500명의 선원들, 그리고 소년들과 함께 추위와 폭풍우, 식인종과 싸우며 항해하는 것이 자신만의 바다, 즉 한 존재의 대서양과 태평양을 탐험하는 것보다 더 쉬울 것이라는 사실을 말이다.

그들이 떠돌아다니다가
이국적인 호주인을 유심히 살펴보게 하라.
나는 신과 관련된 것을 더 많이 가지고 있지만
그들은 길과 관련된 것을 더 많이 가지고 있다.*

잔지바르 섬의 고양이 수를 헤아리기 위해 세계일주를 할 필요는

---

* 하딩의 지적에 따르면, 소로는 1841년 5월 10일자 일기에서 이 구절이 클라우디아누스의 『베로나의 노인』에 나오는 마지막 시이며, 자기가 사는 시대에 적합하도록 이베로족(스페인인)을 호주인으로 바꿨다고 썼다.

없다. 하지만 더 나은 일을 할 수 있을 때까지는 이 일이라도 하라. '시머스'의 구멍을 발견해 드디어 내면으로 들어갈 수 있을지도 모르잖은가. 영국과 프랑스, 스페인과 포르투갈, 황금 해안과 노예 해안은 모두 이 자신만의 바다와 접해 있다. 하지만 이 지역들에서 출발한 어떤 범선도 육지가 보이지 않는 곳까지 모험을 한 적이 없다. 분명 그렇게 해야 인도로 바로 갈 수 있는데도. 만약 당신이 모든 나라의 말을 배우고 관습을 따르고 싶다면 어떤 여행자보다 더 멀리 여행하고 모든 지방의 풍토에 익숙해지고, 스핑크스가 머리를 돌에 부딪쳐 죽게 만들고 싶다면 옛 철학자의 가르침에 따라 당신 자신을 탐험하라. 그러려면 바른 눈과 용기가 필요하다.

이 탐험에서 패배한 사람과 도망친 사람만이 전쟁터로 향한다. 겁쟁이들이나 달아나 군대로 몸을 피하는 것이다. 가장 먼 서쪽 길로 지금 출발하라. 이 길은 미시시피 강이나 태평양에서 끊어지는 것도 아니고 진부한 중국이나 일본으로 향하지도 않으며, 여름과 겨울, 낮과 밤, 해가 지고 달이 지고 결국 지구까지 지는 천구와 맞닿는 곳으로 직접 인도해줄 것이다.

미라보*는 "사회의 가장 신성한 법에 대해 공식적으로 저항하려면 어느 정도의 결의가 필요한지 알기 위해" 노상강도 짓을 했다고 한다. 미라보는 "진중에서 싸우는 병사에게는 노상강도의 반만큼의 용기도 필요하지 않다."라고 단언했으며 "깊은 숙고 끝에 내린 군은 결심은 명예와 종교도 방해하지 못한다."고 말하기도 했다. 이 말은 세상사람 모두가 생각하듯 남자답다. 하지만 무모하지는 않다 하더라도 안이한 말이다. 좀 더 분별력 있는 사람이라면 더욱 신성한 법칙에 복종함으로써 '사회의 가장 신성한 법칙'이라 여겨지는 것에 대해 충분히 자주 '공식적인 저항'을 할 것이다. 그래서 길을 벗어나지 않아도 자신의 결

---

* 미라보 백작(1749~1791)은 프랑스 혁명 당시의 정치인이다.

의를 시험할 수 있을 것이다.

　인간의 소임은 사회에 저항하는 태도를 지니는 게 아니라 자기 존재의 법칙에 따르는 과정에서 취하게 되는 태도를 유지하는 것이다. 그러면 우연히 정부와 맞닥뜨릴 기회가 오더라도 공정한 정부에는 저항하지 않을 것이다.

　나는 숲에 들어갈 때와 마찬가지로 그럴 만한 이유가 있어서 숲을 떠났다. 내게는 살아야 할 삶이 몇 개 더 있는 것처럼 보여서 숲에서의 삶에 더 많은 시간을 내줄 수 없었다. 우리가 자신도 의식하지 못하는 사이에 얼마나 쉽게 어떤 특정한 길로 접어들어 자신의 길을 다지는지 놀라울 정도다. 내가 숲에서 산 지 채 일주일도 안 되어 내 발자국으로 집의 문가에서 호숫가까지 길이 났다. 내가 그 길을 밟지 않은 지 대여섯 해가 지났는데도 아직 길은 또렷하게 남아 있다. 사실 나는 다른 사람들이 그 길을 걸어다녀서 길이 계속 남아 있는 게 아닌가 싶다. 땅의 표면은 부드러워서 사람들이 밟으면 자국이 남는다.

　마음이 여행하는 길들도 마찬가지다. 그렇다면 세상의 큰길은 얼마나 닳고 먼지투성이며 전통과 순응의 바퀴자국은 얼마나 깊이 패었을까! 나는 선실 통로로 가지 않고 세상의 돛대 앞과 갑판 위에 서 있고 싶다. 그곳에서는 산들 사이의 달빛을 가장 잘 볼 수 있기 때문이다. 나는 이제 아래 선실로 내려가고 싶지 않다.

　나는 경험을 통해 적어도 이것을 배웠다. 사람이 자기가 꿈꾸는 방향으로 자신 있게 나아가고 자기가 그리는 삶을 살려고 노력한다면 평범하게 살 때는 생각지도 못한 성공을 얻는다는 점이다. 그는 지나간 일들을 잊고 눈에 보이지 않는 경계선을 넘을 것이다. 그의 주변과 내면에 새롭고 보편적이며 더욱 자유로운 법칙이 확립되기 시작할 것이다. 혹은 옛 법칙들이 확장되고 더욱 자유로운 의미에서 그에게 유리하게 해석되어 그는 존재의 더욱 고귀한 질서를 누리며 살게 될 것이다. 단순한 삶을 살수록 그만큼 우주의 법칙이 덜 복잡하게 보일 것이고, 고독은 고독이 아니고 빈곤도 빈곤이 아니며 연약함도 연약함이 아닐 것이다. 당신이 공중에 성을 짓는다면 그 성은 사라지지 않을 것이다. 그 성이 있어야 할 곳이 공중이니까. 이제 그 아래에 토대를 쌓자.

영국인이나 미국인들이 당신에게 자신들이 알아들을 수 있게 말하라고 하는 건 터무니없는 요구다. 사람이건 버섯이건 그런 식으로는 자라지 않기 때문이다. 그런 요구를 하는 건 마치 그들이 알아듣게 말하는 게 중요한 일이고 그들 없이는 당신을 이해할 사람이 충분하지 않다는 식의 태도다. 마치 자연이 한 가지 이해의 질서만 지지해서 네발동물과 새, 기어다니는 동물과 날아다니는 동물을 함께 부양하지 못한다는 식이다. 또한 브라이트가 이해할 수 있는 '쉿'과 '후'가 최고의 영어라는 식이며, 멍청해야만 안전하다는 것과 같다. 나는 내 표현이 너무 도가 지나친 것이 아닐까, 내 일상생활의 좁은 한계에서 멀리 벗어나지 못해 내가 확신하는 진리에 적합하지 않을까 매우 두렵다.

도가 지나치는 것! 그것은 당신이 어떤 울타리 안에 있는지에 따라 달라진다. 새 풀밭을 찾아 다른 위도로 이동하는 물소는 젖 짜는 시간에 들통을 차버리고 울타리를 뛰어넘어 제 새끼를 뒤쫓는 암소만큼 도가 지나친 게 아니다. 나는 어디선가 제약 없이 이야기를 하고 싶다. 잠에서 깨어나는 사람이 역시 잠에서 깨어나는 사람들에게 이야기하는 것처럼. 내가 아무리 과장을 해도 진실한 표현의 토대를 쌓기에는 충분하지 않다고 확신하기 때문이다. 음악 한 가락을 들었다고 자신이 앞으로 항상 과장되게 말하지 않을까 두려워하는 사람이 있을까?

미래나 가능성이라는 면에서 보면 우리는 앞을 명확하게 정해놓지 말고 느슨하게 살아야 한다. 우리의 윤곽선을 흐릿하고 막연하게 두어야 한다. 우리 그림자가 태양을 향해 자신도 모르는 사이에 땀을 흘리는 것처럼. 우리의 말에 담긴 사라지기 쉬운 진실은 남아 있는 표현의 부적절함을 끊임없이 드러낼 것이다. 말의 진실은 즉시 해석되고 글자 그대로의 기념비만 남는다. 우리의 믿음과 경건함을 표현하는 말은 분명하지 않다. 하지만 본성이 훌륭한 사람들에게 그런 말들은 의미 깊고 유향처럼 향기롭다.

왜 우리는 항상 가장 둔한 인식으로 수준을 낮추고 그것을 상식이라고 찬양할까? 가장 평범한 의식은 잠든 사람의 의식으로 그것은 코고는 소리로 표현된다. 때때로 우리는 1배 반 정도 지혜로운 사람들을 반편이로 분류하는 경향이 있다. 그런 사람들이 지닌 지혜의 3분의 1밖에 인식하지 못하기 때문이다. 어떤 사람들은 아침노을에서도 흠을 찾아낼 것이다. 아침노을을 볼 만큼 일찍 일어난 적이 있기만 하다면. 내가 듣기로 "카비르의 시에는 환상, 영혼, 지성, 베다의 개방적 교리라는 네 가지 다른 의미가 있다고 주장하는 사람들이 있다."고 한다. 그러나 세상의 이쪽 편에서는 한 사람의 글이 한 가지 의미 이상으로 해석될 여지가 있으면 불평을 들을 수 있다. 영국에서는 감자 썩는 병을 치료하려고 노력한다는데,* 그보다 더 치명적으로 널리 퍼져 있는 뇌가 썩는 병을 고치기 위해서는 어떤 노력이 이루어지고 있는가?

나는 내가 그렇게 애매하게 글을 썼다고는 생각하지 않는다. 하지만 월든의 얼음에서 발견된 것 이상으로 내 글들에서 치명적인 결함이 발견되지 않는다면 자랑스러울 것이다. 얼음에 푸른 빛이 도는 것은 얼음이 맑다는 증거인데 남부의 고객들은 이를 탁하다고 여기는지 마땅치 않아 하고 흰색의 케임브리지의 얼음을 더 좋아한다. 하지만 그 얼음에서는 수초 맛이 난다. 사람들이 좋아하는 순수성은 땅을 덮고 있는 안개 같은 것이지 그 너머의 하늘빛 정기가 아니다.

어떤 사람들은 우리 미국인들이나 일반적으로 현대인들은 고대인들이나 엘리자베스 여왕 시대의 사람들과 비교하면 지적인 난쟁이들

---

* 감자 마름병이 1845년에 미국을, 1846년에는 영국 제도를 강타했다.

이라고 떠든다. 하지만 그런 말이 무슨 소용이 있겠는가? 살아 있는 개가 죽은 사자보다 낫다. 사람이 피그미 족에 속한다고 해서 그중에서 가능한 한 가장 큰 사람이 되려고 노력하지 않고 그냥 가서 목을 매달아야 할까? 우리 모두 각자의 일에 신경 쓰고 타고난 본래의 자기 자신이 되도록 노력하자.

왜 우리는 성공하기 위해 그렇게 필사적으로 서두르고 무모한 모험을 하는 걸까? 사람들이 동료들과 보조를 맞추지 않는 것은 아마도 다른 북소리를 듣고 있기 때문일 것이다. 그 북소리가 박자가 잘 맞건, 멀리서 들리건 자신이 듣는 음악에 맞춰 걷게 하라. 사람이 사과나무나 떡갈나무처럼 빨리 성숙해야 하는 건 아니다. 그가 봄을 여름으로 바꾸어야 할까? 아직 우리에게 맞는 상황이 오지 않았다면 우리가 대체할 수 있는 현실은 무엇일까? 우리는 헛된 현실에 걸려 난파해서는 안 된다. 우리가 힘들여 머리 위에 푸른 유리로 된 하늘을 만들 필요가 있을까? 그 하늘이 완성되어도 우리는 그런 하늘은 없는 것처럼 그 훨씬 너머에 있는 영묘한 진짜 하늘을 바라볼 게 틀림없는데.

쿠우루라는 도시에 완벽을 추구하던 예술가가 살았다. 어느 날 그는 지팡이를 만들어야겠다는 생각이 들었다. 불완전한 일에는 시간을 고려해야 하지만 완전한 일에는 시간이 상관없다고 생각한 그는 평생 동안 다른 일은 전혀 못하더라도 어느 모로 보나 완벽한 지팡이를 만들겠다고 결심했다. 부적합한 재료를 사용해서는 안 되겠다고 결정한 그는 곧바로 나무를 구하러 숲으로 갔다. 그가 나뭇가지들을 차례차례 살피며 퇴짜를 놓고 있는 동안 친구들은 차츰 그의 곁을 떠났다. 친구들은 각자의 일을 하다가 늙어서 죽었지만 그는 한순간도 늙지 않았다. 오로지 한 가지 목표와 결심, 높은 경건함이 자신도 모르게 그에게 영원한 젊음을 주었기 때문이다.

그는 시간과 전혀 타협하지 않았기 때문에 시간은 그를 피해 멀리에서 그를 정복하지 못한 것에 한숨만 쉬었다. 그가 모든 면에서 적합한 나뭇가지를 발견했을 때 쿠우루 시는 잿빛 폐허가 되어 있었다. 그는 폐허의 흙더미에 앉아 나뭇가지를 깎았다. 지팡이 모양을 제대로 내기도 전에 칸다하르 왕조가 멸망했다. 그는 나뭇가지 끝으로 모래에 그 종족의 마지막 사람의 이름을 쓴 뒤 다시 일을 시작했다. 그가 지팡이를 매끈하게 다듬을 즈음에는 칼파가 더 이상 북극성이 아니었다. 그가 지팡이에 물미를 씌우고 보석으로 머리를 장식하기 전에 브라마는 수없이 잠이 들었다 깼다. 그런데 왜 내가 이 일을 계속 이야기하는 걸까?

작품에 마지막 손질을 하자 지팡이는 놀라는 예술가의 눈앞에서 브라마의 모든 창조물 중에서 가장 아름다운 것으로 바뀌었다. 그는 지팡이를 만들면서 새로운 체계, 완전하고 아름답게 균형 잡힌 세계를 만들었다. 그 속에서 옛 도시들과 왕조들은 사라졌지만 그 자리에 더 아름답고 영광스러운 도시와 왕조가 들어섰다. 이제 그는 발끝에 쌓인 나무 부스러기들이 지금도 갓 깎아낸 듯 생생한 것을 보고 그와 그의 작품에 있어 지금까지 흐른 시간은 환영이며, 브라마의 뇌에서 나온 하나의 섬광이 인간의 뇌의 부싯깃을 불태우는 데 드는 시간밖에 지나지 않았다는 것을 깨달았다. 사용한 재료가 순수하고 기술도 순수했는데 결과가 어찌 경이롭지 않을 수 있겠는가?

우리가 사물에 부여할 수 있는 어떤 겉모습도 결국 진실만큼 우리에게 도움이 되지 않을 것이다. 오로지 진실만이 오래간다. 대체로 우리는 우리가 있어야 할 곳에 있지 않고 잘못된 곳에 있다. 천성이 허약한 우리는 어떤 경우를 가정하고 그 속에 자신을 집어넣는다. 이렇게 우리는 동시에 두 경우에 놓여 있기 때문에 빠져나오기가 두 배로 어렵다. 하지만 우리가 분별력이 있을 때는 사실만을, 실제로 존재하는 경우만 본다. 의무적인 말이 아니라 그대가 반드시 해야만 하는 말을 하라. 어떤 진실도 거짓보다는 낫다. 땜장이 톰 하이드는 교수대에 섰을 때 할 말이 있느냐고 묻자 이렇게 대답했다. "재단사들에게 첫 땀을 꿰매기 전에 잊지 말고 실에 매듭을 지으라고 말해주시오." 그때 그의 동료가 올린 기도는 잊혀졌다.

당신의 삶이 아무리 비천하더라도 그것을 직면하고 살아가라. 피하거나 나쁘게 말하지 말라. 그것은 당신 자신만큼 나쁘지는 않다. 당신이 가장 부유할 때 당신의 삶은 가장 빈곤하다. 흠을 잡기 좋아하는 사람은 천국에서도 흠을 잡을 것이다. 설령 보잘것없더라도 당신의 삶을 사랑하라. 당신은 구빈원에 있더라도 즐겁고 흥분되는 멋진 시간을 누릴 수 있을 것이다. 석양은 양로원의 창문에도 부잣집과 마찬가지로 밝게 비친다. 이른 봄이면 양로원 문 앞의 눈도 녹는다. 평온한 사람은 그곳에서도 만족스럽게 지내고 궁전에서처럼 즐거운 생각을 할 것이다.

내게는 마을의 가난한 사람들이 종종 누구보다 독립적인 삶을 사는 것처럼 보인다. 어쩌면 그들은 의심 없이 남의 도움을 받을 만큼 마음이 넓은 사람일지도 모른다. 대부분의 사람들은 마을의 도움을 받는 것은 창피하게 생각하면서 더 불명예스러운 부정직한 방법으로 먹고 사는 것은 부끄럽게 여기지 않는 경우가 흔하다. 세이지 같은 정원 허브를 기르는 것처럼 가난을 가꾸어라. 옷이든 친구든 새로운 것을 얻으려고 지나치게 애쓰지 마라. 헌 옷은 뒤집어 입고, 옛 친구들에게 되돌아가라. 사물이 변하는 게 아니라 우리가 변하는 것이다. 옷은 팔더라도 생각은 간직하라. 신은 당신이 교제를 원하지 않는다는 걸 아실 것이다.

내가 온종일 거미처럼 다락방 구석에 갇혀 있어도 내가 나에 대해 생각하는 동안에는 세상이 크게 느껴질 것이다. 한 철학자는 "3군으로 이루어진 군대라도 그 우두머리를 사로잡으면 무너뜨릴 수 있으나, 필부일지라도 그의 지조를 빼앗을 수는 없다."*고 말했다. 발전하고 싶은

---

* 『논어』 9편 25절.

열망이 너무 커서 여러 영향력에 자신을 내맡겨 이용당하지 말라. 그러는 건 자신을 탕진시킬 뿐이다. 겸손은 어둠처럼 천상의 빛을 드러낸다. 우리 주변에 가난과 미천함의 그림자가 짙게 드리워져 있으면, "보라, 창조가 우리가 보는 앞에서 넓게 펼쳐진다."[*]

우리는 종종 크로이소스 왕의 부를 얻는다 해도 우리의 목적은 여전히 똑같고 우리의 수단도 본질적으로 같다는 것을 떠올린다. 게다가 가난 때문에 활동 영역이 제한된다면, 가령 책과 신문을 살 수 없다면, 당신은 가장 의미 깊고 중요한 경험만 하도록 제한된다. 당분과 전분이 가장 많은 재료만 다루어야 하는 것뿐이다. 가장 달콤한 삶은 뼈, 즉 기본에 가까운 삶이다. 당신은 경솔한 사람이 되지 않도록 보호를 받는 셈이다. 높은 수준에서 도량이 넓은 사람은 누구도 낮은 수준에서 손해를 보지 않는다. 필요 이상의 부로는 단지 쓸모없는 사치품을 살 수 있을 뿐이다. 영혼의 필수품을 사는 데는 돈이 필요하지 않다.

내 집은 한쪽 벽이 납빛을 띠고 있는데, 그 벽에는 종을 주조하는 데 쓰는 청동 합금이 약간 섞여 있다. 한낮에 쉬고 있을 때면 종종 밖에서 어지러운 작은 방울 소리가 들려온다. 나와 같은 시대에 사는 사람들이 떠드는 소리다. 이웃들은 내게 이름난 신사, 숙녀들과 함께한 진기한 경험이나 저녁식사에서 만난 명사들에 관해 들려주지만 나는 그런 일에는 「데일리 타임스」의 내용만큼이나 관심이 없다. 사람들의 관심사와 대화는 주로 의상과 태도에 관한 것이다. 하지만 거위는 아무리 당신이 원하는 대로 옷을 입혀놓아도 거위일 따름이다. 사람들은 내게 캘리포니아 주와 텍사스 주, 영국과 인도 제국, 조지아 주나 매사추세츠 주의 ○○씨에 관해 이야기하지만 모두 일시적이고 덧없는 이야기들이라서 나는 맘루크 왕조의 장관[**]처럼 그들의 정원에서 달아날 준비를 한다.

---

[*]   "And lo! Creation widened in man's view"(조지프 블랑코 화이트, 「밤에게」)

나는 나 자신의 모습이 되는 게 좋다. 눈에 잘 띄는 곳에서 화려하게 우쭐거리며 열을 지어 걸어다니기보다는 할 수만 있다면 세상의 창조자와 함께 걷는 게 좋다. 이 불안하고 예민하며 부산스럽고 진부한 19세기에 살기보다 이 세기가 지나가는 동안 생각에 잠겨 서 있거나 앉아 있고 싶다. 사람들은 무엇을 축하하고 있을까? 사람들은 모두 준비위원회 자리를 꿰차고 앉아 시간마다 누군가가 연설하길 기대하고 있다. 신도 그날의 사회자일 뿐이고 웹스터는 연설자다.

나는 저울대에 운명을 맡긴 채 몸무게를 덜 나가게 하려고 애쓰는 게 아니라 깊이 생각해서 결정을 내리고 나를 가장 강하고 올바로 끌어당기는 것에 끌려가고 싶다. 어떤 경우를 가정하지 않고 있는 그대로의 상황을 받아들이고 싶다. 내가 갈 수 있는 유일한 길, 어떤 힘도 나를 막지 못하는 길로 가고 싶다. 단단한 토대를 마련하기도 전에 아치를 세우는 건 내게 아무런 만족감도 주지 않는다. 살얼음 놀이는 하지 말자. 어디든 단단한 바닥이 있다. 우리는 한 여행자가 소년에게 자기 앞의 늪의 바닥이 단단한지 물어본 이야기를 읽었다. 소년은 바닥이 단단하다고 대답했다. 하지만 여행자가 탄 말은 금방 뱃대끈까지 빠지고 말았다.

여행자가 소년에게 따졌다. "이 늪의 바닥이 단단하다고 말하지 않았느냐?" 그러자 소년이 대답했다. "바닥은 단단해요. 하지만 아직 바닥까지 절반도 닿지 않으신 거예요." 사회의 늪과 유사(流沙)도 마찬가지다. 하지만 이런 사실을 알려면 연륜이 필요하다. 생각이나 말이나 행동은 드물게 일치하는 경우에만 가치가 있다. 나는 윗가지와 회벽에 바보같이 그냥 못을 박는 사람이 되고 싶지는 않다. 그렇게 하면 밤에 잠을 이루지 못할 것이다.

** 1811년에 이집트의 무하마드 알리 총독이 맘루크 왕조의 대학살을 명했다. 맘루크의 무사들은 요새에 갇혔지만 한 사람이 말을 타고 벽을 뛰어넘어 달아났다.

내게 망치를 주고 벽의 홈을 더듬어 찾게 하라. 접합제에 의존하지 마라. 밤에 잠이 깨면 자신이 한 일을 만족스럽게 떠올릴 수 있도록 못을 끝까지 깊숙이 박고 단단하게 고정시켜라. 그렇게 일을 하면 뮤즈 신을 불러도 부끄럽지 않을 것이다. 그렇게 해야만 신이 당신을 도울 것이다. 당신이 일을 하면서 박는 모든 못이 우주라는 기계의 또 다른 대갈못이 되어야 한다.

사랑보다, 돈보다, 영예보다 내게 진실을 달라. 나는 맛있는 음식과 술이 넘치는 식탁에 앉아 알랑거리는 시중을 받았지만 성실과 진실성이 없었다. 그래서 배를 주린 채 그 냉랭한 식탁을 떠났다. 손님접대는 얼음처럼 차가웠다. 음식을 차갑게 하기 위한 얼음이 필요 없을 정도였다. 사람들은 내게 포도주가 얼마나 오래된 것이고 생산된 연도가 얼마나 유명한 해인지 이야기했다. 하지만 나는 더 오래되고 새로우며 순수한 포도주, 더 영광스러운 해에 생산된 포도주, 그 사람들이 얻지 못했고 살 수도 없는 포도주를 떠올렸다.

유행, 집과 뜰, '오락'은 내게는 아무 의미가 없다. 나는 왕을 방문했지만 그는 홀에서 나를 기다리게 했고 환대를 할 줄 모르는 사람처럼 굴었다. 내 이웃 중에는 속이 빈 나무 안에서 사는 사람이 있는데 그의 몸가짐은 정말로 왕처럼 당당하다. 나는 차라리 그를 방문하는 게 더 나았을 것이다.

우리는 언제까지 현관에 앉아서 어떤 일에도 적절하지 않을 쓸데없고 케케묵은 미덕을 행하고 있어야 할까? 마치 사람은 인내심을 가지고 하루를 시작해서 감자밭의 김을 맬 일꾼을 고용하고 오후에는 계획된 선의를 품고 그리스도인의 온유함과 자비를 실천하러 가야 하는 것 같다. 인류의 중국적인 자존심과 정체된 자기만족에 대해 생각해보자. 현 세대는 자신이 빛나는 가문의 마지막 후손이라는 것을 자축하는 경향이 있다. 보스턴과 런던, 파리와 로마 같은 도시에서는 오랜 전통을 상기하면서 예술과 과학과 문학의 발전을 만족스레 이야기한다.

철학학회들의 기록과 위인들을 기리는 공적인 송덕문들도 있다. 이런 모습은 착한 아담이 자신의 미덕에 대해 곰곰이 생각하는 것이나 마찬가지다.

"그래, 우리는 결코 사라지지 않을 위대한 일을 했고 신성한 노래를 불렀어." 말하자면 우리가 기억할 수 있는 동안은 사라지지 않을 일과 노래들이다. 아시리아의 학회들과 위대한 인물들은 지금 어디에 있는가? 우리는 얼마나 혈기 넘치는 철학자이자 실험주의자들인가! 내 독자들 중에서 아직 인간의 한평생을 전부 살아낸 사람은 없다. 지금은 인류의 일생에서 봄철일지도 모른다. 우리 중에 7년 동안 옴을 앓은 사람이 있다고 해도 콩코드에서 17년 된 매미를 본 사람은 없다. 우리는 단지 우리가 살고 있는 지구의 얇은 막만 알고 있다. 대부분의 사람은 지표에서 6피트 아래까지 땅을 파본 적이 없고 그만한 높이로 뛰어오른 적도 없다.

우리는 자신이 어디에 있는지 모른다. 게다가 주어진 시간의 거의 절반을 자면서 보낸다. 그런데도 우리는 자신을 현명하다고 찬탄하고 지표에 하나의 질서를 정해놓았다. 정말이지 심오한 사상가에 야심만만한 사람들이군! 나는 벌레들이 숲 바닥에 깔린 솔잎들 사이를 기어가며 내 눈에 띄지 않으려고 애쓰는 모습을 지켜보면서 왜 이 벌레가 이런 변변찮은 생각을 하며 내게서 몸을 숨기는지 자문해보았다. 내가 그 벌레의 은인이 되어 그 종족에게 좋은 정보를 나누어줄지도 모르는데 말이다. 그러면서 나는 인간벌레인 나를 지켜보는 더 큰 은인이자 지적인 존재를 떠올렸다.

세상에 끊임없이 새로운 것들이 밀려들고 있는데 우리는 믿을 수 없을 정도의 지루함을 견디고 있다. 가장 개화된 나라에서 어떤 종류의 설교를 듣고 있는지만 제시해도 이 말이 이해가 갈 것이다. 기쁨과 슬픔 같은 단어들이 있지만 그 말들은 콧소리로 부르는 찬송가의 후렴일 뿐이고 우리는 평범하고 천박한 것을 믿는다. 우리는 갈아입을 수 있는 건 옷뿐이라고 생각한다. 대영제국은 크고 훌륭한 나라이고 미국은 일류 강국이라고들 말한다.

하지만 우리는 모든 사람의 뒤에는 그가 마음만 먹으면 대영제국을 나뭇조각처럼 떠내려보낼 수 있는 조류가 밀려들었다 빠져나간다고 생각하지 못한다. 다음에는 어떤 종류의 17년 된 매미가 땅에서 나올지 누가 알겠는가? 내가 사는 세계의 정부는 영국처럼 만찬을 즐긴 뒤 포도주를 마시며 담소를 나누는 와중에 만들어진 정부가 아니다.

우리의 삶은 강물과도 같다. 올해는 이 강물의 수위가 사람들이 지금껏 알고 있던 것보다 높아져서 바짝 마른 고지대를 침수시킬지도 모른다. 그리하여 우리 사향쥐들이 전부 익사하는 파란만장한 해가 될지도 모른다. 우리가 사는 곳이 항상 마른 땅이었던 건 아니다. 나는 과학자들이 홍수를 기록하기 시작하기 전, 먼 옛날에 깊은 내륙지방의 둑들에 강물이 밀려들었다는 것을 알고 있다. 처음에는 코네티컷주, 다음에는 매사추세츠 주의 어느 농가 부엌에 60년 동안 놓여 있던 오래된 사과나무 탁자의 바짝 마른 나무판에서 기어나온 어느 힘세고 아름다운 벌레에 관한 소문은 뉴잉글랜드에 널리 퍼져서 누구나 알고 있는 이야기다.

벌레가 기어나온 곳 바깥쪽의 나이테를 헤아려보니 그보다 훨씬 더 오래전, 그 나무가 살아 있을 때 낳은 알에서 나온 녀석이었다. 아마도 찻주전자의 열기에 부화가 된 것으로 보이는데, 녀석이 몇 주 동안 탁자를 갉는 소리가 들렸다고 한다. 이 이야기를 듣고 부활과 영생에 대한 믿음이 더 강해지는 것을 느끼지 않을 사람이 있을까? 사회에서 가장 변변찮고 주로 선물로나 주어지는 가구에서 돌연히 어떤 아름다운 날개 달린 생명체가 나타나 마침내 완벽한 여름의 삶을 즐길 줄 누가 알겠는가?

그 생명체의 알은 처음에는 살아 있는 푸른 나무의 겉쪽에 놓여 있었지만 나무가 점차 잘 건조된 무덤과 비슷하게 변함에 따라 생명이 죽어 말라붙은 사회에서 수많은 동심원을 그리는 나무의 켜 아래에 묻혀 오랜 세월을 보냈다. 아마도 몇 년 전부터 가족들은 즐겁게 식탁에 둘러앉아 있는 동안 나무를 갉아먹는 소리가 들려 놀랐을 것이다.

　나는 영국인이나 미국인이 이 모든 걸 이해할 것이라 말하진 않겠다. 하지만 단순히 시간이 흐른다고 아침이 밝아오는 것은 아니다. 눈을 멀게 하는 빛은 우리에겐 어둠이나 마찬가지다. 우리가 깨어 있을 때에만 날이 밝아온다. 앞으로 밝아올 날들이 많이 남아 있다. 해는 동틀 녘에 보이는 샛별일 뿐이다.

시민 불복종
Civil Disobedience

"시민이 복종을 거부하고 관리가 직책을 그만둘 때 혁명을 쟁취하는 것이다. 하지만 어차피 피를 흘린다는 생각을 할 수도 있다. 양심이 상처를 받는 것도 일종의 피를 흘리는 것이 아닐까? 이 상처를 통해 한 사람의 진정한 인간다움과 존엄성이 피를 흘리면서 끊임없이 죽음과 마주하는 것이나 다를 바 없기 때문이다. 나는 현재 바로 이런 피가 흐르는 광경을 보고 있다."

- 헨리 데이비드 소로

나는 "가장 적게 다스리는 정부가 가장 좋은 정부"라는 구호*를 마음 깊이 받아들이며 하루빨리 체계적으로 그런 정부가 실현되는 것을 보고 싶은 마음 간절하다. 이렇게 되면 결국 내가 똑같이 가치를 두는 "최고의 정부는 전혀 다스리지 않는 정부"라는 단계로 이어지기 때문이다.

사람들이 이에 대한 준비를 할 때 이런 정부를 갖게 될 것이다. 정부란 기껏해야 편리한 도구에 지나지 않는다. 하지만 대부분의 정부는 보통 불편하며 또 때때로 불편하지 않은 정부는 하나도 없다. 상비군 제도를 볼 때, 그동안 중요하고 정당한 반대의견이 자주 제기되어왔으며 이런 의견은 어쩌면 끝내 상설정부에 대한 반대로 이어질지도 모른다. 상비군은 상설정부의 팔 하나에 지나지 않는다. 정부란 국민이 그들의 의지를 실현하기 위해 선택한 한 가지 형식일 뿐이다. 하지만 군대와 마찬가지로 정부는 국민이 그것을 통해 의지를 실현하기 전에 남용되고 본래의 목적에서 벗어나기 쉽다. 현재 벌어지고 있는 멕시코와의 전쟁**은 비교적 소수의 개인이 상설정부를 그들의 도구로 사용한 결과다. 처음부터 국민은 이런 조치에 동의하지 않았기 때문이다.

그렇다면 이 미국정부는 하나의 전통 외에 무엇이란 말인가? 온전한 모습으로 후손에게 전해주려고 애를 쓰지만 매순간 본래의 모습 일부를 잃어버리는 그나마 역사가 짧은 전통이 아닌가? 정부는 살아 있는 한 개인의 역동성과 활력을 갖고 있지 않다. 개인은 자신의 의지에 맞게 정부를 굴복시킬 수 있기 때문이다. 정부는 국민에게 불완전하고 믿을 수 없는 도구 같은 것이다. 그렇다고 이런 것의 필요성이 줄어드는 것은 아니다. 국민은 그들이 품고 있는 정부에 대한 생각에 만

---

* 소로가 잡지 〈미국의 잡지와 민주주의 비평(United States Magazine and Democratic Review)〉(1837~1859)의 구호를 인용한 것(이하 옮긴이 주석).

** 1846~1848년 사이에 일어난 멕시코-미국 전쟁을 말하는 것.

족하기 위해서라도 뭔가 복잡한 기계장치가 있어야 하고 그 시끄러운 소리를 들어야 마음을 놓기 때문이다. 이와 같이 정부는 사람들이 얼마나 쉽게 속을 수 있는지, 그들 자신의 이익을 위해 얼마나 쉽게 스스로마저 속일 수 있는지를 보여준다. 이는 모두가 인정할 수밖에 없는 중요한 문제다. 하지만 이 정부는 방해가 되지 않도록 선선히 길을 비켜준 적은 있어도 스스로 어떤 사업을 진척시킨 적은 전혀 없다.

이 정부는 국가의 자유를 지켜주지 못한다. 서부를 개척하는 것도 아니다. 교육을 책임지지도 못한다. 지금까지 일궈낸 모든 것은 미국인이 한 일이다. 그리고 정부가 때로 방해만 하지 않았다면 더 많은 것을 이루어냈을 것이다. 정부란 사람들이 서로 등을 돌리게 만드는 불편한 조직이기 때문이다. 그리고 앞에서 말한 대로 통치를 받는 국민이 가장 간섭을 덜 받을 때가 정부는 가장 편리하다. 무역과 상업은, 천연고무 같은 탄력이 없었다면 입법자들이 끊임없이 그 길에 깔아놓는 장애물을 결코 뛰어넘지 못했을 것이다. 그리고 부분적으로라도 그들의 의도가 아니라 전체적으로 그들의 행동이 불러일으킨 결과로 판단할 때, 이 입법자들은 철로에 장애물을 올려놓는 악의적인 사람들과 똑같이 취급해 함께 처벌해야 마땅할 것이다.

하지만 자칭 아나키스트들과 달리 한 명의 시민으로 말할 때, 사실 나는 정부가 필요 없다고 주장하는 것이 아니다. 내가 당장 요구하는 것은 보다 나은 정부일 뿐이다. 어떤 정부가 모든 사람의 존경을 받을 만한지 분명히 알릴 때, 우리는 그런 정부로 한 걸음 다가가게 될 것이다.

권력이 일단 국민의 손에 들어올 때, 다수가 장기간 지속적으로 지배하도록 허용되는 실제 이유는 그 다수가 가장 정당한 것 같거나 소수에게 가장 공정한 것으로 보이기 때문이 아니라 그들의 힘이 가장 강하기 때문이다. 하지만 어떤 경우든 다수가 지배하는 정부는 정의에 기반을 두었다고 할 수는 없다. 우리가 이해하는 정의의 범위에서 생각해도 전혀 그렇지 않다. 그런데 옳고 그름을 사실상 다수가 아니라 양심에 따라 결정하는 정부는 있을 수 없을까? 다수는 편의성의 원칙이 적용되는 문제만 결정하는 그런 정부는 없을까? 시민은 단 한순간, 단 얼마라도 자신의 양심을 입법자에게 맡길 수밖에 없는 것인가? 그렇다면 왜 사람에게는 누구나 양심이란 것이 있단 말인가?

나는 우리가 먼저 인간이어야 하고 국민은 그다음이라고 생각한다. 법에 대한 존경심을 불러일으키는 것은 정의에 대한 존경심만큼 바람직한 것이 아니다. 내가 가진 권리에 따라 책임질 유일한 의무는 어느때나 내가 옳다고 생각하는 일을 하는 것이다. 한 단체가 양심이 없다는 말은 얼마든지 있을 수 있지만 양심적인 사람들이 모인 단체는 양심을 지닌 단체다. 법 때문에 사람들이 조금이라도 정의로워진 적은 없다. 또 법에 대한 존중심 때문에 선량한 사람들이 매일 불의의 하수인이 되고 있다. 법을 지나치게 존중할 때 따르는 일반적이고 자연스러운 결과는 군대를 보면 알 것이다. 대령, 대위, 하사, 이등병에 보충병까지 일체가 되어 전투를 치르기 위해 일사분란하게 언덕과 골짜기를 넘어 행군한다고 해도 그들의 의지와 상식, 양심에 반한다면 이것은 실제로는 고된 행군이며 심장을 헐떡이게 만들 뿐이다. 이들은 자신들이 끔찍한 일에 휘말렸다는 것을 의심치 않는다. 이들은 모두 평화에 마음이 쏠려 있기 때문이다.

그렇다면 이들은 어떤 존재인가? 도대체 인간이라고 할 수 있는가? 아니면 권력을 지닌 어떤 악랄한 사람의 지시에 따라 움직이는 작은 요새나 탄약고에 불과한 것인가? 해군 기지를 찾아가 해병 한 사람을 보라. 미국정부가 만들어낼 수 있는 또는 미국정부의 마법으로 만들어지는 그 사람은 인간성의 단순한 그림자와 추억에 지나지 않는다. 입관을 위해 산 채로 배치해놓은 인간일 뿐이며 어쩌면 이미 군대의 장례절차와 함께 무기 밑에 묻힌 인간이라고 말할 수도 있을 것이다. 비록 다음과 같은 말을 들을지는 모르지만.

우리가 그의 시체를 급히 구덩이로 나를 때,
북소리도 장송곡도 들리지 않았다.
단 한 명의 병사도 우리의 영웅이 묻힌
무덤 위로 조포를 쏘지 않았다.*

이와 같이 수많은 사람이 인간으로서가 아니라 육체를 가진 기계처럼 국가에 봉사한다. 바로 이들이 상비군이고 의용군이며 교도관이고 경찰관이고 민병대다. 대부분 자유로운 판단력이나 도덕적 감각을 행사하는 일은 없으며 그들 자신을 나무나 흙, 돌멩이 수준으로 격하시킨다. 이런 목적을 위해서라면 아마 나무로 사람을 만들어도 감당할 것이다. 이런 사람은 허수아비나 진흙덩어리 이상의 존경을 받을 수 없다. 이들의 가치는 말이나 개와 다를 것이 없다. 그런데도 바로 이런 사람들이 흔히 높이 평가되는 선량한 시민이란 소리를 듣는다. 이 밖에 나머지는(대부분의 입법자, 정치인, 법관, 장관, 공직자들) 주로 그들의 머리로 국가에 봉사한다. 그리고 이들은 도덕을 우위에 놓는 법이 거의 없기 때문에 자신도 모르게 악마를 신처럼 떠받든다. 극소수의 영웅, 애국자, 순교자, 개혁가, 그리고 진정한 의미의 인간만이 양심을 가지고 국가에 봉사하며 바로 그런 이유로 이들은 대부분 국가에 저항하게 된다. 그리고 이런 사람은 보통 국가로부터 적으로 취급받는다. 현명한 인간은 오직 인간으로 쓰이기만 바랄 뿐, '진흙'이 되어 "바람을 막기 위해 구멍을 메우는"** 존재로 쓰이기를 바라지 않는다. 물론 죽어서 흙으로 돌아가면 다음과 같이 말할지도 모른다.

---

* 찰스 울프(Charles Wolfe)의 시 「코루나 전투가 끝난 뒤 존 무어 경의 매장」의 제1연을 인용.

** 셰익스피어의 「햄릿」 5막 1장의 대사 중, "카이사르 황제, 그도 죽어서 흙으로 돌아갔으니 바람구멍을 막는 데 쓰였을지 모르는 것"을 인용한 표현.

나는 신분이 너무도 고귀해
누군가에게 소속되거나
2인자가 될 수 없고
온 세상 어느 독립국가에서든
쓸 만한 하인이나 도구가 될 수도 없다.*

동포를 위해 온전히 자신을 내던지는 사람은 그들에게 무익하고 이
기적인 것으로 비치지만 그들에게 일부만을 내어주는 사람은 은인이
나 자선가 소리를 듣는다.

오늘날 미국정부에 대해 어떻게 행동하는 것이 인간적인 태도일까?
내 대답은 치욕을 느끼지 않고서는 미국정부와 관계를 맺을 수 없다
는 것이다. 나는 노예의 정부와 다름없는 정치조직을 한순간도 내 정
부로 인정할 수 없다.

혁명에 대한 권리는 누구나 인정한다. 말하자면 정부의 폭정과 무
능이 지나쳐 견딜 수 없을 때 정부에 대한 충성을 거부하고 저항할 권
리가 있다는 것이다. 하지만 거의 모든 사람은 지금은 그럴 때가 아니
라고 말한다. 다만 1775년의 혁명**은 바로 그런 경우에 해당했다고 생
각한다. 만일 누군가 나에게 이 정부가 항구로 들어오는 외국상품에
세금을 물렸기 때문에 나쁜 정부라고 말한다면, 아마 틀림없이 나는
그런 조치에 대해 아무런 반발도 하지 않을 것이다. 그런 상품이 없이
도 살 수 있기 때문이다. 모든 기계는 자체의 마찰이 있다. 어쩌면 이
마찰이 선과 악의 균형추 역할을 하는 것인지도 모른다. 어쨌든 이런
마찰 때문에 소란을 일으킨다면 안 될 것이다. 하지만 마찰이 기계 자

---

* 셰익스피어의 「존 왕」 5막 2장에서 인용.
** 1775년에 시작된 미국독립전쟁을 말하며 미국 13개 식민지가 영국의 식민지배에서 벗
어나 미합중국이 탄생하는 계기가 되었다.

체를 짓밟고 거기서 억압과 강탈이 자행된다면, 분명히 말하지만 더이상 그런 기계를 용납해서는 안 된다. 바꿔 말해, 자유의 피난처로 자처하던 한 나라의 국민 6명 중 한 명이 노예라면, 그리고 나라 전체가 외국 군대의 부당한 침입을 받고 점령당하며 군법에 시달린다면, 정직한 사람들이 봉기하고 혁명을 일으키는 것은 전혀 성급한 것이 아니다. 이렇게 할 의무를 더 시급하게 만드는 것은 우리 국가가 그런 침략을 당한 것이 아니라 바로 우리 군대가 침략군이라는 사실 때문이다.

많은 도덕적 문제에서 널리 권위를 인정받는 페일리는 '시민정부에 대한 복종의 의무'라는 장에서* 모든 시민적 의무를 편의성의 측면에서 설명한다. 페일리는 여기서 다음과 같이 말한다. "사회 전체의 관심이 그것을 요구하는 한, 다시 말해 국민을 불편하게 하지 않는 상황에서 기존 정부에 저항할 수도 없고 그것을 바꿀 수도 없는 한, 그 정부에 복종하는 것은 (…) 신의 뜻이다. 하지만 그 선을 넘으면 안 된다. 이런 원리를 인정한다면, 각각의 저항이 정당한가 여부는 한편으로는 위험과 불만의 양적인 수치를, 다른 한편으로는 개선 가능성과 비용을 계산하기에 달렸다." 이것은 모든 사람이 스스로 판단할 몫이라고 페일리는 말한다. 하지만 그는 편의성의 법칙을 적용할 수 없는 경우를 깊이 생각하지 않은 것으로 보인다. 개인과 마찬가지로 국민은 어떤 대가를 치르더라도 정의를 행해야 하는 상황이 있을 수 있기 때문이다. 만일 내가 물에 빠져 익사 위기에 놓인 사람으로부터 나무판자를 부당하게 빼앗았다면, 나는 설사 내가 익사하는 한이 있더라도 마땅히 그에게 나무판자를 돌려줘야 할 것이다. 페일리의 말에 비춰보면 이것은 불편한 상황일 것이다. 이 경우에 자신의 목숨을 구하려는 사람은

---

* 잉글랜드의 성공회 신부로서 기독교 옹호론자이자 공리주의 철학자인 윌리엄 페일리 (William Paley, 1743~1805)가 쓴 「도덕 및 정치철학의 원리」에 나오는 장을 말하는 것.

목숨을 잃기 때문이다.* 미국 국민은 비록 국민으로서 자신의 존재가 희생되는 한이 있더라도 노예제 유지와 멕시코에 대한 전쟁을 멈춰야 한다.

실제로는 페일리처럼 생각하는 나라가 많다. 하지만 매사추세츠 주가 현재의 위기에서 정확하게 올바른 행동을 한다고 누가 믿겠는가?

> 황량한 국가,
> 은빛 옷의 매춘부,
> 옷자락을 휘날렸지만
> 영혼은 진흙바닥에 끌려가네.**

실제로 매사추세츠에서 개혁에 반대하는 사람들은 남부의 10만 정치인들이 아니라 10만 명에 이르는 이곳의 상인과 농부들이다. 이들은 인도주의보다 상업이나 농업에 관심이 많으며, 어떤 대가를 치르더라도 노예와 멕시코에 대한 정의를 실천하겠다는 각오를 보이지 않는다. 멀리 있는 적과 싸우자는 말이 아니다. 가까이 살면서 멀리 떨어진 자들과 협력하고 그들의 지시를 따르는 사람들을 말하는 것이다. 이들만 없다면 먼 곳의 적은 문제가 되지 않을 것이다. 많은 사람이 준비가 안 되었다는 말을 하지만, 개선이 지지부진한 까닭은 소수가 다수보다 실제로 현명하지도 못하고 더 나은 생각을 하지도 못하기 때문이다. 다수가 당신처럼 선할 것이라는 말은 어딘가에 한없이 선한 사람이 있을 것이라는 말만큼이나 의미가 없는 것이다. 적은 누룩이 온 덩어리로 퍼질 것이라는 말이나 다름없다.***

---

* 「누가복음」 9장 24절, "누구든지 제 목숨을 구원하고자 하면 잃을 것이요 누구든지 나를 위하여 제 목숨을 잃으면 구원하리라"를 빗댄 표현.

** 시릴 터너(Cyril Tourneur)의 「복수한 자의 비극」에서 인용.

*** 「고린도전서」 5장 6절, "적은 누룩이 온 덩어리에 퍼지는 것을 알지 못하느냐"를 인용한 표현.

원칙적으로 노예제와 전쟁에 반대한다는 사람은 많아도 실제로 그것들을 끝장내기 위해 행동을 하는 사람은 없다. 이런 사람은 워싱턴과 프랭클린의 자손으로 자처하면서 우두커니 앉아 무엇을 할지 모른다는 말만 하고 아무것도 하지 않는다. 심지어 자유의 문제는 뒷전이고 자유무역에나 관심을 쏟으며 저녁을 먹고 난 뒤에는 태연히 멕시코에서 들리는 소식이나 시세표를 읽는다. 아마 그러다가 잠이 들 것이다. 오늘날 무엇이 정직한 사람과 애국자의 시세란 말인가? 이들은 망설이다가 뒤늦게 후회하고 때로는 청원을 하기도 하지만 정작 진지하고 강력한 태도로 행동하는 것은 하나도 없다. 그저 태평하게 다른 사람이 악한 세력을 쫓아내어 후회할 일이 없기만을 기다린다. 기껏해야 나약하게 정의를 지지하는 태도로서 손쉬운 투표를 포기하고 악이 성공하기를 기원하는 태도를 중단하는 것이 고작이다. 미덕을 지지하는 자가 999명이라면 미덕을 갖춘 사람은 한 명에 지나지 않는다. 하지만 어떤 물건의 임시 관리자보다는 그 물건의 실제 주인을 상대하는 것이 더 쉬운 법이다.

모든 투표행위는 장기나 주사위 게임처럼 일종의 도박을 하는 것이다. 조금은 도덕적인 일면도 있어 옳고 그름이나 도덕적 문제가 따르지만 도박에서는 자연스럽게 베팅을 하기 마련이다. 하지만 투표자의 특징은 베팅이 아니다. 어쩌다가 옳다고 생각하는 대로 투표를 했다고 쳐보자. 하지만 정의가 이기는 것에 진정 관심이 있는 것은 아니다. 이미 다수에게 정의를 맡길 준비가 되어 있기 때문이다. 그러므로 투표 결과에 대한 책임은 편의성의 수준을 결코 넘어서지 못한다. 설사 정의를 위해 한 표를 행사한다고 해도 정의를 위해 하는 것은 하나도 없다. 그것은 오로지 사람들에게 정의가 이겨야 한다는 자신의 바람을 무기력하게 보여주는 것에 지나지 않는다. 현명한 사람이라면 정의를 우연의 자비에 맡기지도 않고 다수의 힘을 통해 정의가 이기기를 바라지도 않는다. 다수의 행동에서 미덕을 찾아보기는 어렵다. 다수가 마침내 노예제 폐지를 위해 투표를 한다고 해도 그것은 노예제가 어떻게 되든 상관없다고 생각하거나 자신의 투표로 폐지해야 할 노예제가 남아 있지 않기 때문이다. 그러면 그들이 유일한 노예가 될 것이다. 오직 자신의 투표로 자기 자신의 자유를 주장하는 사람만이 노예제 폐지를 촉진할 수 있는 것이다.

볼티모어든가 어딘가에서 주로 영향력이 막강한 인사들과 직업정치인들이 모여 대통령 후보 선출을 위한 집회를 연다는 소문이 들린다. 하지만 나는 이들이 어떤 결정을 내리든 독립적이고 지적이며 존경할 만한 사람이 볼 때, 그것이 무슨 의미가 있을 것인지 생각해본다. 어쨌거나 이런 사람들의 지혜와 정직성의 혜택을 볼 수는 없단 말인가? 우리는 어떤 독립적인 투표를 기대할 수 없는가? 이 나라에는 집회에 참석하지 않는 수많은 개인이 있지 않은가? 이래서는 안 된다. 나는 이른바 존경할 만한 사람이라면 즉석에서 정치적 입장을 철회하고 자신의 나라에 좌절하리라는 것을, 이때 그 나라는 그에게 좌절할 이유가 더 많으리라는 것을 안다. 그러지 않고 그가 유일하게 당선 가망성이 있다는 이유로 선출된 후보를 서슴없이 받아들인다면, 그것은 그 자신이 선동가의 목적에 이용될 수 있음을 증명하는 것이나 마찬가지다. 그러면 그의 투표는 무관심한 외국인이나 돈에 매수된 본국인의 투표보다 나을 것이 없다.

내 이웃이 말하듯이, 누구도 막을 수 없을 만큼 신념이 강한 사람이 있다면 얼마나 좋겠는가! 우리가 보는 통계는 인구가 너무 많은 것으로 조사되어 믿을 수 없다. 이 나라에서 1000평방마일에 몇 명이나 사는가? 채 한 명도 안 된다. 미국은 사람들이 이 땅에 살도록 아무 장려도 하지 않는가? 미국인은 오드 펠로* 사람들처럼 이상하게 변했다. 군거생활이 발달하면서 지적이고 즐거운 자립정신이 줄어든 것으로 알

---

* Odd Fellow. 18세기에 영국에서 창립된 일종의 비밀공제조합.

려진 사람들을 말한다. 미국인은 세상에 나올 때 빈민구호소가 잘 정비되어 있는지에 가장 먼저 관심을 두고 걱정한다. 남자는 법적으로 완전한 성인이 되기도 전에 과부와 고아를 위한 기금모금을 한다. 한마디로 이들은 자신을 깔끔하게 매장해주겠다고 약속한 상호보험사의 보조금에 오로지 삶을 내맡기는 존재들이다.

당연한 얘기지만 악을 근절하는 데 몸을 바치는 것은, 아무리 나쁜 악이라고 해도 인간의 의무가 아니다. 사람에게는 달리 관심을 가질 적당한 일이 있기 마련이다. 하지만 적어도 이런 악과 관계를 끊는 것이 인간의 의무다. 악한 생각을 하지 않는다고 해도 그 악을 행동으로 지지해서는 안 된다. 다른 일이나 생각에 몰두할 때도, 적어도 그 일에 다른 사람의 힘을 이용하지는 않는지를 똑똑히 지켜보아야 한다. 그 사람도 자신의 일에 매달릴 수 있도록 먼저 그를 놓아주어야 한다. 그런데도 얼마나 커다란 모순이 묵인되고 있는가! 나는 우리 동네사람 중 일부가 이렇게 말하는 것을 들었다. "나는 정부가 노예들의 반란을 진압하러 출동하거나 멕시코 전쟁에 나가라고 명령하면 좋겠어. 나는 분명히 나가지 않겠지만." 하지만 바로 이런 사람들이 직접적으로는 그들의 충성심으로, 적어도 간접적으로는 그들의 세금으로 자신을 대신할 사람을 한 명씩 내보낸다. 그러면 부당한 전쟁에 나가기를 거부하는 병사가, 전쟁을 일으키는 부당한 정부에 대한 지원을 마다하지 않는 사람들에게 박수를 받는 일이 벌어진다. 그들의 행위와 권위를 병사 자신이 무시하고 깔보는 사람들로부터 박수를 받는 것이다. 마치 국가가 죄를 범하는 동안 정부를 징계할 사람을 고용할 만큼은 죄를 뉘우치는 것처럼 보인다. 하지만 한순간이라도 정부가 죄짓는 일을 멈출 정도는 아니다. 이와 같이 법과 시민정부*라는 이름 아래, 우리는 모두 결국 우리 자신의 비천한 모습에 경의를 표하고 그것을 지지하

---

* Civil Government. 군대와 달리 법과 명령을 집행하는 국가기구로서 민정이라는 뜻.

게 된다. 처음에는 죄를 짓고 수치를 느끼지만 그 뒤로는 죄에 대해 무관심해진다. 처음에는 부도덕하게 느끼다가 도덕에 무감각한 상태로 변하는데 이것이 우리가 걸어온 삶에 반드시 불필요한 것은 아니다.

도덕적으로 크고 중요한 잘못은 그것을 떠받치는 가장 무관심한 가치체계가 있어야만 가능하다. 애국심이라는 미덕이 흔히 저지르기 쉬운 사소한 잘못은 신분이 높은 사람들에게 발생할 가능성이 가장 크다. 정부의 자격과 조치에 찬성하지 않으면서도 정부에 굴복하며 충성하고 지지하는 사람들이야말로 의심할 바 없이 가장 성실한 정부의 후원자들이면서 동시에 개혁에 가장 심각한 장애물이다. 이들 중 일부는 주정부에 연방을 해체하고 대통령의 명령을 무시하라는 청원을 넣는다. 왜 그들 자신은 연합관계를(그들 자신과 주정부 사이의) 해체하지 못하는가? 그리고 왜 주정부에 대한 분담금을 내기를 거부하지 않는가? 그들과 주정부의 관계는 주정부와 연방정부의 관계와 같은 것이 아닌가? 그리고 주정부가 연방정부에 저항하지 못하는 것은 그들이 주정부에 저항하지 못하는 것과 같은 이유가 아닌가?

사람이 어떻게 단순하게 한 가지 의견을 가진 것에 만족하고 즐거워할 수 있는가? 예컨대 자신이 침해받았다는 것이 그 의견이라면 그것만으로 어떤 즐거움이 있는가? 만일 당신이 이웃사람에게 단 1달러라도 사기당했다면, 당신은 사기당했다는 것을 알거나 사기당했다는 말을 하는 것만으로는 또는 그 사람에게 당신의 돈을 갚으라고 편지를 보내는 것만으로는 만족하지 못할 것이다. 만족하려면 즉시 전액을 돌려받을 효과적인 조치를 취하고 다시는 절대로 사기당하지 않겠다고 다짐해야 할 것이다. 원칙에 따른 행동, 정의에 대한 인식과 실천이 상황과 관계를 변화시킨다. 본질적으로 이것은 혁명적인 것이며 기존의 것과는 전적으로 양립할 수 없는 것이다. 이것은 각 주와 교회를 가르고 각 가정을 가르며 개인의 내면에 들어 있는 악마성을 신성으로부터 떼어놓으면서 인간 자신마저 갈라놓는다.

부당한 법이 존재한다고 치자. 우리는 그 법을 기꺼이 지키는 것에 만족해할까? 또는 그 법을 고치려고 노력하게 될까? 아니면 고칠 때까지 기다리거나 당장 어기게 될까? 일반적으로 이런 법과 같은 정부의 통치를 받는 사람들은 다수를 설득해 그 법을 고칠 때까지 기다려야 한다고 생각한다. 이들은 자신이 저항하면 그 대가가 악법보다 더 나쁠 것이라고 생각한다. 하지만 저항의 대가가 악법보다 못하다면 그것은 정부 자체의 잘못이다. 정부가 대가를 악화시키는 것이다. 왜 정부는 앞장서서 개혁을 예견하고 준비하지 못하는가? 왜 정부는 현명한 소수를 소중하게 생각하지 않는가? 왜 정부는 상처도 받기 전에 소리치고 반발하는가? 왜 정부는 과거보다 나아지도록 정부를 지켜보고 잘못을 지적할 용기를 시민들에게 주지 못하는가? 왜 정부는 늘 그리스도를 십자가에 못 박고 코페르니쿠스와 루터를 파문하는 행위를 하면서 워싱턴과 프랭클린을 모반자라고 하는가?

신중하면서도 적극적으로 정부의 권위를 인정하지 않는 것만이 정부가 절대 생각하지 못하는 불법이라고 생각할 수도 있다. 그렇지 않다면 왜 정부는 그런 행위에 대해 명확하고 적절하며 균형 잡힌 처벌 조항을 제정하지 않았겠는가? 만일 재산이 한 푼도 없는 사람이 정부에 9실링을 납부하는 것을 한 번이라도 거부한다면 그 사람은 해당 법 조항에 따라 감옥에 갈 것이다. 내가 알기로는 이 경우에는 형기가 정해져 있지 않다. 그 기간은 오로지 그를 감옥에 처넣은 사람들의 재량에 달려 있다. 하지만 만일 그가 주정부로부터 9실링의 90배나 훔쳤다면 그는 곧 풀려난다.

불의가 정부라는 기계에서 불가피한 마찰의 일부라면 거기까지는 좋다고 치자. 그대로 두면 매끄럽게 마찰되면서 기계는 반드시 마모될 것이다. 만일 불의가 가령 스프링이나 도르래, 로프, 크랭크처럼 그 기계에만 필요한 역할을 한다면 우리는 어쩌면 그 보조 역할이 악법 자체보다 더 나쁜 것은 아닌지 생각해볼 수도 있다. 하지만 만일 그 역할

이 이웃에게 불의를 행하도록 당신에게 요구하는 것이라면, 분명히 말하건대 그 법을 위반하라. 당신의 삶이 그 기계를 멈추는 대응마찰의 기능을 하도록 하라. 아무튼 우리가 해야 할 일은 우리 자신이 비난하는 잘못에 스스로를 맡기지 않는지 지켜보는 것이다.

악법을 고치기 위해 주정부가 마련한 방법을 채택하는 것에 관해서라면, 나는 그런 방법을 알지 못한다. 그 방법이 있다고 해도 너무 시간이 오래 걸려 기다리기에는 인간의 삶이 너무 짧다. 또 내가 관여해야 할 다른 일들이 있다. 내가 세상에 태어난 것은 무엇보다 이 세상을 살기 좋은 곳으로 만들기 위해서가 아니라 좋은 세상이든 나쁜 세상이든 그 속에 살기 위해서다. 한 사람이 모든 일을 하는 것이 아니다. 할 수 있는 일은 얼마 안 되며 어차피 모든 일을 할 수 없다는 점에서, 잘못을 저지르는 것이 불가피한 것은 아니다. 주지사나 주 의회에 뭔가를 청원하는 것은 내가 할 일이 아니다. 마찬가지로 그들이 나에게 청원하는 것도 그들이 할 일이 아니다. 그리고 만일 그들이 내 청원을 들어주지 않는다면 그때는 어쩌란 말인가? 이런 경우에 대비해 주정부는 아무런 방법도 마련해놓지 않았다. 바로 이 주의 헌법이 악법인 것이다. 가혹하고 완고하며 비타협적으로 들릴지 모르지만, 내 말은 헌법을 평가할 줄 알고 그것을 누릴 자격이 있는 유일한 정신을 최고의 친절과 배려로 대우한다는 의미다. 그러므로 보다 나은 세상을 위한 모든 변화는 탄생과 죽음처럼 육신을 몸부림치게 만든다.

분명히 말하거니와 폐지론자로* 자처하는 사람들은 당장 매사추세츠 주정부에 대한 인적, 물적 지원을 완전히 철회해야 하며 그들끼리 한목소리를 내는 다수를 구성해서 정의가 널리 퍼지는 것을 볼 때까지 기다려서는 안 된다. 다른 사람을 기다리지 않아도 신이 함께하는

---

* abolitionist. 노예제 폐지운동을 한 사람들을 말하며 소로는 강연과 글을 통해 이 운동을 지지했다.

것으로 충분하다고 나는 믿는다. 더욱이 이웃들보다 정의를 더 생각하는 사람은 이미 한목소리로 다수를 구성하고 있다.

나는 이 미국정부와 마주칠 때가 있다. 말하자면 1년에 한 번(그 이상은 아니고) 세금징수원을 통해 미국정부를 대리하는 주정부와 직접 얼굴을 맞대게 된다. 이것이 나 같은 사람이 부득이 정부와 마주치는 유일한 방식이다. 이때 정부는 자신을 인정하라고 분명하게 말한다. 이에 대해 가장 간단하고 가장 효과적인 방식은, 그리고 현재 상황에서 정부를 상대하면서 그들에 대해 만족하지 못하고 그들에 대한 애정이 없음을 표현하는 데 절대 필요한 방식은 정부를 인정하지 않는 것이다. 나의 이웃 시민이기도 한 세금징수원은 내가 상대해야 할 바로 그 사람이다. 결국 내가 싸울 상대는 서류가 아니라 사람이기 때문이다. 그리고 그는 자발적으로 정부를 대리해서 나온 사람이다. 어쩔 수 없이 나를 자신이 존경해야 할 이웃으로, 선량한 시민으로 대해야 할지, 아니면 미치광이나 평화의 방해자로 대해야 할지 생각해보지 않는다면, 그가 어떻게 자신이 어떤 존재인지 알겠는가? 또 더 거칠고 강경한 생각이나 행동과 일치하는 말을 하지 않아도 이 이웃의 방해를 극복할 수 있을지 없을지 확인하지 않는다면, 그가 어떻게 자신이 정부 관리인 동시에 한 인간으로 무엇을 해야 할지를 알겠는가?

나는 알고 있다. 내가 이름을 댈 수 있는 사람 중에 1000명이나 100명, 10명이 있다면(정의로운 사람 단 10명만이라도 있다면), 아니 이 매사추세츠 주에 감옥에 가는 한이 있어도 노예 부리기를 중단하고 정부에 대한 지원을 거부할 정도로 정의를 실천하는 사람이 단 한 명만 있어도 미국 노예제도가 폐지될 것이라는 사실을. 시작이 아무리 작아 보여도 그것은 중요하지 않기 때문이다. 일단 출발이 좋으면 그 효과는 영원한 법이다. 말하자면 이것이 우리의 사명이라는 것에 대해 기꺼이 토론을 하자는 것이다. 개혁은 단 한 사람에 그치는 문제가 아니라 그 추진과정에서 수많은 신문의 주목을 받는다. 만일 의회에서 인권문제 타결을 위해 매달리고 있는 주의 사절로서 존경하는 내 이웃이* 캐롤라이나 감옥 대신 매사추세츠에서 감옥생활을 하라는 위협을 받는다면, 노예제의 죄를 동맹 주에 떠넘기려고 애쓰는 이 주정부는 (물론 동맹 주와 분쟁의 소지 때문에 현재 냉담한 반응밖에 얻지 못했지만) 올겨울에 이 문제를 외면하지 못할 것이다.

　부당하게 사람을 잡아가두는 정부 아래서 정의로운 사람이 있을 진정한 자리는 감옥이다. 오늘날 매사추세츠 주가 더 자유로우면서도 좌절하지 않는 정신에게 제공한 유일한 자리는 매사추세츠 감옥에 있다. 이 감옥은 이미 자체의 기준을 정비하기 위한 노력에서 보듯이 주정부 스스로 접근을 차단하고 외면하는 곳이다. 이 감옥은 도망친 노예나 멕시코 전쟁포로, 자신의 부족에 대한 억울한 처사를 탄원하러 온 인디언이 들어가는 곳이며 좀 더 자유롭고 명예로운 별도의 명분으로 주정부가 그들을 지지하지 않고 반대하는 사람들을 가두는 곳이기도 하다. 요컨대 노예주에서 명예롭게 자유를 외치는 사람이 머물 수 있는 유일한 곳이다. 만일 감옥에서는 영향력을 잃을 것이며 아무리 외쳐도 정부가 자신의 목소리를 듣지 못할 것이라고 생각하는 사람들이 있다면, 또 자신이 철창 속에서는 정부의 적이 되지 못할 거라고 생각하는 사람들이 있다면, 이들은 진실이 거짓보다 얼마나 더 강한 것인지 모르는 것이다. 또 얼마나 설득력 있게 효과적으로 싸울 수 있는지를, 다만 얼마라도 자신이 직접 겪은 불의와 맞서 싸울 수 있는지를 모르는 것이다.

　온몸으로 투표하라. 그것은 단순하게 종이쪽지 한 장이 아니라 당신의 온전한 영향력을 행사하는 것이다. 소수가 힘이 없는 까닭은 다

---

* 매사추세츠 주정부의 사절로 파견된 콩코드의 새뮤얼 호(Samuel Hoar)를 말함. 사우스 캐롤라이나 주정부가 매사추세츠 출신의 해방된 흑인 선원들을 감금한 것을 조사하러 갔지만 그들의 방해로 실패하고 말았다. 호의 딸은 에머슨과 절친한 사이였고 소로의 어릴 때 친구였다.

수를 따르기 때문이다. 그때는 소수랄 것도 없다. 하지만 소수가 온몸으로 다수의 횡포를 막을 때 소수를 억누를 수는 없다. 만일 정의로운 사람을 모두 감옥에 가두는 방안과 전쟁 및 노예제를 포기하는 방안 두 가지를 놓고 양자택일하는 상황에 놓인다면 주정부는 결정을 망설이지 않을 것이다. 만일 1000명의 시민이 올해 세금을 내지 않았다고 할 때, 그것은 세금을 납부해 정부에 폭력을 저지르고 무고한 피를 흘리도록 위임하는 것만큼 폭력적인 유혈사태는 아닐 것이다. 실제로 가능하기만 하다면, 바로 이것이 무혈혁명의 본모습이다. 만일 세금징수원이나 다른 정부관리가 나에게 언젠가 그랬듯이 "그럼 나는 어찌해야 하나?"라고 묻는다면 나는 "당신이 진정 뭔가를 원한다면 직장을 그만두라"고 대답할 것이다. 시민이 복종을 거부하고 관리가 직책을 그만둘 때 혁명을 쟁취하는 것이다. 하지만 어차피 피를 흘린다는 생각을 할 수도 있다. 양심이 상처를 받는 것도 일종의 피를 흘리는 것이 아닐까? 이 상처를 통해 한 사람의 진정한 인간다움과 존엄성이 피를 흘리면서 끊임없이 죽음과 마주하는 것이나 다를 바 없기 때문이다. 나는 현재 바로 이런 피가 흐르는 광경을 보고 있다.

내가 범법자들의 재산 압류보다 그들의 투옥에 더 관심을 둔 이유는(비록 두 가지가 같은 목적을 위한 것이기는 하지만), 가장 순수한 권리를 주장함으로써 부패한 국가에 가장 위험한 사람들은 보통 재산축적에 들일 시간이 많지 않기 때문이다. 이런 사람들에게 정부가 베푸는 것은 적으며 특히 육체노동으로 벌어먹고 사는 사람들에게는 가벼운 세금이라도 터무니없이 많아 보인다. 만일 어떤 사람이 전혀 돈을 쓰지 않고 산다면, 정부 스스로 그에게 돈을 요구하기는 망설여질 것이다. 하지만 부자는(기분 나쁘게 사람을 비교하는 것은 아니다) 언제나 자신을 부자로 만들어주는 기관에 매수당한다. 분명히 말하지만, 돈이 많을수록 미덕은 적은 법이다. 돈은 사람과 사람의 목표 사이를 오고 가며 이 과정에서 사람의 목표를 달성시켜주기 때문이다. 따라서 돈을 획득하는 것은 분명 큰 미덕은 아니다. 돈은 부자에게 답변을 요구하는 문제를 진정시켜준다. 다만 답변이 힘들면서도 여기서 새롭게 제기되는 유일한 의문은 돈을 어떻게 쓰는가이다. 여기서 부자의 도덕적 토대는 근거를 잃는다.

진정한 삶의 기회는 이른바 '부'의 기회가 늘어날수록 줄어드는 것이다. 부유한 사람이 자신의 본질을 위해 할 수 있는 최선의 행위는 가난할 때 마음에 품은 이런 이치를 지키려고 노력하는 것이다. 그리스도는 헤롯 일당에게 본질의 조건에 따라 대답했다.* 그는 "세금으로 바치는 돈을 나에게 보여라"라고 말했다. 이어 한 사람이 주머니에서 데나리온 하나를 꺼내자, 카이사르의 형상이 담겨 있고 그가 가치를 인정해 유통시키는 돈을 쓴다면, 다시 말해 너희가 정부에 속하는 사람이고 카이사르의 이익을 기꺼이 누린다면 그가 요구하는 그 자신의 몫을 돌려주라는 의미로 말한다. "카이사르의 것은 카이사르에게, 하느님의 것은 하느님께 바치라"고. 이 말을 통해 그리스도가 그들을 과거보다 더 현명하게 깨우쳐준 것은 아니다. 그들은 진정으로 알고 싶었던 것이 아니기 때문이다.

내 이웃들 중에 가장 자유로운 정신을 가진 사람들과 대화를 해보면, 나는 그들이 이 문제의 중요성과 심각성에 대해 또 공공의 안녕에 대해 무슨 말을 하건, 결국 그들은 현 정부의 보호를 외면하지 못하며 정부에 불복종할 때 재산과 가족에 미칠 여파를 두려워한다는 것을 알게 된다. 내 경우로 보자면 나는 일찍이 정부의 보호에 의존하고 있다고 생각하고 싶지 않다. 하지만 정부가 세금고지서를 발부할 때, 그 권위를 부정하면, 정부는 곧 내 전 재산을 빼앗아 낭비하고 나와 내 아이들은 끝없이 시달릴 것이다. 이것은 견디기 힘들다. 그러면 한 사람이 정직하고 외형적인 면에서 안락하게 사는 것은 불가능해진다. 재산

---

* 「마태복음」 22장 18~22절의 내용을 말하는 것.

을 모으는 것도 무가치한 일이다. 분명히 다시 빼앗아갈 것이기 때문이다. 당신은 어딘가에 땅 한 뙈기를 빌리거나 무단 점거하고 약간의 농작물을 재배하며 근근이 먹고살 수밖에 없을 것이다. 또 당신 자신의 일에만 매달린 채 자신에 의존해야 하고 늘 떠날 준비를 하면서 많은 일을 벌여서도 안 될 것이다. 터키에서 산다고 해도 모든 점에서 터키정부의 선량한 국민이 되려는 사람이라면 부자가 될지 모른다.

"나라에 도가 있는데 가난하고 미천하면 부끄러운 것이고, 나라에 도가 없는데도 부유하고 귀하면 부끄러운 노릇이다"*라고 공자는 말했다. 그렇다. 먼 남쪽 항구에서 내 자유가 위험해질 때, 내가 매사추세츠 주의 보호를 받기를 원치 않는 한, 또 고향에서 오로지 평화로운 사업으로 재산을 쌓는 일에 매달리지 않는 한, 나는 매사추세츠 주에 대한 충성을 거부하고 내 재산이나 삶에 대한 주정부의 권리를 거부할 수 있다. 주정부에 불복종할 때보다 복종할 때 치를 대가가 모든 점에서 더 클 것이다. 이 경우에는 나 자신의 가치가 떨어지는 것처럼 느껴질 것이다.

몇 년 전에 주정부는 교회를 대신해 나를 찾아와 목사의 생활비를 지원하는 데 일정액의 돈을 내라고 명령한 적이 있다. 나의 부친은 그 목사의 설교를 들었지만 나는 들은 적이 없었다. "돈을 내라"고 정부는 말했다. "그렇지 않으면 감옥에 가라"는 것이었다. 나는 거절했지만 안타깝게도 다른 사람이 나 대신 그 돈을 냈다. 나는 왜 목사는 학교교사를 위해 세금을 내지 않는데 교사가 목사를 지원하는 데 세금을 내야 하는지 이유를 알 수 없었다. 나는 정부 소속의 교사가 아니라 자발적인 기부금 지원을 받았기 때문이다. 나는 왜 문화회관**은 세금고지서

---

* 『논어』 8편 「태백」 13절에 나오는 말.

** lyceum. 공개강좌를 하는 시설. 1848년 소로는 콩코드 문화회관에서 "정부에 대한 개인의 권리와 의무"라는 주제로 강의를 했고 이것은 이듬해 '시민정부에 대한 저항'이라는 제목으로 발표된 본 글 「시민 불복종」의 토대가 된다.

를 발행해서 교회와 마찬가지로 정부에서 납부를 보장해주도록 하면 안 되는지 이유를 알 수 없었다. 어쨌거나 나는 도시 행정위원의 요구에 따라 한 발 물러나 "이제 나 헨리 소로는 모든 사람에게 내가 가입하지 않은 어떤 조직의 회원으로도 인정되기를 바라지 않는다는 것을 알립니다"라는 성명서를 작성했다. 나는 성명서를 읍 서기에게 제출했는데 지금도 그가 보관하고 있다. 이렇게 해서 내가 그 교회의 일원으로 간주되는 것을 원치 않는다는 것을 알고 난 뒤로 주정부는 다시는 그런 명령을 하지 않았다. 물론 당시에는 처음 입장을 고수해야 한다고 말했지만. 만일 내가 가입하지 않은 모든 조직의 이름을 알았다면 하나하나 확인하며 내가 그런 조직과 무관하다는 선서를 했을 것이다. 하지만 아쉽게도 나는 그런 전체목록이 어디에 있는지 알지 못했다.

나는 6년 동안 인두세를 내지 않았다. 한번은 이 일로 하룻밤 감옥에 갇히기도 했다. 그때 감옥 안에서 60~90센티미터 두께의 단단한 돌 벽과 나무가 섞인 30센티미터 두께의 철문, 빛이 새어 들어오는 쇠창살을 보며 서 있자니 나를 마치 단순한 살과 피와 뼈로 이루어진 존재로 취급하며 가둘 수 있는 그런 제도의 어리석음에 놀라지 않을 수 없었다. 그리고 주정부가 나를 이렇게 가두는 것이 최선이라는 결론을 내리면서도 어떤 방식으로든 내 역할을 이용할 생각을 하지 못했다는 것이 의아했다. 나는 비록 나와 동네주민을 차단하는 것은 돌 벽이지만, 훨씬 더 단단한 벽을 기어오르거나 깨부수어야만 그들이 나처럼 자유로운 사고를 하리라는 것을 알았다. 나는 단 한순간도 갇혀 있다는 느낌이 들지 않았기 때문에 감옥의 벽에 쓰인 돌과 모르타르는 엄청난 낭비처럼 보였다. 마치 모든 동네주민 중에서 나만 세금을 낸 기분이었다. 본데없이 자란 사람처럼 구는 정부 관리들은 나를 어떻게 대해야 할지 모르는 것이 분명했다. 협박을 하거나 예우를 할 때마다 우왕좌왕했다. 그들은 내가 가장 바라는 것이 돌 벽 바깥세상으로 나가는 것이라고 생각했기 때문이다. 나는 묵상을 할 때 그들이 열심히 문을 잠그는 모습을 보고 실소를 금할 수 없었다. 오히려 문을 잠그면 허가나 방해를 받지 않고 얼마든지 묵상을 할 수 있다. 그들은 사실 묵상이 가장 위험하다는 것을 몰랐다. 나를 어떻게 할 수 없자, 그들은 내 몸에 벌을 주기로 작정했다. 마치 앙심을 품은 상대에게 접근할 수 없어 그 사람의 개에게 분풀이를 하는 아이들 같았다. 나는 이 정부가 정신이 좀 모자라고 은수저를 가진 독신여성처럼 겁이 많으며 적과 동지를 구분하지 못한다는 것을 알았다. 그나마 남아 있던 정부에 대한 존경심이 사라졌고 그저 불쌍하기만 했다.

이와 같이 정부는 한 사람의 내면적인 지성이나 도덕성이 아닌 그 사람의 신체나 감각과 상대하려고 한다. 정부가 가지고 있는 우월한 무기는 지혜와 정직성이 아니라 물리적 힘이다. 나는 강요받기 위해 태어난 것이 아니다. 나는 내 방식대로 숨을 쉴 것이다. 누구의 힘이 강한지 두고 보자. 다수는 어떤 힘을 가지고 있을까? 오직 나보다 더 높은 도덕률을 따르는 사람만이 나에게 뭔가 강요할 수 있다. 다수는 내가 그들처럼 되기를 강요한다. 나는 다수에 의해 이런저런 방식으로 살도록 강요받는 사람이 있다는 말을 들어보지 못했다. 그렇게 강요받는 삶이 어떤 삶이겠는가? 정부가 나에게 와서 "돈을 내놓든가 목숨을 내놓아라!"라고 말할 때, 왜 내가 고분고분 돈을 내주어야 한단 말인가? 정부는 큰 곤경에 빠져 쩔쩔매는 것인지도 모른다. 그런 정부를 내가 도울 수는 없다. 정부는 내가 혼자 힘으로 헤쳐나가듯이 스스로 도와야 할 것이다. 상황이 어렵다고 훌쩍훌쩍 울어봐야 소용없는 짓이다. 사회라는 기계가 원활하게 돌아가도록 하는 것은 내가 책임질 일이 아니다. 나는 기계공의 아들이 아니다. 나는 한 알의 도토리와 한 알의 밤이 차례로 떨어질 때, 어느 하나가 다른 것이 잘 자라도록 가만히 기다려주지 않는 이치를 생각해본다. 도토리와 밤은 자체의 법칙을 따르며 그중 하나가 힘껏 싹을 내고 자라면서 우연히 나머지를 그늘로 가려 못 자라고 말라 죽게 만들 때까지 번성하는 것이다. 하나의 식물이 자연법칙에 따라 살 수 없을 때 죽고 말듯이 인간도 마찬가지다.

감옥에서 보낸 밤은 신기하고 흥미로운 경험이었다. 내가 들어갔을 때, 셔츠 바람으로 안에 있던 죄수들은 출입구 쪽에서 저녁공기를 쏘이며 열심히 수다를 떨고 있었다. 그때 교도관이 "다들 제자리로 가, 문 잠글 시간이야"라고 말하자 죄수들이 흩어지며 각자 빈방으로 돌아가는 발자국 소리가 들렸다. 교도관은 내 감방동료가 "모범수고 영리한 사람"이라고 나에게 일러주었다. 내가 들어가고 문이 잠기자 동료는 모자 거는 데를 가리키며 방안의 설비를 설명했다. 각 감방은 한 달에 한 번씩 하얗게 회칠을 한다고 했다. 그리고 그 방은 적어도 가장 깨끗하고 실내설비도 가장 간단했으며 어쩌면 읍 전체에서 가장 깨끗한 방이었는지도 모른다. 동료는 당연히 내가 어디서 왔는지, 무슨 죄로 들어왔는지 알고 싶어 했다. 나는 대답한 다음 그가 당연히 정직한 사람일 것이라는 생각을 하며 이번에는 내 쪽에서 그가 어떻게 감옥에 들어오게 되었는지 물었다. 세상의 기준으로 본다면 나는 그가 정직한 사람이라고 생각한다. "여기 들어온 이유는 내가 헛간에 불을 질렀다고 사람들이 나를 고발했기 때문이오. 나는 불 지른 적이 전혀 없는데"라고 그는 말했다. 가만히 사연을 들어보니 그는 술에 취해 어느 헛간에 잠자러 들어가서 담배를 피우려고 파이프에 불을 붙이다가 헛간에 불이 난 모양이었다. 그는 똑똑한 사람이라는 평판을 들었는데 3개월가량 재판을 기다리는 중이었고 어쩌면 다시 그만큼을 더 기다려야 하는지도 모를 일이었다. 하지만 감옥생활에 잘 적응했고 어차피 지내는 데 아쉬울 것도 없고 대우가 괜찮다고 생각했기 때문에 만족하고 있었다.

한쪽 창가에 그의 침대가 있었고 다른 창가에 내 자리가 있었다. 나는 감방생활을 오래 하면 창밖을 내다보는 것이 주요 일과라는 것을 알았다. 나는 곧 감방 곳곳에 새겨놓은 글씨를 모두 읽으면서 이전의 죄수들이 어디로 탈출했는지, 어느 창살을 톱으로 잘랐는지 검사했다. 그리고 전에 그 방에서 지낸 다양한 사람들의 이야기를 듣고 감옥에서도 역사가 있고 바깥세상에서는 절대 들을 수 없는 사연이 있다는 것을 알았다. 아마 그곳은 읍 전체에서 시가 지어지고 기록되고 손에서 손으로 전해지기는 하지만 절대 출판되지는 않는 유일한 공간일 것이다. 나는 탈옥을 시도하다 잡혀서 그 울분을 노래하기 위해 시를 쓴 젊은이들의 긴 명단을 볼 수 있었다.

나는 할 수 있는 한 열심히 내 감방동료에게 많은 이야기를 털어놓게 만들었다. 다시는 그를 보지 못하지나 않을까 염려했기 때문이다. 하지만 그는 얼마 있자 내 침대가 있는 쪽을 가리키며 나에게 등불을 끄는 것을 맡겼다.

그곳에 누워 있자니, 마치 보리라고는 전혀 예상하지 못한 먼 나라로 여행을 가서 하룻밤을 지내는 기분이었다. 창살 안쪽에 있는 창문을 열어놓고 잤는데, 전에는 읍내 시계탑에서 시간을 알리는 소리나 저녁나절 마을의 소음을 한 번도 들어보지 못한 것 같았다. 마치 중세 때 조상의 고향마을을 보는 기분이 들었다. 우리가 사는 콩코드는 라인 강변 마을로 변했고 기사들과 온갖 성의 모습이 눈앞에 아른거렸다. 길거리에서 중세 시민들의 목소리가 들리는 것 같았다. 나는 무의식중에 인근마을의 여인숙 부엌에서 일어나는 일을 보고 듣는 구경꾼이 되었다. 나에게는 완전히 새롭고 진기한 경험이었다. 내 고향마을을 가까이 다가가서 보는 것 같았다. 실제로 그 속으로 들어간 기분이었다. 전에는 그곳에서 감옥을 본 적이 없었다. 이 감옥은 읍에서 특수시설의 하나였다. 군청소재지였기 때문이다. 나는 마을 주민들이 하는 일을 이해하기 시작했다.

날이 밝자 문에 있는 구멍을 통해 아침식사가 들어왔다. 구멍에 맞는 크기의 작은 직사각형 양철식기에는 초콜릿 1파인트와 흑빵이 쇠로 만든 스푼과 함께 담겨 있었다. 식기를 다시 내놓으라는 소리가 들릴 때, 나는 멋도 모르고 빵을 남긴 채 반납하려고 했지만 동료는 빵을 집으며 점심이나 저녁식사를 대비해서 보관해야 한다고 말했다. 그 직후에 동료는 인근 밭에서 건초작업을 하기 위해 불려나갔다. 그는 매일 그 일을 하기 위해 나가서 정오까지는 돌아오지 않는다고 했다. 그는 나가면서 다시 못 볼지 모른다면서 잘 지내라는 인사를 했다.

감옥에서 나왔을 때(어떤 사람이 대신 세금을 내주었기 때문에), 나는 젊을 때 감옥에 들어갔다가 백발이 되어 석방된 사람이 보듯 세상이 전체적으로 커다란 변화가 일어났다고는 생각하지 않았다. 하지만 내 눈에 보이는 모습에는(미국 콩코드와 매사추세츠 주) 단순한 시간이 불러올 변화보다 더 큰 변화의 빛이 보였다. 나는 내가 사는 매사추세츠 주를 더 똑똑히 보았다. 또 나와 함께 그곳에 섞여 사는 사람들이 선한 이웃이자 친구로서 얼마나 믿을 수 있는 존재인지를 보았다. 그들의 우정은 상황이 자신에게 유리할 때만 작용하는 것이었고 정의로운 일을 하기 위해 애쓰는 적은 없었으며 중국인이나 말레이인처럼 그들은 나와 다른 종족으로서 편견과 미신에 사로잡힌 사람들이었다. 인도주의를 위해 자신을 희생하는 모험 따위는 하지 않았으며 재산을 축내는 일도 하지 않았다. 그들은 결국 서로를 도둑 대하듯 하며 고상한 정신은 없는 이들이었다. 그리고 형식적인 계율을 지키고 간단한 기도를 하면서 때때로 쓸모라고는 없이 지나치게 바른 길을 걸음으로써 영혼이 구원되기를 바라는 사람들이었다. 어쩌면 이 말이 내 이웃들에 대한 평가치고는 가혹할지도 모른다. 내가 볼 때, 그들 중 대부분은 자신이 사는 곳에 감옥 같은 제도가 있다는 것도 모르기 때문이다.

우리 마을에서는 가난한 채무자가 감옥에 갇혔다 나오면 손가락으로 감옥창살을 상징하는 십자가 형상을 만들고 그 사이로 바라보며 "별일 없어요?"라고 인사를 건네는 것이 관습이었다. 내 이웃사람들은 나에게 이런 인사를 하지 않고 처음에는 그저 멍하니 보다가 마치 내가 먼 여행에서 돌아온 것처럼 그들끼리 서로 바라보았다. 나는 수선을 맡긴 구두를 찾으러 가던 중 감옥으로 끌려갔었다. 이튿날 풀려난

나는 이 일부터 끝내려고 했다. 나는 수선된 구두를 찾아 신은 다음 허클베리를 채집하는 사람들을 만났는데 그들은 조바심을 내며 내가 앞 장서기를 기다리고 있었다. 30분이 지나 우리는 읍내에서 3킬로미터쯤 떨어진 가파른 언덕 중 하나로 올라가(말을 타고 갔기 때문에 빨랐다) 허클베리 밭 한가운데로 들어갔다. 주정부 관리는 어디에도 보이지 않았다.

이상이 '나의 옥중기'*의 전부다.

나는 결코 도로세 납부를 거부한 적이 없다. 나는 나쁜 국민이 되는 것 못지않게 선량한 이웃이 되기를 바라는 마음이 강하기 때문이다. 학교지원에 대해 말하자면, 나는 현재 내 고장 사람들을 교육하는 내 역할에 최선을 다하고 있다. 내가 세금납부를 거부하는 것은 납세고지서의 어떤 특정 항목 때문이 아니다. 나는 그저 주정부에 대한 복종을 거부하고 싶을 뿐이며 거기서 발을 빼고 정부와 거리를 두려는 것이다. 나는 내가 낸 돈의 쓰임새에는 관심 없다. 그 돈이 사람을 고용하는 데 쓰이든, 아니면 총을 사서 사람을 쏘는 데 쓰이든 내 알 바 아니다. 돈이야 무슨 죄가 있겠는가. 다만 나는 국민으로서 내가 바친 충성의 효과에 대해서는 꼼꼼하게 추적한다. 물론 나 자신도 여전히 정부로부터 혜택을 받고 있고 가능하면 많은 이익을 보려고 하지만, 사실상 나는 내 방식에 따라 조용히 주정부를 상대로 선전포고를 하는 것이다.

만일 다른 사람들이 주정부에 공감해서 나에게 요구한 것과 같은 세금을 낸다면, 그들은 이미 자신들의 경우에 해온 대로 하는 것일 뿐이다. 하지만 그렇게 되면 그들은 주정부가 요구한 것보다 더 크게 불의를 부추기는 셈이다. 만일 그들이 개인적으로 부과된 세금에 대해

---

* 이탈리아 작가 실비오 펠리코(Silvio Pellico, 1789~1854)가 정치범으로 베네치아 감옥에서 6년간 복역하고 쓴 「나의 옥중기」를 빗댄 표현.

재산을 지키거나 감옥에 가지 않으려는 등 옳지 못한 동기에서 세금을 낸다면, 그것은 그들이 개인적인 감정으로 얼마나 심하게 공익을 방해하는지에 대해 사려 깊은 생각을 하지 못했기 때문이다.

이상이 현재 나의 입장이다. 하지만 이런 경우, 사람은 세심하지 못해서 지나친 고집으로 잘못된 행동을 할 수도 있고 다른 사람들의 의견을 제대로 헤아리지 못할 수도 있다. 이럴 때는 왜 사람들이 자신에게 어울리는 시의적절한 행동만 하는지 지켜보아야 한다.

나는 때때로 왜 이 사람들이 고분고분한지 생각해본다. 그저 뭘 몰라서 그런 것이다. 이들도 방법만 안다면 더 잘할 것이다. 왜 너는 이웃들이 그들의 성향과 다른 방향으로 너를 대하도록 고통을 주는가? 그러다가 또다시 생각해본다. 내가 그들처럼 행동해야 할 이유는 없다. 또 다른 사람들이 다른 방식으로 훨씬 더 큰 고통을 당하도록 내버려두어서도 안 된다. 그러다가 때로는 다시 나 자신을 향해 말한다. 수백만 명이 분노나 악의도 없이, 그 어떤 개인적인 감정도 없는 상태에서 너에게 단 몇 실링을 요구할 때, 그들이 현재의 요구를 취소하거나 바꿀 가능성이 없다면(그들의 기질이 그러하므로), 또 네 쪽에서 또 다른 수백만 명에게 호소할 가능성도 없다면, 왜 이 야수 같은 압도적인 폭력 앞에 너를 드러내는가? 너는 추위와 굶주림, 바람과 파도 같은 것에는 그토록 완강하게 저항하지 않는다. 그와 비슷하게 수많은 불가피한 상황에 대해서는 고분고분 순응한다. 너는 불구덩이에 머리를 들이밀지 않는다. 하지만 이 힘을 전적으로 야수 같은 폭력이 아니라 부분적으로 인간적인 힘으로 본다는 점에서, 또 그 수백만 명과 나의 관계를 단순하게 야수나 무생물이 아니라 수백만의 인간과의 관계로 생각한다는 점에서, 나는 그런 호소가 가능하다고 본다.

첫째는 그들을 보면 즉시 그들을 창조한 조물주에게 호소하고, 둘째로 그들 자신에게 호소하는 것이다. 만일 내가 일부러 불구덩이로 머리를 들이민다면, 그것은 불이나 불의 창조주에게 호소하는 것이라고 볼 수 없다. 이때는 나 자신을 비난해야 한다. 만일 내가 어떤 점에서 내 필요조건이나 그들과 나 사이에 대한 기대에 따라서가 아니라 있는 그대로의 인간에 만족하고 그들을 그에 맞게 대할 어떤 권리가 있다고 확신할 수 있다면, 나는 마땅히 있는 그대로의 대상에 만족하려고 노력하는 선한 무슬림이나 운명론자처럼, 그것이 신의 뜻이라고 말해야 할 것이다. 그리고 무엇보다 야수 같은 폭력 또는 자연의 힘과는 달리 정부에 대해서는 어느 정도 효과적으로 저항할 수 있다는 차이가 있다. 하지만 내가 오르페우스처럼* 바위나 초목, 짐승의 기질을 바꾸기를 기대할 수는 없다.

나는 어떤 사람이나 국가와 싸우자는 것이 아니다. 사소한 것을 크게 떠벌리거나 차이를 세세하게 구분하고 싶지도 않고 나 자신이 이웃들보다 더 낫다고 주장하고 싶지도 않다. 그보다는 이 나라의 법을 따를 구실을 찾으려는 것이라고 말해야 할 것이다. 나는 오히려 지나치게 법을 따를 준비가 되어 있다. 실제로 나는 이 점에 대해 나 자신을 의심할 이유가 있다. 해마다 세금징수원이 돌아다닐 때면, 나는 법에 순응할 구실을 찾아내기 위해 일반대중이나 주정부의 행동과 입장, 그리고 사람들의 정신상태를 자세하게 살피는 성향이 나에게 있다는 것을 깨닫기 때문이다.

우리는 부모에게 하듯 우리나라에 감동을 주어야 한다. 어느 때건, 우리의 사랑이나 근면을 명예롭게 하는 일을 게을리 한다면, 그 결과는 우리가 책임져야 한다. 그리고 영혼에게 권력과 이익의 욕망이 아니라 양심과 종교를 가르쳐야 한다.**

---

* 오르페우스는 그리스 신화에서 음악의 왕으로 나오는데, 그의 음악소리에 초목과 야생동물이 감동하고 바위마저 매료되었다고 한다.

** 영국 극작가 조지 필(George Peele, 1556~1596)의 「알카사르의 전투」 2막 2장에서 인용한 것.

나는 정부가 내 손에서 나온 이런 작업의 결과를 곧 받아들일 수 있을 것이라고 믿는다. 그리고 내가 내 동포들보다 더 나은 애국자라고 할 수도 없을 것이다. 눈높이를 낮춘다면, 문제투성이인 헌법도 아주 좋아 보인다. 법과 법정도 아주 존경스럽다. 매사추세츠 주와 미국정부마저도 여러 가지로 아주 훌륭하고, 많은 사람이 묘사한 대로 보기 드물 정도로 고마워 보인다. 하지만 눈높이를 조금만 높이면 어떤가? 또 아주 높은 수준에서 본다면, 정부가 충성을 받을 가치가 있다고 말할 사람이 어디 있겠는가?

하지만 정부는 나에게 별 관심을 기울이지 않고 나도 정부에 대해 가능하면 많은 생각을 하고 싶지 않다. 내가 어떤 정부의 지배 아래 사는 시간은 짧은 순간에 불과하다. 이 세상에서 사는 기간도 길지 않다. 한 사람이 생각이나 공상, 상상을 자유롭게 한다면, 제자리를 벗어난 것은 결코 길어 보이지 않는 법이다. 따라서 어리석은 통치자나 개혁가들은 그 사람에게 큰 장애가 될 수 없다.

나는 대부분의 사람이 나와 생각이 다르다는 것을 안다. 직업적으로 이 분야를 연구하거나 이와 비슷한 주제에 매달리는 사람들도 나를 만족시키지 못한다는 점에서는 다른 사람과 다를 것이 없다. 완전히 제도권 내에 있는 정치가와 입법자들도 이 문제를 분명하고 적나라하게 보지 못한다. 이들은 변화하는 사회라는 말을 할 뿐, 그 밖에 있는 안정된 세상이란 것은 모른다. 이들은 경험과 안목을 지닌 사람들일 것이다. 또 우리가 고마워해야 하는 독창적이고 유용한 시스템을 이들이 만들어놓았다는 것도 의심할 여지가 없다. 그럼에도 불구하고 이들의 지혜와 유용성은 모두 그 폭이 넓지 않아 일정한 한계를 벗어나지 못한다. 이들은 세상이 정책과 편의로 다스려지지 않는다는 사실을 쉽게 잊는 경향이 있다.

웹스터*는 결코 정부의 배후를 조사하지 않기 때문에 근거를 가지고 정부에 대한 말을 할 수는 없을 것이다. 그는 현 정부에서 진정한 개혁을 생각하지 않는 입법자들에게는 지혜로운 말을 하지만 생각이 있는 사람이나 영속적인 가치가 있는 법을 제정하는 사람들에게는 할 말이 없을 것이다. 나는 이 문제에 관해 차분하고 현명한 생각을 하는 사람들도 이내 정신적인 한계를 드러내고 호의적인 반응이 사라지는 것을 안다. 대부분의 개혁가들이 보여주는 변변찮은 직업의식이나 일반적으로 정치인의 수사에 담긴 훨씬 값싼 지혜와 비교할 때, 웹스터의 지혜에서 나오는 말은 거의 유일하게 분별력과 가치를 지녔다고 할 수 있다. 이런 사람이 있다는 것은 정말 다행이다. 그들과 비교할 때, 웹스터의 말은 언제나 설득력이 있고 독창적이며 무엇보다 빈틈이 없다. 하지만 그의 장점은 지혜가 아니라 신중함이다. 변호사인 그의 진실은 진실 자체라기보다 모순이 없다는 것, 또는 모순이 없는 편의성에 있다. 진실은 언제나 그 자체로 조화를 이루는 것이며 잘못된 행위와 양립할 수도 있는 정의를 드러내는 것이 주된 역할은 아니다.

웹스터는 헌법의 수호자로 불릴 만하다. 실제로 그는 헌법을 옹호하기만 할 뿐 비난은 하지 않는다. 그는 앞에서 이끄는 지도자가 아니라 뒤에서 따르는 수행자다. 그의 지도자는 1787년**의 사람들이다. 그는 다음과 같이 말한다. "나는 여러 주를 합쳐서 연방으로 나가자는 처음의 계획을 방해하려는 어떤 노력도 하지 않았고 그런 노력을 위한 어떤 시도도 하지 않았다. 또 그런 노력을 지지한 적도 없고 지지할 생각도 없었다." 여전히 노예제가 헌법의 승인을 받았다고 생각하는 그는 "노예제는 최초 협정의 일부이기 때문에 그대로 두자!"고 말한다. 하지만 특유의 혜안과 능력에도 불구하고 웹스터는 헌법의 정치적 관계에 담긴 사실을 간파하지도 못하고 이성적인 눈으로 거기에 담긴

---

*   대니얼 웹스터(Daniel Webster, 1782~1852)는 매사추세츠 주 상원의원이었고 유명한 변호사이자 연사였다.

** 1787년은 미합중국의 헌법이 제정된 해다.

진정한 의미를 보지도 못한다. 예를 들어, 오늘날 이 미국 땅에서 노예제와 관련해 한 인간에게 주어진 의무는 무엇인가? 그는 다음에서 보듯, 한 개인으로서 단호하게 말하면서 무모하게 절망적인 대답을 늘어놓거나 그런 대답에 끌려가고 있다. 그의 말에서 어떤 새롭고 특이한 사회적 의무를 엿볼 수 있는가? 웹스터는 이렇게 말한다. "노예제를 유지하고 법으로 규정하는 주정부들의 방식은 그들 나름대로 마땅히 이유가 있는 것이고 그들의 헌법, 그리고 예절과 인간애, 정의에 대한 일반법칙, 그리고 신에 대한 책임을 지는 것이다. 그 밖의 지역에서 인간애에 대한 감정이나 어떤 다른 이유에서 야기된 연합 노선은 무엇이든 이와 아무 관련이 없다. 그들은 내가 보여주는 어떤 격려도 받아들이지 않았고 그럴 생각도 없을 것이다."

더 순수한 진실의 원천을 모르는 사람들, 진실의 물줄기 위로 더 거슬러 올라가보지 않은 사람들은 걸음을 멈추고 영리하게 성서와 헌법이 있는 자리에 서서 경의를 표하고 인간애를 발휘하며 거기서 나오는 진실을 마신다. 하지만 진실의 물줄기가 어디서부터 흘러와 이 호수 또는 저 연못으로 흘러 들어가는지 보는 사람들은 다시 허리를 단단히 졸라매고 수원을 향한 순례를 계속한다.

미국에는 입법의 재능을 가진 사람이 나온 적은 없다. 그런 사람은 세계 역사에서도 보기 드물다. 연설가나 정치가, 웅변가는 많다. 하지만 이 시대의 수많은 난제를 해결할 수 있는 연사는 아직 입을 열지 않았다. 우리가 웅변을 좋아하는 것은 그 자체가 좋기 때문이지, 거기서 나올지도 모르는 어떤 진실이나 영웅적 자질 때문이 아니다. 우리의 입법자들은 국가에 대한 자유무역과 자유, 연방, 정직성의 상대적인 가치를 아직 깨닫지 못했다. 그들에게는 세무나 재무, 상업, 산업, 농업처럼 비교적 소박한 문제를 해결할 천성이나 자질이 없다. 만일 우리가 국민의 불만을 효과적으로 제기하고 시의적절한 경험으로 개선책을 찾지도 못한 채 오로지 말만 요란한 의회의 입법자들에게 해결을 맡긴다면, 미국은 국제사회에서 더 이상 지위를 유지하지 못할 것이다. 이런 말을 할 자격이 있는지는 모르지만, 신약성서가 쓰이고 1800년이 지났다. 하지만 입법이라는 과학 위에 드리운 빛을 이용할 만큼 충분한 지혜와 실용적 자질을 갖춘 입법자가 어디 있는가?

내가 기꺼이 복종하려고 해도 정부당국은(많은 점에서 제대로 알지도 못하고 행하지 못해도 나는 나보다 더 많이 알고 일을 잘하는 정부라면 선선히 충성할 것이기 때문에) 여전히 불완전하다. 정통성을 갖추려면 정부는 통치받는 국민의 승인과 동의를 받아야 한다. 정부는 내가 부여한 것 외에 내 몸과 재산에 대한 어떤 권리도 가질 수 없다. 절대왕정에서 권한이 제한된 왕정으로, 권한이 제한된 왕정에서 민주주의로 진행된 과정은 진정 개인을 존중하는 단계를 향한 과정이다. 중국의 철학자조차* 개인을 제국의 토대로 볼 만큼 현명했다. 우리가 알고 있듯이 결국 민주주의가 정부에서 이룰 수 있는 최종 개선책이 아니던가? 그런데 인권을 인정하고 규정하기 위해 한 걸음 더 나아가는 것이 그렇게 불가능한 일인가? 정부가 개인의 힘과 권위가 나올 수 있도록 각 개인을 한 단계 높고 독립된 권리의 주체로 인정하고 그에 걸맞은 대우를 하지 않는 한, 진정 자유로운 계몽국가는 결코 주어지지 않을 것이다. 나는 모든 사람을 공정하게 대하고 개인을 이웃처럼 존경심으로 대할 수 있는 정부를 상상할 때 기쁘기 그지없다. 소수가 정부의 간섭이나 환영을 받지 않고 공동체 구성원으로서 의무를 다하며 정부와 거리를 두고 살아도 정부 자체의 평안이 깨진다고 생각하지 않는 정부라면 좋겠다. 나는 이런 형태의 열매를 맺고 열매가 익어 떨어질 때까지 견디고 기다리는 정부를 간절히 원했지만 어디서도 보지 못했다.

---

* 공자를 말하는 것.

각자의 요청에 따른 각자의 답이 있다!

『월든』은 헨리 데이비드 소로가 숲속의 월든 호수를 이웃 삼아 작은 오두막을 짓고 살았던 2년 2개월간의 삶을 담고 있는 책이다. 19세기에 쓰였지만 오늘날에도 다양한 의미를 제시하고 많은 독자에게 감동과 영감을 안겨주는 명작『월든』.

이 책을 읽으면서 우리는 다른 사람의 잣대에 맞추어 자신도 모르는 사이에 많은 것을 탐내며 분주하게 살아가는 삶을 되돌아보고 인생의 본질과 자신의 본래 모습대로 사는 삶에 대해 생각해보게 된다. 실제로『월든』은 우리 앞의 삶을 내다보는 많은 화두를 제시하고 있으며, 소로가 살았던 산업사회 초기보다 오히려 현대에 더 울림을 주는 이야기들로 가득하다. 이 책의 서문과 주석을 쓴 빌 매키븐은 이 책 전체를 이해하려는 것은 부질없는 일이라고까지 말한다. 신비할 정도로 생각의 밀도가 높기 때문에 심리학적, 정신적, 문학적, 정치적, 문화적 관점 등 여러 다른 해석을 낳는다는 것이다.

그러나 매키븐은 환경문제가 인류의 위기로 떠오른 지금,『월든』을 특히 실천적인 환경주의자의 책으로 읽고 있다. 또한 쏟아지는 정보의 홍수 속에서 자신의 진짜 목소리, 자신이 정말로 원하는 것을 들으라는 메시지를 강조했다. 사실상 19세기에 쓰인 소로의 글과 현대의 상황을 연결시킨 매키븐의 일부 주석들은 이 책의 또 다른 읽을거리다.

명작에 대한 기본적인 이해를 바탕으로 우리는 『월든』을 은둔자의 명상록이라고 생각하기 쉽지만, 이 책의 구절들은 실천적인 경험과 활동이 밑바탕이 되어 있는 한 진중한 인간의 체험의 소산이다. 소로는 숲에서 만나는 여러 광경들, 생명체들, 사건들, 그리고 마음에 와 닿는 순간들, 사람들, 세상을 면밀하게 관찰해 예리하고도 따뜻한 시각으로 고찰했다. 그리하여 이 책은 21세기를 사는 우리에게도 선명하게 와 닿는 실질적이고도 다채로운 질문을 던진다.

누군가는 이 책에서 자연을 읽을 것이고, 다른 누군가는 생활방식을, 또 누군가는 자유를, 성찰을, 삶을, 현대문명에 대한 통찰력을, 환경을 읽게 될 것이다. 저마다의 요청에 따라 각기 다른 답을 구할 수 있는 풍성함이 이 책의 매력인 것이다. 독자들이 『월든』에서 무엇을 읽고 스스로에게 어떤 질문을 던질지 궁금하다. 그리고 그 질문이 화두가 되어 실제 삶에서 어떠한 답을 구현하게 될지.

헨리 데이비드 소로 생애와 작품 해설

Henry David Thoreau, 1817. 7. 12.~1862. 5. 6.

차창룡 | 시인, 문학 평론가

1845.7.4 걸작의 산실이 된 월든 호숫가 오두막으로 거처를 옮기다

"내가 숲으로 들어간 것은 의도적으로 삶의 본질적인 사실만을 마주하며 살고 싶어서, 그리고 인생의 진짜 가르침을 배울 수는 없는지 알고 싶어서였다. 또 죽음에 이르렀을 때 내가 헛살았다고 생각하고 싶지 않아서였다."

– 헨리 데이비드 소로의 『월든』에서

단돈 28달러로 지은 오두막, 걸작의 집필실 되다

미국 매사추세츠 주의 콩코드에서 남쪽으로 1마일 반 정도 떨어진 곳에 월든(Walden)이라는 작은 호수가 있다. 물이 들어온 내력과 나가는 길을 파악하기 힘든 신비한 호수다. 1845년 3월 말, 27세의 젊은 시인 헨리 데이비드 소로가 호숫가 숲속에서 도끼질을 하기 시작했다.

헨리 데이비드 소로 생애와 작품 해설 413

호수 북쪽 비탈진 언덕에 자신이 기거할 오두막을 짓기 위해서였다. 지나가는 사람들이 보기에 저 서툰 손놀림으로는 도대체 개집 하나 만들어낼 성싶지 않았지만, 시간이 갈수록 소로의 손놀림은 부드러워지고 신속해졌다. 5월 초순이 되자 소로는 친지들과 함께 상량(上樑)을 했다. 벽을 붙이고 지붕 올리는 일이 완료되자 소로는 마침내 새로운 집에 입주했다. 7월 4일, 미국 독립기념일이었다. 19세기의 진정한 자유주의자 헨리 데이비드 소로의 2년 2개월 2일 동안의 모험이 시작되는 순간이었으며, 그곳에서의 삶은 그의 작은 오두막을 어떤 거대한 건축물보다 위대하게 만든 사건이었다.

모험은 집을 지을 때부터 시작된 셈이었다. 소로는 자신의 힘으로, 그리고 최소한의 비용으로 집을 짓고자 했다. 집이라곤 한 번도 지어본 경험이 없는 이가 땅을 파고 돌을 나르고 도끼질하고 톱질하는 것 모두가 쉽지 않은 일이었다. 그가 지출한 건축비는 28달러가 조금 넘은 금액이었다. 당시 하버드대학 기숙사의 1년 방세가 30달러였다니, 1년 방세도 안 되는 돈으로 평생 거주할 수 있는 집을 지은 것이다. 당시 1달러가 현재의 1달러보다 약 30배의 가치가 있었던 것으로 추정할 때, 오늘날의 돈으로 1천 달러도 되지 않은 돈으로 집을 지은 셈이다.

소로는 왜 이런 모험을 감행했을까? 그가 보기에 사람들은 집의 노예였고 재산의 노예였고 일의 노예였다. 그는 월든 호숫가에 작은 집을 짓고 농사지어 자급자족하면서 여유 있게 살 수 있음을 증명하고 싶었다. 인간이 자신의 노력으로 노예로서의 삶을 살지 않아도 된다는 것을 몸으로 증명하기 위해 그는 집을 짓고 농사를 짓고 물고기를 잡으면서, 그리고 최대한 여가를 즐길 생각이었다. 그것이 바로 소로가 생각하는 자유인의 길이었다. 그는 월든 호숫가 오두막에서의 삶을 낱낱이 기록했다. 그 기록이 바로 다니엘 디포의 『로빈슨 크루소』와 비견되는 명작 『월든』이다. 물론 소로의 상황은 자발적 고립이라는 점에서 외딴섬에 표류한 로빈슨 크루소의 상황과는 확연히 다르지만, 두

작품이 모두 원시적인 상황에 직면한 인간의 모습을 비교해볼 수 있는 것임은 틀림없다.

소로는 『월든』에서 "간소화하라, 간소화하라, 간소화하라! 할 일을 백 개나 천 개 만들지 말고 두세 개만 만들어라. 백만 개가 아니라 여섯 개만 헤아리고, 나가고 들어오는 돈은 엄지손톱에 기록해라"라고 말했다. 잠시라도 한눈팔게 되면 뒤처지는 현대인에게는 시대착오적인 발언으로 보일지 모른다. 그러나 『월든』이 소로가 살았던 때보다 물질문명이 비약적으로 발전한 20세기 후반, 특히 21세기에 더욱 주목받는 이유는 어떻게 설명해야 할까?

자연 속에서 홀로 사색하는 것을 좋아했던 어린 시절

헨리 데이비드 소로는 토마스 페인, 마하트마 간디와 더불어 뼛속까지 혁명적인 인물이다. 페인이 근대 혁명의 출발인 미국의 독립운동과 프랑스 혁명의 정신적인 토대를 지원했다면, 간디는 현대 문명에 의존하지 않는 이상적인 공동체를 구축하고자 했고, 소로는 일과 명예와 돈과 통념의 노예로부터 벗어나고자 했다. 이들은 모두 부정한 현실을 그냥 보아 넘기지 못하는 주체할 수 없는 끓는 피를 소유하고 있었다. 페인이 정치적 혁명가였다면, 간디는 다분히 종교적인 혁명가였고, 소로는 문학적인 혁명가였다. 소로의 혁명이 은근히 '개인적'인 것처럼 보이는 이유다. 문학적이고 개인적인 혁명은 자칫 혁명이 아닌 것처럼 보일 수 있다. 소로가 숲속에 혼자서 둥지를 튼 것부터가 혁명과는 도통 상관이 없어 보인다. 그러나 그것은 사회 통념의 뿌리를 흔드는 혁명이었다. 사회 속에서 부지런히 일해 경쟁에서 이기고 성공해야 행복해질 수 있다는 일반적인 상식이라고 여겨지는 것을 송두리째 부정하는 것이었기 때문이다.

소로의 부모는 성격이 서로 정반대였지만 매우 잘 어울리는 부부였다. 아버지는 조용하고 겸손하고 친절했으며, 어머니는 재치 있고 총명하고 쾌활했다. 그들은 허세 부리는 것을 좋아하지 않았고 문학과 학식을 중히 여겼다. 노예제 폐지가 매사추세츠에서 중요한 문제로 떠오르자 소로의 부모는 자신의 집을 노예폐지론자들의 모임 장소로 빌려주었다. 소로의 부모는 또 산책하면서 자연을 관찰하는 것을 좋아했다. 이런 부모의 성격과 취미가 자식들에게 그대로 이어졌음은 물론이다. 헨리의 위로는 누나 헬렌과 형 존이 있었고, 여동생 소피아가 있었다. 헨리는 형과 함께 인디언 흉내를 내며 노는 것을 좋아했다. 형제들과 사이가 좋으면서도 헨리는 혼자 사색하는 것을 즐겼다. 그는 열두 살 무렵부터 홀로 엽총이나 낚싯대를 메고 인적 없는 후미진 숲과 강 주위를 휘젓고 다녔다. 어린 시절에 월든 호수를 방문하기도 했다. 호수와 주변의 아름다운 풍경을 보고 그는 그곳에서 살고 싶다고 생각했다.

1833년 열여섯 살의 헨리 데이비드 소로는 하버드 대학에 입학한 뒤 기숙사에서 생활했다. 소로의 말에 따르면 그의 대학 시절이 자신의 인생에 큰 영향을 주지는 못한 듯하다. 그는 "나의 육신은 하버드 대학의 일원이었지만, 내 마음과 혼은 소년 시절의 정경으로 멀리 떠나 있었다. 공부하는 데 헌신해야 할 시간이 내 고향 마을의 숲을 찾아 헤매고 호수와 시내를 탐험하는 데 소비되었다"라고 말했다. 그러나 소로는 대학에서 비교적 좋은 성적을 얻었다. 그가 1843년의 어느 편지에서 "내가 대학에서 배운 것은 주로 나 자신을 표현하는 능력이었다."라고 한 것으로 보아, 대학 시절이 그에게 문필가이자 강사로서의 능력을 부여한 기간이었다고 볼 수도 있겠다.

에머슨과의 만남, 그리고 초월주의 운동에 뛰어들다

1837년 랠프 왈도 에머슨과의 만남은 소로에게 일생의 가장 중요한 사건이었다. 그들이 만나게 되는 과정은 상당히 재미있다. 소로의 여동생 소피아가 에머슨의 처형 루시 브라운과 함께 에머슨의 강연을 들었는데, 강연 내용이 오빠가 쓴 글과 같았던 것이다. 이에 소피아가 브라운 부인에게 그 글을 보여주었고, 그 글이 에머슨에게까지 전해진 것이다. 4월 9일 집으로 찾아온 소로를 보는 순간 에머슨은 소로가 예사로운 젊은이가 아님을 단박에 알아차렸다. 소로는 본래 매사에 냉담한 듯한 태도를 보였으나, 이 뛰어난 지성인 앞에서는 특별히 생기발랄해졌다. 에머슨은 소로의 입에서 사회와 종교에 대한 탁월한 견해, 고전에 대한 해박한 지식이 쏟아져 나올 때마다 칭찬을 아끼지 않았다. 이렇게 두 사람의 우정은 시작되었고, 약간의 굴곡이 있긴 했지만 소로가 죽을 때까지 계속되었다.

대학을 졸업한 소로는 생계를 위해 교사 생활을 하고자 했지만 여의치 않았다. 콩코드의 마을 학교에서는 학생들을 체벌해야만 하는 현실을 견딜 수 없어 2주 만에 그만두었다. 형과 함께 사설 학교를 몇 년 운영하지만 형이 몸이 아프게 되자 그것마저 벗어던지고 만다. 소로는 이제 시인이자 박물학자로서 식물표본상자와 쌍안경을 들고 새로운 길을 걷기로 했다. 이 무렵 소로는 에머슨이 주도하고 있는 초월주의 (transcendentalism) 운동에 매료되었다.

소로는 1837년부터 3년간 에머슨의 집에서 기거하는 동안 콩코드의 초월주의 그룹이 만드는 잡지《다이얼》에 시와 산문을 실으면서 문필활동을 시작하게 되었다. 소로는 대중보다는 개인을, 이성보다는 감성을, 인간보다는 자연을 중시했는데, 이러한 사상적 성격은 초월주의와 일치되는 것이었다. 그러나 그런 면모는 어린 시절부터 형성된 소로의 기질이기도 했다.

소로는 원래가 모험가적 성향이 강했다. 형 존과 함께 카누를 타고 콩코드 강과 메리맥 강을 탐험한 것도 이러한 성격에 기인한 것이었다. 안정된 교사의 길을 접고 시인의 길을 택한 것도 일종의 모험이었다. 호숫가에 오두막을 짓고 생활한 것은 모험의 정점이었다.

그의 위대한 모험이 그에게 안락한 생활을 제공해주지는 못했다. 뉴욕에서의 작가 생활 시도도 실패했고, 콩코드 강과 메리맥 강의 카누 여행 경험을 담은 『콩코드 강과 메리맥 강의 일주일』은 형의 죽음에 대한 안타까움을 듬뿍 담아 집필했건만 거의 팔리지 않았다. 다만 소로에게 안락한 생활이란 일반적인 것과는 판이했다는 점을 생각할 때 그가 불행했다고 볼 수는 없다. 그는 모험을 통해 인생을 충분히 즐긴 사람이었다.

소로는 잘못된 것을 그냥 두지 못했다. 젊은 시절 에머슨과 함께 길을 걷다가 길 옆에 울타리가 쳐진 것을 보고 소로는 분개했다. 그는 하느님의 땅은 만인의 소유이므로 울타리 바깥의 쪼가리 땅만을 밟을 수는 없다며 울타리를 넘어가려 했다. 에머슨은 이를 만류하며 사유재산제가 이상적인 것은 아니지만 현재로선 존중해야 한다고 말했다. 두 사람의 성격이 어떻게 다른지를 말해주는 대목이다. 소로는 월든 숲에서 살던 1846년 7월 멕시코 전쟁에 반대하여 인두세 납부를 거절한 죄로 투옥당한 적이 있으며, 1859년에는 노예제도 폐지 운동가 존 브라운을 위해 탄원서를 의회에 제출하기도 했다. 그러나 소로의 근본적인 저항은 『월든』에 가장 잘 나타나 있다고 볼 수 있다. 소로의 저항이 잘못된 제도에 대한 반발이기도 하지만, 근본적으로는 모든 인간의 그릇된 사고방식과의 투쟁이었기 때문이다.

"이제야 멋진 항해가 시작되는군" 사후에 진가가 확인된 작가

파란만장한 삶을 살아서일까, 안정된 삶을 구축하지 않았기 때문일까, 소로는 비교적 젊은 나이에 세상을 뜨게 된다. 문필 활동이 생계를 위한 직업이 되지 못했기 때문에 소로는 측량사 일을 겸해야 했다. 물론 글을 쓰는 일은 버릇처럼 계속되고 있었다. 1854년 『월든』을 출간한 이후로 소로는 어떤 책도 출간하지 않고 오직 집필에만 몰두했다. 그는 초월주의에서 벗어나 실천적인 노예제 폐지 운동을 펼쳤다. 1854년에 행한 강연 〈매사추세츠의 노예제〉는 비인간적인 노예제도에 신랄한 고발이었다. 이렇게 부지런하게 활동하는 사이에 몸이 약해졌던 것일까? 1859년 노예폐지론자 존 브라운이 하퍼스페리 마을 습격을 주동했다가 처형당할 때 너무도 큰 충격을 받았던 것일까? 아직 젊은 사람의 몸에 결핵이 찾아온 것은 참으로 안타까운 일이었다.

소로와 에머슨의 삶을 함께 정리한 하몬 스미스는 소로의 마지막 장면을 매우 감동적으로 그렸다. 스미스는 소로가 밀려오는 피로 속에서 생의 최후를 보냈지만 마지막까지 여유를 잃지 않았다고 전한다. 1862년 5월 6일, 소로는 여동생 소피아에게 『콩코드 강과 메리맥 강에서의 일주일』의 마지막 장을 읽어달라고 부탁했다. "나슈아 어귀를 지나쳤고, 곧 새먼 부룩도 지나칠 즈음, 우리의 배를 가로막는 것은 바람밖에 없었다." 이때 그는 나직이 중얼거렸다. "이제야 멋진 항해가 시작되는군." 그러고는 잠시 뒤 숨을 거두었다.

5월 9일 소로의 지인들이 모인 장례식에서 에머슨은 조사를 통해 25년 동안 우정을 나눴던 친구를 회고했다. 에머슨의 이 조사는 소로와 소로의 문학에 대한 당시의 평가를 말해주는 대목이었다. 에머슨은 소로의 인간적인 면모에 대해서는 찬사를 아끼지 않았지만 작가로서의 업적은 적극적으로 칭찬하지 않았다. 에머슨은 자신이 좋아한 소로의 시 「연민(Sympathy)」과 「연기(Smoke)」를 언급했지만, 시인으로서 소로는 자연스러운 서정과 기교가 모자란다고 평했다. 소로의 월든 호숫가 생활을 얘기했지만 작품 『월든』은 지나가는 말로밖에 언급하지 않았다. 그러나 그의 마지막 말은 큰 울림이 있었다.

"가장 숭고한 사귐으로 자신의 영혼을 만들고, 짧은 생을 통해 이 세상에서 할 수 있는 일을 다 했습니다. 지식이 있는 그곳, 덕이 있는 그곳, 아름다움이 있는 그곳이 바로 그의 영혼의 집입니다."

아아, 최근 부드러운 소년을 알았다
너무나 덕스러운 용모를 지닌 그 소년은
원래 한갓 아름다운 피조물로 창조되었으나
마침내 스스로 미의 요새를 지키는 왕좌에 앉았도다

고백건대, 나는 조금도 깨닫지 못했다
신하로서의 예를 완전히 잊고 있었음을
그러나 지금 알게 되었느니, 그동안
사랑의 마음이 부족했다면, 이제라도 더욱더 사랑하리

하지만 가까워지는 순간마다
존경의 엄숙함이 우리 사이를 더욱더 멀리 갈라놓으니
우리 서로 손이 닿지 않네
첫 만남의 순간보다 더 낯설기만 하네

영원은 우연을 반복하지 않을 것이로되
분명 나 홀로 외로이 길을 가야 하네
우리 한때 만난 슬픈 기억 속에서
축복이 영영 떠났음을 알고

― 소로의 시 「연민」 전문

　겉으로 보면 소로의 삶은 결코 성공했다고 볼 수 없다. 에머슨의 조사가 말해주듯, 그의 시 세계는 널리 인정받지 못했고, 심지어 가장 평판이 좋았던 『월든』마저도 주목받았다고 볼 수는 없다. 『시민 불복종』도 19세기 말에야 널리 읽혔고 간디 같은 위대한 인물의 정신세계에 깊은 영향을 주게 되었다. 소로가 그만큼 뼛속까지 혁명적이었기 때문이다. 그의 혁명적인 정신은 이해받기가 쉽지 않다. 엄밀히 말해 오늘날에도 제대로 이해받았다고 볼 수 없다. 박홍규 교수(영남대, 법학)가 지적하듯이 소로는 여전히 자연예찬론자이자 환경운동가의 선구자쯤으로 여겨지고 있지만, 사실은 인생을 단지 자유롭게 살고자 했던 사람일 뿐이었다. 자유롭게 사는 것이 그의 소중한 가치였고, 그 가치를 지키기 위해 그는 때로 고립을 자초했고 사회와 싸웠고 글을 썼다. 필자는 소로를 앞에서 말했던 대로 '문학적인 혁명가'라고 생각한다. 정치적 혁명가나 종교적 혁명가가 주로 한 방향으로의 전환을 꿈꾼다면, 문학적(예술적) 혁명가는 (맹목적으로) 한 방향으로 가고 있는 사람들(혹은 자신의 마음)을 자신이 진정으로 원하는 방향으로 가도록 유도한다.

헨리 데이비드 소로 연보

1817년 7월 12일 매사추세츠 주 콩코드에서 아버지 존 소로와 어머니 신시아 소로 사이에서 태어나다.

1828년 사립학교인 콩코드 아카데미에 입학하다.

1833년 하버드대학에 입학하다.

1837년 하버드를 졸업하다. 모교 초등학교에서 학생들을 가르쳤으나 체벌에 반대하여 사직하다.

1838년 형 존과 함께 콩코드 아카데미 사립학교를 열고 학생들을 가르치다. 형과 함께 콩코드와 메리맥 강으로 여행을 떠나다. 훗날 소로의 첫 책 『콩코드 강과 메리맥 강에서 보낸 일주일』의 초석이 되다.

1840년	잡지 《다이얼(The Dial)》을 창간하여 다수의 시와 에세이를 발표하다.
1841년	형 존의 건강 악화로 콩코드 아카데미를 폐교하다. 콩코드에서 랠프 월도 에머슨과 그의 가족들과 함께 지내다.
1842년	형 존이 파상풍으로 죽다. 『매사추세츠의 자연사』를 출간하다.
1843년	뉴욕의 스테이튼 아일랜드로 이주하여 에머슨의 형인 윌리엄 에머슨의 아이들을 가르치다.
1845년	월든 호숫가에 오두막을 짓고 터전을 꾸리다.
1846년	메인 숲을 여행하다. 인두세 납부 거부로 감옥에서 하룻밤을 보내다. 훗날 에세이 「시민 불복종」을 쓰는 계기가 된다. 『월든』을 집필하기 시작하다.
1847년	에머슨이 영국에서 강의하는 동안 에머슨의 가정을 돌보기 위해, 월든 호숫가에서의 생활을 마치다. 『콩코드와 메리맥 강에서 보낸 일주일』을 탈고하다.
1848년	전문적으로 강연을 시작하다.
1849년	『콩코드와 메리맥 강에서 보낸 일주일』과 『시민 정부에 대한 저항』이 출간되다. 케이프 코드를 여행하다. 누나 헬렌이 폐결핵으로 죽다.
1850년	케이프 코드와 퀘벡을 여행하다.

1853년   메인 숲을 여행하다.

1854년   『월든』과 『메사추세츠의 노예』를 출간하다.

1857년   케이프 코드와 메인 숲을 여행하다.

1858년   뉴햄프셔 주의 화이트 산맥을 여행하다.

1859년   아버지 존이 사망하고 가족들을 부양하다.

1861년   건강 회복을 위해 미네소타를 여행하나 미처 회복하지 못한 채 콩코드로 돌아오다.

1862년   콩코드에서 5월 6일 폐결핵으로 사망하다.